ÂF191854

Impressum

Copyright : E.M.Linsky 2024

Korrektur und Lektorat: Elke Wollinski

Illustrationen mit KI erstellt von Elke Wollinski

Autorenlogo: Elke Wollinski

Verlag: BoD · Books on Demand GmbH, In de Tarpen 42,
     22848 Norderstedt

Druck: Libri Plureos GmbH, Friedensallee 273, 22763 Hamburg

ISBN: 978-3-7693-0224-0

Covergestaltung: Lea Böttcher, LaB Buchdesign

Bildnachweise: Adope Stock

Rock or Love
Band 1
A dream is coming true

Jolene verliebt sich schon als 14 jährige Schülerin in den jungen Rocksänger Damon. Nach fünf Jahren werden die beiden tatsächlich ein Paar und Jolenes Traum scheint sich zu erfüllen. Als Damons Karriere fortschreitet, merkt sie schnell, dass das Leben an seiner Seite ganz anders ist, als sie es sich vorgestellt hat. Damon liebt es auf der Bühne zu stehen und ist deshalb ständig unterwegs. Jolene stellt ihr eigenes Leben völlig in den Hintergrund und folgt ihm rund um den Globus. Als die Beziehung der beiden an die Öffentlichkeit kommt wird es immer komplizierter und ihre Liebe immer wieder auf harte Proben gestellt. Für seine Karriere geht Damon über Leichen und die Beziehung droht zu zerbrechen, Doch dann passiert etwas, das alles für immer verändern könnte...

Prolog

Ich sitze hier an meinem Tisch und blättere in Fotoalben aus vergangenen Tagen. Es war eine schöne Zeit, die ich nicht missen möchte. Erinnerungen an ein glanzvolles Leben. Draußen ist es noch so warm wie im Frühling, obwohl schon wieder fast September ist. Eigentlich bin ich zufrieden, auch wenn mein Leben etwas anders verlaufen sollte. Es war nicht immer einfach und es hat mich hart gemacht. Ich hatte Träume und Pläne. So wie fast jeder Mensch. Aber Träume täuschen mich nicht mehr. Weil die Realität anders ist. Ich habe es erlebt. Ein Traum muss keiner sein und dennoch ist es nicht das was man wollte, selbst wenn er in Erfüllung geht. Manchmal werden sie wahr und man glaubt, dass das die Wahrheit ist. Man macht sich selbst etwas vor, versucht sich einzureden, dass alles super ist. Die bewundernden Blicke der Mitmenschen, wenn sie sehen wie glücklich man ist. Man hat es geschafft. Aber Bewunderung ist nicht alles. Es geht hier um einen Traum, wie mein Leben verlaufen sollte. Ein Leben, in dem die Liebe zu einem Menschen reicht um glücklich zu sein. Doch so ist es leider nicht.
Die Liebe meines Lebens habe ich gefunden, die Erfüllung meines Traumes jedoch nicht. Weil man einen Menschen nicht ändern kann. Ich werde Damon lieben, so lange ich lebe, aber ich bin besser ohne ihn dran. Wir haben es versucht und es hat nicht funktioniert. Sein Leben passt nicht zu meinem Traum davon. Ich bin Jolene, einfach Jo. So nennen mich alle, seit mein Mann mir damals diesen Spitznamen gab.
Ich will Ihnen meine Geschichte erzählen.

Mein Leben mit Damon.

1

Jo

Er hat sich in meinen Traum von einem schönen Leben in mein Herz geschlichen. Damon war damals 19 und am Anfang eines glanzvollen Lebens. Sie denken sicher hier geht es um einen Rosenkrieg. Nein, so ist es nicht. Ich liebe ihn noch immer. Aber meine Vernunft hat mich vertrieben. Ich habe aufgegeben. Meine Kraft ist alle. Er sagt, dass er mich auch noch immer liebt. Ich glaube ihm. Aber es gibt da etwas das er noch mehr liebt, glaube ich. Sein Leben ist die Musik. Er hat mich nie verletzt oder betrogen. Im Gegenteil, er trug mich auf Händen. Und doch hat es nicht gereicht. Wir haben Kontakt, ab und zu sehen wir uns sogar, wenn er in der Stadt ist, oder besser gesagt nicht gerade irgendwo auf der Welt ein großes Konzert gibt. Zuletzt haben wir uns vor zwei Jahren gesehen. Er ist Musiker. Das heißt, er ist Sänger in einer Rockband. Sie denken das geht nicht wegen des Alters. Doch. Mein Mann ist 51 und er wird nicht müde (und es gibt welche, die noch länger im Geschäft sind als er). Er liebt sein Leben. Und ich dachte dass ich das auch tue.

Wie gesagt, ich war 14 Jahre alt, als ich mir in den Kopf setzte, diesen Mann zu erobern. Ich war ein normaler Teenager mit Tagträumen, Freunden, Hobbys und umsorgenden Eltern. Schule usw. Alles was das Leben eines jungen Menschen begleitet, auf dem Weg zum erwachsen werden. Schon damals war Musik mein größtes Hobby. Und so ist es noch heute. Sie bringt mich auf andere Gedanken und ich kann für eine Zeit lang meinen Problemen entfliehen. So wie damals. Ich war traurig wegen eines Streits mit meiner Freundin. Ich kann nicht mehr genau sagen worum es ging, aber damals hatte ich den ersten handfesten Streit mit Juli. Wir haben uns furchtbar angeschrien. Ich bin damals wütend nach Hause gerannt und hatte Juli einfach stehen lassen. Ich hatte mich in meinem Zimmer vergraben. Wollte keinen sehen und ich machte mein Radio an. Ich saß auf meinem Bett und dachte nach, der Musik im Radio lauschend. Dann wurde das Lied gespielt, das mein Leben verändern sollte. Bis heute. Es hieß True Love. Ein Rocksong. Mit Power, Gitarrenriffs (ich liebe den unvergleichlichen Sound einer Gitarre) und trotzdem gefühlvollem Text. Und einer kraftvollen, etwas rauen, aber dennoch sehr emotionalen Stimme. Diese Stimme war so einzigartig. Nie zuvor hatte mich eine Stimme so angezogen wie diese. Ich saß da und war wie berauscht davon. Was war das für ein Song? Neu. Noch nie gehört. Wer war diese Stimme. Gerade noch schaffte ich es den Aufnahmeknopf an meinem Rekorder zu drücken. Ich wollte diesen Song, diese Stimme behalten, immer wieder hören. Eine neue Band am Musikhimmel. Ich werde nie vergessen wie sich das Lied in mich einbrannte. Bis heute bedeutet es mir sehr viel und hat mein Leben verändert, mich zur Liebe meines Lebens gebracht. Und ich bin irgendwie auch dankbar dafür, dass ich damals so traurig war. Sonst hätte ich Damon vermutlich nie getroffen.

Ich hatte das halbe Lied auf meiner Kassette und hörte es wieder und wieder. Wem gehörte diese Stimme, die so unglaublich anziehend war? Das ging mir nicht mehr aus dem Kopf und ich begab mich auf die Suche das herauszufinden. Natürlich las ich Teenagerzeitschriften, wie fast alle jungen Leute es tun. Es war mir wichtig, ein Gesicht zu der Stimme zu finden. Total verrückt, ich weiß. Aber der Song und dieses Gefühl in der Stimme des Sängers ließen mich einfach nicht los. Ich fand einige Zeit später heraus um wen es sich handelte. Sein Name war Damon. Damon Mandora. Sänger einer neuen Rockband, die sich Mandoras Hell Fire nannte und aus fünf Jungs bestand. Mein Magazin zeigte

Fotos von den Bandmitgliedern. Und da war er. Damon.
Endlich hatte meine Traumstimme ein Gesicht. Ein unglaublich
gut aussehender Typ mit wundervollen blauen Augen, lächelte
mir vom Papier aus direkt in mein Herz. Ich starrte dieses Foto
an, und da nahm der Traum langsam Gestalt an. Ich wollte
Damon kennen lernen. Ich weiß wie sich das anhört.
Schwärmerei, die vergeht. Das machen viele junge Mädchen
durch. Das ist normal und es dauert nicht lange bis man wieder
einen anderen gut findet. Nicht bei mir. Ich wollte ihn. Ich bin
nicht verrückt und auch nicht bedauernswert. Damals war ich das
auch nicht. Ja tatsächlich hatte ich mich am Anfang in seine
Stimme verliebt und dann in ihn. Sie sagen sicher dass man mit
14 nicht entscheiden kann was Liebe ist und das würde sich
verflüchtigen wenn man einen „normalen" Jungen aus der
Nachbarschaft trifft. Einen aus Fleisch und Blut zum anfassen,
kuscheln und küssen. Aber ich jagte lieber einer Stimme
hinterher, denn ich war zum ersten Mal verliebt.

Jolene

2

Jo

Also begann ich zu forschen, was ich über die Band Mandoras
Hell Fire wissen musste. Ich lebte für mein Ziel. Dann gab es im
TV plötzlich MTV. Videos und Musik rund um die Uhr. Ich
konnte Damon sehen. Wie er sich bewegte und ich konnte seiner
Superstimme lauschen. Er sah unglaublich gut aus. Das tut er
noch heute. Er ist sehr groß, blond, jetzt leicht ergraut, und er hat
die hellsten leuchtenden blauen Augen, die mir je begegnet sind.
Er ist knapp 1,90 groß, schlank und sportlich. Die 80er waren
eine verrückte Zeit. Alle trugen bunte Klamotten und hatten
wilde Frisuren. Damon hatte lange Locken, weil Mandoras Hell
Fire zu den so genannten Hairbands gehörte. Er war ein richtiger
Postertyp für jedes Mädchenzimmer. Ich fand heraus, dass
Mandoras Hell Fire aus New York kamen. Fünf Freunde, die sich
irgendwann irgendwo getroffen hatten, die Musik liebten, ihre
Instrumente live spielten, was heute nicht mehr ersichtlich ist,
weil die Technik alles kann. Damon spielt E-Gitarre,
Akustikgitarre, Bass und er beherrscht die Drums. Und was so
gar nicht dazu passt, er spielt Klavier. Fünf junge Männer, die im
Jetzt lebten, und auch einen Traum hatten. Ob das für sie so
gelaufen ist, wie sie wollten, weiß ich nicht. Mein Mann gab der
Band ihren Namen. Damon Mandora, Schöpfer der Mandoras
Hell Fire. Er und sein bester Freund John haben die Band
gegründet. Für meinen Mann bedeutete die Band alles. Ich glaube
dass das noch immer so ist. Wie könnte er sonst noch immer
durch die Welt reisen und jeden Tag wo anders sein?

Ich verschwand in Damons Leben. Jeden Tag in meinem Zimmer. Ich sammelte jeden Schnipsel aus irgendwelchen Zeitungen. Poster verzierten meine Wände und mein Tag begann mit dem Gedanken an ihn und bevor ich abends die Augen schloss, war er mein letzter Gedanke. Meine Welt drehte sich nur noch um ihn und Familie war genervt davon. Ich erzählte meiner Freundin Ann von meinem Plan.

„Du bist verrückt. Wie willst du das anstellen?"
„Meine Güte Ann! Sieh´ ihn dir doch an. Der ist so süß. Ich werde das schon schaffen."
„Jolene, sei doch nicht albern. Natürlich ist der süß. Aber das hat sicher schon eine andere längst bemerkt. Du bist doch erst 14 und er 19. Wie soll das gehen?"
„Ich will ihn. Basta."
„Dir ist nicht zu helfen. Aber ich wünsche dir dass es klappt."

Solche Gespräche fanden beinahe täglich statt. Niemand nahm mich für voll. Meinen Eltern ging ich auf die Nerven.

„Kümmere dich lieber um die Schule und um deine Zukunft."
Wenn sie gewusst hätten wie es kommt...
Ich fand heraus wo Mandoras Hell Fire bald ein Konzert hatten, und da wollte ich natürlich hin.

„Kommt nicht infrage. Detroit, das ist viel zu weit und du bist erst 14. Nein, keine Chance."

Und damit war meine Mutter schon durch mit dem Thema. Zu dem Konzert bin ich nie gekommen. Aber meine Sehnsucht nach Damon wuchs mit jedem Tag. Ich kann es nicht erklären. Da war ein Mensch der unheimlich gut aussah, eine Superstimme hatte und mich faszinierte. Wie er tickte, oder wen er liebte wusste ich ja nicht. Ob es eine Frau in seinem Leben gab konnte ich nicht in Erfahrung bringen, damals. Heute weiß ich, dass es keine gab. Keine Zeit für so was, hatte er mir mal gesagt. Und dass es stimmte, hat mir Nick irgendwann mal erzählt. Damon war ein

Saubermann. Er sah wild aus, war es aber nicht. Er wollte das ganz Große. Und er wollte dafür kämpfen, koste es was es wolle. Und er hat es geschafft. Bis heute zählt die Band zu den erfolgreichsten im Rockmusikbereich. Damon kümmerte sich um Auftritte. Um Geldsachen und Bürokram und so was (später stellte er Dick Charles an, den sie später noch besser kennen lernen werden). Am Anfang spielte die Band in kleinen Clubs in New York und irgendwann kam dann der Song der mich so in seinen Bann gezogen hatte.

Mittlerweile war ich ständig abgelenkt. Ich war zwar mitten im Leben aber auch im Schatten meiner selbst. Mit Ann konnte ich immer reden. Aber natürlich erträgt kein Mensch die tägliche Schwärmerei über einen Typen, der nicht real war. Nicht in meiner Welt. Damon war ein Phantom, das durch Radio und TV geisterte. Es war schon fast ein halbes Jahr vergangen, seit ich in meinem Zimmer gesessen und das Lied aufgenommen hatte. Inzwischen war ich 15 geworden und mit Juli hatte ich mich wieder versöhnt. Ich hielt an meinem Plan fest und recherchierte wie der Teufel, um immer auf dem neuesten Stand zu sein, wo Damon gerade war. Dann fand ich etwas heraus was mein Leben völlig auf den Kopf stellte. Die Band kam nach Texas. Nach Dallas und Houston. Und das Beste war – sie kamen sogar nach Austin. Der nächste Auftritt fand dort statt. 1984 in einem Club am Stadtrand. Ich brauchte dringend Geld. 45 Dollar. Mein Sparschwein war chronisch leer. Aber ich wollte da hin und ihn endlich mal in ECHT sehen. Einen echten Menschen mit einer coolen Stimme. Ich hatte vier Wochen Zeit eine Karte zu besorgen. Es gab genug Karten. Heute ist das schon schwieriger für kleine normale Fans an eine Karte zu kommen. Mein Mann füllt Stadien in der ganzen Welt und 45 Dollar reichen schon lange nicht mehr um ihn zu sehen. Mandoras Hell Fire ist ein Unternehmen. Aber damals war das noch nicht so. 200 Personen in einem Club oder auch an 300. Klein und persönlich, unbedeutend gegen heute. Und ich wollte dabei sein und dafür sorgen, dass er mich sieht. Dass er weiß, dass es mich gibt.

„Mom, es würde mir echt viel bedeuten."
„Du bist noch zu jung um allein so weit zu fahren. Dein Dad kann dich da nicht hinbringen und ich auch nicht. Vielleicht ein andermal."

Ich brach in Tränen aus und war dem Zusammenbruch nah. Ich wollte ihn endlich sehen. Sehnsucht nach einem Typen, der noch nicht einmal wusste dass ich auf Erden wandelte. Dann kam meine Mutter zurück zu mir und sah mich an:

„Ist es dir denn wirklich so wichtig? Du siehst ja aus als hinge dein Leben davon ab."
„Bitte Mom. Nur dieses eine Mal. Ich passe schon auf mich auf."
„Na gut. Wenn es dir soviel bedeutet. Ich frage Don, den Sohn von Mrs. Weathers gegenüber. Du kennst Don doch, oder?"
„Klar."
„Don ist fast 20 und er kann dich begleiten."
„Glaubst du dass er das tun würde?"
„Wir werden sehen."
Kurz um er sagte zu und ich hatte das Geld für die Karte zusammen. Ich würde Damon endlich sehen. Das war das Größte für mich.

Der Tag kam und Don holte mich bei meinen Eltern morgens schon ab. Der Weg war weit und wir mussten einige Stunden fahren. Zum Glück war Samstag. Schule und andere Plagen sind mir erspart geblieben.

„Hi Don. Danke dass du mitkommst. Bist meine Rettung."
„Schon Okay. Muss nochmal raus bevor die Armee ruft, weißt du? Was ist das denn für eine Band?"
„Die beste der Welt."
Er grinste mich an:
„Wenn du das sagst."

Ich eilte hinter Don her. Schnell saßen wir im Auto. Nur weg, bevor meine Mutter es sich noch anders überlegen würde. Er gab Gas als führe er meinen Fluchtwagen und die Fahrt wollte einfach kein Ende nehmen. Ich wurde immer nervöser, was Don zum schmunzeln brachte. Endlich kamen wir am Veranstaltungsort an. Um 19.30 Uhr standen wir in der Schlange am Eingang. Düstere Atmosphäre, Dunkelheit. Menschen in schwarzen Klamotten, gut drauf und freundlich. Don blieb immer in meiner Nähe. Meine Mutter hätte ihn vermutlich geköpft wenn er mich aus den Augen gelassen hätte. Die Schlange schob sich voran. Mein Herz hämmerte und ich spürte Dons beruhigende Hand im Rücken als er mich sanft vorwärts schob. Endlich war ich da. Ich war im Saal, na ja es war ein Club. Nicht sehr groß, aber es hatte was dort zu sein. Ich wollte ganz nach vorne, egal wie. Don nahm meine Hand und zog mich nah an die Bühne. Ich war so aufgeregt. Nur wenige Meter trennten mich vom Geschehen. Ich sah mir die Bühne an. Die Instrumente und die riesigen Boxen. Es war damals mein erstes Konzert überhaupt. Mein Herz schlug mir bis zum Hals. Meine Hände waren schon ganz feucht vor Aufregung. Sie können das sicher verstehen. Don war einen Kopf größer als ich und eigentlich fand ich auch ihn schon immer ziemlich süß. Doch gegen Damon kam niemand an.

3

Es wurde dunkel im Saal, noch dunkler als ohnehin schon. Mein Herz begann noch schneller zu rasen und meine Hände waren schweißnass. Ich drückte mich an Don und fühlte mich sicher. Es war gut dass er dabei war. Allein wäre ich hier sicher verloren gegangen. Es rumpelte und donnerte auf der Bühne. Nebel stieg aus sämtlichen Ritzen. Ich versuchte ganz nach vorne zu kommen. Don blieb dicht hinter mir. Er ließ mich aber nicht los. Der Club war gar nicht so klein wie ich zuerst angenommen hatte. Die Menschen schubsten und drängelten. Ich fühlte mich auf einmal nicht mehr so wohl. Viele hübsche Mädchen waren da. Älter und reifer als ich. Warum sollte Damon mich sehen? Gerade mich? Don schob mich weiter nach vorne. Ein Grollen von Donner rollte durch die Boxen. Eine Lazershow setzte die letzten Akzente. Dann wurde die Bühne schlagartig schwarz. Schwarz wie die Nacht. Die Menschen riefen die Namen der Bandmitglieder. Damon Damon Damon John John … Es gab einen Knall und ein Lichtkegel wanderte über die Bühne bis er am Schlagzeug hängen blieb. Jonathan tauchte auf. Beide Arme hoch erhoben, Drumsticks in den Händen. Fetzenjeans und weißes T-Shirt, Lederweste und schwarze Schuhe. Die schwarzen Haare stachelig nach oben frisiert. Ein durchaus attraktiver Typ. Aber entgegen seinem wilden äußeren Erscheinungsbild ist er sehr ruhig. Damals fand ich ihn unglaublich... na ja ... cool? Oder ... Egal. Ich wartete auf Damon. Ich war so aufgeregt. Der Lichtkegel wanderte zur linken Bühnenseite. Mir brach noch mehr der Schweiß aus und Don musste echt schmunzeln. Andy kam herein. Die Gitarre über seinem Kopf hoch gestreckt und in Siegerpose. Andys blonder Schopf war im Gegensatz zu seinen Bandkollegen relativ kurz. Dafür war er der Einzige, der von

Leder, Nieten und Stacheln umgeben war. Wild und sexy. Dann kam John, lässig in Lederhosen und Piratenhemd, wobei die oberen Knöpfe offen waren und einen Blick auf seinen Oberkörper freigaben, stellte er sich an sein Instrument. Johns dunkle Mähne war genau so chaotisch wie Damons. Lange Locken wallten über seine Schultern. Seine Augen fast schwarz. Volle geschwungene Lippen und relativ weiche Gesichtszüge. Um seinen Hals trug er einige Ketten mit wilden Anhängern, wie Totenköpfen, Tierzähnen oder Schwertern. Um seine Arme wanden sich dutzende Lederarmbänder, die man nur sah wenn beim Keyboard spielen die Hemdärmel nach oben rutschten. Ebenfalls ein sehr attraktiver Mann. So wie sie alle fünf. Zu John habe ich bis heute ein sehr gutes und enges Verhältnis.Von ihm erfahre ich fast mehr über Damon als von ihm selbst.

Die Halle tobte und die Menschen riefen immer wieder nach Damon. Ich reckte meinen Hals zur Bühnenseite. Damon war aber noch nicht zu sehen. Statt dessen sah ich einen schwarz-weißen wilden Schopf. Nick. Lässig in schwarzen Jeans und einem Stones T-Shirt. Er ist der sportlichste, unkomplizierteste von allen. Nick rannte wie ein Blitz an seinen Platz hinter dem Mikro neben dem freien Platz in der Mitte der Bühne. Damon Damon Damon. Mein Herz drohte fast zu platzen. Der echte Damon. Ich würde ihn endlich sehen. Und ich hoffte er würde es auch. Jetzt kam auch Damon endlich dazu. Gemütlich schlenderte er am Bühnenrand entlang und lächelte das Publikum an.

„Hallo Austin", begrüßte er sein Publikum. Jubel. Er hob beide Hände und strahlte in die Menschenmenge.
„Hey Leute, schön euch zu sehen. Ihr seid die Besten."

Ich konnte mich nicht an ihm satt sehen. Er war so groß. Größer als ich gedacht hatte. Und so attraktiv. Seine lange blonde Wuschelmähne und überhaupt, (die hat er heute natürlich nicht mehr). Er trug eine löchrige Jeans, die genau an den richtigen

Stellen Haut blitzen ließ. Darüber einen Nietengürtel, der lässig um die Hüften baumelte und seinen knackigen Hintern noch mehr betonte. Seinen Oberkörper bedeckte ein weißes Shirt, das ebenfalls Risse und Löcher aufwies. Darüber eine schwarze offene Lederjacke, die eine Schulter bedeckte und die andere ließ Damon durch gekonntes zurecht rücken der Jacke cool heraus blitzen. Mir blieb mein Herz fast stehen. Jubel und hysterisches Geschrei erklang um mich herum.

„Leute, ich bin froh wieder hier zu sein. Ich hoffe wir werden heute Abend eine Menge Spaß haben. Wir haben euch einige coole neue Songs mitgebracht. Ich hoffe ihr mögt sie. Aber ich denke wir fangen mit *The Power of Hell Fire* an. Seid ihr bereit für einen geilen Abend?"
Die Menge begann zu johlen. Noch einmal fragte er nach:
„Ist das alles? Seid ihr bereit?"
Noch mehr Jubel.
„Super."
Er hob seinen Daumen in unsere Richtung. Dann drehte er sich zu den Drums um.
„Jonathan, let´s start the Party."
Die Menschen neben mir rasteten völlig aus. Ich spürte Wut in mir. Wut auf die anderen Mädchen. Sie alle wollten ihn. Wie sie ihn ansahen. Unglaublich welchen Hass ich damals empfand. Total überzogen. Don hatte echt zu tun, mich zurückzuhalten. Damon sah uns alle an und erkundigte sich zwischendurch immer mal wieder ob wir auch gut drauf wären. Und das war ich ohne Zweifel. Er lächelte in den Raum. Diese unglaublich geraden weißen Zähne. Ich glaubte damals er hätte mich gesehen. Aber das hatte er nicht. Damon hatte es mir irgendwann mal erzählt. Er war erst viel später auf mich aufmerksam geworden, aber das erzähle ich ihnen dann zu gegebener Zeit.
Die ersten Töne eines der neuen Songs setzten ein. Jonathan schlug die Takte an. Nick und John begannen ebenfalls ihren Part. Dann Andy. Damon rückte sein Mikrofon zurecht und

begann zu singen. Eine Ballade, rockig und doch leise. Diesen Song kannte ich noch nicht. *Feelings.* Es war ein wunderschönes romantisches Lied. Ganz anders als alles was sie bisher gebracht hatten. Der Text berührte mein Herz bis in die äußerste Ecke. Damon kam zum Bühnenrand. Ich verfing mich in seinen blauen Augen, unfähig mich zu bewegen. Bei manchen langsamen Passagen schloss Damon die Augen und ich konnte sehen wie unglaublich lang und dicht seine Wimpern waren. Er klammerte sich an das Mikrofon und holte alles aus seiner Stimme heraus. Das war einfach ...Wahnsinn. Meine Gefühle für ihn wuchsen immer mehr und ich kam mir schon irrsinnig vor. Wie sollte ich ihn auf mich aufmerksam machen? Don hatte mich zwar schon ganz nach vorne geschoben aber ich war wie betäubt. Stellen sie sich vor sie sind in der Wüste und das Wasser steht zwanzig Meter entfernt auf einem Tisch und sie können sich nicht bewegen um es zu holen, weil ihr Körper nicht gehorcht. Genau so habe ich mich gefühlt. Er war so nah und doch so unerreichbar. Song um Song lieferten die Jungs ihre Show ab. Ich kannte jede Zeile und bis auf die zwei oder drei neuen Lieder konnte ich alles mitsingen. Die Stimmung war unglaublich. Ich hätte die ganze Nacht zuhören können. Die Welt um mich herum war nicht mehr da. Nach zwei Stunden war dann leider alles vorbei und Damon und seine Band verschwanden hinter der Bühne. Er sollte zurückkommen. Ich hatte noch ein Anliegen. Aber er kam nicht. Ich fühlte mich so leer, stand noch einige Zeit regungslos da und starrte auf die Bühne. Der Club leerte sich und ich stand noch immer wie gelähmt herum. Don sagte mir dass es Zeit wäre heimzukehren. Er nahm meine Hand und zog mich mit sich. Ich wollte nicht weg. Ich hoffte noch immer wenigstens ein Wort mit Damon wechseln zu können oder ein Autogramm, Foto, irgendwas. Es konnte noch nicht vorbei sein. Ich hatte mich doch so lange darauf gefreut. Aber es half nichts. Ich musste zurück. Zurück in die Wirklichkeit, in mein langweiliges Leben. Wir kamen sehr spät an meinem Elternhaus an. Die ganze Fahrt über trauerte ich vor mich hin. Ich war so verliebt und so allein. Immer wieder sah ich den vergangenen Abend vor meinem geistigen Auge ablaufen. Es war ein unsagbar schönes Erlebnis gewesen. Diesen Tag würde ich nie vergessen. Hab ich auch nicht. Natürlich nicht. Die Sonne ging bald schon wieder auf als wir in unserer Straße ankamen. Don brachte mich noch bis vor die Tür Ich betrat mein Zimmer und sah Damon auf meinen Postern. Und dann kam alles in mir hoch als ich mein Bett erreichte. Ich heulte wie ein Kleinkind vor Sehnsucht nach Damon. Schlafen konnte ich nicht. Immer wieder sah ich den Ablauf des Konzerts vor mir. Wie süß er ausgesehen hatte wenn er beim singen seine Augen geschlossen hatte. Wie viel Energie in ihm steckte und seine einzigartige Stimme. Ich hatte ihn gesehen und ich würde nicht aufgeben. Egal wo und wann Mandoras Hell Fire auftreten würden, ich würde da sein. Irgendwann würde er mich schon sehen. Damon war alles worum sich mein Leben drehte.

Und es blieb eine ganze Weile so.

Mandoras Hell Fire

Andy Lee Damon Nick

Jonathan Brandon John

4

Das Jahr verging schnell und ich fand heraus dass Damon zu
einem Videodreh nach Dallas kam. Für ein Musikvideo zur neuen
Single. Ich wollte dabei sein. In der Zeitung stand wann und wo.
Mittlerweile war ich schon 16. Aber erreicht hatte ich noch
nichts. Mandoras Hell Fire stürmten bereits die Charts und Ich
würde zu diesem Dreh gehen. Egal wie. Und er würde mich
bemerken. Notfalls würde ich abhauen. Damon war 20, fast 21.
Ich sollte mich beeilen, bevor er jemand anderen heiratet. Ich
fuhr hin. Diesmal mit Ann. Und so setzten wir uns in den Zug.
Wir wollten das ganze Wochenende vor Ort bleiben und fanden
den Drehort heraus.Viele Fans waren da, leider. Es würde
schwierig werden. Überwiegend weibliche Fans belagerten die
Zäune rund um den Drehplatz.

„Oh Mann wie willst du da ran kommen? Vergiss ihn. Du
lebst in einer Traumwelt. So etwas passiert nicht uns. Das geht
nur im Film oder im Märchen. Jolene, sei doch vernünftig. Und
vielleicht wird doch noch was aus dir und Don. Der ist doch echt
süß."
„Nein, ja er ist süß. Und ich mag ihn. Aber ich will Damon. Sieh
ihn dir doch an."
„Ach Jolene, das kannst du vergessen. Der ist doch sicher schon
vergeben. Was erwartest du denn?"
Ann klang besorgt. Heute verstehe ich das. Aber damals konnte
mich nichts und niemand davon abbringen. Wir sahen wie
Kamerateams ihre Ausrüstung aufbauten. Schienen wurden
verlegt und Kabel herum getragen. Wohnwagen standen herum
und Visagisten, Regisseure und Tontechniker rannten hin und

her. Es war ein Durcheinander von Stimmen und Menschen. Von Damon und den anderen keine Spur. Er musste doch irgendwo sein. Und dann kam er um die Ecke. Er stieg aus einem riesigen Wohnwagen. Lässig, lächelnd und gut gelaunt. Seinen Superkörper rockig verpackt und die Mähne wild um den Kopf. Mein Herz schlug in Rekordgeschwindigkeit.
„Ist er nicht unglaublich? Der Kerl ist ein Traum."

Ich begann zu schwitzen und drohte fast umzukippen. Ann konnte mich gerade noch stützen. Eine Stimme rief die Bandmitglieder zusammen und erklärte was sie zu tun hatten. Jeder stellte sich auf seine Position und der Dreh begann. Es war unglaublich spannend und ich wünschte mir dass sie bald fertig waren. Ich wollte mich ihm nähern. Irgendwann musste es ja klappen, dass er mich sieht. Nach zwei ewig langen Stunden wurde Pause gemacht. Damon und die anderen kamen an den Zaun um die Fans zu begrüßen. Ich drängelte ganz nach vorne. Ann neben mir. Die anderen Mädchen schoben unaufhörlich. Sie schrien und kreischten. Manche kletterten den Zaun hoch. Ich sah wie er ihre Hände leicht berührte. Bei manchen blieb er stehen. Sie waren ihm näher als ich. Aber ich wollte dass er mich auch endlich wahrnimmt. Also versuchte ich an die Stelle zu kommen wo er stand. Und ich schaffte es. Damon schrieb Autogramme. Ich hatte mein Album mitgebracht und meinen Fanschal. Jetzt stand ich genau vor ihm. Ich hielt ihm Stift und Schal entgegen und dann geschah es. Er sah mich an. Minutenlang. Ich liebte seine blauen Augen und überhaupt alles an ihm war der Wahnsinn. Ich war wie versteinert er mich nach meinem Namen fragte, um ihn als Widmung auf den Schal zu schreiben.
„Ich heiße Jolene", stammelte ich.
„Ah, okay, Jolene. Ist es in Ordnung wenn ich für Jo schreibe?"
„Klar, kein Problem, das ist super."
Ich platzte fast. Damon hatte mich gesehen und mit mir gesprochen. Er sah mich noch immer an, obwohl er schon mit den nächsten Autogrammen beschäftigt war. Ich hatte es

geschafft. Er wusste dass es mich gab. Die Stimme des Regisseurs beendete leider viel zu schnell die Autogrammstunde. Ich hoffte, dass er nochmal eine Drehpause machen würde und vielleicht konnte ich ja noch einmal mit Damon reden. Er sollte mich nicht wieder vergessen. Ich wollte, dass er sich an mich erinnerte. Ich hielt meinen Schal ganz fest und schaute dem Treiben auf dem Drehplatz zu. Dann wurde es dunkel und am Set gingen die Lichter aus. Wir begaben uns zu unserem Hotel. Am Ende des Zauns konnten wir einen Bus erkennen. Wir sahen wie Damon und seine Bandkollegen einstiegen. Zu gerne hätte ich gewusst wo sie abgestiegen waren. Das haben wir leider nicht herausgefunden. Aber am nächsten Tag waren wir wieder vor Ort. Ich überlegte mir wie ich es anstellen könnte, dass er mich noch einmal ansieht. Wir kamen früh an und warteten ewig bis alle da waren. Ich hatte mich direkt vor dem Wohnwagenausgang platziert. Ich dachte, wenn Damon da drin war und heraus kam, würde er mich sicher sehen. Nur der Zaun trennte uns von der Band. Dann passierte es. Damon kam heraus und sah direkt in meine Richtung.

„Hi, bist du nicht Jo? Das Mädchen mit dem Schal von gestern, nicht wahr?"

Das war das Beste, was mir bis dahin passiert war.

5

Damon

Damals:

„Jungs alles super gelaufen. Das Video ist im Kasten," brüllte
Carther, der Produzent. Aber ich hörte ihm gar nicht mehr zu.
Alle redeten wild durcheinander, umarmten sich und ließen die
Kronkorken ihrer Bierflaschen ploppen. Aber ich war mit meinen
Gedanken ganz wo anders. Da war dieses Mädchen, Jo. Da stand
sie mit ihrer Freundin und dem Schal in der Hand. Jo. Sie war
echt hübsch mit ihrer Stupsnase und den schwarzen langen
Locken. Wo mochte sie her kommen? Wie alt sie wohl war, war
mein ständiger Gedanke. Sie war so aufgeregt. Ihre Augen
strahlten so hell. Ich nahm nichts mehr um mich herum wahr. Sie
wollte ein Autogramm. Oh man, sie war so nervös. Die Stimmen
meiner Kollegen entfernten sich immer weiter von mir. Jo.

Jetzt:

Ich sitze gerade in Melbourne in meinem Hotelzimmer. Mein Name ist Damon. Damon Mandora. Ja, DER Damon Mandora. Ich habe mir was zu Essen bestellt. Ich bin allein. Die Jungs sind unterwegs. Unser Konzert ist vorbei. Und ich fühle mich irgendwie leer. Wir bleiben eine Weile hier. Termine,Termine. Irgendwie flatterte gerade ein Foto meiner Frau von früher, genau genommen eins von uns in einem Passbilderautomaten, wie wir uns Grimassen schnitten, uns küssten und eins wie sie in die Kamera schaut und mich direkt anlächelt, aus meiner Geldbörse. Ich suche meine Kreditkarte um das Essen zu bezahlen. Das Foto segelte direkt vor meine Füße. Das alles ist schon so lange her. Ich muss an Jo denken. Damals. Als sie da so hinter dem Zaun stand und mir in die Augen sah, so schüchtern. Damals, als alles begann. Sie bat mich um ein Autogramm. Und das schrieb ich ihr auf den Schal, den sie dabei hatte. Ich liebe sie, aber sie ist in Texas. Alanah, unsere Tochter, ist bei ihr. Sie ist schon 15 und ich habe es fast verpasst sie aufwachsen zu sehen. Ich gebe ihr alles, außer meiner Anwesenheit. Dafür hasse ich mich. Aber ich kann nicht anders. Die Musik ist meine Droge, die mich am Leben hält. Ich habe es versaut. Ich bin Sänger (mittlerweile über 50 und ich fühle mich gut, beinahe zu „jung", um aufzuhören), einer Band und wir reisen viel. Jo hat es versucht. Aber sie hatte keine Kraft mehr. Ich bin ein Idiot. Ich sehe das Foto an und denke wieder an den Tag des Drehs in Dallas.

Damals:

„Hey, Erde an Damon. Haaaallooo. Was sagst du dazu?“
„Was? Ich … oh keinen Plan. Wovon redet ihr gerade?“
„Oh Mann, was ist denn mit dir los? Woran denkst du gerade?
Bist ja gar nicht mehr da“, hörte ich John sagen. John ist mein
bester Freund und ebenfalls Mitglied meiner Band. Er ist der
Keyboarder und mein engster Vertrauter. Er kennt mich in-, und
auswendig. Deshalb merkte er auch, dass da was vor sich ging.
Ich war nicht bei der Sache.
„Keine Ahnung was du gesehen hast, aber es ist dir in der
Drehpause begegnet, soviel ist klar.“
„Schon gut, John. Es ist nichts. Bin nur müde.“
„Klar, Bro. Ich werde es schon aus dir heraus prügeln. Ich bin
dein Freund, bin immer für dich da wenn du reden willst.“
„Ich weiß John. Alles okay. Mach dir keinen Kopf.“
„Wenn du das sagst. Wir wollen noch raus. Kommst du mit oder
willst du im Zimmer Trübsal blasen?“
„Ich werde mich aufs Ohr hauen. Morgen ist ein harter Tag.“
„Klar. Hau rein, Boss.“
John und die anderen machten sich davon und ich blieb im
Hotelzimmer. Ständig musste ich an sie denken. Wie kam ich
denn dazu? Ich kannte sie doch gar nicht. Ob ich sie je wieder
sehen würde?

6

Jo

Damals:

Noch Wochen danach dachte ich ständig daran, dass er mich erkannt hatte. Leider habe ich es nicht noch einmal geschafft mich mit ihm zu unterhalten. Egal. Er hatte mich gesehen. Sie müssen doch zugeben das hätte sie auch umgehauen. Egal wen sie verehren. Von da an verdiente ich mir etwas Geld mit Ferienjobs oder Babysitting. So hatte ich Geld für Konzerte. Ich besuchte fast jedes Konzert, wo es mir irgendwie möglich war hinzukommen. Ich hatte ein Ziel und dafür lohnte es sich zu schuften. Leider tat sich zunächst einmal nichts.

Als ich 18 war flog ich zu einem Konzert nach Nashville. Allein. Wie immer war ich zeitig da. An diesem Tag war ich wieder ganz vorne. Logisch. Ich hatte meinen Seidenschal mit, wie jedes Mal, wenn ich zu Damon wollte. Er betrat die Bühne und sah wie immer fantastisch aus. Sein strahlendes Lächeln erfüllte den ganzen Raum. Die Band war schon auf ihren Plätzen und Damon begrüßte sein Publikum. Charmant wie immer. Er sah sich um und dann hielt sein Blick bei mir an. Ich hielt den Schal hoch und er kam näher heran. Für einen Moment stand die Zeit still. Er hatte mich wohl erkannt. Man sah förmlich wie es in ihm arbeitete. Ja, ich denke, er hatte sich an mich erinnert. Ich konnte es kaum glauben. Immerhin war war ja schon eine Weile vergangen. Dann beugte er sich von der Bühne über die erste

Reihe des Publikums. Anscheinend erinnerte er sich tatsächlich an mich. Ein unglaubliches Gefühl. Ohne sein Mikrofon rief er mir zu:

„Jo? Du bist doch Jo, oder?"

„Ja."

„Das ist ja unglaublich. Du bist ein echter Fan. Und den Schal hast du noch immer. Der kam mir doch gleich irgendwie bekannt vor. Hey da ist ja meine Unterschrift."

Freundlich lächelte er mich an. Die Menschen neben mir schoben mich weg. Aber Damons Blick blieb an mir hängen. Mein Herz raste und ich verging in seinen Augen.

Dann nahm er sein Mikrofon:

„Also dann viel Spaß. Diese Show wird großartig. Das verspreche ich dir. Und euch..."

Er machte eine ausladende Armbewegung ins Publikum

„ … natürlich auch."

Und schon stand Damon wieder in Mitten seiner Band auf der Bühne. Er kündigte seinen ersten Song an und schon ging es los. Ich lächelte nur und sagte nichts. Ich war echt erstaunt, dass er meinen Namen noch wusste. Und das nach fast zwei Jahren. Die ersten Lieder schmetterte er fröhlich wie immer um sich. Dann kam ein ruhigeres Lied und Damon bewegte sich geschmeidig wie eine Katze entlang des Bühnenrandes. Er schaute in die Menge und lächelte. Dann kam sein Blick zurück zu mir und ich hatte das Gefühl ganz allein mit ihm auf dieser Welt zu sein. Minutenlang sahen wir uns nur an. Dann geschah etwas womit ich niemals gerechnet hätte. Damon hielt mir seine Hand entgegen. Er sang trotzdem weiter und sein Blick durchbohrte mich förmlich. Ungläubig sah ich ihn an. Aufmunternd nickte er mir zu. Ich glaube er hatte mir sogar zugezwinkert. Mein Herz schlug wild um sich. Er meinte das wirklich ernst. Die Sicherheitsleute standen sofort neben uns. Sie drängelten die vielen Fans zurück. Damon sah mir noch immer in die Augen. Er hockte sich und winkte mir ich sollte näher kommen. Die

Absperrung ließ es aber nicht zu. Hinter mir schoben die Leute voran. Das Lied war zu Ende. Er klemmte das Mikrofon wieder an den Ständer. Jetzt kam er wieder zurück zur ersten Reihe. Ich streckte ihm meine Hände entgegen. So wie alle Mädchen neben mir. Und dann passierte es wirklich. Er nahm tatsächlich MEINE Hand, die schon ganz feucht vor Aufregung war. Dann holte er mich zu sich auf die Bühne. Ein unvergesslicher Tag. Ich stand tatsächlich direkt neben ihm dort oben. Unbeholfen stand ich da. Nicht fähig ein Wort zu sagen, oder mich zu bewegen. Dann nahm Damon das Mikrofon wieder vom Ständer und stellte sich in die Mitte der Bühne. Die anderen Bandmitglieder sahen ihn nur fragend an und legten ihre Instrumente zur Seite. John und Jonathan verließen ebenfalls ihre Plätze und stellten sich hinter ihren Frontmann. Jetzt stand die ganze Band um uns herum. Und ich mitten unter ihnen. Damon streckte den Arm aus und deutete auf mich.

„Leute, das ist Jo. Einer unserer treuesten Fans."

Damon umarmte mich. Ich konnte sein Aftershave riechen. Am liebsten hätte ich mich noch fester an ihn gedrückt. Das ging natürlich nicht. Ich spürte seinen Herzschlag gegen meine Brust donnern. Ich fühlte mich so wohl, aber dennoch total unsicher. All die Augen, die auf uns gerichtet waren, machten die Sache nicht besser. Auch wenn ich es toll fand hier zu stehen, wäre ich doch lieber geflohen. Die Menge jubelte ihm zu. Einige Blicke töteten mich gerade. Damon roch so gut und sein langes Haar streifte meine Schulter. Es war unbeschreiblich. Am liebsten wäre ich nicht mehr von der Bühne gegangen, obwohl mir leicht übel war. Dann ließ er mich los. Leider.

„Lasst uns zusammen Party machen. Jo, hast du Lust?"

Ich traute mich nicht etwas zu sagen und sah ihn nur unsicher an. Ich war so nervös.

„Hey wir sind brave Jungs. Oder Leute?"

Die Menge tobte erneut. Dann ging alles sehr schnell. Damon erlaubte mir für einen Song lang neben Jonathan hinter den

Drums sitzen zu bleiben. Der Drummer ließ mich sogar mal draufschlagen, nachdem er mir erklärt hatte, wann und worauf ich wie oft hauen musste. Ich fühlte mich wie ein Teil der Band. Leider war das Lied viel zu schnell vorbei. Ich hätte ewig dort sitzen bleiben können. Dann musste ich wieder runter zu den anderen. Die Bodyguards halfen mir und ich stellte mich wieder an meinen alten Platz. Damon direkt vor mir. Er sah mir noch immer in die Augen, während er versuchte den Faden nicht zu verlieren. Ich glaube, dass da auch in ihm etwas vorging. Dann sauste er schnell wieder zur Bühnenmitte und blickte in den Saal: „Das war doch gar nicht so schlecht. Was denkt ihr?"
Klatschen.
„Leute, das war Jo. Du hast es echt drauf. Vielen Dank, dass du den Spaß mitgemacht hast."
Das Konzert ging weiter und dann bemerkte ich, dass Damon mich noch immer ansah, während er den nächsten Song ansagte.
„Ähm, oh wo war ich. Ach ja..."
Er grinste verlegen. Irgendwas hatte ihn wohl durcheinander gebracht. Zu süß.
„Wir haben noch einen Hit für euch. Achtung es wird lauuuuut. Seid ihr bereit für *FOR EVER IN MY HEART?*"
Geschrei ohne Ende.
„Das war nichts. Seid ihr bereit?"
Noch lauteres Geschrei.
„Jaaaaa so liebe ich euch. Let´s go!"
Mir entging nicht, dass er bei der Ankündigung des Liedes wieder in meine Richtung sah. Ich wollte glauben, dass der Name des Songs für ihn eine Bedeutung hatte. Genau wie für mich. Und so ist es tatsächlich. Für uns beide. Noch immer.
Das Konzert dauerte etwa drei Stunden. Die Zeit war nur so verflogen. Song um Song raste Damon über die Bühne und gab alles was er hatte. Auch die anderen Bandmitglieder brachten den Laden zum Kochen. Sie waren eine Einheit. Einzigartig. Dann

baute sich Damon mitten auf der Bühne auf, das Mikro in der Hand. Er hob die Hand und im Raum wurde es ruhig.

„Leute ich muss euch sagen: IHR SEID GEIL. Leider war es das für heute. Neeeiiiin nicht traurig sein. Wir sehen uns wieder."
Auch bei diesen Worten sah er mir in die Augen.
„Ladys und Gentlemen - das waren an den Drums: Mr.Jonathan Smith."
Das Publikum pfiff und johlte.
„Am Keyboard: Mein bester Freund Mr.John Brannigan."
Er klopfte seinem Freund auf den Rücken, während dieser sich verbeugte.
„Andy Lee Mc.Fadden an der Gitarre und Nick Fenley unser Chaot am Bass. Danke Jungs."
Er umarmte seine beiden Kollegen und sein strahlendes Lächeln ließ mich beinahe zur Salzsäule erstarren. Dann nahm John das Mikrofon in die Hand:
„Leute was wäre eine Band ohne den genialsten Sänger der Welt. Verantwortlich für die Vocals: Mr.Damon Mandora."
John zeigte grinsend auf seinen Freund. Mir ging mein Herz auf. Die Bude brannte. Die Menschen drehten völlig durch. Es war der Wahnsinn. Alle brüllten nach Zugaben. Die beiden nahmen sich an den Händen, die Kollegen stellten sich dazu. Damon in der Mitte, als alle zusammen sich verneigten. Dann nahm er wieder das Mikro in die Hand und kam ganz nach vorne an den Bühnenrand:
„Ihr wart ein wunderbares Publikum und ich hoffe euch alle bald schon wieder zu sehen. Macht´s gut. Wir danken euch."
Nach und nach verließ die Band winkend die Bühne. Dann war wieder alles vorbei und die Menschen strömten aus dem Club. Ich blieb wieder stehen und starrte auf die Bühne. Alles zog noch einmal an mir vorbei. Ich hatte da oben gestanden. Ganz nah bei ihm. Ein Traum. Und ich wollte nicht dass es hier endet. Das Licht ging aus. Der Saal war inzwischen leer. Aber hinter der Bühne hörte ich noch Stimmen. Ich konnte Damons Lachen

hören. Er klang so fröhlich und gut gelaunt. Dann bewegte sich ein Vorhang. Ich schaute gebannt auf die Bühne. Dann kamen die Helfer heraus um die Instrumente wegzuräumen.

„Hey, was machst du denn noch hier? Das Konzert ist vorbei. Du solltest jetzt lieber gehen. Der Sicherheitsdienst ist gleich hier."

„Ich … Oh, klar, bin schon weg.Tut mir leid."

„David, wer ist denn da?"

„Oh noch ein Mädchen."

„Schon okay."

Ich hörte Damons Stimme. Er kam hinter dem Vorhang heraus und sah mir in die Augen.

„Oh, Jo, du bist ja noch da. Gibt es Probleme? Geht es dir gut? Kann ich was für dich tun?"

Er kam auf mich zu und lächelte.

„Klar ihr wart super wie immer. Danke, dass ich mitmachen durfte. War echt toll."

Wir sahen uns lange nur an.

„Ja das war es. Hat echt Spaß gemacht. Du hast das voll drauf."

„Hab mich gut geschlagen. Ich war nervös aber Jonathan hat mich gut raus gehauen. Danke, dass ich dabei sein durfte."

„Kein Ding. Immer wieder gerne."

Er sah mich an und ich wurde noch nervöser.

„Hör zu, Jo. Du weißt, dass du hier nicht sein darfst. Aber wenn du magst können wir uns ja in der Bar im Obergeschoss gleich treffen und uns etwas unterhalten. Meine Sicherheitsleute werden dabei sein. Das verstehst du doch sicher?"

Ich fühlte mich als hätte ich einen Elektroschock bekommen. Er wollte mich treffen? MICH? Oh, mein Gott!

„Gerne. Geht das denn?"

„Klar. Bis später."

Dann verschwand er winkend. Ich machte mich sofort auf den Weg nach nach oben in die Bar und hoffte dass er auch tatsächlich kam. Alles war so unwirklich und ich selbst glaubte nicht was da gerade passiert war. Ich wartete fast eine Stunde. Es waren kaum noch Leute da. Ich wollte schon aufgeben und gerade meinen Drink bezahlen als Damon in Begleitung zweier riesigen Muskelprotze zur Tür herein kam. Nur er kam. Die anderen Bandmitglieder waren nicht dabei. Irgendwie schade, aber irgendwie auch nicht. Mein Herz schlug schon wieder schneller. Er gab den Männern Zeichen sich an einen Tisch in der Ecke des Raumes zu setzen. Dann kam er auf mich zu.

„Hallo Jo. Tut mir leid, dass es so lange gedauert hat. Musste noch duschen und den morgigen Tag mit den Jungs besprechen. Hoffe das ist in Ordnung für dich."

„Kein Problem", brachte ich hervor.

„Komm mit. Cola?, Kaffee? "

Oh mein Gott. Damon schritt voran in eine kleine gemütliche Nische am Ende der Bar.

„Gern. Danke."

Er nahm Platz und winkte die Kellnerin heran, während ich mich ihm gegenüber hinsetzte. Jetzt war ich völlig aus dem Konzept. Das durfte ich mir natürlich nicht anmerken lassen und versuchte möglichst cool zu wirken.

„Also Jo. Dann erzähl mal. Wie alt bist du denn eigentlich? Bist du allein hier? Von wo kommst du?"

„Ich bin 18 und allein unterwegs. Ihr kommt viel rum ..."

Das Gespräch kam so langsam in Gang, obwohl meine Nerven zum Zerreißen gespannt waren. Ich kann mich noch genau erinnern als sei es gestern gewesen. Ich denke oft an diesen Tag zurück an dem mein Traum begann Wirklichkeit zu werden. Damon bestellte uns noch einen Kaffee. Er erzählte über die Band, neue Songs und lauter Ideen, die noch in ihm schlummerten. Er hasst Streit, genau wie ich. Er liebt Tiere, Sonne, Meer und gute Musik. Der ideale Mann für mich. Mit Drogen hatte er nie zu tun. Bis dahin jedenfalls. Und er hat auch keine Hotelzimmer zertrümmert. Zumindest bis zu diesem Zeitpunkt, soweit ich wusste. Wir saßen einfach nur da wie alte Freunde und unterhielten uns. Ich konnte ganz normal mit ihm reden. Das heißt, eigentlich hörte ich ihm nur zu.

„Hey, alles okay bei dir?"

Damon wedelte mit seiner Hand vor meinem Gesicht herum. Ich hatte gar nicht bemerkt, dass ich ihn die ganze Zeit schweigend angeschmachtet hatte, während er sprach.

„Klar."

Meine Stimme drohte in der Versenkung zu verschwinden und ich spürte Hitze in mir aufsteigen. Noch gerade so bekam ich die Kurve:

„Es war ein tolles Konzert, wie immer."

„Das hoffe ich doch."

Sein freches Grinsen machte mich wahnsinnig. Ich erzählte ihm von meinen Erlebnissen während meiner Reisen zu seinen Konzerten.Von meinen Freunden, meinem Zuhause und auch er erzählte einiges von sich. Auch viel Privates. Eigentlich ging mich das ja alles nichts an. Und dennoch vertraute er mir irgendwie. Ich hätte ihm stundenlang zuhören können. Die Bodyguards hatten ein Auge auf uns. Damon nahm mich ernst. Das war toll. Er ist ein klasse Mann. Und ich bin froh, dass ich ihn kenne. Mit Alanah ist ein Teil von ihm immer bei mir. Ich liebe ihn noch immer. Manchmal wünsche ich mir ich wäre ihm irgendwo auf der Straße begegnet, einem ganz normalen Typen mit einem normalen Job und normalen Sorgen. Aber so war es nun mal nicht.

Früh um fünf schloss die Bar. Wir hatten so lange dort gesessen und die Zeit hatte keine Rolle gespielt.

„Hey Jo. Es tut mir echt leid, aber ich muss mich jetzt verabschieden. Morgen liegt noch einiges vor uns. Wir ziehen weiter. Wir haben noch einige Termine offen. Hat mich echt gefreut dich kennenzulernen. War ein schöner Abend. Vielleicht sehen wir uns ja noch einmal irgendwo wieder. Ich würde mich freuen."

Damon erhob sich von seinem Platz und winkte die Leibwächter heran. Er legte 100 Dollar auf den Tisch und reichte mir seine

Hand. Auch ich erhob mich schweren Herzens.

„Bis dann, Jo. Und komme gut in Texas an."

„Es war ein schöner Abend. Vielen Dank dafür."

Wir hielten unsere Hände einige Minuten fest. Und dann krabbelte ein fetter Kloß meinen Hals hinauf. Ich zog schnell meine Jacke an. Ich musste hier raus, bevor ich anfangen würde zu flennen. Damon war schon am Ausgang. Er ging zwischen seinen Männern hinaus ohne sich noch einmal umzudrehen. Dann floh ich schon fast aus der Bar. Niemand hatte etwas davon mitbekommen. Nicht mal die Presse. Es war fast anonym. Damon und ich mussten nun einmal in unsere Leben zurück. Da ging leider kein Weg daran vorbei. Er in die Schillerwelt des Showbusiness und ich nach Texas. Ob wir uns jemals wiedersehen würden wusste ich damals nicht. Aber ich wusste, dass er mich kannte und dass ich in seinem Leben kurz aufgetaucht war.

7

Damon

Damals:

Nach unserem Dreh war ich irgendwie neben der Spur. Immer öfter ertappte ich mich dabei wie ich an Jo dachte. Da war etwas an ihr, das mich faszinierte. Ihre hübschen Augen, das glänzende Haar. Keine Ahnung was da mit mir los war. Ich bedauerte es, dass ich sie nie mehr sehen würde. Bis dahin war ich ein Einsiedler gewesen. Keine Frau konnte mich ködern. Es gab jedenfalls nichts Ernstes. Auch wenn ich tausend Möglichkeiten gehabt hätte. Ich wollte nur singen, mit meinen Jungs abhängen oder Billard spielen. Keine Ahnung. Mir war einfach nicht bewusst was mir fehlte, oder dass überhaupt etwas fehlte. Mein Leben schien perfekt. Mit den Jungs oder John sprach ich nicht darüber. Die hätten mich eh für verrückt erklärt. So etwas gab es nicht. Nicht für uns und überhaupt. Dennoch beschäftigte mich der Gedanke an dieses Mädchen. Ich ermahnte mich sie zu vergessen. Ein Fan wie Millionen andere auch. Ich sollte mich einfach nur auf meinen Job konzentrieren, was mir aber nicht so recht gelingen wollte. Irgendwie schaffte ich es dann doch, sie aus meinem Kopf zu verbannen. Jedenfalls fast.

Dann, etwa zwei Jahre später, tourten wir durch die USA. Wir hatten damals ein Konzert in Nashville. Bei jedem Konzert zuvor hatte ich versucht Jo zu finden. Zumindest am Anfang der Tour suchte ich nach ihr. Aber ich sah sie nicht mehr. Es waren einfach zu viele Leute da. Unmöglich da jemanden zu sehen. Ich stellte mir zum tausendsten Mal die Frage, warum zum Teufel ich dauernd an sie denken musste, wo sie war und ob wir uns noch einmal begegnen würden. Keine Ahnung wer sie war, woher sie kam, wie alt sie war und was sie tat. Irgendwie wünschte ich mir, dass sie da wäre. Und an jenem Abend sah ich sie in der ersten Reihe stehen. Etwas schwarz-weißes erregte meine Aufmerksamkeit. Ein Schal, der mir irgendwie bekannt vorkam. Jo schwenkte ihn über ihrem Kopf hin und her. Ich sah meine eigene Unterschrift darauf. Es war ja schon eine Weile her, aber ich war mir sicher, dass sie es war. Ich sah genauer hin. Und ja, tatsächlich. Jo war da. Sie hatte sich nicht verändert. Ihr hübsches Gesicht hatte sich förmlich in meine Gedanken gebrannt. Ich wusste, ich wollte sie kennenlernen. Doch wie sollte ich das anstellen? Was würde wohl in ihr vorgehen? Vielleicht war sie ja nicht allein hier. Keine Ahnung was ich tun sollte um Klarheit zu bekommen. Ich hatte sie nur kurz gesehen und auf den Schal geschrieben. Was bedeutete das schon? Nichts. In meinem Kopf ratterte es unaufhörlich. Mir wollte einfach nichts einfallen. Ich spürte ihre Blicke auf mir. Wenn ich nicht handeln würde hätte ich sicher die einzige Chance verspielt. Unser Konzert begann wie alle anderen zuvor. Mein Blick wanderte immer wieder zu Jo. Sie kannte jede Zeile unserer Songs und in ihren Augen konnte ich lesen wie in einem Buch. Trotzdem musste ich mich zusammenreißen. So etwas ging einfach nicht. Und trotzdem tat ich es. Ich konnte nicht anders als sie auf die Bühne zu holen. Ich reichte ihr meine Hand und ich werde ihren Blick nie vergessen als sie verstand, dass ich sie gemeint hatte. Sie war nervös. Sie strahlte mich an. Ein schönes Gefühl. Sam und Daryl halfen ihr auf die Bühne zu kommen. Die Menge tobte. Ich musste mir dringend etwas einfallen lassen. Deshalb ließ ich sie neben den Drums Platz nehmen. Jo war so glücklich damals. Wir brachten das Konzert hinter uns. Immer wieder trafen sich unsere Blicke. Als das Konzert vorbei war, meinte das Schicksal es gut mit mir.

„David, wer ist denn da?", rief ich.

„Ach ein Mädchen ist noch hier. Soll ich den Sicherheitsdienst rufen?"

„Nein schon gut. Ich komme. Mach Feierabend. Die anderen sind schon weg. Sage bitte John Bescheid, dass ich noch etwas zu tun habe."

Ich hoffte, dass mein Gefühl Recht behielt und dass sie es war.

„Klar mach ich. Bis dann."

David ging an mir vorbei und da stand sie tatsächlich. Ich hatte gehofft, sie noch einmal zu sehen. Ich fragte sie ob es Probleme gegeben hatte. Ich musste normal rüber kommen. Mein wahres Ich musste verborgen bleiben. Ich wollte wissen wie es ihr geht. Und wie ihr das Konzert gefallen hat. Ganz unverfänglich. Dieser süße, schüchterne Blick. Ich war nervös. Eigentlich lasse ich mich durch nichts aus der Ruhe bringen. Aber an diesem Tag passierte etwas in mir. Ich kann es nicht beschreiben. Wir sahen uns nur an und dann fand ich den Mut (ich weiß wie das klingt), sie zu einem Gespräch in die Bar zu bitten. Mir war klar wie riskant das war, aber es war mir total egal. Völlig daneben und wahrhaft nicht sehr professionell. Doch ich hatte anscheinend Watte im Kopf und überlegte irgendwie nicht richtig. Niemand hatte etwas davon mitbekommen. Und das war auch gut so. Von John hätte ich sicher eine Einleitung vom Feinsten bekommen. Mein Freund hat mich schon vor manchen Dummheiten bewahrt. Und in seinen Augen wäre das hier damals absolut nicht okay gewesen. Ich hatte einen Ruf zu verlieren. Die Presse hätte wer weiß was daraus gemacht. Und das wäre nicht gut ausgegangen. Scheiß drauf. Es war mein Leben und ich weiß wenn ich damals nichts gesagt hätte, wäre es anders verlaufen. Ohne Jo wäre es nicht halb so schön gewesen. Sie ist mein Fels. Sie war immer da. Und sie ist eine tolle Frau. Ich weiß nicht was ich von ihr erwartet habe. Also, damals stellte ich ihr einfach die Frage und hoffte. Zum Glück nahm sie an. Jo muss ewig auf mich gewartet haben. Aber ich kam einfach nicht weg. Immer wollte jemand anderes etwas von mir. Wir hatten viel zu besprechen. Die kommenden Wochen wären Stress ohne Ende. Aber das war mein Leben. Unser Leben. Die Band hatte es schon sehr weit gebracht. Niemand von uns hatte mit solchem Erfolg gerechnet. Aber so sah unser Leben jetzt eben aus. Ich hatte Angst, Jo wäre schon weg, wenn ich herauf kam. Gerade noch rechtzeitig schaffte ich es die Bar zu betreten. Ich sah Jo schon die Kellnerin heran winken. Ich hatte Sam und Daryl, meine besten Leute, mit. Sie arbeiten noch immer für mich. Bei ihnen fühlte ich mich sicher. Wir setzten uns in eine gemütliche Nische und ich bestellte uns Kaffee. Sam und Daryl saßen am anderen Ende des Raumes. Sie sind gute Leute. Jo war etwas still am Anfang unserer Unterhaltung. Ich versuchte ganz normal mit ihr zu reden. Sie verlor nach und nach ihre Scheu und wir unterhielten uns wie alte Freunde. Ich fand sie interessant. Irgendwie anders als die Frauen die ich bis da hin kennengelernt hatte. Mein Gefühl sagte mir, dass mehr in ihr steckte. Es war ein gelungener Abend. Um 5 Uhr morgens erst verabschiedeten wir uns. Ich hatte das Gefühl dass ihr der Abschied nicht so leicht gefallen war. Trotzdem musste ich professionell vorgehen. Betont cool reichte ich ihr meine Hand. Auch mir fiel es nicht leicht zu gehen. Gerne hätte ich mich noch länger mit ihr unterhalten. Doch das ging nicht. Manchmal war mein Leben echt kompliziert. An jenem Abend hätte ich mir nichts lieber gewünscht als ein ganz normaler Typ zu sein. Dann hätte ich sie nach Hause gebracht, ihr meine Nummer gegeben, ein neues Date ausgemacht oder so. Aber nein - mein Leben war die Band. Die Einsamkeit die mich auffraß. Also ließ ich mich von meinen Jungs hinaus führen. Ich spürte Jos Blicke in meinem Rücken, aber dennoch konnte und wollte ich ihr nicht noch einmal in die Augen sehen. Keine Ahnung. Schnell stieg ich in die Limousine, die für mich bereit gestanden hatte. Mein einsames Hotelzimmer wartete bereits auf mich. Meine Bewacher stellten keine Fragen, sahen mich aber skeptisch an. Und wenn schon. Ich hatte mit einem hübschen Mädchen einen Abend in einer Bar verbracht. Na und?

Die beiden fuhren mit dem Wagen davon und ich war allein. Ich weiß nicht was da mit mir los war. Irgendwie hatte Jo mich erwischt. Ständig sah ich sie vor mir. Ich musste mich einfach damit abfinden dass es nur diesen einen Abend gegeben hatte. Also schleppte ich mich ins Bett, öffnete eine Flasche Bourbon und zappte mich durchs Pay TV. Der Rest der Band war sicher schon im Reich der Träume unterwegs und überhaupt wollte ich mit niemandem reden. Dieses Mädchen war der Hammer. Sie ist einfach unglaublich. Meine Jo. Irgendwie hatte der Bourbon mich umgehauen. Ich hörte ein Trommeln an meiner Zimmertür.

„Hey, Damon. Wir hauen ab."

„Was?"

„Es ist gleich 13 Uhr."

Das war John.

„John, komm rein. Mein Schädel ... "

„Warst lange unterwegs, was?"

Sollte ich ihm sagen was los war? Nee. Besser nicht. Nicht gut. Überhaupt nicht gut. John sah mich fragend an:

„Alles okay?"

„Sicher. Lass uns verschwinden."

„Na ja. Ich bin dein Freund und deshalb werde ich keine Fragen stellen. Ich weiß du wirst reden, wenn du es willst."

„Hm."

Ich musste Jo aus meinem Kopf bekommen. Irgendwie brachte ich die folgenden Konzerte hinter mich. Leider sah ich sie nicht mehr. Mist.

Damon

Jetzt:

Wenn ich so das Foto betrachte könnte ich fast anfangen zu heulen. Das alles ist schon ewig her. Nun sitze ich hier und sie ist so weit weg. Ich bin genau so einsam wie damals. Wir haben uns lange nicht mehr gesehen. Ich denke, dass es fast zwei Jahre sein müssten. Bald ist das Jahr schon wieder vorüber. Und Alanah ist schon so groß. Mir fällt ein, dass sie bald Geburtstag hat. Schon wieder. Und schon wieder bin ich nicht bei ihr. Alles ging so furchtbar schnell. Bald wird sie ihr eigenes Leben leben und ich habe schon die Hälfte verpasst. Als Alanah fünf war, ist Jo gegangen. Mein Gott, das war vor zehn Jahren. Was ist da nur passiert? Jo war es wichtig, dass unsere Tochter in eine normale Schule ging. Normaler Umgang mit normalen Menschen und ein geregelter Tagesablauf, Struktur. Das wollte sie für unsere Tochter. Diese vielen Reisen wollte sie ihr nicht zumuten. Sie wollte, dass Alanah Freunde findet. Ich war dagegen. Wir hätten uns locker einige Privatlehrer leisten können. Ich begriff nicht worum es eigentlich ging. Damals war ich sehr egoistisch. Vielleicht bin ich das heute auch noch. Keine Ahnung. Manchmal frage ich mich wie es gelaufen wäre wenn ich nicht der wäre der ich bin. Ich weiß, dass Jo MICH liebt, nicht meinen Job, das glanzvolle Leben und all der Luxus, der uns umgibt. Es ist ihr nicht wichtig. Ob sie noch bei mir wäre?

8

Jo

Damals:

Die Zeit danach wurde für mich unerträglich. Ich fragte mich jeden Tag ob er an mich dachte. Tatsächlich hat er oft an mich gedacht. Das hatte er mir später erzählt.

Wieder ein Jahr später waren Mandoras Hell Fire auf Tour. Mittlerweile fanden die Konzerte nicht mehr in Clubs statt, sondern in großen Stadien. Die Fangemeinde wuchs stetig.

Diesmal flog ich nach Miami. Hier gaben sie drei Konzerte in einer Woche. Ich konnte zwei davon besuchen. Und bei beiden stand ich wieder vorne. Ich wollte ihm nah sein. Ich hoffte, dass ihm unser Treffen in der Bar noch in Erinnerung war. Für mich hatte das alles eine Menge bedeutet. Auch weil er mir soviel von sich erzählt hatte. Das musste doch etwas heißen. Oder nicht?

Die Bandmitglieder kamen nach und nach auf die Bühne. Wie immer betrat Damon sie als letzter. Und wie immer begrüßte er zuerst übermütig sein Publikum. Er versteht es einfach die Menschen mitzureißen. Die Klänge des ersten Songs setzten ein. Schnell, laut und kraftvoll. Die Menschen sangen mit. Jeder kannte den Text und Damon heizte alle an. Jetzt kam er zum Rand der Bühne und hielt das Mikrofon in die Menge. Er feuerte die Leute an, den Refrain zu singen. Dabei hielt er immer den Zeigefinger seiner linken Hand an sein Ohr und das Mikrofon mit der anderen Hand in Richtung Publikum.

„Ihr seid fantastisch. Lauuuter."

Jonathan hämmerte seinen Einsatz und Andy rutschte auf den Knien die Bühne entlang, die Gitarre nach oben gestreckt.

„Yes! Das geilste Gefühl der Welt."

Damon reckte die Faust in die Luft, während er zur anderen Bühnenseite wechselte. Dann kam er wieder zurück in meine Richtung. Er schnappte sich eine Gitarre vom Ständer und stieg mit in das Lied ein. Das Stadion drohte fast einzustürzen. Er kam jetzt ganz nach vorne und spielte ein Riff wie der Teufel. Das Instrument schien ein Teil von ihm zu sein. Es war als wäre er damit verschmolzen. Er ließ seinen Blick durch das Stadion gleiten. All diese Menschen himmelten ihn an. Und dann geschah es. Damon hatte mich bemerkt. Ich merkte wie es in ihm arbeitete. Er hatte mich gesehen - kein Zweifel. Rückwärts ging er zur Bühnenmitte zurück. Die letzten Töne des Songs waren verklungen. Pfiffe hallten durch die Menge.

„Das war unser neuer Song *PRAY*. Danke Leute."

Er trank einen Schluck Wasser und trocknete sich die feuchte Stirn ab. Dann ging es etwas leiser weiter. Während des ganzen Konzerts sah er hin und wieder in meine Richtung. Ich erwiderte seinen Blick. Die Zeit war rasend schnell vergangen. Ich hoffte ich konnte ihn noch einmal sehen wenn alles vorbei war. Leider hatte ich keine Möglichkeit ihn zu treffen. Der Menschenandrang machte es unmöglich sich ihm zu nähern. Der Sicherheitsdienst war immer präsent. Ich konnte nicht zurückbleiben und auf ihn warten. Aber ich wollte nicht aufgeben. Ich hoffte einfach, dass es sich irgendwie irgendwann ergab. Und am Ende des zweiten Konzerts hatte ich Glück. Ich schaffte es erneut Blickkontakt zu ihm zu bekommen. Die ganze Zeit tauschten wir Blicke aus. Und ich bemerkte, dass er versuchte öfter auf der Bühnenseite zu sein wo ich stand. Dann sprach er von einem Spiel welches er mit dem Publikum machen wollte. Es gab etwas zu gewinnen. Damon warf Eintrittskarten für das Konzert am nächsten Tag ins Publikum. Er sah mir tief in die Augen und versuchte mich anzupeilen als er mit werfen begann. Und es klappte. Ich fing eine und hielt sie hoch. So dass er sah wer sie gefangen hatte. Es gab nur ein paar Karten und in den hintersten Reihen entbrannte ein Kampf darum. Aber ich hatte eine und ich wollte meine Chance nutzen. Damon sah mich an und hielt den Daumen hoch. Er zwinkerte mir zu und ich spürte dass es jetzt weiter ging. Er gratulierte den Gewinnern und stimmte den nächsten Song an. Für ein oder zwei Lieder übernahm Nick den Gesang. Auch er hatte eine super Stimme. In dieser Zeit verschwand Damon kurz von der Bühne und kam mit gewechselten Klamotten wieder zurück. Am Ende des Abends holte er alle zehn Gewinner auf die Bühne.

„So, Leute. Leider müssen wir uns auch heute wieder von euch verabschieden. Aber vorher möchte ich noch unseren Gewinnern gratulieren."

Damon ging zu jeder Person und reichte ihr die Hand: „Gratuliere. Wie heißt du?"

„Bryan."

„Gewinner Bryan. Super. Wir sehen uns morgen."

Die Menschen applaudierten für Bryan. Dann wurden die anderen vorgestellt. Ich zum Schluss. Ich stand wieder neben ihm. Die anderen um uns herum. Damon bedankte sich bei allen. Dann übernahm John das Wort. Damon rückte dichter an mich heran. Mir wurde plötzlich ganz heiß. Ich spürte seine Hand neben meiner. Sie war so warm und ich einfach nur glücklich. Dann verschwand Damon kurz hinter die Bühne, während alle warteten. Er kam mit Coladosen für alle zurück und wir tranken.

„Auf das beste Publikum der Welt. Wir lieben euch alle."

Wir hoben unsere Getränke in die Luft.

„Noch einen letzten Hammer haben wir für euch. *True Love*. Bis morgen. Alle anderen hoffe ich bald zu sehen. Nächste Woche sind wir in Portland. Los geht´s."

Er stellte sein Getränk ab und nahm das Mikrofon. Dann stimmte er seine schönste Ballade an. Mein Lied - unser Lied. Ich kannte

jedes Wort und sang mit. Das Publikum machte ebenfalls mit. Feuerzeuge und Wunderkerzen wurden angemacht. Es war eine tolle Stimmung. Alle standen am Bühnenrand. Ich jedoch blieb hinten stehen, neben Damon. Dann spürte ich, dass er mir einen Zettel zusteckte. Schnell versteckte ich ihn in meiner Hosentasche. Er legte den Arm um mich und ich hatte das Gefühl, dass er das Lied nur für mich sang. Niemand der anderen hatte etwas davon bemerkt. Das hoffte ich zumindest. Ich hatte keine Ahnung was das alles zu bedeuten hatte. Ich wollte am liebsten sofort den Zettel lesen. Das Lied war vorbei. Wir alle verließen die Bühne. Auch die Band. Diesmal war ich nicht so traurig wie sonst immer. Schon morgen würde ich ihn wieder sehen. Mit einem blöden Grinsen im Gesicht verließ ich das Stadion. Endlich konnte ich seinen Zettel lesen. Dort stand: Ruf mich an. Bin im Ritz-Carlton Hotel South Beach. Dann war da die Nummer unter der er zu erreichen war. Er wollte mich noch einmal treffen weil er mich wirklich mochte. Ich rief ihn noch am gleichen Abend an. Besser gesagt mitten in der Nacht. Ewig hatte ich überlegt ob ich das wirklich tun soll. Ich war so aufgeregt. Doch mein Verlangen nach ihm wuchs und dies war die einzige Chance, ihm näher zu kommen. Natürlich fragte ich mich warum er mir seine Nummer gab und ob er das öfter machte. Schließlich kannte ich ihn ja nicht. Wer wusste schon wie er tickte. Es klingelte ewig. Ich hatte schon überlegt wieder aufzulegen als seine Stimme am anderen Ende der Leitung erklang:
„Zimmer 21. Mandora, hallo.“
Ich schluckte schwer und mir brach der Schweiß aus.
„Hallo?“
„Hallo.“
Oh Mann. Ich hätte mich prügeln können.
„Hallo, Mandora hier. Wer ist da?“
„Jo. Jo aus Texas. Du hast mir deine Nummer gegeben. Ich ...“

„Jo. Schön dass du dich meldest. Damit hätte ich nicht gerechnet. Alles in Ordnung?"

„Ja klar. Ich wusste nur nicht ob das ernst gemeint war mit der Nummer. Bitte versteh mich nicht falsch. Ich wollte nicht stören."

„Stören? Oh je. Gott, nein. Ich freue mich. Wie geht es dir?"

„Super. War ein tolles Konzert. Ich hatte echt Glück mit der Karte. Sonst hätte ich heute zurück gemusst. Aber ich denke ich bleibe noch ein paar Tage hier."

„Ja das stimmt. Ich bin auch gerne hier in Miami. Ich liebe die Sonne und diesen unglaublichen Strand. Tolle Leute hier."

„Ja. Was machst du gerade?"

„Ich bin dabei einen neuen Song zu schreiben. Zur Zeit schwappt mein Kopf über vor Ideen. Es muss weitergehen, weißt du?"

„Lass mal hören. Was hast du denn bis jetzt schon komponiert?"

„Oh, ich bin noch am Anfang. Es soll *hope and forgiveness* heißen. Sobald es fertig ist spiele ich es dir vor, natürlich nur wenn du magst."

„Klingt sehr tiefsinnig. Klar mag ich. Heißt das wir telefonieren jetzt öfter?"

„Nur wenn du willst. Dann bekommst du meine Privatnummer. Ich wohne in New York."

„Ich weiß. Sehr gerne. Erzähl mir mehr."

Wir redeten über dies und das und dann sagte er :

„Du bist eine tolle Frau, glaube ich."

„Oh. Meinst du?"

„Ja. Ich spüre so was sofort", lachte er, was ihn nur noch sympathischer für mich machte.

„Ist schon komisch so normal mit dir zu reden."

„Warum? Hab ich was Falsches gesagt?"

„Nein Quatsch. Es ist nur... Ich meine..."

„Weißt du was? Ich bin auch nur ein Mensch. Und ich wollte gerne mit dir reden. Ich erinnere mich noch an unser Treffen in der Bar. Das war ein schöner Abend. Ich finde dich echt sehr sympathisch. Du hältst mich doch nicht für einen Draufgänger oder so? Ich bin … na ja - schüchtern vielleicht."

„Oh tatsächlich? Hätte ich nicht gedacht."

Wir plauderten ewig. Irgendwie war er mir sofort vertraut. Es wurde eine lange Nacht und ich erfuhr vieles über sein Leben und seine Träume, Familie und Freunde. Auch ich vertraute ihm Dinge an als sei er ein Freund oder guter Bekannter.

„Hey, Jo. Ich habe da so eine Idee."

„Oh, was denn?"

„Hättest du Lust dich noch einmal mit mir zu treffen?"

„Wie soll das gehen?"

„Morgen. Wenn das Konzert vorüber ist. Wir könnten noch quatschen. Was denkst du?"

„Du verarschst mich, oder?"

„Nein. Ich fände es cool. Wir könnten noch an den Strand gehen oder was trinken."

„Ich würde mich echt gerne mit dir treffen. Geht das denn so einfach?"

„Ich bekomme das schon hin. Bist du dabei?"

„Ja."

Klar würde ich mich mit ihm treffen. Das Glück hatte mich fest in seinen Händen. Und daran wollte ich zum Teufel nochmal ganz sicher nichts ändern. Ich wollte diesen Mann noch besser kennenlernen. Er war so faszinierend. So wie ich ihn mir immer vorgestellt hatte. Sogar noch besser. Wir tickten fast gleich und telefonierten bis die Sonne bald auf ging.

„Wir sehen uns morgen, Jo. Ich wünsche dir eine gute Nacht."

„Gute Nacht, Damon."

Selig sank ich auf mein Kissen. Das Telefon fest umklammert. Schon bald fiel ich in einen tiefen Schlaf, dessen Träume von Damons hübschem Gesicht beherrscht wurden.

Am folgenden Abend stand ich vorne vor der Bühne und sah nur Damon an. Um mich herum gab es nichts mehr. Immer wieder sah er zu mir rüber und zwinkerte mir zu. Wohlige Schauer liefen mir über den Rücken. Sehnsüchtig wartete ich das Ende des Konzerts ab. Ich malte mir aus wie unser nächstes Treffen verlaufen würde. Nach drei Stunden Powerrock und zwei fetten Zugaben verabschiedeten sich Mandoras Hell Fire verschwitzt von der Bühne. Das Stadion leerte sich und ich versuchte möglichst lange vor Ort zu bleiben. Wenn alle weg waren würde er zu mir kommen. Ich hoffte, dass das nicht nur so daher gesagt war. Unsere Gespräche waren doch schon ziemlich privat verlaufen und es wäre echt doof gewesen, wenn es hier zu Ende war bevor es überhaupt angefangen hatte. Er wollte mich an den Bodyguards vorbei in sein Hotel lotsen. Etwas unbeholfen lungerte ich in der Nähe der Bühne herum. Ich hatte keine Ahnung wie das funktionieren sollte, sich ihm zu nähern. All die Menschen strömten hinaus und es wurde langsam eng für mich. Ich musste mir etwas einfallen lassen. Also suchte ich die Gänge ab und entdeckte eine Tür, die offen war. Die Damentoilette. Ich wollte mich dort verstecken bis die Luft rein war. Ich lauschte und bewegte mich nicht. Niemand kontrollierte, ob noch jemand hier drin war. Zum Glück. Ich saß ewig da drinnen fest und dachte schon, dass ich mich zum Narren gemacht hatte. Dennoch hoffte ich auf das Gegenteil. Ich verhielt mich ruhig. Irgendwann hörte ich nichts mehr. Nur ein leises Fluchen auf dem Gang. Vorsichtig öffnete ich die Tür. Ihr Quietschen klang wie ein Donnerschlag in der Stille. Ich schaute zu beiden Seiten den Gang hinaus und da stand er. Damon. Er war gekommen. Mein Herz machte einen Hopser. Er lehnte gegen die Wand und stützte seine Hände schnaufend auf den Knien ab. Langsam kam ich aus der Toilette und schritt auf ihn zu. Ich war echt gerührt, dass er tatsächlich Wort gehalten hatte. Schließlich war es ja nicht alltäglich für ihn, sich mit Fans außerhalb der Konzerte zu treffen. Und für mich war es ein Traum.

„Damon? Alles okay?"

Er sah mich an und lächelte.

„Hey Jo, du bist tatsächlich gekommen. Hätte nicht gedacht, dass

das klappt. Ich bin überall rum gerannt. Keine Ahnung wo ich nach dir suchen sollte. Die Jungs und die anderen sind schon weg. Wir sind allein hier. Nur die Bodys sind noch da."
„Oh. Musst du weg?"
„Nein. Doch eigentlich schon. Aber ich mag nicht. Noch Lust etwas zu quatschen?"
„Logo. Mit dir doch immer. Geht das denn so einfach?"
„Klar. Okay. Dann machen wir das. Komm lass uns verschwinden. Daryl und Sam stehen noch am Ausgang. Die merken gar nicht, wenn ich weg bin"
„Was? Wenn dir was passiert. Und wenn es jemand mitbekommt?"
„Scheiß drauf. Wird sicher lustig. Ich liebe verstecken spielen."
Schüchtern stand ich da, unfähig mich zu bewegen. Die Gedanken in meinem Kopf überschlugen sich. Was würde passieren? Lange überlegen konnte ich nicht mehr. Schon nahm er meine Hand -ER NAHM MEINE HAND-HILFE- und wir schlichen leise den Gang entlang. Nach einigen Metern bogen wir in einen anderen Gang ab. Alles ruhig. Wir verschwanden in der Garderobe hinter den Mänteln. Noch viele Mäntel hingen hier. Sie würden sicher bald von ihren Besitzern geholt werden. Wir mussten weg. Draußen hörten wir Stimmen nach ihm rufen.Wir standen still in der Ecke und Damon musste sich das Lachen verkneifen. Er war schon ein ulkiger Typ und hatte mit dem Rocker von vor einer Stunde nichts mehr zu tun. Er hielt meine Hand und den Zeigefinger der anderen vor seine Lippen. „Psst, lass sie nur suchen. Ich brauche mal eine Auszeit".
„Okay, wenn du meinst. Ich bin dabei."
Er hielt meine Hand noch immer. Und am liebsten hätte ich ihn nie wieder los gelassen. Die Stimmen auf dem Flur entfernten sich.
„Sie sind weg. Was machen wir jetzt? Hast du Lust noch irgendwo was essen zu gehen? Das würde sich aber als schwierig herausstellen. Die Presse lauert überall. Oder ich könnte uns was

aufs Zimmer bestellen. Vorausgesetzt wir kommen unauffällig da hin. Was denkst du?"

„Was du magst. Hunger habe ich schon aber wenn es nicht geht ist das in Ordnung für mich", brachte ich hervor.

„Na dann los. Lass uns verschwinden. Ich muss mich aber zuerst umziehen. Mit den Bühnenklamotten kann ich nicht auf die Straße. Es wäre wohl doch zu auffällig, glaube ich."

Dieser Typ war der Wahnsinn und ich konnte nicht glauben, welches Glück ich gehabt hatte, dass er sich mit mir abgab. Ich sah ihn unsicher an und er lächelte nur. Wir schlichen uns zu seiner Privatgarderobe.

„Geht es dir gut?", flüsterte er.

„Ja, alles bestens."

Leise bewegten wir uns vorwärts. Immer auf der Hut, dass uns niemand über den Weg lief. Meine Hand hielt er noch immer. Sie war schon ganz feucht geworden, nicht nur meine Hand. Ich sah eine Tür mit seinem Namen darauf. Die Privatgarderobe. Bis dahin war ich noch nie in einer solchen gewesen.

„Wir sind da. Komm rein. Es dauert nicht lange."

„Glaubst du das geht klar?"

„Keine Panik."

Ich schritt langsam über die Schwelle und staunte nicht schlecht. Überall lag etwas herum. Seine Bühnenklamotten, Instrumente, Bierflaschen, volle Aschenbecher usw. Damon schien das nicht zu stören. Schließlich war es doch ziemlich privat und eigentlich hatte kein Fan dort etwas zu suchen. Egal. Ich war jedenfalls in seiner Garderobe. Dort zog er sich um. Es schien ihn nicht zu stören, dass er nicht allein da war. Ich wurde rot wie eine Tomate und drehte mich zur anderen Wand um, wo Plakate von irgendwelchen Stars, die hier schon gespielt hatten, hingen. Ich hörte seinen Reißverschluss und errötete noch mehr.

„So fertig. Nimmst du mich so mit?"

Ich drehte mich um und hoffte, dass meine Gesichtsfarbe wieder der Norm entsprach. Es war einfach zu peinlich wenn er mich so

rot sehen würde. Ich hielt den Atem an als ich ihm in die Augen sah. Das Haar unter einer Cap versteckt und ganz unauffällige Jeans und Turnschuhe anstelle der Rockerstiefel. Wenn ich nicht gewusst hätte wer da neben mir stand, hätte ich ihn auch nicht erkannt. Es war irgendwie aufregend. Ich klappte meinen Kragen hoch und band mir einen Pferdeschwanz. Den Fanschal versteckte ich in meinem Rucksack und dann verschwanden wir durch die Flure zum Hinterausgang des Stadions, mit einem Taxi zu seinem Hotel. Ich hatte das Gefühl die Fahrt dauerte ewig. Damon saß neben mir in einem Taxi. Nicht zu fassen. Ich staunte nicht schlecht als ich sah wie es in Miami tatsächlich war. Bisher hatte ich außer dem Stadion und meinem Hotel nicht wirklich was von der Metropole gesehen. Dann erreichten wir die Collins Avenue. Hier befand sich das Hotel, wo Damon wohnte. Der Strand lag direkt vor der Haustür. Gerne wäre ich mit ihm durch den Sand gestapft. Ich träumte vor mich hin als Damon sagte: „So, da wären wir. Ich wohne ganz oben."
Wir betraten die Halle. Ich war beeindruckt. Damon ging zur Rezeption und verlangte seinen Schlüssel. Das Hotelpersonal sah mich zwar komisch an, stellte aber keine Fragen. Und dann waren wir da. Nummer 21. Das Zimmer war sehr geschmackvoll und edel. Der volle Luxus. Solch ein Hotel hätte ich mir niemals leisten können. Mir wäre auch ein Zelt recht gewesen. Ich war bei ihm. Was wollte ich denn mehr?
„Und was jetzt? Glaubst du nicht sie werden herkommen?"
„Nein. Jeder, der hier rein will, muss mich vorher anrufen und mich fragen ob er darf".
Schon wieder dieses schiefe Grinsen. Dieser Kerl machte mich ganz kirre.
„Aha. Und die halten sich auch alle daran? So ist wohl das Starleben, hm?"
„Kann auch Vorteile haben. Aber ganz ehrlich. Manchmal geht mir das alles ziemlich auf den Zeiger."
Irgendwie tat er mir plötzlich leid.

„Sie werden sich Sorgen machen", stotterte ich.

„Sie können ja anrufen. Ich bin doch hier, oder nicht?"
Damon nahm seine Cap ab und warf sie achtlos in die
Zimmerecke. Ein liebenswerter Chaot. So war er früher und er ist
es noch immer. Die Jacke flog hinterher und dann lief er zu
seiner Zimmerbar und gab mir eine Cola. Ich hockte mich auf die
Sofakante und sah ihm zu. Er war einfach unglaublich. Wie er
sich bewegte, wie sein langes Haar um seinen Kopf flog. Mein
Herz drohte einen Schlag auszusetzen.

„Hast du Hunger?", riss er mich aus meinen heißen Gedanken,
die ich gerade hatte.

„Bist doch schon ziemlich lange auf den Beinen, oder?"

„Ja, das stimmt. Bin ziemlich fertig. Ich komme schließlich aus
Texas. Nicht gerade nebenan, aber das ist mir egal. Wart ihr da
schon mal? Ich meine früher, bevor ihr bekannt wart?"

„Wow, ein echter Fan was? Nein, noch nicht. Na ja, nur in
Houston und Austin. Dallas auch. Der Dreh damals. In San
Antonio noch nicht. Aber es kann ja noch werden. Unser
Tourplan steht bereits. Übermorgen ziehen wir weiter. Zuerst
Portland. Dann ein paar Tage Pause. Danach bin ich in
Philadelphia unterwegs. Wer weiß ob wir uns noch einmal
begegnen. Ich würde es sehr schön finden, wenn es so wäre."

„Ja ich auch. Aber dein Leben ist sehr aufregend und ich glaube
es fängt gerade erst an."

„Lass uns trotzdem etwas reden. Ich habe selten Menschen um
mich außerhalb der Band. Wie läuft´s da draußen? Was machst
du so, wenn du uns nicht hinterher jagst?"

„Da gibt es nicht viel zu erzählen. Ich jobbe hier und da ein
wenig. Ansonsten ...na ja, das was man in einem verschlafenen
kleinen Ort in der Nähe von San Antonio halt so macht. Mein
Leben ist langweilig, aber ich liebe es doch irgendwie."
Damon hörte mir zu, während er sich mir gegenüber in einen
Sessel setzte. Dann wusste ich nichts mehr zu erzählen und sah
ihn nur an. Er riss mich aus meinen Tagträumen:

„Und? Nun doch Hunger?"

„Ja, aber mach dir keine Umstände. Ich komm schon klar."

„Blödsinn. Du bist mein Gast. Und ich mache einen auf Gastgeber. Ich lade dich ein."

Dann drehte er sich um und holte das Telefon. Er bestellte etwas zu essen und sagte seinen Kollegen, dass er nicht mehr gestört werden wollte. Eine halbe Stunde später wurde eine Riesenpizza geliefert. Sie schmeckte einfach fantastisch. Wir saßen lange zusammen. Hin und wieder huschte ein Lächeln über sein Gesicht und ich hätte ihn am liebsten sofort flach gelegt. Der Abend verging viel zu schnell und es war der Beginn einer wunderbaren Liebe, die bis heute besteht. Dann musste ich leider gehen. Schließlich hatte ich ja auch ein Hotelzimmer gebucht. Er war erschöpft und das sah ich ihm an. Ab und zu sah ich, wie er ein Gähnen unterdrücken wollte. Damon war höflich und versuchte krampfhaft die Augen aufzuhalten. Für mich ein Zeichen mich auf den Weg zu machen, auch wenn ich nie mehr von ihm weg wollte. Also schnappte ich meine Jacke, die Tasche und schleppte mich zum Ausgang. Ich versprach auch weiterhin zu seinen Konzerten zu kommen und wenn er es wollte würde ich mich auch gerne noch einmal mit ihm treffen wollen. Damon sagte, dass mir klar sein müsse auf was ich mich einlassen würde. Ich stand an der Tür. Damon kam zu mir. Mein Herz schlug mir bis zum Hals. Er sah wieder richtig wach aus.

„Es war schön dich zu treffen. Ich hoffe es war nicht das letzte Mal. Würde mich freuen wenn wir uns bald wieder sehen würden."

Er gab mir die Hand. Ein Kribbeln überfiel mich. Ich wünschte mir ich hätte bleiben können. Und ich wünschte mir noch etwas anderes. Damon sah mich an. Minutenlang. Ich hielt seine Hand noch immer. Dann kam er näher. Ich bekam Panik und ließ meine Tasche fallen. Damon griff in mein Haar und zog das Gummi heraus.

„Mit offenem Haar bist du viel hübscher."

Ich sagte nichts und mein Herz raste noch schneller. Dann küsste er mich leicht auf die Wange.

„Bis dann, Jo."

„Ja. Bis dann, Damon."

Jetzt war ich da wo ich hin wollte, dachte ich. Ich wollte Damon schon immer und jetzt hatte er mich geküsst. Das musste doch etwas bedeuten. Er ließ mich los.

„Wir sehen uns wieder, versprochen?"

„Ja ich versuche so oft es geht zu euren Konzerten zu kommen. Oder ruf mich einfach mal an."

Ich gab ihm meine Nummer und stürzte aus der Tür. Ich lief den Gang hinab, blind vor Tränen, aber glücklich, dass ich es soweit geschafft hatte ihm so nahe zu kommen wie niemand vor mir.

9

Damon

Damals:

Wir führten unsere Tour fort. Ich war mit meinen Gedanken
irgendwo anders. Die meiste Zeit versuchte ich mich mit Songs
schreiben abzulenken. Oder ich sah aus dem Fenster, wenn unser
Tourbus über die Highways donnerte.
„Kumpel. Es wird Zeit dass du redest, findest du nicht?"
„Worüber?"
„Das wirst du mir gleich sagen."
„John. Es ist nichts. Ich denke wir alle brauchen einfach eine
Pause."
„Schon. Aber ich weiß dass dich etwas beschäftigt. Und zwar
schon länger. Probleme?"
„Nein."
„Rede mit mir. Es gibt für alles eine Lösung."
„Kannst du schweigen?"
„Wie lange kennen wir uns nochmal?"
„Schon gut. Es geht um ein Mädchen."
„Was? Wer ist sie? Kenne ich sie?"
„Nein."
„Was ist denn passiert?"
„Sie war beim Dreh damals. Erinnerst du dich?"
„Also doch. Mensch Damon."

„Ich habe sie später noch einmal getroffen. In Nashville."

„Du hast sie GETROFFEN? Was heißt das? Wo denn?"

„In der Bar des Clubs, wo wir gespielt haben."

„Ja und?"

„Sie ist nett."

„Und weiter?"

„Ich würde sie gerne wiedersehen. Wir haben die ganze Nacht geredet. Und ich hatte viel Spaß mit ihr. Mein Leben kam mir so einfach vor. So normal. Ich mag sie."

„Bist du irre? Ein Fan? Geht´s noch?"

„Sie ist nicht nur ein Fan. Sie ist anders. Bei jedem Konzert suche ich sie im Publikum. Ich wünschte, ich hätte ihr damals meine Nummer gegeben."

„Wie bitte?"

„Sie war nicht da. Ich glaube ich habe meine Chance verpasst."

„Das erklärt natürlich einiges. Deshalb schaust du ewig in der Gegend herum, bevor du dein Programm beginnst. Und was hast du vor?"

„Ich weiß es nicht. Ich kenne sie ja kaum. Trotzdem finde ich sie nett."

„Vergiss es, Damon."

„Sie heißt Jolene. Ich habe ihr damals auf den Schal geschrieben als sie am Zaun am Drehort stand. Seitdem sehe ich sie ständig vor mir. Sie ist echt niedlich."

„Nicht dein Ernst. Junge, wach auf. Die wollen doch alle nur deine Kohle. Oder damit angeben, dass sie den großen Damon Mandora in ihrem Bett hatten. Lass´die Finger davon. Das kann nicht gut gehen."

„Ich weiß ja nicht einmal ob ich sie jemals wiedersehen werde."

„Es ist deine Sache. Aber bitte sei vorsichtig. Ich halte zu dir. Das weißt du, oder?"

„Ja. Danke John."

Ich hatte keine Ahnung, ob das, was ich da von mir gab, irre klang. Mir war nur klar, dass Jo mir nicht mehr aus meinem Kopf

ging. Wir tourten und tourten. Die Veranstaltungsorte waren immer weiter weg und wir hatten uns inzwischen so weit hochgearbeitet, dass wir uns ein gebrauchtes Flugzeug leisten konnten. Diese Bustouren gingen mir ziemlich auf den Geist. Mit der Zeit normalisierte sich mein Leben wieder. Ich begann es wieder zu genießen. Unser Erfolg war überwältigend und es gelang mir beinahe Jo zu vergessen. Ich hatte mit niemandem mehr darüber gesprochen. Auch nicht mit John. Alles war gut. Für etwa zwei Jahre. Dann spielten wir in Miami. Dort sah ich sie wieder. Ich traute meinen Augen nicht. Aber ich war mir sicher dass sie es war. Sie stand ganz nah an der Bühne. Und sie sah noch genau so aus wie ich sie in Erinnerung hatte.
Wir standen kurz vor dem Auftritt.

„Was gibt es zu sehen?" John stand hinter mir.
„Sie ist da."
„Wer?"
„Jo."
„Hä? Wo?"
„In der ersten Reihe. Wenn mir jetzt nichts einfällt, dann nie."
„Ich dachte das Thema wäre durch. Mach´ jetzt keinen Scheiß."
„Ich möchte nur noch einmal mit ihr reden. Ist doch nichts dabei."
„Reden. Klar. Sage nicht ich hätte dich nicht gewarnt."
„Ich werde sie treffen."
„Jetzt mach´erstmal deine Show. Dann sehen wir weiter."

John betrat die Bühne. Dann meine Band. Dann ich. Ich war überhaupt nicht bei der Sache. Jo lenkte mich total ab. Während der Show trafen sich unsere Blicke immer wieder. Als ich meine neueste Ballade sang sah ich sie an. Sie war so voller Energie und Lebensfreude und sie sah so unglaublich süß aus. Ich wollte unbedingt ein zweites Treffen mit ihr. Leider klappte das damals nicht. Daryl schob mich sofort nach Ende des Konzerts hinter die

Bühne. Die Menschen schrien nach Zugaben, aber wir waren erschöpft und betraten die Bühne nicht mehr.

„Hast du ihre Augen gesehen?"

„Ja, süß ist sie schon. Aber pass auf was du machst, okay?"

„John. Sie ist nur ein Mädchen."

„Schon gut. Komm wir gehen wir in die Bar, damit du auf andere Gedanken kommst."

An den folgenden beiden Tagen hatten wir noch zwei weitere Konzerte. Und ich konnte es nicht fassen als ich Jo wieder unten stehen sah. Sie musste uns sehr lieben wenn sie uns überall hinterher reiste. Ich musste mir etwas einfallen lassen. Egal was John dazu sagen würde. Ich weiß, er meinte es nur gut. Trotzdem. Es war meine letzte Chance. Wir hatten noch Karten für das Konzert des nächsten Tages übrig. Diesmal waren wir nicht ausverkauft. In diesem Fall war mir das total recht. Es gab noch genug Karten. Diese könnten wir ins Publikum werfen. Vielleicht eine Chance Jo noch einmal zu sehen. Gesagt getan. Ich konnte mir ein Grinsen nicht verkneifen, als ich in einer kurzen Spielpause in meiner Garderobe saß. Nick und Andy verschwanden zum Rauchen in den Untergeschossen. Jonathan rief seine Freundin an und John kam zu mir. Ich sagte ihm was ich vorhatte.

„Du hast einen Knall. Ich sage besser nichts dazu."

Dann setzten wir unser Konzert fort. Jetzt kam der Moment. Zehn Karten regneten auf die Fans herab. Und ich freute mich ehrlich als ich sah, dass Jo eine hoch hielt. Mein Plan war aufgegangen. Aber ich wollte mehr. Ich hielt meinen Daumen in ihre Richtung. Dieses Lächeln machte mich echt an. Ich fühlte mich irgendwie zu ihr hingezogen. Wir schauten uns an. Länger als es gut gewesen wäre. Ich war verrückt. Die Karte. Noch ein Konzert. Und dann? Das war nicht genug. Es würde nicht genug sein. Ich konnte nicht glauben was ich in Versuchung war zu tun. Aber ich tat es tatsächlich. Ich ging hinter die Bühne, verlangte Zettel, Kuli und einige Dosen Cola als ich die Gewinner der Karten auf die Bühne geholt hatte. Es war die einzige Möglichkeit erneut Kontakt mit Jo zu bekommen. Ich wollte sie kennenlernen, das war Fakt und ich wollte alles dafür tun, dass das auch klappte. Sam half den Leuten auf die Bühne. Ich merkte, dass Jo unbedingt neben mir stehen wollte. Ich half etwas nach, damit es auch gelang. Sie musste meinen Zettel bekommen. Ich versuchte ihn ihr unauffällig zuzustecken. Und ich hoffte sie würde mich nicht für einen Draufgänger halten. Ich weiß man sollte seine Telefonnummer nicht jedem geben. Bei Jo wusste ich einfach, dass sie eine ehrliche Haut ist. Ich habe es einfach gespürt. Irgendetwas zog mich zu ihr hin. Ich verstand es ja selbst nicht.

Tatsächlich rief sie mich an. Niemals hätte ich damit gerechnet, dass ein Mädchen auf eine so blöde Anmache reagiert. Aber mir fiel einfach nichts anderes ein. In solchen Situationen hasste ich mein Leben. Es kann einen schon sehr einschränken, wenn man nicht mehr normal aus dem Haus gehen kann um sich z.B.Zigaretten zu holen.

Es war schon spät, aber das war mir egal. Es schien sie nicht zu stören, wer oder was ich war. Zwei Menschen, die telefonieren. Mehr nicht. Wir machten uns aus uns nach dem Konzert in meiner Garderobe zu treffen. Ich hatte zwar keine Ahnung wie ich das anstellen sollte, aber mir würde da sicher was einfallen. Das Konzert begann. Sofort begann ich mich nach ihr umzusehen. Und da stand sie. Ihr Haar schimmerte im Lichtgewitter. Ich sah sie an. Sie kannte jedes Wort der Songs. Beinahe hätte ich mich verhaspelt. Was war bloß los mit mir? Ich liebe meinen Job, aber an diesem Abend wollte ich dass es schnell vorbei geht.
Wir donnerten drei Stunden über die Bühne. Immer wieder ertappte ich mich dabei, dass mein Blick zu Jo wanderte. Zwischendurch erntete ich warnende Blicke von John. Er macht

sich ständig Sorgen um mich. Dann verklangen die letzten Akkorde. Es war überstanden. Die Stunde der Wahrheit. Hinter der Bühne hielt John mich am Arm fest.

„Was hast du vor?"

„Nichts."

„Red′ kein Blech."

„Ich werde sie suchen. Mit ihr reden. Das ist alles."

„Du meinst das echt ernst."

„Es wird schon gut gehen. Vertrau mir, John. Kümmere dich um die anderen. Und um Dick. Bitte, John."

„Hau′schon ab. Ich mach′das schon."

Ich war froh als die Menschen endlich das Stadion verließen. Auf John konnte ich mich verlassen, was die anderen betraf. Er würde sie schon ablenken. Jo wollte sich irgendwo verstecken. Und es gelang ihr auch - auf der Toilette. Ich suchte das Gebäude nach ihr ab.

„Shit!"

Niemand war mehr da. Totenstille. Doch dann quietschte eine Tür am Ende des Ganges. Jo. Sie war tatsächlich gekommen. Ich war echt froh sie zu sehen. Verdammt. Daryls Stimme näherte sich uns. Ich nahm ihre Hand und deutete ihr leise zu sein. Wir verschwanden in die Garderobe, wo noch Mäntel hingen. Keine Ahnung wem die gehörten, aber sie boten uns Schutz. Ich fand es lustig. Wir bewegten uns nicht. Dann war es ruhig auf dem Flur. Wir schafften es in meine Privatgarderobe zu kommen. Dort zog ich mich um. Ich hasse dieses Verkleiden. Aber manchmal muss es eben sein. Ich schob mein Haar unter eine Cap und kleidete mich wie ein Normalo. Jo band ihr wundervolles Haar zusammen und klappte ihren Jackenkragen hoch. Wir schlichen durch die Gänge zum Hinterausgang. Es war irgendwie spannend. Mit einem Taxi schafften wir es unerkannt zu meinem Hotel zu kommen. Ich sagte dem Personal, dass ich nicht gestört werden wollte.

„Selbstverständlich Mr. Mandora."

Ich spürte Jos Aufregung. Ihre Hand wurde ganz feucht. Ich konnte mir vorstellen wie sie sich fühlte. Sie kannte mich nicht und ich sie ja eigentlich auch nicht. Ich zog meine Schlüsselkarte durch den Schlitz des Türschlosses und trat ein. Jo stand etwas unsicher an der Schwelle. Ihr war nicht wohl bei der Sache.

„Komm ruhig herein. Ich bin ganz brav."

Schüchtern lächelte sie mich an. Schließlich trat sie ein und ich schloss die Tür. Die Situation war ja für sie und auch für mich nicht alltäglich. Zögerlich setzte sie sich auf das Sofa in der Nähe des Fensters. Ich fragte sie ob sie hungrig sei. Sie sah echt erschöpft aus. Keine Ahnung wie lange sie schon wach war. Wir redeten über Gott und die Welt und Jo wurde immer interessanter für mich. Ich wusste damals schon, dass ich mehr von ihr wollte als nur Freundschaft. Es gab so schöne Augenblicke, in denen wir uns nur ansahen. Mein Herz begann zu klopfen. Ich konnte mich selbst nicht verstehen. So etwas hatte ich noch nie erlebt. Wir saßen bis tief in die Nacht zusammen. Auch ich wurde langsam müde und versuchte nicht zu gähnen. Das wäre unhöflich gewesen und außerdem fand ich ihre Gesellschaft sehr angenehm. Dann musste sie gehen.

„Ich muss los. Danke für den schönen Abend, Damon."

Sie nahm ihre Jacke und ging zur Tür. Am liebsten hätte ich ihr gesagt, dass sie bleiben soll. Aber das ging natürlich nicht. Ich stand vom Sofa auf und folgte ihr. Ich nahm ihre Hand und sagte ihr, dass ich sie gerne wiedersehen wollte. Jo wurde etwas verlegen, sogar etwas rot. Mir gefiel das. Dann nahm ich allen Mut zusammen und griff in ihr Haar um das Haargummi zu lösen. Die schwarzen Locken quollen über ihre Schultern.

„Mit offenem Haar bist du viel hübscher."

Sie sah mir in die Augen. Ich überlegte nicht lange und küsste sie ganz leicht auf die Wange. Sie gab mir ihre Telefonnummer.

„Ruf mich einfach mal an."

Das waren ihre letzten Worte bevor sie ging.

10

Jo

Damals:

Ich blieb noch zwei Tage in Miami. Damon sah ich nicht mehr.
Er hatte mir erzählt, dass sie weiter müssten. Ich fand es schade.
Wo es doch gerade so gut lief und ich eine kleine Chance
witterte. Ich wollte ihn schnell wieder sehen. Ich ging zum
Flughafen und versuchte herauszufinden ab welchem Gate die
Maschine nach Portland flog. Damon hatte inzwischen ein
eigenes Flugzeug mit dem Namen der Band auf der Heckflosse.
Das hatte er mir erzählt. Ich habe das Flugzeug nicht gesehen,
aber ich schaute in den Himmel und dachte dass er da irgendwo
ist.
Nach Portland konnte ich ihm nicht folgen und flog nach Hause.
Ich dachte ständig an diesen Kuss und daran was er wohl für
Damon bedeutet hatte. Für mich bedeutete er eine ganze Menge.
Ich hoffte, nicht eine von vielen zu sein.
Die Tage vergingen und die Wochen auch. Natürlich hörte ich
nichts von ihm und ich begann mich langsam damit abzufinden,
dass es eine einmalige Sache war. Der Miamitrip lag fast sechs
Wochen zurück als mein Telefon klingelte. Es war ein
Donnerstag Abend, als Damon sich bei mir meldete.
Ich erfuhr, dass Nick einige Probleme hätte und deshalb die Tour
unterbrochen wurde.
„Ich könnte mal zu dir nach Texas kommen. Wie wäre das?"
„Das wäre toll. Und wie geht das? Sollen wir uns wieder tarnen

und verstecken?"

„Nein ich lasse es wie ein ganz normales Fantreffen aussehen, gewonnen bei irgendwas und du bist die Gewinnerin. Ist doch cool, oder? Dann hat die Presse was zum schreiben. Wir sind wir und wir brauchen uns nicht zu verstecken. Du lebst in San Antonio, richtig?"

„Ja."

„Super. Da war ich nämlich noch nie."

Damon war kaum zu bremsen. Er erzählte mir von allem was er in den letzten Wochen so erlebt hatte. Und am meisten freute mich, als er mir sagte, dass er oft an mich gedacht hatte.

„Klingt gut, bin dabei..."

Mit einen leisen „Bis dann" (Ich liebe dich), im Geiste hinzu gefügt, beendete ich das Gespräch. Wir hatten bestimmt eine Stunde lang telefoniert. Ich hatte wieder Hoffnung. Ich sehnte den Tag herbei an dem ich ihn endlich wieder sehen würde.

11

Damon

Damals:

Ich dachte oft an Jo. Aber mein Leben spielte sich wo anders ab.
Unsere Tour ging weiter. Die Tage hatten nicht genug Stunden
um alles unterzubringen. Jeden verdammten Tag nahm ich mir
vor sie anzurufen. Aber ich fand einfach nicht die Zeit dazu. Ich
war in Portland und rockte jeden Tag das verdammte Programm
herunter. Aber Jo war nicht dabei. Ich hatte mich schon daran
gewöhnt, sie unten stehen zu sehen. Wenn sie ihren Schal hoch
hob. Wie sie jede Zeile mitsang. Sie fehlte mir irgendwie. Ich
weiß nicht mehr wann ich Zeit fand sie anzurufen. Es könnten so
etwa sechs Wochen später gewesen sein. In meinem Kopf reifte
ein Plan. Es gab Schwierigkeiten mit Nick. Der Kerl begann zu
trinken. Private Probleme, Stress, keine Ahnung. Es verging kein
Abend, an dem er nicht blau war. Dann bekam er seine Parts
kaum mehr hin. Wir hatten Angst, dass die Konzertbesucher
etwas merken würden. Wir redeten Nick ins Gewissen und er
versprach etwas zu ändern. Leider schaffte er das damals nicht
ohne professionelle Hilfe. Mit John habe ich dann entschieden,
Nick in einer Klinik behandeln zu lassen. Er würde unsere
Karriere ruinieren. Das wollte und konnte ich nicht riskieren.
Nick hatte zwar verstanden worum es ging, aber allein würde er
das nicht hinbekommen. Also baten wir seine Freundin ihn zu
begleiten.Wir mussten einiges klären.

Es blieb uns nichts anderes übrig. Unsere Tour wurde unterbrochen. Auf unbestimmte Zeit. Das war zwar das Letzte was wir wollten, weil soviel daran hing. Aber die einzige Möglichkeit die Öffentlichkeit im Dunkeln zu lassen. Wir gaben Familienangelegenheiten vor. Die Veranstalter machten Ärger. Die Eintrittskarten behielten selbstverständlich ihre Gültigkeit, aber trotzdem warf die ganze Sache einen dicken Schatten über uns. Wir brauchten sicher ewig alles wieder in Ordnung zu bringen. Aber ohne Nick war es sowieso nicht dasselbe. Er ist die zweite Stimme in meiner Band.

Schon eine Woche später brachten wir ihn fort. Wir wären alle für ihn da. Egal wie lange es dauern würde. Doch wir mussten was tun. Irgendwann rief mich John an. Er war in Detroit unterwegs. Keine Ahnung was er dort trieb. Er sagte mir, er hätte eine tolle junge Band entdeckt, die einen unglaublichen Bassisten bei sich hatte. Ein wilder, wüster Kerl. Punkrocker. Na ja, wir waren zwar keine Punkband, aber ich vertraute John, dass er wusste, was in diesem Typen steckte. Er bat mich Brandon, so heißt er, einmal vorspielen zu lassen. Brandon wäre bereit uns zu helfen so lange Nick ausfiel. Ich dachte, warum nicht?, und ließ Brandon zu uns kommen.

„Ich habe jemanden mitgebracht. Das Ist Brandon. Er ist genial."

„Hey, John, hey Brandon. Wie läuft´s?"

„Cool. Sie sind also der berühmte Damon Mandora. Ich bin Brandon Cample. Hab schon viel von euch gehört."

„Damon, einfach Damon, okay."

„Okay, also, wie geht es weiter?"

„Fang einfach mal an..."

Und John hatte recht. Wir konnten den Typen echt gebrauchen. Er hämmerte uns Bässe um die Ohren, dass uns hören und sehen verging. Ich bat ihn zunächst für ein halbes Jahr zu uns zu kommen und er sagte zu. Mandoras Hell Fire würden wieder auferstehen. Das waren wir unseren Fans schuldig. Die Pause war trotzdem unvermeidbar. Nur ein Gutes hatte diese Sache. Ich hatte Zeit Jo zu treffen. Nur wie sollte ich das anstellen? Ich hatte keine Ahnung. Dann fiel mir etwas total bescheuertes ein: Ich machte ihr den Vorschlag ein gefaketes Fantreffen zu veranlassen. Ich rief John an und erzählte ihm davon.

„Du hast sie nicht mehr alle, aber bitte, wenn du meinst, dass dir das etwas bringt. Die Dame hat dich voll im Griff, was?"
„Wir werden sehen."

Es war jetzt besser nicht näher darauf einzugehen. Die Idee war genial. Ich wollte James, den Piloten unseres Flugzeugs, bitten, mich nach Texas zu bringen. Dort würde ich sie sehen. Ich schlug vor sie als Gewinnerin von, ach keine Ahnung was, einzuladen. Mein Plan ging auf und konnte kurzfristig umgesetzt werden. Nick war in guten Händen. Die Band hatte Zeit ihr eigenes Zeug zu machen. Zu diesem Termin wollten sie mich trotzdem begleiten. Um den Schein zu waren. Alles bestens. In einer kleinen Radiostation in der Nähe ihrer Heimatstadt sollte unser Treffen stattfinden. Ich war stolz auf mich. Dass mir so was eingefallen ist. James flog uns nach San Antonio. Meine Kollegen waren eingeweiht. Auf sie konnte ich mich schon immer verlassen.

„Dich hat's wohl erwischt!"
John machte aus seinem Verdacht kein Geheimnis.
„Vielleicht. Wer weiß was noch kommt."
„Wie soll das gehen? Vergiss es."
Das war Andy.
„Es ist doch nur ein harmloses Fantreffen", versuchte ich die Sache herunter zu spielen.
„Ich kenne dich, Damon. So bist du noch nie umher gewandert. Was hat sie mit dir gemacht?"
„Nichts. Sie ist..."
Ich konnte nicht reden. Dazu war ich nicht bereit. Noch nicht.
„Du solltest dir gut überlegen was du tust. Ich meine sieh dir Jonathan an. Er hat ein Kind. Es ist nicht einfach."

„Susan ist kein Fan, klar soweit? Ich kenne sie schon ewig. Und ich liebe meinen Sohn. Auch wenn er etwas zu früh gekommen ist."

Unser Drummer klang leicht angepisst.

„Ich finde Damon sollte auf sein Herz hören."

Da war ich ganz Jonathans Meinung.

„Sei trotzdem vorsichtig", meinte John. Natürlich wusste ich, dass er recht hatte. Doch das konnte ich nicht zugeben. Etwas mit Fans anzufangen war immer tabu. Aber Jo berührte mein Herz.

Jetzt:

Es klingelt an der Tür. Mein Steak und die Flasche Rotwein werden geliefert. Es wäre schön wenn Jo hier wäre. Ich sehe in den Nachthimmel hinaus. Sonne und Mond tauschen gerade die Plätze. In Texas tritt die Sonne bald ihren Dienst an. Jo wird aufwachen und ich werde nicht neben ihr liegen. Mit ihr hatte ich immer so viel Spaß, wenn wir zusammen gegessen haben. Manchmal haben wir auch gemeinsam gekocht. Ich sah ihr zu wenn sie durch die Küche tobte, ihre Klamotten voller Mehl waren, wenn sie Muffins gebacken hat. Ich sah ihr zu, wenn sie ihren Finger in die Soße tauchte um zu kosten, um ihn dann sinnlich vor meinen Augen abzulecken. Meine Frau ist eine tolle Köchin. Und die beste Mom, die mein Kind haben kann, wenn es schon so einen beschissenen Vater wie mich hat. Das Steak ist gut, aber Jo fehlt mir.

Wir sind schon fast ein halbes Jahr auf der anderen Seite der Welt. Japan, Thailand, China, keine Ahnung. Ich sehe die Welt und doch sehe ich nichts. Ich weiß nichts über die Städte, weil ich nicht hinaus gehe. Nicht mehr. Früher war das anders, als Jo noch dabei war. Mit ihr machte es noch Spaß die Städte unsicher zu machen. Hinzu kommt, dass mich jeder erkennt und mich

anquatscht. Das nervt. Ich bleibe oft allein im Hotel zurück, während die Band in Clubs abhängt. Sie kommen mit all dem Rummel besser klar als ich. Ich sitze jeden Abend in irgendeinem Zimmer und glotze Pay TV. Habe ständig mein Handy am Ohr, oder eine meiner Gitarren in den Händen. Ich schreibe Songs. Andy, unser Bassist, geht mir manchmal zur Hand. Seine Melodien und meine Texte passen immer zusammen. Er schrieb meine schönste Ballade *True Love* und ich weiß, dass Jo dieses Lied liebt. Es hat uns damals zusammen gebracht. Mit Nick habe ich in letzter Zeit auch sehr viel gearbeitet. Er ist noch immer die zweite Stimme in meiner Band. Und Brandon. Auch er ist noch immer dabei. Ja, aus dem halben Jahr ist ein halbes Leben geworden. Wir geben ein tolles Gespann ab. Meine Jungs, meine Band, meine Brüder. Mein Leben. Mein Leben ist toll. Ich will es nicht anders. Aber ich will meine Frau zurück.
Ich will, dass sie bei mir ist. Sie war immer da. Viele Jahre. Und sie hat mir Kraft gegeben. Ihr Armband, das sie mir einmal geschenkt hat, trage ich immer noch. Ich weiß, dass sie mich noch immer liebt. Und ich weiß, dass es ihr nicht leicht gefallen ist, diese Entscheidung zu treffen. Es geht ja auch um Alanah. Jo hat mir erzählt, dass unsere Tochter jetzt einen Freund hat. Jack. Ich hoffe er passt gut auf meine Kleine auf.

Ich sehe wieder aus dem Fenster. Alles dunkel und ich weiß am anderen Ende der Welt steht meine Tochter gerade erst auf um in die Schule zu gehen. Wie normal das alles ist. Ich greife an die Kette mit dem Kreuz um meinen Hals, die ich niemals ablege. Meine Grandma gab sie mir als ich vierzehn war. Und sie sagte mir, Gott ist da. Früher fand ich das dämlich. Weil Typen wie wir cool sein müssen. Weil Typen wie wir nicht als gottesfürchtig betitelt werden. Ja, ich bin gläubig und passe nicht in die Liga der richtig bösen Buben. Und es hilft mir in der heutigen schweren Zeit. Ich lebe noch und bin gesund. Ich habe meinen Teufel erlegt. Ohne meine Frau wäre ich sicher längst tot. Ich sollte dankbarer sein. Für sie da sein. Sie beschützen. Ihr helfen, wenn sie Sorgen hat. Meinem Kind der Vater sein, den es braucht und verdient. Ich habe nichts kapiert. Jetzt ist es zu spät und lässt sich wohl auch nicht mehr ändern. Ich bete, dass es meiner Tochter gut geht. Und Jo. Meine Gedanken schweifen wieder ab.

John

12

Jo

Damals:

Zwei Tage später fanden wir uns im Studio des örtlichen
Radiosenders von San Antonio wieder. Es war nicht weit von
meinem Haus entfernt und ich konnte den Sender gut erreichen.
Man bat mich auf einer Sitzgruppe im Vorraum Platz zu nehmen.
Ich war so aufgeregt. Und ich machte mir Sorgen ob alles gut
laufen würde. Es war schon unglaublich wie weit Damon für
mich gegangen war. Nach etwa einer Stunde betrat ich das
Aufnahmestudio. Noch nie zuvor war ich in einem solchen
gewesen. Und ich hatte keine Ahnung wie ich mich verhalten
sollte. Die Visagisten kümmerten sich um mein verschwitztes
Gesicht, obwohl es ja doch niemand sehen würde, dachte ich.
Mein Herz hämmerte wie verrückt. Ich wurde vom
Moderatorenteam und den Tonleuten begrüßt. Eine Menge Leute
wuselten um mich herum. Ich fühlte mich unwohl, aber Damon
zu sehen entschädigte mich für alles. Ich hatte keine Ahnung ob
oder wie es überhaupt mit uns weitergehen sollte. Einige
Fotografen der Zeitung waren auch da. Damit hatte ich nicht
gerechnet und da wusste ich auch, warum man mich geschminkt
hatte. Unbeholfen saß ich auf dem Sofa und wartete auf Damon.
Ich bekam ein mulmiges Gefühl. Blitzlichter und Mikrofone
waren mir fremd. Ich hatte das Gefühl, dass alle Augen auf mich

gerichtet waren. Es machte mich nervös und ich bereute sogar ein klein wenig, dass ich gekommen war. Ich wollte doch nur Damon treffen. Dann betrat er endlich den Raum. Begleitet von verschieden Personen. Unter anderem auch die Band, ohne Nick. Auch die beiden Riesenkerle vom ersten Treffen waren dabei. Sie würden mich sicher erkennen. Panik stieg in mir auf. Damon hatte mir beim letzten Treffen im Hotel erzählt, dass die beiden Sam und Daryl hießen, und dass sie schon lange für ihn arbeiteten. Heute leben sie in der Nähe meines Hauses und passen auf uns auf. Damon wollte es so. Und er bezahlt sie gut dafür. Damon gab mir die Hand als hätte er mich noch nie gesehen. Mir brach der Schweiß aus. Dann begrüßte John mich und sah mich skeptisch an. Andy sagte nur hallo, mehr nicht und Jonathan lächelte mich freundlich an. Ich denke dass er sich an unseren gemeinsamen Drum-Abend erinnerte. Zum Glück sagte er nichts dazu. Dann setzten wir uns hin. Ich hatte keinen Plan wie so etwas ablaufen sollte. Also drückte ich mir irgendwelche Fragen aus dem Kopf, obwohl ich die Antworten ja schon kannte. Damon sah mir in die Augen und ich konnte erkennen was er mir eigentlich sagen wollte. Es war hart für mich, entspannt und gleichgültig auszusehen. Am liebsten hätte ich ihn sofort zu Boden gerissen und wer weiß was mit ihm angestellt. Statt dessen versuchte ich meine Atmung und meinen Herzschlag wieder zu normalisieren, in dem ich auf den Boden sah. Mir fiel langsam nichts mehr ein was ich ihn hätte fragen können. Ich hoffte einfach, dass es bald vorbei wäre und wir unser eigentliches Treffen haben konnten. Ich wollte ihm doch so viel sagen. Es war ein komisches Gefühl so zu tun als sei nie etwas zwischen uns gewesen. Verschwörerisch sah er mich von der Seite an. Nur wir wussten warum. Das Ganze dauerte etwa eine Stunde. Dann verschwanden wir in eine Cafeteria. Es wurden noch einige Fotos gemacht, bevor Damon und die anderen sich erst einmal vorsichtshalber von mir verabschieden mussten. Förmlich, höflich, schüttelten wir einander die Hände. Ich verließ den

Sender durch die Vordertür, die Band durch den Hinterausgang. Im Park dahinter wollten wir uns wieder treffen. Verkleidet wie beim letzten Mal. Ich hoffte sehr, es würde uns gelingen. Ich war schon längst draußen und wartete auf ihn.

Eine Weile später sah ich eine große schlanke Gestalt mit einer coolen Baseballkappe aus dem Gebäude kommen. Das musste er sein. Ich musste lachen als ich ihn so sah.

„Ich komme mir vor wie auf der Flucht. Aber ich wollte dich sehen. Und wie geht es dir?"

„Gut. Und dir? Ganz schön aufregend so ein Starleben, oder?"

„Es gibt Tage da wünsche ich mir dass keiner mich kennt. Aber sonst geht es mir gut. Schön dich zu sehen."

„Ja, ich freue mich auch, dass das so gut geklappt hat. Mir war echt unwohl mit all den Leuten, den Kameras und all dem Zeug. Ich bewundere dich, wie du damit klar kommst. Ich weiß nicht ob ich das täglich aushalten könnte. Ich bin kein Typ für die Öffentlichkeit."

„Mit der Zeit gewöhnt man sich daran. Aber du hast recht; manchmal geht mir das echt auf den Geist. Sieh dir an wie ich rum laufe."

Er sah an sich herab.

„Geht gar nicht, ...oder?"

„Einen schönen Menschen kann nichts entstellen - sagt meine Mutter immer."

„Wenn du das sagst geht es mir schon viel besser."

Er grinste mich an und mein Herz schlug schon wieder schneller.Wir liefen eine Zeit lang schweigend tief in den Park hinein. Zwischen einigen hohen Bäumen blieben wir stehen. Ich sah ihn von der Seite an und musste schon wieder lachen. Er sah so ulkig aus in seiner Verkleidung. Eine Schande einen solchen Typen zu verstecken. Gerne wäre ich ganz normal Hand in Hand durch den Park gelaufen. Aber das ging nicht. Nichts war hier normal. Und es wurde noch schlimmer.

„Hey Jo, alles gut? Tut mir leid wegen dem ganzen Theater. Ich hoffe es wird eines Tages leichter."

„Ich glaube eher nicht. Ich hätte nicht gedacht, dass wir uns noch einmal sehen, aber ich bin froh, dass es geklappt hat."

„Ich auch nicht."

Wir liefen eine Weile herum und blieben schließlich hinter einem Kiosk stehen. Es waren nicht viele Leute da. Das Wetter war nicht so besonders schön. Ein Paar Jogger oder alte Menschen mit Hunden liefen umher, aber ansonsten war es ruhig. Damon hielt an und drehte sich zu mir um.

„Wie geht es weiter mit uns? Ich glaube ich mag dich, Jo. Und ich denke du tust es auch, stimmt's? Ich fände es toll wenn irgendwann einmal mehr daraus würde. Aber ich weiß auch was das für dich bedeuten würde."

Er sah mich an. Ich traute meinen Ohren nicht. Was hatte er da eben gesagt? Ich brauchte einen Moment um seine Worte in meinem Kopf zu sortieren. Ich schloss die Augen und versuchte ruhiger zu werden. Endlich konnte ich ihn ansehen und ihm antworten:

„Klar mag ich dich. Wäre ich sonst fünf Jahre lang hinter dir her gereist? Ich träume einen Traum den viele träumen und ich bin dir schon näher als andere es jemals sein werden. Ich würde alles dafür tun dass aus uns etwas wird, aber wir müssen realistisch sein. Du und dein Leben, da ist doch für mich kein Platz. Wir können nirgends allein sein. Und ich will mich nicht immer verstecken müssen. Aber wenn du es willst versuche ich es."

Er sah mich an und seine Augen sahen hoffnungsvoll, aber auch etwas traurig aus. Ich spürte wie er mit sich rang mir etwas zu sagen.

„Jo, das ist einen Versuch wert. Ich kann es nicht erklären, aber du hast mich sehr beeindruckt. Von Anfang an als ich auf deinen Schal geschrieben habe. Ich habe dich bei jedem Konzert gesucht. Und ich war enttäuscht wenn ich dich nicht gesehen habe. Es bedeutet mir viel dich unten stehen zu sehen und zu wissen dass jemand an mich glaubt."

Er nahm meine Hände und sah sie an. Damon der harte Rockstar mit seiner weichen Seite. Hinter der harten Fassade steckt ein Kerl mit Herz.

„Und? Was denkst du? Gibst du mir eine Chance?"

Wow.

„Du mir denn auch?"

„Ich würde mich besser fühlen, wenn ich wüsste du bist da. Ich weiß dass es kompliziert ist. Aber nichts ist unmöglich, wenn man etwas wirklich will, oder?"

Da hatte er recht. Es WAR kompliziert. Aber ich entschied mich es zu versuchen. Und er auch. Ich war am Anfang meinem Ziel etwas näher zu kommen. Fünf Jahre, und jetzt stand ich neben ihm. Neben dem Mann, den ich schon lange liebte und der der mein Leben veränderte. Gerade als seine Lippen sich meinen näherten sah ich eine junge Frau neben dem Baum gegenüber stehen. Sie sah in unsere Richtung und starrte Damon an als käme er vom Mond. Keine Frage - sie hatte ihn erkannt.

„Damon lass uns verschwinden. Ich glaube sie weiß wer du bist."

Schnell drückte er mir einen Kuss auf die Nasenspitze. Dann nahm er meine Hand und wir rannten. Wir hörten die Frau seinen Namen rufen. Andere Menschen sahen uns nach. Die Frau folgte uns und die anderen schlossen sich ihr an. Schnell bogen wir ab und flüchteten in einen Unterführungstunnel. Die Menschenmenge rannte weiter die Straße entlang. Atemlos lehnten wir uns an die Wand des Tunnels.

„Das war knapp. Meine Tarnung war wohl nicht gut genug, was?"

„Nein, wahrscheinlich nicht."

„Egal, dich zu sehen war es mir wert. Komm her."

Schon fand ich mich in seinen Armen wieder. Ich reichte ihm gerade bis zum Kinn. Er drückte mich an sich als sei ich sein wertvollster Schatz und küsste meinen Kopf. Ich fand den Mut meine Arme um ihn zu schlingen. Dass ich ihn liebte, wusste ich schon lange, aber ich wollte dass er es merkt. Es war mehr als ihn nur gut leiden zu können. Ich glaube, dass Damon es im Innersten spürte und er strich mir über mein Haar.

„Jo, wenn du willst dann schaffen wir das."

Ich drückte mich noch enger an ihn.

„Das wäre toll."

Vorsichtig lauerten wir um die Ecke. Alles ruhig. Hand in Hand schlenderten wir weiter ohne Zwischenfälle durch den Park bis es stockdunkel war.

Am nächsten Morgen musste Damon zurück zu seiner Band und die Tour besprechen. Wer wusste schon ob und wann wir uns wieder sehen würden. Aber wir wollten es beide versuchen.

13

Damon

Ich denke daran als ich damals in dem Radiosender neben Jo auf dem hässligen grauen Sofa gesessen habe. Wir mussten so tun als würden wir uns nicht kennen. Es kostete uns echte Überwindung uns nicht mit den Vornamen anzureden oder von unseren Erlebnissen zu erzählen. Ich musste mich zwingen sie nicht dauernd anzustarren. Über eine Stunde mussten wir aushalten. Bevor wir den Sender betraten, musste ich mich noch den Fragen der Band stellen.

„Was versprichst du dir davon?", meinte John.

„Meine Güte, ich kann sie gut leiden. Was ist so falsch daran?"

„Nichts. Und weiter?"

„Ich weiß es nicht, John. Bitte verrate uns nicht okay?"

„Natürlich nicht. Wir möchten nur dass du vorsichtig bist."

„Und was ist mit euch?"

„Sind wir deine Freunde oder was?", meinte Andy.

„Danke."

Irgendwie brachten wir die ganze Prozedur hinter uns. Wir machten brav unsere offiziellen Fotos und ich beantwortete die Fragen, die mir Jo scheinheilig stellte. Es war zu süß wie sie ins Stottern kam. Hin und wieder musste ich mir ein Lächeln verkneifen. Wenn auch ich ab und zu ins schleudern geriet kümmerte sich John darum. Meine Band ist einfach klasse. Einer für alle und alle für einen. Und Jo ist einfach Jo. Sie hat ein großes Herz und ich weiß, dass ein Stück davon mir gehört. Manchmal telefonieren wir. Ihre Stimme zu hören macht mich glücklich und traurig zu gleich. Ich bin wie ich bin.

Sie trifft keine Schuld.

Wir brachten die Stunde Kreuzverhör hinter uns und gaben uns zum Abschied ganz brav die Hände. Dann ging jeder seiner Wege. Jo vorne heraus aus dem Gebäude, meine Band und ich durch den Hinterausgang. Keiner meiner Jungs gab auch nur einen Laut von sich. Und ich besser auch nicht. In der Garderobe traf ich auf John. Ihm sagte ich was ich vorhatte.

„Damon, ich weiß nicht ob das eine gute Idee ist. Denk doch mal nach."

„Ich will mich nur mit ihr ein wenig unterhalten. Irgendwie finde ich sie süß."

„Ich kann es dir ja doch nicht ausreden, oder?"

„Nein. Es wird schon gut gehen. Der Park hinter dem Sender ist heute nicht so gut besucht. Ich möchte sie nur noch einmal sehen. Kümmere du dich um die anderen. Lass dir was einfallen wo ich bin. Du machst das schon."

„Du findest sie nur süß? Ist klar. Da ist mehr, oder?"

„Keine Ahnung."

Natürlich nicht. Scheiße. John war ja nicht blöd. Er kennt mich besser als ich mich selbst kenne. Dann sah er mich an:

„Versprich mir dass du vorsichtig bist."

„Werde ich. Sie ist eine attraktive Frau und keine Massenmörderin."

„Wie du meinst. Bis später."

John ließ mich allein. Ich sagte Daryl und Sam, dass sie ruhig schon gehen könnten weil ich noch etwas zu erledigen hätte. Sam sah mich misstrauisch an, ging dann aber. John würde sich um Dick und die Band kümmern. Ihm fiel immer etwas ein um mir meinen Arsch zu retten. So war er schon immer. In meinem Armeerucksack hatte ich Klamotten versteckt, die ich jetzt auf der Toilette anzog. Ich musste raus hier. Zu Jo. Ich mochte meine Mähne, aber damals hätte ich sie verfluchen können, weil sie einfach nicht unter dieser verdammten Kappe bleiben wollte.

Die Zeit lief. Kostbare Zeit, die ich nicht vergeuden mochte. Abgehetzt kam ich im Park an. Jo lehnte an einem Baum. Sie sah mich an und musste sich das Lachen verkneifen. Ich sah aber auch zu dämlich aus. Zögerlich nahm sie meine Hand, die ich ihr hin hielt. Wir liefen bis tief in den Park hinein und waren froh uns zu sehen. Ich war es auf jeden Fall. Dann legte ich meinen Arm um sie und merkte, dass sie nervös war. Einige Meter entfernt stand ein Kiosk. Hinter dem Haus hielten wir an. Ich nahm Jos Hände in meine und sah sie an, gestand ihr was ich fühlte, in etwas abgeschwächter Version. Ich sagte, ich MAG sie, was ja nicht der Wahrheit entsprach. Ich war hoffnungslos verknallt in die Frau. Das war ja selbst John nicht entgangen. Ich musste mich besser unter Kontrolle bringen. Jo sah mich nur an und es kam mir so vor als traute sie ihren Ohren nicht. Und dann gestand sie auch mir ihre Gefühle für mich und ich erfuhr wie lange sie das schon mit sich herum trug. Unglaublich. Es überkam mich und ich wollte sie küssen. Mir war bewusst dass sie näher an mich heran gerückt war. Unsere Herzen pochten wie verrückt. Und dann, als ich mich ihr näherte, passierte es. Das was immer passiert wenn mein vorwitziges Haar unter der Kopfbedeckung heraus rutscht und man mich erkennt.

„Damon, ich glaub wir müssen abhauen."
Jo klang echt ängstlich. Da stand eine Frau mit ihren Freundinnen. Kein Zweifel, es wurde eng. Schnell drückte ich Jo einen Kuss auf die Nase. Dann rannten wir. Hand in Hand. Die verdammte Weibermeute verfolgte uns durch den halben Park und ich bereute meine Entscheidung Sam und Daryl weggeschickt zu haben. Wir rannten schneller und ich verlor meine Cap. Ausgerechnet die von meinem Lieblingsverein, den New York Giants. So ein Mist. An solchen Tagen hasste ich es berühmt zu sein. Heute ist es ja noch schlimmer. Und das hat mich meine Frau gekostet. Die einzige Person, der ich je richtig vertraut habe. Sie hat mich immer wieder auf den Boden geholt wenn ich drohte abzuheben oder runter zu fallen.

„Los rechts rein schnell."

Ein Riesenbusch stand neben dem Eingang eines Tunnels. Mit einem Satz saßen wir in diesem Busch und konnten in den Tunnel kriechen. Wir lehnten uns an die Wand des Tunnels und schnappten nach Luft, während die Meute vorbei rannte. Wir sahen uns an und mussten lachen. Ich stellte fest, dass ich an meiner Tarnung noch zu arbeiten hatte, worauf Jo mir mein Haar noch mehr zerzauste. Ich konnte nicht anders als sie zu mir heran zu ziehen. Sie ist kleiner als ich. Etwa einen Kopf überrage ich sie, obwohl Jo auch 1,70 misst. Ich wollte sie küssen, aber ich traute mich nicht. Nicht nur flüchtig auf die Nase. Ich wollte sie spüren, aber ich wusste nicht was sie davon hielt. Also ließ ich es. Wir warteten eine Weile im Tunnel bis wir nichts mehr hörten. Als die Luft rein war liefen wir Hand in Hand wieder zurück bis es dunkel war. Der Mond schien und es war so ruhig dort. Das Leben hätte so einfach sein können. Aber das war es nicht. Am nächsten Tag musste ich zurück zu meinen Leuten. Ich hatte keine Ahnung wann ich Jo wieder sehen würde. Es würde nicht einfach werden. Aber wir hatten uns ja versprochen es zu versuchen. Wenn es nichts würde dann hätten wir es wenigstens versucht. Ich bin froh dass wir so stark waren. Ich möchte keine Sekunde missen die ich mit Jo verbracht habe.

14

Jo

Damals:

Auf dem Weg zur Arbeit kam ich an einem Zeitschriftenladen
vorbei. Ich sah mich auf der Titelseite einer Jugendzeitschrift als
strahlende Gewinnerin neben Damon auf einer Sitzgruppe sitzen.
Spätestens jetzt würden Ann und meine Eltern davon erfahren
was ich so in meiner Freizeit tat und dass ich Damon noch immer
nicht aufgegeben hatte. Ich kaufte die Zeitung und hoffte dass
alles was darin stand der Wahrheit entsprach. Von unserem
Ausflug in den Park hatte nichts darin gestanden. Zum Glück.
Am Abend rief er mich an:
„Jo. Wie geht es dir? Hast du den ersten Promischock
überwunden?"
„Na ja, es geht so. Wir stehen in der Stars. Ich habe mir die
Zeitschrift geholt. Wir sind gut getroffen."
„Oh. Das ist cool. Wie sieht es mit der Story aus?"
„Alles so wie es war, warum?"
„Manchmal erfahre ich Dinge über mich und mein Leben, dass
mir übel wird. Ich möchte nicht, dass du schlecht über mich
denkst und den ganzen Mist glaubst."
„Quatsch. Ein wenig kenne ich dich ja schon. Und ich hoffe, dass
du mir noch mehr über dich verrätst."
„Na klar. Wenn wir uns nächstes Mal sehen verrate ich dir alle
schmutzigen Wahrheiten über mich. Du wirst mich sicher
hassen", lachte er.

Wenn es überhaupt ein nächstes Mal für uns gibt, dachte ich und drückte einen dicken Klos den Hals hinab.

„Bist du so ein furchtbarer Kerl?"

„Ja, ganz furchtbar, glaub mir."

„Ich kann damit Leben, weil ich auch furchtbar bin." (furchtbar verrückt nach dir), dachte ich und musste echt aufpassen, es nicht laut auszusprechen. Wir redeten lange und zogen uns gegenseitig auf. Ich wollte so gerne bei ihm sein. New York war so weit weg. Die Tour wurde noch weiter wegen Nicks Krankheit unterbrochen, erzählte Damon mir später. Da konnte man nichts machen. So war es eben. Ich dachte an Nick und hoffte, dass alles gut werden würde. Natürlich gab es Beschwerden von den Veranstaltern und die Fans waren auch nicht begeistert. Dann sagte er mir, dass es jetzt eine lange Pause geben würde. Weitere drei Monate. Nick war ein Teil der Band und ohne ihn wollte er nicht auftreten. Da stimmte ich zu. Damon sagte mir dass er in New York bleiben würde bis Nick wieder fit war. Meine Laune sank weil ich nun vorerst keine Konzerte mehr besuchen konnte. Ich wusste nicht wann ich ihn wieder sah und das machte mich fertig. Er muss wohl an meinem Tonfall gemerkt haben woran ich gerade dachte und dann fragte er mich etwas das ich kaum glauben konnte. Er fragte mich ob ich nicht zu ihm kommen könnte. Er lud mich zu sich nach New York ein. Er würde mich abholen lassen. Ich bräuchte kein Flugticket und ich sollte mir keine Sorgen machen.

„Ich soll was? Nichts lieber als das..."

„Ich verstehe dich, aber freuen würde ich mich trotzdem."

Wir telefonierten noch eine Weile und mir war klar, dass ich ihm folgen würde. Ich wollte meine Chance nicht verspielen. Schließlich war ich ja schon so weit gekommen. Leichtsinnig und blind vor Liebe kündigte ich meinen Job und ging zu ihm nach New York. Ich weiß was sie denken: Wahnsinn, Unvernunft, Naivität, Dummheit... Es war mir egal. Ich packte einige Sachen in meinen Koffer und fuhr zum Flughafen. Meine Gedanken überschlugen sich und ab und zu bekam ich doch Zweifel ob es das Richtige war. Schließlich kannten wir uns kaum. Dass ich ihn liebte war eine Sache. Dass er mich mochte die Andere. Und dann? Keine Ahnung.

Nach einer gefühlten Ewigkeit traf ich am Flughafen ein. Niemandem hatte ich gesagt was ich vorhatte. Meinen Eltern nicht und Ann und den anderen auch nicht. Ich würde es ihnen erzählen wenn ich selber wusste wohin die Reise mit Damon und mir gehen würde. Ich hatte keinen Plan was mich erwarten würde. Aber das war mir egal. Der Flughafen war so groß aber Dank meiner vielen Flüge zu den Konzerten kannte ich mich bestens aus. Damon hatte mir gesagt wo die Privatmaschinen landeten und ich versuchte den Bereich zu finden. Es waren viele Menschen unterwegs und mich überfiel die Panik was wäre wenn er nicht zu seinem Wort gestanden hätte und ich alles verloren hätte? Ich hoffte, dass er tatsächlich da war. Es musste so sein, denn die Presseleute standen schon da. Die Kameras auf das Rollfeld gerichtet. Mir brach der Schweiß aus. Wenn die alle wegen ihm da waren, oh Mann. Ja, Damon besaß ein eigenes Flugzeug, was in diesem Fall eher hinderlich war. Wie sollte ich an Bord kommen, ohne den Reportern in die Arme zu laufen? Es nervte mich einfach. Woher sie überhaupt wussten dass seine Maschine hier landete. Ich rannte zum Schalter und fragte wie ich zum Flugzeug kommen könnte. Natürlich wollten sie mich nicht durchlassen.

„Miss, sie können da nicht hin. Das ist ein Privatflugzeug. Bitte gehen sie zurück hinter die Absperrung".

„Aber ich bin eingeladen. Ich werde abgeholt."

„Natürlich. Das sagen sie alle."

Der Typ sah mich herablassend an. Arsch.

„Bitte lassen sie mich vorbei."

„Miss. Ich habe meine Anweisungen."

Der Kerl bewegte sich keinen Millimeter zur Seite.

Ich konnte das Flugzeug noch nicht einmal sehen.

Ich sah ihn flehend an und versuchte es noch einmal:
„Ich... Ich muss zu diesem Flugzeug. Bitte..."
Es war zum Verzweifeln. Ich konnte nichts tun. Also wartete ich.
Irgendwie musste ich ja an Bord gehen können. Eine Ewigkeit
verging bis sich etwas regte. Die Meute der Fotografen stellte
Vermutungen wer wann wo zu sehen sein könnte und stellten ihre
Kameras in Position. Dann öffnete sich eine Schiebetür aus Glas.
Heraus kam ein Mann vom Flughafenpersonal. Ich hörte die
Kameras surren und wäre am liebsten verschwunden.
„Gibt es hier eine Dame mit dem Namen Jolene Rogers?"
„Ja. Ich. Ich bin Miss Rogers", meldete ich mich kaum hörbar
und hielt ihm meinen Ausweis hin.
„Folgen sie mir bitte."
Ich folgte dem Mann zurück durch die Tür. Hinter mir surrten die
Kameras noch immer. Leute riefen meinen Namen und wollten
wissen was ich mit der Band zu tun hätte und warum eine
Gewinnerin eines Preisausschreibens in das Privatflugzeug einer
Rockband kommen darf. Irgendwie wussten sie jetzt wer ich war
obwohl es ja nichts besonderes gewesen war, als ich Damon im
Sender interviewen durfte. Langsam wurde mir bewusst wie
Damons Leben eigentlich aussah. Ich fühlte mich furchtbar. Ich
wurde durch einen langen Gang zur Einstiegstreppe der Maschine
gebracht. Das Flugzeug war anders als man es von den
Linienflügen kennt. Es gab gemütliche Sitzgruppen und
Fernsehen. Einige Leute liefen geschäftig hin und her. Ich sah
zwei Stewardessen und wichtige Männer in Anzügen. Die beiden
Riesen waren auch da. Die anderen Bandmitglieder sah ich nicht.
Was sollten sie auch in Texas wenn sie nicht auftraten? Ich kam
mir total verloren vor und suchte das Flugzeug nach Damon ab.
In der letzten Reihe befand sich ein weißes Sofa. Auf diesem saß
er. Er stand jetzt auf und kam auf mich zu.
„Hallo Jo. Schön dass du da bist. Ich freue mich. Ehrlich."
Er grinste mich an und ich hatte schon wieder dieses Ziehen in
der Magengegend, das ich immer hatte, wenn er mir nahe war.

„Das war gar nicht so einfach."

Ich erzählte ihm alles und er lächelte nur.

„Keine Ahnung wer denen gesagt hat dass ich heute hier lande. Ich habe nichts gesagt. Aber egal. In 30 Minuten starten wir. Mach dir keine Sorgen. Wir tanken auf und dann sind wir weg. Mach es dir gemütlich. Wenn du etwas brauchst, dann sag einfach Bescheid. Cathy wird es dir bringen."

Zu Cathy sagte er:

„Cathy. Das ist Jo. Sie wird unser Gast sein. Bitte sorge dafür, dass es ihr an nichts fehlt."

„Danke", flüsterte ich und kam mir so deplatziert vor.

„Selbstverständlich, Mr.Mandora."

Zu mir sagte sie :

„Hi Jo. Freut mich."

Cathty gab mir die Hand und schüttelte sie freundschaftlich.

„Wenn du was brauchst, ich bin vorne beim Piloten. Drücke einfach auf diesen Knopf okay?"

„Mach ich", stotterte ich in Cathys Richtung und sah ihr nach. Ich war beeindruckt, kein Zweifel. Irgendwie hatte Damon doch ein tolles Leben, aber tauschen wollte ich trotzdem nicht. Unglaublich, wie viel Geld man mit Singen verdienen konnte. Erschöpft ließ ich mich auf einem Sessel an der Fensterseite nieder. Ich hatte schon wieder Herzrasen, weil ich nicht wusste was auf mich zu kam. Damon setzte sich neben mich und hielt mir ein Glas Cola entgegen.

„Fühl dich wie zu Hause."

Nach und nach stellte er mir die anderen Leute an Bord vor. Sie alle gehörten zur Belegschaft um Mandoras Hell Fire. Ich hatte keine Ahnung wie aufwendig es war eine Rockband am Leben zu erhalten.

„Danke, Damon. Lieb von dir. Wie bist du denn nur auf eine solche Idee gekommen? Ich dachte, ich würde dich ewig nicht mehr sehen können. Auch wegen Nick. Wie geht es ihm überhaupt?"

„Er ist in Brooklyn in einer Klinik. Hat wohl etwas übertrieben, der Junge. Aber ich denke er schafft es."

„Das hoffe ich. Ohne ihn seit ihr nicht komplett. Es wäre schade, wenn ihr euch auflösen würdet, oder so."

„Jo. Niemals. Die Band ist mein Leben. John und ich haben sie gegründet. Nick wird es schaffen. Da bin ich mir sicher. Er ist stark. Und er hat Freunde, die ihn nicht im Stich lassen. Egal wie lange er braucht um gesund zu werden. Und wir haben wahrscheinlich auch eine Lösung. Davon erzähle ich dir später. Alles zu seiner Zeit. Das wird schon. Mach dir keine Sorgen. Das Gute ist - so haben wir etwas Zeit für uns."

„Ja. Du hast recht."

Seine Hand lag auf meinem Knie und leise Schauer überzogen meinen gesamten Körper. Dann brummten die Turbinen auf.

„Jo, es geht los. Leider muss man sich auch hier anschnallen. Wir nehmen die vordere Reihe, okay?"

„Ja."

Wir suchten die genannte Sitzreihe auf und setzten uns nebeneinander. Der Pilot sagte uns, dass es jetzt los ging und wie lange unsere Flugzeit wäre. Fast wie beim normalen Flug. Wir hörten wie das Wetter in New York war und wann wir dort landen würden. Wir rollten auf die Startbahn und ein wunderbarer Abschnitt in meinem Leben begann.

Nick

15

Damon

Damals:

Unser Treffen lag nun schon wieder zwei Tage zurück. Ich war
zurück in New York. Da bin ich geboren. Und ich lebte allein in
meinem Penthouse, den Wolken so nah. Jo fehlte mir irgendwie.
Kaum zu glauben wie es mich erwischt hatte. Ich rief sie abends
an. Allein ihre Stimme zu hören war Balsam für meine Seele. Ich
sagte ihr wie es um Nick stand und wir noch immer unterbrachen.
Wir rechneten mit etwa drei Monaten. Und mein Hirn spuckte die
nächste verrückte Idee aus. Noch ehe ich etwas dagegen tun
konnte stellte ich ihr auch schon die Frage.
„Jo. Magst du nicht zu mir kommen. Ich kann hier nicht weg,
aber es wäre schön dich in meiner Nähe zu haben. Ich weiß das
klingt völlig verrückt. Ich komme dich abholen - mit dem
Flugzeug. James wird mich sicher zu dir bringen. Ich kümmere
mich um alles. Mach dir keine Sorgen. Bitte vertraue mir. Auch
wenn wir uns noch nicht so lange und so gut kennen. Das können
wir ja dann ändern. Ich weiß was ich da von dir verlange. Und
ich könnte auch verstehen wenn du nein sagst. Jo? Bist du noch
dran?"
Pause. Shit.
„Ja, ich bin noch dran. Das ist... na ja... Ich meine... es ist nicht so
einfach. Ich habe einen Job. Ich wäre wirklich gerne bei dir.
Aber, was ist wenn es mit uns nicht klappt?"

„Jo, du hast mein Wort. Bitte hör auf dein Herz."

Und das tat sie. Ich denke ich habe zu viel von ihr verlangt. Und ich hätte es nicht verkraftet wenn sie tatsächlich nein gesagt hätte. Als ich John davon erzählte sah er mich etwas merkwürdig an.

„Das ist doch jetzt nicht dein Ernst. Bitte. Damon, du weißt doch wie die ticken. Vergiss es. Ist es das Mädchen vom Dreh? Die von dem Interview? Du hast sie noch immer nicht aus deinem Kopf bekommen? Wie hieß sie noch? Janine?"

„Sie heißt Jolene. Kannst du dich denn nicht mehr an sie erinnern?"

„Doch natürlich. Schließlich habe ich deinen Hintern da nochmal heil heraus bekommen. Dick hatte schon damit angefangen nach dir zu suchen nach dem Interview. Ich sagte ihm dir sei schlecht und du würdest dich hinlegen wollen. Du riskierst alles. EINFACH ALLES. Für ein Mädchen, das du so gut wie nicht kennst. Ist dir das überhaupt klar?"

„Ich mag sie. Irgendwie ist sie süß. Wir haben uns schon einmal getroffen."

„Ja, das glaube ich dir. Hübsch ist sie ja schon. Aber so genau weiß ich es nicht mehr. Am Tag als wir alle im Sender waren war ich nicht richtig bei der Sache. Es ging um private Dinge. Denn auch ich habe ein Leben außerhalb der Band. Ich habe nicht so genau hin geschaut. Und ich hatte mit Dick und den anderen genug zu tun. Habt ihr noch immer Kontakt?"

„Wir telefonieren."

„Hm, das ist alles? Wie ich das sehe geht wohl mehr bei euch?"

„Sie mag mich-ich mag sie. Wo ist das Problem?"

„Damon. Du kennst die Verträge. Ich kann Dick nicht immer mit irgendwelchem Mist ablenken. Wir haben Proben, Studiotermine. Brandon, der Neue, wird dazustoßen. Es gibt genug zu tun. Du wirst eh keine Zeit für sie haben."

„Scheiß drauf. Ich hole sie her und sehe was passiert."

„Du bist echt ein irrer Dickkopf. Ich bin auf deiner Seite."

John erhob sich von meinem Barhocker und ließ mich allein. Eine Woche später landete James in Texas. Jo wäre bald bei mir. Wenn auch nur für drei Monate. Über das Danach wollte ich mir noch keine Gedanken machen. Statt dessen machte ich verrückte Pläne in meinem kranken Hirn. Ich lud eine Frau, einen Fan, zu mir nach Hause ein. Eine Person, die ich kaum kannte, aber wahnsinnig liebte. Ob das normal ist weiß ich nicht. Aber es fühlte sich richtig an. Die Sache zwischen uns war ... einfach Bestimmung, Schicksal. Keine Ahnung. Und es sollte ewig halten. Na ja, auf eine verkorkste Art ist es ja auch so gekommen. Es ist ja auch nicht wichtig. Wichtig ist nur, dass ich es kaputt gemacht habe. Ja, das ist die Wahrheit, alles meine Schuld.

Ich sah das Terminal und konnte im oberen Teil des Gebäudes eine Menschenmenge erkennen. Ich hoffte nur, dass die nicht wegen uns hier waren. Keiner wusste etwas davon. So sollte es eigentlich sein. Oder es lag an der auffälligen Lackierung unseres Flugzeugs? Das dicke Bandlogo prangte auf dem Heckflügel der Maschine. Nicht gerade unauffällig. Wenn ja, wie sollte Jo da durchkommen? Sie tat mir richtig leid. Auch wieder so ein Tag an dem ich mein Leben hasste. Ich war im Zweifel ob mein Plan sie zu holen gut genug durchdacht war. Mit der Menschenmeute hatte ich nicht gerechnet. Warum wissen diese Idioten immer was läuft? Ich hasse die Presse. Schon immer waren die mir ein Dorn im Auge. Und jetzt machten sie Jo auch noch das Leben schwer. James funkte in das Gebäude, dass man Miss Jolene Rogers bitte zum Flugzeug begleiten solle. Ich konnte ja da nicht selbst reingehen. Die hätten mich zerfleischt.
Es dauerte fast eine Stunde bis Jo endlich die Treppe hoch kam und den Flieger betrat. Sie hatte einen kleinen Koffer mit ein paar Habseligkeiten dabei. Scheiß drauf. Sie würde von mir alles bekommen was sie sich wünschte. Ich würde sie glücklich machen, sie verwöhnen, wie sie es verdiente, wenn sie nur wollte. Dass ich sie durch ihr Leben begleite und sie mich; das wünschte ich mir. Schüchtern sah sie sich im Flieger um. Sicher war es für

sie nicht so normal wie für mich. Ich ging auf sie zu um sie zu begrüßen. Ein Glas Cola würde die Sache etwas auflockern. Nach einer Weile bekamen wir ein vernünftiges Gespräch zustande. Jo machte sich Sorgen um Nick. Ich stellte sie dem Personal vor und bat sie, mich zur ersten Sitzreihe zu begleiten. Nur während des Starts. Während des gesamten Fluges redeten wir viel über unsere kommende gemeinsame Zeit. Ich freute mich wirklich sie bei mir zu haben.

16

Jo

Damals:

Das Wetter war gut und ich hatte klare Sicht auf die Stadt die niemals schläft. Ich konnte die Wolkenkratzer schon sehen. Mein Herz schlug schneller und ich rutschte aufgeregt in meinem Sitz hin und her. Heilige Scheiße. Der Big Apple ragte vor uns auf.
„Sie ist so wunderschön. Und so riesig."
Ich sah die Freiheitsstatue näher kommen. Man konnte schon die Fenster in der Krone erkennen. Damon rückte näher an mich heran um auch hinaus sehen zu können.
„Ja ich liebe diese Dame auch. Sie sagt mir immer, dass ich wieder zu Hause bin."
„Bist viel unterwegs, oder?"
„Hm. Aber das ist okay. Die Welt ist groß und bunt. Ich will alles davon sehen."
„Wahnsinn. Ich kann das nicht glauben."
„Ja. Wir haben viel zu tun, während du hier bist. Ich zeige dir alles. Ich freue mich drauf. Ehrlich."
„Ich auch. Danke, Damon."
Dann blinkten die Anschnallzeichen auf und der Pilot machte seine Ansage. Mein Herz schlug noch schneller weil ich so aufgeregt war. Einige Zeit später landeten wir in New York auf dem Newark Airport. Damon sagte mir dass es hier drei Flughäfen gibt und der J.F.Kennedy der Bekannteste sei. Dieser

hier war nicht ganz so groß und näher an Damons Wohnung. Es rumpelte und wir setzten auf einer Landebahn etwas außerhalb der anderen auf.

„Geschafft. Willkommen im Big Apple."

Wir rollten aus und Damon half mir aus meinem Sitz.

„Dauert noch ein paar Minuten. Muss noch auf den Wagen warten."

„In Ordnung."

Mehr konnte ich nicht sagen. Ich war viel zu überwältigt. Damon nahm meine Hand und wir stellten uns an den Ausgang. Cathy und die anderen waren bereits ausgestiegen. Damons Flugzeug hatte eine eigene kleine Halle dort. James wollte die Maschine dort hin bringen.

„Wir kommen", hörte ich Damon am Bordtelefon sagen.

„Der Wagen ist da. Mach´dir keine Sorgen."

„Nein nein, alles gut."

Damon drückte meine Hand und schon entspannte ich mich ein wenig. Wir stiegen die Treppe hinab und machten uns auf den Weg zur Rückseite des Gebäudes. Mir graulte es schon davor, was uns erwartete, wenn wir drinnen ankommen würden. Überraschender Weise war niemand vor Ort. Wie hatte er das nur gemacht? Als hätte er meine Gedanken erraten, sagte er:

„Keine Sorge - ich habe sie woanders hin geschickt. Zum J.F.K. Da können sie warten bis sie schwarz werden. New York ist etwas größer und sie werden uns so schnell nicht finden."

„Du bist echt unglaublich. Hat dir das schon mal jemand gesagt?"

„Oh, ist das so?"

Schon wieder dieses unglaubliche Lächeln.Verboten süß, dieser Mann. Ich glaube er hatte ein Gefühl dafür, wie es mir ging. Ich war so nervös wie noch nie zuvor. Etwas Neues kam auf mich zu und ich würde es an Damons Seite erleben. Drei Monate voller Abenteuer lagen vor mir. Über das was danach kam machte ich mir zunächst keine Gedanken. Ich genoss einfach das was ich hatte. Damon nahm meine Hand und grinste. Ich war erleichtert.

Am Ende der Wartehallen und Ankunftshallen war ein freies Gelände. Dort stand ein schwarzer Wagen mit verdunkelten Scheiben. Er sollte uns zu Damons Penthouse bringen.

„Wo genau wohnst du eigentlich?"

„Früher in Tribeca. Seit zwei Jahren nicht mehr. Ich wollte etwas Eigenes. In Greenwich Village. Gute Lage. Mitten drin."

„Klingt gut. Und die anderen?"

„Wir sind überall verteilt. Brooklyn, Queens, Staten. Aber das zeige ich dir alles."

„Du weißt aber schon dass ich nur drei Monate hier bin?"

Damon wackelte nur mit den Brauen und grinste, während wir uns durch die Straßen quälten.

New York ist so voll mit Verkehr. Ich war noch nie zuvor dort und so überwältigt von all den Eindrücken, den Menschen und den riesigen Gebäuden dort. Ich wagte kaum zu atmen oder etwas zu sagen. Es war ein super Gefühl und ich fühlte mich frei. Ein wenig mulmig war mir schon, aber ich versuchte die leisen Zweifel zu ignorieren. Es musste einfach toll werden wenn er bei mir war. Der Wagen fuhr langsamer.

„Wir sind fast da. Da hinten ist mein Haus."

Er zeigte ein Stück die Straße entlang. Damon wohnte in der obersten Etage eines Hochhauses in Manhattan. Er war jetzt 24 und hatte eigentlich alles was man brauchte, außer Ruhe und Anonymität. Wir erreichten das Haus und stiegen aus.

„In die Garage? Oder braucht ihr mich noch?"

„Nee, kannst den Wagen weg bringen. Danke, Alex."

„Sag Bescheid wenn du mich brauchst. Bis dann ihr beiden."

Besagter Alex grinste uns vielsagend an und fuhr mit dem Wagen in die Tiefgarage und Damon und ich blieben allein zurück.

„Alles okay?"

„Ja. Es ist nur so... gewaltig. Ich war noch nie hier."

„Ja das stimmt. Deshalb werde ich auch nie weg gehen aus New York. Ich liebe diese Stadt. Los Komm. Ich zeige dir mein Reich, das für die nächsten Wochen auch deine Heimat sein wird. Ich

bin sicher, du wirst dich wohl fühlen. Dafür werde ich sorgen."
„Wir werden sehen. Ich bin gespannt wie ein Rockstar lebt."
„Lass dich überraschen", sagte er, während wir zum Fahrstuhl liefen.
„Wenn es dir nicht gefällt, gibt es ja genügend Hotels in der Nähe." Er zwinkerte mir zu und ich schmolz schon wieder dahin.
„Oh, du willst mich wohl doch noch verscheuchen?"
Gespielt entrüstet knuffte ich ihn in die Seite.
„Könnte ja sein, dass dir meine bescheidene Hütte nicht gefällt. Ich muss dir sagen, dass ich ein hoffnungsloser Chaot bin."
„Spinner. Ich bin auch ein Chaot. Also mach dir darüber keine Sorgen. Wir können ja gemeinsam Ordnung machen. Wird sicher lustig."
„Oh ich würde meine Zeit ungern mit aufräumen vertun. Dafür habe ich Diane. Sie macht meinen Haushalt."
„Der Herr ist verwöhnt!"
Wir stiegen in einen Fahrstuhl. Wir sprachen nicht, während der Lift uns nach ganz oben beförderte. Ich war total nervös und umklammerte den Henkel meiner Handtasche. Dann erreichten wir Damons Etage. Eine schwere weiße Tür verbarg sein Reich. In der oberen Etage war er der einzige Bewohner. In den anderen Stockwerken befanden sich anscheinend irgendwelche Büros oder so.

„Bereit für das Chaos?"
„Nun mach schon auf. Ich bin neugierig."
„Ah die Dame sollte wohl noch lernen, sich in Geduld zu üben", flachste er und steckte den Schlüssel ins Schloss. Schon stand er in seinem Flur, der sehr hell war. Vom Verkehr unten hörte man hier nichts mehr. Er nahm mich wieder an die Hand. In der anderen Hand trug er meinen Koffer. Am Eingang zum Wohnzimmer blieb ich stehen und staunte. Die Fenster waren riesengroß und hatten am oberen Rand Bögen. Das Sonnenlicht fiel auf die weißen Wände und den Glastisch. Ich hatte das Gefühl ich sei im Himmel. Die Wolken direkt vor der Haustür.

Was für ein Ausblick.

„Und, möchtest du bleiben?"

„Na klar. Es ist wunderschön hier oben. Du hast es echt gut."

„Okay. Dann zeige ich dir die anderen Räume auch noch."

Er hielt meine Hand noch immer. Seine Wohnung war so groß und gemütlich. Sie hat über 200 qm und 6 Zimmer. Eine Terrasse auf dem Dach rundete die Sache ab.

„Und hier befindet sich mein absoluter Lieblingsplatz."

Damon schob die dünne Gardine zur Seite und öffnete die Tür zur Dachterrasse. Hand in Hand betraten wir das Dach des Hauses und mir blieb die Spucke weg. „Mein Gott. Damon, das ist der Wahnsinn. Ich kann mir echt gut vorstellen, hier zu sitzen, bei Sonnenschein, einem Kaffee und einem guten Buch, den Tag zu genießen. Bist du oft hier draußen?"

„Ja, eigentlich immer. Solange das Wetter es erlaubt. Kann auch ganz schön windig werden hier oben. Im Winter liegt der Schnee so hoch dass ich die Türe nicht aufmachen kann, ohne eine Lawine im Zimmer zu haben. Aber ich liebe es auf die Welt zu sehen. Hier finde ich Ruhe um Songs zuschreiben. Und manchmal lese ich auch. Das können wir alles machen solange du hier bist. Komm, ich zeige dir wo du wohnen kannst."

Wir wanderten weiter von Raum zu Raum. Überall standen seine Instrumente herum. Und wie es sich für einen Rockstar gehörte war es hier auch entsprechend chaotisch. Aber er hatte mich ja vor gewarnt und nicht übertrieben. Es machte mir aber nichts aus. Hauptsache wir waren zusammen. Damon zeigte mir weitere Räumlichkeiten wie Bad und Küche. Dann öffnete er die Tür zu dem Zimmer, welches ich während meines Aufenthalts bewohnen durfte. Es war echt hübsch. Ein Lächeln schlich sich auf mein Gesicht. Ich war überglücklich. Geschafft, war mein Gedanke. Bei Damon zu Hause, in seiner Wohnung, in New York. Ein Traum. Ich hatte es zwar immer gehofft, mir gewünscht, aber nie ernsthaft daran geglaubt, dass es passieren würde. Wem passiert so etwas? Da gewinnt man doch eher im Lotto als dass man den Typen kriegt den man will. Und noch dazu einen eigentlich unerreichbaren. Aber ich war schließlich erst gerade angekommen. Und das hieß ja nicht dass wir zusammenkommen würden.

„Jo, du kannst deine Sachen da einräumen. Das Zimmer gehört dir so lange du hier bist. Bleib so lange du willst. Ich freue mich dass du da bist", riss er mich aus meinen Gedanken.
„Ja, ich mich auch. Danke."

Ich lächelte ihn etwas unsicher an. Ich kannte ihn zwar fünf Jahre, aber irgendwie auch wieder nicht. Papier anzuhimmeln ist nicht das Gleiche als der realen Person Tag und Nacht gegenüber zu stehen. Ich betrat dieses wunderschöne Zimmer. Es war sehr geschmackvoll eingerichtet. Sicher hatte Shania da ihre Finger im Spiel und so wie ich Damon einschätzte, konnte er seiner Schwester sicher keinen Wunsch abschlagen. Ich sah mich in meiner neuen Behausung um. Das Zimmer war zwar nicht so groß aber es gefiel mir sehr. Es war viel ordentlicher als die anderen Räume und Damon sagte mir, dass seine Haushälterin es extra für mich hergerichtet hätte. Ich war beeindruckt und die Sache war mir auch etwas unangenehm. Aber wer A sagt muss auch B sagen. Ich ging zum Bett hinüber und strich über die seidene bordeaux rote Bettwäsche. Ich würde mich sicher sehr wohl hier fühlen. Es wäre mir auch egal gewesen wenn ich auf dem Sofa hätte schlafen müssen. Von mir aus auch auf dem Boden oder in der Badewanne.

„Dann richte dich mal ein. Ich lass dich dabei lieber in Ruhe. Bis später."
„Bis später."

Damon ließ mich allein und ich begann meine paar Teile in den riesigen Schrank zu räumen. Ich dachte nach was die kommenden drei Monate uns bringen würden. Wäre er der Mann den ich wollte? Oder war er ganz anders wenn man ihn besser kannte? Was käme danach? Ich hing so meinen Gedanken nach als ich Damon bemerkte. Er lehnte lässig am Türrahmen des Zimmers und hatte zwei dampfende Tassen Kaffee in der Hand.

„Zeit für mein Höllengebräu?"

„Oh, ja. Lieb von dir."

Dieser Typ war einfach süß. Nachdem ich alles verstaut hatte folgte ich ihm in sein Wohnzimmer. Dort ließen wir uns auf das große Sofa plumpsen. Es war so gemütlich und ich hätte seiner Stimme ewig lauschen können, wie er so aus seinem Leben erzählte und vor allem als er mir sagte, wie sehr er sich freute, dass ich bei ihm war. Wir unterhielten uns lange über alles was uns bewegte. Von unseren Ängsten und Sorgen. Schließlich mussten wir uns noch richtig kennenlernen. Und wir mussten zueinander passen. Ich wusste zwar schon viel über Damon - aber eben nicht alles. Es würde Zeit brauchen zueinander zu finden. Wir kamen aus verschiedenen Welten. Und mein Leben war nun mal keine Bühne. Es würde nicht einfach werden.

17

Damon

Alex, einer meiner Freunde, brachte uns in meinem Wagen zu meiner Wohnung in Manhattan. Ich wohnte dort in einem wunderschönen Penthouse, welches mir gehörte. Noch immer ist es in meinem Besitz. New York ist meine Heimat und ich will, wann immer ich das Bedürfnis habe, zurück kommen können, ohne in ein Hotel zu müssen. Das habe ich im ganzen Jahr ständig.

Die Fahrt dauerte ewig. Dieser Verkehr kann einen wahnsinnig machen. Jo saß still neben mir im Wagen. Ich musste schmunzeln wie sie alles bestaunte. Manchmal hatte ich das Gefühl, dass sie sich nicht traute zu atmen. Und ab und zu bemerkte ich wie sie mich verstohlen von der Seite ansah. Ich versuchte gelassen auszusehen. Als wir an meiner Wohnung ankamen, spürte ich ihre Nervosität noch mehr. Für Jo musste es sich merkwürdig angefühlt haben. Ich hatte dafür Verständnis. Zögerlich stand sie am Eingang zur Wohnung. Aufmunternd sah ich sie an und nahm ihr den kleinen Koffer aus der Hand. Ich zeigte ihr die Wohnung und ein Zimmer, welches sie während ihres Aufenthalts bei mir nutzen konnte. Es war mir etwas peinlich weil ich ein Chaot bin. Meine Bude sah aus wie ein Trümmerfeld. Aber das

Gästezimmer war sauber. Diane, meine Haushälterin, hatte es erst kürzlich in Ordnung gebracht. Ich hatte selten Gäste. Ab und zu übernachtete Shania, meine Schwester, bei mir. Ansonsten war ich nachts allein. Für Frauen hatte ich bis dato eh nie Zeit gehabt, weil sie mich nicht wirklich interessierten. Aber bei Jo war das anders. Irgendwie war sie anders als die Weiber da draußen. So natürlich, schüchtern und unglaublich hübsch. Langes schwarzes, gelocktes Haar und endlos lange Beine. Die faszinierendsten grünen Augen die ich je gesehen hatte. Sie hat volle geschwungene Lippen und leicht schräg stehende Augen. Meine Frau ist auch heute noch äußerst attraktiv und manchmal habe ich Angst sie könnte doch jemand anderem ins Auge stechen. Man könnte es ja nicht einmal verübeln. Wäre ich blöder Idiot bei ihr dann bräuchte ich mir um so was keine Sorgen zu machen. Und damals war sie bei mir. Sie sah sich in meiner Wohnung um. Ich zeigte ihr alles. Mein Büro, meine Küche und den ganzen Rest. Hier und da sah ich ein Lächeln über ihr Gesicht huschen. Meine Dachterrasse gefiel ihr besonders gut. Hier verbrachte ich die meiste Zeit. Ich hatte eine wunderbare Aussicht über die Stadt und den berühmten Bauwerken dort. Jede Menge Platz und Ruhe für Inspirationen zu neuen Songs. Im Sommer komponierte ich ausschließlich draußen. Im Winter fand der Wahnsinn in meinem Büro oder auf dem Boden meines Schlafzimmers statt. Manchmal auch bei John oder Andy. Jo lächelte vor sich hin. Zu gerne hätte ich gewusst was sie gedacht hat.Während Jo im Gästezimmer ihren Koffer auspackte, versuchte ich einen halbwegs gescheiten Kaffee zu kochen. Meine Gedanken kreisten um die Zeit die uns bevor stand. Ich hatte keine Ahnung was ich da überhaupt tat. Ich musste unbedingt mit John sprechen. Ich rief ihn an:

„Hey John, Damon hier."
„Ah, der Verrückte. Wie sieht´s aus?"
„Ich habe es getan. Sie ist hier."
„Was? Echt? Ich dachte du hättest einen Scherz gemacht."

„Nein, wir sind eben erst angekommen. Sie ist in meinem Gästezimmer und packt ihre Sachen aus."

„Wow. Das ist ...verrückt. Was hast du vor?"

„Mal sehen. Sie ist echt süß."

„Damon. Was geht da ab?"

„Sie ist ... interessant. Ich möchte sie besser kennenlernen."

„Dick wird es merken. Du kennst ihn. Er ... "

„Ja ja. Dick kann mich mal. Ich gehöre ihm nicht. Es ist mein Leben."

„Und wir hängen alle mit drin. Trotzdem hoffe ich das Beste. So kenne ich dich nicht. Da passiert etwas ganz Großes. Und jetzt kümmere dich um deinen Gast. Wir quatschen später."

„Bis dann."

Mit den Tassen in der Hand kehrte ich zum Gästezimmer zurück und lehnte ich mich in den Türrahmen. Ich sah ihr zu. Eine ordentliche junge Frau im Gegensatz zu mir. Ich reichte ihr die Tasse und deutete ihr mir ins Wohnzimmer zu folgen. Dort machten wir es uns auf meinem Sofa gemütlich. Jo wirkte nervös und ich versuchte unverfängliche Themen anzusprechen. Wir unterhielten uns über alles mögliche. Es war ein gemütlicher Abend. Wir tranken Kaffee, knabberten Chips und hörten Musik. Es war spät als Jo ein herzhaftes Gähnen nicht mehr unterdrücken konnte, was ihr sichtlich peinlich war.

„Jo, ich glaube wir sollten morgen weiter reden. Siehst etwas geschafft aus."

Ich zwinkerte ihr zu.

„Jetzt haben wir ja länger Zeit uns zu unterhalten. Ich wünsche dir eine gute Nacht. Und wenn du etwas brauchst, ich bin gleich nebenan. Schlaf gut."

Ich brachte sie in ihr Zimmer.

„Du auch. Und danke nochmal. Für alles."

Ich sah sie noch einmal an und drehte mich dann um, um in mein Wohnzimmer zurückzukehren. Ich zündete meinen Kamin an und lauschte dem Knacksen darin. Sie war hier bei mir. Ein schönes

Gefühl. Ich saß noch ewig allein dort, konnte einfach nicht schlafen, weil ich wusste sie ist gleich im Zimmer nebenan. Aber wie sollte es weitergehen mit uns? Ich hatte keine Ahnung. Sie hatte für mich ihr Leben total umgekrempelt. Es musste irgendwie weiter gehen wenn Nick wieder da war. Jo und meine Band. Nicht einfach. Ich musste mich echt zusammenreißen, nicht in das Zimmer zu gehen. Ihr zusehen wie sie schläft. Nein das ging nicht. Immer wieder wanderte mein Blick zur Tür, die verschlossen war. Irgendwann schlief ich einfach ein - auf meinem Sofa.

18

Jo

Damals:

An meinem ersten Abend in New York lag ich lange wach. In dem gemütlichen Gästezimmer ganz allein mit mir und meinen Ängsten. Ich war todmüde, aber schlafen konnte ich nicht. Mein Traummann war nebenan. Ich war bei ihm zu Hause. Ich dachte dass ich bald aufwache und alles nur ein Traum war. Aber das war es nicht. Ich war wirklich hier bei ihm. Irgendwann schlief ich dann doch ein. Keine Ahnung wie lange ich geschlafen hatte. Damon war nicht da als ich aufwachte. Ich fand einen Zettel auf dem Küchentresen.

Guten Morgen. Musste leider weg ...
Darauf stand auch, dass er bald zurück sei und nur kurz mit seinem Manager sprechen musste. Es ging um die Tour und wann genau sie weitergehen sollte. Nick ging es nicht gut. Davon durfte die Öffentlichkeit natürlich nichts erfahren. In den Medien wurde nur von einer Krankheit oder Familiensache gesprochen. Und so sollte es auch bleiben. Ich verstand worum es ging. Auch Stars hatten ihre Probleme.
Ich krabbelte aus dem Bett und sah mich in der Wohnung um. Überall ein liebevolles Durcheinander. Klar, ein junger Rockmusiker. Da erwartet man keine Hosen mit Bügelfalte oder blitzblank geputzte Herdplatten.Trotzdem fühlte ich mich wohl hier. Damon hatte Geschmack. Seine Wohnung war modern

eingerichtet. Die Küche war riesig und eine gut gefüllte Bar stand im Wohnzimmer. Einmal in der Woche kam Diane vorbei. Sie brachte alles wieder in Ordnung. Was aber laut Damon nur maximal einen Tag so blieb. Das hatte er mir erzählt. Ich wanderte durch die Zimmer und versuchte mehr über ihn zu erfahren. Hinweise auf seine Familie, Fotos, irgendwas. Ich fand welche auf dem Schrank. Eine Familie lächelte in die Kamera. Und ein junges Mädchen strahlte mich an. Sie schien glücklich zu sein. Ob das wohl seine Schwester war? Die Frau auf dem Foto war sicher seine Mutter. Ihr Lächeln hätte Damons sein können. Auch der Mann auf dem Bild, der wohl sein Vater sein musste, war ebenfalls sehr attraktiv. Kein Wunder dass die beiden einen so hübschen Sohn hatten. Und das kleine Mädchen war genauso schön wie der Rest der Familie. Ich betrat sein Schlafzimmer. Etwas mulmig war mir schon dabei. Ich schnüffelte in seinem Privatleben herum. So etwas gehörte sich nicht und ich wurde rot als ich seine Wäsche über einen Stuhl gehängt sah. Überall lag etwas herum. Zeitschriften über schnelle Autos, über Gitarren und erstaunlicher Weise besaß Damon viele tiefgründige Bücher. Gestern hatte er mir ja erzählt, dass er viel lesen würde. Aber mit solchen Lektüren hätte ich nicht gerechnet. Amerikanische Geschichte, Physikalische Gesetze, Politik Astrologie, das Sonnensystem, Planeten, Ägyptische Bauwerke und dicke Romane. Er war schon ein interessanter Mann. Sein Bett war ganz zerwühlt und der Aschenbecher quoll über. Liedtexte und Notenblätter lagen über den Boden verteilt. Ich musste schmunzeln als ich mir im Geiste vorstellte wie er da mitten in seinem Papierkrieg auf dem Boden saß und komponierte. In der Ecke des Raumes baumelte ein Sandsack an einer dicken Kette von der Decke. Ich stellte mir vor wie Damon verschwitzt auf das Ding drosch und mir wurde warm ums Herz. Irgendwie musste er ja so einen Superkörper bekommen haben. An der Wand lehnten Eishockeyschläger mit irgendwelchen Unterschriften drauf. Keine Ahnung ob er Hockey spielte, aber

Fakt war, dass auch er ein Fans dieses Vereins war und Autogramme davon besaß. Ein großer Star hatte eben auch seine Vorbilder. Ich wanderte weiter durch sein Reich. In der anderen Ecke stand ein Surfbrett. Auf dem Boden lagen einige Hanteln und Boxhandschuhe. Ich sah mir sein Bett an und ihn im Geiste darin schlummern. Eine schöne Vorstellung. Er hatte ja echt Vertrauen in mich, obwohl er mich doch kaum kannte. Ein Fan in seiner Wohnung. Keine Ahnung was wäre, wenn ich nicht zu ihm nach New York gekommen wäre. Wahrscheinlich hätten wir uns doch irgendwann aus den Augen verloren und ich hätte nicht so ein wunderbares Leben führen können. Jeder Tag an seiner Seite war ein wunderbarer Tag. Ohne seine Liebe zur Musik wären wir noch zusammen. Oder aber ich wäre ihm niemals begegnet weil er dann ja auch nicht unser Lied gesungen hätte. Ich weiß es nicht. Wahrscheinlich hätte ich eh nie jemanden so geliebt wie ihn.

Ich verließ Damons Zimmer und machte es mir in der Küche bequem. Zwei Stunden später kam er zurück. Ich saß noch immer in seiner Küche und trank einen Kaffee als er plötzlich vor mir stand.

„Hey, wie war dein Tag?", grinste er mich an. Ich wurde rot als ich daran dachte in seinem Zimmer gewesen zu sein.

„Gut", antwortete ich knapp und drehte mich um damit er nicht sah wie rot ich war. Damon schmiss seine Lederjacke über die Sofalehne und ich spürte wie er mich ansah. Als mein Puls sich wieder normalisiert hatte drehte ich mich zu ihm um.

„Bei Dir? Alles okay mit Nick und den anderen?"

„Es wird seine Zeit brauchen. Wir werden sehen."

„Dann wollen wir hoffen, dass alles gut geht. Und was machen wir jetzt?", stammelte ich. Damon grinste nur dass mir fast mein Herz stehen geblieben wäre.

„Was möchtest du denn tun? Ich könnte meinen Kumpel bitten, uns in die Mall zu bringen. Aber ich sage dir gleich; es wird anstrengend. Ich war schon lange nicht mehr da draußen. Oder wir schauen uns Filme an oder …"

„Mir ist es gleich. Hauptsache wir können etwas Zeit miteinander verbringen. Drei Monate sind schnell vorbei. Aber wegen mir musst du dir keine Umstände machen."

„Ach Quatsch. Du machst mir keine Umstände. Wir werden eine Menge Spaß zusammen haben."

Was er wohl damit meinte? Ich war für sämtliche Arten von Spaß zu haben. Aber das behielt ich lieber erst einmal für mich. Wir beschlossen einfach in der Wohnung zu bleiben. Wir hatten keine Lust wieder vor irgendwelchen Menschen zu flüchten. Ich würde eine Weile brauchen um damit klarzukommen.

„Hast du schon etwas gegessen?", fragte er mich.

„Nein, ich wollte nicht einfach hier so rum kramen, wenn du nicht da bist."

Na klar.

„Quatsch. Ich hab doch gesagt, fühl dich wie zu Hause. Und das habe ich auch so gemeint. Dann lass uns gemeinsam ein Frühstück auf die Beine stellen. Ich habe allerdings keine Ahnung was sich noch in meinem Kühlschrank befindet."

„Sehen wir mal nach."

Damon nahm mich an die Hand und zog mich zum Kühlschrank, woraus uns gähnende Leere anstarrte.

„Oh, ich sollte wohl den Lieferservice anrufen. Sorry. Ich mache mir nie alleine mein Frühstück. Ich lasse es bringen. Ist mir jetzt echt peinlich."

Verlegen kratzte er sich am Kinn und ich musste lachen. Also suchten wir einen Lieferdienst aus dem Telefonbuch und ließen uns etwas bringen. Etwa eine halbe Stunde später traf die Lieferung ein. Damon hatte sich nicht lumpen lassen und es fehlte echt an nichts. Es gab Croissants, Obst, Brot und alles was man aufs Brot packen konnte, Orangensaft und wer weiß was alles. Wir setzten uns auf seine große Terrasse und sahen den Wolken beim vorbeiziehen zu. Damon warf mich mit

Weintrauben ab und ich ihn mit Brotkrumen. Es war total entspannt und ungezwungen bei ihm. Und ich wusste, es war die richtige Entscheidung, zu ihm gekommen zu sein. Wir saßen ewig draußen und genossen die Sonne, lachten und quatschten viel. Er erzählte mir wie John und er sich kennengelernt hatten und wie sie gemeinsam beschlossen hatten die Band zu gründen, wie sie nach geeigneten Mitgliedern gesucht hatten, und dann Nick, Andy und Jonathan fanden. Von den Proben im alten Abbruchhaus und der Band die es vor Mandoras Hell Fire gab. Er erzählte mir von seiner ersten Gitarre und von seiner Schulzeit. Er konnte alles so lebhaft erzählen, dass ich das Gefühl bekam dabei gewesen zu sein. Ich musste lachen wenn er mir dann und wann zu zwinkerte. Auch ich gab ein paar Geschichten aus meinem Leben zum Besten. Die waren zwar nicht so spannend wie seine, aber er hörte mir zu. Damon war echt nett zu mir. Wir waren total vertraut miteinander. So als wären wir schon ewig zusammen gewesen. Wie beste alte Freunde. Ich war total verwirrt. Am Abend lümmelten wir uns auf seinem Sofa herum und aßen Kekse, tranken Cola und sahen fern. Damon begann mich mit Chips zu bewerfen. Er hatte den ganzen Tag sowieso nur Unsinn im Kopf gehabt. Ein zu groß geratenes Kind. Wir tobten über das Sofa. Ich warf ihm ein Kissen an den Kopf und er ließ sich spielerisch schwer getroffen umfallen. Es war zu süß, ihn so ausgelassen zu sehen. Ich fühlte mich sehr wohl bei ihm. Irgendwann saßen wir ganz dicht beieinander. Beide waren wir vom herum toben total außer Atem und hatten ganz rote Gesichter. Es war einfach zu lustig. Damon holte uns noch eine Cola und setzte sich wieder ganz dicht neben mich. Unsere Schultern berührten sich und ein unglaubliches Knistern lag in der Luft. Ich ertappte mich dabei wie ich ihn ansah. Zum anbeißen war dieser Mann wahrhaftig.
„Was ist? Stimmt was nicht?"
„Alles okay.", stammelte ich und war froh, dass ich schon so rot war, denn sonst wäre ich es spätestens jetzt geworden. Damon

schaute mich an und ich versank in seinen Augen. Mir war ganz schummrig und ich war froh dass ich saß. Sonst wäre ich sicher umgekippt. Damon stellte seine Cola auf den Tisch und nahm mir mein Glas ebenfalls aus der Hand.

„Jo. Weißt du eigentlich wie hübsch du bist?"

„Ach Blödsinn, verarsche mich nicht."

„Doch es stimmt. Ich mag dein Haar und deine Augen. Sie glänzen so wenn du glücklich bist. Du bist doch glücklich, oder?"

„Es ging mir nie besser."

Ich sah ihn an und mein Herz hüpfte schon wieder.

„Ich bin froh dass du so hartnäckig warst. Sonst hätte ich dich nie getroffen."

Ich sah ihn an und in meinen unteren Regionen erwachte etwas zum Leben. Es kam mir vor als kannte ich ihn schon ewig und ich wollte was von ihm. Er rückte noch näher an mich heran und ich zersprang fast vor Sehnsucht und Verlangen nach ihm. Sein Arm umschloss meine Schultern. Ich hatte keine Ahnung was ich tun sollte. Die Sache war eigentlich klar, aber eben auch nicht. Ich war hier mit einem Star bei ihm zu Hause und nicht irgendwo mit einem normalen Typen in dessen Zimmer. Es war normal aber eben auch nicht. Mein Herz wusste was es wollte, aber mein Verstand war wach und versuchte die Oberhand zu gewinnen. Trotzdem sagte ich nichts und ließ ihn gewähren. Ich spürte Damons Atem an meinem Ohr. Er begann mich zu streicheln. Meine Haare im Nacken stellten sich auf und leise Schauer durchliefen mich. Er küsste mich auf die Nase und sagte wie sehr er mich mag, sonst passierte nichts. Damon war zu anständig um dem Klischee zu entsprechen. Aber an diesem Tag wäre es mir egal gewesen was er mit mir getan hätte. Mein Traum hatte sich erfüllt. Zumindest dachte ich, dass das mein Traum wäre.

19

Damon

Damals:

Am nächsten Morgen musste ich dringend weg. Mist. Ich hätte so gerne ein schönes Frühstück für sie bereitet. Statt dessen schrieb ich ihr einen Zettel, worauf ich ihr mitteilte, dass ich bald zurück sei und dass sie sich wie zu Hause fühlen sollte. Es gab noch so viel zu tun. Ich erreichte das Tonstudio wo meine Band schon auf mich wartete. Als John mich durch das Fenster sah kam er sofort heraus und schloss die Tür wieder hinter sich:

„Hey, alles okay? Wie ist es gelaufen?"

„Tja, was soll ich sagen? Sie ist da. Schläft noch."

„Ja? Und sonst?"

„Nichts. Wir haben geredet. Ich mag sie. Das ist alles."

„Hm."

John begann nervös auf und ab zu laufen:

„Dir ist schon klar was das bedeutet?"

„Scheiß egal. Sie ist mein Gast. Seit wann darf ich keine Gäste haben?"

„Mensch Damon. Du läufst hier rum wie ein liebeskranker Truthahn. Sag es wenigstens den anderen. Nur damit keiner ins Fettnäpfchen bei Dick tritt. Sie hat dir den Kopf verdreht. Das sieht doch ein Blinder. Aber scheiß drauf. Hauptsache du bist glücklich. Den Rest schaffen wir auch noch."

„Sie ist in Ordnung. Ich vertraue ihr. Sie ist nicht so wie die anderen. Das habe ich sofort gemerkt. Bald bringe ich sie mal mit. Am besten wenn Dick eh im Stress ist und nicht her kommt. Ihr werdet sie mögen."

„Und was ist in drei Monaten? Schon mal drüber nachgedacht? Willst du ihr das Herz brechen?"

Natürlich nicht. Verdammt.

„Ich weiß es nicht."

Es klopfte von innen gegen die Scheibe. Andy hantierte wild mit seinen Händen.

„Besser wir gehen mal rein. Wird schon werden."

Ich folgte John in den Aufnahmeraum.

„Wird das heute noch was? Ich habe nicht den ganzen Tag Zeit, Mann. Was stimmt nicht mit dir?"

„Klappe Andy."

„Ach, Fuck."

„Wo ist der Neue?"

„Kommt morgen. Ist noch in Detroit. Seine Band hat noch ein Konzert heute Abend."

„Und Dick?"

„In seinem Büro."

„Moment noch. Ich muss euch was sagen ...“

Ich klärte meine Jungs auf und war überrascht wie schnell sich Andys Wut in ein amüsiertes Grinsen verwandelt hatte.

„Scheiße. Das ist cool."

„Ich kann mich nicht mehr genau an sie erinnern. Aber hey, läuft."

Jonathan schlug mir auf den Rücken und ich war froh dass meine Band für mich da war. Das ist immer so. Wir halten zusammen. Nach gefühlten zehn Stunden Proben verabschiedete ich mich von den Jungs. Jemand wartete auf mich. Jo wartete auf mich. Es war ein schönes Gefühl zu wissen nicht in eine verlassene Wohnung zu kommen. Ich sprang in meinen Wagen und wollte so schnell wie möglich wieder bei ihr sein. Als ich heim kam saß sie in meiner Küche.

Jetzt:

Ich habe mein Steak gegessen. Ich fühle mich so leer. Wenn ich
so darüber nachdenke entgeht mir eine ganze Menge. Ich möchte
mein Kind sehen, Jack kennenlernen.Und überhaupt. Diese Tour
dauert noch ewig. Es ist schön die Welt zu sehen. Die Menschen
zu erleben, wenn wir es noch immer schaffen sie mitzureißen.
Ich stelle fest, dass ich schon zehn Zigaretten geraucht habe,
während ich hier sitze. Draußen ist es dunkel. Unser Konzert
heute ist gut gelaufen. Volles Haus. Stimmung und ein geniales
Publikum. Kaum zu glauben, dass wir noch immer oben dabei
sind. Dreißig Jahre. Ich habe keine Ahnung wohin die Zeit ist.
Ich denke noch immer ich bin jung und werde ewig leben. Aber
ohne sie will ich nicht sein. Das wird mir immer mehr bewusst.
Warum ist es wie es ist? Mein Bourbon steht vor mir. Eine ganze
Flasche. Und der Rotwein auch. Ich bin alleine. Es wäre so leicht
die Probleme zu ertränken. Aber wenn ich morgen aufwache sind
sie noch da. Die Probleme und die Sehnsucht nach meiner
kleinen Familie.

Damals:

Am diesem Tag beschlossen wir im Haus zu bleiben. Wir wollten
uns einfach unterhalten. Da ich schon morgens unterwegs war,
hatte ich einfach keine Lust mehr rauszugehen. Irgendwie wollte
ich jede Minute für Jo da sein. Die Zeit war knapp. Und wenn sie
wieder zurück zu ihrer Familie ging, dann hätte ich viel zu viel
davon verschenkt. Ich war ja so oder so viel unterwegs. Es gab
einiges zu besprechen. Ich sorgte mich um Nick. Täglich rief ich

ihn an oder seinen Arzt. John und ich standen ebenfalls in ständigem Kontakt. Natürlich wollte er wissen wie es lief. Und noch immer versuchte ich die Sache runterzuspielen. Noch immer wagte ich es nicht mir selbst meine Gefühle zu gestehen. Immer wenn ich Jo nur ansah kribbelte es in meinem Bauch. So fühlte sich wohl die Liebe an. Ich sagte niemandem etwas davon. Nicht einmal John. Irgendwann würde ich dafür bereit sein. Ich musste mich zunächst noch daran gewöhnen, dass jemand mich in meiner Wohnung erwartete. Es war ein schönes Gefühl, nicht mehr allein zu sein. Shania war schon ewig nicht mehr hier gewesen, weil sie meistens bei ihrem Freund Dean war. Diane hatte Urlaub. Sie würde bald zurück sein. Da mein Kühlschrank bedrohlich leer war bestellte ich uns ein üppiges Frühstück, welches wir auf der Terrasse einnahmen. Wir tauschten alte Erlebnisse aus. Der Tag war einfach toll und verging viel zu schnell.Wir machten nur Blödsinn. Wir hatten unglaublich viel Spaß. Diese Frau passt zu mir wie ein Deckel auf den richtigen Topf. Irgendwann ging uns die Puste aus und wir saßen dicht nebeneinander auf meinem Sofa. Ich verspürte ein Kribbeln. Die Frau brachte mich um den Verstand. Vom ganzen Toben hatten wir Durst bekommen. Ich holte uns eine Cola und setzte mich wieder neben sie. Ich spürte wie sie mich verstohlen ansah als ich an meinem Glas nippte. Mir war durchaus klar was sie dachte. Ich konnte sie nur ansehen und dann überkam es mich. Schnell stellte ich mein Glas ab und nahm ihr ihres gleichfalls aus der Hand. Diese Augen. Mein Gott, es machte mich fertig brav zu sein.

„Du bist ja eine ganz Wilde.", versuchte ich meine Nervosität zu überspielen.

„Nein, das sieht nur so aus, ich habe mich nur verteidigt. Schließlich wurde ich von einem Rocker angegriffen."

„Wer war der Kerl, der das getan hat?"

„Der unglaublichste Typ, dem ich je begegnet bin. Er war echt frech. Kennst du ihn? Damon heißt er."

„Nie gehört. Aber ich pass auf dich auf. Wenn er kommt dann verstecke ich dich hier."

Ich öffnete meine Arme und deutete ihr, sich näher an mich zu lehnen. Wir rückten enger zusammen. Sie lehnte sich an mich und in meinem Magen schwirrten die Schmetterlinge umher. Ich wollte so viel von ihr.

„Ich mag dich, Jo. Es ist … ich weiß es nicht."

Dann schwieg ich lieber, ehe ich etwas Falsches sagen würde.

„Ich mag dich auch, Damon. Ich kann noch immer nicht glauben, dass ich hier bei dir sein darf. Glaubst du wir schaffen das wirklich? Ich meine, ich muss irgendwann zurück nach Texas. Was passiert wenn Nick zurückkommt? Dann bist du unterwegs und du wirst mich wieder vergessen. Du kannst alle Frauen dieser Welt haben. Alle sind hübsch, interessant und sicher auch sehr liebenswert. Aber ich ... Ich bin nur ein kleines Licht am Sternenhimmel. Was kann ich dir schon bieten? Ich bin ..."

„Sch... Sag nicht so was. Du bist eine tolle Frau. Ein toller Mensch. Du bringst mich zum lachen, zum leben. Komm her."

Ich zog sie noch näher zu mir heran. Meine Lippen berührten ihr Haar. Es war so weich und ihr Duft brachte mich fast um den Verstand. Ich musste mich echt zusammen reißen. Zärtlich küsste ich ihren Kopf. Wir schwiegen und hingen unseren Gedanken nach. Der Augenblick war so schön. Und ich wollte einfach nur mit ihr hier sitzen. Keine Welt um uns herum. Keine Probleme. Nichts außer uns. Irgendwann spürte ich wie Jos Kopf immer schwerer wurde. Ich sah sie an und stellte fest, dass sie eingeschlafen war. Behutsam legte ich sie auf das Sofa, holte eine Decke aus meinem Zimmer und deckte sie zu. Sie sah so wunderschön aus. Ich setzte mich auf den Boden und sah ihr zu. Wärme und Frieden breiteten sich in mir aus. Ich konnte sie nur ansehen. Gerne hätte ich mich mehr getraut, aber ich wollte sie nicht erschrecken. Bis auf einen Kuss auf ihre Nase blieb ich brav und ließ sie schlafen.

20

Jo

Damals:

Die erste Zeit in New York blieben wir viel im Haus. Morgens war er nie da. Und die Nachmittage verbrachten wir zusammen. Ich male gerne und hatte meinen Zeichenblock eigentlich immer dabei. Auch jetzt würde mich das leise Kratzen des Bleistifts auf dem Papier beruhigen. Ich sah aus dem Fenster und nahm diesen unglaublichen Ausblick in mich auf. Ich war allein hier und irgendwie musste ich mir ja die Zeit vertreiben bis Damon zurück kam. Ich begann damit die Wolkenkratzer zu skizzieren. Die Wolken darüber und dann überkam es mich einfach, Damons Gesicht in die Wolken zu malen. In meiner Geldbörse befand sich immer ein Bild aus einer Zeitschrift von ihm. Davon wusste er natürlich nichts. Auf diesem Bild sah er so verträumt und natürlich aus und es war genau das richtige Motiv für jetzt. Ich merkte nicht wie schnell die Zeit vergangen war und Damon plötzlich hinter mir stand.
„Wow. Das ist geil."
„Damon."
Ich wurde rot wie eine Tomate. Mist.
„Könnte ein Bild für ein neues Cover sein. Kannst du die anderen auch malen?"
„Ist nur ein Hobby. Für so was bin ich nicht gut genug."
„Du solltest mal mit John reden. Er malt auch. Allerdings in Öl.

Und wie geht es dir heute?"

„Jetzt schon viel besser."

Ich lächelte ihn an. Es knisterte in der Luft. Schnell schob ich meine Zeichensachen zusammen und folgte ihm ins Wohnzimmer.

Die folgenden Tage vergingen eher ruhig, aber angenehm. Er schaffte es sogar den Kühlschrank zu füllen. Meistens war er trotzdem nicht da wenn ich meine Augen aufschlug. Die Band war ja nur so zu sagen im Urlaub, aber das hieß ja nicht, dass es nichts zu tun gab. Vor allem Damon war überall gefragt, wenn es etwas zu entscheiden gab. Ich sehnte mich jeden Tag mehr nach ihm und starrte die Tür an bis er endlich kam. Er hatte stets gute Laune und steckte mich damit an. Ich liebe seine Fröhlichkeit, die er noch immer an sich hat, wenn ich ihn dann und wann einmal sehe. Die Wochen vergingen viel zu schnell. An einem Tag, ich weiß nicht mehr welchem, fragte er mich ob ich schon einmal Motorrad gefahren sei. Ich verneinte.

„Na dann los, lass uns in die Tiefgarage gehen. Ich zeige die meine Fire."

„Deine was?"

„Mein Bike. Eine Harley. Sie steht unten in der Tiefgarage. Da steht mein ganzer Fuhrpark."

„Du machst Witze, oder?"

„Nein.Warum?"

„Fuhrpark? Ich meine, was meinst du damit?"

Er nahm meine Hand.

„Ich zeige es dir."

Kleine Blitze schossen durch meinen Körper. Minuten später befanden wir uns im Fahrstuhl, der uns nach unten bis in die Tiefgarage bringen sollte. Damon hielt noch immer meine Hand. Kein Wort bekam ich heraus. Ich konnte ihn nur verstohlen von der Seite ansehen. Kurze Zeit später kamen wir in der Garage an. Damon holte ein kleines Gerät, eine Fernbedienung, aus seiner Jeans und drückte den Knopf. Ein Tor rollte nach oben und ein schwarzes Motorrad kam zum Vorschein. Ich hatte keine Ahnung von so etwas, aber die Maschine strahlte eine unglaubliche Kraft und Faszination auf mich aus. Bullig, viel Chrom, ziemlich niedrig und mit dicken Reifen. Ich hatte so eine Maschine schon einmal im TV gesehen. Erinnerte mich an den Song *born to be wild* und diese Rocker mit ihren Westen und ich war verzaubert davon obwohl ich mich vorher noch nie mit so etwas beschäftigt hatte.

„Und? Was sagst du? Gefällt sie dir? Sie heißt Black Fire. Ich stehe voll auf das Teil. Drehen wir eine Runde?"

Damon sah mich erwartungsvoll an. Ich spürte seinen Stolz.

„Das Ding hat einen Namen?"

„Logo. Sie ist so schön, dass sie einen coolen Namen verdient. Sie sollte nicht einfach nur MOTORRAD heißen. Sie ist etwas Besonderes. So wie du. Also? Stadtfahrt?"

Er drückte sanft meine Hand und mir wurde ganz warm bei seinen Worten. Trotz des dicken Kloßes in meinem Hals antwortete ich und versuchte möglichst cool zu klingen.

„Bin dabei. Was ist hinter den anderen Toren?"

„Hab´ich doch gesagt. Mein Fuhrpark."

„Dein Ernst, oder?"

„Ich lüge nie. Willst du ihn sehen?"

„Jetzt bin ich neugierig."

„Hier steht der Geländewagen, mit dem uns Alex abgeholt hat. "

Er drückte einen Knopf an der Wand und ein weiteres Tor fuhr hoch.

„Den brauche ich eigentlich nur wenn ich durch die Stadt muss. Die Scheiben sind abgedunkelt, so dass niemand sehen kann wer drinnen sitzt."

„Und daneben? Noch mehr Autos?"

„Da wäre noch mein Jeep. Er war mein erstes Auto. Nicht mehr ganz einwandfrei, aber ich liebe das Teil."

Ich lief zum nächsten Stellplatz. Damon neben mir. Meine Hand noch immer in seiner.

„Das hier ist ein Mercedes 500 SL. Leider kann ich ihn hier nicht ausfahren. Zu viel Verkehr. Für weitere Strecken nehmen wir den Flieger. Unseren Tourbus habe ich letztes Jahr verkauft. War eh zu anstrengend damit durch die USA zu reisen. Dieses Auto hier verdient eine vernünftige Straße wo es sich austoben kann."
Zärtlich strich er über die Motorhaube des Wagens.
Wir gingen zur nächsten Box.
„Und das hier ist mein altes Schätzchen. Ihn liebe ich von allen am meisten. Ein 69er Chevy. Die sind nicht mehr so oft zu finden. Nostalgisch und so typisch amerikanisch, finde ich."
„Und dahinter?"
„Mustang. Sehr cooles Teil."
Ich starrte den knallroten Flitzer an, der jetzt hinter dem hochfahrenden Tor zum Vorschein kam:
„Heilige Scheiße. Ist der aber schön. Du bist verrückt."
„Ja vielleicht. Es gibt nicht viele Dinge die ich liebe: Autos, Motorräder, Gitarren, hübsche Mädels, die klug sind ..."
„Und sonst?"
„Das verrate ich dir ein andermal. Was ist mit unserem Ausflug? Keine Lust New York hautnah zu erleben?"
„Doch. Das wäre schön."
„Dann lass uns von hier verschwinden. Die Fire will hinaus."
„Aber ich habe keinen Helm und keine Klamotten."
„Ach was - du hast Schiss", zog er mich auf.
„Du bekommst einen von mir. Also keine Ausrede."
Frech grinste er mich an. Ich musste mich wohl geschlagen geben. So wie er mich ansah konnte ich einfach nicht mehr ablehnen. Und außerdem war ich neugierig wo er mit mir hin wollte. Ich freute mich auf diesen besonderen Tag mit ihm. Also fuhren wir wieder hoch in seine Wohnung um seinen Schrank nach einem geeigneten Lederanzug für mich zu durchsuchen. Ich stand im Türrahmen zu seinem Zimmer während er seinen Schrank auseinander nahm.
„Hey, komm doch rein."

Dann wendete er sich wieder seinem Schrank zu, der völlig überladen und durcheinander aussah.

„Probier das mal, steht dir sicher gut."

Also probierte ich verschiedene Lederjacken und Hosen von ihm an. Ich versank darin, weil sie viel zu groß für mich waren. Er grinste als ich verzweifelt meine Arme hob. Dann kniete er sich vor mir hin und krempelte die Beinenden um. Meine Turnschuhe passten ganz gut dazu. Dann bekam ich noch einen Helm bevor er in seine Motorradsachen schlüpfte. Mit hämmerndem Herzschlag sah ich zu wie seine Jeans über die Hüften geschoben wurde, sein Shirt geschmeidig über den Kopf gezogen wurde und Damon nur noch in Unterwäsche vor mir stand. Es schien ihm nichts auszumachen. Endlich bekam ich meine Augen von ihm. Er kam fertig angezogen auf mich zu, schnappte sich die beiden Helme und nahm mich an die Hand. Während der Fahrt nach unten telefonierte er noch kurz und ich konnte hören, dass er wegen mir gelogen hatte. Unten angekommen, setzten wir die Helme auf, bevor uns jemand sehen würde. Damon stieg auf und ich stand unsicher daneben. Mit der rechten Hand klopfte er auf den Sattel hinter sich.

„Halt dich nur gut an mir fest. Es wird uns nichts passieren."

Ich stieg auch auf und umfasste seine Hüfte. Mir war ganz warm, weil ich so nah bei ihm war.

„Alles okay bei dir?", erkundigte er sich und ich nickte nur. Ich wäre mit ihm um die ganze Welt gefahren. Hauptsache ich war bei ihm. Bald befanden wir uns mitten im Herzen des Big Apple. Wir fuhren Richtung Süden nach Chinatown. Vorbei an den riesigen Gebäuden bis ganz an Manhattans Spitze. Ich schmiegte mich an ihn. Seinen warmen Körper vor mir zu spüren, ließ mein Herz rasen. Dann ging es weiter Richtung Norden. Am Central Park hielten wir an. Dieser Park kam mir gigantisch vor. Fast wie ein kleines grünes Land. Bäume, Wasser, Natur pur. Man konnte hier beinahe vergessen, dass man sich im Herzen einer Weltstadt befand. Damon drehte sich zu mir um und nahm seinen Helm ab.

Dabei fiel seine wilde Mähne auf seine Schultern. Mir wurde ganz warm. Ich tat es ihm nach und sah ihm direkt in die Augen.

„Na immer noch Angst?"

„Nein, es geht mir gut."

„Das hoffe ich."

Wir lehnten uns an das Motorrad. Er legte den Arm um mich und wir sahen den Menschen im Park zu. Wir standen lange einfach nur da und genossen unsere Ruhe. Niemand nahm Notiz von uns, was mich überraschte. Dann kam eine Joggerin mit ihrer Freundin vorbei. Sie rannten an uns vorbei. Dann blieben sie plötzlich stehen. Mich beschlich ein übles Gefühl. Und es kam wie es musste. Sie erkannten Damon und kamen näher. Er zog mich enger an sich. Eine der Frauen stand jetzt vor uns. Mir klopfte das Herz bis zum Hals, weil wir allein unterwegs waren. Sam und Daryl wussten nichts von unserem Ausflug. Ich hoffte, dass alles gutgehen würde. Die Frau machte kein großes Aufsehen und bat nur höflich um ein Autogramm. Das schrieb Damon auf ihren weißen Turnschuh, weil es sonst nichts gab, worauf er hätte schreiben können. Mit einem Stechen in der Magengrube sah ich zu wie er sich hockte und ihren Fuß auf sein Knie stellte. Die Frau war sehr hübsch und ich schalt mich selber wegen meiner Eifersucht, die es eigentlich nicht hätte geben dürfen. Dann kamen weitere Passanten vorbei und reckten neugierig die Hälse. Damon sah nach oben, ließ den Fuß der Frau los und schnellte hoch als die Menschen näher kamen.

„Jo, steig auf, schnell. Bitte, wir müssen abhauen", flüsterte er. Ich gehorchte. Damon nickte der Frau noch einmal zu und stieg auf das Motorrad. Er machte sich nicht mehr die Mühe den Helm aufzusetzen und gab Vollgas. Ich klammerte mich panisch an ihn. Unser Ausflug war wohl für diesen Tag leider vorbei. Am Abend machten wir es uns draußen auf seiner Dachterrasse gemütlich. Das Radio lief.

„Hey, sie spielen *True Love*, hörst du?", fragte ich ihn.

„Ja, tatsächlich. Ist schon komisch, sich selbst im Radio zu hören.

Aber ich finde es klingt gar nicht so übel."

„Spinner. Deine Stimme war es, die mich zu dir brachte. Ich liebte sie schon bevor ich überhaupt wusste wem sie gehört."

Er lächelte nur.

Ich kann mich auch noch gut an einen anderen Abend erinnern. Da waren wir auch draußen. Damon hatte eine große kuschelige Decke um uns gehüllt. So standen wir einfach nur da. Er hinter mir, mich fest umklammert. Er legte sein Kinn auf meinen Kopf und ich genoss diese Momente. Schweigend, aber zufrieden. Ich fühlte seinen Arm um mich und drückte mich immer fester gegen ihn. Als wir eine Weile so da gestanden hatten, fragte mich Damon plötzlich ob ich den großen Wagen sehen würde.

„Was? Hier oben?"

Er lacht leise. Dann sagte er:

„Ja, schau. Da drüben. Direkt vor uns."

Ich spürte seinen Atem neben mir. Sein Kinn lag jetzt auf meiner Schulter und mit der einen Hand hielt er mich und die Decke fest, während er mit der anderen in den Himmel zeigte.

„Was meinst du?"

„Es ist ein Sternbild. Wird auch der große Bär genannt. Siehst du?"

„Nein."

„Sieh dir die Position der Sterne an. Wenn man verschiedene Linien zwischen ihnen ziehen würde und sie miteinander verbinden würde, könnte man den Körper eines Bären erkennen. Ganz links oben in der Ecke befände sich der Schwanz des Bären. Ziehe dir im Geiste eine Linie bis zum dritten Stern in dieser Reihe. Dann kommt der große Rumpf des Bären, und nach unten denke dir Linien, die die Beine ergeben. Und? Kannst du es sehen? Wunderschön nicht wahr?"

„Woher weißt du das alles? Bist ein Wahnsinns Typ, weißt du das eigentlich? Du bist so klug und ..."

Er drehte mein Gesicht zu sich herum und küsste mich sanft.

„Ist das so? Gut. Dann sieh dir das da an. Eine Sternschnuppe.

Schau. Schnell, wünsch dir was. Nicht sagen was es ist, sonst geht der Wunsch nicht in Erfüllung."

„Oh."

Er legte mein Haar nach vorne und küsste meinen Nacken. Ich strengte mich echt an etwas zu sehen, aber Damon lenkte mich total ab. Er hielt mich ganz fest in seinen Armen und flüsterte mir die Namen der Sternbilder ins Ohr, während er mit dem Finger in den Himmel zeigte. Zwischendurch knabberte er an meinem Ohr herum und glitt mit der Zungenspitze dahinter. Mir war kalt und warm zugleich. Ich wusste, ich wollte nie mehr ohne ihn sein. Und dann sah ich die Sternschnuppe tatsächlich. Ein wunderschönes Schauspiel am Nachthimmel New Yorks.

„Und, dass dein Wunsch in Erfüllung geht", flüsterte er.

„Ja, das hoffe ich auch. Aber ich glaube das ist er schon vorher."

„Wir werden sicher noch viele solcher Nächte erleben."

Als wir zurück in der Wohnung waren, merkte ich, dass er ziemlich müde war.

„Ja, wir sehen uns morgen. Gute Nacht. Und träume was schönes."

Er brachte mich zum Gästezimmer.

„Du auch. Gute Nacht, Damon."

Schweren Herzens schleppte ich mich in mein Zimmer, seinen Blick in meinem Rücken spürend und legte mich ins Bett.

Als ich am nächsten Tag aufwachte war ich zwar wieder allein, aber etwas war anders. Frischer Kaffeeduft erfüllte die Luft. Croissants und Honig standen auf dem Esstisch, Obst und Saft. Ich war echt gerührt. Noch nie hatte ein Mann so etwas für mich gemacht. Schade war nur, dass ich allein essen musste. Auf dem Sofa lag sein Shirt. Ich schlüpfte einfach hinein und fühlte mich ihm nahe. Sein Parfum haftete noch im Stoff und ich hatte solche Sehnsucht nach ihm, dass es schon schmerzte. Verträumt sah ich hinaus in den Himmel, der gestern noch so voller Sterne gewesen war. Dann hörte ich wie Damon die Tür aufschloss.

Endlich kam er zurück.

„Hi. Wie ich sehe hast du den Weg zum Frühstück gefunden"

„Ja, Komm, iss doch mit mir. Erzähl mir von deinem Tag."

„Klar. Steht dir übrigens gut."

Er starrte auf sein Hemd an meinem Körper und grinste mich an. Ich wurde puterrot. Ich hatte total vergessen, dass ich es an hatte. Damon stand schnell wieder vom Tisch auf, um sich seinen Aschenbecher zu holen. Einige Minuten später erlangte ich meine normale Gesichtsfarbe zurück und wir frühstückten gemeinsam. Dann räusperte sich Damon.

„Du, Jo"

„Ja."

„Magst du Eishockey?"

„Keine Ahnung. Hab ich mir noch nie angeschaut. Warum?"

„Die Rangers spielen heute. Ich würde echt zu gerne hingehen. Mit dir, wenn du magst. Ich könnte P.J., einen Freund, der im Stadion arbeitet, bitten mich holen zu lassen. Du begleitest mich. Wir würden unbemerkt hinkommen. Während des Spiels muss ich mich leider wieder verkleiden. Aber das kennst du ja schon. Und? Hättest du Lust? Fände ich echt cool."

„Warum nicht. Wenn du dir das antun willst."

Bis zum Abend blieb uns ja noch etwas Zeit. Die verbrachten wir damit in Damons Musiksammlung zu kramen. Ein echter Rocker hat auch Idole. Da gab es Musik von Jimmi Hendrix, den Stones und den Beatles. Wer hätte das gedacht. Mit hochgezogenen Augenbrauen sah ich ihn an.

„Was? Ich mag die guten alten Pilzköpfe aus England. Das ist Musikgeschichte."

„Aha, na dann..."

„Warum werde ich das Gefühl nicht los, dass du mich gerade verarschst?"

„Wer ich? Niemals. Was denkst du von mir? Ich bin Gast in deinem Haus und..."

Schon flog mir ein Kissen um die Ohren und ich lag auf dem Rücken auf dem Boden vor ihm.

„Ganz schön frech für einen Gast."

„Okay. Ich ergebe mich."

Entschuldigend hob ich die Hände, die Damon dann über meinem Kopf festhielt. Minuten lang sah er mir in die Augen. Zu gerne hätte ich gewusst was er gedacht hat. Dann ließ er mich plötzlich los und stand vom Boden auf. Ich hoffte nur, dass ich ihn nicht verärgert hatte.

„Bin gleich wieder da."

Ich hörte wie er telefonierte. Sicher wegen des Spiels.

Einige Minuten später kam er zurück.

„Geht klar. P.J. kommt selbst vorbei um uns zu holen. Ich muss mich noch umziehen. Kannst ja schon duschen, wenn du magst. Ich werde mal meine guten Stücke hier wieder wegräumen ..."

„Dann verschwinde ich mal ins Bad."

Mit klopfendem Herzen drückte ich mich an ihm vorbei zu meinem Zimmer. Keine Ahnung was man bei einem Eishockeyspiel anzog. Aber auf jeden Fall wollte ich hübsch für ihn aussehen. Ich hörte Damon in seinem Wohnzimmer kramen. Ich suchte mir bequeme Jeans und einen dünnen Pulli aus. Dann ging ich ins Bad und füllte mir die Riesenwanne mit dampfendem Wasser. Ich lag schon eine Weile entspannt in der Wanne als seltsame Töne durch die Wohnung drangen. Was war denn das? Klavier? Damon spielte tatsächlich an seinem Flügel. Sofort richtete ich mich in der Wanne auf und lauschte. Er entlockte dem Instrument die gefühlvollsten Töne, die ich je von einem Klavier gehört hatte. Es war völlig anders als die harte Mucke, die er sonst mit seiner Gitarre zauberte. Ich wagte mich kaum mich zu bewegen und war total verzaubert von diesem Stück. Ich hatte keine Ahnung wie lange ich ihm in der Wanne liegend zugehört hatte. Jedenfalls war das Wasser schon völlig kalt als ich aus meiner Starre erwachte. Der Flügel verstummte und ich hörte Schritte vor der Tür des Badezimmers.

„Jo? Alles in Ordnung?"

„Äh, ja klar, bin gleich so weit."

„Ich warte im Wohnzimmer auf dich."

Ich ging zu ihm und hätte beinahe angefangen zu sabbern als ich ihn sah. Damon stand lässig an die Bar gelehnt, seine löcherige Jeans legte einen Blick auf seine oberen Knie frei und die schwarze Lederjacke, natürlich offen, zeigte sein weißes Shirt darunter. Seine Bauchmuskeln zeichneten sich deutlich darunter ab und ich bekam meinen Mund nicht mehr zu. Sein Haar flog im wild um den Kopf und an den Fingern sah ich die Ringe mit den silbernen Totenköpfen, die ich so heiß fand.

„Siehst hübsch aus. Können wir?"

„Danke. Du auch. Klar lass uns gehen."

Als wir nach unten kamen, stand Damons Freund schon vor dem Haus.

„P.J., das ist Jo. Sie ist mein Gast. Jo, das ist Pete Jackson, genannt P.J."

„Hey Jo, freut mich."

Wir reichten uns die Hände. Dann stiegen wir in seinen Wagen.

„Wo habt ihr euch denn kennengelernt?", begann P.J. das Gespräch.

„Das ist eine lange Geschichte. Wirst du mir eh nicht glauben ..."

Damon erzählte ihm unsere bisherige Geschichte und ich konnte sehen wie P.J. schmunzelte, während er uns im Rückspiegel ansah.

„Ist ja ein Ding. Und wie geht es weiter?"

„Darüber haben wir noch nicht nachgedacht, aber ich hoffe, es ist noch nicht zu Ende."

Ich sah Damon an und konnte kaum glauben was er da eben gesagt hatte. Ich schien ihm tatsächlich etwas zu bedeuten.

Etwa eine halbe Stunde später erreichten wir das Stadion. Das Spiel fand im Madison Square Garden statt. Wir waren zwar schon einmal daran vorbei gefahren, als wir mit der Black Fire unterwegs waren, aber ich konnte mich nicht mehr so genau daran erinnern. P.J. brachte uns unauffällig zu einem Seiteneingang. Damon kramte eine Cap hervor und versuchte seine Mähne darunter zu verstecken. Eine Sonnenbrille verdeckte seine wundervollen blauen Augen. Damon nahm meine Hand und ich war froh, dass er da war. Allein hätte ich mich dort nie zurecht gefunden. Das Spiel begann und ich versuchte zu verstehen was Damon mir gerade erklärte. Er hielt meine Hand und starrte auf das Eis. Die Rangers, in blau-rot-weiß, spielten sofort auf Angriff und ich konnte spüren, wie nervös Damon war. Er ging richtig im Spiel auf. Nach dem ersten Drittel stand es leider noch 0:0 und Damon erzählte mir was ein Sieg, oder auch eine Niederlage des Vereins für die Liga bedeutete. Ich hatte keine Ahnung, freute mich aber für ihn, dass er so viel Spaß dabei hatte. In der Spielpause holte er uns Cola und Hot Dogs. Zum Glück blieb seine Cap bis dahin auf seinem Kopf.

Das zweite Drittel des Spiel begann und sofort war Damon wieder in seinem Element. Als einer der Spieler tatsächlich das Tor traf sprang er jubelnd auf und das war natürlich auch das Startzeichen für sein Haar, sich doch noch unter der Kappe zu verabschieden.

„Jace, schau mal. Das ist der Sänger von Mandoras Hell Fire", hörte ich eine weibliche Stimme hinter uns zu ihrer männlichen Begleitung sagen.

„Du spinnst, Milly."

„Doch, das ist Damon. Ich bin mir sicher."

Mir wurde ganz flau im Magen. Damon schien es nicht zu bemerken, denn gerade ging der Puck wieder in das gegnerische Tor. Jubelnd sprang er von seinem Sitz auf. Ich sammelte seine Kappe vom Boden auf und gab sie ihm.

„Was zum Teufel...? Shit."

„Ich glaube, du kannst jetzt die Brille auch abnehmen."

Ich grinste ihn an, obwohl sich mein Magen schon wieder zusammen zog.

„Ich schätze, du hast recht. Lass uns in der Spielpause verschwinden. Ich werde mir den Rest im TV ansehen."

Er sah mich betrübt an und drückte meine Hand. Die junge Frau

hinter uns beugte sich jetzt vor und fragte:
„Entschuldigung, sind sie Damon Mandora? Mein Freund Jace hier sagt nein. Wir haben gewettet. Ich wollte sie nicht stören. Aber falls ich die Wette gewinne, würde ich mich sehr über ein Autogramm freuen."
Damon drehte sich zu ihr um und sagte:
„Wo soll ich unterschreiben?"
„Bitte auf die Eintrittskarte."
Ich sah ihr in die Augen und konnte sie voll verstehen. Jetzt drehten sich auch die Leute neben uns zu uns um. Ich rutschte unruhig auf meinem Sitz hin und her, während er auf die Karte schrieb. Dann fiel noch ein Tor für die Rangers. Das Stadion tobte und ich war froh, dass die Menschen um uns herum sich jetzt wieder dem Spiel zuwendeten. Das Spiel lief noch etwa 10 Minuten. Dann wurde zur Pause gepfiffen. Sofort nahm Damon wieder meine Hand und wir verschwanden zum Seiteneingang wieder hinaus. Er rief noch kurz seinen Freund an und sagte ihm, dass wir leider gehen mussten. Ich fand es schade. Wo ich doch gerade Spaß an seiner Begeisterung gefunden hatte. Wir machten uns auf den Weg. Es war zum Glück ziemlich leer auf den Straßen, weil alle noch beim Spiel waren. Sämtliche Taxen fuhren einfach an uns vorbei und so entschieden wir uns den Weg zu laufen. Damon kramte seine Mähne wieder unter die Kappe und ich hoffte, dass wir unerkannt zu seiner Wohnung kamen. Hand in Hand, ganz wie ein normales Paar, gingen wir weiter. Es war ein schönes Gefühl. So unbeschwert. Ich wollte es könnte immer so sein. Der Weg zurück war lang. Wir kamen an einem Bild der Freiheitsstatue vorbei, welches an einem Souvenirladen hing. Ihre Krone leuchtete im Dunkeln und ich war verzaubert von dem schönen Anblick.
„Sie ist wunderschön, nicht wahr?", fragte Damon.
„Ja, ich wäre gerne einmal da oben."
„Dann lass uns hoch gehen."
„Echt? Geht das?"

„Ja, man kann bis zur Krone aufsteigen. Allerdings brauchen wir dann doch ein Taxi. Zu weit zum Laufen. Hast du Lust?"
„Du bist verrückt. Aber ich würde gerne mal über die Stadt schauen."
„Na dann los."
Übermütig legte er den Arm um mich. Ich fühlte mich total wohl und der Vorfall im Stadion war schon fast wieder vergessen.
„Mal sehen, ob wir noch hin kommen. Die letzte Fähre ist sicher schon zurück."
Er winkte ein Taxi heran.
„Wir können ja ein andermal hinfahren."
„Nein, ich mach das schon, vertrau mir."
Damon grinste mich an und was sollte ich da machen?
Ein Taxi hielt an.
„Battery Park", wies er den Fahrer an. Zum Glück schien diesen nicht besonders zu interessieren, wen er durch die Gegend kutschierte, was wahrscheinlich daran lag, dass es sich um einen älteren Herren handelte, der mit Sicherheit mit Rockmusik nichts am Hut hatte.
Das Taxi hielt an.
„Da wären wir."
„Wow."
Wir stiegen aus. Damon steuerte auf die Anlegestelle zu. Die letzten Besucher verließen die Fähre. Wir warteten, bis der Andrang sich etwas gelegt hatte. Dann lief Damon langsam auf den Kapitän zu.
„Besteht noch eine Möglichkeit, meiner Freundin die Stadt von oben zu zeigen?"
„Nein, das war heute die letzte Überfahrt", sagte der Mann.
„Ich könnte ihnen dafür etwas extra geben."
Damon ging näher an den Mann heran und nahm seine Kopfbedeckung ab. Ich hielt den Atem an. Was würde passieren?
„Ich kenne sie, Mr."
„Ja, bestimmt. Also was kostet es?"

„Nein, ich ähm …will kein Geld. Sie sind Damon Mandora, nicht wahr?"

„Ja, der bin ich. Aber bitte machen sie kein Aufsehen deswegen, okay?"

„Nein, selbstverständlich nicht. Aber könnte ich ein Autogramm für meine Tochter Jenna haben?"

„Klar, Mann."

Der Mann holte einen Block aus seiner Kabine und gab ihn Damon.

„Danke, Sir. Ich werde sie noch rüberbringen. Allerdings mit einem kleineren Boot. Wenn es Ihnen nichts ausmacht kurz in mein Boot zu steigen."

„Cool. Kein Problem."

„Bitte nicht zu lange. Ich bekomme Ärger."

„Geht klar. Danke. Hier, geben sie die ihrer Tochter."

Damon reichte ihm seine Cap, mit seiner Unterschrift und Widmung für Jenna darauf.

„Danke, Mr. Mandora. Ich wünsche ihnen einen schönen Abend."

Wir nickten ihm zu und stiegen auf das kleine Boot. Die Überfahrt dauerte nicht so lange. Ich war so aufgeregt. Dann legte er an. Der Mann versprach, eine Stunde auf uns zu warten.

„Da wären wir. Jetzt müssen wir nur noch hoch."

Ich sah staunend an der riesigen Figur hoch.

„Und von oben erst, los komm."

Die Frau an der Kasse ließ uns noch rein. Wahrscheinlich zog Damons Charme auch bei ihr. Der Fahrstuhl brachte uns nur bis zum 10 Stock. Danach mussten wir zu Fuß weiter. Es war schon spät und Dank Damon waren wir jetzt die einzigen Besucher hier. Wir kletterten in das Innere der Figur. Wie Damon mir bereits gesagt hatte, wurde es nach oben immer enger und ich kam ganz schön aus der Puste. Keine Ahnung wie lange unser Aufstieg gedauert hatte als Damon plötzlich meinte:

„Wir sind da. Schließ deine Augen und vertrau mir, okay."

„Hey, was hast du vor?"

„Augen zu", befahl er. Ich spürte wie er mich vor sich schob.

„Bleib einen Moment hier stehen. Nicht gucken."

Ich hörte wie ein Fenster geöffnet wurde. Der Wind blies mir um die Nase und ich begann zu zittern. Dann spürte ich, dass er sich hinter mich gestellt hatte und mich ganz fest in den Armen hielt.

„Tritt noch einen kleinen Schritt vor, halte dich an mir fest und jetzt... Augen auf."

„Mein Gott, Damon. Ist das schön. Fantastisch. Diese Aussicht. Wow. Ich..."

„Und hab ich dir zu viel versprochen? Ich liebe diese Stadt und werde es immer tun. Nichts bringt mich je von hier weg."

„Das kann ich verstehen."

Er drückte mich noch fester an sich und ich spürte seinen heißen Atem an meinem Ohr. Wir sahen den Hafen und die Wolkenkratzer wo jetzt überall Lichter brannten. Ich hätte ewig so mit ihm hier stehen bleiben können.

Wir blieben etwa eine Stunde oben in der Krone und sahen dem Treiben auf den Straßen und am Hafen zu.

„Wir sollten langsam wieder runter. Es ist noch weit bis zu mir. Und wir brauchen noch ein Taxi."

Widerwillig drehte ich mich zu ihm um. Ich wollte hier nicht mehr weg. Er gab mir einen Kuss auf die Nase.

„Na komm. Wir werden sicher noch einmal herkommen, versprochen."

Wir begannen unseren Abstieg und ich konnte fast meine Tränen nicht mehr zurück halten weil ich einfach so überwältigt und glücklich war. Damon machte mein Leben bunter und so sollte es bleiben. Wir verließen New Yorks Wahrzeichen und hinter uns wurde abgesperrt. Wir hofften einfach, dass die Leute wegen uns keinen Ärger bekämen. Der Fährkapitän stand an seinem Boot und wartete bereits auf uns.

„Vielen Dank nochmal", bedankte sich Damon bei dem Mann.

„Keine Ursache Mr.Mandora. Ich habe zu danken. Meine Tochter wird sich freuen. Hier, nehmen sie meine Wollmütze. Damit sie nicht belästigt werden, wenn sie nach Hause gehen."
„Echt? Danke. Hier sind 20 Dollar, holen sie sich eine Neue."
„Schon okay. Ich denke Sie haben es auch nicht leicht, was?"
„Nicht immer."

Wir stiegen in das Boot und setzten wieder über. Wehmütig standen wir an der Reling und ich sah der immer kleiner werdenden Figur nach.
Nach einer weiteren Taxifahrt und einem langen Fußmarsch betraten wir endlich Damons Wohnung. Niemand hatte uns mehr belästigt und ich war echt erledigt als wir die Tür hinter uns schlossen.
„Danke für den schönen Abend, Damon. Das werde ich nie vergessen."
„Ist nur der Anfang. Gute Nacht, Jo. Wir sehen uns morgen."
Widerwillig ließ ich seine Hand los. Dann ging ich zu Bett und träumte von Damon. Ich kann mich nicht mehr genau erinnern, um was es in meinem Traum damals ging, aber ich weiß noch, dass ich plötzlich aufgewacht bin. Es war schon tief in der Nacht. Mein Herz schlug schnell und ich spürte Nässe zwischen meinen Beinen. Ich denke, es war ein sehr heißer Traum von Damon. Ich brauchte einige Minuten um mich zu sammeln. Kopfschüttelnd stand ich aus meinem warmen Bett auf und lauschte an der Tür. Es war ruhig in der Wohnung. Aber mein Zimmer lag ja auch am Ende des Gangs, gleich neben seinem. Ich steckte den Kopf zur Tür hinaus und spähte in den Flur. Ich brauchte jetzt unbedingt eine Abkühlung. Ein Glas Wasser vielleicht. Also schlich ich in die Küche. Mein Herz schlug noch schneller, als ich versuchte meinen erotischen Traum zu sortieren. Als ich in der Küche ankam, machte ich das Licht an und erschrak. Damon saß da, in Shirt und Boxershorts, Zigarette und einem Bier.
„Oh, Damon. Sorry. Ich wusste nicht, dass du hier im Dunkeln sitzt und rauchst. Ich wollte mir nur ein Glas Wasser holen,"

stammelte ich, während es unten schon wieder feuchter wurde. Er sah einfach immer sexy aus. Sogar im Dunkeln mit Fluppe im Mund.

„Jo. Ich kann nicht schlafen. Es geht mir so vieles durch den Kopf. Ich wollte dich nicht wecken."

Er sah mich an und ich fühlte mich unwohl, wenn ich an meine Fantasien mit ihm dachte.

„Darf ich mich zu dir setzen? Ich kann nämlich auch nicht schlafen. Du hast mich nicht geweckt."

Jedenfalls nicht direkt. Aber das musste er ja nicht wissen.

„Ich muss ständig an den schönen Abend denken."

„Ich auch, Jo. Aber das ist es ja. Ich habe mich gerade gefragt, wie viele solcher Abende uns noch erwarten. Uns bleibt nicht mehr viel Zeit. Und ich bin gerne mit dir zusammen."

Ich legte meine Hand auf seinen Arm und sagte:

„Lass uns nicht mehr darüber nachdenken. Wir genießen einfach die Zeit die wir haben. Es wird schon irgendwie weitergehen."

„Ja, aber P.J.´s Frage nach dem WAS DANN, hat mich nachdenklich gemacht. Ich mag dich, Jo. Das weißt du, oder?"

„Ja, ich denke schon", versuchte ich zu scherzen. Damon drehte sich zu mir, dass er quer auf dem Stuhl saß und nahm meine Hand.

„Komm her, lass uns über etwas anderes reden."

Er zog mich auf seinen Schoß und brachte mich schon wieder zum überlaufen. Wir redeten eine Weile, als er dann schließlich meinte im Wohnzimmer sei es doch gemütlicher und wir sollten es uns doch lieber da bequem machen.

„Ich hole uns noch eine Decke aus dem Gästezimmer."

Und schon verschwand ich um die Decke zu holen, während Damon uns einen kuscheligen Platz auf dem Sofa zauberte. Als ich aus dem Zimmer zurück kam, staunte ich nicht schlecht. Er hatte Kerzen angezündet, leise Musik lief und auf dem Sofa hatte er jede Menge Kuschelkissen verteilt, in deren Mitte wir uns betten konnten. Für einen kurzen Moment musste ich mir mal wieder die Tränen verdrücken, weil ich an das Ende meines Aufenthalts hier dachte.

„Und, gemütlicher als in der Küche?"
Damon sprang in die Mitte der Kissen und klopfte auf den freien Platz neben sich.
„Na komm, es ist kalt. Lass uns unter deine Decke kriechen."
Er lehnte sich gegen das Rückteil des Sofas, spreizte seine Beine und ließ mich dazwischen Platz nehmen. Wohlige Schauer überliefen mich, als ich seinen Körper hinter mir spürte. Seine Arme umschlangen mich und er zog uns die Decken bis ans Kinn. Dann ging plötzlich der Fernseher an und ich sah, dass auf einmal Scarlett O´Hara über den Bildschirm flimmerte. Zärtlich küsste er meinen Nacken und ich versuchte mich vergeblich auf Red und Scarlett zu konzentrieren. Ich genoss seine Nähe, die mich total durcheinander brachte. Keine Ahnung warum, aber ich schlief in seinen Armen einfach ein. Ich spürte noch ganz leicht, dass er mich auf seinen Armen in mein Bett trug. Er legte mich zärtlich auf mein Kissen, deckte mich zu und küsste meine Stirn. Dann ging er zur Tür, drehte sich noch einmal zu mir um und flüsterte etwas, das ich nicht verstand.

21

Damon

Damals:

Jo war jetzt schon eine Weile bei mir. Leider hatte ich viel zu tun. Das ärgerte mich. Ich wollte ihr doch soviel zeigen, ihr etwas bieten. Schließlich hatte sie für mich alles aufgegeben. Und ich wollte nicht, dass sie das bereute. Dann kam mir eine geniale Idee. Ich fragte Jo ob sie schon einmal mit einem Motorrad gefahren sei. Sie meinte:
„Nein- warum?"
Das war super. Ich rief noch schnell John an, während wir mit dem Fahrstuhl runter fuhren und sagte, dass ich heute nicht kommen könnte. Es sei etwas Dringendes dazwischen gekommen.
„Ja ja, ich verstehe."
Ich konnte Johns Grinsen fast fühlen. Ich sagte ihm, dass ich den Jungs vertraute. Egal welche Entscheidungen wegen der Tour fallen würden.
Wir fädelten uns in den Verkehr ein. Ich zeigte ihr meine Stadt. Ich gab Vollgas und genoss es, dass Jo mich so fest hielt.
„Damon. Lass den Scheiß."
„Ich liebe es wenn du mich so umklammerst."
„Blödmann."
Sie klopfte mir auf den Rücken und ich musste grinsen.

Ich zeigte ihr New York mit allem was meine Stadt zu bieten hatte. Wir fuhren zum Central Park. Hier hielten wir an. Ich nahm meinen Helm ab und Jo starrte mich regelrecht an. Und schon wieder bekam ich unbändige Lust auf sie. Ich musste ruhig bleiben. Alles zu seiner Zeit. Wenn sie bereit war. Wenn wir es ZUSAMMEN waren. Die Menschen flanierten hin und her und wir fühlten uns frei. Ungezwungen. Leider hielt dieses Gefühl nicht lange an. Ich erinnere mich noch an diese junge Frau, eine Joggerin, die mich im vorbei laufen wohl erkannt hatte. Ich schrieb ein Autogramm auf ihren Schuh und beendete dann so schnell es ging unseren Ausflug. Leider war dieser schöne Tag viel zu schnell vorbei.

Am nächsten Tag wollte Jo wollte wissen was ich an Nährmitteln da hatte. Das war nicht viel, weil ich meistens Essen ging. Mein Kochtalent reicht vielleicht gerade so weit mir ein Ei in die Pfanne zu hauen oder einen Bagel mit Butter zu bestreichen. Nun ich konnte nicht viel vorweisen. Da lagen noch ein Paar Nudeln im Schrank, einige Konserven und jede Menge guter Bourbon in meiner Bar. Das war´s. Toll.Trotzdem schaffte es Jo daraus ein brauchbares Essen zu zaubern. Ich sah wie sie sich durch das Chaos meiner Küche arbeitete und immer wieder lächelnd den Kopf schüttelte. Sie war so süß bei dem was sie tat, egal was es gerade war.

„Hey, steh nicht so faul rum. Ich dachte wir wollten zusammen kochen.“

„Oh, ich glaube dann würde das Essen ungenießbar schmecken.“

„Quatsch. Hast du einen großen Topf?“

„Keine Ahnung. Ich brauche nie einen.“

Ich kramte in den Tiefen meines Küchenschranks herum und fand was Brauchbares, das wie ein Topf aussah und gab ihn Jo.

„Gut. Gib mir mal das Paket Nudeln.“

Ich liebkoste lieber ihren Nacken.

„Man lenkt die Köchin nicht ab, denn sie hat ein Messer.“

Behutsam nahm ich ihr das Teil aus der Hand und drehte sie zu mir um. Ihre Augen waren ganz rot von der verdammten Zwiebel. Ich strich ihr sanft mit meinem Daumen über die Augen.

„Du lenkst mich noch immer ab", hauchte sie.

„Ich weiß."

Ich zog sie näher zu mir heran. Mein Herz schlug wild und ich war total verrückt nach ihr.

„Damon, das Wasser kocht."

Sie gab mir einen leichten Kuss und dann schob sie mich sanft zur Seite. Widerwillig ließ ich sie los und sah ihr statt dessen zu wie sie aus den paar Dingen ein brauchbares Essen zauberte. Hin und wieder drehte sie sich zu mir um und zwinkerte mir zu. Ich liebe diese Frau. Wir aßen unsere Spaghetti und lümmelten auf meinem Sofa herum. Jo war dann irgendwie abwesend. Woran sie wohl dachte? Ich weiß es nicht. Wir haben nie darüber gesprochen. Wir tranken Sekt und irgendwann meinte sie, dass sie müde sei. Etwas wehmütig nahm ich zur Kenntnis, dass sie tatsächlich in ihr Zimmer verschwand. In dieser Nacht konnte ich kein Auge zu machen, weil meine Gedanken nur um sie kreisten.

In den darauf folgenden Tagen verbrachten wir viel Zeit vor dem TV, wo wir wieder die tollsten Geschichten über meine Band und mich hörten. Es macht mich heute noch fertig wenn ich so einen Scheiß in der Zeitung lese. Aber ich habe gelernt, dass man es noch schlimmer macht, wenn man übel gelaunt darauf reagiert. Ich kenne die Wahrheit und versuche irgendwie damit zu leben. Meine Mutter sagte immer - solange über jemanden geredet wird wäre man noch interessant - und ich finde damit hat sie recht. Jo war geschockt als sie die Zeitungsartikel über uns las. Über Nick wurde spekuliert. Zum Glück wusste niemand was wirklich der Grund für die Unterbrechung der Tour war. Wir besuchten Nick in der Klinik. Es war nicht so einfach geheim zu halten wo er sich befand. Oder besser gesagt, wir wollten ihn besuchen, durften aber nicht zu ihm. Schon an der Anmeldung kamen wir nicht vorbei. Ich war sauer und fluchte herum.

„Es ist doch nicht deine Schuld, Damon. Wir kommen ein andermal wieder. Er braucht Ruhe und er weiß, dass ihr zu ihm haltet."

„Ja ich weiß. Aber er ist mein Freund und er fehlt uns."
Jo versuchte mir zu helfen. Sie ist so. Lieb, vollkommen und super hübsch. Und ich habe sie gehen lassen.
Wie blöd bin ich eigentlich?

Mein Leben war schon immer sehr aufregend. Und manchmal wurde es sogar mir zu viel. Verträge hier, Studio da. Keine Ahnung. Ich wollte Jo damit nicht belasten. Sie konnte ja schließlich nichts dafür. Und dann noch die Sache mit Nick, die enormen Kosten, die die Tourunterbrechung verursachen würde. Dick und Brandon und überhaupt. Es hatte nichts mit Jo zu tun. Manchmal musste ich mich einfach abreagieren. Dann trainierte ich mit meinem Sandsack, den Hanteln oder ich besuchte John um dort auf sein Laufband zu steigen. Jo akzeptierte das immer. Ich glaube sogar, dass sie schon am Anfang unserer Beziehung begriffen hatte wie kaputt und egoistisch ich eigentlich bin.

22

Jo

Damals:

Die erste Zeit meines New York Trips verbrachte ich züchtig in
seinem Gästezimmer. Ich wollte ihm so unbedingt nah sein.
Seinen Herzschlag hören wenn ich einschlafe, in seinem Haar
wuseln und ihn auf die Nase küssen. Eine lustige Kissenschlacht
machen oder sonst was, aber ich blieb allein in meinem Zimmer.
Meistens klaute ich mir eines seiner Shirts um darin zu schlafen.
So hatte ich seinen Duft bei mir und ich fühlte mich nicht mehr
ganz so einsam. Morgens war ich noch immer meistens allein
und er legte mir auch weiterhin liebevolle Briefe auf den Tisch.
Ich machte mich fertig für den Tag und brachte sein Hemd
heimlich wieder zurück an seinen Platz. Aber ich glaube, er
wusste, dass ich mir regelmäßig eines nahm. Ich schaute mich
wieder in der Wohnung um. Irgendwie fühlte ich mich schon zu
Hause. Ich weiß wie das klingt aber es war so. Ich machte mir
einen Kaffee und sah aus dem Fenster. Alles hätte so einfach sein
können. Ich wünschte mir so, dass er da war. Die Wohnung war
groß. Viel zu groß für eine Person. In seinem Esszimmer stand
der weiße Flügel und ich erinnerte mich an die sanften Klänge,
die Damon vor ein paar Tagen hierauf erklingen lassen hatte.
Wohlige kleine Schauer überliefen mich als ich daran dachte. Ich
war etwas verwirrt weil das so gar nicht zu einem Rocksänger
passte. Das Zimmer war mir bisher überhaupt nicht aufgefallen,
weil wir meistens in der Küche oder in seinem Wohnzimmer

aßen. Ehrfürchtig strich ich über den weißen Lack des Instruments. Ich stellte mir vor wie er vor dem Flügel saß und leise Stücke spielte. Mir wurde bei diesem Bild im Kopf ganz warm ums Herz. Ich drehte weiter meine Runden durch Damons Wohnung. Mir gefiel es hier. Er hatte echt Geschmack und sein Chaos machte es irgendwie noch gemütlicher. Dann stand ich schon wieder vor seinem Schlafzimmer. Ohne ihn. Ich rang mit mir, ob ich noch einmal hinein gehen sollte oder nicht. Ich ging hinein. Logisch, oder? Diesmal schaute ich mir alles genau an. Und da sah ich eine Tür, die wohl zu einem Nebenzimmer führen musste. Diese hatte ich bisher nicht bemerkt und Damon hatte mir den Raum auch nicht gezeigt. Ich drückte den Griff hinunter, aber sie öffnete sich nicht. Komisch. Meine Neugierde war ungebremst und ich überlegte was sich dort wohl befand und wie ich hinein kommen könnte. Ich ließ meinen Blick in Damons Schlafzimmer umherschweifen und dann sah ich, dass die Schublade seines Nachttischs etwas geöffnet war. Also ging ich hin und zog sie ganz auf. Darin lag eine Bibel und ein Rosenkranz. Ich nahm den Rosenkranz ehrfürchtig heraus und sah ihn mir an. Mein Rocker und dieses Teil passten nicht zusammen. Dann nahm ich seine Bibel heraus. Sie war schon ziemlich abgenutzt, aber es faszinierte mich, dass so ein Typ wie Damon wohl gläubig war und es noch immer ist. Er sagt, er zieht seine Kraft aus seinem Glauben und, dass es ihm hilft, den Tag und all die Strapazen zu überstehen. Nur ich und sein Glaube hätten ihn vor dem Drogentod bewahrt, sagt er.
Ich strich über die ersten Seiten des Buchs bis etwas anderes in der Schublade meine Aufmerksamkeit erregte. Ich starrte in das offene Schubfach und siehe da, in der äußersten Ecke lag ein Zimmerschlüssel. Der musste wohl zu der geheimen Tür gehören. Ich nahm den Schlüssel heraus und mein Herz schlug mir bis zum Hals. Einige Minuten rang ich mit mir, aber dann hielt ich es doch nicht mehr aus. Vorsichtig legte ich die Sachen an ihren Platz zurück und schritt auf die Tür zu. Der Schlüssel passte

tatsächlich. Ich war so aufgeregt und wünschte mir auf eine perfide Art, dass Damon jetzt bloß nicht zurück kam, obwohl ich ihn sehnsüchtig erwartete. Ich betrat den Raum und bekam den Mund nicht mehr zu. Hier standen edle Möbel, Regale und an der Wand hing eine uralte Gitarre. In den Regalen reihten sich goldene Schallplatten, Preise und Auszeichnungen aneinander. Mir war gar nicht klar, wie viele Damon davon schon besessen hatte. Die Band war doch noch nicht so alt, aber anscheinend überall beliebt. Auf der ersten goldene Platte stand der Titel *True Love*. Unser Lied hatte einen Preis bekommen. An der Wand hingen Fotos, auf denen er mit prominenten Menschen zu sehen war. Sogar mit dem Präsidenten war er auf einem zu sehen. Dann gab es Bilder von der ganzen Band in allen Lebenslagen. Privatfotos der Männer usw. Mein Herz schlug schneller. Es war der Wahnsinn. An der gegenüberliegenden Wand reihten sich Kleiderständer aneinander. Damons wilde Bühnenklamotten. Ich schob die Lederjacken und bunten Mäntel beiseite. Einige Teile erkannte ich, weil er sie bei Konzerten getragen hatte, die ich besucht hatte. Dann blieb mein Blick an der alten Gitarre hängen, die an der Wand angebracht war. Sie musste schon einige Jahre auf dem Buckel haben und sah ziemlich ramponiert aus. Ich war hin und weg, aber entschied mich dann lieber wieder zu gehen, bevor Damon kam. Es wäre mir zu peinlich gewesen. Also schloss ich die Tür wieder ab und legte den Schlüssel an seinen Platz zurück. Dann war ich wieder in Damons Schlafzimmer. Jetzt erst sah ich in einer Ecke des Raumes einige seiner Gitarren. Das waren wohl die neueren Modelle. Staunend stand ich davor und lächelte vor mich hin, stellte mir vor wie er diese Instrumente beherrschte. Ich versuchte mich zu erinnern, wo und wann ich ihn mit einer davon schon einmal gesehen hatte und versank in Gedanken an ihn. In meinem Unterbewusstsein nahm ich ein leises Klappen wahr. Damon war gekommen und ich hatte ihn nicht einmal bemerkt. Keine Ahnung wie lange er schon da war. „Willst du mal spielen? Ich zeige es dir. Das Shirt kannst du gerne behalten", grinste er.

Erschrocken wirbelte ich herum und fühlte mich ertappt.

„Oh, du bist zurück. Sie sind wirklich toll. Gerne."

„Mal was anderes. Ich hatte noch nie einen Gitarrenschüler."

Er kam auf mich zu und nahm mir das Hemd aus der Hand um es mir über den Kopf zu ziehen.

„Na bitte, steht dir gut. Behalte es ruhig. Dann kannst du immer an mich denken wenn ich nicht da bin."

Ich sah ihn nur an. Mein Herz schlug mir bis zum Hals. Er wollte, dass ich an ihn denke. Das tat ich doch sowieso ständig. Doch jetzt hatte ich etwas von ihm, das mich über alles trösten würde, wenn ich wieder in Texas war.

Damon nahm eine schwarze Gitarre vom Ständer und gab sie mir. Er selbst nahm sich ein anderes Modell und setzte sich auf sein Bett.

„Komm, setz´ dich neben mich. Hier, du brauchst ein Plek. Damit zupft man die Saiten. Man nimmt es zwischen Daumen und Zeigefinger, so, siehst du? Die Spitze muss leicht heraus schauen."

„Oh je. Sieht kompliziert aus. Und dann?"

„Der Gurt hilft dir das Gewicht des Instruments zu halten. Am Anfang fühlt sie sich schwer an. Lege die Gitarre auf deinem Oberschenkel ab."

„So?"

„Ja, sieht gut aus, aber wir müssen sie erst stimmen. Das hier ist das E, das danach ist das A. Jede Saite hat einen Namen, bzw. einen Buchstaben. Diese Gitarren haben sechs Saiten, während ein Bass nur vier hat. So wie die blaue da drüben."

Er zeigte auf eine Gitarre, die ebenfalls in einem Ständer stand.

„Moment, ich hole mein Stimmgerät."

Damon stand auf und kam kurze Zeit später mit einem kleinen Kasten zurück.

„Was ist das?"

„Damit stimmen wir die Gitarre. Wenn man sie länger nicht

benutzt sind sie oft verstimmt und die Töne klingen unsauber."
Ich sah Damon zu wie er sich das Instrument umhängte, den
kleinen Kasten einschaltete und sich vor mich hinstellte. Mir
brach schon wieder der Schweiß aus. Er zupfte die Saiten
solange, bis der Ton stimmte.

„Du musst hier oben an den Schrauben drehen, entweder sie
lockern oder fester ziehen, bis die Saite die richtige Spannung
hat."

Fasziniert sah ich ihm zu. Dann gab er mir die Gitarre zurück und
tat das Gleiche mit seiner.

„Jetzt klingen sie wieder sauber. Du musst das Instrument so
halten..."

Er erklärte mir wie ich was zu tun hatte, um dem Teil einen Ton
zu entlocken. Vorsichtig begann ich darauf herum zu klimpern.

„Du musst locker lassen. Am Anfang schmerzt es noch etwas an
den Sehnen. Aber das vergeht mit der Zeit. Achte auf den Takt.
Am besten fangen wir mit vier an. Man kann mit dem Fuß den
Takt tippen. Sieh her."

Er legte mit seinem Fuß den Takt vor und zählte langsam mit.

„Los, mach mit. Eins-zwei- drei- vier. Eins … "

Ich tat was er mir gezeigt hatte. Nach etwa zwei Stunden bekam
ich sogar eine kleine Melodie hin. Damon spielte meine Melodie
nach und wir hatten unglaublich viel Spaß miteinander. Mir tat
die Hand weh und Damon spielte allein ein langsames,
akustisches Stück weiter. Er schloss die Augen, seine Wimpern
ruhten auf den Wangen und ich versank bei diesem Anblick.
Seine Stimme brachte mich um den Verstand.

„Das ist wunderschön. Das Stück kenne ich noch gar nicht."

„Ist auch noch nicht fertig. Ist der Anfang einer neuen Ballade.
Hab ich vor kurzem angefangen zu komponieren."

Dann sah er mir in die Augen und ich wünschte mir etwas.
Damon legte sein Instrument neben das Bett auf den Boden und
nahm mir die Gitarre aus der Hand, um sie neben die andere zu
legen. Er war mir ganz nah und meine Haut prickelte überall.

Dann nahm er mein Gesicht in seine Hände und sah mir in die Augen. Ich legte meine Hände auf seine und er fühlte sich so warm an. Dann kam er näher und ich wünschte mir alles von ihm. Es würde passieren. Sein heißer Atem an meinen Lippen. Eine leichte Berührung. Zaghaft öffnete ich meinen Mund und ließ ihn ein. Ich spürte seine Zunge an meiner und mein Herz donnerte in meiner Brust wie ein Gewitter in den Alpen. Sanft drückte er mich auf das Bett, ohne mich loszulassen. Dann küsste er mich dass mir alle Sinne schwanden. Mir war so verdammt warm. Ich schloss die Augen und ließ mich fallen.

„Scheiße. Jo ... Gott. Es tut mir leid. Ich … wollte nicht … "

Ich registrierte, dass er zunächst etwas auf Abstand ging.

„Ich will es auch."

Er kam wieder näher an mich heran. Es fühlte sich einfach fantastisch an. Und mir wurde immer klarer, dass ich mir mehr wünschte. Ich glaubte es auch in seinen Augen zu erkennen. Er atmete schnell und ich nahm all meinen Mut zusammen. Ich begann in seinem Haar zu wühlen. Damon umklammerte meinen Nacken und zog mich über sich so dass ich auf seiner Brust landete. Schon waren seine Hände überall auf meinem Rücken und er schob mein Shirt nach oben. Ich tat es ihm nach und streifte seines über seinen Kopf.

„Jo, bist du dir sicher mit dem was wir hier tun?", hauchte er.

„Ich war mir nie sicherer. Ich will dich. Schon immer."

Meine Stimme war nur noch ein Flüstern. Langsam öffnete er den lästigen BH und fühlte meine Erregung. Auch ich spürte meine Wirkung auf ihn an ihm. Es war echt. Zaghaft machte ich mich am Knopf seiner Hose zu schaffen.

„Jo, warte einen Moment. Geh nicht weg", hauchte er atemlos.

„Was?"

Ich sah wie er sich an seinem Nachttisch zu schaffen machte. Mit einem Kondom in der Hand legte er sich wieder neben mich. Sofort zog ich ihn wieder an mich. Diese verdammte Jeans wollte mir einfach nicht gehorchen. Damon gab leise heisere Laute von sich. Mir wurde warm und ich atmete heftig. Meine Hand glitt an seinem Bauch entlang und ich spürte wie er sich etwas anspannte. Sein Bauch war so fest und sein Atem schnell. Dann arbeitete ich mich tiefer und tiefer hinab in seinen Hosenbund. Damon stöhnte leise.

„Mein Gott Jo. Ich ... Fuck."

Er suchte meine Lippen und knabberte zart daran. Ich wollte mehr und mehr. Er drehte mich um und stützte sich mit den Armen neben meinem Kopf ab.

„Weißt du eigentlich wie sehr ich mir das hier gewünscht habe?" Und er küsste mich wieder und wieder. Meine untere Hälfte pochte wie verrückt.

„Mach was du willst. Ich will dich", hauchte ich. Endlich bekam ich den Hosenknopf zu fassen. Kurz rollte Damon zur Seite damit er die Jeans abstreifen konnte. Seine Figur war ein einziger Traum. Makellos. Perfekt. Wir sahen uns in die Augen. Dieses Blau war so außergewöhnlich. Klar und beinahe leuchtend. Hungrig. Gierig. Diese Leidenschaft in ihm ist einfach unbeschreiblich. Was seine pure Anwesenheit mit mir macht kann ich nicht erklären. Jetzt schob er seine Hand in meinen Hosenbund. Und tiefer und tiefer. Sein Blick hielt meinem stand. Ich krallte mich in seinen Rücken, zog ihn näher. Er öffnete meine Jeans so quälend langsam dass ich fast vor einer Explosion stand. Bereitwillig hob ich mein Becken an und streckte mich ihm entgegen. Damon schob meine Hose weg. Dann den Slip. Seine Hand strich zwischen meinen Schenkeln hin und her. So sanft. So zärtlich. Küsse bedeckten meinen Bauch. Stück für Stück. Immer weiter hinunter. Dann sah er mich wieder an. Noch einmal vergewisserte er sich ob ich auch wirklich bereit dazu war.

„Bist du sicher?"

„Ich wünsche mir nichts mehr als das."

„Jo, ich ... Mein Gott."

„Damon, bitte."

„Vertraust du mir?"

Ich brachte nur ein gehauchtes Ja zustande, mehr nicht. Na ja, fast. Ich bettelte beinahe um seine Liebe. Er sollte mich haben. Wie er es wollte. Ich war so außer Kontrolle, dass ich vor mir selbst Angst bekam. Seine Hände waren überall, aber es war mir egal. Diese Nacht würde ich ihm gehören, egal wie es mit uns weitergehen würde. Es wäre für immer. Unvergesslich. Ich spürte einen Finger in mir, dann noch einen und ich wollte noch mehr von ihm. Ich krallte mich in sein Haar und stöhnte leise. Unsere Zungen schlangen sich umeinander.

„Hast du eine Ahnung wie lange ich schon auf diesen Moment gewartet habe. Es hat mich wahnsinnig gemacht direkt neben dir zu schlafen und doch allein zu sein. Ich bin nicht so wie alle denken."

„Ich weiß."

„Ich hatte Angst, du würdest mich für einen Draufgänger halten."

„Du bist ein wunderbarer Mann, Damon. Niemals würde ich etwas Schlechtes über dich denken. Wäre ich sonst hier?"

„Ich glaube, du bist das was mir gefehlt hat. Ich wusste es nur nicht."

Hitze machte sich in meinem Körper breit.

„Damon..."

„Vertraust du mir wirklich?"

„Natürlich."

Er legte meine Hand auf sein Herz:

„Du bringst es zum rasen."

Sein Herz schlug wild um sich und es machte mich noch wahnsinniger, zu wissen, dass ich das verursacht hatte.

„Wie du mir … ", versuchte ich zu scherzen.

„Ist das so?"

„Allerdings, Mr.Mandora."

Er zwinkerte mir zu und widmete sich dann wieder meinen unteren Regionen. Ich wand mich und wollte immer mehr.

„Sch ... Ich werde vorsichtig sein. Tu nichts was du nicht willst."

„Ich vertraue dir."
Ich hatte keine Angst. Ich vertraute ihm völlig. Schnell stülpte er das Kondom über und war sofort wieder bei mir. Ich umklammerte ihn und konnte es kaum erwarten, ihn zu spüren. Er nahm mein Gesicht in seine Hände. Es folgte ein atemberaubender Kuss. Dann sah er mich an. Er stütze sich ab und langsam senkte er sich auf mich hinab. Bereitwillig hob ich mich ihm entgegen. Dann nahm ich ihn in mir auf. Tiefer. Immer wieder glitt er in mich. Ich umklammerte ihn mit meinen Beinen.
„Das ist das Schönste, was ich je gefühlt habe."
„Du bist perfekt, Jo."
Immer wieder stieß er in mich. Es fühlte sich wunderbar an. Unsere Bewegungen wurden immer heftiger. Dann schon beinahe synchron. Damon versuchte ruhiger zu werden. Ich spürte wie er mit sich rang. Ich musste ihm helfen. Ich drückte ihn immer tiefer in mich. Es war mir egal. Ich spürte keinen Schmerz, nur Liebe und unendliches Vertrauen. Jetzt war er nicht mehr aufzuhalten und bewegte sich immer schneller. Er riss mich mit sich. Und dann gab es kein Halten mehr. Ich hatte das Gefühl in seinen Armen zu explodieren. Er war zärtlich und doch gewaltig. Ich spürte ihn und erreichte den Gipfel der Lust. Erschöpft sank er auf mir zusammen. Ein Gefühl das ich nie gedacht hätte jemals mit einem anderen Menschen gemeinsam zu erleben. Nie zuvor hatte ich solche Gefühle und er holte alles aus mir raus, was irgendwo tief in mir geschlummert hatte.
„Jo das war unglaublich. Ich dachte, dass es schön werden würde. Aber das war ... Fuck."
„Dann lass es uns öfter tun. Wenn all deine Gitarrenstunden so enden, bin ich gerne bereit Überstunden zu machen."
Er drückte mich fest an sich. Ich liebkoste ihn überall und er wollte sich nicht von mir lösen. Ich hätte ewig so bei ihm liegen können. Sein Kopf lag auf meiner Brust und sein Haar kitzelte über meinen Bauch. Irgendwann war er einfach auf meinem Bauch eingeschlafen. Versonnen lauschte ich seinem Schlaf und

kraulte seinen Nacken. Dann und wann vernahm ich ein zufriedenes Seufzen von ihm. Seine Umarmung war fest, aber trotzdem zärtlich. Als sei ich sein wertvollster Besitz gewesen. Ich sah ihn nur an und war glücklich wie noch nie. Das war mein erstes Mal mit ihm. Und ich bereute es nicht.

Am nächsten Morgen lagen wir noch immer im Bett. In *seinem* Bett. Ich traute mich kaum mich zu bewegen, weil er so friedlich aussah. Beinahe engelhaft. Im Laufe der Nacht hatte er sich doch zur Seite gedreht und lag nun auf dem Bauch, die Decke gerade bis zum Hüftknochen und ich konnte mich einfach nicht satt sehen an ihm. Ich drückte ihm einen Kuss auf die Schulter und verschwand zunächst einmal in der Dusche. Die Nacht mit ihm ging mir nicht mehr aus dem Kopf. Das heiße Wasser prasselte auf meinen Körper und ich beruhigte mich etwas. Immer wieder tauchte Damons wundervolles Lächeln vor meinem geistigen Auge auf und trotz aller Bemühungen, nicht mehr über das Ende meines New York Trips nachzudenken, rannen mir die Tränen über die Wangen. Ich wollte einfach nicht mehr ohne ihn sein. Jetzt schon gar nicht mehr. Nach dieser Nacht waren wir so tief miteinander verbunden. Als ich so vor mich hin trauerte wurde plötzlich die Duschkabine aufgeschoben.

„Hey, ausgeschlafen?"
„Ja, ohne dich ist mein Bett so leer. Darf ich reinkommen?"
„Ist doch schließlich deine Dusche."
Ich warf ihn mit einem Schwamm ab. Er fing ihn auf und grinste.
„Ja, das stimmt. Also lass mich zu dir und ich versuche brav zu sein."
„Klar."
„Das war die beste Nacht meines Lebens."
„Ach komm"
„Ja. Und ich hoffe es war nicht die Letzte."
„Das hoffe ich auch, aber wir sollten realistisch sein. Ich..."
„Sch … "

Er nahm meine Hände und bog sie hinter meinen Rücken. Das warme Wasser prasselte auf uns herab. Seine Lippen suchten meine und ich wollte ihn schon wieder. Er hielt meine Hände fest und ich konnte ihn nicht berühren. Es machte mich wahnsinnig an, so wehrlos zu sein. Seine Lippen glitten an meinem Hals hinab und tiefer und tiefer.

„Hey, ich dachte du wolltest brav sein."

„Ich bin doch brav, oder nicht? Ich will dich glücklich machen. Das machen brave Männer so mit ihren Frauen."

Er drückte mich gegen die Wand und küsste mich überall. Gerne hätte ich es ihm gleich getan, aber sein Griff war fest. Als er mit seinem Mund in meine unteren Regionen kam, konnte ich nicht mehr stehen. Ich glitt an der Wand hinunter. Erst jetzt konnte ich mich aus seinem Griff befreien. Ich zog ihn zu mir auf den Boden. Sein Atem wurde schneller und mein Herz schlug so wild wie nie. Dieser Moment war so erotisch. Das Wasser perlte an seinem Körper ab und ich sah den Tropfen nach. Sie gaben mir die Richtung vor und ich wusste wo ich ihn anfassen musste um ihn wahnsinnig zu machen.

„Jo, was machst du mit mir?"

„Ich glaube jetzt bist du dran etwas von mir zu bekommen."

„Lass mich dich lieben."

Damon saß auf dem Boden der Dusche und schob mich auf seinen Schoß. Ich nahm ihn in mir auf und ritt auf ihm. Unsere Körper klatschten aneinander und unsere Schreie erfüllten das Bad. Unsere Erlösung ließ nicht lange auf sich warten und erschöpft rappelten wir uns von den kalten Fliesen auf.

„Das war einfach...Wahnsinn."

„Stimmt. Aber jetzt lass uns etwas *Normales* tun. Ich habe Hunger. Sex mit dir zehrt an meinen Kräften."

„So? Ich hoffe das war keine Beschwerde."

„Nicht direkt ... "

Ich zog ihn hinter mir her, rubbelte seinen völlig aufgeweichten Körper trocken, wobei ich versuchte nicht an die gefährlichen Stellen zu kommen. Damon tat es mir gleich. Dann holte er seinen viel zu großen Bademantel vom Haken an der Tür und schob meine Arme hinein. Dann machte er mir den Gürtel zu, während er mich küsste.

„Damit du mir nicht erfrierst."

„Und du?"

„Ich nehme einfach dieses Handtuch."

Damit band er sich einfach das Tuch um die Hüften und verschwand in die Küche. Kopfschüttelnd, lächelnd trottete ich hinter ihm her. Mit dem Telefon am Ohr stand er an den Tresen gelehnt. Ich hörte wie er sagte:

„Perfekt. Ja, schreiben sie es auf die Rechnung. Danke."

Ich zog meine Brauen hoch und sah ihn an.

„Was? Ich dachte du hast Hunger weil Sex mit mir so anstrengend ist."

Er grinste schon wieder.

„Es dauert noch eine halbe Stunde. Aber einen Kaffee kann ich dir jetzt schon machen. Mein Höllengebräu kennst du ja schon."

Schon begann er an der Kaffeemaschine herum zu fummeln.

„Danke. Aber wir hätten uns doch was machen können."

„Warum? Ist doch so viel einfacher."

Seine Lässigkeit haute mich jedes Mal um. So sorglos wäre ich auch gerne einmal gewesen.

Bald darauf kam der riesige Frühstückskorb an und wir machten es uns in Damons Bett damit bequem.

Gegen Mittag musste er weg. Es gab Termine mit irgendwelchen Technikern oder so. Keine Ahnung.

„Ich bin nicht lange fort. Ich verspreche es. Und außerdem kann ich mir echt etwas Besseres vorstellen, als in einem Meeting zu sitzen. So ein Scheiß."

„Das Leben eines Chefs ist eben nicht einfach. Ich warte hier."

„Bis später."

Er drückte mir noch einen Kuss auf die Wange und dann war er auch schon weg. Es dauerte nicht lange, als ich bemerkte, dass jemand die Tür aufschloss. Ich hatte noch nicht mit Damon zu rechnen. Also musste es jemand anderes sein. Ich bekam echt Angst. Ich floh in mein Zimmer und wartete. Die Person war jetzt in der Wohnung. Und es war nicht Damon. Dann hörte ich eine Frauenstimme leise vor sich hin summen. Ich malte mir alles Mögliche aus. Dann hörte ich Gepolter in der Küche. Ich musste wissen wer es war und schlich mich in den Flur. Dann klingelte plötzlich das Telefon in meinem Zimmer. Ich ging zurück und nahm ab.

„Jo, Damon hier. Ich habe vergessen dir zu sagen, dass Diane heute zum Putzen kommt. Nicht erschrecken, okay?"

„Oh Mann, Damon. Ich stand bis gerade kurz vor einem Herzinfarkt oder einem Mord. Sie ist wohl schon hier. Dann sollten wir uns wohl mal vorstellen. Bis später."

An diesem Tag begegnete ich Diane zum ersten Mal. Ich machte mich auf den Weg in die Küche. Diane machte sich gerade daran den Abwasch zu machen. Ich sah wie sie sich zu mir umdrehte und sich ihre nassen Hände abtrocknete. Sie hielt mir eine Hand entgegen:

„Freut mich. Ich bin Diane Harper und räume das Chaos ein wenig auf."

Die Situation war mir ein wenig peinlich. Schließlich wohnte ich derzeit hier und hätte auch schon abwaschen können. Ich räusperte mich.

„Hallo. Ich bin Jolene Rogers. Ich wohne eine Weile hier."

„Ah. Dann sind sie die junge Dame an Mr.Mandoras Seite. Hab mich schon gefragt weshalb er darauf bestanden hatte das Gästezimmer als erstes herzurichten. Shania war schon ewig nicht hier."

„Freut mich auch, Mrs.Harper."

„Oh bitte. Nennen Sie mich Diane. Tut mir echt leid wegen dem Chaos. Ich komme nur einmal pro Woche. Die letzten drei

Wochen hatte ich Urlaub. So ist er. Wie meine Söhne. Aber er ist ein liebenswerter Kerl. Das haben sie ja sicher schon gemerkt."

„Ja, das stimmt. Ich bin Jolene, Jo. Einfach Jo. Okay?"

„Okay. Also Jo, Kaffee?"

„Gern. Danke."

Die Haushälterin war sofort nett zu mir und ich mochte sie direkt.
Wir plauderten eine Weile und der Tag ging schnell vorbei.
Diane arbeitet noch immer für Damon. Jetzt kümmert sie sich um unser Haus in New Orleans.

Um 17 Uhr verabschiedete sie sich und ich wartete sehnsüchtig auf Damon, der dann auch bald auftauchte. Ich berichtete ihm von meinem Tag mit Diane.

„Sie ist echt nett. Ich mag sie."

„Ja, sie ist quasi meine zweite Mom. Meine Eltern leben nicht mehr hier in New York. Irgendwann lernst du sie sicher kennen."

„Das wäre schön. Ich würde mich sehr freuen deine Leute einmal zu treffen."

„Wenn die Tour vorüber ist und … egal. Lass uns was anstellen. Worauf hast du Bock?"

Ich merkte dass Damon etwas beschäftigte, fragte aber nicht danach. Für kurze Zeit sah er echt traurig aus, aber schon bald glänzten seine Augen wieder voller Vorfreude. Und ich wollte dass es so blieb. Also folgte ich ihm hinaus aufs Dach.

„Was machen wir hier?"

„Den Sonnenuntergang genießen, Sekt trinken, what ever … "

„Okaaayyy!"

Damon holte eine Decke und eine Flasche Sekt hinaus.

„Na komm, leg dich neben mich. Sieh dir den Himmel an. Ich liebe es wenn die Wolken so schnell vorbei rasen. Wie weit mag das Universum sein? Diese Unendlichkeit fasziniert mich. Vielleicht könnten wir ja irgendwann einmal eine Sternwarte besuchen. Oder wir fliegen nach Mexiko. Dort gibt es die größten Teleskope der Welt. Sie leuchten das All ab und suchen nach anderen Lebensformen."

„Echt? Das klingt spannend."

Ich rückte näher an Damon heran und nahm seine Hand. Zärtlich strich er über meinen Handrücken, während er den Himmel fixierte.

„Du bist ein interessanter Mann. Weißt du das?"

„Hab ich schon mal gehört."

„So? Von wem?"

„All die Weiber, die ich jeden Tag glücklich mache ... "

Geschockt setzte ich mich auf.

„Was? Damon ... "

Er blinzelte mich an und grinste:

„Ach Jo, das war ein Scherz. Bist du etwa eifersüchtig?"

„Nein, warum sollte ich?"

Schon spürte ich seine Lippen auf meinen, während er mich langsam zu sich herunter zog.

„So bin ich nicht. Es gibt jetzt dich. Denn DU bist spannender als das gesamte Universum. Komm her."

Ich legte meinen Kopf auf seine Brust und genoss seine Berührungen. Sein Herzschlag war beruhigend und seine Stimme brachte meinen total aus dem Gleichgewicht. Leise sang er unser Lied, während er über meinen Arm strich. Träge und sinnlich glitten seine Hände über meinen Körper, während wir den Wolken zusahen. Dann schloss ich meine Augen und hörte ihm zu. Ich konnte nichts dagegen tun als sich einige Tränen auf die Reise machen wollten. Damons Shirt wurde nass und er hörte auf zu singen.

„Hey, alles okay?"

„Ja, es ist nur ... Ich mag dieses Lied. Und ich liebe deine Stimme. Es klang ganz anders als sonst."

„Hm, unplucked."

Er grinste schon wieder:

„Aber kein Grund zum weinen. So schrecklich klingt es nun auch wieder nicht."

„Blödmann."

Ich kuschelte mich noch enger an ihn und wir blieben draußen bis die Sonne unter ging. Es war schon ziemlich spät als wir wieder in die Wohnung gingen. Müde waren wir beide nicht. Jede Minute war zu kostbar um sie mit Schlaf zu vergeuden. Deshalb beschlossen wir noch einmal die Gitarren herauszuholen. Mitten in der Nacht. Damon schloss diesmal sogar die Verstärker an.

„Was machst du da?"

„Lärm. Schließlich bin ich der Sänger einer Rockband und kein Gospelchorknabe."

Damon stöpselte zwei seiner Gitarren in die riesigen schwarzen Geräte und drückte verschieden Knöpfe, drehte an irgendwelchen Schaltern und dann ging es los.

„Bist du bereit?"

„Ähm, schätze schon."

„Okay. One, two, three – go … "

Damon begann zu spielen.

„Du meine Güte. Ist das laut."

Ich musste fast schreien, damit Damon mich verstand.

„Was sagen denn deine Nachbarn dazu?"

„Hier sind fast nur Firmen untergebracht. Um diese Zeit ist da kein Mensch mehr. Klingt doch geil, oder?"

„Ja, das stimmt. Darf ich auch mal?"

„Klar, hier nimm die. Die ist richtig böse. Ist eine Gibson. Eine meiner liebsten Teile."

„Sie ist wunderschön. Diese Farbe ist einzigartig."

„Ist eine Speziallackierung. Ich steh voll auf das Dunkelgrün. Je nach Lichtverhältnis sieht sie immer anders aus. Hier."

Er reichte mir seine böse Gitarre und ich hing sie mir um. Mir war nicht ganz wohl dabei. Schließlich wollte ich ja nichts kaputt machen.

„Ist schon okay. Ich nehme den Bass."

Damon zählte den Takt an und gab mir Zeichen wann ich was zu tun hatte. Stück für Stück gewöhnte ich mich an das Instrument und kam immer besser zurecht. Wir machten richtig Krach und alberten in seiner Wohnung herum. Auch dieser Tag ist für mich unvergesslich. Heute beherrsche ich das Instrument recht gut. Ich habe eine hier, mit Bandnamen und Flammen verziert. So wie das Bandlogo. Damon hatte sie für mich machen lassen. An manchen Abenden, wenn ich allein bin, hole ich die Gitarre raus und denke an diesen schönen Tag.

23

Damon

Damals:

Irgendwann kam ich heim. Leise, unbemerkt. Immer wenn ich
nach Hause komme, gehe ich zuerst ins Schlafzimmer. So auch
damals. Und ich sah Jo in meinem Zimmer stehen mit meinem
Shirt in der Hand, dicht an sich gedrückt und ab da wusste ich
dass sie mich wirklich liebt. Ich sagte nichts, beobachtete sie nur.
Sie stand einfach nur da und sah sich meine Gitarren an.
„Willst du mal spielen? Ich zeige es dir."
Ich gab ihr eine meiner Gitarren, nahm mir ein anderes Modell
und setzte mich auf mein Bett. Mit 6 Jahren habe ich einfach
irgendwie angefangen zu spielen. Wenn man es kann ist es leicht.
Aber es ist schwer es zu lernen. Aber Jo hat Rhythmus im Blut.
Feuer. Es dauerte etwa zwei Stunden bis sie eine kleine Melodie
zustande brachte. Ich stimmte in die Melodie mit ein. Es machte
Spaß mit ihr Musik zu machen. Sie war so konzentriert bei der
Sache. Ich beobachtete sie. Sie hatte es gespürt und sah zu mir
herüber als ich begann ein neues Stück zu spielen, mit dessen
Komposition ich noch nicht ganz fertig war. Wir sahen uns in die
Augen und ich konnte nicht mehr anders. Ich hing an ihrem Blick,
unschuldig und verführerisch. Ich begann die Kontrolle zu
verlieren, denn ich begehrte sie immer mehr. Es würde jetzt
passieren. So lange hatte ich auf diesen Moment gewartet.
Und jetzt war er da. Ich musste mich beherrschen ihr nicht die

Kleider brutal vom Leib zu reißen. Sie war so schön. Sie hat eine atemberaubende Figur. Ihr Haar ergoss sich auf meiner Brust als sie mich überall küsste. Endlich hatte sie meinen Hosenknopf geöffnet. Ich platzte fast. Ich wollte sie endlich spüren. Ich drehte sie um und ich lag nun über ihr. Meine Lippen erforschten jeden Zentimeter an ihr. Diese Frau ist Himmel und Hölle zugleich. Ich wollte noch einmal von ihr wissen ob das, was wir taten, wirklich in Ordnung für sie sei. Diese Nacht werde ich nie vergessen. Wir fühlten uns unzertrennlich. Seit dem sind wir es wirklich, unzertrennlich und trotzdem nicht mehr zusammen.

Wir schliefen lange, duschten gemeinsam, na ja, nicht nur duschen und blieben ewig im Bett. Ich bestellte uns ein Frühstück, das wir ebenfalls im Bett einnahmen. Später beschlossen wir unseren Gitarrenunterricht weiter zu praktizieren. Ich schloss meine Verstärker an und wir rockten die Bude. Jo kam richtig aus sich heraus. Wir hatten so viel Spaß miteinander. Irgendwann setzte ich mich auf meinen weißen Fellteppich vor den Kamin und begann zu singen. Einfach so. Ich schloss die Augen und gab mich ganz meiner Musik hin. Wenn ich spiele vergesse ich die Welt um mich herum. Alle Sorgen sind weg. Ich lebe ewig. Ich bin eins mit meinem Instrument. Keine Ahnung wie lange ich gespielt hatte. Als ich die Augen aufschlug lag Jo auf dem Boden und schlief. Zu süß. „Hey Jo, alles okay?"
Sanft stieß ich sie an. Sie seufzte leise und ich konnte nicht anders als mein Bettzeug zu holen und mich neben sie zu legen. Ich wollte sie in meinen Armen halten und ihr alles geben was sie brauchte.

24

Jo

Damals:

Ich hatte nie bereut, dass es so weit gekommen war. Im
Gegenteil, es hätte schon viel früher losgehen können.
Dann rief die Arbeit. Die neuen Songs mussten in den Kasten.
Damons neues Lied war fast fertig. Die Bandmitglieder mussten
nun noch integriert werden.

„Jo, ich weiß ich habe dir versprochen sehr viel Zeit mir dir zu
verbringen. Leider geht es nicht so ganz ohne Arbeit. Aber wenn
du magst kannst du mich ja zum Tonstudio begleiten. Dann lernst
du die anderen Jungs endlich auch besser kennen. Ich habe ihnen
von dir erzählt. Alles gut. Mach dir bitte keine Sorgen. Ich denke
so ein bis drei Stunden werden wir schon brauchen. John wollte
die neuen Songs hören und Nick will seinen Gesangspart
einsingen. Ich meine wenn … "
„Ich komme gerne mit. Ich habe so etwas noch nie erlebt und es
klingt ziemlich spannend."
„Super. Dann lass uns von hier verschwinden. Sollen wir die Fire
nehmen? Das geht schneller."
„Gerne."
Sofort rannte Damon in sein Zimmer um die Ledersachen zu
holen. Ich spürte wie gerne er Motorrad fuhr. Blieb nur zu hoffen
dass es diesmal gut ausging. Schon bald waren wir fertig und
fuhren in die Tiefgarage hinunter. Diesmal hatte ich weniger

Panik mich auf die Harley zu setzen. Ich vertraute Damon wie sonst niemandem zuvor. Also fuhren wir ins Tonstudio um die Lieder dort einzuspielen. Noch niemals vorher war ich je in einem solchen gewesen. Ich staunte wie viel Technik in einem Song steckte. In der Mitte des Raumes war Damons Mikrofon aufgebaut. Am Mikrofon daneben stellte sich Brandon in Pose. Ihn sah ich an diesem Tag zum ersten Mal. Ein cooler Typ mit wilder schwarzer Rockermähne, zu Dreadlocks geflochten und hüftlang. Seine Arme bunt tätowiert, Ketten zierten seine Jeans, am Gürtel baumelnd. An den Handgelenken trug er breite Lederarmbänder mit spitzen Stacheln und ich fand ihn äußerst... na ja, wenn ich nicht schon Damon gekannt und geliebt hätte... Er sah mich nur an und ein Lächeln huschte über sein leicht stacheliges Kinn. Auch die anderen nahmen ihre Plätze ein. Ich traute mich nicht mit hinein und blieb beim Eingang stehen. Damon hielt meine Hand ganz fest. Ich war immer an seiner Seite. Seit jener Nacht waren wir uns näher denn je. Hand in Hand liefen wir wie siamesische Zwillinge herum. Absolut unzertrennlich. Als Damon mich an diesem Tag zum ersten Mal mitbrachte, sahen die anderen uns nur fragend an. Nur John grinste und sagte etwas wie:

„Ich hab es doch gewusst. Unser Boss ist schwer verliebt. Seht euch das an. Hallo Jo. Der Typ da hinten ist Dan. Der drückt die Knöpfe und macht aus schrägen Tönen einen Hit. Und da haben wir Andy und Jonathan. Ach ja, ihr habt ja schon zusammen getrommelt. Hätte ich ja fast vergessen. Jungs, Ihr erinnert euch an Jo? Vom Interview in Texas. Ist schon eine Weile her."

„Wie könnten wir ein hübsches Mädchen jemals vergessen?" Andy gab mir die Hand.

„Hi Andy. Ich hoffe es macht euch nichts aus dass ich heute zuschaue?"

„Ach was. So ist Damon wenigstens 100% bei der Sache." Dann kam Jonathan hinter seinem Schlagzeug hervor.

„Hey Jo. Hast den Boss voll im Griff, was?"
Jonathan schüttelte mir ebenfalls die Hand.
„Sieht wohl so aus. Danke. Nett von euch."
Dann meldete John sich wieder zu Wort:
„Und das ist Brandon. Er wird Nick vertreten. Das hat Damon dir
doch sicher schon erzählt. Ich habe diesen Typen hier in Detroit
gefunden. Er ist ein echtes Naturtalent. Ein cooler Typ. Du wirst
ihn lieben."
„Hi Jo. Nett, dich kennenzulernen. Ich bin Brandon Cample, der
NEUE. Ich beiße nicht. Und ich mag hübsche Mädels", grinste er
mich an und hielt mir seine Hand entgegen.
„Hi, freut mich auch."
„Nix da", meldete sich Damon zu Wort. John grinste uns an.
„Unser Freund, Nick, ist noch krank, aber das weißt du ja schon
alles. Hau dich hin und hör zu wie schräg Damon singt, wenn er
verknallt ist."
„Glaub ihm kein Wort. Ich singe fantastisch."
„Klar. Wir wollen Beweise. Los geht´s."
Die Band begab sich auf ihre Plätze. Ich sah gespannt zu was
passierte. Damon bei der Arbeit. Er sah so süß aus als er mit
seinen Händen das Mikrofon umklammerte, seine Mähne wild im
Gesicht und die Basecap saß mit dem Schild zur Seite schräg auf
seinem Kopf. Ich saugte ihn mit meinem Augen auf. Dieser
Hintern in dieser löchrigen Jeans und überhaupt... Die Band
klang echt gut, aber nicht mehr wie Mandoras Hell Fire. Ohne
Nick war es nicht dasselbe. Damon hatte zwar den Ersatzmann
aufgetrieben, der auch bei der Tour einspringen würde, wenn
Nick bis dahin noch nicht wieder fit war, aber seine Stimme war
anders als die von Nick. Etwas heller, auch wenn Brandon
ziemlich düster aussah. Mit seinen schwarz umrandeten Augen
und den langen Ohrhängern fiel er echt aus der Rolle. Er ist ein
Jahr älter als ich und ich mochte ihn von Anfang an. Rein optisch
ist er das ganze Gegenteil von Nick. Düster, punkige
Lederklamotten und vor allem ist er viel größer als Nick.

Schwarzes längeres Haar, das ihm fast bis zum Steiß reicht. Kräftige Dreadlocks, wie man sie sonst vielleicht nur in Jamaika zu sehen bekommt. Nicks war kürzer und zweifarbig. Bei Brandon Nieten, Leder und Stacheln, bei Nick gab es Jeans, Shirt und Turnschuhe. Nick war 26 und hatte sein Leben noch vor sich. Er war sportlich und unkompliziert. Doch das stressige Leben machte ihn kaputt. Vermutlich war das damals auch der Grund für seine Alkoholabhängigkeit. Genaueres weiß ich allerdings nicht. Irgendwann war es einfach im Sande verlaufen und niemand hatte mehr darüber gesprochen. Egal, Hauptsache es geht ihm wieder gut. Auch bei den anderen sah man Zeichen der Erschöpfung. Dunkle Ringe unter den Augen, dünn und irgendwie abgemagert. Das konnte natürlich auch an den ausgefeilten Partys liegen. Keine Ahnung. Aber sie sahen die Gefahr nicht. Diese Menschen hatten unglaublich viel Energie. Oder sie holten sich ihre Kraft woanders. Das hoffte ich natürlich nicht. Mit John kam ich super klar. Er wurde mein engster Vertrauter, wenn ich reden wollte. Er kannte Damon gut, eigentlich am besten, weil er sein bester Freund ist. Er versicherte mir dass Damon es ernst mit mir meinte. Ich erfuhr, dass niemals zuvor eine Frau so nah an ihn herangekommen war. Auch wenn sie es nicht glauben, Damon ist eher schüchtern. John sicherte uns zu, dafür zu sorgen, dass niemand von uns erfuhr. Die anderen versprachen uns dasselbe zu tun. Die Band war eine Gemeinschaft. Sie hielten zusammen. Noch immer tun sie das. John ist der Älteste von ihnen. Er ist derjenige, der alles gelassen angeht, wenn Damon Stress macht. Zum Glück kommt das nicht so oft vor. Damals auch nicht. Er ist selten wütend oder streitsüchtig. Mit ihm muss man einfach klarkommen. John hält die Jungs zusammen. Die Sache mit Nick würde dauern. Andy-Lee ist eher der ruhige, verschlossene Typ. Manchmal aber auch extrem zornig. Vielleicht liegt es an seinen irischen Wurzeln. Aber ich mochte ihn von Anfang an. Er sah erschöpft aus, sagte aber nichts dazu. Ich spürte es auch aber schwieg ebenfalls.

Der Tag im Studio verging wie im Flug. Wir kamen spät in Damons Wohnung an.

„Und wie hat es dir gefallen bei meinen Chaoten?"

„Sie sind sehr nett. Brandon mag ich. Scheint ein cooler Typ zu sein."

„Ja das ist er. Und ein Meister seines Fachs. Ich bin echt froh, dass John ihn aufgetrieben hat. Sonst säßen wir jetzt ziemlich in der Scheiße."

„So schlimm? Das glaube ich nicht."

„Eine echte Optimistin, was?"

„Ja, so bin ich."

Hand in Hand schlenderten wir ins Wohnzimmer. Dann ließ Damon mich allein und ich konnte wieder meine trüben Gedanken aufnehmen. Ich war schon über einen Monat bei ihm. In knapp acht Wochen wäre ich wieder in Texas. Grübelnd saß ich in meinem Zimmer. Wie sollte es nur mit uns weitergehen? Man kann nicht immer alles aufschieben. Irgendwann würden wir darüber reden müssen. Ich starrte traurig vor mich hin als ich auf einmal Damon unter der Dusche singen hörte. Ich musste grinsen. Nichts hielt mich nun mehr auf. Ich musste zu ihm. Also schlich ich mich ins Bad und hockte mich auf den WC-Deckel.

„...and all the Love I ever feel. Yeah! Yeah! I'll never forget you. All i need is your Love. Stay-stayyyy Please stay..."

Mein Magen zog sich schon wieder zusammen. Diese Stimme zog in mein Herz. Ich dachte, der Text passt ja und meine Tränen machten sich für ihre Reise bereit. Ich wollte hier nicht weg. Nie wieder. *Stay,* sang er. Und das wollte ich auch, egal wie. Dann wurde das Wasser abgedreht. Ich entschied mich lieber in mein Zimmer zu gehen. Ich hatte meine Emotionen nicht mehr unter Kontrolle und ich wollte nicht, dass Damon mich so sieht. Betrübt sank ich auf das Bett und dachte nach. Noch immer hing mir der eben gehörte Text in den Ohren.

„Jo? Wo steckst du denn? Alles okay?", hörte ich ihn rufen.

Ich antwortete nicht. Irgendwie wollte ich gerade allein sein. Ich
hörte Damons Schritte vor der Tür. Dann ein leises Klopfen.
„Jo? Schläfst du schon? Jo?"
Ich regte mich nicht. Ich wollte ihm so nicht begegnen.Vor allem
nicht nach solch einem tollen Tag. Die Schritte entfernten sich
und irgendwann schlief ich einfach ein. Wir haben nie darüber
gesprochen.

An einem anderen Tag waren unterwegs und erst spät zurück.
Damon hatte mir New York gezeigt.
„Da drüben ist Andys Haus. Das mit den großen Fenstern an der
Ecke."
„Das ist ja riesig. Habt ihr alle so riesige Wohnungen?"
„Ja, eigentlich schon. Andy hat das kleine Stadthotel gekauft und
ist dabei es umzubauen. Die unteren Stockwerke sind aber noch
leer. Johns Haus ist doppelt so groß wie dieses hier. War einmal
eine Fabrik. Stoffe oder so. Keine Ahnung. Und meine kleine
Bude, na ja."
„Klein? Also bitte."
Wir fuhren an Andys Haus vorbei. Als wir wieder in der
Wohnung ankamen war Damon gut gelaunt.
„Bist du Müde?"
„Nein warum?"
„Ich dachte wir könnten eine Runde Billard spielen."
„Oh, ich kann kein Billard. Aber ich könnte es ja lernen. Wo
spielen wir denn?"
„Draußen auf dem Dach. Hast du Lust?"
Erwartungsvoll sah er mich an.
„Klar, warum nicht. Du willst mich bloß verlieren sehen."
Oh, verdammt, diese Augen...
„Bin gleich zurück. Ich zieh mich nur um. In diesen engen Jeans
kann ich nicht spielen."
Schon verschwand Damon in seiner Wohnung und ich blieb
draußen. Kurze Zeit später kam er zurück, zwei Flaschen Bier in
der Hand und die Kippe im Mundwinkel. Mit seinem Fuß kickte

er rückwärts die Terrassentür zu, ohne seine Augen von mir zu nehmen. Er sah umwerfend aus. Sogar in einer weiten Jeans, dessen Bund ihm über die Hüfte runter zum Gesäß gerutscht war, einen Blick auf seine Unterwäsche zu ließ, und einem einfachen Shirt, das locker um seinen Körper herum baumelte. Seine Cap hatte er noch immer schräg in seiner Mähne versenkt. Ich starrte ihn nur an und bekam unbändige Lust auf ihn. Er stellte das Bier auf den Tisch und kramte die Billardstöcke hervor. Gekonnt platzierte er die Kugeln in dem Dreieck. Dann erklärte er mir welche Kugeln wer erhält und was der Sinn des Ganzen ist. „Okay, ich fange an. Sieh nur einfach zu. Es ist ganz einfach." Damon stellte sich in Position und ich hatte einen wunderbaren Blick auf seine Kehrseite. Sein Slip blitzte mir frech entgegen und ich konnte mich kaum konzentrieren auf das was er mir gerade erklärte. Sein Stoß saß und er versenkte die erste Kugel sofort.

„Yes, yes, yes."

Er hob die Faust in die Luft und jubelte. Es war mir schleierhaft, wie Männer sich über so etwas so freuen können. Der nächste Stoß fiel nicht so gut aus und nun durfte ich meine Fähigkeiten unter Beweis stellen. Ich versuchte mich zu konzentrieren und ihn nicht ständig mit meinen Augen auszuziehen. Ich wollte alles mit ihm tun, nur nicht dieses blöde Spiel spielen. Trotzdem machte ich ihm die Freude. Natürlich klappte rein gar nichts mit dem Versenken der Kugeln in die entsprechenden Taschen.

„Ich helfe dir."

Er stellte sich hinter mich und rückte meinen Po zurecht, in dem er sanft dagegen drückte. Dann bog er meinen Rücken leicht hinunter. Ich spürte, wie er den Billardstock von hinten durch meine Arme schob. Ich umklammerte das Ding als hinge mein Leben davon ab. Damons Hand legte sich über meine. Sein Atem war genau an meinem Ohr und meine Konzentration dahin. Ich spürte seinen Körper so dicht hinter mir, dass es mir sämtliche Sinne raubte. Von weit weg hörte ich seine Stimme:

„Locker lassen, Ziel anpeilen, nicht zu steil. Ja, genau. So ist es besser. Nimm den Ellbogen leicht zurück. Schiebe den Stock zwischen den Fingern der anderen Hand hindurch. Du hast so mehr Halt. Okay. Sieht gut aus."

Im Schweiße meines Angesichts gab ich der Kugel einen lächerlichen Schubs und er grinste nur. Dann war er wieder dran und eine Kugel nach der anderen verschwand in den Löchern. Und dann tat er etwas, das er nicht hätte tun dürfen. Er zog sein Shirt aus und ich war erledigt. Da tänzelte dieser knackige Typ mit nacktem Oberkörper vor meiner Nase um einen Billardtisch herum und ich sollte versuchen irgendwelche Kugeln zu versenken? Oh Mann. Immer, wenn ich mit spielen dran war, trank Damon an seiner Flasche Bier und selbst dieser Anblick machte mich fertig. Immer wieder starrte ich ihn nur an. Keine Ahnung wie lange wir draußen waren. Ich hatte gefühlte 500 Spiele verloren und Damon freute sich wie ein kleines Kind über seinen Sieg. Freundschaftlich legte Damon seinen Arm um meine Schulter.

„Mach dir nichts draus, Jo. Dafür kannst du besser kochen."

„Klar."

Eng umschlungen steuerten wir Damons Sofa an. Er hatte noch immer nichts an, außer seiner Jeans. Nicht einmal Schuhe hatte er sich angezogen. Mir wurde ganz warm von diesem Anblick.

„Und was machen wir jetzt?", versuchte ich mit dieser Frage meine blank liegenden Nerven wieder in den Griff zu bekommen.

„Keine Ahnung. Wozu hast du denn Lust?"

Das willst du nicht wissen, dachte ich mir. Kopfkino geh weg. Damon holte uns noch ein Bier, zündete sich eine Zigarette an und schaltete den Fernseher ein. Das Programm ließ zu wünschen übrig, aber selbst wenn es den besten Film aller Zeiten zu sehen gegeben hätte, wäre mir das völlig egal gewesen. Ich sagte nichts und hing meinen Gedanken nach. Irgendwie schlich sich das Ende meines Aufenthalts hier schon wieder in meine Gedanken. Schlagartig kam ich zurück in die Realität. In einigen Wochen wäre ich wieder in Texas und Damon wer weiß wo. Es war einfach Scheiße. Wir starrten stumm auf den Bildschirm. Damon neben mir. Ich spürte dass er irgendwie nervös war. „Jo, ich glaube ich bin dabei mich in dich zu verlieben. Verrückt was?", sagte er ganz plötzlich in die Stille hinein. Ich war baff und sah ihn nur sprachlos an. Er hatte mir tatsächlich seine Liebe gestanden. Die trüben Gedanken verschwanden langsam wieder aus meinem Kopf. Er nahm meine Hand und streichelte zärtlich darüber. Ich spürte, dass er zögerte, mir noch etwas zu sagen. Ich konnte noch immer nichts sagen. Stattdessen sammelten meine Augen Wasser. Ich schluckte und sah ihm in seine wunderschönen Augen.

„Möchtest du bei mir bleiben? Ich meine für immer. Nicht nur diese drei Monate. Sei die Frau an meiner Seite. Ich werde gut zu dir sein."

Ich antwortete nicht. Ich konnte nichts sagen, weil ein dicker Kloß in meiner Kehle fest saß. Meine Augen begannen zu brennen. Und dann konnte ich meine Tränen nicht mehr aufhalten. Nichts Schöneres hätte er mich fragen können. Ich konnte mir nicht mehr vorstellen ihn nicht jeden Tag zu sehen. Nein, ich wollte mit ihm Spaß haben und vieles mehr. Ein Leben an seiner Seite. Die Erfüllung eines Traumes. Er hob sanft mein Kinn an und sagte:

„Hey hey. Ich meine... na ja, ich weiß, dass das alles etwas plötzlich kommt. Deine Familie und so. Es ist nur ... Oh Mann, Jo. Bitte, denk darüber nach. Ich..."

„Hör zu ... Ich ..."

Er verschloss meinen Mund mit einem innigen Kuss.

Jetzt:

Auf meiner Anrichte steht ein Foto von ihm. So wie ich ihn liebe.
Das Foto ist etwa 20 Jahre alt. Da hatte er seine Mähne noch.
Lässig an die Motorhaube seines alten Chevy gelehnt. Ich liebe
ihn in dieser schwarzen Lederjacke und den zerrissenen Jeans. Es
erinnert mich immer an mein erstes Konzert, das ich besucht
habe. Da trug er genau diese Sachen. Jetzt halte ich das Bild in
der Hand und schwelge in Erinnerungen.
„Hey Mom."
„Hi Mrs. Mandora."
Meine Tochter ist gerade gekommen - mit Jack.
„Was machst du da? Denkst du schon wieder an Dad? Wo ist er
eigentlich?"
„Hallo ihr zwei. Alles okay bei euch? Ja, Schatz. Er fehlt mir so,
weißt du. Er ist irgendwo in Australien, Melbourne, glaube ich.
Ich liebe ihn noch immer. Und das schon seit 30 Jahren. Ich
wünsche mir noch immer, dass er eines Tages zu uns zurück
kommt."
„Ach Mom. Ruf ihn doch an. Sag ihm was du fühlst."
„Dein Dad hat viel zu tun. Er ist da unten, am Ende der Welt und
muss noch drei Monate da bleiben. Du kennst ihn doch. Er kann
nicht ohne Bühne."
Ich lächele meine Tochter an und sehe wie sie mit mir leidet. Ich
drücke sie fest an mich. Sie ist alles was ich noch habe. Ein Teil
von Damon. Sie hat seine Augen und die wunderbaren blonden
Haare. Ihr Lächeln gleicht seinem genau.
„Hey Mom. Wenn ich mir das Foto so anschaue kann ich dich
verstehen. Wäre ich damals Du gewesen, und Dad wäre mir über
den Weg gelaufen, hätte ich ihn auch daten wollen. Ein heißer
Typ war er ja schon."
Ich setze ein betont entsetztes Gesicht auf und wir drei müssen
lachen.

Damals:

Da brauchte ich eigentlich nicht lange zu überlegen. Ich fiel ihm um den Hals. Na ja und dann kam … das was immer kommt, wenn man nicht genug voneinander bekommen kann. Diese Nacht mit ihm vergesse ich ebenfalls nie. Wir haben sie auf dem Boden vor dem Kamin verbracht. Eng zusammen gekuschelt, unsere Beine miteinander verschlungen und die Finger ineinander verschränkt. Ich wollte ihn einfach nicht mehr los lassen. Ich kann nicht beschreiben wie unglaublich glücklich ich damals war. Er war so liebevoll. Zärtlich, hauchte mir süße Worte ins Ohr und seine Lippen liebkosten mich am Hals und am Nacken. Es war so schön. Sie denken sicher wild und grob. Klischee. Nein, keineswegs. Was sagen Klamotten, wilde Rockmähne und eine kraftvolle Stimme über einen Mann aus? Ich kann nicht mehr ertragen wie man ihn darstellt. Natürlich gibt es Stars die so leben wie es von ihnen erwartet wird. Denke an die großen Stars, die ihr Leben so praktizieren. Mag sein, dass diese Menschen es so wollen, aber Damon passt da nicht rein. Sicher gab es auch in seinem Leben Höhen und Tiefen, aber er ist immer er selbst geblieben. Damals hatte ich das Gefühl alles zu schaffen und dass allein unsere Liebe zueinander dazu ausreicht.
Leider habe ich mich geirrt.

Brandon

25

Damon

Ich hänge so meinen Gedanken nach. Mein Aschenbecher quillt über. Der Rotwein ist schon längst Geschichte und die Flasche Bourbon schaut mich liebreizend an. Ich denke an Jo, noch immer. Schon wieder. Jeden verdammten Tag. Und am mein Kind. In drei Monaten könnte ich sie vielleicht besuchen. Ich werde versuchen es einzurichten. Ich habe sie fast zwei Jahre nicht gesehen. Es war an Weihnachten vor fast zwei Jahren. Jetzt ist September und fast schon wieder so weit. Ich hatte die beiden damals einfach zu einem Urlaub eingeladen und mich danach nie mehr sehen lassen. Nur telefoniert. Ich bin ein egoistisches Schwein. Es ist schon weit nach Mitternacht. Ich bin wach. In Texas ist es noch sehr früh morgens. Jo macht sicher gerade Alanahs Schulbrote fertig. Ich denke ich hau mir eh die Nacht um die Ohren, so wie schon seit Wochen. Etwas stimmt da nicht mit mir. Ich rufe sie an – nachher. Ich denke wieder an die Zeit, in der sie bei mir in New York war. Damals als ich ihr die entscheidende Frage gestellt hatte. Davor hatte ich zuerst etwas Angst, weil ich wusste, was es für Jo bedeuten würde. Wir waren viel unterwegs in den Wochen nach dem Jo zu mir gekommen war. Und es wollte mir nicht in den Kopf, dass sie auch wieder heimkehren würde, zu ihrer Familie. Ich wollte aber nicht, dass sie wieder geht.

Damals:

Wir waren fast täglich im Tonstudio. Aber ohne Nick war es anders. Jo begleitete mich überall hin. John und die anderen verstanden sich super mit ihr. Für sie war Jo schon ein Teil von uns. Ich bemerkte, dass sie zu John ein freundschaftliches Verhältnis aufbaute. Aber Sorgen habe ich mir nie deswegen gemacht. Wenn Jo mich nicht erreicht dann ruft sie John an. Er weiß immer wie es mir geht. Er kann in meine Seele sehen. Weil er der beste Freund ist, den ich je hatte. Brandon ist der Clown in unserer Truppe. Er und Jo neckten sich ständig. Obwohl sie ihm zuerst etwas eingeschüchtert entgegengetreten ist. Wahrscheinlich lag es seinem düsteren Erscheinungsbild. Sie mögen sich, platonisch. Und er machte sie nie an. Er ist der Jüngste und der Wildeste. Immer für einen Spaß zu haben. Für Jo scheint er eine Art großer Bruder zu sein. Überhaupt sind wir alle eine Familie. Während der Proben ertappte ich mich immer wieder dabei wie ich Jo heimlich angesehen habe. Sie war so schnell zu begeistern für das was wir taten. In den Pausen verzogen wir uns in irgendeine Ecke und küssten uns, in der Hoffnung, dass Dick, unser Manager, uns nicht erwischen würde. Immer wenn es brenzlich wurde, war auf meine Jungs Verlass. John fiel dann immer eine Frage ein, die unbedingt sofort geklärt werden musste, so dass wir uns zurückziehen konnten. Wie schon gesagt, verbrachten wir sehr viel Zeit im Tonstudio. Ich hatte einige Songs fertig und die Band war voll dabei. Ich weiß noch als ich *Love is* geschrieben habe. Ich habe es komponiert kurz nachdem ich mir meiner Gefühle zu Jo bewusst war und packte all meine Empfindungen in den Song. All das was für mich die Liebe bedeutete. Ich schlafe selten weil mir die Zeit dafür einfach zu schade ist. Manchmal, wenn Jo geschlafen hatte, zog ich mich in mein Büro zurück und schrieb wie ein Besessener an dem

Lied. Endlich war es fertig und an jenem Tag im Tonstudio hatte ich mir fest vorgenommen es zu präsentieren. Ich war so sehr auf Jos Reaktion darauf gespannt. Und natürlich auf das Urteil der Band. Etwas zu spät kamen wir im Studio an. Die Band war schon dabei ihre Instrumente zu stimmen. Ich schob die Tür auf.

„Hi. Alles okay bei euch?"

„Oooohhh, der Boss ist da. Majestät hat Zeit für uns", rief John.

„Blödmann."

Ich knuffte ihn gegen den Arm.

„Hab´ euch was mitgebracht. Ich war nämlich nicht nur faul."

„Du hast uns Jo mitgebracht. Das ist genug", grinste Brandon.

„Hi Jungs. Tut mir leid wenn ich störe. Damon wollte mir unbedingt etwas zeigen. Er ist schon den ganzen Tag so zappelig."

„Oh je, ich ahne Böses", sagte Andy.

„Oh Mann, und so was nennt sich Rockband."

Gespielt verzweifelt hob ich die Hände und schritt auf und ab.

„Nein, im Ernst. Es ist DER Song. Eine Ballade mit sehr aussagekräftigem Text. Gefühlvoll und trotzdem Bässe, die Brandon und Nick lieben werden. Und Jonathan kann sich in der Mitte des Stücks so richtig austoben. Du, John, machst den Anfang. Ruhige Keys, dann Andy und Jonathan. Dann kommt der Gesang. Oh Mann. Ich höre es schon. Also passt auf. Ich dachte mir... Ich habe … "

Ich erzählte der Band wie ich mir was vorstellte. John las sich den Text durch.

„Hm, ja sehr tiefsinnig. Es geht um Jo, nicht wahr?"

Ich sah wie Jo rot wurde und sich versuchte zu verstecken. Sie war so süß. Ich wollte ihr mit diesem Lied so unbedingt zeigen was ich fühlte.

„Ja. Leute, ich liebe diese Frau. Und jeder soll es wissen. Na ja irgendwann, hoffe ich."

„Jetzt seht euch Bossi an. Junge bist du verknallt. Heilige Scheiße. Das habe ich ja noch nie erlebt. Jo du hast ihn im Griff.

Ich muss schon sagen ... "

„Klappe, John. Also gut. Fangen wir an."

Ich stellte mich an meinen Platz und John versuchte meine Notenfolge zu spielen. Ich gab Jonathan Zeichen für den ersten Drumtakt. Nach unzähligen Versuchen klang der Anfang des neuen Liedes schon super. Jetzt war ich dran meine Strophen unterzubringen. Ich sah Jo an und umklammerte das Mikrophon so fest als hinge mein Leben davon ab. Mein Herz raste wie ein Dampfhammer und meine Emotionen kochten über. Ein Wort nach dem anderen verließ meine Lippen. Ich schloss meine Augen und verging in meinen Gefühlen für die Frau, die ich liebte wie nichts auf dieser Welt.

„Nicht schlecht, Boss. Das haut rein. Mitten ins Herz."

Andy hob den Daumen und ich sah dass Jo weinte.

„Oh Damon. Das war ... einfach ... oh Gott. Wunderschön."

Sie schluchzte und kam auf mich zu gerannt. Ich drückte sie so fest an mich dass es schon schmerzte.

„Du hast es echt für mich geschrieben? Ich... Scheiße. Ich muss schon wieder heulen."

„Gefällt es dir? Jetzt weißt du alles was du für mich bist. Und bald wird es die ganze Welt wissen. Das ich dich liebe habe ich dir gesagt. Aber dieser Song ist alles was ich fühle. Bitte Jo, denke noch einmal über mein Angebot nach. Ich will nicht mehr ohne dich auf dieser Welt sein. Und ich möchte, dass du weißt wie ernst es mir damit ist. Deshalb habe ich dieses Lied geschrieben."

Ich drückte sie an mich, strich ihr über das Haar und dankte Gott dafür dass er mir diesen wunderbaren Menschen geschickt hatte.

26

Jo

Damals:

Die Zeit in New York bei ihm zähle ich zu den schönsten Tagen
meines Lebens. Wir verschmolzen immer mehr zu einer Einheit
und allein das Gefühl, eines Morgens nicht neben ihm
aufzuwachen, brachte mich um. Dann machte Dick Druck. Das
Unvermeidliche würde sich nicht weiter ignorieren lassen. Die
Zeit war reif. Die Tour musste bald weitergehen. Damon bekam
Druck von allen Seiten. Nick war noch nicht bereit dafür, aber es
konnte nicht mehr warten. Die drei Monate waren fast vorüber.
Mir war klar, dass Damon zurück in sein Leben musste und ich in
meines. Zusammen sein und doch meilenweit voneinander
getrennt. Monate lang keine Nähe des anderen. Sehnsucht,
Traurigkeit. Ich hatte keine Ahnung was das bedeuten würde.
Nein. Ich musste das tatsächlich durchziehen. Ich würde Damon
lange nicht sehen. Und das war etwas womit ich nicht mehr klar
gekommen wäre. Oder ich müsste ihn begleiten. Ich wagte nicht
danach zu fragen. Allein der Gedanke war so abstrus. Würden
wir trotzdem zusammenbleiben, wenn ich es nicht täte? Könnte
ich auf ihn verzichten, wenn ich zurück nach Texas ging? Ihn so
lange entbehren? Oder sollte ich hier in New York auf ihn
warten? Allein? Niemals! Und wie wäre es wenn wir uns Monate
lang nicht sehen würden? Käme er zu mir zurück? Würde er mich
überhaupt noch lieben? So viele Fragen. Und ich wollte nicht,
dass er geht, dass er mich vergisst, eine andere liebt. Doch ich

musste der Realität ins Auge sehen. Sein Leben lief nun mal anders als meines. Aber wenn er mich fragen würde (und ich hoffte, dass es so kommen würde), dann wäre ich an seiner Seite. Ich wäre stark genug, mich den Medien zu stellen. Ich musste das aushalten. Ansonsten würde ich ihn bestimmt verlieren.Wir brauchten einander, so viel war klar. Dennoch bekam ich ab und zu Zweifel ob es nicht etwas weit hergeholt war. Ein Abenteuer wollte ich nicht sein. Ich wollte ihn unbedingt. Auch wenn ich dafür mein eigenes Leben komplett ändern müsste.

Eines Abends störte Dick uns schon wieder als wir zu Abend essen wollten:
„Mandora! Oh Dick. Was gibt es denn noch so spät?"
„Das Übliche. Wir müssen reden und den weiteren Ablauf besprechen. Ich erwarte dich in zwei Stunden in meiner Wohnung. Die Jungs habe ich schon angerufen. Bis gleich."
Es klickte in der Leitung und Damons Gesicht verdüsterte sich.
„Das war Dick. Tut mir echt leid. Ich muss nochmal weg. Geht um die Tour. Uns bleibt wohl nicht mehr viel Zeit."
„Oh, du musst noch hin? Kannst du nicht bei mir bleiben? Ich bin doch nur noch ein paar Tage hier."
„Tut mir leid, Jo. Aber das ist mein Leben. Wir sehen uns später. Warte nicht auf mich. Es wird sicher spät."
Dann schnappte er sich auch schon seine Jacke und weg war er. Kein Kuss, keine Umarmung, nichts. Ich spürte wie meine Augen begannen zu brennen. Ich war allein und sollte mich schon einmal daran gewöhnen. Es würde schlimmer werden. Der Tag der Wahrheit stand unmittelbar bevor. Dick machte ja auch nur seinen Job. Das war mir ja klar, aber trotzdem. Er hatte ja keine Ahnung was da lief zwischen Damon und mir. Und leider musste es auch so bleiben. Es hing zu viel davon ab. Ins Geheim hatte ich nur einen Wunsch. Dick sollte endlich alles erfahren. Aufhören mit dem nervigen Versteckspiel. Damals dachte ich, ich könnte es schaffen. Meine Liebe war stark und mein Wille auch. Laut Vertrag sollte Damon Single sein. Zumindest müsste

er so tun als ob. Das erhöhte seinen Marktwert. Die weiblichen Fans steuerten viel Geld zu. Seinen Ruhm verdankte er hauptsächlich ihnen. So wie auch ich ihn verehrt habe, bevor ich ihn kannte. Heute ist das anders. Es gab da mal so eine Situation wo man Damon in einer Zeitung an der Seite einer jungen Frau gesehen hat. Er bekam einen Preis eben von dieser jungen Frau, sie hieß Lisa, übergeben. Die Dame war zweifellos sehr hübsch und hatte die Übergabe bei einem Radiospiel gewonnen. Es kam heraus, dass sie ihm nachstellte. Lisa war überall. Sie war anders. Nach der Preisübergabe wich sie nicht mehr von seiner Seite und verfolgte ihn bis ins Hotel. Ich weiß noch, dass Damon und die Band etwa drei Wochen vor Ort blieben, weil noch einige Konzerte im Anschluss an die Verleihung statt fanden. Lisa nahm sogar eine Stelle dort an, um als Zimmermädchen einen Grund zu haben in sein Zimmer zu kommen. Sie stahl seine Hemden und persönliche Sachen, eine Gitarre sogar. Auf dem besagten Foto sah sie glücklich aus. Auch Damon wirkte so als sei er verliebt ihn sie. Wenn ich es nicht besser gewusst hätte, wären die beiden auch bei mir als Paar durchgegangen. Lisa versuchte das Bild für ihre Zwecke zu nutzen und gab Interviews in denen sie behauptete sie sei mit Damon zusammen. Ich war so wütend weil ich die Wahrheit kannte. Und ich konnte nichts dagegen tun, absolut nichts. Denn offiziell gab es mich ja nicht. Die Geschichte mit Lisa nahm gigantische Ausmaße an. Es war sogar von einem Baby die Rede. Aber Damon hatte die Dame nicht einmal berührt. Anwälte wurden eingeschaltet, Vaterschaftstests gemacht. Schnell wurde ein Skandal daraus, weil Lisa erst 17 war. Die Verhandlungen zogen sich ewig hin. Lisa bestand darauf, dass sie die Wahrheit gesagt hatte bis anhand der Tests das Gegenteil bewiesen wurde. Sie war tatsächlich in Umständen und es wurde behauptet Damon hätte ihr viel Geld bezahlt damit sie schwieg. Bullshit. Und er stand dem Ganzen fast machtlos gegenüber. Die ganze Angelegenheit hatte einige Monate gedauert und ihn eine große Summe gekostet. Was aus Lisa und dem Kind geworden ist wissen wir nicht. Wir wissen nur, dass der Vater ihres Kindes ein Junkie war und sie sitzen gelassen hatte. Ohne Geld, ohne Zukunft. Hätte die Sache mit Damon funktioniert wäre sie aus dem Schneider gewesen. Zum Glück kam die Wahrheit ans Licht und irgendwann würden die Menschen es vergessen. Leider blieb diese Sache nicht die Einzige, die uns das Leben schwer machte. Davon erzähle ich später. Damon lebte schon immer gefährlich. Ich verstand immer mehr worum es ging. Warum Dick die Verträge machte wie sie waren. Klauseln, Paragraphen und all der Scheiß. Es diente nur Damons Schutz und dem der anderen. Nur Jonathan war raus, weil es seine Familie schon vorher gegeben hatte. Auch heute noch ist es kompliziert.

Ich schlief schon als Damon an jenem Abend, oder besser gesagt irgendwann tief in der Nacht, zurück kam. Ich spürte wie er sich zu mir ins Bett legte. Er drückte sich sanft an mich. Ich spürte seinen Atem in meinem Nacken, seine Küsse an der Seite meines Halses.
„Jo. Ich bin wieder da. Hey, du hast mir gefehlt."
Wieder küsste er mich.
„Hey. Es ist spät. Ich wollte warten aber... "
„Sch... , schon gut. Es tut mir leid. Aber jetzt bleibe ich bei dir."
„Ist was passiert? Du klingst so anders. Geht es dir gut?"
„Ja, ich meine nein. Ich... "
„Damon? Bitte sag mir was los ist."
Ich drehte mich zu ihm um. Er sah müde aus. Und irgendwie bedrückt. Endlich räusperte er sich:
„Ich muss dir was sagen. Ich weiß du hörst das nicht gerne. Aber Dick hat schon alles organisiert. Am Wochenende werden wir wieder aufbrechen. Wir haben Termine. Brandon wird für Nick einspringen. So wie besprochen. Er ist echt gut. Ich denke, er passt zu uns und wir mögen ihn alle. Wir werden länger weg sein und wir beide sehen uns dann ewig nicht. Wir können nicht noch länger unterbrechen. Die Verträge sing gemacht und wir könnten

alles verlieren wenn wir nicht bald weitermachen. Es fällt mir schwer. Ich habe mich schon daran gewöhnt, dass jemand da ist, wenn ich heimkomme. Ich ... "

„Oh nein. Ich meine, sicher ist das toll. Ich weiß ja was davon abhängt. Und ich habe es ja gewusst worauf ich mich da einlasse. Aber ich will nicht allein sein. Das schaffe ich nicht. Kannst du nicht noch ein paar Tage aufschieben? Ich muss doch eh bald zurück nach Texas."

„Nein, das geht nicht. Ich habe es versucht, aber keine Chance. Ich will auch nicht mehr ohne dich sein. Wir müssen eine Lösung finden. Ich hätte da ja eine Idee, aber ... "

„Eine Idee? Was hast du vor? Bitte lass die Idee gut sein."

Im Mondschein konnte ich sehen, dass er jetzt lächelte. Und ich hatte wieder Hoffnung, dass alles gut ausgehen würde.

„Ich traue mich fast nicht zu fragen ob du uns begleiten würdest. Komm mit mir auf die Tour. Du brauchst dich um nichts zu kümmern. Ich habe alles was du brauchst. Könntest du damit leben?"

Damit hatte ich nicht gerechnet. Noch kurz vorher hatte ich mir ja genau das gewünscht. Aber auf einmal war ich mir irgendwie doch nicht mehr so sicher. Alles kam mir so unwirklich vor. Kurz dachte ich nach wie es sein würde. Ich dachte an meine Eltern und an Ann, Juli und meine anderen Freunde. Ich würde viel entbehren müssen und war hin und hergerissen. Aber ich entschied, dass es mein Leben war und die anderen sich ja auch nicht um mich kümmerten, wenn sie ihres planten. Und so sagte ich einfach zu.

„Klar komme ich mit. Ich kann nicht anders."

Ich sah ihm in seine schönen Augen, die vom Mondlicht beschienen wurden.

„Das habe ich gehofft. Einen Plan B habe ich nämlich nicht."

Wieder küsste er mich zärtlich auf die Nase. Ich rückte näher an ihn heran. Ich spürte seinen Herzschlag. So schnell, so aufgeregt. Er meinte es ernst.

„Ich werde das schon schaffen. Ich komme mit weil ich nämlich auch keinen Plan B habe. Es sei denn du hängst deine Karriere an den Nagel und kommst mit mir nach Texas", versuchte ich zu scherzen.

„Was? Oh nein. So sehr ich dich auch mag, aber das? Nein, es wäre mein Tod."

„War nur Spaß. Ich weiß dass das das Letzte wäre, was du tun würdest. So was würde ich niemals verlangen. Es ist dein Leben und ich komme damit klar. Ich verspreche es dir. Ich habe doch eh keinen Job mehr und müsste wieder bei Null anfangen. Und meine Eltern würden es sowieso nicht verstehen. Aber ich brauche neue Klamotten. Und ich sollte meine Familie trotzdem informieren wo ich überhaupt bin. Ich denke sie machen sich die größten Sorgen. Schließlich bin ich einfach gegangen und schon drei Monate weg."

„Ja, das solltest du wirklich. Wir haben das wohl total verdrängt."

„Hm."

„Lass uns morgen darüber reden okay? Wir kriegen das hin."

Eng umschlungen schliefen wir ein.

Mein Entschluss stand noch immer fest als ich aufwachte. Ich würde meine Familie endlich anrufen und ihnen ihre Sorgen nehmen. Meine Eltern hatten mich sowieso schon für verrückt erklärt. Aber das war mir egal. Ich war volljährig und es würde schon irgendwie weitergehen. Ich wachte vor Damon auf und sah ihm zu wie er schlief. Ich konnte nicht anders als ihn zu berühren, über seinen Rücken streicheln und zarte Küsse auf seiner Schulter zu verteilen. Langsam wurde er wach und seufzte zufrieden.

„Hmmm, daran könnte ich mich gewöhnen."

„Genießer."

Damon blinzelte mich verschlafen an.

„Wenn du willst kannst du das ab jetzt jeden Tag haben. Ich komme mit euch."

Damon schnellte hoch und sah mich an.

„Ist nicht wahr! Du hast es dir nicht anders überlegt? Ich dachte schon, es sei nur so dahin gesagt. Ich meine es ist schon nicht ohne aber... wow. Nicht zu fassen. Das würdest du für mich tun? Jo, du bist unglaublich."

„Ich glaube ich würde alles für dich tun. Ich kann mir nicht mehr vorstellen in Texas zu hocken, während du die Welt bereist. Und außerdem möchte ich nicht dass du mich wieder vergisst."

„Wie könnte ich? Scheiße Jo. Das wird die geilste Tour aller Zeiten."

„Das sehen wir dann."

„Oh ja. Das werden wir. Komm her."

Er zog mich näher zu sich. Ich bettete meinen Kopf auf seine Brust und hörte sein Herz. Er hielt mich ganz fest und ich wollte nie mehr losgelassen werden.

Irgendwann pellten wir uns doch aus dem Bett. Ich sah Damons glückliches Gesicht als ich den Satz noch mindestens zehn Mal wiederholt hatte. Ich rief sofort meine Eltern an:

„Mom? Ich bin´s Jolene. Ich muss euch was sagen..."

„Jolene. Gott du lebst. Dem Herren sei Dank."

Oh je. Meine Mutter klang so verzweifelt.

„Wo bist du, Kind? Wir sind hier fast durchgedreht vor Sorge. Nicht einmal Ann und Juli wissen wo du bist."

Ich hörte meine Mutter weinen. Das hatte ich doch nie gewollt. Und auf einmal tat mir alles so unendlich leid was ich getan hatte.

„Wir haben schon mit dem Schlimmsten gerechnet. Wo bist du, Schatz?"

Ihre Stimme klang jetzt etwas klarer.

„Ich bin … in New York."

„Was? New York? Was machst du da so allein? Um Himmels willen. Wir sind hier fast gestorben vor lauter Angst um dich. Es passieren schreckliche Dinge. Dein Vater ist nicht mehr er selbst, seit du fort bist. Warum hast du dich nicht gemeldet?"

Das schlechte Gewissen fiel über mich her. Keine Ahnung wieso ich das meinen Eltern angetan hatte.

„Ich weiß es nicht. Ist einfach so passiert."

„Geht es dir gut? Hast du einen Job? Eine Wohnung? Freund oder WG?"

„Ja Mom. Es geht mir gut. Einen Job habe ich nicht. Aber ich finde schon etwas."

„Aber... "

„Ich bin hier bei Damon. Ich darf bei ihm wohnen. Er kümmert sich um mich. Es geht mir gut, wirklich. Mach dir keine Sorgen"

„Damon? Dieser Sänger?"

„Ja."

„Oh Jolene. Ich dachte das Thema wäre längst Geschichte. Ich verstehe das nicht. Wie kommt man nur auf eine solche Idee?"

„Ich wollte ihn sehen. Er hat mich zu sich eingeladen. Und dann ist es einfach passiert. Wir haben uns ineinander verliebt."

„So ein Quatsch. Du kennst ihn doch gar nicht."

„Doch. Jetzt schon. Er ist total lieb und so süß."

„Er ist doch älter als du."

„5 Jahre, na und?"

„Und du wohnst bei ihm?"

„Ja. Er hat ein Penthouse in Manhattan. Ich bin schon die ganze Zeit hier und es gefällt mir. Ich habe sogar ein eigenes Zimmer hier."

Verzweifelt sah ich Damon an, der im Türrahmen lehnte.

„Was soll das werden, Jolene?"

„Ich habe vor, ihn zu begleiten."

„Was? Wohin?"

„Eine Tour. Konzerte und so. Du weißt schon."

„Und wohin? Wie lange? Kommst du wieder zurück zu uns?"

„In den Staaten. Wo genau weiß ich nicht. Wie lange auch nicht. Aber ich komme sicher wieder. Sobald wir Zeit dazu haben."

„Zeit? Was soll das bedeuten?"

„Ich erzähle dir alles wenn wir uns sehen. Vertrau mir, Mom. Er ist ein toller Mann. Ich liebe ihn. Er ist gut zu mir."

„Woher willst du das wissen? Sei vernünftig. Jolene. Bitte komm nach Hause. Du fehlst uns. Ein Rocksänger. Das kann doch nicht gutgehen. Du bist noch so jung. Wirf dein Leben nicht weg."

„Mom, bitte. Was soll das? Er liebt mich und wir vertrauen und brauchen einander. Seine Tour geht bald weiter und ich möchte mit ihm gehen..."

„Das geht doch nicht. Was ist das denn für eine verrückte Idee? Eine Tour mit einer Rockband. Alkohol und wer weiß was. Was, wenn er dich satt hat? Was wenn er dich irgendwo stehen lässt?"

„Mom."

„Ich sag's ja nur. Komm nach Hause. Ich rede mit deinem Chef. Du kannst sicher wieder bei ihm anfangen."

„Ach Mom. Ich verstehe dich ja, aber ich komme nicht zurück. Irgendwann vielleicht. Aber nicht jetzt. Ich liebe ihn, verstehst Du?"

„Sei nicht albern. So ein Musiker. Der hat überall Frauen. Irgendwann stehst du allein da. Nur du allein wirst ihm nicht genügen. Jolene, was soll das Ganze überhaupt? Wir wussten nicht einmal wo du bist. Wir machen uns Sorgen. Wenn er dich liebt wird er warten. Du bist erst 19."

„Mom, er liebt mich. Das hat er mir gesagt. Ich werde bei ihm bleiben. Sei nicht sauer. Okay."

„Ich bin nicht sauer. Eher ein wenig enttäuscht. Ich mache mir Sorgen. Bitte überlege dir das nochmal. Wir sind für dich da. Wir lieben dich, Kind."

„Ich weiß, Mom. Ich liebe euch auch. Und ihr fehlt mir sehr. Aber Damon ist die Liebe meines Lebens. Das habe ich schon immer gewusst. Bitte vertrau mir. Und ihm. Er ist alles was ich will."

„Jolene, aber..."

Ich legte einfach auf, obwohl ich den Tränen nahe war. Noch nie zuvor hatte ich meinen Eltern so weh getan. Meine Mutter hatte so traurig geklungen. Und meinen Vater hatte ich nicht einmal gesprochen. Trotzdem.

„Ich werde dir alles geben was du brauchst. Bei mir bist du sicher. Das schwöre ich dir. Ich enttäusche dich nicht. Und deine Eltern auch nicht. Keiner von uns wusste was passieren würde. Und ich finde es ist der Optimalfall dabei heraus gekommen. Denk nicht mehr darüber nach. Komm her zu mir."

Schon fand ich mich in seinen Armen wieder. Ich vergrub mich an seiner Brust und drückte meine Tränen fort.

Ein neuer Lebensabschnitt begann. Voller Abenteuer, Hoffnung, Liebe zu Damon. Er sah mich an

„Es wird dir gefallen, glaub mir. Wir werden viel erleben. Ich zeige dir die Welt. Eines Tages werden wir unter dem Eiffelturm stehen und uns küssen bis dir schwindelig wird. Und wir werden..."

„Hey ist ja gut. Bist ja kaum zu bremsen."

Mit einem Kuss verschloss ich seinen Mund. Zärtlich erwiderte er den Kuss, vergrub seine Hände in meinem Haar. Dann hob er mich hoch. Ich schlang meine Beine um seine Hüften. Es gab nur noch ihn und mich. Seine Küsse wurden so fordernd. Mein Kummer und das Gespräch mit meiner Mutter war schon fast wieder vergessen.

„Ich brauche dich, Jo. Es geht nicht mehr ohne dich."

„Geht mir genau so."

Es machte mich an wenn er seine wilde Seite zeigte. Das kam nicht so oft vor, denn eigentlich ist er der zärtlichste Mensch, den ich kenne. Doch jetzt kam er aus sich heraus. Und ich genoss jeden verdammten Moment. Schnell atmend trug er mich ins Wohnzimmer. Vor seinem Kamin auf den kuscheligen Teppich. Meine Küsse wurden ebenfalls wilder und irgendwie kannte ich mich selbst nicht mehr.

„Du bist das Beste was mir je passiert ist. Weißt du das?", hauchte er mir ins Ohr.

„Du sowieso", flüsterte ich.

Damon strich mir mein Haar hinter das Ohr und sah mich an. Er hat so schöne Augen. So ein unglaubliches Blau. Manchmal ganz hell und dann wieder wie ein tiefer Ozean. Man kann sich darin verlieren. Jetzt war alles vorbei und ich wollte ihn. Sein Atem ging schneller und schon befreite er mich von meinen Klamotten. Sein Oberkörper war schon frei und ich konnte seinen Sixpack sehen. Damons Kette baumelte an seinem Hals und sein Haar kitzelte mich überall als er sich zu mir runter beugte. Auf seinem Oberarm prangte seine Tätowierung. Jetzt war ich hin und weg. Ein sexy Typ. Damon beugte sich weiter über mich. Seine Lippen fuhren meinen Körper entlang. Er flüsterte meinen Namen, sagte mir immer wieder wie sehr er mich liebte, was ich ihm bedeutete und wie sehr er mich wollte.

Und ich wollte, dass er es endlich tut.

27

Damon

Mein Telefon klingelt. Oh man es ist 3 Uhr nachts.
„Mandora. Wer stört mich um diese Uhrzeit? Leute, habt ihr keine Uhr?"
„Damon, John am Apparat. Ich wollte dir nur sagen, dass wir übermorgen aufbrechen. Ich wollte dich noch mal an die Termine in Sydney erinnern. Also sieh zu, dass du klarkommst. Ich sehe noch Licht in deinem Zimmer. Vergiss nicht, dass meines deinem gegenüber liegt. Ich sehe dich von meinem Fenster aus. Was ist los? Ich sehe doch, dass es dir schlecht geht und mache mir Sorgen um dich. Du schläfst kaum und essen sehe ich dich so gut wie nie. Was ist bloß los mit dir? Rede mit mir, Mann. Ich bin dein Freund, schon vergessen? Geht's um Jo?"
„Ja zum Teufel nochmal. Ich darf doch wohl einmal an meine Frau denken. Sie fehlt mir, verstehst du das? Shit."
Ich weiß nicht warum ich ihn so zusammen scheiße. Er kann doch nichts dafür und ich weiß, dass er es gut mit mir meint. John hat recht. Er kennt mich zu gut. Ich weiß es ja auch nicht.
„Fuck!"
„Dann ruf sie an wenn wir hier fertig sind. Triff dich mit ihr. Verdammt nochmal Damon. Du hast doch nur sie. Und dein Kind. Aber du hast selbst Schuld daran. Sie ist das Beste in deinem Leben. Hol sie dir zurück bevor du vor die Hunde gehst."

Damals:

Wir mussten unsere Tour fortführen. Daran ging kein Weg vorbei. So sehr ich meinen Job auch liebte und noch immer liebe. Die Zeit mit Jo hatte mich völlig verändert. Ich stellte fest, dass das Leben nicht nur aus Musik und Bühnen und Reisen bestand. Jo ließ mich spüren wie schön Normalität sein könnte. Das hatte ich schon total vergessen. Trotzdem, mein Leben war jetzt eine große Bühne. All die Jahre zuvor hatten die Jungs und ich genau darauf hin gearbeitet.

„Jo mir ist klar was ich da verlange. Aber es ist mir noch nie so ernst gewesen wie jetzt," versuchte ich ihr zu vermitteln. Jo sah mich an. Ich konnte die Freude und auch den Schmerz in ihren Augen sehen. Minutenlang sagte sie nichts. Ich sah sie fast flehend an. Sie gehörte doch zu mir. Ich wollte kein Nein hören. Dann sagte sie nur:
„Klar komm´ ich mit. Ich sollte aber noch meine Eltern anrufen."
Ich bekam das Gespräch mit ihrer Mutter mit und es zerriss mir fast das Herz. Diese Liebe zu ihren Eltern. Ich wollte nichts davon zerstören. Aber ich wollte sie auch nicht aufgeben. Ich nahm sie in den Arm und drückte sie fest an mich.
„Du wirst es nicht bereuen. Das verspreche ich dir."
„Wir werden sehen. Aber es gibt da ein Problem."
„Ein Problem?"
„Ja. Ich brauche ein paar neue Klamotten."
„Was? Wenn das das einzige Problem ist. Ich denke hier in New York wird es doch den ein oder anderen Laden geben um Abhilfe zu schaffen. Du bist der Knaller."
„Danke für die Blumen. Sei nicht so frech. Sonst überlege ich es mir vielleicht doch noch anders."
„Hexe."

„Vorsicht, Mr.Mandora. Sonst verhexe ich dich am Ende noch."
„UUUHHH jaaaa."

Ich vergrub meine Hände in ihrem Haar. Sie schlang ihre wunderbaren Beine um mich.
„Was wird das?"
„Ich denke ich fange an mit der Hexerei. Ich mache dich willenlos. Oh ja, Mr.Mandora. Das kommt davon wenn man mich ... na ja - sagen wir mal - ähm ...verärgert?"
„Klingt fantastisch."
„Dann lass uns anfangen. Ich kenne da ein heißes Plätzchen. Am Feuer. Da stehen die Hexen doch drauf, oder?"
„Aber so was von."

Jetzt:

Ich muss echt aufpassen, dass ich jetzt nicht selbst Hand anlege wenn ich daran denke. John hat mir gerade am Telefon den Kopf zurecht gerückt. Ich weiß ich muss bald handeln. Ich will sie nicht ganz verlieren. Ich habe schon soviel verloren. Habe Fehler an Fehler gemacht. Egoistisch zu sein ist nicht die beste Eigenschaft. Ein wenig schadet nie. Aber das was ich hier tue, oder getan habe, ist unverzeihlich. Ich schaue zu Johns Zimmer herüber, sehe ihn unruhig auf und ab wandern. Er sorgt sich echt um mich. Ich habe keine Ahnung wo die anderen sind. Sicher haben sie einen schönen Abend. Ich könnte zu ihnen gehen. Saufen, Billard spielen. Und wer weiß was noch möglich wäre. Aber ich will nicht. Ich will hier in Selbstmitleid zerfließen. Will an Jo denken. Will ihr wieder nah sein. Ich habe schon fast vergessen wie wunderbar sie sich anfühlt. Ich will aber nichts vergessen. Keine Minute, die ich mit ihr verbracht habe. Ich weiß nicht warum es ist wie es ist. Keine Ahnung.

Damals:

Ich hob sie hoch und trug sie auf meiner Hüfte zum Teppich vor meinem Kamin, der leise knisterte und knackte. Vor dem Kamin setzte ich sie ab.
„Ja es stimmt, du verhext mich tatsächlich. Ich kann mich nicht mehr wehren. Du bist unglaublich."
„Willst du dich denn wehren?"
„Nein, ich ergebe mich. Verzaubere mich. Lass mich dich spüren."
Ihre Küsse wurden fordernder und meine auch. Eigentlich bin ich nicht der wilde Typ, auch wenn ich so aussehe, na ja heute vielleicht nicht mehr, aber damals sah ich wild aus. Ich weiß, dass sie auf mein langes Haar stand und sie zuerst etwas enttäuscht war als ich es irgendwann abschnitt. Ich drückte sie sanft auf meinen Teppich und hörte sie meinen Namen sagen. Beinahe bettelnd. Und ich verstand was sie von mir wollte. Nach unserer heftigen Vereinigung verbrachten wir die Nacht wie schon so oft auf dem Boden vor dem Kamin.
Keine Ahnung wie spät oder früh es war als ich aufwachte, Jo mit ihrem Kopf auf meiner Brust liegend. Friedlich, sexy. Vorsichtig bettete ich sie auf dem weichen Fell und verzog mich auf die Dachterrasse. New York schläft niemals und die Lichter der Stadt erhellten den Himmel. Ich musste nachdenken. Alles würde sich ändern. Mir war klar, dass es nicht leicht werden würde. Ich zündete mir eine Zigarette an und starrte in den sternenklaren Himmel. Unten tobte der Lärm der Straße, über mir der Friede des Universums. Es war noch angenehm warm und ich hing so meinen Gedanken nach als ich plötzlich Jo hinter mir spürte. Sie legte ihre Arme um mich, nur in eine Decke gehüllt und küsste meinen seitlichen Hals.
„Was machst du hier draußen?"

„Ich denke nach. Über uns, die Band und alles was noch kommt. Ich bin froh dass du mitkommst. Dennoch ist mir klar was das für dich bedeutet. Nach deinem Gespräch mit deinen Eltern sehe ich die Sache nicht mehr so locker. Ich kann sie verstehen. Sie kennen mich nicht, ich sie auch nicht. Und dann sollen sie ihre einzige Tochter einem wildfremden Rocksänger anvertrauen. Ganz ehrlich? Wenn ich eine Tochter hätte und sie hätte eine solche Idee, hm."

„Ach Damon. Ich bin erwachsen und nicht aus der Welt. Es ist doch nur eine lange Reise. Wenn es vorüber ist werde ich nach Texas zurückkommen und meine Familie besuchen. Und du kommst mit. Dann werden sie schon sehen wie du bist. Und nun komm wieder rein. Es ist vier Uhr nachts. Morgen gibt es noch einiges zu tun. Hör´auf zu grübeln. Davon bekommst du Falten."

Jo lächelte mich an und all die düsteren Gedanken waren wie weggeblasen.

28

Jo

Damals:

Es war an irgendeinem Tag kurz vor unserem Tourstart. Ich weiß es nicht mehr so genau wann es war. Jedenfalls wachten wir ziemlich früh auf. Die Sonne schien direkt in Damons Zimmer. Ich war zuerst wach und sah Damon zu wie er noch schlief. Meistens auf dem Bauch und meistens so wie Gott ihn schuf. Ich konnte nicht ander, als ihn wie immer auf sein Schulterblatt zu küssen. Er stieß ein seliges Seufzen aus.

„Morgen Rockstar."

„Was? Jo?"

„Wen hast du denn erwartet?"

„Jo, guten Morgen. Gut geschlafen?"

„Neben dir immer. Komm rüber zu mir. Ich will meinen Rockstar in meiner Betthälfte haben."

Sofort war er hellwach und grinste mich lüstern an.

„Und dann?"

„Komm rüber und du erfährst alles."

„Das klingt doch gut. So stelle ich mir einen gelungenen Morgen vor. Nur mit dem kleinen Unterschied, nämlich den, dass ich dich zu mir hole."

Schon schoss sein Arm auf mich zu und zog mich zu sich herüber. Ich lag auf ihm und mein Herz zersprang vor Glück. Seine Hände legten sich um meinen Nacken und bald darauf spürte ich seine warmen Lippen auf meinen.

„Genau das habe ich gebraucht", hauchte er mir ins Ohr.

„Das heißt du bist jetzt so richtig wach?"

„Hmmhmmm. Noch einen Kaffee und alles ist gut. Schließlich haben wir heute ja noch viel vor."

„Oh! Was denn? Studio?"

„Viel besser. Ich dachte ihr Mädels steht auf shoppen."

„So, tun wir Mädels das?"

Versonnen streichelte er meine Schulter.

„Meine Schwester behauptet es jedenfalls."

„Wenn sie das sagt... eine weise Dame."

„Ja das ist sie. Ich hoffe ihr beiden lernt euch bald einmal kennen. Ich liebe meine kleine Schwester."

„Und ihr steht euch sicher sehr nahe, oder?"

Ich kuschelte mich in Damons Arm und hörte ihm zu.

„Ja, manchmal fehlt sie mir. Sie kommt ab und zu mal her und bleibt einige Tage wenn ich nicht gerade unterwegs bin. Sie wohnt dann solange hinten im Gästezimmer wo du zur Zeit wohnst, also theoretisch..., wenn du nicht gerade in meinem Bett..."

Er lachte leise.

„Ahaaaa!"

„Deshalb sieht es dort auch so edel aus. So Mädelstyle halt. Sie hat es selbst ausgesucht."

„Dachte ich mir schon. Deine Schwester hat einen guten Geschmack."

„Ja. Ich kann ihr keinen Wunsch abschlagen. Das kann ich bei schönen Frauen nie. Und bei dir schon gar nicht."

„Wow."

„Und genau deshalb werden wir den heutigen Tag mit shoppen verbringen. Du hast mir gesagt du brauchst Klamotten für die Tour. Also besorgen wir welche. Meine Schwester kennt da ganz coole Läden. Manchmal schleift sie mich dahin. Ihr beide würdet euch sicher prima verstehen."

„Du willst mir echt Klamotten kaufen. Das geht doch nicht."

„Warum nicht?"

„Na ja, wir kennen uns doch erst ein paar Wochen und ich fände es ziemlich unverschämt... "

Zärtlich strich er meinen Arm und küsste meinen Kopf.

„Ach Jo. Ich mache das doch gerne. Es macht mir nichts aus, wirklich. Ich habe doch gesagt, dass du es bei mit gut haben wirst. Und dazu stehe ich. Los komm, ich habe einen Mordshunger. Wir holen uns was bei Planet. Die haben genialen Kaffee und überhaupt."

„Und da kannst du so einfach rein spazieren?"

„Ja, ich rufe Sean an. Ihm gehört der Laden. Ist ein Freund von mir. Er lässt uns hinten rein. Personaleingang."

„Du hast wohl überall Sonderstatus, was?"

„Kann man so sagen. Los raus aus den Federn. Es wird ein wunderbarer Tag."

Er gab mir einen sanften Klaps auf den Hintern und kletterte aus dem Bett. Ich konnte mich natürlich nicht satt sehen an seiner knackigen Kehrseite. Eigentlich hätte ich da eine viel bessere Idee als shoppen gehabt, aber gut, manchmal muss man halt Prioritäten setzen. Bald darauf stand Damon schon fertig angezogen am Ausgang. Ich hörte wie er Sam und Daryl anrief. Die beiden sollten uns an jenem Tag begleiten. Na ja, nicht das was ich mir gewünscht hätte, aber mir war klar, dass es nur zu unserer Sicherheit war. So war das nun eben. Ich würde mich schon noch daran gewöhnen. In Damons Tiefgarage warteten wir auf die beiden Männer. Mir war etwas mulmig als ich die beiden wieder sah. Seit dem Radiointerview hatte ich sie nicht mehr gesehen. Freundlich stellten sie sich mir vor. Zwei Riesenkerle, aber total nett.

„Wir bleiben in der Nähe. Keine Sorge, euch passiert nichts. Wir sind schon lange bei Damon angestellt."

Sam sah mich freundlich an. Dann erreichten wir die Mall. Unglaublich wie riesig alles hier war. Das war schon etwas anderes als in meiner Heimatstadt. Mir war nicht wohl bei der

Sache, aber Damon ließ sich nicht beirren. Dann ging es auch schon los. Die erste Boutique ragte vor mir auf. Ziemlich edel. Und sicher viel zu teuer. Ich wollte nie abhängig von jemandem sein. Aber Damon machte es nichts aus. Im Gegenteil. Es gefiel ihm, mir den Himmel zu Füßen zu legen. Noch immer erfüllt er mir jeden Wunsch noch bevor ich ihn überhaupt ausgesprochen habe.

„Du suchst dir aus was dir gefällt. Hauptsache du siehst hübsch darin aus. Geld spielt keine Rolle."
Damon amüsierte mein verdutztes Gesicht. Wir stürmten die Boutiquen der Stadt. Hier gab es Labels von denen ich noch nie gehört hatte. Und die Preise ließen mir den Atem stocken. Ich kam mir vor als wäre ich bei pretty woman gelandet. Die Bodyguards hatten zu tun die Leute fernzuhalten. Vor allem auch wegen Dick. Wir konnten keine Schlagzeilen gebrauchen. Er würde es noch früh genug erfahren. Es war belastend, nicht einfach mit seinem Freund eine ganz normale Shoppingtour machen zu können. Nichts hätte ich mir mehr gewünscht als einmal ganz normal durch die Stadt zu streifen, jedem meine Liebe zu ihm zu zeigen. Doch das war nicht möglich. Manchmal ein echter Alptraum. Aber trotzdem hatten wir unglaublich viel Spaß bei meiner kleinen Modeschau, wenn ich Damon immer mit anderen Outfits aus der Kabine entgegen trat. Manchmal schmunzelte er nur und meinte:
„Nein, zu langweilig."
Oder:
„Wow. Das ist mmmh..."
Wir kauften Klamotten für Summen, die in meinem normalen Leben utopisch gewesen wären. Normalerweise ist das Shoppingding ja nichts für Männer, aber Damon hatte seine Freude. Und ich auch. Irgendwann würde ich ihn sicher in seiner Mission begleiten, z.B. Autokauf oder so.

29

Damon

Jetzt:

Ich denke ich kann Jo jetzt anrufen. Sie sitzt sicher in ihrem Atelier und malt, weil Alanah in der Schule sein wird. Jo malt sehr gerne. Ich habe ihr einen Arbeitsbereich in ihrem Haus geschaffen. Dort wo sie Ruhe finden kann. Meine Frau hat viele Talente. Sie kocht wie eine Göttin, ist sinnlich wie eine und sie sieht auch so aus. Sie liebt die Natur und vor allem die beiden Pferde Danger und Heaven und unseren alten Hund Buster. Den habe ich ihr mal zu Weihnachten unter den Baum gelegt. In einem kleinen Karton. Und Jo hatte sich gewundert, dass der Karton Töne von sich gab. Sie war so glücklich den kleinen Kerl in ihrem Arm halten zu können. Buster ist ein Golden Retriver und Jo hat ihn mitgenommen nach Texas. In New Orleans ist keiner. Nur Diane und der Gärtner Matt. Sie passen auf unser Haus auf. Und auf meine Motorräder. Gerne würde ich noch einmal mit meiner guten alten Fire über den Highway heizen. Und an Tagen wie dem heute hasse ich mein Leben. Mein wunderschönes Haus hasse ich aber nicht. Ich will es nicht verkaufen. Es bedeutet mir so viel. Und Jo liebt das Haus auch. Das weiß ich. Danger und Heaven habe ich irgendwann mal vor dem Schlachter gerettet. Jo hatte mitbekommen wie der alte Besitzer die Tiere, die damals noch Fohlen waren, schlug, und kam mit verheulten Augen in mein Tonstudio, damals in meinen Keller. Sie meinte wir müssten den Tieren unbedingt helfen.

Sonst würden sie getötet. Ich hatte ziemlich viel zu tun, meine Songs für das neue Album zu schreiben und eigentlich keine Zeit mich um so etwas zu kümmern. Aber Jos Blick kann Eisberge schmelzen lassen. Also bin ich mit ihr zu dem alten Herren gegangen, der ein paar Häuser weiter lebte. Die Tiere waren völlig verwahrlost, geschunden. Der Kerl wollte sie nicht hergeben. Bis ich ihm eine Summe bot, die er nicht mehr ablehnen konnte. Wir holten die Tiere einen Tag später ab. Während ich meine Tage im Tonstudio verbrachte war Jo bei den Pferden und pflegte sie gesund. Mittlerweile sind sie 18 und 20 Jahre alt. Jos Garten ist groß und die Wiesen darum bieten den Tieren einen schönen Lebensabend. Manchmal, wenn ich in Texas bin, und das kommt nicht oft vor, reiten wir aus. Ich erinnere mich als Jo mich überredete mich auf ein Pferd zu setzen. Oh Mann. Ich muss sagen, dass ich Respekt vor ihnen habe. Aber ich tat Jo den Gefallen. Schließlich hat sie sich ja auch von mir das Gitarre spielen bei bringen lassen. Und sie war auf meine Höllenmaschine gestiegen. Also stieg ich auf das Pferd. Ich muss so eine komische Figur dabei gemacht haben dass Jo herzhaft lachen musste. Und ich auch, als ich im hohen Bogen auf der Wiese gelandet war. Mittlerweile komme ich ganz gut zurecht. Alanah reitet auch.

Jetzt:

Ich sehe auf die Uhr. Vier Uhr nachts. Ich habe lange mit John gesprochen. Ihn beobachtet und mir meine Gedanken gemacht. Und ich finde, er hat recht. Fuck! Scheiß drauf. Ich nehme mein Handy. Ich muss jetzt ihre Stimme hören. Zu lange schon schiebe ich das vor mir her. Keine Ahnung warum das so ist.

„Jo. Störe ich dich gerade?"

„Damon. Nein natürlich nicht. Schön wieder mal was von dir zu hören. Hast dich ja ewig nicht gemeldet. Wie geht es dir?"

„Du fehlst mir so. Ich wollte deine Stimme hören. Ich bin noch immer in Australien. Es ist vier Uhr morgens und ich kann nicht schlafen. Wie geht es meinem Mädchen? Ihr beide fehlt mir."

„Sie ist bei Jack. Sie hat dort übernachtet. Dein Kind wird langsam erwachsen."

Obwohl ich sie nicht sehen kann, weiß ich, dass sie lächelt. Und mein Herz bricht.

„Jack, der Junge von dem du mir letztens erzählt hast? Die beiden sind also fest zusammen?"

„Ja, schon eine ganze Weile."

„Wow... das ist... Da fehlen mir wohl eine Menge Infos. Ich bin so allein hier unten am Ende der Welt. Hab gerade mit John gesprochen. Er meinte ich soll dich unbedingt anrufen wenn ich nicht alles verlieren will. Und deshalb..."

„Du fehlst mir auch, Damon. Was ist aus uns geworden? Ich hatte mir das alles anders vorgestellt."

„Ich mir auch, Schatz. Alles ist so kompliziert."

„Eigentlich nicht. Du weißt was ich meine."

„Ja. Aber du kennst mich."

„Hmmm."

„Ich möchte euch sehen. Bald. Wenn euch das recht ist."

„Komm wann immer du möchtest. Aber warum jetzt? Wir haben dich fast zwei Jahre nicht gesehen."

„Ich weiß nicht, Jo. Ich denke sehr oft an euch, ehrlich. So wollte ich es nie haben. Immer wieder habe ich mir vorgenommen, mich zu melden. Ich weiß nicht warum ich es nicht tat. Bitte Jo, hör mir zu. Sei nicht so hart mit mir. Wir haben doch schon soviel gemeinsam erlebt. Unser Leben war doch toll."

„Ja, das stimmt, Damon. Ich würde dir immer wieder folgen. Aber um Alanahs Willen, bitte akzeptiere was ich getan habe."

„Ich weiß. In all der Zeit, die ich nun schon um die Welt reise, allein, ist mir so einiges klar geworden."

„Du verzeihst mir?"

„Was? Ich muss froh sein wenn du mir verzeihen kannst."

„Damon. Bitte sag so was nicht. Du bist wie du bist. Und so liebe ich dich. Das habe ich schon immer getan."

„Ich liebe dich auch, Jo. Wie am ersten Tag. Das weißt du, oder?"

„Ja."

„Was sollen wir tun?"

„Alanah war eben kurz da. Es geht ihr gut. Sie fragt nach dir."
Pause. Noch immer Pause. In meinem Hals bildet sich ein Kloß und ich kann nicht antworten.

„Damon? Bist du noch dran?"

„Ja ich... ach Scheiße. Ich falle und keiner hilft mir hoch. Jo, ich bin so einsam."

„Damon. Bitte mach keinen Unsinn, okay?"

„Vielleicht."

„Bitte, ich vertraue dir."

„Ja, und ich werde stark sein. Ich werde mich ändern. Bestimmt. Gib mir noch etwas Zeit. Bitte, Jo."

„Natürlich. Tu was du tun musst. Ich glaube an dich."

„Danke, Jo. Ich liebe dich."

„Ich dich auch, Damon. Bitte komm heim."

„Ich kann nicht. Noch 3 Monate."

Der Kloß in meinem Hals schwillt noch mehr an. Meine Stimme droht mich zu verlassen. Ich spüre ihren Schmerz.

„Bitte komm heim. Ich liebe dich und du fehlst mir."

Ich höre ein Schluchzen und es klickt in der Leitung.

„Jo? Jo! Ich dich auch Baby."

Das Gespräch hat mich aufgebaut aber auch zurück geworfen. Meine Frau weint um mich. Ich will aber dass sie glücklich ist. Ich reiße die Flasche Whiskey auf. Scheiß drauf. Der Teufel hat gewonnen. Ich bin schwach und ein Arschloch. Ich halte mir die Flasche an den Hals. Was habe ich denn schon zu verlieren? Ist doch eh schon alles zu spät. Bei John brennt noch immer Licht. Was treibt der denn da? Mir egal. Ich kippe den Inhalt der Flasche runter und versuche meinem Kummer zu entkommen. Doch die Erinnerungen kehren langsam zurück.

Damals:

Wir mussten uns auf die Fortführung der Tour vorbereiten. Das heißt, eigentlich war ja alles geklärt. Nach unserer Shoppingtour kamen wir völlig erschöpft zurück in meine Wohnung. Jo hatte echt zu tun, ihre Errungenschaft in die Wohnung zu bringen. Ich half ihr die gefühlten 200 Tüten in ihr Zimmer zu tragen. Die großen Kartons ließ ich liefern.

„Man bin ich kaputt. Das war ein schöner Tag. Bist du dir sicher, dass du das alles wirklich bezahlen willst? Ich meine, ich habe noch etwas Geld und ich kann das alles auch selber bezahlen. Ich..."

„Ist okay. Ich will es so. Ich möchte, dass du glücklich bist. Schließlich kannst du mich ja nicht nackt begleiten. Obwohl..."

„Damon! Also echt jetzt."

„Was denn?"

Ich setzte ein unschuldiges Gesicht auf. Jo musste lachen.

„Ich... Danke. Für alles. Ich liebe dich...“

„Sch... Komm her.“

Er zog mich in seine Arme und sofort stand ich in Flammen.

„Ich liebe dich, Jo. Noch nie hatte ich solche Gefühle.“

„Geht mir genau so.“

Widerwillig ließ ich sie los. Ich war echt fertig. Ich hätte nie gedacht, dass mich Shoppen so erledigen würde. Also machte ich mich von ihr los. Sie ging einfach aus dem Zimmer.

„Jo, was hast du vor?“

„Ich werde mich etwas erfrischen. Ich komme mir vor wie ein Stinktier. Kommst du mit?“

„Klingt gut.“

30

Jo

Damals:

„Ich sage ja nicht, dass es leichter wird, aber es wird dir gefallen. Ganz sicher. Sieh mal, du hast soviel aufgegeben und ich möchte nicht, dass du das bereust. Ich bin ein Mensch wie alle anderen auch, egal wie viele Frauen mit klopfenden Herzen vor den Bühnen dieser Welt stehen. Ich hatte noch nie was dafür übrig, na ja, bis ich dich traf."
Er neigte sich zu mir herüber und strich mir das nasse Haar aus dem Gesicht.
„Das hoffe ich. Ich weiß nicht was ich tun soll, wenn es nicht funktioniert. Ich versuche diesen Weg mit dir zu gehen."
„Uns bleiben noch ein paar Tage. Und die werden wir genießen."
Dann rutschte er zu mir auf die Seite der Wanne, schob sich hinter mich und hielt mich einfach nur fest. Mit geschlossenen Augen lag ich in seinen Armen. Irgendwann war das Wasser so kalt, dass ich selbst in seinen Armen zu zittern begann, und das sollte schon was heißen. Wir verließen die Wanne, räumten sogar das Bad auf und begaben uns in unsere jeweiligen Zimmer um uns umzuziehen. Ich hing so meinen Gedanken nach, während ich den Schrank nach etwas bequemen durchsuchte. Es war schon früher Abend und ich wusste wir würden die Wohnung heute nicht mehr verlassen. Ich entschied mich für einen der neuen gemütlichen Hausanzüge. Mein Schrank war jetzt mehr als voll

und ich wunderte mich noch immer wie Damon drauf war. Welcher Mann tat so etwas? Als ich fertig aus meinem Zimmer trat, war Damon nirgends zu sehen. Ich sah in seinem Zimmer nach, erfolglos. Die Küche – leer.

„Damon? Wo steckst du? Damon?"

Keine Antwort. Dann hörte ich etwas von seiner Terrasse aus. Akustikgitarre? Ich schlich mich näher heran. Und da saß er. Mit nacktem Oberkörper, Jeans, ohne Schuhe, ein Bein über das Knie des anderen gelegt, mit der alten Gitarre, die ich in seinem verschlossenen Zimmer an der Wand hatte hängen sehen. Damon spielte unser Lied und auf dieser Gitarre klang es ganz anders. Mit geschlossenen Augen sang er jenen Text, der mein Herz jedes Mal berührte. Von der wahren Liebe und überhaupt. Er wiegte seinen Oberkörper hin und her und ich schmolz dahin. Die rockige Variante des Songs war schon genial, aber diese ruhige Version hätte sogar einen Eisberg schmelzen lassen. Ich ging noch näher heran. Die untergehende Sonne beschien sein Gesicht. Aber was war das? Da glitzerte doch etwas an seinen Augen. Das Glitzern bewegte sich abwärts um dann in der Versenkung zu verschwinden. Das waren doch nicht etwa Tränen? Oh Gott. Was war denn nur passiert? Ich war nicht in der Lage, mich von der Stelle zu bewegen. Ich muss sagen, ich war fasziniert von der Schönheit diese Augenblicks, obwohl ich natürlich nicht wollte, dass es Damon schlecht ging. Aber das Gesamtbild dessen was ich sah war so... anmutig, herzergreifend. Ich verhielt mich leise und sah ihn nur an. Und noch einen kleine glitzernde Kugel rollte über seine Wangen. Er sang noch immer. Seine Stimme brach nicht, aber er sah so traurig aus, obwohl seine Augen noch immer geschlossen waren. Seine langen Wimpern ruhten auf seinem Unterlid. Mir wurde heiß und kalt zugleich. Jetzt kam der Teil, der mich immer erschaudern ließ. In der rockigen Variante kam seine Stimme dann immer aus den Tiefen seiner Kehle. Kraftvoll, rau, gefühlvoll, dunkel und so unglaublich... Mir fehlen die Worte um es treffend zu beschreiben. Jedes Mal stellen sich mir die Nackenhaare auf bei diesem Part. Innerlich bereitete ich mich auf meinen angenehmen Schauer vor als Damons Stimme brach. Die Gitarre verstummte und nur noch ein Schluchzen war zu hören. Jetzt war es Zeit für mich zu ihm zu gehen.

„Damon? Alles okay bei dir? Das eben war wunderschön. Ich habe dir zugehört. Aber was ist passiert?"

Mit rot glasigen Augen sah er mich an.

„Jo, bitte entschuldige. Es ist nur... Ach Scheiße. Ich weiß einfach nicht, ob du all das aushältst und ich möchte dich nicht verlieren. Tut mir leid. Meine Nerven gehen gerade mit mir durch. Die Tour. Ich freue mich total darauf. Aber ich weiß wie es läuft. Bist du dir noch immer sicher, dass du das willst? Ich meine, ich will natürlich, dass du mich begleitest. Nicht nur durch die Tour, sondern auch durch mein ganzes Leben."

Er drückte schon wieder eine Träne weg und ich wusste nicht was ich ihm sagen oder tun sollte. Ich schritt auf ihn zu und setzte mich auf seinen Schoß.

„Klar komme ich mit. Das habe ich doch gesagt. Was soll ich denn ohne dich machen? Sieh mich an."

Ich hob sein Kinn an damit er mich ansehen musste.

„Ich schaffe das schon. Ich liebe dich. Lass es uns einfach versuchen. Okay?"

„Okay. Tut mir echt leid das ganze Theater. Manchmal bin ich eben ein Weichei."

„Nein, bist du nicht. Nur ein Rocker mit einem großen Herzen. Der, für den mein Herz immer schlagen wird. Zusammen schaffen wir das. Und jetzt lächele, damit ich deine wundervollen Augen wieder glänzen sehe, und zwar nicht wegen der Tränen."

Er schlang die Arme um mich und seine Schluchzer wurden langsam leiser. Wer sagt denn dass ein Mann nicht einmal Gefühle zeigen darf? Wir saßen noch lange draußen und redeten über all das was uns eventuell noch erwartete.

„Erzähl mir etwas über diese Gitarre. Sie ist schon alt, oder?"

„Ja, das ist die, die ich von meinen Eltern bekommen habe als ich sechs Jahre alt war. Ich liebe dieses Teil und deshalb bewahre ich sie auch an einem besonderen Ort auf."

Bei diesen Worten schoss mir wieder die Röte ins Gesicht. Schnell sah ich in eine andere Richtung. Ich wusste ja nicht, was er davon hielt, wenn ich ihm gestehen würde, einfach in seinen Privatsachen geschnüffelt zu haben. Mir persönlich wäre so etwas vermutlich auch nicht recht gewesen. Unruhig rutschte ich auf seinem Schoß hin und her.

„Hey, was ist los? Bist ja auf einmal so still."

„Damon. Ich muss dir was sagen."

„Hast du jetzt doch Schiss?"

„Nein. Aber... Sei bitte nicht sauer."

„Jo, warum sollte ich sauer auf dich sein?"

„Ich weiß wo du deine Gitarre aufbewahrst. Ich war neulich in deinem verschlossenen Zimmer. Es tut mir leid. Aber ich war einfach so neugierig."

Verstohlen sah ich ihn von der Seite an.

„Und das ist alles? Oh Gott, Jo. Ich dachte schon du hast es dir noch einmal überlegt mit uns beiden. Das Zimmer ist nur verschlossen wegen den Dingen die mir wichtig sind. Ich möchte einfach nicht, dass jeder meine privatesten Dinge sieht. Nicht einmal Diane geht da hinein."

„Eben, deshalb tut es mir ja auch leid. Dazu hatte ich kein Recht."

Er strich mir über den Rücken.

„Es ist jetzt auch dein Zuhause. Mach dir keine Gedanken."

„Und du bist echt nicht sauer?"

„Nein. Ich hatte mir aber schon so was gedacht, als ich meinen Schlüssel auf der falschen Seite der Kommode fand. Als Einbrecher oder Geheimagent bist du eine echte Niete. Aber ich liebe dich trotzdem."

„Was? Du hast es gewusst? Oh Gott ist das peinlich."

Er grinste nur. Dann zog er mich dichter an sich und gab mir einen Kuss, der mir die Füße weg zog.

„Na komm, lass uns rein gehen. Du hast noch was bei mir gut zu machen, kleiner Einbrecher."

„Okay, du darfst mich gerne verhaften."

„Uuuhhh, klingt gut."

Schon sprang er auf und warf mich über seine Schultern. Ich boxte ihm auf den Rücken, was mich aber nicht wirklich weiter brachte. Erst vor seinem Zimmer blieben wir stehen.

„Was hast du vor?"

„Einbrecher werden weg gesperrt, das weißt du doch. Oder ist das in Texas anders?"

„Damon!", kreischte ich ausgelassen. Noch immer umklammerte er meine Beine mit eisernem Griff, während er mit der freien Hand die Tür zu seinem Zimmer öffnete. Ich zappelte noch immer auf seiner Schulter herum. Mit einem Fußtritt schloss er die Tür wieder als wir drinnen waren. Aber er ließ mich noch immer nicht runter.

„So, dann werden wir dich jetzt mal in deine Zelle befördern. Strafe muss sein."

„Was? Damon!"

„Ganz ruhig. Du erhältst einen Prozess, aber zuerst muss ich dich einmal hier anbinden, damit du mir nicht weg läufst."

„Hey, ich hab doch gesagt es tut mir leid."

Er grinste mich nur an und ich hatte keine Ahnung wohin das Ganze führen sollte. Schon fand ich mich auf seinem Bett wieder. Damon setzte sich neben mich. Warnend hob er einen Finger: „Nee nee, nix da. Liegen bleiben. Bin sofort wieder da. Er verschwand kurz in seine geheime Kammer und kam mit einem süffisanten Lächeln zurück. In der Hand hielt er ein paar Handschellen. Mein Herz begann zu rasen. Mit solchen Dingen hatte ich noch nie zu tun, aber ich muss sagen, dass es mich anmachte seine Gefangene zu sein.

„Na, willst du deine Strafe antreten?"

„Schätze ich habe eh keine Chance."

„Ja, das ist korrekt."

Ich gab mich geschlagen und ließ mir wortlos meine Kuscheljacke und alles weitere, bis auf die Unterwäsche, klauen, bevor er mich an die Stahlkonstruktion seines Bettes band. Mit beiden Händen über dem Kopf befestigt wartete ich was als nächstes passieren würde.

„Du weißt schon, dass du dein Leid nicht mit ansehen musst? Deshalb habe ich diesen Schal hier mitgebracht."

Und schon wurde mir der Schal um die Augen gebunden. Meine Nerven lagen blank. Mein sanfter Rocker zeigte immer neue Seiten von sich. Aber es gefiel mir. Ich staunte über mich selbst. So etwas kannte ich nicht. Im Zimmer war es so still, dass man eine Nadel hätte fallen hören können.

„Damon? Damon!"

Nichts. Ich war allein. So hatte ich mir das aber nicht vorgestellt.

„Damon, bitte. Was wird das? Damooon."

Noch immer hörte ich nichts und verlor langsam die Lust an diesem Spiel. Ich weiß nicht mehr wie lange ich hilflos in Damons Bett lag. Mir wurde auch langsam etwas kalt, denn eine Decke hatte er mir nicht gegeben. Dann wurde die Tür geöffnet.

„Damon? Bist du das?"

„Ja. Ich denke du hattest lange genug Zeit über deine Schandtaten nachzudenken."

„Mir ist echt kalt."

„Oh. Das könnte ich ändern, wenn du mich darum bittest."

„Was? Damon, bitte."

Ich hörte ihn näher kommen. Ein Rascheln erklang. Dann spürte ich, dass er neben mir auf dem Bett saß.

„Gleich wird dir wärmer, versprochen."

Etwas kitzelte mich an der Seite. Ich verspannte mich. Das Kitzeln fuhr weiter nach oben und umrundete meine Brust. Er hatte recht. Mir wurde plötzlich verdammt warm.

„Und wie ist es jetzt? Noch immer kalt?"

„Nein, was machst du da überhaupt."

„Na deine Strafe abarbeiten."

Das Kitzeln hörte auf und ich spürte seine Lippen an meinem Hals. Seine Küsse bedeckten meinen Körper und mir brach der Schweiß aus.

„Damon, mein Gott..."

„Was? Willst du Einspruch gegen das hohe Gericht erheben?"

„Nein, ich..."

Ich zerrte an meinen Fesseln weil ich ihn unbedingt berühren wollte. Aber er ließ sich nicht von seinem Plan der süßen Folter abbringen. Seine Hände umfassten meine Hüfte und seine Zunge befand sich knapp an meinen Brustwarzen, die steinhart waren. Dann biss er zärtlich hinein und ich zog scharf Luft ein.

„Willst du mich umbringen?"

„Es ist doch eine süße Qual, wenn ich dich reize, aber nicht erlöse. Ein schönes Spiel, findest du nicht?"

„Damoooon, ich sterbe wenn du mich nicht bald erlöst. Bitteeee."

„Ich liebe es wenn du meinen Namen schreist."

Dann löste er den Schal von meinen Augen und sah mich an.

„Du bist das schönste Wesen das ich je gesehen habe."

Dann küsste er mich. Keuchend flüsterte ich ihm meine Liebe zu. Ich wollte nicht mehr warten. Ich spürte, dass er auch nicht mehr viel Zeit hatte. Die Wölbung in seiner Hose war schon recht anständig.

„Soll ich dich befreien oder vertraust du mir?"

„Beides."

„Gut, dann bring ich dich in den Himmel und danach befreie ich dich."

Er nahm wieder die Feder in die Hand, mit der er mich wohl schon zuvor berührt hatte. Langsam strich er über sämtliche empfindliche Stellen damit. Ich zappelte wie ein Fisch an der Angel und reckte mich ihm entgegen. Dann berührte er meine inneren Schenkel und schob sie sanft auseinander. Er küsste meine Weiblichkeit und ich war kurz vor der Explosion. Dann hörte er plötzlich auf. Ich öffnete meine Augen wieder und sah,

dass er den Schlüssel für meine Fesseln aus der Jeans holte.
„Ich befreie dich. Ich leide mit dir,weißt du."
Endlich hatte ich meine Hände frei. Sofort zog ich ihn auf mich.
Ihn anzufassen war eine Erlösung. Schnell befreite er sich von
seinen Klamotten und schon drang er tief in mich ein. Ich bin mir
sicher, dass er es nicht mehr viel länger hätte aufhalten können.
Die Nummer war zwar kurz, aber dafür heftiger als alle anderen
zuvor. Das Vorspiel dafür um so reizvoller, als alles was ich
bisher mit ihm erlebt hatte. Erschöpft sank er auf mir zusammen.
„Woher kennst du denn solche verrückten Spiele? Ich dachte echt
zuerst, du lässt mich da verrotten. Teufel. Aber das könnten wir
gerne wiederholen, irgendwann."
„Und ich dachte nicht, dass du tatsächlich darauf abfährst. War
für mich auch das erste Mal. Aber es hat mir Spaß gemacht, dich
etwas zu ärgern."

Dann blieben uns nur noch ein paar Tage bevor die Tour weiter
ging. John rief an und sagte wann wir uns treffen wollten.
„Kommt einfach vorbei. Wir besprechen dann alles", hörte ich
Damon sagen. Langsam wurde es ernst. Die Tour war lang. Sie
führte durch 10 Bundesstaaten. Es würde über 70 Konzerte
geben. Und ich war dabei. Wir begannen zu packen. Ich hatte
keine Ahnung was ich überhaupt mitnehmen sollte. Damon stand
im Türrahmen zu meinem Zimmer.
„Was machst du?"
„Ich versuche einen Koffer für ein halbes Jahr zu packen. Ich
weiß nicht. Was brauche ich denn?"
„Nimm mit was du magst. Du kannst alles im Flugzeug lassen.
Wenn was fehlt können wir sicher irgendwo Nachschub
bekommen. Mach mal, ich muss mich noch um die Getränke
kümmern. Die Jungs kommen gleich."
Die gesamte Band traf sich kurze Zeit später in Damons
Wohnung. Es wurde der Ablauf der nächsten Wochen
besprochen. Wie schon erwähnt war Philadelphia die erste
Station. Ich freute mich dabei zu sein. Und ich brauchte nicht

mehr um Karten und die erste Reihe zu kämpfen. Aber unsere Beziehung durfte nicht nach außen dringen. Das würde für mich am schwierigsten werden. Wie sollte ich mich von ihm fern halten? Als die Band uns verließ war er plötzlich ganz still. Ich wusste zwar was ihm die Tour bedeutete, aber ich spürte auch, dass ihn die Sache mit uns noch immer beschäftigte. Ich wollte ihn nicht nerven. Also ließ ich ihn eine Weile allein. Manchmal braucht eben jeder Mensch etwas Zeit für sich. Ich zog mich auf die Terrasse zurück und las eines seiner tiefgründigen Bücher. Das Buch war echt spannend und ich hatte die Zeit völlig vergessen. Erst jetzt merkte ich, dass ich Damon schon einige Stunden nicht mehr gesehen hatte. Als ich alle Räume nach ihm durchsucht hatte und ihn nicht fand, nahm ich an, er wäre hinaus gegangen. Zu John oder so. Also machte ich mich auf den Weg zu meinem Zimmer. Dazu musste ich an Damons Tür vorbei. Erstaunlicher Weise stand sie offen. Das war eigentlich nie der Fall. Ich rauschte daran vorbei ohne mir etwas zu denken. Beiläufig warf ich einen Blick hinein. Er war da und kniete vor seinem Bett. Den Kopf gesenkt, die Hände verschränkt. Was machte er da bloß? Ich hörte ihn etwas murmeln, konnte es aber nicht verstehen. Ich stellte mich neben den Türrahmen, so dass er mich nicht sah, wenn er sich umdrehte. Ich versuchte zu verstehen was er sagte. Dann fiel plötzlich mein Name. „Bitte pass auf sie auf. Ich liebe sie. Nichts soll ihr geschehen. Sie...“

Oh mein Gott. Erst jetzt verstand ich worum es ging. Er betete für mich, für uns. Ab da liebte ich ihn nur noch mehr. Weil ich jetzt wusste, dass er mich wirklich liebte und es nicht nur so dahin gesagt hatte. Leise und den Tränen nah schlich ich mich in mein Zimmer. Dieser Mann verblüffte mich immer wieder. Ich legte mich auf mein Bett und starrte an die Decke. Immer wieder sah ich ihn vor mir. Wie er so da gesessen hatte, meinen Namen laut vor Gott ausgesprochen hatte und ihn bat, auf mich aufzupassen. Es war schon seltsam. Rein Damons äußere Gestalt, seine Musik, seine Freunde und überhaupt passte nichts zu dem was ich vorhin gesehen hatte. Es klopfte an der Tür.

„Jo? Bist du da drin? Alles in Ordnung? Jo?"

„Ja", schniefte ich nur leise.

„Darf ich reinkommen?"

„Sicher, es ist deine Wohnung."

Er öffnete die Tür und schaute um die Ecke.

„Hast du geweint? Ist was passiert?"

Er kam langsam zum Bett und setzte sich auf den Rand.

„Ja, du bist mir passiert. Ich möchte nicht, dass du dich um mich sorgst. Es tut mir leid, aber ich habe vorhin dein Gebet zufällig mitbekommen als ich zu meinem Zimmer wollte. Du hast für mich gebetet und das hat mich glücklich und zugleich so traurig gemacht."

Er kletterte zu mir und drückte mich fest an sich.

„Jo. Ich habe für dich gebetet weil ich dich liebe und nie mehr ohne dich sein will. Dass es dir gut geht und dass du immer gesund bleibst. Er ist da und wacht über uns. Er gibt mir die Kraft die ich brauche. Ich weiß, dass das nicht der Norm entspricht, aber das ist mir egal. Ich lebe so und es hilft mir."

„Ich verurteile dich doch nicht dafür. Ich hätte nur nie geglaubt, dass es jemanden gibt, dem ich so wichtig bin, außer meinen Eltern vielleicht."

„Schon gut. Du bist das Wichtigste in meinem Leben geworden. Und stell dir vor, er..."

Damon sah sein Kreuz an, das über seinem Bett hing,

„... hat dafür gesorgt, dass ich dich wieder finde. Ich habe ihn darum gebeten, mich dich finden zu lassen. Und du bist bei mir."

„Echt? Das ist die süßeste Geschichte, die ich je gehört habe."

Ich reckte mich zu ihm hoch und küsste ihm seine Nase.

„Ja, es ist die Wahrheit. Also hör auf zu weinen und freu dich auf unsere Tour. Übermorgen geht es los."

„Ja. Damon?"

„Was?"

„Macht es dir etwas aus heute bei mir zu schlafen?"

„Nein. Rutsch rüber. Der Herr des Hauses braucht viel Platz."

Drei Tage später befanden wir uns in Philadelphia. Das Bandflugzeug landete pünktlich und die Gruppe war völlig aus dem Häuschen. Vor allem Brandon war total durch den Wind. Es würde ein ganz anderes Leben auf ihn zu kommen. Er war ein klasse Gitarrist und brauchte sich sicher nicht um den Zuspruch des Publikums zu fürchten. Seine Stimme war fantastisch und er beherrschte die Songs mittlerweile genau so gut wie Nick.

„Jo. Ich hab Schiss."

„Brandon. Quatsch. Die Mädels werden hin und weg sein. Flirte mit ihnen und ein kleiner Patzer wird keinem auffallen."

„Ist klar.Toller Tipp. Darf Damon das auch?"

„Was darf ich?"

„Nee passt schon."

Brandon zwinkerte mir noch einmal zu und verschwand dann wieder im Flieger um sein Gepäck zu holen.

„Was hat er denn?"

„Schiss."

Damon und ich sahen uns nur an und prusteten los.

„Oh Scheiße, da hinten lungert Dick rum" stellte Damon dann fest und schob mich leicht von sich. Das war knapp gewesen. Für Dick war ich einer der Mitarbeiter und betreute die Band.

„Ich sehe euch in zwei Stunden im Stadion. Es gibt noch einiges zu klären", hörte ich Dick brüllen. Als Dick um die Ecke verschwand, um in die Limousine zum Hotel zu steigen, suchte ich sofort nach Damon.

„Der Typ geht mir so was von auf die Eier. Ich wollte mich eigentlich aufs Ohr hauen oder..."

Verzweifelt hob er die Arme.

„Oder was?"

„Mir wäre sicher was eingefallen."

„Seid ihr so weit?", fragte uns John.

„Wie man es nimmt. Wozu der Stress?"
„Keine Ahnung. Wegen dem Bühnenbild oder so."
„Shit. Braucht ihr mich da?"
„Du bist der Boss, nicht wir", grinste John und gab Damon einen Klaps auf die Schulter. Na toll. Ein schwarzer Wagen hielt genau vor dem Flieger an. Keine Ahnung ob das so in Ordnung war, aber ich war froh, endlich ans Ziel zu kommen. Wir stiegen in einem sehr noblen Hotel ab. Nach und nach trudelten die Bandmitglieder und unsere gesamte Belegschaft ein.
Damon wurde gefragt wie er was haben wollte.
„Guten Tag, Mr.Mandora. Mein Name ist Eliza Brown. Ich bin die Chefin des Hauses und werde mich um sie kümmern. Wenn sie etwas benötigen wenden sie sich an mich. Hier steht meine Nummer drauf. Ich bin rund um die Uhr verfügbar. Ich wünsche ihnen einen angenehmen Aufenthalt bei uns."
Sie gab Damon ihre Visitenkarte und steuerte zurück zum Hotel. Er hob die Braue und grinste.
„Alles klar. Rund um die Uhr verfügbar, für was auch immer."
„Kichernd liefen wir zur Rezeption.
„Guten Tag. Mein Name ist Ma..."
„Aaah. Mr.Mandora. Ich habe gerade von Mrs. Brown die gesamten Schlüssel für den zwölften Stock erhalten. Mr.Prey, das ist der Herr dort drüben, wird sie zu ihren Räumen begleiten." Wir folgten besagtem Mr.Prey und mussten uns ein Lachen verkneifen. Mr.Prey, ein kleiner rundlicher Mann mit dünnem Haar, beäugte uns zwar, sagte aber nichts. Diskretion war oberstes Gebot. Ich war total fasziniert wie so was lief. Mit Geld kann man wirklich alles haben. Es kommt nur auf die Summe an.
„Mr.Mandora. Sie, … und ich nehme an, ähm das ist ihre Begleitung..."
Er sah mich nervös an,
„... haben die Präsidentensuite am Ende des Ganges. Nr.1221. Sie finden den Weg?"
„Klar Mann. Danke. Der ist für Sie."

Damon schlug dem steifen Typen kumpelhaft auf die Schulter und drückte ihm einen 100 Dollar Schein in die Hand.
„Danke, Sir. Ich verstehe."
Damon sah ihn eindringlich an, dann wieder mich, dann wieder ihn. Der kleine Mann nickte uns noch einmal zu und verschwand dann im Aufzug. Mein Mann ist sehr großzügig, aber nicht verschwenderisch und auch nicht arrogant. Es gibt ja Stars die völlig ausflippen, verrückte Dinge von ihren Mitmenschen fordern. Wir nahmen es wie es kam, denn es ließ nichts zu wünschen übrig. Alles war da und Damon bestand lediglich darauf, niemanden in meine Nähe oder der Band zu lassen, ohne es vorher abzuchecken um wen oder was es sich handelte. Und besagter Mr.Prey wusste ja jetzt was wir von ihm wollten.
Damon hatte die gesamte obere Etage des Hauses gemietet. Es war etwas anderes als ich bisher gewohnt war. Ich hatte das Gefühl dem Himmel noch näher zu sein als sowieso schon. Wir öffneten die Tür zum Zimmer 1221 und ich war überwältigt. Ein riesiges Bett dominierte den Raum, die Möbel so edel. Frische Blumen standen auf sämtlichen Tischen und Kommoden. Wir hatten einen herrlichen Blick über die Stadt. Einfach atemberaubend. Und das Beste war, wir hatten ein gemeinsames Zimmer. Natürlich heimlich. Trotzdem freute ich mich auf die kommende Zeit mit Damon. Aber die war knapp und wir konnten uns nur noch kurz duschen, umziehen um dann sofort zum Stadion zu fahren.
„Ich hasse diese Scheiße. Was soll ich da erklären? Sehe ich aus wie ein Bühnenbauer? Ich entwerfe sie, aber ich baue sie nicht."
„Damon. Hör´ schon auf zu fluchen."
„Ist doch wahr. Wozu arbeiten fast hundert Personen für mich wenn ich doch unentbehrlich bin."
„Komm sei lieb, kriegst auch später eine Belohnung. Du bist schließlich der Boss. Und der ist eben unersetzlich."
Augen zwinkernd sah ich ihn an.

„Ich wusste doch, dass schmollen zu was nütze ist."

„Ich streckte ihm die Zunge raus und er lächelte nur. Als wir am Stadion ankamen waren Brandon und Andy schon voll in Aktion. John und Jonathan standen bei Dick und gestikulierten wild mit den Armen.

„Was ist denn da los? Jo. Besser du gehst zu den anderen. Ich komme so schnell es geht. Sei vorsichtig. Bis gleich."

„Mach keinen Ärger, denk an deine Belohnung. Bis später."

Widerwillig ließ ich Damons Hand los und gesellte mich zu den anderen Helfern. Zum ersten Mal erlebte ich wie im Hintergrund gearbeitet wurde. Jede Menge Leute wuselten durch das Stadion. Ich half hier und dort, trug Kabel von A nach B, brachte Getränke und belegte Brote zu den Arbeitern usw. Der Manager sollte nicht merken was da vor sich ging. Ich hoffte nur er würde mich nicht erkennen von dem erfundenen Gewinnertreffen. Ich versuchte ihm möglichst nicht zu begegnen. Dick war tatsächlich ein knallharter Geschäftsmann. Ich bekam Telefonate mit, die er führte. Sein Ton war rau und bestimmend. Es wurde über Geld gesprochen, über sehr viel Geld. Zeitpläne und Veranstaltungsorte, die sich wer weiß wo befanden. Dick war es egal, ob man das hin bekam oder nicht. Ihn interessierten nur Zahlen. Er verheizte die Band.10 Bundesstaaten in drei Monaten, 70 Konzerte in 65 Städten, usw., waren für ihn normal. Ohne Rücksicht auf Verluste. Er würde Damon und die Band total aussaugen. Es dauerte ewig bis Damon zu mir zurück kam.

„Was wollte er denn?"

„Oh, ihm passt mein Bühnenbild nicht. Es ist zu groß und viel zu viel Effekte. Unnötige Kosten für Strom usw. Aber mal im Ernst, wer bezahlt das denn alles?"

„Ach, Damon. Reg dich nicht auf. Feuer ihn doch."

„Wenn das so einfach wäre. Leider brauche ich ihn noch. Ich bin noch zu unerfahren mit Verträgen usw. Aber eines Tages..."

Er ballte seine Hände zu Fäusten und sah mich an. Noch nie hatte ich eine solche Wut in seinen Augen gesehen. Ich bewunderte ihn und seine Kollegen, aber er tat mir irgendwie leid. Dick spannte ihn voll ein und ließ seinen Frust an der Band aus. Ein Scheiß Typ war das. Langsam löste sich das Menschenknäuel im Stadion auf und wir konnten in unser Hotel zurück. Endlich konnten wir unser schönes Zimmer betreten.

„Bin ich fertig."

„Ich auch. Wann geht es morgen los?"

„Um acht. Ich hasse es früh aufzustehen."

„Ja, so ein Rockstarleben erfordert eben Opfer. Aber ich werde an dich denken wenn ich mich noch dreimal im Bett umdrehe", grinste ich ihn an.

„Nix da. Ich dachte du kümmerst dich als meine Angestellte um mich."

„Nein das mache ich jetzt. Ich liebe dich und ich möchte jetzt gerne mit dir in dieses wunderschöne Bett da drüben."

„Was? Ich soll mit meiner Bediensteten ins Bett?"

Ich zog ihn einfach hinter mir her und schubste ihn auf das Bett.

„Du bekommst jetzt deine versprochene Belohnung und dann wird geschlafen."

„Uuuuhhh. Da bin ich aber mal gespannt."

„Leg dich da hin und warte, okay?"

„Hä? Ich bin dein Boss."

„Bla bla."

„Tss, nicht zu fassen. Sie gibt mir Befehle."

„Sei lieb, bin gleich zurück."

Damit ließ ich ihn alleine. Wie er mir, so ich ihm. Basta. Im Bad korrigierte ich noch schnell ein wenig an mir herum und schlüpfte in meine schärfste Wäsche, die ich besaß. Darüber noch den Bademantel des Hotels und schon war ich wieder bei ihm.

„Na, wieder brav?"

„Natürlich, bin ich doch immer."

31

Damon

Damals:

In Philadelphia startete unsere Tour. Als wir im Hotel ankamen
waren wir ziemlich fertig. Jo staunte über all den Luxus, der für
mich schon irgendwie normal war. Schon unmittelbar nach
unserer Ankunft dort fing Dick an zu diskutieren. Es regte mich
einfach nur auf, dass er nicht einfach akzeptierte, was ich
entworfen hatte. Die Techniker hatten alles genau so umgesetzt
wie ich es wollte und Dick nörgelte an allem nur herum. Ich hatte
keine Zeit für Jo und eigentlich wollte ich mit ihr die Stadt
unsicher machen. Obwohl wir beide ziemlich erledigt waren,
hatte Jo super Laune. Sie ist das reinste Energiebündel. Genau
wie Brandon. Er war so nervös damals. Mit Andy zusammen übte
er wie ein Besessener im Stadion, während ich mich mit Dick
auseinander setzen musste. Schon kurz zuvor hatten John und
Jonathan mit ihm diskutiert. Anscheinend zwecklos. Meine
Laune sank und ich fluchte die ganze Zeit herum. Wenn es nach
Dick gegangen wäre, wäre mein ganzes Bühnenbild so sehr
minimiert worden, dass es nichts mehr mit meinem Entwurf zu
tun hatte.
„Mr.Mandora, vertrauen sie auf meine Erfahrung...“
„Es ist meine Vision. Und ich werde verdammt nochmal daran
festhalten.“
„Das sehen wir dann...“

Dick entfernte sich und ließ mich einfach stehen. Unglaublich dieser Typ. Ich sah, dass John hinter ihm her eilte. Auf meinen Freund war Verlass. Ich sah John nach und hoffte, dass er die Sache biegen würde. Ich suchte nach Jo. Nur sie konnte mich jetzt auf den Boden zurück holen. Ich sah sie am Ende der Bühne, wie sie jemandem verschiedene Dinge anreichte. In eine Ecke gequetscht beobachtete ich sie bei ihrer Arbeit. Es sah aus als hätte sie nie etwas anderes gemacht. Ich sah ihren süßen Hintern auf und ab wippen wenn sie sich bückte um die Stecker in die Dosen zu drücken. Sie sah ganz verschwitzt und schmuddelig aus. Im Gesicht zog sich ein schwarzer Strich quer über ihre Wange. Die schwarze Lockenpracht locker hoch gesteckt. In meiner Hose regte sich etwas. Jetzt drehte sie sich in meine Richtung und trank einen großen Schluck aus ihrer Wasserflasche, während sie sich mit dem anderen Arm den Schweiß aus dem Gesicht strich. Ihr Top rutschte etwas nach oben und legte den Bauchnabel frei. Ich drehte fast durch. „Hey. Was stehst du hier herum?"

John stand plötzlich neben mir. Ich hatte ihn gar nicht kommen hören.

„Aaah verstehe."

„Hey John. Ja. Sie ist unglaublich. Ich liebe sie wie ich noch nie jemanden geliebt habe. Ich hoffe sie packt das. Was ist mit Dick?"

„Mach dir keinen Kopf. Ich habe ihm gesagt, dass sein Arbeitsplatz sicher sehr wackelt, wenn er dich nicht langsam als seinen Boss respektiert. Ich habe ihm klar gemacht, dass DU sein Leben in Gang hältst und dass er längst nicht da wäre wo er ist, wenn es uns nicht gäbe. Ich habe gesagt, dass wir nicht spielen, wenn die Bühne nicht so ist wie du sie willst, ganz einfach."

„Du hast... Echt? Ist nicht wahr. John du bist der Knaller. Und? Wie weiter?"

John schlug mir auf den Rücken.

„Übermorgen um 20 Uhr geht es los. Und jetzt sieh zu, dass du

dich um sie kümmerst. Bis später."
John sah zu Jo hinüber, zwinkerte mir noch einmal zu und trabte
zu Brandon und Andy. Jetzt hatte Jo mich gesehen. Sofort
erhellte sich ihr Blick. Ängstlich schaute sie sich um bevor sie
auf mich zu kam. Es wurde immer schwieriger für uns, unsere
Beziehung zu verheimlichen. Aber Jo verstand es, mich auf
andere Gedanken zu bringen.
Wir erreichten das Hotel. Sie schubste mich einfach frech auf das
Bett und sagte mir, dass ich meine Belohnung doch sicher haben
wolle und mich deshalb still verhalten sollte. Es macht mich
einfach an wenn sie so bestimmend sein wollte. Ich zog sie etwas
auf aber das fachte sie nur noch mehr an. Ich sollte im Bett auf
sie warten und das tat ich gerne. Gefühlte Stunden lag ich da rum.
Dann erschien sie plötzlich in diesem weißen kuscheligen
Bademantel des Hotels. Meine untere Hälfte regierte meinen
Körper, ob ich nun wollte oder nicht. Sie machte nicht viele
Worte, fragte mich nur, ob ich denn wieder brav wäre. Viel
konnte ich dem nicht hinzufügen, denn schon waren ihre Hände
an meinen Schultern und schoben meine Jacke herunter.
„Jo, was...?"
„Brav sein."
Sie sah mich an und ich hätte sie am liebsten sofort verführt. Ich
wagte es aber nicht, mich zu bewegen. Jo schob mein Shirt hoch
und zog es mir sofort aus. Ich hob meine Hände um sie zu
umfassen. Doch Jo war schneller als ich und griff sich meine
Hände. Ehe ich mich versah legte sie mir meine Handschellen um
und band mich am Gestänge des Bettes fest.
„Du hast sie mitgenommen? Gott, Jo. Ich bin so was von scharf."
„Wie du mir... Du kennst das Sprichwort doch, oder? Oder gibt
es das in New York nicht? Und jetzt sei still und genieße."
„Jo, ich sterbe."
„Oh, mein Chef winselt um Gnade. Den hier hab ich auch dabei.
Du erinnerst dich?"
„Was? "

„Bevor ich dir die Augen verbinde darfst du noch einen kurzen Blick unter meinen Mantel werfen. Der Rest ist Erinnerung."

„Jo, bitte tu das nicht. Binde mich los. Ich ..."

„Sieh her und behalte es im Kopf während du mich nur fühlst."

Dann zog sie quälend langsam ihren Bademantel aus. Meine Hose war jetzt definitiv zu eng. Sie schob den Mantel langsam an ihren Schultern hinab und ich konnte rot-schwarze Träger eines BH's erkennen.

„Fuck."

Jetzt rutschte der Mantel auf Hüfthöhe. Ihr süßer Busen war so sexy verpackt dass ich schon fast von diesem Anblick gekommen wäre. Dann ging es ganz schnell und der Mantel gab den ganzen Körper frei. Jo steckte in seidener Unterwäsche, ein minimaler Ansatz von Slip bedeckte nur das Nötigste. Sie trug schwarze Strümpfe und hohe Schuhe. Die trug sie eigentlich nie. Aber sie sah verdammt scharf darin aus.

„Jo, du machst mich wahnsinnig. Bitte..."

„Genug geschaut."

„Was?"

Und dann band sie mir den Seidenschal um die Augen.

„Alles okay bei dir, Boss?"

„Jo. Verdammt."

Ich spürte ihre Lippen an meinem Hals. Ihre Hände glitten meinen Körper hinab. Gerne hätte ich sie gestreichelt. Ich drehte fast durch. Dann fühlte ich ihre Hände an meinem Hosenknopf. Eigentlich gab es da nur Knöpfe und es dauerte ewig bis sie die verdammte Hose endlich geöffnet hatte. Ich spürte ihre Lippen weiter nach unten wandern. Ich zerrte an meinen Fesseln herum. Vergeblich. Meine Hose hing jetzt nur noch an den Füßen fest. Ihr Haar kitzelte mich überall. Es machte mich fertig, sie nicht sehen zu können. Sanft umschloss sie meinen besten Freund und leckte ihn zärtlich. Ich versuchte an nichts zu denken. Ich wollte noch nicht kommen. Es war so schön sie zu spüren.

„Jo, ich kann es nicht mehr lange aushalten. Bitte..."

„Okay, du bist der Boss."

Dann spürte ich ihr Gewicht auf meinem Bauch. Sie saß auf mir und rutschte langsam in die richtige Position. Sie nahm mich in sich auf und bewegte sich sanft hin und her.

„Ich will dich sehen, bitte."

Langsam nahm sie mir den Schal ab und ihre Lippen kamen näher. Unsere Zungen verschmolzen und es machte mich fertig, dass ich sie nicht anfassen konnte.

„Ich liebe dich, Damon."

Sie beschleunigte ihr Tempo, drückte ihren Rücken durch und ritt mich wie der Teufel. Dann war es vorbei. Ich ergoss mich in ihr und war völlig fertig. Jo blieb ebenfalls erschöpft auf meiner Brust liegen.

„Das war das Geilste das ich je erlebt habe."

„Ich gehe mal davon aus, dass du mit deiner Belohnung zufrieden bist."

„Mehr als das. Aber kannst du mich jetzt bitte befreien? Ich kann echt nicht mehr. Du hast mich geschafft."

Grinsend nahm sie mir meine Fesseln ab und ich drückte sie so fest an mich wie ich konnte. Ich würde sie nie mehr gehen lassen. Eher wollte ich sterben als ohne sie zu sein.

32

Jo

Wir befanden uns unmittelbar vor dem ersten Konzert. Das Bühnenbild stand dann doch so wie es geplant war. Dank Johns Ansprache an Dick gab dieser sich schließlich geschlagen und es sah super aus. Gewaltige Lichtwände mit jeder Menge Lichteffekten. Turmhohe Boxen mit dem Bandlogo darauf. Das Bandlogo bestand aus einer schwarzen Gitarre, mit roten Flammen und dem Bandnamen darauf. Genau so wie meine echte Gitarre auch aussieht. Auf den vier Lichtwänden wurden animierte Videos abgespielt, in denen die Band als Comicfiguren zu sehen war. Ich war echt beeindruckt. So gewaltig hatte ich das Ganze noch auf keinem Konzert, wo ich war, gesehen. Keine Ahnung wann Damon diese ganze Geschichte erdacht hatte.

Es war jetzt früher Nachmittag und es wurden noch einige Handgriffe erledigt.Ton- und Lichttests wurden gemacht. Die Band wollte noch einmal vorher auf die Bühne gehen damit auch alles glatt lief. Schließlich war dies das erste Konzert nach Monate langer Pause. Und es durfte nichts schief gehen.

„Ich muss hoch zu den anderen. Und was sagst du?"
„Wann hattest du denn noch Zeit, so was zu entwerfen? Ich meine, wo du mich doch die ganze Zeit da hattest."
„Ich schlafe selten. Meistens arbeite ich nachts an solchen Dingen. Da habe ich die meisten Inspirationen. Und deshalb war ich oft morgens nicht da wenn du aufgewacht bist. Es wird der Hammer, wirst sehen. Ich muss los. Bis später."

Er küsste mich schnell noch einmal und raste dann zur Bühne, wo die anderen schon ihre Positionen eingenommen hatten. Und als ich gerade an den Bühnenrand schleichen wollte lief ich Dick direkt in die Arme.

„Sie schon wieder. Wer sind sie überhaupt? Ich sehe sie ständig um Mr.Mandora herum schlawenzeln."

„Sie sind Mr.Charles, nicht wahr?"

„Ja, der bin ich. Was haben sie hier zu suchen? Ich kenne sie doch von woher."

„Nein, bestimmt nicht. Ich helfe nur beim Auf-und Abbau", stammelte ich und wurde rot wie der Hintern eines Pavians.

„Halten sie sich von Mr.Mandora fern. Das geht nicht gut aus." Drohend bohrte er mir seinen Zeigefinger in den Brustkasten und ich wäre am liebsten verschwunden. Da haben wir alles versucht um nicht entdeckt zu werden und dieser Scheißtyp hatte es trotzdem mitbekommen. Mir war hundeelend zumute.

„Ich... Selbstverständlich Mr.Charles. Ich betreue die Gruppe nur. Es ist alles okay. Ganz bestimmt."

„Dann sollten sie sehen, dass sie wieder an die Arbeit gehen. Holen sie Getränke oder wer weiß was, aber bleiben sie aus Mr.Mandoras Sichtfeld, haben wir uns verstanden."

„Sicher."

Schnell drehte ich mich um und wollte nur noch weg von diesem Typen. Ich musste unbedingt mit Damon reden. Irgendwann musste er ja von der Bühne kommen. Also beschloss ich in seiner Garderobe auf ihn zu warten. Damons Garderobe lag wie immer am Ende des Ganges. Das ist auch eine seiner seltsamen Marotten. Egal.Trotzdem war es nicht einfach dorthin zu gelangen. Immer lief mir irgendjemand über den Weg, der mir hätte gefährlich werden können und mich an Dick verriet. Das wollte ich nicht. Ich hatte ja gerade erfahren wie er drauf war. Aber mit List und Tücke fand ich den Weg hinein. Ich hockte mich vor den Spiegel und wartete. Lieber hätte ich Damon am Bühnenrand zugeschaut, aber das traute ich mich nun nicht mehr.

Nach einer knappen Stunde betrat er endlich seine Garderobe und staunte nicht schlecht mich zu sehen.

„Jo, was machst du denn hier drinnen? Ich dachte du wärst draußen bei der Bühne."

„Wollte ich ja aber dann kam Dick. Er weiß, dass da was läuft zwischen uns, glaube ich. Er hat mich ordentlich gefaltet. Was machen wir denn jetzt?"

„Er weiß was? Wie kann das sein?"

„Er sagt, er hätte mich schon öfter in deiner Nähe gesehen. Er hat mich wohl im Auge und ich komme ihm bekannt vor."

Sofort nahm Damon mich in den Arm und strich mir über den Kopf.

„Uns wird etwas einfallen. Jo, es geht gleich los. Ich muss mich noch umziehen. Mir fällt schon was ein, damit wir uns sehen können."

„Ja. Ich verschwinde jetzt besser, bevor dieser weiße Hai hier noch auftaucht. Ich hasse ihn."

Ich ballte meine Finger zu Fäusten und verließ Damons Garderobe. Das Konzert würde bald beginnen. Damon war noch immer zum Schminken und ich umrundete die Anlage. Ich war total frustriert und überlegte wie wir die nächsten Monate überstehen sollten wenn dieser Kerl mich im Auge hatte. In Gedanken versunken stieg ich die Stufen zu den oberen Rängen hinauf. Ich traute meinen Augen nicht. Ich sah ein unglaublich volles Stadion. Noch immer drängelten die Menschen hinein. Als die letzten Menschen endlich im Stadion waren wurden die Eintrittstore geschlossen. Ich begab mich langsam wieder auf den Rückweg. Denn ich wollte nichts verpassen. Ich besorgte mir frische Handtücher, saubere Shirts für Damon und Wasserflaschen und postierte mich am Bühnenrand. Falls Dick kam, hatte ich etwas vorzuweisen. Das musste reichen. Zunächst passierte eine Weile nichts. Dann betrat eine neue Band die Bühne (Fire Fox high speed). Sie hatten bei Damon vor gesprochen und er hatte sich ihre Songs angehört. Es hatte ihn an sich selbst erinnert, als er noch versucht hatte, seine Musik an den Hörer zu kriegen. Er glaubte, dass sie Potenzial hatten und gab ihnen eine Chance. Also bekam die Newcomerband eine halbe Stunde im Vorprogramm. Vier junge Männer und eine süße Sängerin, die erstaunlicher Weise eine Geige dabei hatte. Eine gewagte Mischung, aber gut. Die Menschen riefen nach Damon und den anderen. Die Vorgruppe spielte ihren letzten Song. Ich stand an der Seite der Bühne und konnte alles aus der Nähe sehen.

„Jo, es geht los."

„Oh Damon. Wow, siehst echt heiß aus. Viel Glück."

„Wenn du das sagst."

Schon war er wieder hinter der Bühne verschwunden. Die Visagistin puderte noch einmal über seine Nase, schnell noch die Gitarre für den Auftritt geschnappt und dann wurde es dunkel auf der Bühne. Die Menschen tobten als die Jungs sie betraten. Das war seine Welt. Und ich war ein Teil davon. Mein Herz schlug mir bis zum Hals und ich begriff welches Glück ich gehabt hatte. All die Mädchen da unten wären gerne an meiner Stelle gewesen und ich hoffte dass keine dabei war die mir gefährlich werden konnte. Ich war so weit gekommen. Der Reihe nach betrat die Band die Bühne. Die Menschen tobten und riefen die Namen der Männer. Natürlich wurde auch nach Nick verlangt. Ich sah zu Brandon und konnte fast spüren wie er sich fühlen musste. Jonathan und Andy gingen zuerst hinaus. Danach stellte sich John ebenfalls an sein Instrument. Aber anders als sonst ging Damon als vierter auf die Bühne. Normalerweise kam er immer als Letzter dran, aber ich denke er wollte Brandon und die Fans langsam aufeinander vorbereiten. Brandon stellte sich jetzt neben mich, die Gitarre fest umklammert.

„Oh Mann, die buhen mich sicher aus. Was denkst du Jo?"

„Hey Brandon. Mach dir keine Sorgen. Du bist gut. Sie werden dich lieben. Ich drück dir die Daumen."

„Wenn ich Damon wäre, hätte ich auch keine Sorgen."

„Na komm schon. Du bist ein Rocker, also hau rein. Du schaffst das schon. Lass dich drücken."

„Klar, wenn du das sagst. Bist echt cool Jo. Damon hat wirklich Glück dich zu haben."

Ich drückte Brandon fest an mich und spürte wie er zitterte. Dann hörten wir Damon ihn ankündigen.

„Hey Leute. Schön dass ihr da seid. Wie ihr wisst ist Nick krank. Leider kann er heute noch nicht dabei sein. Aber keine Angst, wir haben einen tollen Kerl dabei. Begrüßt mit mir Brandon Cample an der Gitarre."

Jonathan schlug einen Trommelwirbel und die Leute kreischten. Sicher hatten sie schon von Brandon gehört. Ich hoffte einfach, dass sie ihn akzeptierten. Es hing viel davon ab.

„Los, raus jetzt. Du packst das."

„Danke Jo."

Ich schubste Brandon schon fast auf die Bühne. Irgendwie fand ich es süß. Dieser düstere große Typ hatte Schiss. Echt zu niedlich. Er drehte sich noch einmal zu mir um, ich hob den Daumen und dann ging alles wie von selber. Brandon stellte sich an den freien Platz neben Damon und hob die Hände.

„Hey Leute. Schön euch zu sehen. Ich freue mich echt auf euch und es ist ein super Gefühl, dabei zu sein. Ich hoffe, dass ich euch nicht enttäusche."

„Das wird er nicht. Er ist einer der genialsten Gitarristen, die mir je über den Weg gelaufen sind. Und er ist ja nicht allein. Oder?" Schreie.

„Ich höre euch nicht. Lauter. Ich will euch hören. Aaah, schon besser."

Das Stadion wackelte beinahe. Damon zeigte hinter sich und sprach in sein Mikrofon, das er vom Ständer genommen hatte.

„Leute, an den Drums Jonathan Smith."

Jubel dröhnte durch das Stadion.

„Am Keyboard, mein bester Freund, Mr.John Brannigan."

Getose ohne Ende.

„Am Bass, Andy Lee Mc Fadden. Und unser Kumpel Brandon hier wird mit mir den Gesang übernehmen. Also lasst uns anfangen. Seid ihr bereit? Ich sagte seid ihr bereit? Klasse. Ihr seit die Geilsten. Okay. Jonathan go..."
Jonathan stimmte den ersten Song an. Dann kam das Keyboard dazu. Brandon schaute noch einmal in meine Richtung und zwinkerte mir zu. Ich zeigte ihm beide gedrückte Daumen. Dann begann er seine Strophe zu singen. Es klang einfach wunderbar. Ich hatte mich schon längst an ihn und seine Stimme gewöhnt. Und die Fans liebten ihn. Ich stand an der Seite und sah ihm zu. Ab und zu sah er mich an und kniff ein Auge zu. Auch Damon sah mich zwischendurch an und strahlte. Ich wusste das hier war seine Welt. Viel zu lange hatte er verzichten müssen. Nach einigen Songs kam er hinter die Bühne um sich ein sauberes Shirt anzuziehen. Ich gab ihm ein Handtuch und er küsste mich wenn keiner es sah. Dann ging es weiter. Mein Herz drohte einen Schlag auszusetzen. Die Show war gewaltig. Die Technik dahinter immer ausgefeilter. Damon war ein Genie, was die visuellen Effekte betraf. Ich verstand Dicks Probleme mit dem Bühnenbild überhaupt nicht. Das machte eine gute Show doch erst aus. Um Mitternacht war das Konzert vorbei. Die Band hatte ihre Feuertaufe überstanden. Man hörte die Menschen nach ihnen rufen als die Jungs die Bühne verließen.
„Zugabe. Zugabe. Wir wollen *True Love*. Damon. Damon. John John. Brandon wir lieben dich. Du bist der Geilste. Andy, ich liebe dich..."
Usw. Damon und die anderen kamen auf mich zu.
„Ihr wart genial. Super. Brandon, ich habe es dir doch gesagt. Sie werden dich lieben."
„Schätze ich habe mich ganz gut geschlagen."
„Das hast du. Und jetzt raus. Sie wollen noch mehr. Du schaffst das."
Es wurden noch vier Zugaben gespielt. Zum Schluss *True Love*. Dann wurde die Bühne dunkel und die Menschen verließen das

Stadion. Ein voller Erfolg. Ich hatte auch nichts anderes erwartet. Alle waren am Ende. Die Rowdys räumten auf und Damon und ich verschwanden durch den Hinterausgang, um dort wieder in die Limousine zum Hotel zu steigen. Dick ist uns zum Glück nicht mehr über den Weg gelaufen.

Am übernächsten Tag würde hier noch ein Auftritt stattfinden. Bis dahin hatte er frei. Wir konnten machen was wir wollten, nur möglichst unauffällig. Wir genossen unsere Zweisamkeit und klebten jede Minute aneinander. Wenn Dick davon Wind bekommen hätte... Ich wollte nicht darüber nachdenken. Damon plante sich im nächsten Jahr aus dem Vertrag zu lösen und dann könnte er voll zu mir stehen, wenn ich das dann noch wollte. Ich wollte warten bis zum jüngsten Tag. Ich wollte ihn und das ganz, mit allen Konsequenzen. Für ihn war ich von zuhause abgehauen. Hatte meine Freunde und die Familie verlassen, meinen Job aufgegeben. Eine Ausbildung hatte ich auch nicht. Durch Damons Geld brauchte ich auch keine. Ich gebe ja zu, dass das nicht fair ist ihm gegenüber. Ja, es ist wahr, dass ich heute noch von seinem Geld lebe. Wir sind nicht geschieden und wir wollen es auch nicht. Mittlerweile haben wir mehr Geld als wir ausgeben können. Aber er ist nicht mehr bei mir, weil ich es so wollte. Besser gesagt, ich bin nicht mehr bei ihm, mit ihm unterwegs, weil mir dazu die Kraft fehlt.

Nach Philadelphia steuerten wir Indianapolis an. Dort blieben wir drei Tage. Anschließend ging es nach Minneapolis, dann nach Seattle. Hier blieben wir etwas länger. Damon sagte mir etwas von Everett. Keine Ahnung was das war und was er dort wollte.

„Ich muss dort noch etwas erledigen. John kommt mit mir. Ich bin heute Abend zurück."
„Was hast du vor?"
„Mach dir keinen Kopf. Es geht um unsere Zukunft."
„Was ist denn in Everett?"
„Das weißt du nicht?"

„Nein. Keinen Schimmer."

„Du erfährst es wenn es so weit ist. Versprochen."

Dann sah ich ihn und John in ein Taxi steigen. Ich verbrachte den Tag mit Brandon. Mittlerweile waren wir so etwas wie beste Freunde geworden. Wir sahen uns Seattle an.

„Warst du schon einmal hier?"

„Nein, und du?"

„Ja, eigentlich wollte ich hier studieren. Meine beste Freundin Sky ist auch hier. Aber dann traf ich John als er in Detroit unterwegs war. Dort lebe ich. Da bin ich geboren. John sagte mir, dass sie einen Ersatzmann bräuchten, wegen der Sache mit Nick. Ich hatte damals einen Auftritt mit meiner Band Dark Punk. John war in dem Club unterwegs um sich abzulenken. Keine Ahnung was es war. Er kam zur Bühne und sprach mich an. Meine Bandkollegen hatten sich schon an die Bar zurück gezogen und flirteten mit den Mädels da. Dann haben wir geredet und ich begriff so langsam wen ich eigentlich vor mir hatte. John rief Damon an und ich bekam einen Termin bei ihm um vorzuspielen. Und da bin ich. Meine Band gibt es noch. Vielleicht kehre ich ja zu ihnen zurück, wenn Nick wieder da ist. Aber ich fühle mich wohl bei den Fires."

„Ja, die Jungs sind wie eine Familie. Ich denke, du hast deinen Platz in der Band. Da bin ich mir sicher."

„Nick ist der Typ, dessen Platz ich gerade habe. Er kommt zurück. Es geht ihm sicher schon bald wieder so gut, dass er wieder auftreten kann. Aber ich genieße das was ich mit der Band habe. Es ist toll."

„Ja. Mach dir keine Sorgen. Ich werde mit Damon reden, wenn du magst. Obwohl ich denke, dass das nicht nötig sein wird. Du hast alle überzeugt und die Menschen lieben dich."

Wir hatten schon ein gutes Stück zurück gelegt und standen vor der berühmten Space Needle.

„Wie sieht es aus? Wollen wir was essen?", fragte er mich plötzlich.

„Wenn wir da ohne Probleme rein und raus kommen. Bin schon eh erstaunt, dass wir hier so einfach herum wandern können. Mit Damon ist das nicht so leicht."
„Das liegt daran, dass ich noch ein Niemand bin. Entspann dich Jo. Ich bin´s Brandon, der Reservespieler."
„Okay, Ersatzmann. Lass uns was essen."

Ich hakte mich bei Brandon ein und wir betraten das drehbare Restaurant im Turm.

„Wie ist das mit dir und Damon eigentlich passiert?",wollte Brandon plötzlich wissen.

Ich erzählte ihm, wie alles begann und er grinste nur.

„Erzähl mir was über dich und Sky. Wer ist sie?"
„Sky, oh na ja. Sie wohnte neben uns. Sie ist meine beste Freundin. Und sie studiert hier. Ich habe sie lange nicht mehr gesehen. Ich vermisse sie."
„Seid ihr zusammen?"
„Oh nein, sie ist wie meine Schwester, und sie ähm... na ja, sie steht nicht auf Typen."
„Oh. Ich dachte … Na ja egal. Wir sind doch noch einige Tage hier. Vielleicht kannst du sie ja mal besuchen?"
„Das wäre toll. Sie fehlt mir. Mit ihr kann ich über alles reden. Ich liebe sie, auf andere Weise natürlich als du Damon liebst. Du würdest sie mögen." Verträumt kaute Brandon auf seinen Pommes herum. Er war schon ein toller Typ. Düster und provokant gekleidet, aber ein Herz aus Watte.

Sky

Als wir schon eine Weile im Restaurant gesessen hatten, sah ich auf die Uhr. Es war schon fast Nachmittag und Damon wollte am Abend zurück sein. Ich hatte noch immer keine Ahnung was er in Everett wollte oder was es da gab. Brandon wusste es auch nicht. Der Tag mit ihm war schön gewesen. Trotzdem freute ich mich natürlich auf Damon. Wir kamen am Seattle Kingdom an. Hier fanden die nächsten Konzerte statt.

„Danke für den schönen Tag, Brandon."
Er hob nur den Daumen. Und schon war Brandon verschwunden. Unschlüssig stand ich herum. Zum Glück war Dick mit John und Damon nach Everett gefahren. So konnte er mir nicht auch noch die Hölle heiß machen, weil ich mit Brandon unterwegs gewesen war. Ich begab mich in unser Zimmer und wartete auf Damon. Es dauerte ewig bis er endlich die Tür aufschloss.
„Jo, wie war dein Tag?"
„Ich war mit Brandon essen. Und bei dir?"
„Alles erledigt, du wirst Augen machen."
„Was hast du angestellt?"
„Nichts Schlimmes. Siehst du dann. Komm her zu mir. Ich habe dich vermisst."
Schon fand ich mich in seinen Armen wieder. Ich erzählte ihm was wir vorhatten und er war erfreut, dass es in Brandons Leben doch schon eine Frau gab. Dass diese auf Frauen stand, sagte ich ihm aber nicht.
Nach dem Frühstück setzten wir uns in ein Taxi und fuhren zum Campus wo Sky studierte. Irgendwie freute ich mich auf einen ganz normalen Tag. Die Tour war schön, aber mir fehlte einfach das normale Leben. Ich merkte, wie sehr ich diese einfachen Dinge vermisste. Nachdem wir eine Weile gelaufen waren, erreichten wir das Campusgelände. Es war Pause und die Studenten lungerten im Park herum.
Brandon suchte das Gelände ab.
„Da ist sie. Sky. Die mit dem pinken Haar."
Sofort rannte er auf den Baum zu, unter dem Sky saß. Ich blieb

lieber im Hintergrund. Ich sah wie sich die beiden Freunde heftig umarmten und bekam ein Stechen in der Magengegend. Ich vermisste meine Freunde ebenfalls. Gerne hätte ich Ann und Juli noch einmal gesehen. Und ich stellte wieder einmal fest, dass ein Leben an Damons Seite einige Opfer forderte. Ich stand etwas verloren herum und hing meinen Gedanken nach, als ich plötzlich Schritte hinter hinter mir hörte.

„Jo, das ist Sky. Sky, das ist Jo. Sie ist die Freundin von meinem Chef, von Damon."
„Hey Sky, nett dich kennenzulernen."
„Dito. Du bist echt mit Damon zusammen? Krass."

Wir kamen sofort ins Gespräch und Brandon hatte recht gehabt. Ich mochte Sky sofort. Den ganzen Nachmittag klebten sie zusammen. Sie kam kaum darauf klar, was aus Brandon geworden war. Ich war mir sicher, dass ich sie nicht zum letzten Mal gesehen hatte.

Die Zeit in Seattle ging langsam zu Ende. Was in Everett passiert war, erfuhr ich erst später. Wir begannen zu packen. Die Tour war fast geschafft. Es ging weiter nach Albany. Anschließend nach San Francisco und L.A. Dann war schon unser letzter Tag dort. Wir arbeiteten alle Hand in Hand und ich hatte das Gefühl schon mein ganzes Leben nichts anderes getan zu haben, als Bühnen auf-und abzubauen. Als das letzte Lied fast verklungen war, machte Damon den Fehler von der Bühne zu gehen. Er mischte sich unter das Publikum und die Fans drängelten sich an ihn. Ich sah dem Treiben aus sicherer Entfernung zu, aber mir war nicht wohl bei der Sache. Da war so eine rothaarige Schönheit, die sich ihm an den Hals warf. Mein Magen verknotete sich. Dann zog sie auch noch ihre Bluse aus und schwenkte sie über ihren Kopf. Meine Güte, was sollte das überhaupt? Damon versuchte gelassen zu bleiben und bewegte sich rückwärts zurück zur Bühne. Die Frau folgte ihm und fiel ihm um den Hals, nur noch mit ihrem BH bekleidet. Sam und

Daryl versuchten sie von Damon wegzuziehen. Mühsam erreichte er die Stufen, die zur Bühne hinauf führten. Ich wurde echt langsam sauer. Diese blöde Kuh sollte ihn in Ruhe lassen. Ich hörte Daryls Stimme. Eindringlich riet er der Dame, sie solle sich entfernen und hinter die Absperrung gehen. Aber das tat sie nicht. Die anderen Fans sahen dem Treiben zu und ich fühlte mich … scheiße. Dann kam Sam und zerrte die Frau hinter sich her. Sie weinte und sagte immer wieder nur wie sehr sie Damon liebte. Irgendwie tat sie mir sogar etwas leid. Mittlerweile lagen schon einige kuriose Dinge auf der Bühne herum. Die Frau war wohl nicht die Einzige, die sich halb ausgezogen hatte. Damon schien das nicht zu belasten. Er sang sein Lied zu Ende, verbeugte sich und richtete noch ein paar Worte des Dankes an sein Publikum. Sam und Daryl brachten die Frau hinaus. Die Band stellte sich nebeneinander auf und jubelte den Leuten noch einmal zu. Dann war es endlich vorbei.

„Wie krank war das denn?" fragte Brandon.
„Kam das schon öfter vor? Da bekomme ich ja echt Angst."
„Hin und wieder flippen mal welche aus, aber das müssen wir wohl aushalten."
Jonathan grinste in die Runde.
„Ich habe keine Ahnung was da in den Köpfen vorgeht. An solchen Tagen hasse ich meinen Job."
„Ich auch", meinte John. Damon kam zu mir und sah mich besorgt an.
„Jo, geht es dir gut? Mach dir keine Sorgen. Für mich gibt es nur dich. Das weißt du doch, oder?"
„Ja. Das hoffe ich. Ich hätte sie umbringen können. Miststück."
„Uuuuhhh, du bist eifersüchtig?"
„Ist doch wahr. Lass uns verschwinden, bevor ich noch einen Mord begehe."
Grinsend nahm er meine Hand und mein Gesicht verdunkelte sich noch immer, wenn ich an die Frau dachte. In der Garderobe beruhigte ich mich etwas. Dann klopfte es plötzlich.

„Mr.Madora! Ich muss mit Ihnen reden. Wegen der Sache vorhin.
Das geht so nicht...“
Das war Dick. Mist.

„Sofort. Zwei Minuten.“
„Machen Sie doch auf. Wir können uns auch drinnen
unterhalten.“
„Nein...Ich... Ich komme raus.“
Damon sah mich an. Ich verschwand hinter der Spiegelwand die
als Raumteiler diente und hoffte unentdeckt zu bleiben. Gerade
als ich dahinter war, kam Dick einfach herein. Das fand ich schon
unverschämt. Mein Herz schlug so laut, dass Dick es eigentlich
hätte hören musste.

„Damon, ähm ich meine Mr.Mandora. Es geht nicht, dass Sie im
Publikum herum wandern. Es hätte schlimmer enden können. Sie
müssen da vorsichtiger sein. Sie sind unser Kapital.Wir können
uns keine Ausfälle mehr leisten. Ich meine...“
„Schon klar. Ich habe es ja verstanden. Und jetzt raus hier.“
„Wie reden Sie mit mir? Immer noch steht ihr Manager hier vor
Ihnen. Respekt scheint es bei euch jungen Leuten ja nicht mehr
zu geben...“
„Mr.Charles. Ich weiß wer Sie sind und ich hoffe Ihnen ist klar,
wer sie bezahlt. Also jetzt raaaauuuus.“
Damon schrie schon fast. So wütend war er schon lange nicht
mehr gewesen.
„Wir sind noch nicht fertig. So lasse ich nicht mit mir reden...“
„Sicher.“
Dann klappte die Tür ins Schloss und Dick war weg.
„Jo? Er ist weg. Der Typ ist einfach... ach Scheiße.“
Ich trat hinter der Wand hervor, als Damon verzweifelt die Hände
hob.
„Lass uns endlich verschwinden.“
Beinahe fluchtartig verließen wir die Garderobe und begaben uns
in unser Zimmer.

Da kam mir eine Idee:

„Damon, darf ich dich um etwas bitten? Ich habe Heimweh. Und es wäre toll, meine Eltern noch einmal zu besuchen. Meinst du ich könnte einen Tag bei ihnen verbringen?"

„Natürlich. Ich sage James, dass er dich hin fliegt. Leider kann ich nicht mitkommen. Aber ich verspreche dir, wir holen das nach."

Er zog mich zu sich, so dass ich mit meinem Gesicht an seiner Brust lehnte. Zärtlich strich er mir über den Rücken.

„Aber komm zu mir zurück, hörst du. Du fehlst mir jetzt schon."

„Spinner. Ich möchte nur einen Tag meine Eltern sehen", lächelte ich ihn an. Dann küsste ich ihn.

„Das verstehe ich doch. Ich habe meine Familie auch schon lange nicht mehr gesehen. Ich weiß wie du dich fühlst. Schließlich dreht sich deine Welt ja nicht nur um mich."

„Doch das tut sie."

Er küsste meine Stirn und dann machten wir uns auf den Weg in unser Zimmer. Während ich duschte rief er James an. Am nächsten Tag brachte James mich nach Hause. Meine Eltern staunten nicht schlecht. Sie hatten nicht damit gerechnet, mich noch einmal zu sehen, seit sie wussten was ich tat. Meiner Mutter kamen die Tränen und mein Vater schüttelte einfach nur den Kopf. Natürlich fragten sie mich über meinen Freund aus. Ob er mich denn gut behandeln würde und wie er so ist. Ich konnte nur sagen dass wir uns lieben. Und das war die absolute Wahrheit. Meine Eltern waren etwas enttäuscht, dass er nicht dabei war. Aber sie hatten auch Verständnis dafür. Ich war froh wieder da zu sein. Sie hatten mir alle so gefehlt. Das wurde mir jetzt erst richtig bewusst.

Abends lag ich in meinem alten Zimmer im Bett und dachte an Damon. Die Poster hingen noch immer an den Wänden. Damon hatte sich schon etwas verändert, wenn ich mir die Bilder so ansah. Es lagen 6 Jahre zwischen den Aufnahmen. Wahnsinn. Ich vermisste ihn und wir waren seit langem zum ersten Mal getrennt. Dieses Konzert fand ohne mich statt. Ein wenig traurig war ich schon.

Wir telefonierten:

„Jo. Alles okay bei dir?"

„Hey. Bin gut angekommen. Echt schön mal wieder hier zu sein. Ich wollte noch einmal Danke sagen. Für alles was du für mich tust."

„Kein Ding. Für dich tu ich alles."

„Danke Damon. Echt. Wie ist das Konzert gelaufen?"

„Wie immer. Brandon wird jeden Tag besser. Heute hat ihm eine junge Frau ihren Slip auf die Bühne geworfen. Ehrlich, ich habe Brandon noch nie so rot im Gesicht gesehen."

Er lachte herzhaft. Und ich wäre so gerne bei ihm gewesen.

„Okay. Das kann ich mir auch nicht vorstellen. Ist dir das auch schon einmal passiert?"

„Keine Ahnung. Ich schaue nicht so genau hin was sie auf die Bühne werfen. Außer der Sache von neulich natürlich. Das war schon eine harte Nummer. Egal."

„Sag schon, hast du Sachen von den Fans?"

„Nicht wirklich. Obwohl, eine Sache gibt es da schon."

„Ach. Was denn?"

„Na ja, das Einzige, was ich behalten habe, ist der kleine Teddy, der in meinem verschlossenen Zimmer in New York auf dem Regal sitzt."

Mein Magen zog sich zusammen.

„Ja den habe ich da gesehen. Erzählst du mir die Geschichte?"

„Klar. Es muss so etwa drei Jahre her sein. Ich habe ihn von einem kleinen Mädchen bekommen. Etwa 12 oder 13 Jahre alt. Sie saß im Rollstuhl, war todkrank. Leukämie. Und ihr letzter Wunsch war, bevor sie starb, mir diesen Teddy schenken zu dürfen. Ich war geschockt, weil so ein junger Mensch sterben musste, während irgendwelche gewalttätigen Idioten gesund und munter draußen herumlaufen dürfen. Ich erfuhr drei Tage später nach dem Konzert damals aus der Zeitung vom Tod des

Mädchens und ich fragte Gott warum er das zugelassen hat. Das ist die Geschichte um den Teddy und deshalb bewahre ich ihn gut auf."

Ich konnte nichts sagen. Ein Kloß im Hals nahm mir die Stimme.

„Jo?"

„Ich... oh ist das traurig. Und ich dachte wer weiß was dahinter steckt. Das ist... so ..."

„Ja, die Sache hat mich geprägt. Aber denke jetzt nicht mehr daran. Morgen sehen wir uns wieder. Ich vermisse dich."

Nachdem wir unser Gespräch beendet hatten, lag ich noch lange wach und starrte die Decke meines Zimmers an. Irgendwann schlief ich ein und musste am morgen zuerst einmal sortieren wo ich mich überhaupt befand. Damon lag nicht neben mir. Und das gefiel mir gar nicht. Ich schlich mich nach unten, wo meine Eltern schon beim Frühstück saßen.

„Guten Morgen, Jolene. Alles klar bei dir?"

„Hey Mom, hey Dad. Mir geht es gut. Aber ich muss heute Nachmittag wieder zurück. Damons Pilot bringt mich zum Veranstaltungsort."

„Was soll das heißen? Wir dachten du bleibst länger. Wir haben dich doch schon ewig nicht mehr gesehen. Was ist das bloß mit dir und diesem Sänger. Das kann doch nicht funktionieren. Sei doch vernünftig."

„Mom, bitte. Es ist okay. Wir lieben uns und ich werde ihm folgen, egal wohin er geht."

„Jolene. Ich hätte dich für klüger gehalten. Er hat überall Möglichkeiten hübsche Frauen zu treffen. Das ist doch nur ein kurzes Strohfeuer. Komm zurück zu uns."

„Nein. Hör zu, ich habe mich echt gefreut euch zu sehen. Aber wenn ich diese Debatte immer wieder führen muss wenn wir reden, dann bleibe ich lieber ganz weg. Ich bin glücklich mit ihm. Er ist die Liebe meines Lebens und da ändert keiner was daran."

Langsam begann die Sache mich zu nerven. Warum glaubte denn

keiner an uns? Ist es denn so abwegig, dass ein berühmter Mensch jemanden lieben kann? Ich versuchte cool zu bleiben und die paar Stunden mit meinen Eltern zu genießen. Wir redeten noch über dies und das bis mein Taxi kam und mich zum Flughafen brachte. Diesmal war es schon einfacher an Bord zu kommen. Damon war nicht hier und es gab nichts zu sehen. Alles lief ohne Komplikationen ab und bald erreichte ich Dallas. Die Nacht verbrachte ich wieder im Hotel bei Damon. Er lag schon auf dem Bett als ich das Zimmer betrat. Sofort sprang er auf und stürmte auf mich zu.

„Jo. Na endlich. Komm her. Lass uns Wiedersehen feiern."

Ich war völlig daneben und es kam mir vor als hätte ich ihn Jahre nicht gesehen. Damon legte sich auf sein Bett und grinste mich an, während ich meine Tasche absetzte. Ich legte mich neben ihn und sah ihn nur an. Dann machte er einen Satz auf meinen Bauch und kitzelte mich, dass ich kaum noch Luft vor lauter lachen bekam. Es gelang mir seine Hand zu schnappen und festzuhalten. Ich zog ihn zu mir herüber. Seine Lippen legten sich auf meine. Ich wehrte mich nicht mehr.

„Du hast mir gefehlt", hauchte er. Mir wurde ganz warm und es kribbelte überall. Wir liebten uns heftig.

„Ich lass dich nie mehr gehen", murmelte er. Dann schlief er ein. Zufrieden lauschte ich seinem Atem. Ich betrachtete die Tätowierung an seinem Oberarm. Sie zeigt einen skelettierten Mönch mit einer Kuttenkapuze über dem Kopf. In der Hand hält er einen Rosenkranz. Damons Glaube ist wichtig für ihn. Ich liebe dieses Tattoo, weil es so ungewöhnlich ist. Ich strich träge über das Bild und war froh wieder bei ihm zu sein.

33

Damon

Die Tour ging weiter. Fast jeden Tag wo anders. An den Konzertabenden stand sie an der Bühnenseite um mir Getränke, ein Handtuch oder frische Hemden zu geben. Bei jeder Gelegenheit küsste ich sie und flüsterte ihr süße Worte ins Ohr. Sie sollte wissen wie wichtig sie für mich war. Die Shows waren alle samt ein Erfolg. Überall das gleiche Bild. Volle Stadien, ausrastende Fans. Super Stimmung. Und zu wissen, dass Jo immer in meiner Nähe war, beruhigte mich. Sie beklagte sich nie. Als wir in Texas waren wurde Jo plötzlich irgendwie traurig. Ich legte ihr einen Finger unter das Kinn und zwang sie mich anzusehen.

„Jo, was ist los? Du siehst traurig aus."
Da war etwas in ihren Augen und ich sorgte mich um sie.
„Darf ich dich um etwas bitten … "
Sie äußerte den Wunsch ihre Eltern und Freunde besuchen zu wollen. Diesen Wunsch konnte ich ihr einfach nicht abschlagen. Das kann ich eigentlich nie. Also bat ich James sie dort hin zu bringen. Leider konnte ich sie nicht begleiten. Das war schade. Ich lernte ihre Familie erst sehr viel später kennen.
Als Jo endlich zurück war, ging es mir gleich besser. Unser Wiedersehen war wild und heftig. Und Kräfte zehrend.
Irgendwie muss ich danach eingeschlafen sein, aber ich spürte,

dass sie mein Tattoo am Oberarm streichelte. Das Tattoo hatte ich damals etwa zwei oder drei Jahre. Ich wollte etwas über mich aussagen. Ich war wild, deshalb wählte ich den Totenkopf. Er hält einen Rosenkranz, weil er eigentlich ein Mönch ist. Der Rosenkranz symbolisiert meine Bindung zu Gott. Mir ist klar, dass ich da sehr exotisch bin. Doch das stört mich nicht. Ich finde jeder sollte den besten Weg für sich finden. Und Gott hilft mir dabei. Durch meine Großmutter kam ich als Junge dazu. Und ich danke ihr dafür, dass sie mir diese Möglichkeit des Friedens mit mir selbst gezeigt hat. Noch zwei Städte hatten wir vor uns. Memphis und Atlanta. Memphis war toll. Leider waren wir nur zwei Tage da. Langsam spürte ich doch die Erschöpfung. Jo sagte ich nichts davon. Sie machte sich eh schon viel zu viel Sorgen.Trotzdem sprach sie mich nach den Proben an:

„Du siehst erschöpft aus."

„Es geht mir gut. Hey, wir sind in Memphis."

„Und?"

„Du hast keine Ahnung welche Persönlichkeit von hier kommt, oder?"

„Nein, nicht wirklich."

„Elvis."

„Oh."

„Und deshalb werde ich mir morgen eine Auszeit nehmen und sein Grab besuchen."

Also machte ich mich am nächsten Tag auf zum Grab des großen Sängers. Graceland befand sich etwas außerhalb unseres Stadions, wo wir auftraten. Ich war den ganzen Tag unterwegs dahin. Allein. Es tat mir gut einmal alles hinter mir zu lassen. Die letzten Wochen waren der pure Stress gewesen. Am Grab des großen Stars fand ich Ruhe, auch wenn viele Menschen dort herum liefen. Ich wollte einfach Zeit zum Nachdenken haben. Es musste endlich vorbei sein. Ich starrte auf die Grabplatte und begriff, dass ich nicht so enden wollte wie er.

34

Damon

Damals:

Wir waren froh endlich wieder in New York zu sein. Meine Wohnung. Alles meins. Keine fremden Menschen, die in meinen Sachen wühlten, kein Hotelessen, mein Motorrad. Ich liebte mein Leben. Und das Wichtigste war Jo. Ich sah ihr an, dass sie froh war, dass alles vorbei war. Mir erging es ähnlich. Ich war am Ende, auch wenn ich das ungern zugegeben hätte.

Wir waren einige Tage in meiner Wohnung als ich Geburtstag hatte. Ich wollte keine Feier. Nur mit Jo allein irgendwo essen gehen. Nichts Großes. Nur Ruhe und Jos Nähe, sonst nichts. Aber da hatten uns die Jungs einen Strich durch die Rechnung gemacht. Sie buchten einen ganzen Club für uns. Mit der gesamten Belegschaft. Eigentlich nicht mein Ding. John hatte echt lange rum reden müssen, um mich zu überzeugen, mit ihm zu kommen. Es sei wichtig und dulde keinen Aufschub.
„Aber nur weil du mein bester Freund bist."
„Ich weiß. Vertrau mir, okay?"
Also folgten Jo und ich John in den besagten Club. Ich hatte echt keinen Bock auf so einen Mist. Aber es war trotzdem sehr schön gewesen bis sich einige fremde Personen in den Club geschmuggelt hatten. Ich weiß nicht wer es war und wieso sie da waren. Fakt ist nur sie haben meinen Geburtstag für ihre Zwecke genutzt. Als ich an der Bar stand um für Jo und mich etwas zum

Trinken zu holen, kam die junge Frau ebenfalls dorthin. Sally, oder so, ich weiß es nicht mehr. Sie textete mich zu:

„Dass ich dich mal sehe. Davon hab ich immer geträumt. Weißt du, ich stehe voll auf dich. Ich liebe deine Stimme. Was hältst du davon, eine Nacht mit mir zu verbringen?"

„Was? Wie war nochmal dein Name?"

„Sally, einfach Sal. Nenn´ mich wie du willst. Ich bin heiß auf dich. Damon Mandora. Du bist sicher eine Granate im Bett."

„Hör´ zu, Sally, du scheinst ja echt nett zu sein, aber ich habe keinen Bedarf an schmutzigem Sex mit dir. Zieh einfach Leine."

„Nana, ich dachte das hier ist eine Feier mit Freunden. Lass mich auch dein Freund sein. Du wirst eine Menge Spaß mit mir haben. Versprochen."

Ich versuchte höflich zu bleiben. Sie war betrunken, so aufdringlich.

„Tut mir leid, Sal. Such dir einen anderen Fickpartner."

Ich hatte Mühe nicht auszurasten. Diese Frau rückte mir immer mehr auf die Pelle. Ich sah Jo an unserem Tisch stehen. Was für ein Scheiß. Sogar die Presse war auf einmal da. Ich weiß nicht woher sie mal wieder ihre Infos hatten. Vermutlich jemand, der im Club arbeitete. Hat sicher Kohle für den Tipp bekommen. Keine Ahnung. Meine Laune war sofort am Boden. Ich hasse diese Leute. Sie haben mir meine Frau genommen. Und ein Stück weit habe ich sie mir selbst genommen.

Sally klebte den ganzen Abend an mir, wollte mich küssen und wer weiß was.

„Hör zu, Sal. Ich will dich nicht beleidigen oder so. Aber bitte, BITTE verschwinde."

„Oh, Damon. Sei doch nicht so. Du bist echt heiß. Nur eine Nacht, mehr will ich ja nicht."

„HAU AB, VERDAMMT."

Sie ließ nicht von mir ab. Und das Schlimmste war, dass Jo alles ertragen musste und nichts dagegen unternehmen konnte. Es war die Hölle für uns. John und die anderen versuchten irgendwie zu verhindern, dass ich ausflippte.

„Damon? Gibt es Probleme?"

„Nicht direkt."

Ich sah Sally an. Sie sah zu John und lächelte:

„John Brannigan. Heute ist wohl mein Glückstag. Hast du Lust mit mir und diesem heißen Kerl hier ein wenig Spaß zu haben?"

„Was? Wer bist du denn? Damon? Wer zum Teufel...?"

„Sie scheint heute mein Schatten zu sein. Bitte, John, schaff mir diese... PERSON vom Hals, bevor ich mich vergesse."

„Hör zu, Lady. Du hast ihn gehört. Und ich schätze du bist unserer Sprache mächtig. Es wäre echt besser, du machst die Biege. Und zwar schnell. Das hier ist nämlich eine Privatfeier. Klar soweit?"

„UUUUHHHH! Das klingt doch gut."

„Was geht?", fragte Andy, der zu uns stieß.

„Andy, hast du eine Ahnung wo Sam und Daryl stecken? Sie werden hier gebraucht. Ich will nicht, dass Damon etwas tut, was er später bereut. Bitte such die beiden, schnell."

John versuchte wie immer die Situation zu entschärfen. Sallys Hand näherte sich meinem Gesicht. Grob schob ich sie von mir weg.

„Hau ab verdammte..."

„Hey, beruhige dich", sagte John. Er stellte sich zwischen uns. „Alles gut. Ich will hier keinen Scheiß. Bleib ruhig. Das bringt doch nichts. Denk an Jo. Komm, ich hol dir einen Whiskey."

John zog mich von Sally weg. Er sah sie böse an. Irgendwann schafften es Sam und Daryl, Sally und ihre Mädchentruppe hinaus zu befördern. Ich konnte echte Erleichterung in Jos Augen sehen. Mein Gott wie musste sie sich gefühlt haben. Diese verdammte Bratze von Sally. Ich hätte sie beinahe geschlagen. So was darf nicht sein. Ich weiß. Und normalerweise bin ich ja auch nicht so. Doch damals hatte ich mich noch nicht so gut im Griff wie heute. Dann wurde die Party doch noch sehr schön. Diane brachte uns eine Riesentorte vorbei mit 25 Kerzen drauf.

Sie kann backen wie eine Göttin.

„Mr.Mandora..."

„Damon, einfach Damon, okay."

„Also gut, DAMON. Alles Gute und weiterhin viel Erfolg."

„Oh Mann, Diane, das ist geil."

„Los auspusten, wünsch dir was."

„Alles, was ich mir wünsche, hab ich schon. Aber ich wünsche mir, es zu behalten."

Ich sah Jo an, während ich das sagte.

Dann schaffte ich es tatsächlich alle Kerzen zu löschen.

Wir ließen Champagnerflaschen hoch gehen. Die Feier fing endlich an Spaß zu machen. Da wir alle angeheitert waren, fiel niemandem auf, dass ich mit Jo tanzte und ihr mehr Aufmerksamkeit schenkte als den anderen Gästen. Irgendwie war es mir auch egal. Es ist nicht verboten jemanden zu lieben und allen anderen Menschen diese Liebe zu zeigen, oder? Besonders gefreut habe ich mich als Shania, meine kleine Schwester, in den Club rauschte. Sie brachte ihren Freund Dean mit. Sie hielt mir damals von hinten die Augen zu und fragte mich, wer denn da wohl wäre. Meine Schwester ist einer der wichtigsten Menschen in meinem Leben. Das Bedeutendste jenes Tages war aber der Moment als Jo mir mein Geschenk gab. Wir waren in meiner Wohnung, völlig fertig und ich wollte mich schon in mein Bett zurück ziehen.

„Hey, du kannst noch nicht schlafen gehen. Dein Geburtstag ist noch nicht vorbei. Ich habe dir noch nicht dein Geschenk gegeben."

„Oh. Ein Geschenk für mich? Ich hab doch dich. Das ist mein schönstes Geschenk."

„Halt die Klappe. Du gibst mir so viel und jetzt bist du dran. Du bist die unglaublichste Person, die ich kenne. Ich weiß du hast schon alles, kannst dir kaufen was immer du magst. Und ich weiß auch nicht was dir fehlt, aber ich möchte dir trotzdem etwas geben. Etwas, das dich an mich erinnert, sollten wir irgendwann einmal getrennt sein. Ich hoffe es gefällt dir. Ich liebe dich, Damon. Herzlichen Glückwunsch."

Sie drückte mir einen Kuss auf die Wange und gab mir ein kleines Päckchen, liebevoll eingepackt.

„Ach Jo, du bist alles was ich brauche. Trotzdem Danke. Was ist es denn?"

„Ein Rennwagen. Sieht man doch."

Ihre Augen blitzten, sahen dann aber wieder verschämt auf den Boden. Ich öffnete behutsam die Schleife und hob den Deckel der kleinen Schachtel an. Sie hatte für mich ein Armband geholt. Auf der Unterseite der Platte stehen unsere Namen und das Datum unseres ersten Dates nach dem Konzert in der Bar. Es ist sehr hübsch und es passt zu mir. Ich trage es seit jenem Tag ständig. So ist Jo mir nahe.

„Das ist toll. Ich danke dir."

Jo legte mir das Armband um und sah mir in die Augen. Ich freute mich wirklich und drückte sie an mich. Ich küsste sie auf den Kopf und spürte ihre heißen Tränen an meiner nackten Brust.

Der bittere Nachgeschmack der Feier traf uns am nächsten Tag, als ich beim Frühstück die Zeitung aufschlug. Aha. Ich war dem Alkohol verfallen (ein Bild, auf dem ich ein Glas Whiskey hoch halte, bewies das), hatte eine Affaire mit besagter Sally. Nutten waren da. Und das Schlimmste an der Sache war, dass auf dem Foto, das angeblich besagte Nutte zeigte, meine Schwester zu sehen war. Mein Herz raste und die Wut stieg in mir auf. Diese verdammten Schweine. Meine Schwester... also bitte, geht es noch brutaler? Ich hätte schreien können, was die sich alles aus dem Kopf drückten. Ich wurde als gewalttätig und wer weiß was beschrieben. Rockstar rastet aus auf seiner Geburtstagsfeier. Nicht zu fassen. Jo stand hinter mir und las den Artikel mit.

„Das können die doch nicht machen. Ich verstehe das nicht."

Jo war geschockt. Solche Geschichten sind auch ein Grund dafür, dass sie ging. Über die Jahre wurde es so schlimm, dass sie sie persönlich angegriffen haben. Jo kann mit so etwas nicht umgehen. Mir reichten die Eskapaden der Presse und ich musste mich irgendwie abreagieren.

„Jo, es tut mir leid. Aber ich brauche einen Augenblick für mich. Ich muss hier raus."
Also stand ich etwas schwungvoll von meinem Stuhl auf und verschwand in mein Schlafzimmer. Jetzt musste der arme Sandsack herhalten. Ich zog mein Shirt aus, stülpte meine Boxhandschuhe über und drosch auf das arme Teil ein. Jo kam hinter mir her, ließ mich aber zunächst in Ruhe. Ich merkte wie meine Wut stetig anstieg. Ich donnerte eine halbe Stunde lang Schlag um Schlag gegen den Sack. Jo sagte nichts. Still und etwas blass stand sie im Türrahmen zu meinem Zimmer. Ich glaube sie bekam damals sogar etwas Angst vor mir. Normalerweise bin ich die Ruhe selbst, aber wenn mich die Wut packt wird es echt gefährlich. Mit lauten Wutgeräuschen baute ich meine Aggressionen ab.

„ICH-BRINGE-SIE-UM.SCHEIß-KERLE."

Bei jedem Wort wurde ich wütender und trat und schlug entsprechen hart gegen den Sack. Ich schwitzte und tobte. Doch ich konnte nicht damit aufhören. Es wirkte und ich wurde etwas ruhiger. Dann sackte ich erschöpft auf dem Boden zusammen. Jetzt ging es mir schon viel besser.
„Damon? Darf ich reinkommen?"
Ich reagierte zunächst nicht. Dann sah ich sie an und es tat mir echt leid, dass ich sie so erschreckt hatte. Schließlich konnte sie ja nichts dafür. Endlich fand ich zu mir zurück.

„Klar, es ist alles okay. Es ist nur... ach, Fuck."
„Schon gut. Ich verstehe dich."
Dann kam sie näher. Sie schlang ihre Arme um mich und küsste mich an der Seite meines Halses. Sie brachte mich wieder auf den Boden zurück, aber es tat mir echt gut, mich einmal ausgetobt zu

haben. Ich nahm sie mit meinen dicken Boxhandschuhen in den Arm und drückte sie an mich. Sie beruhigte mich, obwohl sie echte Probleme mit all dem Mist aus den Zeitungen hatte.

Shania, Damons Schwester

36

Jo

Damals:

Und so blieben wir etwa ein halbes Jahr in New York. In dieser
Zeit nahmen Mandoras Hell Fire ihr viertes Studioalbum auf.
Auch hier war ich dabei. Ich konnte durch das Fenster sehen wie
Damon mit seinen Kopfhörern am Mikrofon stand und seine
ganze Seele in den Song packte. Er war mit so viel Herz dabei,
dass es mir die Tränen in die Augen trieb. Damon hatte sogar
noch einen zweiten Song für mich geschrieben. Ein Song der
unsere Liebe beschrieb. Es heißt *now and forever*. Noch heute
höre ich oft das Lied, wenn Damon mir fehlt. Und das ist häufig
der Fall. Aber es gibt kein Zurück mehr.

Die Zeit verging und wir wuchsen immer mehr zusammen. Und
es wurde schwieriger alles geheim zu halten. Damon beschloss
sich endlich aus dem Vertrag mit Dick freizukaufen.
„Es kann nicht sein, dass ein Typ wie er über mein Leben
bestimmt. Wir gehören zusammen. Ich komme schon klar. Meine
Mutter kennt sich auch mit vielem aus. Ich werde ihn feuern,
diesen... ach was weiß ich wie ich es nennen soll."
„Geht das denn so einfach? Ich meine, er weiß doch was er
macht, oder? Bist du sicher, dass du das ohne ihn schaffst?"
„Früher habe ich mich doch auch um alles gekümmert. John hat
mir einen guten Anwalt ans Herz gelegt. Bald werden wir frei

sein. Ich habe keine Lust mehr auf den Scheiß, verstehst du?"
„Ich auch nicht."

Wir standen draußen auf der Terrasse und Damon war irgendwie
… abwesend, ziemlich angepisst, würde ich sagen. Trotzdem
nahm er mich in den Arm.
„Wir schaffen das schon. Mach´ dir keine Sorgen. Aber jetzt
haben wir etwas Zeit für uns. Wozu hast du Lust?"
„Willst du das wirklich wissen?"
„Klar. Was immer du magst", grinste er. Dazu sagte ich nichts,
nahm seine Hand und zog ihn hinter mir her. Ich öffnete die Tür
zum Gästezimmer und schob ihn zum Bett.
„Hast wohl was Großes vor?"
„Ich möchte nur dich, nichts weiter. Nur du und ich allein in
diesem Himmelbett. Meinst du, du kannst eine paar Minuten
einrichten?"
„Mit dir würde ich einen ganzen Monat in diesem Zimmer
bleiben." Wir warfen unsere Klamotten in die Ecke und gaben
uns unserem Verlangen hin. Niemand dachte mehr an Dick,

Einige Zeit später nahm die Sache langsam Gestalt an. Damon
machte ernst. Ein angesehener Anwalt nahm sich der Sache an.
Mr.Shervington war sehr wortgewandt und schaffte es Dick in
die Enge zu treiben. Der Prozess hatte Damon eine Menge Geld
gekostet damals. Aber dafür war er frei. Die Tour hatte genug
eingebracht. Es war eine harte Zeit für uns, aber das war es uns
wert. Damon kaufte das Label. Mandoras Musik Power war
geboren, Wir konnten ab sofort selbst über uns bestimmen. Dick
versuchte alles um Damon umzustimmen. Vergeblich,

Einige Wochen später startete die Tour durch Kanada. Hier kam
Damon nicht mehr aus dem Vertrag, weil schon Geld geflossen
war. Aber das machte nichts. Er wollte wieder auf die Bühne.
Aber mit einem ganz anderen Gefühl als vorher. Er konnte mich
offiziell als seine Freundin mitnehmen. Das wäre zwar ein
Schock für die Fans, aber damit mussten sie leben. Schon am

ersten Abend bat er mich auf die Bühne zu kommen. Er stellte seine Gitarre an die Wand und küsste mich wie schon lange nicht mehr. Dann hörten wir die Menge draußen toben. Die Türen wurden geöffnet. Jetzt war es besser zu verschwinden. In die Garderobe oder wo auch immer. Ich hatte Angst vor der Reaktion des Publikums. Wir beschlossen, es noch nicht zu sagen. Das konnte die Presse machen. Beim nächsten Interview wollte Damon alles aufdecken. Bis dahin müsste ich noch aushalten. Ich wusste ja wo ich hingehörte.

Wir tourten durch Kanada. Jeden Tag in einer anderen Stadt. Es war anstrengend, aber Damon blühte immer mehr auf. Die Stadien waren stets ausverkauft. Ich sah die Menschenmengen sich vor die Bühne drängeln. Es war ein erhabenes Gefühl auf meiner Seite zu stehen. Ich dachte daran als ich auch noch da unten gestanden hatte, kämpfend um jeden Meter, den ich näher an Damon war. Der Kampf hatte sich gelohnt. Ohne Dick konnten wir uns frei bewegen. Ich musste nicht ständig fürchten, von ihm erwischt zu werden. Mittlerweile managte ich den Fanartikelverkauf. Bei jedem Konzert gab es einen Verkaufsstand mit Tassen, Shirts, Kappen, Schals, Schlüsselanhängern usw. Schon am Tag vor den Konzerten wurde alles aufgebaut. Die Bühnenbauer brachten die Bauteile für die kleine Bude und ich versuchte zu helfen so gut ich konnte. Mit einem Arbeiteroverall bekleidet machte ich mich an die Arbeit das Teil zusammen zu hämmern. Kartons mit Fanartikeln wurden zu mir gebracht. Das Team wusste längst über uns Bescheid. Für sie gehörte ich zur Band. Verzweifelt hob ich die Arme. Keine Ahnung wo was hin gehörte, aber ich wollte nicht nutzlos herum stehen. Mir lief der Schweiß in Strömen den Rücken hinunter, aber ich gab nicht auf. Brandon kam um die Ecke.
„Kann ich dir helfen?"
„Brandon. Du kommst gerade richtig. Etwas Hilfe könnte ich schon gebrauchen."
Ich sah ihn an. Er brauchte das alles nicht zu tun. Und ich

eigentlich auch nicht. Dafür hatten wir ja Personal. Aber ich wollte mithelfen und kramte in der Werkzeugkiste herum.

„Lass Daddy mal ran", meinte er.

„Okaaaay!"

„Was?"

„Ach, ich frage mich nur ob du das überhaupt kannst. Schließlich bist du Gitarrist und nicht Zimmermann."

„Das stimmt. Aber mein Vater ist einer. Und deshalb bin ich mir ziemlich sicher, dass er mir genug gezeigt hat, um diese Bretter zu einem Verkaufsstand zu machen. Halt mal da oben fest. Wir machen es so..."

Und schon hantierte der düstere Rocker mit Hammer und Co herum. Wir hatten unheimlich Spaß dabei. Dann spürte ich ein Prickeln in meinem Rücken. Damon stand plötzlich hinter mir als ich gerade unter einem Regalboden hervor kroch.

„Na Rockstar. Du kommst wohl immer erst wenn die Arbeit getan ist, was?"

„Das ist fies. Du hast doch schon einen Spezialisten hier. Ich würde das Dach ja doch nur nach unten bauen. Wie läuft´s?"

„Deine Frau ist genial. Weißt du das eigentlich?"

„Ooohhh jaaaa."

„Blödmann."

Einige Minuten später war aus dem Bretterstapel tatsächlich ein Verkaufsstand geworden und ich konnte noch immer nicht glauben, dass Brandon so was drauf hatte.

„Na bitte, sieht doch gut aus. Den Rest schafft ihr allein, oder?"

„Klar. Danke, mein Freund."

„Passt schon. Bis später."

Brandon hob den Daumen und lief Augen zwinkernd davon. Ich war mit Damon allein. Endlich. Er kam auf mich zu und stellte sich mir gegenüber an die Wand der Bude.

„Muss ich mir Sorgen machen?"

Schon wieder diese blöde Frage.

„Warum?"

„Du und Brandon. Ihr seid ein prima Team."
Wenn Damon mich bei dieser Aussage nicht so frech angegrinst hätte, hätte ich ihm diese Frage glatt abgenommen.
„Ich mag ihn. Er ist cool und sehr nett. Und außerdem fühlt er sich völlig allein. Sky musste ja leider in Seattle bleiben. Das ist alles. Er ist wie ein Bruder."
„Weiß ich doch. Ich liebe dich und keiner nimmt dich mir weg."
Er kam auf mich zu und nahm mich fest in den Arm. Selig drückte ich mich an seinen Brustkorb. Ich sah es genau so wie er. Niemand würde ihn mir wegnehmen. Minuten lang standen wir eng umschlungen da, bis mir einfiel, dass der Stand ja noch nicht einmal fertig eingerichtet war. Die Kartons standen noch immer in der Halle. Damon bemerkte meinen Blick zu den Kartons und meinte:

„Darf ich dir zu Abwechslung auch einmal helfen?"
„Oh, der Boss hilft mir. Das nenne ich Einsatz."
„Hexe. Los komm, ich will ins Hotel. Hab noch was vor..."
„Ahaaaa?"

Gemeinsam räumten wir die Ware in die Fächer, dekorierten die Rückwand mit Artikeln zum Ansehen und schrieben die Preisschilder. Zwischendurch unterbrachen wir unsere Arbeit um uns Minuten lang zu küssen. Ich genoss die freie Zeit mit ihm. Nach etwas über zwei Stunden waren wir fertig und konnten uns ins Hotel zurück ziehen. Leider habe ich nicht mehr erfahren was Damon an jenem Abend noch vorgehabt hatte, weil er einfach auf dem Sofa eingeschlafen war.
Am nächsten Tag fand das erste Konzert in Quebeck, statt. Wie gesagt, komplett ausverkauft. Ich verbrachte die Zeit bis zur Pause an der Seite der Bühne. Dann machte ich mich auf den Weg zu meinem neuen Arbeitsplatz. Auf dem Bildschirm in der Halle konnte ich die zweite Hälfte des Konzerts mit verfolgen. Ich sah mit welcher Hingabe Damon seine Show ablieferte und mir ging das Herz auf. Er integrierte seine Fans voll in die Show.

Alle machten mit. Der ein oder andere kam schon während der Pause an meinen Stand um sich sein Andenken zu holen. Ich sah den Fans in die Augen und fragte mich, was passierte, wenn sie es wussten. Ich hatte ja damals die gleichen Probleme. Mir hätte es auch nicht gefallen Damon mit einer Frau an seiner Seite zu sehen. Aber wir sind alle nur Menschen und die Musik bleibt die gleiche. Das Konzert war vorbei. Einige Zugaben wurden gespielt und als letzten Song sang Damon wie immer unser Lied. Dann wurde es dunkel, das Stadion leerer und mein Stand wurde zum neuen Mittelpunkt des Abends. Ich verkaufte die Sachen wie der Teufel. Die Menschen rissen mir alles förmlich aus der Hand. Nach einer Stunde war mein Stand ausverkauft und ich musste die Leute wegschicken. Mit solch einem Andrang hatte niemand gerechnet. Ich begann abzubauen, als Damon zu mir kam. Er umarmte mich und küsste zärtlich meinen Nacken.

„Ich sehe nur noch leere Kartons. Ein gutes Zeichen, findest du nicht?"

„Ja, da hast du recht. Bin echt erledigt."

Die Halle vor dem Stadion, wo sich mein Stand befand, war fast leer bis auf ein paar Leute, die noch ihre Jacken holten. Ich legte die leeren Kartons zur Seite und schlang meine Arme um seinen Hals. Dann geschah es. Eine Junge Frau drehte sich um und sah uns. Sie rannte zu den anderen Frauen, die bei ihr waren.

„Scheiße, jetzt haben sie uns erwischt", flüsterte Damon.

„Weißt du was? Es ist mir egal. Küss mich noch einmal", sagte ich nur. Und Damon tat es, extra provokant. Sie sollten wissen, dass er ein lebendiger Mann mit Bedürfnissen war. Wir spürten die Blicke in unserem Rücken. Blitze von Fotoapparaten zuckten. Jetzt sah ich Leute von der Zeitung. Die waren noch da um Nachberichte zu machen. Ich klammerte mich an Damon. Jetzt bekam ich Angst. Ich würde in den Zeitungen stehen. Die Welt würde sehen dass ich ihn liebe. Das war ja gut, aber ich hatte Angst vor dem Rampenlicht. Und es war nicht nur die Zeitung. Am nächsten Tag konnte ich uns im TV sehen. Alle wollten wissen wer die Frau an Damons Seite war. Es wurde spekuliert und vermutet. Ich erfuhr Dinge über mich dass mir schlecht wurde. Ich konnte ihn jetzt besser verstehen, warum er sie so sehr hasste. Trotzdem ließ er sich nie etwas anmerken.

Das Konzert in Quebeck war erst der Anfang. Noch einige Städte lagen vor uns. Wie es dort weitergehen sollte, wussten wir nicht.

„Was machen wir jetzt?"

„Alles wird gut. Wir werden uns ihnen stellen, ihre Fragen beantworten. Ich stehe zu dir. Du gehörst zu mir. Wir sollten den Berichten nicht zu viel Bedeutung beimessen."

„Ich versuche es. Aber ich will nicht die Böse sein."

Er nahm mich in den Arm und strich mir sanft über den Rücken. Doch da ahnte ich schon, dass etwas Großes auf mich zu kam. Und kleine Zweifel machten sich langsam in mir breit, ob ich doch tatsächlich so stark war, wie ich von mir behauptete. Davon sagte ich Damon aber nichts. Er sollte sich keine Sorgen machen. So war sein Leben nun mal und ich hatte ja gewusst, worauf ich mich da einließ.

Wir wurden zu einer Sendung beim Frühstücksfernsehen eingeladen. Es war Zeit die Wahrheit zu sagen. Der berühmte Rocker und das Mädchen vom Land, haha. Wir betraten das Fernsehstudio in Montreal. Hier war die zweite Station unserer Tour. Die Ereignisse aus Quebeck hatten sich natürlich herum gesprochen. Es war ein kleines Studio, aber dennoch fühlte ich mich unwohl. Die Sache damals beim Radio lag schon ewig zurück und das hier war etwas anderes. Damon nahm meine Hand und drückte sie sanft.

„Wir schaffen das. Ich bin doch bei dir."

Jonathan betrat das Studio als erster. Ich hörte den Moderator ihn ankündigen und mein Mein Herz drohte aus der Fassung zu springen. Meine Hände wurden ganz feucht und mir war schlecht. Es würde langsam ernst. Kein Zurück mehr. Ich war kein Nobody mehr, wenn diese Sendung vorüber war. Darüber wurde ich mir langsam klar.

Die Stimme des Moderators kam in mein Ohr zurück:
„Wir haben sie hier. Begrüßen sie mit mir Mandoras Hell Fire."
Klatschen und Rufe waren zu hören. Jonathan schritt auf den
jungen Mann zu.
„Hier kommt Jonathan, Drummer der Fires. Herzlich
willkommen. Nimm Platz. Aaah, Andy Lee, unser blonder Gott
am Bass. Hallo, setz dich. Hier kommt John, eins der
Gründungsmitglieder der Band. Hallo John, freut mich."
John winkte ins Publikum und setzte sich neben seine
Bandkollegen. Ich war so froh, dass Nick auch dabei war. Ihm
ging es wieder richtig gut und ich hoffte, dass seine Krankheit
kein Thema sein würde.
„Liebe Rocker. Ich freue mich ganz besonders auf Nick Fenley.
Endlich wieder da. Hi, Nick. Wie geht es dir?"
Nick hielt nur den Daumen hoch, sagte aber nichts dazu.
„Hier kommt der Neue. Brandon Cample. Hey, gut schaut er aus.
Da schlagen die Herzen unserer Rockerinnen doch gleich Wellen.
Hallo Brandon. Ich begrüße dich in unserer Runde."
„Hey Leute, ich liebe euch", hörte ich Brandon rufen. Mein Herz
war schon in den Schuhen angekommen. Damon hielt noch
immer meine Hand und zwinkerte mir aufmunternd zu. Er war da
erfahren und das merkte man auch. Ich wollte nur noch weg.
Das Publikum begann nach Damon zu rufen.
„Keine Panik, beruhigt euch. Selbstverständlich kommen die
Jungs nicht ohne ihren Sänger. Hier ist er. Damon Mandora."
Der junge Moderator steuerte auf Damon zu und reichte ihm die
Hand.
„Und da sehen wir die charmante junge Dame, die bei uns eine
Menge Fragen aufwirft seit letzter Woche in Quebeck. Hallo
schöne Unbekannte."
Schüchtern lächelte ich ihn an und gab ihm ebenfalls meine
Hand. Das Studio war fast zu klein für all die Leute, die
gekommen waren. Viele jubelten, andere brüllten wer ich denn
sei und wieder andere sagten nichts. Damon und ich quetschten

uns zwischen die anderen auf die Sitzgruppe. Irgendwie fühlte ich mich so sicherer. Der junge Typ ergriff wieder das Wort: „Fangen wir mit Nick an."
Mir wurde flau im Magen.
„Nick, zunächst einmal, schön, dass du da bist. Was war da los bei dir? Du warst eine Weile weg..."
Nick antwortete nur ausweichend. Zum Glück. Dann begann der Moderator dann mit John zu reden.
„John, du als ältester, bitte entschuldige. Was ist da los bei Euch?..."
Der Reihe nach sprach er mit den Bandmitgliedern bis er schließlich bei Damon und mir ankam. Und meine Nerven lagen blank.
„Damon. Wir sehen dich in Begleitung einer hübschen jungen Frau. Erzähl uns was über euch. Wir platzen vor Neugier."
Er sah Damon abwartend an und sah dann zu mir.
„Ja, George. Wo soll ich da anfangen. Das ist Jolene. Meine Freundin. Wir sind schon relativ lange zusammen, aber wir haben es einfach nicht publik gemacht. Ich weiß, dass jetzt einige Damen uns hassen, aber ich bin wie ich bin. Sie ist die Liebe meines Lebens und ich hoffe dass ich das für sie auch bin."
Die Menschen im Studio blieben ruhig. Dennoch konnte ich sehen wie manche Frauen miteinander flüsterten und Taschentücher heraus holten. Ich fühlte mich beschissen. Damon hielt noch immer meine Hand und streichelte sie zärtlich. Dann sah besagter George mich an. Ich wollte lieber verschwinden. Schon der Gedanke, dass wer weiß wie viele Menschen gerade ihren Fernseher laufen hatten, und nun auch mich kennen würden, machte mir Angst. Wie sollte das weitergehen?

„Jolene. Wie haben sie es geschafft, sich einen der coolsten, heißesten Männer der Welt zu angeln? Wo habt ihr euch denn kennengelernt?"
Hilfe suchend sah ich Damon an. Sollte ich die Wahrheit sagen?
„Bei einem Videodreh vor ein paar Jahren. Wir haben uns

angesehen und es hat sofort zoom gemacht. Vor einem Jahr bin ich zu ihm nach New York gezogen und nun begleite ich ihn bei seinen Touren und durch sein Leben. Eigentlich alles so wie bei anderen Menschen auch. Ich liebe ihn. Und ja, er ist die Liebe meines Lebens."

„Da bleiben keine Fragen. Ist sie nicht fantastisch. Meine Damen und Herren. Miss Jolene Rogers."

Applaus ertönte, Pfiffe wurden lauter und mir wurde schlecht. Der Moderator ergriff erneut das Wort:

„Natürlich lassen wir die Jungs nicht gehen, ohne den neuen Song gehört zu haben. Wir sehen und hören Mandoras Hell Fire mit *now and forever.* Jolene wird mir solange sicher etwas Gesellschaft auf unserem Starsofa leisten. Viel Vergnügen."

Unsicher ließ ich Damons Hand los und setzte mich neben George Keller, während die Band ihre Instrumente in Empfang nahm. Die Band stellte sich auf und mein Herz hämmerte noch immer. Mir war nicht wohl in meiner Haut. Dieser Tag würde unser Leben völlig verändern. Die Band spielte den neuen Song und Damon sah mir immer wieder verliebt in die Augen. Jeder Idiot hätte gemerkt was da lief. Dann war es vorbei und die Jungs stellten sich neben dem Moderator auf, mich nahmen sie in die Mitte.

„Fantastisch. Sie sind wieder da. Das wird ein Hit, soviel ist sicher. Vielen Dank, dass ihr heute da wart. Alles Gute und hoffentlich sehen wir euch bald wieder. Das waren Mandoras Hell Fire."

Tosender Applaus. George überreichte mir noch einen Blumenstrauß und dann war es geschafft. Wir verließen Hand in Hand das Studio, den Menschen winkten wir noch einmal zu. Mir fielen tausend Steine von der Brust.

„Jo, du hast es geschafft. Ich bin so stolz auf dich."

„Ich bin einfach nur froh, dass es vorbei ist. Das ist nichts für mich, aber ich werde es schon schaffen, das zu ertragen."

Wir verließen das Studio und es wurde noch schlimmer. Die Band lief vor uns. Überall surrten Kameras. Mikrofone wurden uns vor die Nase gehalten. Die Leute drückten sich immer dichter an uns heran. Ich fand es furchtbar und bekam leise Zweifel ob ich dem wirklich gewachsen war.

„Mrs.Rogers. Wann haben sie Damon getroffen? Wie geht es ihnen? Woher kommen sie? Wie alt sind sie? Ist es etwas Ernstes?..."

Mir schwirrte der Kopf. Damon drückte meine Hand und John baute sich schützend vor uns auf. Sogar Brandon stellte sich auf die andere Seite neben mich, so dass ich zwischen ihm und Damon war. Frauen hielten ihm Hefte und andere Dinge entgegen. Geduldig arbeitete er sich durch die Menge. Hände griffen nach ihm. Ich hörte böse Kommentare über meine Person. Es tat mir weh, wie sie über mich redeten. Schließlich kannten sie mich doch gar nicht. Sam und Daryl standen bereits am Wagen und hielten uns die Türen auf. Damon schob mich in das Auto und ich war froh, dem Treiben zu entkommen. Das war einfach nicht meine Welt. Und mir war klar, dass das erst der Anfang war. Danach wurden wir auch weiterhin mit Angeboten zu Interviews überschüttet. Jeder wollte dabei sein, Fotos vom neuen Paar zu erhaschen. Die Zeitungen standen Schlange um einen Blick auf uns zu werfen. Da wir noch immer unterwegs in Kanada waren, war es nicht so leicht sich zu verstecken. Die Termine standen und überall das gleiche Bild.

Ich rief meine Eltern an:

„Mom, alles klar bei Euch?"

„Jolene. Kind. Was treibt ihr so?"

„Alles gut. Ich habe nur etwas Angst. Du hast doch sicher von der Sache in Quebeck gehört?"

„Ja, da musst du wohl durch. Aber wenn er dich liebt dann hält er zu dir. Du kannst aber auch zu uns zurück kommen..."

Meine Eltern waren immer für mich da und ich wusste, ich könnte mich auch diesmal auf sie verlassen wenn es wirklich nicht funktionieren würde. Meine Mutter war inzwischen davon überzeugt, dass ich es ernst meinte. Jetzt war ich offiziell Damons Freundin. Irgendwie war ich erleichtert mich nicht mehr verstecken zu müssen. Irgendwie auch nicht. Die Sache nahm unglaubliche Ausmaße an. Viele Fans wünschten uns Glück. Für andere brach eine Welt zusammen. Wir bekamen sogar Drohbriefe und Selbstmordankündigungen. Sogar mir wurde gedroht, sollte ich Damon das Herz brechen. Es war ein Albtraum. Dick rief Damon an und sagte, dass er das alles vorhergesehen hatte. Doch Damon war es egal.

Täglich sahen wir uns auf Covern der Hochglanzmagazine. Die Berichte waren nicht immer die Wahrheit und Damon versuchte mich zu beruhigen.

„Eines Tages wird das alles leichter. Es wird an dir abprallen. Du musst stark sein. Das ist jetzt auch dein Leben. Wir haben gesagt, dass wir es versuchen wollen. Und ich denke, dass wir das schaffen, gemeinsam."

„Ja, aber es ist alles so neu für mich. Ich muss mich erst daran gewöhnen. Warum hassen sie mich?" weinte ich, während ich mich Damons Armen vergrub. Ich wollte nicht gehasst werden. Das Interview im Musiksender hatte alles verändert. Ab da kam eine Zeit, die uns unglaublich viel Kraft kostete. Wir konnten nicht mehr auf die Straße gehen. Es wurde immer schlimmer und Damon musste noch vier Bodyguards einstellen.

37

Damon

Damals:

Als wir eine Weile in New York waren, hatte sich die Sache mit der Feier wieder gelegt. Mein Ruf war wieder hergestellt. Nick stieß wieder zu uns. War ich froh, dass er dem Tod und dem Teufel noch rechtzeitig entkommen war. Er sah gut aus und freute sich ehrlich auf uns alle. Mit Brandon kam er von Anfang an klar. Nick hatte nicht das Gefühl, dass Brandon ihm etwas weg nahm. Im Gegenteil, beide tauschten sich aus und kamen prima zurecht. Ich wollte auf jeden Fall, dass Brandon fest bei uns einstieg. Jo und Nick kamen auch gut zurecht. Die beiden hatten sich ja quasi noch nie gesehen, nicht wirklich. Aber Nick erinnerte sich an sie. Von damals als ich sie auf die Bühne geholt hatte. Und er kannte natürlich unsere Geschichte. Klar äußerte auch er leise Zweifel, aber als er Jo besser kannte, verstand er warum ich sie so liebe.

Unsere erste Singleauskopplung war gerade erschienen und Brandons Stimme passte durchaus zu uns. Die Verkaufszahlen blieben stabil. Trotzdem war die Geschichte um Nick sehr interessant für die Medien. Wir wurden zu vielen Sendungen eingeladen. Für Jo war es eine sehr einsame Zeit. Sie bekam mich seltener zu Gesicht. Ich musste mit meiner Band präsent bleiben. Das war ich unseren Fans schuldig. Jo blieb in meiner Wohnung. Sie wollte mit dem ganzen Rummel nichts zu tun haben. Ich konnte es ihr nicht verdenken. Aber ich spürte auch, dass es weitergehen musste. Mein altes Leben hatte mich wieder. Die letzte kurze Tour war nur der Anfang. Ich konnte es kaum erwarten die Welt zu sehen. Und dann kam endlich die Kanadatour. Ich hatte mich von meinem Manager getrennt. Die Sache hat viel Geld und Nerven gekostet. Aber mein Anwalt ist der Genialste seiner Spezies. Noch heute arbeitet er für mich. Er half mir auch dabei, das Label zu kaufen und es umzubenennen.

In Kanada lief es bestens für uns. Jolene half wo sie konnte, jetzt wo Dick keine Gefahr mehr darstellte. Das ganze lief viel harmonischer ab und wir waren froh, endlich frei zu sein. Ich begann neue Songs zu schreiben. Wir komponierten sogar einen Song, der uns drei Sängern je einen Part bot. Brandon, Nick und ich ergänzten uns super. Es machte einfach Spaß und ich war wieder am leben. Ich machte eine Fotostrecke für einen Kalender und einen Werbevertrag für ein neues Parfum. Hierbei begleitete mich Jo. Teilweise waren die Fotos schon sehr freizügig und ich spürte, dass Jo damit Probleme hatte, wenn ich halb nackt mit einer Gitarre auf einem Barhocker saß. Oder wenn ich einen verführerischen Blick in die Kamera aufsetzen sollte. Ich selber sah das Ganze nicht so eng. Es brachte mir Geld ein und ich tat niemandem damit weh. Keiner kam an mich heran und ich wollte eh nur Jo, sonst niemanden. Wir vertrauten uns. Und das tun wir noch immer. Sonst würde es nicht funktionieren. Ich könnte ja verstehen wenn sie sich jemand anderen suchen würde. Jemand, der bei ihr ist, wenn sie Hilfe braucht, der ihr zuhört, sie tröstet und sie in den Arm nimmt. All das kann ich ihr nicht geben, obwohl sie mir alles auf dieser Welt bedeutet. Ich habe das Gefühl, dass ich noch immer nicht weiß, worum es hier eigentlich geht. Ich habe mir am Anfang unserer Beziehung alles viel einfacher vorgestellt. Irgendwie war mir nicht bewusst, was ich da verlangt habe. Die völlige Aufgabe ihres Lebens habe ich nie gewollt. Und doch ist es so gekommen. Weil ich nur an mich und die Bühne, den Erfolg und wieder nur an mich gedacht habe. Und jetzt sitze ich hier und blase Trübsal.

Die Tour unterschied sich nicht merklich von den anderen zuvor. Nur mit dem Unterschied, dass es jetzt Jo gab, offiziell an meiner Seite. Und Nick war wieder da.

„Damon, alles klar bei dir?"

„Alles bestens. Wie fühlst du dich vor deinem Comeback?"

„Ich schaffe das schon. Bin ja kein blutiger Anfänger. Es ist schön wieder da zu sein. Hab echt Mist gebaut. Keine Ahnung was mich dazu getrieben hat. Ich wollte euch noch danken. Dafür dass ihr für mich da wart und an mich geglaubt habt. Ihr seit echte Freunde. Danke."

Nick schlug mir freundschaftlich auf den Rücken. Wir kannten uns schon ewig und es wäre undenkbar gewesen, die Band ohne ihn weitermachen zu lassen. Gemeinsam mit Nick betrat ich die Bühne. Die anderen waren schon da und probten. Brandon war trotz allem sehr aufgeregt. Alles klappte gut und das Konzert konnte kommen. Wir waren zurück, alle.

Dann war es so weit.

„Na los. Raus mit dir. Ich liebe dich." Jo drückte mir noch einen Kuss auf die Nase und schon stand ich vor all den Menschen, die mein Leben waren. Es erfüllte mich mit Stolz, sie alle zu sehen. Und es waren so viele. Nick betrat die Bühne und die Menschen tobten. Sie hatten ihn nicht vergessen. Es war ein schönes Gefühl. Alles war wieder richtig. So wie es sein sollte. So wie ich es kannte und wollte. Ich sah Jo an und mein Herz hüpfte vor lauter Liebe zu ihr, während Jonathan den ersten Song anstimmte. Wir hauten voll rein und Nick knallte uns Riffs um die Ohren, dass es schon unheimlich war. Nach etwa einer guten Stunde machten wir eine kurze Pause. Jo begab sich an ihren Verkaufsstand. Lieber hätte ich sie auch in der zweiten Hälfte des Konzerts neben mir gehabt. Aber sie wollte unbedingt auch etwas tun, arbeiten, wie sie es nannte. Sie war einfach zu süß. Nachdem wir die letzte Zugabe gespielt hatten hielt mich nichts mehr. Ich

musste unbedingt zu ihr. Sofort knallte ich meine
Bühnenklamotten in die Garderobe und begab mich in die
Vorhalle zu ihrem Stand. Von weitem sah ich noch die letzten
Menschen aus dem Gebäude laufen. Jo sah ziemlich geschafft
aus. Aber sie hatte ihre Sache gut gemacht. Nun kam alles raus,
was mit Jo und mir wirklich lief. Oh man. Ein Drama, echt jetzt.
An jenem Abend hatten wir uns geküsst und die Menschen hatten
es gesehen. Eigentlich wollten wir es später erst sagen, aber als es
dann herauskam waren wir echt erleichtert. Die Presse zerriss
uns. Wir wurden mit Anfragen überschüttet und ein
Fernsehtermin jagte den nächsten. Jo tat mir irgendwie total leid.
Sie wollte den ganzen Mist nicht. Wir alle brachten das Interview
im TV hinter uns. Aber es wurde noch schlimmer. Jo konnte
kaum noch irgendwo hingehen ohne dass sie angequatscht wurde.
Die Fotografen waren schon wie ein Schatten. Sie klebten
förmlich an ihr. Und wir konnten es nicht aufhalten. Da kam die
Zeit wo ich mein Leben kurz hasste. Ich versuchte ihr zu helfen
und stellte noch vier Leute ein um auf sie aufzupassen.

„Damon, was kommt da noch alles? Ich möchte nur dich, für
mich allein. Vielleicht war es ein Fehler die Sache bekannt zu
machen. Es nervt mich einfach. Es macht mir Angst."
Sie begann zu weinen und ich hasste die Welt.
„Niemand wird dir etwas tun. Ich passe auf dich auf. Wir sind
stark und gemeinsam werden wir das schaffen. Wenn diese Tour
vorbei ist wird es wieder ruhiger. Das verspreche ich dir."
Lange standen wir einfach nur da und ich wollte ihr so gerne
helfen. Ich küsste ihre Stirn und versuchte meinen eigenen
Worten zu glauben. Jo rief ihre Eltern an. Ihre Mutter hatte zwar
inzwischen verstanden, dass es uns ernst war und dass wir uns
liebten, aber sie wollte Jo wieder zu sich holen. Das verstehe ich.
Ich würde auch nicht wollen, dass die Menschen über mein Kind
herfallen. Und deshalb verstehe ich auch heute warum Jo damals
gegangen ist. Sie wollte unser Kind in Sicherheit wissen.
Offenbar war Jo da etwas schlauer als ich. Aus Alanah ist ein

Teenager geworden, mit einem klaren Tagesablauf, Freunden und allem was ein normaler Jugendlicher braucht. Es tut mir zwar weh, sie nicht zu sehen, aber ich weiß, dass es die richtige Entscheidung war. Ich will sie besuchen. Ich weiß, dass es Zeit wird etwas zu ändern. Wie und wann und was weiß ich nicht. Es ist wie es ist. Aber 30 Jahre sollten wohl langsam echt reichen. Ich muss mit John reden.

38

Jo

Damals:

Nachdem wir aus Kanada zurück waren, beschlossen wir aus New York abzuhauen. Besser gesagt, Damon wollte mich in Sicherheit wissen. Und er wollte für mich seine Heimat New York verlassen.

„Jo. Ich muss dir was sagen. Ich merke, dass es dir nicht gut geht. Seit unserem Fernsehauftritt bist du so blass. Ich spüre doch, dass dich etwas belastet."

„Nein, schon gut. Ich werde mich daran gewöhnen. Mach dir keine Sorgen. Es geht mir gut."

Ich rückte näher an Damon heran, der sich auf seinem heimischen Sofa ausgestreckt hatte.

„Lass uns aus New York verschwinden" , meinte er plötzlich.

„Was? Warum? Du hast mir doch gesagt, dass nichts dich jemals von hier fort bringen würde. Ich weiß, dass du diese Stadt liebst. Ich will dir nicht dein Zuhause nehmen."

„Für dich würde ich es tun. Weil ich dich liebe."

Er küsste mich auf die Stirn.

„Und wo willst du hin? Was wird aus deiner Wohnung? Und deine Freunde? Die Band? Deine Eltern, ich meine..."

„Ich habe da so eine Idee."

Ein breites Grinsen machte sich in seinem Gesicht breit. Damon wollte irgendwo aufs Land. In die Provinz um neu anzufangen.

Er suchte ein Haus für uns. Doch wo sollten wir hin? Sie würden uns finden, unser Haus belagern. Die Schattenseite des Ganzen.

„Erinnerst du dich noch an unseren Filmabend? Red und Scarlett- als du in meinen Armen einfach eingeschlafen bist?"

„Ja warum?"

„Du hast mir gesagt, dass du dieses Haus liebst. Und da dachte ich... Ich kauf dir so eins."

„Was? Wie meinst du das?"

„Du liebst den Süden und da will ich mit dir hin. Wie wäre das? Und ein ähnliches Haus finden wir auch, nur etwas kleiner. Was denkst du?"

„Damon, das ist verrückt. DU bist verrückt."

„Verrückt nach dir."

Wir einigten uns nach New Orleans zu gehen. Wir hofften dort etwas Ruhe zu finden. In Louisiana ticken die Uhren anders. Natürlich wollte Damon weitermachen, aber er wollte nicht in einer Stadt wie L.A. oder so, da wo sich die Stars die Hände reichen, ohne Privatleben sein.

Zwischen Songs schreiben, Auftritten und Interviews fanden wir Zeit verschieden Objekte zu besichtigen. James brachte uns fast jedes Wochenende irgendwohin. Aber das brachte uns nicht weiter. Wir beschlossen einen Fachmann daran zu lassen. Wir äußerten unsere Wünsche, wobei Damon manchmal etwas übertrieb und warteten. Die Zeit in New York verbrachten wir hauptsächlich in Damons Wohnung. Hinaus wollten wir nicht, sondern einfach nur unsere Ruhe.

Diane kam ab und zu vorbei. Ansonsten übernahm ich die Arbeiten in Damons Wohnung. Dann und wann klingelten irgendwelche Menschen an der Tür. Sie hatten wohl gut recherchiert wer hier lebte. Mir war ja immer klar, dass es jemanden geben musste, der die Klappe nicht halten konnte. Vielleicht hat dieser Jemand ja auch eine gute Summe bekommen, dafür, dass er Damons Wohnhaus publik gemacht

hatte. Ätzend. Wir wurden immer öfter belästigt. Damon setzte
dann das Gerücht in die Welt, dass er aus New York weggehen
würde in den Westen. Kalifornien. An die Tür schrieb er den
Mädchennamen seiner Mutter. D.Clark (das klappte bei Shania ja
auch). So ganz gelogen war es ja nicht. Aber eine Weile
funktionierte es.
Dann meldete sich unsere Maklerin. Sie kam zu uns und hatte
Fotos von verschiedenen Objekten dabei.

„Mr.Mandora. Ich denke ich habe ihr Traumhaus gefunden...“

Eine Woche später flogen wir bereits dorthin um uns die
Immobilie anzusehen.

„Ich finde es einfach wunderschön.“
„Das dachte ich mir.“
Damon legte den Arm um mich. Ich träumte mich schon durch
mein weiteres Leben. Ich wäre etwas näher an meinem
Elternhaus als in New York.
Unser Umzug fand schon drei Wochen später statt. Wir packten
nicht viel ein. Damon wollte seine Wohnung behalten, falls er
Heimweh bekommen sollte. Also nahmen wir nur die Gitarren,
unsere Klamotten, die Black Fire, zwei Autos und den Flügel mit.
Am Abend vor unserem Umzug kam die gesamte Band zu uns
um Abschied zu feiern.
„Ey Boss. Und was wird aus uns? Wir alle stecken hier fest. Und
du machst dich einfach aus dem Staub.“
Andy grinste Damon an. Ich spürte die Verbundenheit zwischen
den Männern. Ja es würde nicht leicht werden, aber wir wollten
wieder zueinander finden.

„Das Haus ist groß genug. Kommt wann immer ihr wollt. Das
Studio wird bald fertig sein und dann können wir bei mir im
Keller arbeiten. Alles bestens. Und jetzt lasst uns anstoßen. Auf
unser neues Leben, auf Jo und alles was da kommt.“
„Yeah!!!

Und dann standen wir endlich vor unserem Traumhaus.

„Voila, da wären wir. Miss Rogers. Ihr neues Haus."

„Spinner. Es ist wunderschön."

„Und es gehört dir...uns."

Schon hob Damon mich hoch und ich kicherte nur:

„Was hast du vor?"

„Ich trage dich über die Schwelle. Auch wenn wir noch nicht geheiratet haben."

Damon trug mich die ganze Treppe hinauf bis ins Obergeschoss. Da wo unser Schlafzimmer geplant war.

„Miss Rogers, ihre Gemächer."

„Okaaaay. Mit etwas Fantasie vielleicht. Wir brauchen wohl doch einige Möbel."

Noch war hier rein gar nichts zu sehen. Es kam noch jede Menge Arbeit auf uns zu. Die alten Möbel waren inzwischen abgeholt worden und das Haus war leer. Aber Damon wäre nicht Damon wenn ihm auch hier nicht wieder eine verrückte Sache eingefallen wäre.

„Warte hier, bin gleich zurück."

„Was? Wo willst du hin? Damon!"

Von ihm war nichts mehr zu sehen oder zu hören. Einige Minuten später stand er grinsend in der Tür, mit einem Stück Kreide in der Hand.

„Ähm, was ist das denn?"

„Moment, siehst du gleich."

Damon stellte sich an die Wand und begann einen Schrank darauf zu malen. Dann hockte er sich auf den Boden und malte uns ein Bett. Sogar ein Kissen malte er uns auf den Boden.

„Miss Rogers, unser Bett. Was sagst du?"

Ich brach fast zusammen vor lauter lachen. Dieser Typ war einfach unglaublich. Ich sprang ihm übermütig um den Hals. So etwas Verrücktes konnte auch nur ihm einfallen. Und schon fanden wir uns in unserem BETT wieder. Damon zog mich zu sich auf den Boden. Er sah mir in die Augen und ich fühlte mich einige Zeit zurück versetzt.

„Schenkst du mir eine Nacht in diesem Bett?"

„Ich brauche kein Bett um dich zu lieben."

Ich schlang meine Arme um seinen Hals und ich begehrte ihn wie lange nicht mehr. Das alles hatte mir so zugesetzt. Aber jetzt war ich nicht mehr zu bremsen, Sanft drückte ich ihn zu Boden. Er hielt meine Hüften, als ich mich zu ihm herunter beugte. Ich schob seine Jacke von den Schultern und küsste ihn immer wieder. Damon schob meinen Pulli höher. Ich saß jetzt auf ihm und seine Härte machte mich nur noch mehr an. Seine Hände waren überall, befreiten meinen Busen aus ihrem Gefängnis. Kurz kletterte ich von ihm hinunter um seine Jeans zu öffnen. Damon stöhnte leise und ich schob meine Hand in seinen Hosenbund. Ich fackelte nicht lange und schon befand sich seine Hose in der Zimmerecke.

„Jo, ich bin so was von scharf."

Ich ließ mich auf ihm herab und nahm ihn in mir auf. Langsam bewegte ich mich auf und ab, wühlte in seinem Haar, während ich ihn küsste. Ich ritt auf ihm und mein Puls raste. Langsam bereitete ich mich auf meine Explosion vor. Unsere Finger flochten sich ineinander. Ich schloss die Augen und gab mich ihm hin. Dieses Gefühl. Dieser Mann. Wahnsinn. Erschöpft, aber glücklich, blieben wir auf unserem BETT liegen. Es war hart auf dem Boden, aber das war uns egal. Wir waren da, angekommen in unserem neuen Leben.

Schon am nächsten Tag machten wir uns auf den Weg nach neuem Mobilar zu suchen. Damon hatte sich fest vorgenommen, beim Renovieren des Hauses selbst Hand anzulegen. Mein Rocker als Handwerker. Na ja, lieber hätte ich Brandon angerufen. Wieder im Haus angekommen, ging es auch schon los. Damon zog sich seine älteste Jogginghose an, kein Shirt, was mich natürlich wieder sofort aus dem Konzept brachte. Wir trugen die Eimer und alles hinein. Er kratzte sich am Kinn und sah ziemlich gestresst aus.

„Und jetzt?"

„Legen wir erst einmal die Folie aus. Dann sehen wir weiter.
Mein Vater hat dass auch immer so gemacht. Mach den Eimer
Farbe mal auf, rühr sie gut um."

Damon tat wie ihm geheißen. Ich klebte die Fensterrahmen und
die Türen mit Band ab, schraubte die Steckdosen ab und musste
grinsen als Damon zu doll rührte und die Farbe ihn ansprang.

„Du solltest die Wände streichen und nicht dich."

„Jo, ich glaube da habe ich mir wohl zu viel zugemutet.
Vielleicht sollten wir doch lieber jemanden..."

Ich schritt auf ihn zu, wischte einen Farbklecks von seiner Nase
und küsste ihn. Sofort ließ er den Holzstab in den Eimer fallen
und drückte mich an sich.

„Jo, wir wollten doch … "

„Später. Jetzt will ich nur dich."

Wir liebten uns, alberten herum und schnippten uns Farbe
entgegen. An die Wand hatten wir ein riesiges Herz gemalt. Wie
in der Highschool. J+D, hatten wir hinein geschrieben. Wir hatten
unheimlichen Spaß dabei. Alles war so unbefangen und für kurze
Zeit vergaß ich wer wir waren und warum das alles hier nötig
war. Spät abends waren wir ziemlich müde vom toben, aber
erledigt hatten wir natürlich nichts.

„Jo, ich gebe auf. Morgen werde ich eine Firma anrufen.
Schließlich soll es doch dein Traumhaus werden und nicht dein
Albtraumhaus. Sei mir nicht böse, okay?"

Schon bald wuselten jede Menge Handwerker durch unser Haus.
Nach und nach sah es richtig gut aus. Damon ließ einen hohen
Zaun errichten und Alarmanlagen einbauen. Eine Hecke
versperrte die Sicht. Das Haus wurde nach seinen Wünschen
umgebaut. Im Untergeschoss befinden sich Pool, Sauna,
Tonstudio und Fitnessraum. Damons Büro ist im Obergeschoss
neben der Galerie. Daneben stand ein Raum leer. Damon meinte,
dass es irgendwann sicher gebraucht würde. Und er hatte recht.

Es wurde später Alanahs Kinderzimmer daraus. Das Haus hat 10 Zimmer, 3 Bäder und eine Riesenküche. Im Wohnzimmer gibt es einen Kamin und eine Bar. So wie er es von New York gewohnt war. Ein wenig Heimat wollte er schon behalten. Die Terrassenseite ist hell, man hat einen tollen Blick über unsere Wiesen. Ich bekam Räume für mein Hobby und Damon endlich ein eigenes Aufnahmestudio. Daryl und Sam bekamen jeweils ein Haus auf unserem Grundstück. Diane konnte er ebenfalls überreden mit ihrer Familie zu uns zu kommen. Unser Haus war so schön geworden, noch schöner als ich es mir hätte jemals vorstellen können. Ich liebe es und manchmal wünsche ich mir, dass ich noch da wäre, mit ihm, Alanah und den Tieren. Ein sorgloses Leben, ohne Kameras und lästigen Reportern. Aber ich weiß, dass es so das Beste für uns ist.

Wir lebten uns schnell in New Orleans ein. Aber wir konnten nicht lange bleiben. Damon hatte vor wieder auf Tour zu gehen. Diesmal nach Südamerika. Vier Länder in vier Monaten. Ich war geschockt. Irgendwie hatte ich gehofft wir blieben einfach hier. Damon ist eben Damon. Und mir war klar, dass es für mich nicht leichter werden würde. Nach anfänglichen Schwierigkeiten nach unserer Bekanntmachung lief es eigentlich ganz gut. Ich denke die Fans haben gemerkt dass sich für sie nichts geändert hatte. Damon hatte einige neue Songs geschrieben. Die sollten auf das neue Album. Und er wollte sie in Südamerika vorstellen. Das Unternehmen Mandoras Hell Fire florierte. Wir brauchten mehr Personal und ein größeres Flugzeug.

Ich war jetzt schon über ein Jahr fest mit Damon zusammen. Ein Jahr, fast zwei, voller Abenteuer. Ein Leben in vollen Zügen, aber auch entbehrlich. Ich hatte nicht viel von ihm, obwohl wir Tag und Nacht zusammen waren. Ich war jetzt fast 21 und Damon 26. Die Gruppe hatte sich verändert. Sie waren reifer geworden, männlicher und nicht mehr so übermütig. Neue Bands beherrschten die Charts. Die Technoaera brach an und sogar im fernen Europa gab es die Loveparade. Lauter bunte Typen und harte Beats dübelten sich in die Köpfe der Menschen. Es war schwer mit Rock zu punkten. Leider gingen die Verkaufszahlen für das letzte Album etwas zurück. Nur die treusten Fans blieben den Fires erhalten. Nicht dass Damon das Geld gebraucht hätte, aber es nagte doch an seinem Ego. Auch wenn er es nicht zugab. Deshalb wurde er sanfter. Sicher hatte er auch früher schon Balladen geschrieben, aber es sollte nichts Altes aufgewärmt werden. Er trommelte alle zusammen und gemeinsam entwarfen sie ein völlig neues Konzept. Sie machten aus den neuen Songs einen Minifilm oder auch ein Maxivideo mit rührenden Szenen. Eine Liebesgeschichte mit traurigem Ausgang. Das Ganze dauerte später ca.45 Minuten. Zunächst hatte ich Bedenken, dass die heiße Schauspielerin, mit der er die zärtlichen Szenen spielen sollte, mir gefährlich werden könnte. Doch ich vertraute Damon. Ich begleitete die Band zu den Dreharbeiten, die aber in den USA statt fanden. In Florida. Hier lernte ich auch Nicks Freundin Karen kennen. Sie waren schon ewig zusammen und genau so froh wie wir, dass sie jetzt öffentlich zueinander stehen durften. Auch ihnen hatte Dick das Leben schwer gemacht. Ich denke es ist Karen zu verdanken, dass Nick noch lebt. Der Alkohol hätte in bezwungen wenn sie nicht gewesen wäre. Auch Johnathans Frau Susan und sein kleiner Sohn Jakob waren da. Eine nette Familie und ich spürte einen kleinen Anflug von Neid in mir. Ich wollte so gerne auch ein Kind mit Damon, irgendwann. Andy brachte seine Freundin Heather mit und Brandon einen ganzen Sack voller Golfschläger und Sky.

Damons Haus in New Orleans

39

Damon

Es ist schon früher Vormittag. Mein Gespräch mit Jo liegt schon wieder ein paar Stunden zurück. Sie hat mich daran erinnert, dass Alanah bald ihren 16.Geburtstag feiert. Und es wäre ein guter Grund endlich meine beiden Frauen zu besuchen. Ich bin todmüde, aber ich mag nicht schlafen. Weil ich weiß, wenn ich aufwache, liegt sie nicht neben mir. Ich glaube ich bin kaputt zur Zeit. Ich stehe wieder am Rand eines Abgrunds. Ich habe meinen Bourbon schon halb geleert. Der Abgrund kommt immer näher. Und ich will nicht hinab sehen.

Damals.

Ich suchte eine Maklerin die uns bei der Suche nach unserem Traumhaus helfen sollte. Lorna Flannigan heißt sie. Und sie ist gut. Meine Immobilien hat sie alle für mich gefunden.

„Oh Damon ist das schön. Man sieh dir das an. Unglaublich. Könntest du dir vorstellen in einem solchen Haus zu leben?"
Jo war so aufgeregt. Sie saß auf meinem Schoß und ich wusste, dass ich das Haus kaufen würde.
„Wenn es das ist was du willst dann unterschreibe ich."

„Was? Das Haus kostet ein Vermögen. Für mich musst du das nicht tun. Das habe ich dir doch schon gesagt."
„Ist okay. Es gefällt dir, dann sollst du es bekommen. Lorna. Machen sie den Vertrag fertig. Und bitte vereinbaren sie einen Besichtigungstermin für nächste Woche."
„Selbstverständlich, Mr.Mandora. Wenn sie wollen können sie schon in drei Wochen einziehen."

Unser Umzug stand an. Als wir dort ankamen, war das Haus leer. Nichts war mehr da. Und ich hatte auch nicht weiter darüber nachgedacht. Trotzdem verbrachten wir die ersten Stunden nach unserer Ankunft in unserem späteren Schlafzimmer auf dem Boden in einem aus Kreide aufgemalten Bett. Jo musste so herzhaft lachen damals. Schlafen konnten wir da natürlich nicht. Jo zauberte uns ein Nachtlager im Heuschober am Ende des Grundstücks. Und tatsächlich verbrachten wir einige Nächte im Stroh. Zum Glück war Sommer und es hatte etwas Romantisches mit ihr im Stroh zu liegen. Ich besorgte einige Lebensmittel. Wahllos in den Wagen geworfen, weil ich vom Einkaufen absolut keinen Plan hatte. Bier, Chips, Zigaretten und jede Menge Süßes. Um die wichtigen Dinge kümmerte sich Jo. In unserem vorübergehenden Heim, dem Stall, legten wir Decken aus und breiteten unsere Speisen vor uns aus. Wie ein Picknick. In einer dicken Wolljacke und Jogginghosen kuschelten wir uns dicht aneinander wenn es nachts kalt wurde. Mein Versuch eines der Zimmer zu streichen entpuppte sich als peinlich. Außer Blödsinn bekamen wir nichts hin und ich beauftragte dann doch die Spezialisten für so etwas.
Der Umbau des Hauses ging relativ zügig voran. Nach einer Woche konnten wir wenigstens schon drinnen schlafen. Zwar nur auf Matratzen, aber besser als das Strohbett war es allemal. Mit meinem Jeep, der inzwischen auch, genau wie mein Chevy, endlich angekommen war, fuhren wir in die Stadt. Wir wollten Möbel kaufen. Wir brauchten ein Bett. Auf jeden Fall ein Bett. Die Auswahl war riesig. Hand in Hand, gut getarnt, schlenderten

wir durch die Bettenabteilung. In einer Ecke, etwas abseits stand unser Traumbett. Gleichzeitig steuerten wir darauf zu. Jo und ich sind zwar verschieden, aber in manchen Dingen ticken wir total gleich.

„Damon, sieh nur."

„Genau das wollte ich auch gerade sagen."

Wir schlüpften in die Nische. Ich sah mich zunächst einmal verstohlen um und schon schubste ich Jo in das besagte Traumbett. Nein, natürlich haben wir es nicht dort getan, obwohl mir der Gedanke gekommen war. Wir lagen nebeneinander auf dem Rücken, die Hände ineinander verschränkt und sahen an die Decke des Geschäftes. Fast wäre ich eingeschlafen, so fertig war ich. Zum Glück, oder auch nicht, kam gerade einer der Verkäufer. Jo erschrak total und wurde feuerrot.

„Wir nehmen es", stammelte ich und die Sache war gegessen. Der Typ hatte mich, glaube ich, nicht erkannt. Nur an der Kasse stutzte er über meinen Namen als ich ihm meine Karte zum bezahlen vorlegte. Aber er sagte nichts dazu. Wir verließen fluchtartig den Laden. Unser Bett sollte am nächsten Tag gebracht werden. Wir machten weiter die Stadt unsicher. Jo blühte wieder richtig auf und mir ging es auch besser. Wir suchten zusammen weitere Möbel aus. Als Jo vor einem hohen Bücherregal stehen blieb, so einem mit einer verschiebbaren Leiter, leuchteten ihre Augen.

„Ist das schön. Ich hätte Platz für all meine Bücher. Sie liegen noch immer bei meinen Eltern im Keller herum."

Ich kann ihr keinen Wunsch abschlagen. Also bestellte ich ihr gleich zwei solcher Wände und den englischen Sekretär, das große Lesesofa und die Kuscheldecke gleich mit. Ich beschloss, ihr im Obergeschoss eine kleine Bibliothek einzurichten. Dann machten wir uns auf die Suche nach einer Büroeinrichtung für mich. Irgendwie hatte ich das Gefühl, dass unser Haus wohl doch etwas zu groß für uns beide wäre. Wir brauchten Möbel für 10 Zimmer. In New York hatte ich nur 6. Das Ganze stellte sich als echte Herausforderung für uns dar. Wir waren den ganzen Tag unterwegs. Mein Jeep quoll über mit Geschirr, Dekokram und Pflanzen und wer weiß was. Oh Mann, brauchte man so viele Töpfe und Schüsseln? Mir brach so langsam der Schweiß aus, aber ich fand es zu süß wie Jo durch die Gänge schlich und jede Minute einen verzückten Laut von sich gab.

„Oh Damon, sieh mal, ist das nicht hübsch? Und das hier... Da hinten ist... "

Ich musste lachen weil ich keine Ahnung hatte wozu all der Kram gut sein sollte. Frauen. Mir war es egal, so lange ich endlich auch einen neuen Billardtisch und einen neuen Flipperautomaten bekam. Jedenfalls habe ich ihr das ganze Zeug geholt und Jos strahlende Augen sagten mir alles. Gemeinsam schleppten wir alles ins Haus. Die Küche war schon montiert worden und der Kamin war auch intakt. Meine Bar stand da wo ich sie wollte und meine Gitarren hatten auch ihren Platz. Es sah immer mehr nach einem Zuhause aus. Im Keller nahm mein Tonstudio langsam Gestalt an. Und der Pool war auch fast fertig. Langsam wurde es Zeit die Jungs zu uns einzuladen. Eine Einweihungsfete war jetzt genau das Richtige. Und ich wollte endlich mit John eine Runde Billard spielen. Ich rief ihn an. Und wir einigten uns, dass sie alle uns demnächst besuchen wollten. Der Umbau hatte etwa vier Monate gedauert.

Ich freute mich wie ein Kleinkind auf meine Freunde. Im Haus sah es schon gut aus. Jo hatte alles hübsch dekoriert und ich fand sie hatte Geschmack. Nur der Garten war noch eine einzige Katastrophe. Jo versuchte zu retten was zu retten war und rutschte auf der Wiese herum um ein kleines Beet zu fertigen.

„Hey, brauchst du Hilfe?"

„Damon, ja, ich denke schon. Sieh dir das an. Da braucht man ja scharfes Geschütz um diesen Boden auszuheben."

„Ja das sehe ich. Vergiss es."

Ich hockte mich neben sie auf den Boden und sah ihr in das verschmutzte Gesicht.

„Was?"

„Nichts, komm her. Lass den Scheiß liegen. Ich lasse dir ein Bad ein und dann machen wir es uns gemütlich. Es gibt schöneres als im Garten zu graben."

Ich zwinkerte ihr zu und hielt ihr meine Hand entgegen um sie hochzuziehen. Arm in Arm schlenderten wir ins Haus zurück. Ich füllte die neue Badewanne mit schaumigen dampfenden Wasser, befreite Jo von ihren schmutzigen Klamotten und setzte sie behutsam hinein.

„Hey was wird das denn?"

„Das Verwöhnprogramm. Du hast es dir verdient."

Ich tränkte den weichen Schwamm und begann ihren Rücken zu waschen. Dieser Anblick ließ meine Hose schon wieder zu eng werden.

„Wann habe ich dir zuletzt gesagt wie sehr ich dich liebe?"

„Heute morgen, glaube ich."

„So lange ist das schon her? Unverzeihlich."

„Ich liebe dich, Damon."

Sie küsste mich.

„Ich weiß", brachte ich atemlos hervor. Es gab kein Halten mehr. Schnell pellte ich mich aus meinen Klamotten. Ich wollte ihr so nah sein wie möglich. Innerhalb von Sekunden glitt ich zu ihr in die Wanne. Ich schob sie auf meinen Schoß.

„Jo,bitte mach es nochmal. Reite mich."

Mein Herz schlug wild um sich. Dann nahm sie mich in sich auf und bewegte sich langsam auf und ab. Es war so schön sie zu spüren. Der Seegang in der Wanne wurde langsam höher, aber das war uns egal. Keine Ahnung wie lange wir in der Wanne gewesen waren. Jedenfalls war es draußen schon dunkel und das Wasser eiskalt, als wir total aufgeweicht beschlossen doch lieber auf dem Sofa weiterzumachen. Ich könnte diese Frau den ganzen Tag lieben. Auf dem Sofa schliefen wir einfach ein. Jetzt wo wir alle Möbel und sogar einige richtige Betten hatten, schliefen wir auf dem Sofa.Witz.

40

Jo

Damals:

Als wir mit allem fertig waren kamen die Jungs uns besuchen. James brachte alle nach New Orleans. Damon freute sich seine Freunde wieder um sich zu haben. Ich hatte das Gefühl als hätte ich ihm alles weggenommen. Ohne mich wäre er noch in New York bei seinen Freunden. Ich fühlte mich mies. Wir waren zwar erst knapp fünf Monate weg, aber es kam mir vor als hätten wir uns Jahre nicht gesehen.

Als alle wieder weg waren bemerkte ich die Traurigkeit in Damons Blick.
„Es war falsch hierher zu kommen, oder? Sie fehlen dir, stimmt´s? Es war alles meine Schuld. Wir können ja zurück...“
„Nein, das ist es nicht. Klar fehlen mir die Jungs. Aber mach dir keine Sorgen. Es geht mir gut.“
Dann schwieg er und ich wollte lieber auch nicht mehr darüber reden. Ich ließ ihn mit seinen Gedanken allein, weil ich spürte, dass er das brauchte. Ich verzog mich in mein Atelier und malte. Dann erklang der Flügel im Esszimmer. Ich verfiel in Melancholie, weil ich spürte, dass Damon versuchte seinen Schmerz mit Musik zu betäuben. Ich wollte ihn so gerne trösten, aber ich wollte ihn nicht stören. Irgendwann verstummte das Instrument und ich hörte ein Klopfen an meiner Ateliertür.

„Jo, störe ich dich?"

„Nein warum?"

„Ich wollte mich entschuldigen, für meine miese Laune. Es ist nicht deine Schuld. Darf ich reinkommen?"

Ich warf meinen Pinsel auf den Tisch und rannte zur Tür. Er sah mich an und ich vergaß alle bösen Gedanken.

„Das klang eben sehr schön."

„Ach, das war doch nichts. Ich hab mich nur abreagiert."

„Wenn das dann immer so klingt solltest du das öfter tun."

„So so, du stehst auf traurige Männer?"

„Nein, nur auf welche mit einem großen Herzen."

Dann stand Weihnachten bevor, und Damon sagte mir, er würde am Fest noch zu Hause sein. Die Südamerikatour stand unmittelbar bevor. Die Sache war beschlossen und unterzeichnet. Im neuen Jahr sollte es losgehen. Einige Tage vor dem Fest stand ich im Flur des Hauses und versuchte es etwas weihnachtlich zu schmücken. Viel hatten wir nicht da, weil ich nicht daran gedacht hatte so etwas zu besorgen. Irgendwie war immer etwas anderes und plötzlich war es einfach zu spät.

Damon kam zu mir.

„Was machst du da?"

„Ich versuche eine halbwegs gemütliche Stimmung zum Fest zu erzielen ohne jegliches Material."

„Oh. Da habe ich eine Idee."

„So?"

„Wir beide setzen uns jetzt in meinen Jeep, fahren in den Wald und suchen uns einen hübschen Baum aus. Den werde ich eigenhändig für dich absägen. Noch Fragen?"

„Ähm. Absägen?, du?, hm."

„Was? Ich mach das schon. Ach komm Jo, bitteeee."

„Na gut. Lass uns gehen."

Ich ließ meine armseligen Tannenzweige fallen und folgte Damon nach oben. Dort zogen wir uns um. Wir kramten in Matts Werkzeuglager herum um eine Säge zu suchen.

„Hier, das sollte klappen", rief Damon und hielt grinsend einen Fuchsschwanz hoch. Wir fuhren in den Wald, aber so einfach war das nicht. Ziellos liefen wir umher, hatten aber kein Glück. Nach einer gefühlten Tageswanderung gaben wir auf und steuerten frustriert einen Baumarkt an, der Bäume verkaufte. Mir war es egal. Für mich war wichtig wie sehr Damon sich bemüht hatte. Und dafür liebte ich ihn um so mehr.

„Eines Tages werde ich dir den schönsten Baum fällen. Tut mir echt leid Jo, dass es dieses Mal noch nicht geklappt hat."

„Ach Damon, Hauptsache wir hatten Spaß."

Ich legte ihm meinen Arm um die Schultern und schob ihn zum Auto. Zusammen stellten wir den Baum auf, wobei Damons Laune schon wieder so gut war, dass er nur Blödsinn anstellte. Beinahe wären unsere paar Christbaumkugeln zu Bruch gegangen als er mich damit bewarf.

Der heilige Abend war wunderschön. James hatte alle Bandmitglieder mit Frauen zu uns gebracht um anschließend zurück nach New York zu fliegen. In einigen Tagen wollte er sie alle wieder bei uns abholen. Diane, die anderen Frauen und ich werkelten den ganzen Tag in der Küche herum, während Damon sich auf den Weg zur Kirche auf dem Hügel hinter unserem Grundstück machte. Schließlich war es der heilige Abend und ich ahnte was er dort wollte. John begleitete ihn, während die anderen sich an unserem Tonstudio erfreuten.

41

Damon

Die Zeit verging bis Weihnachten vor der Tür stand und ich wollte eine schönes Fest für Jo. Am liebsten mit Schnee, Riesenbaum und allem drum und dran. Das perfekte Geschenk brauchte ich ja auch noch. Wie immer hatte ich keinen Plan und ich wollte Jo ja auch etwas besänftigen.Was macht man in einer solchen Situation? Genau, man ruft seinen besten Freund an. Und genau das habe ich dann auch gemacht.

„Hey, was geht?", meldet John sich sofort.

„Hi. Ich brauche einen Rat. Du als Frauenversteher..."

„Hä, bist du besoffen?"

„Nein warum?"

„Frauenversteher. Ich? Hallo ich bin Single, zumindest zur Zeit. Was hast du nun wieder angestellt?"

„Nichts. Aber, was soll ich Jo zum Fest schenken? Noch eine Kette? Noch einen Ring? Wie einfallslos ist das denn?"

„Jede Frau steht auf Tierbabys. Schenke ihr doch einen Hund. Einen Welpen und du machst sie zur glücklichsten Frau dieses Planeten, kannst du mir glauben. Hat mein Dad damals auch gemacht, als er meine Mom bezirzen wollte. Glaub mir, das passt."

„Klingt super. Hätte mir auch einfallen können."

„Sonst noch was? Wann können wir zu euch kommen?"

„Schon gestern, wenn es nach mir ginge. Ihr pennt doch bei uns, oder?"

„Nein. Nick hat ein Hotel gefunden. Wir stören euch nicht."

Johns Idee war super und ich versuchte so schnell ich konnte ein Tier für Jo zu finden. Dabei half mir Matt. Er kannte die Leute im Ort. Buster fanden wir in der Stadt. Bei einer kleinen Familie, die schon fünf Hunde hatte und nicht alle Welpen behalten konnte. Mit Matt fuhr ich da hin. Meine Mütze und ein dicker Schal verdeckten mein wahres Ich. Ich zahlte den Leuten 200 Dollar, obwohl sie nur 50 wollten. Ich musste diesen niedlichen kleinen Kerl einfach haben. Matt versteckte ihn solange bei sich im Haus. Dann kam endlich der Tag. Ich würde meine Jungs sehen. John und alle anderen. Ich freute mich wie ein Kleinkind. Ein großer schwarzer Mietwagen, ein Van, hielt vor unserem Haus.
„Hey Jungs. Bin ich froh euch zu sehen. Diese Ruhe hier bringt mich noch um."
„Klar. Hast du ein Bier?"
Nick und die anderen folgten mir ins Haus. Die Band war endlich bei uns, und zwar drei Tage lang, bevor die Tour endlich losgehen würde.Viel zu lange war es her als wir in Kanada waren.

Alle waren da und es sollte ein schönes Fest werden. Während Jo und die anderen Frauen unser Menü auf die Beine stellten, meine Bandkollegen das Tonstudio auf den Kopf stellten, machten John und ich uns auf den Weg zur Kirche hinter meinem Grundstück. Ich war froh, dass er da war. Mit ihm konnte ich über alles reden worüber ich mit Jo nicht reden wollte, oder konnte.

„Und wie gefällt dir dein neues Heim? Dir fehlt New York, oder? Als wir letztes Mal hier waren, warst du noch voller Tatendrang wegen des Hauses. Aber jetzt sehe ich, geht es dir nicht gut, oder?"
„Ja, du hast recht."
„Ich kenne dich eben."
Wir schlenderten den Berg hinauf und ich dachte an unseren ersten Tag als die Band hier aufkreuzte.
„Was willst du tun? Zurück nach New York?"

„Nein, Jo geht es gut und das ist das Wichtigste. Sie ist doch jetzt alles was ich habe. Ohne euch ist es nicht dasselbe, verstehst du?"

„Klar. Geht uns allen so. Aber sieh nur was du alles sonst noch hast. Das Haus, Freunde, Geld, Menschen, die dich lieben."

„Das schon. Aber mir geht diese Ruhe auf den Zeiger. Ich will mit euch abhängen, saufen, keine Ahnung. Vor allem fehlt mir die Bühne. Ich will wieder raus. Ich habe alles geregelt. Die Daten stehen und die Locations sind der Hammer. Im Januar kann es losgehen. Jo weiß, dass es weitergeht. Ich bin halt so und so war ich auch schon vorher."

„Das war ihr doch klar, als ihr euch entschieden habt zusammen zu bleiben."

„Ja, sie bemüht sich aber ich spüre, es ist nicht ihr Ding. All der Scheiß um uns herum, die Presse und der ganze Mist. Ich will nur Musik machen und sonst nichts..."

„Das wollen wir alle. DU bist der Kopf dieser Band und Du bist immer vorne. Das ist unser Leben Damon. Wir haben uns so entschieden. Vermutlich habe ich zur Zeit Glück allein zu sein. Obwohl ich mir nichts sehnlicher wünsche als eine Partnerin an meiner Seite so wir ihr alle sie habt."

John tat mir jetzt richtig leid. Niemals sprach er so offen aus was er fühlte. Und ich spürte dass er auch mich in diesem Moment als Freund brauchte.

Wir erreichten die Kirche. Niemand war da.

„Ist doch hübsch hier. Besser als der Stress in New York."

John war wieder fast der Alte. Cool und unnahbar.

„Wollen wir zusammen rein, oder soll ich hier auf dich warten?"

„Würde es dir denn etwas ausmachen kurz zu warten? Ich muss einen Moment allein sein."

„Tu was du tun musst. Ich bin auf deiner Seite."

Ich ließ meinen Freund zurück und verschwand in die kleine Kapelle. Sie war inzwischen mein Zufluchtsort geworden. Ich konnte in Ruhe über alles nachdenken. Ich betete für Jo und für alle, die mir wichtig waren. Ich dankte für alles was mir bisher widerfahren war. Die Liebe zu Jo und dass wir uns gefunden hatten. Es war der heilige Abend. Für Jo war es sicher auch nicht einfach. Weihnachten ohne ihre Eltern. Schon wieder. Sie folgte mir durch mein Leben ohne ihre Familie. Sie beklagte sich nie und auch dafür war ich ihr unendlich dankbar. Die Sache mit uns sollte ewig halten. Wir lieben uns noch immer. Für mich gab es immer nur sie. Nach etwa 15 Minuten kam ich aus der Kapelle zurück. John stand mit dem Rücken zu mir, die Hände in den Taschen seiner Jeans vergraben und sah ins Tal. Unser Haus war von hier zu sehen.

„Du bist ein echter Glückspilz, weißt du das überhaupt?"
„Ja, ich schätze schon. Schon deshalb weil ich einen Freund wie dich habe und eine Frau wie Jo."
„Und geht es dir jetzt besser?"
„Ja."
„Dann lass uns zu den anderen zurück gehen. Sie warten sicher schon auf uns."
„Ja. Aber, John!"
„Was?"
„Bitte sag Jo nicht was ich dir gerade erzählt habe. Ich will nicht, dass sie sich sorgt."
„Du hast mein Wort."
John klopfte mir auf den Rücken und wir machten uns auf den Heimweg.

42

Jo

Als wir mit dem Essen fertig waren, saßen wir noch lange
zusammen und besprachen wie es weiter gehen sollte.
„Jo, mach dir keine Sorgen. Wenn es los geht, bist du nicht allein.
Ich habe da noch etwas, das dich begleiten wird. Ich habe so eben
den Weihnachtsmann bemerkt. Und er hat was für dich unter den
Baum gelegt."
„Ach Damon. Du weißt was ich will – dich."
Er nahm meine Hand und zog mich hinter sich her. Unter dem
Baum lag ein Paket mit Löchern. Und es rutschte hin und her.
„Was ist das?"
„Der beste Freund, wenn ich nicht da bin", sagte er.
Ich öffnete das Paket und heraus kam ein kleines süßes braunes
Fellknäuel. Buster. Sofort schloss ich den kleinen Kerl ins Herz.
„Sieh dir das an. Ist der süß. Danke."
Er lächelte nur.

Dann war Weihnachten vorüber. Die Band war auf dem
Heimweg und Damon wurde immer stiller. Ich hatte ein
schlechtes Gewissen und ließ ihm die Zeit, die er brauchte. Eine
Weile sah ich ihn kaum. Dann war er im Tonstudio zugange, oder
im Fitnessraum. Irgendwie kam ich nicht mehr an ihn heran und
ich wusste, dass ihn etwas bedrückte, das mit Sicherheit die Band
und die Südamerikatour betraf. Es war der Morgen des 28.
Dezember, als ich Damon im Trainingsraum boxen sah. Ich lag
noch im Bett und wollte einfach ausspannen. Der Platz neben mir
war leer als ich aufwachte. Wo war Damon? Buster kam

winselnd ins Schlafzimmer gelaufen und schob seine feuchte Nase in mein Gesicht.

„Hey, Knirps, alles okay? Wo ist dein Herrchen?"

Ich sah Buster an. Irgendwie benahm er sich seltsam.

„Damon?"

Nichts. Wo steckte er bloß?

„Damon!"

Buster jaulte und hüpfte vor mir her bis ich ihm folgte und an der Kellertreppe stehen blieb. Ich hörte Damons Stimme. Seine Wut, die aus ihr heraus zu hören war.

„Ich. Hasse. Dieses. Scheiß. Leben. Ich. Will. Hier. Weg. Aaaah. Nimm. Das. Und. Das. Fuck."

Bei jedem Wort folgte ein dumpfer Schlag. Und noch einer und noch einer. Mein Herz begann zu rasen. Keine Ahnung was da in ihn gefahren war. Mir war nie bewusst gewesen wie es tatsächlich in ihm aussah. Scheinbar war er nicht glücklich hier mit mir. Und das tat mir so unendlich weh. Ich hob Buster auf den Arm und schlich mich die Treppe hinab. Obwohl die Glastür zu war konnte ich Damon hören als stünde er neben mir.

„Ich. Will. Mein. Verdammtes. Leben. Zurück."

Er schrie die Worte hinaus. Ich sah ihm durch die geschlossene Tür zu wie er unermüdlich auf den Sandsack einschlug. Früher hatte ich das immer sexy gefunden, aber jetzt machte es mir Angst. Weil ich dafür verantwortlich war, dass es ihm so schlecht ging. Tränen traten in meine Augen, als mir das klar wurde. Ich hatte ihm sein Leben genommen. Seine Heimat. Seine Freunde. Wäre ich doch nur in Texas geblieben. Ich hatte den Mann, den ich wie nichts auf diesem Planeten liebte, aus seiner Welt gerissen. Weil ich nicht stark genug war. Ich hatte es ihm versprochen und doch habe ich ihn mit meinem Gejammer dazu getrieben New York zu verlassen. Was schon fast an ein Verbrechen grenzte. Ich war dabei einen tiefen Riss in seine Seele zu ziehen und es war mir nicht einmal aufgefallen. Ich fühlte mich mies und war nicht in der Lage den Fitnessraum zu betreten. Am liebsten wäre ich sofort zu meinen Eltern nach Texas abgehauen. Vielleicht hatte meine Mutter ja doch recht gehabt und Damon war tatsächlich kein Familientyp. Niemals wollte ich ihn so unglücklich sehen. Ich machte mich auf den Weg nach oben in mein Atelier. Hier fand ich die Ruhe, die ich brauchte. Die leere Leinwand starrte mich an. Buster saß auf meinem Schoss. Es war noch früh und so dunkel draußen. So dunkel wie sich Damon gerade fühlte. Ich begann wilde Linien auf die Leinwand zu ziehen. Düstere Farben und ein zerrissenes Herz mitten drin. Zwei blaue Punkte, die genau Damons Augenfarbe glichen, mitten in der Hälfte des einen Herzens. Aus den Punkten wurden traurige Augen, SEINE Augen. Sie starrten mich an. Ich malte eine Träne dazu. Die andere Hälfte des Herzens ließ ich leer. Weil es meine Hälfte war. Und ich WAR leer. Keine Ahnung wie lange ich hier gesessen hatte. Plötzlich stand Damon hinter mir. Ich erschrak als er mir über die Schultern blickte.

„Heilige Scheiße. Wie geil ist das denn bitte?"

Er klang wieder ganz normal. So als wäre er nicht vor einer Weile völlig in seinem Keller ausgerastet.

„Damon. Geht es dir gut?"

„Ja, warum fragst du?"

„Nur so."

Ich sah ihn unsicher an. Er sollte nicht wissen dass ich ihn in seiner dunklen Stunde gesehen hatte.

„Aber du siehst traurig aus."

„Nein. Es ist nichts. Ehrlich."

Und dann kam Damon mit seiner nächsten verrückten Idee um die Ecke. Wir verreisten. Nach Finnland. Und feierten das Weihnachtsfest nach. Nur wir beide und der Hund. Verrückt, aber schön war es auf jeden Fall. In dieser Zeit schienen wir beide unsere Dämonen begraben zu haben. Nichts erinnerte mehr an den wütenden Damon im Keller unseres Hauses.

Jetzt:

Noch immer halte ich das Telefon in der Hand. Das Gespräch mit Damon hat mich traurig gemacht. Ich fehle ihm, hat er gesagt. Noch drei Monate. Ich weiß nicht wie ich die letzten zwei Jahre ohne ihn durchgestanden habe. Ohne unsere Tochter wäre ich total am Ende. Ich hoffe, dass er wenigstens an Alanahs Geburtstag zu uns kommt. Die letzten beiden war er schon nicht dabei. Wir entfernen uns immer weiter voneinander. Ich starre die Wand an und denke an damals. Die Tour durch Südamerika.

Damals:

Die Tour begann wie alle anderen davor. Jeden Tag auf einer anderen Bühne. Es ist unglaublich was die Menschen leisten, alles auf- und abzubauen. Ohne sie würde es nicht funktionieren. Damon managte die Band und ich sah ihn nur noch mit dem Telefon am Ohr. Es kamen Anfragen von überall. Als wir aus Finnland zurück gekommen waren, quoll der Anrufbeantworter über. Es würde wieder weitergehen. Dieser Urlaub war nur eine kurze Flucht vor der Wirklichkeit. Damons Leben war nun mal rasant. Ich hatte es ja gewusst. Die Welt verlangte nach ihm. Und er wollte überall sein, uns etwas bieten. Etwas das ich gar nicht verlangte. Ich wollte doch nur ihn - für mich allein.

Wir trommelten die Band zusammen und besprachen den Ablauf. Damon musste alles regeln. Ich versuchte noch immer zu helfen, aber seit man mich ebenfalls kannte, war es unmöglich mich frei zu bewegen. Ich hasste dieses ganze Theater. Wir starteten in Rio. Hier tobte das Leben. Die Menschen waren so voller Energie und Lebensfreude wie ich es zuvor noch nirgendwo gesehen.

Das Konzert am Abend lief gut. Auch wenn das Publikum hier etwas anders war als in den Staaten. Die Leute strahlten eine solche Herzlichkeit aus. Es war der Wahnsinn. Die neuen Songs kamen super an. Die Band hatte noch vier weitere in Planung um das neue Album zu vervollständigen. Als sie an Weihnachten bei uns waren hatten sie schon damit begonnen sie aufzunehmen. Es waren ruhige Lieder, als auch äußerst düstere und aggressive dabei. Das Düsterste von allen war *the day of your death*. Hier schrie Damon beinahe wie es die düsteren Death Metall Bands heute tun. Ein völlig anderes Konzept, aber trotzdem einzigartig. Mein Freund war wie ausgewechselt, wenn er über die Bühnen tobte. Ich hatte das Gefühl er wäre wieder zum Leben erwacht. Alles lief ohne Zwischenfälle ab.

Nach Südamerika kamen wir zurück. Wir waren in Argentinien, Peru, Brasilien, Equador und Chile. Es war faszinierend, aber auch unglaublich anstrengend. Ich freute mich zwar an Damons Arbeit, aber ich war genau so froh, dass es vorbei war.

Wir hatten ein halbes Jahr in unserem Haus. Aber Ruhe hatten wir nicht. Es hatte sich herumgesprochen wo wir lebten. Und die Fans machten sich auf den Weg zu uns. Täglich standen sie vor dem Zaun an unserem Haus. Ich traute mich kaum noch hinaus. Sam und Daryl kamen nicht mehr zur Ruhe sie alle fern zu halten. Auf das Grundstück kam niemand, aber es war beängstigend. Ich wünschte mir einen Platz auf der Welt nur für Damon und mich. Vielleicht gab es ja irgendwo so einen Platz. „Es wird alles gut, wirst sehen. Ich passe auf dich auf."
Er hob mein Kinn an, so dass ich ihn ansehen musste. Seine blauen Augen hatten etwas an Glanz verloren. Ich spürte wie es auch ihn auffraß. So hatte ich mir das nicht vorgestellt. Und er wollte noch mehr. Die internationale Karriere.

43

Damon

Damals:

Wir hatten uns eingelebt, die eine oder andere Freundschaft geknüpft. Gerade wo es Jo besser ging kam es immer schlimmer. Die Fans hatten uns gefunden und sich vor unserem Grundstück versammelt. Meine Wachmänner waren im Dauereinsatz. Das Haus ist mit der Polizei verbunden. Niemand kann herein. Wir haben überall Kameras. Jo gefiel das damals nicht, aber sie begriff, dass es nötig war um uns zu schützen. Es war ruhiger um uns als in New York. Aber eben nicht so wie wir es uns gewünscht hätten. Und ich wollte das neue Leben genießen. Zumindest versuchte ich es. Es war nun mal nicht New York. Aber für Jo würde ich alles tun. Fast. Ich liebte mein neues Tonstudio und den Fitnessraum. Manchmal musste ich mich dort einfach austoben wenn meine Seele nach New York schrie. Ich sah Jo zu wenn sie malte. Sie hatte solche Freude daran und ich wusste, dass es richtig war hier her gekommen zu sein. Dann kam mir die Idee, ein weißes Weihnachtsfest einfach nachzuholen. Also buchte ich einen ganz normalen Flug nach Finnland.
„Jo, hast du kurz Zeit für mich? So etwa zwei Wochen?"
„Was? Wovon redest du?"
„Von uns beiden und der wenigen Zeit die uns bleibt. Von Ruhe und Entspannung und von Schnee."

„Hast du getrunken?"

„Nein. Aber ich habe eine fantastische Idee. Und wenn du wissen möchtest was es ist, solltest du schnell ziemlich warme Sachen in deinen Koffer packen und mir vertrauen."

„Damon, was hast du wieder angestellt?"

„Nichts, beeil dich. In ca. drei Stunden sollten wir am Flughafen sein."

„Hast du James seinen Urlaub vermasselt? Echt Damon. Das ist..."

„Nein, vertrau mir."

Jo sah mich an als hätte ich einen mit der Keule drüber bekommen und nicht mehr alle Tassen im Schrank. Trotzdem tauchte sie mit ihrem Koffer im Hausflur auf.

„Und was jetzt?"

„Lass dich einfach überraschen."

Ich zog sie hinter mir her. Buster sprang aufgeregt um uns herum. Für ihn würde es ebenfalls eine lange Reise werden. Ich hatte alle nötigen Vorkehrungen getroffen und ich wollte einfach nur noch weg von hier. Schon wieder sah ich Menschen vor unserem Haus herumlungern. Ich hatte keine Lust mehr auf den Scheiß.

„Ich werde Sam bitten, sie abzulenken. Warte hier."

„Pass auf dich auf."

Also fuhr Sam in meinem Wagen, mit meiner Kappe und einer Sonnenbrille in die Stadt und Jo und ich ließen uns von Daryl zum Flughafen bringen, während die Meute Sam folgte. Bald darauf erreichten wir unseren Schalter ohne Zwischenfälle. Gut getarnt stellten wir uns in die Schlange.

„Wo zum Teufel ist Rovaniemi?"

Ich sagte nichts. Endlich kamen wir an die Reihe und Jo kämpfte mit den Tränen als Buster in seiner Box auf das Band gestellt wurde.

„Damon, bitte sag mir wo wir hinfahren."

„Da wo Schnee ist und wir ein schönes Weihnachtsfest nach feiern können. Mit allem drum und dran. Nur wir beide. Du und

ich. Ich weiß, dass es für die nächsten Monate unsere letzte gemeinsame Zeit sein wird. Die Tour beginnt bald und dann jagt ein Termin den nächsten. Es wird dir gefallen."
Ich nahm unsere Ausweise und verschwand schnell um die Ecke, ehe ich noch in ein Gespräch verwickelt werden würde. Wir mussten noch einen Weile warten bis es endlich losging. Ich war mir sicher, das Richtige zu tun. Erst als im Flugzeug die Stimme des Piloten erklang, erfuhr Jo wo wir hin wollten.
„Nach Finnland? Das ist ja auf der anderen Seite der Welt."
„Ja, und jetzt können wir da noch ganz entspannt herum laufen. Wenn ich einmal durch Europa getourt bin wird das nicht mehr möglich sein. Ich habe vor irgendwann Europa zu erobern. Die Welt ist groß und ich möchte so viel wie möglich davon sehen."
Ich spürte wie Jo schluckte. Und bekam Zweifel ob das was ich ihr gerade gesagt hatte das war was sie hören wollte.

Der Flug dauerte ewig. Wir erreichten Rovaniemi und wurden von einem Geländewagen abgeholt. Er brachte uns zu der Blockhütte, die ich gemietet hatte. Ein Schneemobil stand uns ebenfalls für die Dauer unseres Aufenthaltes zur Verfügung. In Rovaniemi war es lausig kalt gegen New Orleans. Fast zweistellig unter dem Gefrierpunkt und der Schnee lag Kniehoch.

„Wow. Ich hab noch nie so viel Schnee auf einem Haufen gesehen. Es ist einfach … Wunderschön, unglaublich. Das ist der Wahnsinn."
„Schön, dass es dir gefällt."
Sie strahlte mich an und sie sah so glücklich aus. Unser Fahrer hob unser Gepäck aus dem Wagen. Endlich konnten wir Buster aus der Box holen. Er tobte sofort durch den Schnee vor dem Haus. Wir hatten einen fantastischen Blick über einen zugefrorenen See. Einfach wunderbar. Der Vermieter gab mir die Schlüssel und erklärte kurz wie ich den Kamin zum Brennen bringen soll. Das konnte ich, da ich in New York und auch in New Orleans einen besitze. Durch die Zeitverschiebung hatten

wir einige Probleme. Hier war es schon einige Stunden später und ich war ganz durcheinander welcher Tag überhaupt war.

„Und was sagst du? Hältst du es hier zwei Wochen mit mir aus?"
„Spinner."
Glücklich sprang sie mir in die Arme. Wir sahen uns das Haus an und draußen war es schon ziemlich dunkel. Ich machte den Kamin an und Jo suchte nach etwas Essbarem in den Schränken. Es gab nicht viel und wir aßen unsere Kekse, die wir mitgenommen hatten. Jo fand ein paar Teebeutel im Schrank und kochte uns je eine Tasse davon.

„Damon, komm sieh dir das an."
Verzückt stand sie am Fenster.
„Dann lass uns hinaus gehen."
Wir suchten unsere wärmsten Klamotten und liefen einfach drauf los. Buster blieb immer in unserer Nähe. Hand in Hand stapften wir durch den Schnee und genossen einfach was wir hatten. Ich erinnere mich an jeden einzelnen Tag, den ich dort mit Jo verbracht habe. Einmal haben wir uns sogar verlaufen. Wir wollten bloß einen Baum schlagen. Schließlich wollten wir ja Weihnachten in weiß nachholen. Wir sind tief in den Wald gelaufen. Ich hatte sogar eine Säge dabei.
„Was hast du mit der Säge vor?"
„Ich hole dir den schönsten Baum."
„Du willst einen Baum absägen? Du? Hmmmm. Daraus ist doch schon beim letzten Mal nichts geworden. Lass gut sein."
„Ich mach das schon. Es schneit gerade nicht so stark. Bevor es dunkel wird sind wir wieder zurück. Die Lebensmittel werden gleich gebracht. Alles super.
„Wir brauchen doch keinen Baum mehr. Das Fest ist vorüber. Es war toll mit den Jungs."
Also musste ich meinen Hundeblick einsetzen, der sie immer zum schmelzen bringt.
„Okay. Okay" , lachte sie und hob die Hände.

Dann machten wir uns auf den Weg in den umliegenden Wald.
„Hast du eine Ahnung wo wir hier überhaupt sind?"
„Nein, aber da drüben steht der schönste Baum, den ich je
gesehen hab. Lass uns den holen."
Ich lief voraus und Jo hatte Mühe mir zu folgen. Buster blieb in
der Nähe. Zum Glück hatten wir ihn damals dabei. Ich setzte die
Säge an, aber dieser verdammte Baum wollte nicht nachgeben.
Es begann wieder zu schneien und es war bitterkalt. Inzwischen
war es sehr dunkel geworden.
„Lass gut sein, Damon."
„Ich glaube ich muss mich wohl geschlagen geben. Lass uns
zurückgehen. Wir kommen morgen wieder."
Jo stand fröstelnd neben mir. Ich wollte sie sicher zurück bringen,
hatte aber keine Ahnung wo wir waren. Inzwischen war aus dem
leichten Schnee ein richtiger Sturm geworden. Und es wurde
noch dunkler.
„Weißt du was heute für ein Tag ist?", fragte Jo.
„Nein, ein ziemlich finsterer, wenn du mich fragst."
„Wir sind in Europa. Hier ist fast Mitternacht. Sylvester. Und wir
stehen mitten im Wald mit einem angesägten Baum und frieren
uns den Hintern ab."
Dann begann sie zu lachen und wirbelte herum um mich mit
Schneebällen abzuwerfen. Ich musste mitlachen. Das Ganze war
zu komisch. Ausgelassen tobten wir im Mondschein durch den
Schnee. Jo fiel hin und ich ließ mich neben sie plumpsen. Buster
kläffte aufgeregt.
„Du bist süß mit deiner roten Nase und der Wollmütze."
Ich strich ihr zärtlich das nasse Haar aus dem Gesicht. Sie sah
mir in die Augen und ich konnte nicht anders als sie so
leidenschaftlich zu küssen wie es nur möglich war. Es war
eiskalt, aber wir froren nicht mehr. Dann erhellten Lichter den
Himmel und wir stellten fest, dass das neue Jahr in Finnland
bereits eingeläutet war. Eng aneinander gekuschelt lagen wir im
Schnee und sahen dem Feuerwerk zu. Und keiner hatte bemerkt,

dass Buster nicht mehr bei uns war. Die Lichter erloschen und der Himmel wurde wieder dunkel.

„Lass uns versuchen den Weg zurück zu finden. Mir ist so verdammt kalt. Wo ist Buster?"

„Was? Buster! Buuuster! Oh mein Gott, Damon. Was …?"

Jo begann zu weinen und meine Idee mit dem blöden Baum kam mir immer absurder vor. Manchmal bin ich eben ein echter Idiot. Wir liefen ziellos durch die Gegend, aber fanden das Tier nicht. Jo war völlig neben der Spur und klammerte sich ängstlich an mich. Dann raschelte es plötzlich im Unterholz. Ein Mann tauchte auf. Und Buster stand neben ihm.

„Hallo. Sie haben sich wohl verlaufen? Der kleine Kerl hier hat sich auf meinen Hof verirrt und so lange gebellt bis ich ihm gefolgt bin. Sie haben einen klugen Hund. Wo ist ihre Unterkunft?"

Ich war so perplex, dass ich nur mühselig die Adresse der Blockhütte zusammen brachte. Jo hob Buster hoch und ihre Tränen der Freude waren Herz zerreißend.

„Ah, Tores Hütte. Die ist nicht weit. Ich bringe sie hin."

Uns fielen zentnerschwere Steine von der Brust und da merkten wir erst wie durchgefroren wir wirklich waren. Nach einer halben Stunde Fußweg erreichten wir die Hütte. Wir waren Mats, so hieß der Mann, so dankbar. Noch heute rufe ich ihn ab und zu an, wenn ich wieder mal in Europa bin. Im Laufe der Jahre sind wir echt gute Freunde geworden. Er staunte nicht schlecht als ihm klar wurde, wen er damals aus dem Wald gerettet hatte.

Den Rest der Zeit verbrachten wir dann lieber in der Nähe der Hütte. Wir bauten Schneemänner mit Möhrennasen, machten Schneeballschlachten und kleine Wanderungen. Ein kleiner Schnupfen hielt uns auch nicht davon ab. Alles in allem war es ein gelungener Urlaub. Ohne Buster wären wir wahrscheinlich erfroren. Er ist echt der klügste Hund der Welt.

Nach knappen drei Wochen kamen wir wieder in New Orleans an. Mein Anrufbeantworter war voll mit Nachrichten.

Mein Leben hatte mich wieder. Ich rief die Band an und berichtete was passiert war. John lachte mich nur aus und ich kam mir dämlich vor. Das Klima in New Orleans war natürlich wesentlich milder als in Finnland. Ich brauche nicht zu erwähnen das ich eine richtige fette Erkältung bekam. In einigen Tagen sollte es losgehen. Und ich lag mit Fieber im Bett. Es ging mir so dreckig wie noch nie und ich verfluchte die Sache mit dem Baum erneut. Jo versorgte mich so gut sie konnte. Sie selbst hatte nur einen leichten Husten, was wahrscheinlich daran lag, dass sie sich vernünftig ernährte im Gegensatz zu mir.

„Du musst trinken Damon. Tee?"

„IIIHHH."

„Willst du deine Stimme zurück? Dann trink."

Nach drei Tagen konnte ich endlich aus dem Bett. Bald darauf starteten wir unsere Tour durch Südamerika. Für unsere Verhältnisse war sie nicht so lange. Zwei oder vier Monate oder so. Wir waren wieder auf dem Vormarsch und ich witterte meine Chance auch international durchzustarten. Europa, das wäre mein Ding. Ich sprach mit John und den anderen. Jonathan war nicht so begeistert, weil Susan auch nicht auf ihn verzichten wollte. Für Brandon klang das alles unglaublich und er platzte vor Neugier und Tatendrang. Andy war es egal und Nick ist genau so irre wie ich. John und ich zogen das Ganze in Erwägung. Das wollte ich aber noch für mich behalten. Ich weiß wie das klingt. Und heute denke ich, dass ich ein Schwein war. Oder vielleicht bin ich es noch immer. Ich weiß was läuft, aber ich bin nicht fähig es zu ändern.

44

Jo

Damals:

Einige Zeit später sagte er mir dass wir für lange Zeit unsere
Heimat verlassen würden. Er hatte eine Tour durch Europa
geplant.
„Jo, ich muss mit dir reden."
„Okay. Was ist passiert?"
„Also es ist so. Du hast ja gehört was so alles während unserer
Abwesenheit los war. Ich habe Angebote aus Europa bekommen.
So ein Musiksender aus London ist auf uns aufmerksam
geworden. Sie spielen unsere Lieder rauf und runter. Und jetzt
hätten sie uns gerne da. John und die Jungs sind auch dafür, es in
Europa zu versuchen."
„Damon, bitte tu das nicht. Wir sind doch gerade erst zurück.
Denkst du nicht, dass du und die Jungs etwas Ruhe brauchen?"
„Nein, ruhen kann ich wenn ich tot bin."
Er sah mich an und seine Augen glänzten vor Aufregung.
Obwohl Damon ziemlich blass aussah, kam er mir nicht krank
vor. Ich hätte es besser wissen müssen.
„Okay, wenn du glaubst, dass dir genau das zu deinem Glück
fehlt, riskiere es."
Jetzt hatte ich es gesagt und musste zu meinem Wort stehen. Die
ganze Tragweite war mir in diesem Moment noch nicht bewusst
gewesen. Ein ganzes Jahr aus dem Koffer leben. Ich fand es

zuerst toll, bis mir dann doch langsam klar wurde was das bedeutet. Unser Haus, unser Leben. Alles würde sich wieder ändern. Wir wären ein Jahr, das muss man sich mal auf der Zunge zergehen lassen, weg. Eine Ewigkeit. Und dabei hatte ich mich gerade eingelebt. Ich hatte gelernt mit der Präsenz der Menschen vor unserem Haus zu leben. Noch immer fühlte ich Stolz. Aber es machte mir auch immer mehr Angst. Die Zeit vor alle dem verbrachten wir mit Vorbereitungen. Kurzfristig flogen wir zu John nach New York um uns dort mit den anderen zu treffen. Wir erreichten Johns Wohnung.

„Hier ist meine bescheidene Hütte. Willkommen in Villa Brannigan.“
John betrat das alte Gebäude. Es war nicht so hoch wie anderen. Und es sah aus wie eine alte Fabrik. Ich konnte mir nicht vorstellen, dass hier jemand wie er lebte. Das Haus war nicht hoch, aber dennoch riesig. Wir betraten einen Fahrstuhl, wo die Türen noch wie die eines zusammenquetschbaren Käfigs aussahen.
„Die ganze Hütte gehört mir, aber meine Wohnung ist oben. Hier unten arbeite ich nur.“
„Oh.“
„Hier ist mein Atelier. Ich male. Wir könnten ja mal zusammen etwas machen. Damon hat mir von deinen Bildern erzählt. Was denkst du, Jo?“
„Du und ich. Ich bin nicht so gut wie du. Aber ich male auch andere Sachen. Nicht so modern.“
„Doch. Du malst fantastisch. Denke an das Bild, die zerrissenen Herzen mit meinen Augen... Genial. John das musst du dir ansehen. Ich will es als Cover für das Darkness Album“
„Es entspannt mich, wenn Damon wieder auf meinen Nerven herum trampelt, so wie jetzt gerade.“
Er sah Damon viel sagend an.
„Halt die Klappe, John.“
Die Freunde knufften sich gegenseitig in die Hüften. Dann

erreichten wir die erste Etage. Hier stand Johns Fahrrad. In einer
Ecke des Raumes standen Fitnessgeräte herum. Ansonsten war es
ziemlich kahl. Sein Atelier hingegen hätte mir sehr gefallen
können. Meines war schon toll, aber Johns hatte den Charakter
einer großen Ausstellungshalle. Überall standen Staffeleien
herum und seine fertigen Werke hingen an den Wänden. Es sah
sehr professionell aus. Wir fuhren noch ein Stockwerk höher und
oben sah es schon mehr nach einer Wohnung aus. Hinter einer
mit Graffiti beschmierten Stahltür befand sich Johns Loft. Kein
Einbrecher hätte hier die Wohnung eines Stars vermutet.
„Mein Gott. John. Du lebst in einer Fabrik? Krass."
„Yo. Hier hab ich meine Ruhe und kann tun was ich will. Haut
euch hin, die anderen kommen auch bald."
Ich staunte nicht schlecht was John aus der alten Fabrik gemacht
hatte. Die Wände der Wohnung bestanden aus roten alten
Ziegeln, die aber einen gewissen Charme hatten. Die Wohnung
bestand mehr oder weniger aus einem einzigen Raum, den John
auf seine Weise unterteilt hatte. Von der hohen Decke hingen
lange weiße Tücher hinab und verdeckten Johns Bett. Hier und
da teilte ein voller Bücher gestopftes Regal den Raum in mehrere
kleinere Ecken auf. Im Gegensatz zu Damon war es bei John
keineswegs chaotisch. Johns Küche bestand komplett aus
Edelstahl. So wie eine Restaurantküche. Mitten drin befand sich
die Kochinsel. Darüber baumelten sämtliche Pfannen und
Küchengeräte an Fleischerhaken aufgehangen. Sogar ein prall
gefüllter Obstkorb stand auf der Theke. Natürlich durften auch
seine Instrumente nicht fehlen. Hier und da standen sogar schicke
Gitarren in den Ecken herum. Ich hatte bis dahin keine Ahnung,
dass John diese ebenfalls spielen konnte. Die Männer waren alle
so vielfältig, völlig verschiedene Typen, die dennoch wunderbar
zusammen passten. Mir gefiel Johns Wohnung und ich war etwas
traurig, dass ich in der Vergangenheit noch nie hier war.
Es klingelte.

„Das sind die Jungs. Die bleiben auch alle hier. Ich habe genug Platz."

„Und was wollt ihr so alles besprechen?"

„Na ja, es geht um die Europa Tour. Da müssen wir noch einiges klären."

Damon legte mir den Arm um die Schultern und nippte an seinem Bier, das John ihm hingestellt hatte. Als alle da waren begann die Diskussion wo und wann und wie alles passieren sollte. John stellte Getränke und Knabbereien auf den Tisch. Mir war etwas langweilig, aber das machte nichts. Ich wusste was es Damon bedeutete hier zu sein. Natürlich blieb es nicht bei einem Glas Bier. Für Nick eine gewagte Sache, aber wir alle waren ja da um auf ihn aufzupassen. Dann wurde aus dem Vorbereitungsgespräch kurzer Hand ein kleines Besäufnis, weil Damon wieder seinen Mund nicht hatte halten können. Ich hatte Geburtstag. Es war der 21.Juli. Mein 22.Geburtstag.

„Leute, es ist Mitternacht und wir sollten jetzt unsere Geschäfte auf Eis legen. Es gibt etwas zu feiern. Jo hat Geburtstag."

„Yeah! Party, find ich in Ordnung", rief Brandon.

„Dann sollten wir ihr wohl ein Ständchen singen. Los, zeigt was ihr könnt", rief John. Sofort schnappte sich jeder von ihnen eines von Johns Instrumenten und dann begannen sie tatsächlich eine Rockversion von Happy Birthday zu singen.

Früh am nächsten Morgen wachten wir auf Johns Sofa auf. Irgendwie waren wir einfach eingeschlafen. Mein Kopf lag auf Damons Schoß, Andy und Nick lagen auf dem Boden, Jonathan hing quer über dem Sessel, während John es bis in sein Bett geschafft hatte. Und Brandon hatte es sich in Johns Badewanne gemütlich gemacht.

„Hey Leute, wir sind wohl etwas abgesackt."

John kam verschlafen um die Ecke und sah das Ausmaß der Besprechung.

„Hä? Dein Boden ist echt hart, John", jammerte Nick.

„Der ist ja auch nicht zum pennen gedacht, Kumpel."

„Hey Andy, aufwachen. Die Sonne scheint und meine Bude sieht aus wie ein Trümmerfeld."

„Reg dich nicht auf, Mann. Mein Schädel bringt mich gerade um", maulte Jonathan. Andy regte sich nicht.

„Hallo Andy, das Leben geht weiter."

„So ein Scheiß."

„Wo steckt Brandon?"

„Er schläft selig in meiner Wanne, der Spinner."

„Ich hole ihn."

Vorsichtig rappelte ich mich aus Damons Schoß hoch um ins Bad zu gehen. Ich weckte Brandon, indem ich einfach Wasser einlaufen ließ.

„Was zum Teufel... Jo! Oh Mann. Boah, na warte. Rache ist süß", grinste Brandon mich an. Mit ihm konnte ich so etwas machen. Er wäre mir nie böse gewesen. Damon hing noch immer schief auf dem Sofa. Ich sah ihn an und mir war ganz warm ums Herz. Dieser Typ war einfach... zum Anbeißen, wie er da so lag.

Nach einiger Zeit schafften es die Jungs, sich an den riesigen Tisch zu setzen. John machte uns allen ein Frühstück, wie ich es nur von meiner Mutter gewohnt war. Erstaunlich welche Seiten ich an den Rockern entdeckte. Irgendwie waren sie ja doch Menschen wie alle anderen auch. Gegen Nachmittag brachen wir dann zu Damons Wohnung auf. Er jammerte den ganzen Tag wegen seiner Kopfschmerzen herum und fläzte sich auf sein Sofa. Dann rief P.J.an:

„Hier bei Mandora", sagte ich in den Hörer.

„Jo, bist du das? P.J. hier. Du erinnerst dich?"

„Klar. Hi P.J.,alles okay?"

„Ja, ist Damon da?"

„Mehr oder weniger, warum?"

„Er hatte mich kürzlich um etwas gebeten und ähm ... heute könnte es klappen."

„So, was denn?"

„Darf ich nicht sagen. Ist eine Überraschung für dich."

„Oh."

„Jo? Wer ist dran?, lallte Damon.

„P.J."

„Ach shit, komme."

Ich gab Damon das Telefon und sah wie sich seine Miene erhellte. Keine Ahnung was er nun wieder vorhatte.

„Cool. Bis später. Danke, Mann."

Grinsend legte er auf und verschwand sofort unter die Dusche. Ich hatte noch immer keine Ahnung was das alles sollte. Zehn Minuten später stand er schon fertig in der Tür.

„Und nun?"

„Hast du eine warme Jacke dabei?"

„Warum? Willst du wieder nach Finnland?"

„Hexe! Nein. Aber ich wollte mit dir zum Stadion."

„Eishockey?"

„So ähnlich, los komm. P.J. kann die Halle etwa eine Stunde für uns freihalten."

„Hä?"

„Nun komm schon, Jo. Sei kein Spielverderber. Schließlich ist noch immer dein Geburtstag."

Er grinste schon wieder. Dann nahm er meine Hand, seine Cap und den Schlüssel. Als wir am Stadion ankamen wartete P.J.schon auf uns.

„Ihr könnt etwa eine Stunde laufen, dann muss ich das Eis aufbereiten. Viel Spaß."

„Danke. Bist der Beste."

„Ich weiß."

P.J. zwinkerte uns noch einmal zu. Dann verschwand er in seine heiligen Hallen.

„Was hast du vor?"

„Wir beide werden Schlittschuh laufen. Ich habe gehört, dass Mädels darauf stehen."

„Is klar. Kannst du das denn überhaupt?"

„Nö, aber ich werde es lernen."

Schon holte Damon sich Schlittschuhe aus dem Regal.
„Okay. Du bist verrückt, aber ich kann damit umgehen."
Als auch ich meine Schlittschuhe endlich an hatte, begaben wir
uns Hand in Hand wackelnd auf die Eisfläche.
„Das ist ja scheiße glatt. Da habe ich mir ja was eingebrockt."
„Na komm, halt dich an mir fest. Es ist ganz einfach."
Ich musste lachen als Damon sich krampfhaft an der Bande
festhielt. Von hinten näherte ich mich ihm und schlang meine
Arme um seine Hüften.
„Jo. Verdammt, ist das rutschig. Shit."
„Du schaffst das schon. Ist wie Rollerblades laufen."
Zögerlich griff er nach meiner Hand und ließ sich mitziehen. In
der Mitte der Eisfläche hielten wir an. Dann ging plötzlich das
Licht aus.
„Damon, oh Gott, was machen wir jetzt?"
„Warten", sagte er nur und grinste schon wieder. Dann ließ er
sich einfach auf den Boden fallen und riss mich mit sich hinab.
Plötzlich blinkte die Anzeigentafel auf.
Die leuchtende Schrift erschien.

*JO! DU HAST MEIN HERZ IM STURM EROBERT: ICH LIEBE
DICH: 1:0 FÜR JO. DANKE FÜR EINE WUNDERVOLLE ZEIT
MIT DIR.*

Dahinter eine nicht endende Reihe von Herzen, die über die Tafel
rutschten.
„Damon, was... Ist das süß. Oh Mann..."
Meine Stimme versagte. Damon beugte sich zu mir herüber und
nahm mein Gesicht in seine Hände.
„Du bist alles für mich. Herzlichen Glückwunsch zum
Geburtstag."
„Ich... Wahnsinn. Danke … für alles", schniefte ich.
Er drückte mich zärtlich auf das Eis und küsste mich, dass mir
die Sinne schwanden. Dieser Tag ist immer in meinem Herzen.

Die nächsten Tage blieben wir in Damons Wohnung. Wie John versprochen hatte, sah er sich mein Bild an. Damons Idee, es für das Cover zu nehmen, war noch nicht vom Tisch.

„Das ist cool. So düster. Schließlich soll das Album ja auch *Darkness* heißen. Wir nehmen es. Aber kannst du vielleicht auch uns anderen noch irgendwo unterbringen? Schließlich sind WIR ALLE Mandoras Hell Fire."

Da hatte John recht.

„Da warst du aber mies drauf als du es gemalt hast, oder?", fragte Nick."

„Ja, ziemlich. Aber mach´ dir darüber keine Gedanken. Wie soll ich euch denn malen?"

„So, dass es zu Damons Bild seiner Augen passt. Male unsere Augen irgendwohin. Jeder Blick soll ein Gefühl aussagen. Bei Damon ist es Trauer. Die Käufer sollen aber wissen welche Augen zu wem gehören und welches Gefühl es ist."

„Super Idee, John. Kannst du das, Jo?", fragte Andy mich.

„Ich versuche es. Was ist dein Gefühl, Nick?"

„Angst."

„Angst? Wovor?"

„Davor, dass ich nicht stark genug bin. Davor, dass ich meine Alkoholsucht nicht dauerhaft in den Griff bekomme."

„Notiert. Und Jonathan?"

„Glück."

„Weil?", wollte Damon wissen.

„Mein Sohn. Er ist das größte Glück auf dieser Welt für mich."

„Das ist süß. Kriege ich hin. Andy?"

„Wut. Weil ich meinem Dad nie verzeihe, dass er nicht um uns gekämpft hat als meine Mutter und ich damals aus Irland abgehauen sind. Es war ihm scheiß egal was aus uns wurde."

„Klingt übel. Tut mir echt leid, Andy."

„Das muss es nicht. Ich komme schon klar."

„Brandon. Du bist dran."

„Was passt zu mir?"

„Lebensfreude, nein Verzweiflung."

„Hä?"

„Ganz ehrlich? Ich sehe doch wie du Sky ansiehst. Sie sollte für dich mehr sein als deine beste Freundin. Richig? Du bist verzweifelt, weil sie dich nicht sieht wie du es willst."

„Du hast mich durchschaut, Jo. Aber es ist wie es ist. Sie wird mich niemals auf diese Art lieben. Okay. Verzweiflung."

„John, jetzt du. Es war schließlich deine Idee."

„Ich denke es ist Hoffnung."

„Oh je. Worauf hoffst du denn?"

„Auf eine Frau, die mich liebt. Irgendwo ist sie und sucht mich. Ich werde sie finden. Ich will nicht mehr allein sein."

Mein Herz zog sich zusammen. Es stimmte. Ein Mann wie er brauchte eine Partnerin, die ihm würdig ist.

„Okay. Dann machen wir es so. Macht Fotos von euch. Immer dann wenn ihr bei einem von euch die Stimmung in den Augen seht, die ich für die Bilder brauche. So kann ich das nicht malen. Dann versuche ich alles so zu malen wie auf den Bildern. Notfalls schreiben wir es halt dazu. Vielleicht auch den Grund, wenn euch das nicht zu privat ist. Wie viele Titel habt ihr?"

„12: Vielleicht schreiben wir sie einfach kreuz und quer in die wilden Linien auf deinem Bild. Sieht sicher cool aus."

Damon war total aufgeregt und ich dachte über all das nach was ich gerade über die Jungs erfahren hatte. Niemals hätte ich gedacht, dass auch noch andere Menschen ihre Bürde zu tragen hatten. Das Geschäft macht einen kaputt. Und deshalb ist es wie es ist. Wir alle sind zusammen einsam.

Acht Wochen später brachen wir auf. In ein Jahr voller Abenteuer. Wir wussten nichts über Europa.

„Wo beginnt diese Tour eigentlich?", fragte ich.

„London. Endlich wieder was Neues, raus aus der Langeweile."

Dann kam James zu uns:

„Mr.Mandora, wir... "

„James, ich heiße Damon, okay?"

„Okay. Mr., ähm, ich meine Damon. Ich wollte nur sagen, dass wir noch nicht starten können."

„Weil?"

„Der neue Pilot ist noch nicht da."

„Wann sollte er denn hier sein?"

„Ich weiß nicht was sie, ich meine was du mit ihm ausgemacht hast."

„Dann sollte ich wohl mal telefonieren. Jo, geh doch schon mal zu den anderen rüber. Ich habe gleich Zeit für dich."

„Ein neuer Pilot? Davon hast du mir ja noch gar nichts erzählt."

„Ja, die Strapazen sind für James allein zu hoch. Mr.Floyd wird uns ab sofort, vorausgesetzt er erscheint pünktlich, begleiten und James ein wenig entlasten. Mach dir darüber keine Gedanken. Genieße die Tour als wäre sie eine lange Reise. Ich liebe dich. Warte kurz..."

Ich sah Damon hinterher und staunte nicht schlecht. Aber ich fand es gut, dass er sich auch über seine Mitarbeiter Gedanken machte. James hatte ja auch noch ein anderes Leben außerhalb der Band. Also setzte ich mich zu den anderen und hörte ihnen zu wie sie ihre Zukunft in Europa sahen.

„War jemand schon mal da?", fragte Brandon.

„Nein, nur Damon war mit Jo in Finnland im Urlaub Stimmt´s?" Nick grinste mich an.

„Ja, erinnere mich bloß nicht daran."

Während des Fluges war Damon sehr beschäftigt. Er arbeitete stapelweise Papiere durch, sprach mit den Jungs über die Stadien, die Bühnen dort und wer weiß was alles. Ich hatte keine Ahnung von solchen Dingen und fühlte mich irgendwie einsam. Wieder wünschte ich mir, Dick wäre noch da. Damon hätte mehr Zeit für uns gehabt. Der Flug dauerte einige Stunden, verlief aber gut. Wir setzten in Seattle auf und alles war wie immer. Ich erfuhr, dass wir dort auf den neuen Piloten treffen würden. Dann brachte das Flughafenpersonal einen Herren, Mitte 40, zu uns.

„Mr.Mandora. Es kann losgehen."
„Ah Anthony, ich darf doch Anthony sagen?"
Die Männer reichten sich die Hände.
„Natürlich."
„Auf eine gute Zusammenarbeit. Ich bin übrigens Damon. Locker bleiben, nicht so förmlich okay?"
„In Ordnung."
„Leute, das ist Mr.Anthony Floyd. Er gehört ab sofort zum Team."
Der neue Pilot war sehr nett. Der Reihe nach stellte er sich uns allen vor. Ich fühlte mich irgendwie überflüssig. Als wir endlich in Seattle, bzw. Pain Field ankamen, ging es Schlag auf Schlag. Damon wurde etwas nervös. Schließlich war es auch für ihn ein außergewöhnlicher Tag. Endlich hatte ich erfahren, was damals in Everett passiert war. Damon hatte ein größeres Flugzeug bestellt. Und dieses wollten wir nun abholen. Wir verließen die vertraute Maschine. Unsere Sachen wurden in eine Halle gebracht. Ich nahm Buster entgegen. Ein wichtiger Mann kam zu uns und beanspruchte Damon und die Piloten sofort. Etwas genervt folgte ich ihnen und den anderen in eine riesige Halle.

„Mr.Mandora, das ist sie."
Der Mann zeigte auf ein schwarz-weißes Flugzeug. Ich stand neben Damon. Er nahm meine Hand und drückte sie leicht.
„Na, was sagst du?"
„Gehört die jetzt dir?"
„Ja. Unser altes Flugzeug wird in Las Vegas in ein Museum für Musik gebracht. Ein Sammler hat die Maschine gekauft. Er wird das Flugzeug dort ausstellen."
„Wow."
Mehr fiel mir nicht ein.
„Ich darf ihnen alles zeigen? Bitte folgen sie mir."
Der Mann schritt voran, James und Anthony hinterher. Damon und ich liefen um das Flugzeug herum. John und die anderen waren schon eingestiegen, um das Teil von innen anzusehen.

Das Flugzeug war schwarz, vorne bis zu den Flügeln weiß, die Tragflächen mit Flammen verziert. Auf der Seite des Fliegers stand in großen Lettern der Bandname. Und auf der Heckflosse prangte das Bandlogo.

„Sie ist wunderschön. Hast du das Design entworfen?"

„Nicht ganz. Dafür habe ich mir einen Spezialisten gesucht. Aber John und ich hatten die Idee dazu. Die Maschine ist, wie du siehst, etwas größer als die alte. Wir haben jetzt mehr Leute, die uns begleiten. Lass uns mal reingehen."

Damon zog mich hinter sich her. Ich staunte immer mehr und brachte keinen Ton mehr heraus. Wir sahen uns das Flugzeug an. Auf jeden Fall war die Ausstattung weit entfernt von einem normalen Linienflugzeug. Purer Luxus. Wahnsinn. Auch die Band war begeistert. Brandon und Andy alberten herum wie Teenies. Jonathan telefonierte mit Susan und mein Herz zog sich zusammen, wenn ich an seinen Sohn dachte, der nie etwas von seinem Vater hatte. Nick klimperte auf seiner Gitarre herum und John saß mit den Piloten vorne. Damon nahm mich in den Arm und küsste mich. Es war ein schönes Gefühl ihm wieder nahe zu sein. Nach etwa zwei Stunden meinte der Mann vom Werk, dass unserem Aufbruch nichts mehr im Weg stünde. Die Maschine war vollgetankt, unsere Sachen umgeladen und damit startklar. James und Anthony nahmen ihre Plätze im Cockpit ein, wir anderen lümmelten uns in die gemütlichen Sitzecken der Maschine. Buster blieb bei uns oben. Die erste Strecke wollte Anthony übernehmen, da James uns ja schon nach Seattle gebracht hatte. Wir mussten noch einmal zurück nach New York, damit am nächsten Tag noch das Personal zusteigen, und das ganze Equipment verladen werden konnte. Mir war nicht wohl, wenn ich an die Zeit, die uns jetzt bevor stand, dachte. Ich saß neben Damon im hinteren Ende der Maschine. Er erzählte mir von seinen Plänen in Europa. Ich erfuhr, dass wir dort zu den Geheimtipps gehörten. Es war zwar schön, aber ich wusste was kommen würde, wenn die Band auch dort hohen Zuspruch fand.

Wir landeten in London. Von dort aus ging es weiter nach Madrid. Und weiter und weiter. Auch in Europa waren wir inzwischen keine Unbekannten mehr. Das belastete mich. Ich versuchte ruhig zu bleiben. Immer lächeln und nichts Privates erwähnen. Damon nahm sich Zeit für mich, so gut es eben ging. Doch ich spürte, dass es ihn belastete.

„Damon, ich mache mir Sorgen um dich."

„Ich schaffe das. Solange du bei mir bist."

Ich glaubte ihm nicht. Mein Gefühl sagte mir etwas Anderes. Am Tag des Konzerts in Prag wurde es ernst.

„Du siehst blass aus. Was ist los mit dir?"

„Es geht mir gut."

Schon ließ Damon mich allein, um zu telefonieren. Ich hatte so eine Ahnung. Den ganzen Tag über spürte ich, dass mit ihm etwas nicht stimmte. Und mein Bauchgefühl hatte mich nicht betrogen. Das Konzert stand unmittelbar bevor. Ich sprach mit John über meine Sorgen.

„Ich behalte ihn im Auge."

„Danke, John."

Dann begannen die Proben und ich sah, dass Damon immer wieder unterbrach. Um seine wundervollen Augen machten sich dicke dunkle Ränder breit.

„Mach mal `ne Pause", hörte ich John sagen.

„Nein. Ich ziehe das jetzt durch. Ich will den Durchbruch hier in Europa."

„Klar. Wenn du so weiter machst siehst du hier höchstens die Kliniken von innen. Aber bitte."

John klang echt sauer. Die Uhr rannte voran und Damon tigerte nur noch auf und ab.

„Es geht los. Sieh dir das Publikum an. Sie bekommen ihre Show."

Dann betrat er die Bühne. Ich blieb wie immer am Bühnenrand stehen. Am Anfang lief alles gut. Doch dann kam es wie es kommen musste: Damon brach mitten im Konzert zusammen. Er kippte einfach um. Irgendwann musste das ja passieren. Kein Mensch hält so etwas lange aus. Ich rannte auf die Bühne.

„Damon, oh mein Gott. Was ist mit dir?"

John und die anderen kamen sofort zu uns. Schlaff hing Damon in meinen Armen. Das Konzert wurde abgebrochen, das Stadion sofort geräumt. Rufe und Pfiffe erklangen. Ich verstand die Menschen nicht. Hatten sie denn gar kein Mitgefühl?

„Er wird wieder. Nick hat schon einen Notarzt gerufen. George kommt auch sofort."

„Ich wusste es schon die ganze Zeit. Ich habe es gespürt. Aber er sieht die Gefahr nicht. John, bitte hilf ihm. Er ist alles was ich habe. Ich liebe ihn. Damon, bitte komm zu dir."

Zaghaft tätschelte ich seine Wange. Ich war völlig aufgelöst. John blieb bei mir. Andy und die Jungs versuchten die Gaffer abzulenken. Es war grausam. John legte seinen Arm um mich, während ich Damon in meinem hielt und wir auf den Arzt warteten. Dann betrat George, der Bandarzt, die Bühne. Das

Stadion war jetzt leer und mir ging es schlecht.

„Sie werden ihn mitnehmen. Nur zur Sicherheit", sagte George.

„Ich lass ihn nicht allein."

Dann kam ein Rettungswagen und brachte Damon fort. Es war ein Albtraum. Und es war ja abzusehen. Ich stellte mir nicht zum ersten Mal die Frage, ob das alles wirklich sein musste. Wozu riskierte er seine Gesundheit? Ich konnte es nicht verstehen.

John begleitete uns zum Krankenhaus.

„Es tut mir leid. Ich hätte es merken müssen."

„Du kannst doch nichts dafür. So ist er eben. Aber ich hoffe, er lernt daraus."

Damon hatte einen Schwächeanfall und sein Kreislauf hatte aufgegeben. Kein Wunder wie er die letzten Wochen gelebt hatte. Kaffee schwarz in Massen, zwei Packungen Zigaretten pro Tag, wenig gegessen, kaum Schlaf. Bourbon, Cola... Das konnte ja nicht gut ausgehen. Er kam in Prag in eine Privatklinik und sollte eine Woche dort bleiben. Ich saß Tag und Nacht an seinem Bett. Er war jetzt 27. Viele berühmte Personen starben in diesem Alter. Die Liste ist lang und ich wollte meinen Freund nicht darauf sehen. Ich wollte dass er aufhört. Er hatte alles erreicht. Was wollte er denn noch?

Am Ende der Woche schlug Damon kurz die Augen auf. Er hatte Probleme sich zu erinnern wo wir überhaupt waren. Der wache Moment war schnell wieder vorbei und er driftete wieder ab. Vor dem Krankenhaus hatten sich die Medien aufgebaut. Woher die immer wissen was gerade läuft bleibt mir ein Rätsel. Seit diesem Tag hasse ich sie. Ab und zu rutschte jemand von ihnen durch die Kontrolle und fand sich vor dem Zimmer wieder. Diese Menschen haben kein einfach Gewissen. Keinen Respekt. Zum ersten Mal, seit ich mit Damon zusammen war, verlor ich die Beherrschung und schrie den Fotografen an dass er verschwinden sollte. Ich weinte und brüllte. Sam hatte zu tun, mich davon abzuhalten zuzuschlagen. Die Fäuste geballt schoss ich auf den Herrn zu.

„Jo, hör auf. Du machst alles nur noch schlimmer. Beruhige dich."
Sam klang echt verzweifelt. Seine starken Arme konnten mich kaum bändigen. Ich war so wütend. Der Typ sollte Damon in Ruhe lassen. Ich wollte das alles nicht mehr. Damon lag in seinem Krankenbett, blass und hilflos. Und ich konnte nichts dagegen tun. Fotos von ihm tauchten auf. Und Bilder von mir wie ich den Mann angegriffen habe. Schlagzeilen, die alles außer der Wahrheit enthielten:

Rockstar Freundin rastet aus. Reporter krankenhausreif geprügelt. Damon Mandora ringt mit dem Tod, Mandoras Hell Fire vor dem Aus. Mandoras Hell Fire beenden ihre Europatour vorzeitig. Damon Mandora drogenabhängig. Damon Mandora im Koma,

usw. Es war furchtbar. Wir standen dem machtlos gegenüber. Ich wollte ihm doch nur helfen. Die fast schlimmste Zeit in meinem Leben. Ich saß stundenlang an seinem Bett und hielt seine Hand. Er musste wieder gesund werden. Was sollte ich denn ohne ihn machen? Ich betete, dass er endlich genug hätte. Was bringt uns Geld und Ruhm wenn es einen krank macht? Es konnte nicht sein. Am 10.Tag lag ich neben Damon in seinem Bett. Seine Hand in meiner. Ich schlief. Nur ein wenig, weil ich keine Kraft mehr hatte. Dann hörte ich ihn leise meinen Namen sagen. Sofort war ich hellwach und sah ihn mit Tränen verschleierten Augen an.
„Du bist wach. Hey Rockstar."
„Jo."
Zaghaft lächelte er mich an. In den folgenden Tagen ging es ihm immer besser. Langsam kam er wieder zu Kräften.
„Hab da wohl etwas übertrieben, was?"
„Sch ... rede nicht so viel. Aber ja, da hast du recht."
Ich streichelte seine blassen Wangen.
„Du warst die ganze Zeit hier?"

„Natürlich. Ich lasse dich nicht mit den Idioten allein. Sie lungern schon die ganze Zeit hier herum. Du musst schnell gesund werden. Ich will zurück in unser schönes Haus. Hör auf Damon. Bitte. Du musst dir und mir nichts beweisen."

„Nein. Ich werde die Bühne niemals aufgeben. Niemals!" Irgendwie klang er beleidigt und ich wusste, dass es nichts brachte, weiter darauf herumzureiten. Also schwieg ich lieber.

Nach vierzehn Tagen wurde er entlassen. Eine Limousine des Hotels brachte ihn zurück zu mir. Damon blieb noch im Bett liegen. Er sah zwar schon besser aus, aber er war schwach. Ich bat ihn nochmals eindringlich, kürzer zu treten.

„Jo, es gibt Verträge. Wir leben davon. Ich verspreche dir, wenn dieses Jahr vorüber ist werden wir eine lange Pause machen."

„Damon, bitte, das ist es doch nicht wert. Sieh dich an. Was ist aus dir geworden? Du bist nicht mehr du selbst. Du brauchst das nicht. Du hast alles erreicht. Wir brauchen das Geld nicht."

Ich war so verzweifelt. Warum verstand er nicht worum es mir ging? Er setzte sich auf. Dann sah er mich an und strich mir mein Haar aus der Stirn.

„Jo, du bist das Wichtigste für mich. Denk nur was wir schon alles erlebt haben. Ich will dir etwas bieten. Wir kennen uns doch schon so lange."

Ich war traurig, hilflos. Zum ersten Mal wünschte ich mir ich wäre zu Hause bei meinen Eltern. Ich hatte sie schon ewig nicht mehr gesehen. Meine Mutter wusste immer Rat und sie konnte sehr überzeugend sein. Aber ich war allein mit Damon und meinen Sorgen um ihm. Wenn wir zurück in den USA waren würde ich meine Eltern besuchen.

Einige Wochen später stand Damon schon wieder auf der Bühne. Wir waren in Dublin. Hier sollte es vier Konzerte geben. Alles verlief normal. Die Leute hatten uns im Auge. Und Sam passte auf mich auf. Ich hoffte, dass alles gutgehen würde. Zum Glück war es auch so. Vorerst.

45

Damon

Jetzt:

Es ist schon Mittag und ich sitze noch immer hier. Ich weiß was heute Abend von mir verlangt wird. Ich bin noch immer müde. Ich denke über das Gespräch mit John nach. Und ich höre Jos Stimme in meinem Kopf. Ihre Tränen sehe ich förmlich vor mir. Mein Telefon klingelt. Fuck! Hat man denn nie seine Ruhe? Ich bin fertig. Soll ich überhaupt rangehen? Ach, scheiß drauf.
„Damon Mandora."
„Damon, Jo hier. Ich wollte mich bei dir entschuldigen. Ich wollte nicht einfach auflegen. Es tut mir leid. Aber du fehlst mir jeden Tag mehr. Bitte versteh mich. Ich weiß nicht..."
Ich bin sofort hellwach.
„Jo. Ist was passiert?"
„Nein, ich wollte dich nur hören. Wissen wie es dir wirklich geht. Ich spüre da stimmt was nicht."
„Ach Jo. Was soll ich sagen. Wärt ihr beide hier. Ich würde alles tun euch bei mir zu haben. Ich bin ein Trottel, oder?"
„Nein, das bist DU. So bist du. Aber ich merke, auch wenn du so weit weg bist, dass da etwas nicht in Ordnung ist. Du klingst so anders. Irgendwie erschöpft."
„Na ja, ich bin schon eine Weile unterwegs. Du kennst das ja."
„Ja. Trotzdem. Kannst du zu Alanahs Geburtstag kommen? Es

wäre echt das schönste Geschenk für sie. Bitte, Damon. Nur einen Tag."

Tausend Gedanken jagen durch meinen Kopf.

„Ich weiß nicht ", stammele ich, während mein Magen sich zusammen krampft. Ich glaube ich werde die Tour für einen Monat unterbrechen. Es ist mir egal was kommt. Ich bin am Ende. Ich brauche sie.

„Damon? Bist du noch dran?"

„Ja. Entschuldige. Ich war in Gedanken."

„Schon gut. Ich weiß du hast viel zu tun. Ich wollte dich nicht stören."

„Tust du nicht. Schon in Ordnung ... "

Wir reden lange.

„Bring den Laden zum kochen. Ich liebe dich."

„Das werde ich. Schön dass du immer noch an mich glaubst. Bis bald, Jo. Ich liebe dich auch."

Ich lege auf und meine Gedanken kehren zurück zu jener Tour, die mir eigentlich die Augen hätte öffnen müssen.

Damals:

Ich erzählte Jo von meinem Plan. Ein ganzes Jahr quer durch Europa. Ich wollte ihr alles zeigen, mit ihr etwas erleben, was wir nie mehr vergessen würden.

„Ein Jahr? Damon ist dir klar, was das heißt? Europa ist so weit weg und wir wissen doch gar nicht was uns dort erwartet. Mach doch erst einmal zwei oder drei Auftritte dort. Dann kannst du noch immer entscheiden, ob es das wert ist. Sei doch vernünftig. Ich mache mir Sorgen."

„Ich werde diese Tour machen. Wir werden es dort drüben schaffen. Ich will den internationalen Durchbruch. In England

stehen wir schon weit vorne. Du kommst doch mit, oder?"
„Ja, klar. Was soll ich denn allein hier, ohne dich? Ich will bei dir sein."
„Sicher wird es kein Kindergeburtstag, aber ich möchte das tun."
Heute denke ich, dass es diese Tour war, die Jos Kraft aufgebraucht hat. Diese Tour hat ihre Entscheidung maßgeblich beeinflusst. Ich weiß nicht mehr genau wo wir begonnen haben, aber ich glaube es war London. Ja, doch es war in London. Wir wohnten in einem wunderschönen Hotel mit einem tollen Blick auf die Themse. Es regnete als wir dort ankamen.
„So ein Mist. Ich hätte mir gerne die Umgebung etwas genauer angesehen", meinte Jo.
„Morgen. Wir schauen uns morgen alles an. Jo, sei nicht böse, aber ich bin total im Eimer. Und der Regen macht eh nur schlechte Laune. Lass uns einfach im Bett bleiben."
Und schon lag ich der Länge nach in dem riesigen Bett und lauschte an meinem Kopfkissen. Sofort war ich eingeschlafen. Jo sagte mir später, dass ich fast zehn Stunden geschlafen hätte. So etwas kam eigentlich nie vor. Normalerweise komme ich mit fünf oder sechs Stunden Schlaf aus. Ich wollte einfach nicht zugeben, dass ich etwas Ruhe brauchte. Und hier war erst der Anfang. Ein langes Jahr stand uns bevor und ich hoffte, dass wir alle es erfolgreich überstehen würden. Am ersten Morgen in London musste ich mich zunächst einmal sortieren. Die Zeitverschiebung machte mir zu schaffen. Der lange Flug und all der Kram, der noch auf uns zukommen würde. Ich war wieder da. Meine Jungs und ich würden Europa unsicher machen. Ich lächelte vor mich hin als ich Jos Lippen auf meiner Schulter spürte.

„Hey, Superstar. Wach auf, die Sonne scheint. Und du hast mir etwas versprochen."
„Später. Komm her."
Was gibt es schöneres als an einem sonnigen Morgen der Person, die man liebt, in ihre wunderbaren Augen zu sehen? Ich zog sie

zu mir herüber und auf einmal war ich hellwach. Wir sahen uns einfach nur an und wir wussten was wir wollten. Nach gefühlten drei Stunden Dauersex rappelten wir uns endlich auf. Ich musste dringend ins Stadion und nach dem rechten sehen. John und die anderen waren schon längst vor Ort.

„Nett, dass du auch noch zu uns stößt."
John grinste uns wissend an, sagte aber nichts weiter dazu.
Die Bühne wurde schon montiert. Anthony und James waren im Hotel geblieben. Die beiden hatten zwei Tage frei. Nick und Brandon stimmten ihre Instrumente und Jonathan telefonierte mit Susan. Sie war nicht so begeistert davon ihren Mann so lange nicht zu sehen. Andy war nicht zu sehen und John sah dem Treiben auf der Bühne zu. Alles lief super und nach etwa zwei Stunden beschloss ich mich einfach zu verschwinden.
Ich wollte mit Jo die Stadt unsicher machen.

„Los komm, die werden auch ohne mich fertig."
Ich nahm Jos Hand und dann hauten wir einfach ab. Ich weiß, dass sich das für einen Chef nicht gehört. Aber das war mir echt egal. Auf Jo käme eine harte Zeit zu und ich wollte die wenige Zeit, die wir noch hatten, einfach nur genießen. Also schnappten wir uns unsere Jacken und liefen einfach auf die Straße. Die Sonne schien noch und wir beschlossen einfach zu laufen, egal wohin. London ist eine schöne Stadt. Und Jo wollte unbedingt das Königshaus sehen. Leider fanden wir den Weg dorthin nicht, weil es schon wieder anfing zu regnen. Gerade standen wir eng umschlungen am Ufer der Themse, als die Tropfen immer dicker wurden.
„Was jetzt?", wollte sie wissen.
„Scheiß drauf, küss mich nochmal", hauchte ich ihr ins Ohr. Wir blieben einfach stehen, während das Wasser an uns herab floss. Jos wunderschönes Haar klebte ihr an der Stirn. Aber sie sah so schön aus. Plötzlich begann es zu donnern und Jo zuckte zusammen. Sie hasst Gewitter, ich hingegen liebe es.

„Lass uns zurückgehen. Es wird schon spät sein und du musst morgen fit sein. Eine Grippe kannst du nicht gebrauchen."
„Du hast recht. Die Letzte hat mir völlig ausgereicht."
Ich winkte uns ein Taxi heran. Wir hätten uns eh verlaufen. Ich fand es toll, dass der Fahrer anscheinend nicht wusste wer in seinem Wagen saß. Das war ein schönes Gefühl. Ein kleines bisschen Freiheit. Jo lächelte mich an und ich wusste, dass sie glücklich war. Gegen 18 Uhr erreichten wir unser Hotel. Nach einer ausgiebigen Dusche machte ich mich auf den Weg in eine Bar in der Nähe des Stadions. Jo blieb auf dem Zimmer. Sie war so durch gefroren und das Gewitter tobte noch immer. Ich hoffte nur, dass das Wetter am nächsten Tag besser würde. Sonst würde unser erstes Europakonzert buchstäblich ins Wasser fallen. Zum Glück hatte der Wettergott am Tag des Konzerts gute Laune und es regnete nicht. Ich machte mich also auf den Weg zur Bar. Brandon begleitete mich. Wir redeten über dies und das und Brandon war ganz aus dem Häuschen.
„Und wie schätzt du unseren Erfolg hier ein?"
„Ich denke das wird. In den Radiostationen spielen sie schon eine ganze Weile unsere älteren Songs. Wir werden sehen."
„Das wird ein hartes Jahr. Wo stecken die anderen?"
„Ich denke die stellen irgendeinen Blödsinn an. Oh wir sind da."
Wir betraten einen kleinen englischen Pub. Sehr gemütlich. Der Abend war total unbefangen, fast anonym. Und das coolste war, dass wir auf Brandons alte Band trafen. Eines der Bandmitglieder, Keith Graham, hatte da was angeleiert. So lernte ich die drei Jungs, die vor uns um Brandon waren, kennen. Tolle Typen, jung frech und total durchgeknallt. Genau wie Brandon. Punkig, schräg, nett. Harte Mucke. Und Brandon war platt als er Keith an der Theke sitzen sah.
„Das gibt es doch nicht. Damon, das sind meine Jungs aus dem schönen Detroit: Meine Band, Dark Punk."
Brandon zeigte auf drei junge Männer, die in ihr Bierglas stierten.
„Keith Graham, Drums, Tom Darwin, unser Schreihals, Sänger,

meine ich, Duncan Malloy, Keys. Ich habe den Bassisten zum Besten gegeben, aber das weißt du ja."

Sofort stürmte Brandon auf seine Freunde zu.

„Brandon, der Superstar redet noch mit uns. Ist ja ein Hammer."

„Darf ich euch meinen neuen Boss, Damon Mandora vorstellen?"

„Ah, der Typ mit der geilen Stimme. Ihr seid echt nicht schlecht", scherzte Duncan. Wir gaben uns die Hände.

„Hey Jungs, nett euch kennenzulernen. Seit nicht sauer weil ich euch euren Bassisten geklaut habe. Aber der Typ ist echt zu gebrauchen."

Wir lachten. Ich mochte die Kerle sofort. Ich sah wie sich die Jungs umarmten. Und ich beschloss, mir ihren Sound später genauer anzuhören, wenn wir wieder in den USA waren. Vielleicht könnte ich sie ja als Vorgruppe gewinnen. Unglaublich wie klein die Welt manchmal ist.

Die Tour an sich lief gut. In Paris löste ich mein Versprechen ein und ging mit Jo zum Wahrzeichen der Stadt. Wunderbar in ihre begeisterten Augen zu sehen. Im Künstlerviertel ließen wir und malen. Das Bild hängt nun in New Orleans im Wohnzimmer über dem Kamin. Es war eine schöne Zeit, aber ich glaube es war der Anfang vom Ende, das sich so langsam anschlich. Wie ich schon sagte, denke ich, dass Jos Kraft langsam schwand und sie nur noch mir zu Liebe durchhielt. In Wahrheit war es nicht das was sie sich von unsrer Beziehung erhoffte. Sie liebte mich und wollte meine Nähe, meine ungeteilte Aufmerksamkeit. Normales Leben. Doch das bekomme ich noch immer nicht hin.

Irgendwann kamen wir in Prag an. Ein Konzert, das mich eigentlich hätte wach rütteln sollen. Ich gebe ja zu, dass ich zu diesem Zeitpunkt hin und wieder etwas mit Aufputschmitteln hantiert habe. Sonst hätte ich nicht alles unter einen Hut bekommen. Jo sagte ich nichts davon. Und dann der ganze schwarze Kaffee, die Zigaretten und der Bourbon. Es wurde zu viel, aber ich sah es nicht. Alle Warnungen schlug ich in den

Wind. Jo lag mir ständig in den Ohren ruhiger zu werden. Das wollte ich nicht. Ich war meinem Traum die Welt zu erobern wieder etwas näher gekommen. Um keinen Preis der Welt würde ich diese Chance verstreichen lassen. Niemals. Und so nahm das Drama seinen Lauf. Ich brach auf der Bühne einfach zusammen. Endstation. Ich weiß nicht wie und warum. Es ging alles ganz schnell. Mir wurde schwarz vor den Augen und dann war ich weg. Ich erinnere mich noch, dass Jo da war und mich in ihren Armen hielt. Und danach weiß ich nichts mehr. Jo hat mir erzählt, dass es schlecht um mich gestanden hätte und ich lange Zeit nicht zu mir gekommen war. Keine Ahnung. Als ich aufwachte war sie an meiner Seite, in meinem Krankenbett. Mitten im tiefsten Prag am anderen Ende der Welt. Es war einfach scheiße. Ich hatte doch noch so viel vor. Und meine Band brauchte mich. Schließlich bin ich der Sänger. Die Gruppe ist mein Lebenswerk. Meine Freunde. Meine Familie. Brandon kam vorbei. Er blieb bei Jo und bei mir wenn sie einschlief vor Erschöpfung. Seine Jungs waren schon längst wieder in den Staaten und ich wollte doch mit ihnen zusammen etwas Neues auf den Weg bringen. Und ich lag nur da. Irgendwie tot. Keine Ahnung. Jo hielt meine Hand. Das hatte ich irgendwie gespürt. Sie sah mich an und ich wusste sie war die ganze Zeit da gewesen. John war auch da, hat er mir erzählt. Ich hatte das Gefühl alles zu zerstören. Mein Lebenswerk drohte den Bach runter zu gehen. Nein, auf keinen Fall. Das Ende der Band ist mein Ende. Jo bat mich eindringlich endlich aufzuhören. Ich weiß nicht wie lange das jetzt schon her ist. Ich glaube ich war 27 oder so. Zu jung zum Sterben. Und jetzt bin ich 51 und noch immer brennt mein Feuer. Ohne die Liebe meiner Frau wäre ich wer weiß wo. Und ohne meine Freunde bin ich ein Nichts.

Als ich aufwachte, sagte man mir ich wäre schon zehn Tage da. Zehn Tage, oh Mann. In meinem Kopf purzelten die Gedanken durcheinander. Sämtliche Termine fielen mir ein und ich wollte am liebsten sofort aufbrechen. Ich war viel zu schwach um auch nur auf die Toilette zu gehen. Verdammter Mist. Und alles wegen ein paar Pillen. Die Krankenschwester brachte mir einige Magazine vorbei als ich halbwegs auf dem Damm war. Und ich sah Fotos von Jo darin. Sie sah so fertig auf den Bildern aus. Und die Schlagzeilen machten es auch nicht besser. Scheiß Reporter. Alles meine verdammte Schuld. Dass es überhaupt erst so weit kommen musste.

„Er tut mir leid, Damon. Aber ich konnte diesen Typen einfach nicht in deiner Nähe ertragen. Ich..."
„Schon gut. Ist alles nur meine Schuld. Ich bin ein Idiot. Ich hätte auf dich hören sollen. Aber wir schaffen das. Wir sind ein tolles Team. Komm her zu mir."
Jo setzte sich zu mir auf das Bett und las die Artikel mit. Einige Tränen machten sich auf die Reise und ich begriff immer mehr was dieses Leben für Jo bedeutete. So hatten wir beide uns das nicht vorgestellt. Damals im Tunnel im Park hatten wir uns versprochen es zu versuchen. Und das haben wir getan. Ich hoffte nur, es würde nicht zerbrechen. Ich wollte Jo nicht zerstören. Aber ich denke das habe ich trotzdem getan. So einen Typen wie mich hat sie echt nicht verdient. Ich sehe meine Tochter vor mir und frage mich was sie von mir denkt. Wer bin ich? Damals hätte ich es beenden müssen. Eins von beiden. Meine Karriere, oder die Beziehung zu Jo. Dann wäre meine Tochter nicht allein. Ich bin stur, ein Egoist, Karriere geil.Total liebenswert. Ein Hohn. Und das habe ich jetzt davon. Einsam, zugedröhnt und Kette rauchend hocke ich hier herum. Schönes Leben, schöne Welt.

Nach dem Krankenhausaufenthalt blieb ich noch zu Hause. Das heißt im Hotel. Ich musste unbedingt kürzer treten und mich vernünftig ernähren. Jo war rund um die Uhr bei mir. Nach einiger Zeit ging es mir besser und ich konnte die letzten Termine wie geplant einhalten. Die anderen habe ich später, im Anschluss wiederholt.

46

Jo

Damals:

Dann kamen wir endlich zurück in unser schönes Haus.
„Endlich zu Hause. Ich bin froh, dass es vorbei ist."
Ich war echt froh. Jetzt kam endlich die Zeit der Ruhe. Zeit für
Damon und mich. Und er versprach, mich zu meinen Eltern zu
bringen. Er nahm wieder an Gewicht zu. Ich achtete sehr darauf,
dass er vernünftig aß. Und ich bat John eine Weile zu uns zu
kommen. Damon brauchte seinen besten Freund um sich. Selbst
ich konnte John nicht ersetzen. Das war so ein Männerding und
ich war froh, dass John uns half. Am nächsten Tag holte Matt ihn
um die Mittagszeit vom Flughafen ab. Vor unserem Haus
lungerten noch immer einige Leute herum und machten es John
nicht gerade leicht durch das Tor zu kommen.

„Schön dass du da bist. Damon ist unten im Studio. Sicher hat er
schon wieder was Neues im Sinn."
„Ich geh mal zu ihm. Mal sehen was der alte Trottel da treibt."
John verschwand im Keller und bald darauf hörte ich entspanntes
Männergeplänkel. Diane und ich richteten ein Zimmer für John
her. Schließlich würde er etwas länger bleiben.
Die Tage vergingen. John und Damon unternahmen viel
gemeinsam. John baute ihn wieder auf. Sie fuhren mit Damons
Motorrädern durch die Gegend, besuchten Jazzkonzerte oder

fuhren zum Angeln. Ja angeln. John meinte es würde Damon entspannen und er selbst angelte öfter, wenn er in der Nähe eines brauchbaren Flusses war. Ich ließ die beiden einfach in Ruhe. Damon brauchte das jetzt. Er musste wieder ganz gesund werden. Bald war von dem Zwischenfall in Prag war nichts mehr zu merken. Nach drei oder vier Wochen flog John zurück nach New York. Die anderen Bandmitglieder waren ebenfalls bei ihren Familien. Und für mich wurde es auch Zeit meine Eltern und Freunde endlich mal wieder zu besuchen. Sie fehlten mir alle so. Ich spürte immer mehr, dass mein Leben an Damons Seite, so wie es zur Zeit lief, nichts mit meinem Traum davon zu tun hatte.

Dann kam der Tag an dem ich Damon meinen Wunsch äußerte: „Bitte begleite mich diesmal. Meine Eltern sind so neugierig auf dich. Wir sind schon so lange zusammen und du kennst sie noch immer nicht."
„Klar komme ich mit, keine Frage. Ich habe dir doch gesagt, dass wir eine lange Pause machen."
Er nahm mich in Arm und ich kuschelte mich an seine Brust. Nur wir beide. Das kam nicht oft vor und ich genoss es. In mir keimte wieder Hoffnung auf. Vielleicht würde sich ja doch noch etwas ändern. Die Sache in Prag musste doch einen Sinn gehabt haben.

Zwei Wochen später war es so weit. Wir flogen nach Texas. Und ich muss sagen es war toll. Meine Eltern lernten ihn endlich kennen. Wir saßen in einem Taxi, das uns zu meinen Eltern bringen sollte. Die ganze Zeit über rutschte Damon nervös auf dem Rücksitz herum. Ich musste grinsen. So unsicher hatte ich ihn noch nie erlebt.
„Wie weit ist es noch? Ich dachte du kommst aus San Antonio?"
„Ja schon, aber etwas außerhalb. Du musst dich schon noch etwas gedulden."
„Ich bin nervös. Keine Ahnung warum."
„Was? Jeden Tag stehst du vor tausenden Menschen auf der Bühne und jetzt bist du nervös? Oh Damon, du bist so süß."

Er sah aus dem Fenster, knetete nervös seine Hände und saugte förmlich meine Heimat auf. Ich streichelte ihn über seinen Arm und war froh, dass er diesmal dabei war. Bald erreichten wir unsere Einfahrt. Es war ruhig im Ort. Niemand ahnte wer da bei uns aufkreuzte. Mit Sonnenbrille und Cap getarnt stieg er aus dem Taxi aus.

„Na komm, meine Eltern beißen nicht."

Damons Hand war ganz feucht und ich fand es zu niedlich. Meine Mutter öffnete die Tür und brach sofort in Tränen aus.

„Jolene, mein Gott. Ich kann es nicht glauben. Geht es dir gut?"

„Mom. Hey. Klar. Ich wollte einige Tage bei euch bleiben, wenn euch das recht ist. Und ich habe jemanden mitgebracht. Mom, das ist Damon. DER Damon."

Ich hielt seine Hand noch immer.

„Mrs.Rogers. Damon Mandora. Nett sie kennenzulernen."

Er reichte meiner Mutter die freie Hand, die rechte natürlich.

„Oh, Damon. Ich habe schon so viel von ihnen gehört. Sie sehen etwas anders aus als auf den Bildern in Jolenes Zimmer."

„Mom."

Damons Brauen schossen in die Höhe und ich färbte mich rosa.

„Aber kommt doch erst mal herein."

Zögerlich schritt Damon hinter mir ins Haus. Mein Vater blickte von seiner Zeitung auf und lächelte.

„Jolene, lass dich anschauen. Eine erwachsene junge Frau bist du geworden."

„Dad!"

Ich sprang meinem Vater in die Arme. Damon stand etwas hilflos im Eingang.

„Dad, darf ich dir Damon vorstellen? Der Typ, der mein Leben völlig verändert hat."

„Hallo Damon, So sieht also der berühmte Rockstar aus, der meiner Tochter den Kopf verdreht hat."

„Ja der bin ich wohl."

Damon trat unsicher von einem Bein auf das andere.

„Ich hoffe sie gehen gut mit meiner Tochter um, aber so wie sie grinst kann es ja nur gut gehen."

„Ich gebe mir Mühe. Sie bedeutet mir alles. Ihre Tochter ist wunderbar. Und falls ich mein Versprechen breche, dürfen sie mich umbringen."

„Nana, so schlimm werden sie wohl nicht sein. Obwohl ich anfangs etwas Zweifel hatte an dem was sie tun um ihren Lebensunterhalt zu finanzieren", warf meine Mutter ein.

„Nun lass die beiden doch erst mal ankommen. Herzlich willkommen in unserer kleinen Hütte. Sie sind da sicher etwas anders gewohnt. Klein, bescheiden, aber gemütlich. Kaffee?", fragte mein Vater.

„Klar. Oh, Verzeihung. Gerne, wollte ich sagen."

Zum ersten Mal sah ich, dass Damon rot wurde und sich gerade noch verkniff, meinem Vater kumpelhaft auf den Rücken zu hauen. Meine Mutter kramte ihr bestes Geschirr heraus und zauberte uns ein fantastisches Essen.

„Ah, Mrs.Rogers... Ihr Essen..."

„ Elaine, ich heiße Elaine, okay? Mein Mann heißt Scott."

„Also Elaine, Scott..."

Damon hob das Glas und ich war verwirrt wo er solche guten Manieren her hatte.

„Auf die fantastischste Köchin dieses Planeten. Jetzt weiß ich warum Jo, ich meine Jolene, so gut kochen kann..."

Der Tag war nur so verflogen.

„Ich glaube wir sollten langsam zu Bett gehen", meinte meine Mutter.

„Wenn es euch nichts ausmacht. Ich bin echt erledigt. Aber ich möchte natürlich nicht unhöflich sein", sagte Damon.

„Ach was. Elaine, richte doch das Gästezimmer her. Oder geht ihr rauf in Jolenes Zimmer?"

„Ach Dad. Wir gehen in mein altes Zimmer. Da haben wir Platz genug. Komm, Damon. Ich zeige dir mein Reich."

„Da bin ich gespannt."

Mein Vater grinste geheimnisvoll und ich wurde schon wieder rot. Damon hob die Augenbraue und folgte mir nach oben.

„Du hast mich an der Wand hängen? Ernsthaft?"

„Jaaaa, verarsch mich nur."

Mein Herz schlug schneller. Auch wenn ich ihn nun schon ewig kannte, hatte ich Angst vor seiner Reaktion.

Wir erreichten meine Zimmertür.

„Bitte mach dich nicht lustig, ja?"

„Niemals", prustete Damon los.

„Blödmann. Sei doch mal ernst."

„Bin ich doch", lachte er.

„Da wären wir."

Ich öffnete die Tür zu meinem alten Reich und irgendwie fühlte es sich merkwürdig an wieder hier zu sein. Damon drängte sich an mich.

„Nun mach schon. Ich will es sehen."

Er schob sich an mir vorbei.

„Wow. Du hast ja alles voll gepflastert. Oh je, ich sehe schrecklich aus auf dem Poster da. Das ist ja schon ewig her. Sieh dir John an, oh mein Gott. Krass."

Damon besah sich alle alten Poster an meinen Wänden und schüttelte nur den Kopf.

„Bin eben ein echter Fan."

„Ja tatsächlich."

„Lass uns schlafen gehen. Ich dachte du bist müde."

„Jetzt nicht mehr. Ich hätte da noch eine Idee..."

Dann flogen wir zurück nach New York in seine Wohnung. Und ich muss sagen, dass ich nun zum ersten Mal auch seine Eltern getroffen habe. Mary, seine Mutter, ist eine kleine zierliche Person. Ich glaube, dass Damons Wesen von seiner Mutter stammt. Und seine wundervollen Augen hat er auch von ihr. Frank ist der Name seines Vaters. Wir telefonieren oft und manchmal besuchen wir auch einander. Beide verstehen meine Entscheidung. Damons Schwester Shania glaubt, dass er irgendwann genug hat, und zu mir zurück kommt. Ich aber glaube das nicht, obwohl ich es mir so sehr wünsche.

Dann erreichte uns die Anfrage eines Regisseurs. Für einen Spielfilm sollte Damon den Soundtrack schreiben. So etwas war auch für ihn neu. Und Neues faszinierte ihn. Mein Mann war so, schon immer. Er kann nicht ohne seinen Job. Ich konnte ihn nicht davon abbringen. Leider.

„Ich werde mir das Drehbuch anschauen. Mal sehen um was es dabei geht. Wäre mal was Neues. Vielleicht kann Nick mir helfen. In dem Typ stecken Talente, das würdest du nie glauben."
„Das weiß ich doch. Aber bitte übertreib nicht schon wieder."
„Ich? Nie!"
Er rief Nick an und gemeinsam flogen sie nach Los Angeles um sich dort die nötigen Infos über den Film zu holen. Drei Wochen später saß er schon in seinem Büro in New Orleans. Die Verträge waren gemacht. Er schrieb Songs für den Film. Fast rund um die Uhr hörte ich Klänge aus dem Keller. Seitenweise Blätter mit Texten lagen auf seinem Schreibtisch. Ich bekam ihn kaum noch zu Gesicht. Nick blieb einige Tage bei uns. Der Rest der Band ging eigenen Interessen nach. Andy entdeckte seine Leidenschaft Autorennen zu fahren. John war nach Südfrankreich geflogen. Zum Entspannen, sonnen und anschließend in Italien, Maranello, sich sein neues Auto zu bestellen. Rot, schnell, tödlich und mit einem Pferd vorne drauf. Brandon war nach Seattle geflogen und besuchte seine Freundin Sky. Dieser verrückte Kerl fehlte mir total. Jonathan war bei seiner Familie, die beiden Piloten auch. Nick und Damon verbrachten ihre Zeit im Tonstudio. Die Songs waren gut und ich spürte wie viel Freude er daran hatte. Sie schrieben insgesamt zehn Lieder. Fünf davon sollten in den Film. Nach einiger Zeit kamen alle Jungs wieder zusammen. John und die anderen kamen zu uns und spielten in unserem Tonstudio die Songs ein. Ich hoffte nur das danach endlich etwas Ruhe in unser Leben kommen würde. Leider war dem nicht so.

Einige Tage später kam der Regisseur des Films vorbei. Er bat die Band erneut nach Los Angeles zu kommen. Die Besetzung für den Film stand und die Fires machten sich auf den Weg nach L.A. Natürlich war ich auch hier dabei. Wir blieben einige Tage dort. Das heißt, nur er und ich. Die Jungs wollten zurück nach New York.

„Lass´ uns noch einige Tage hier verbringen. Bock aufs surfen?"

„Was?"

„S.U.R.F.E.N."

„Surfen?"

„Ja, ach komm Jo. Das ist das Ding wo man sich auf ein langes Brett mit einem Segel dran ...“

„Schon gut. Bin dabei.“

Wir machten uns auf den Weg nach Santa Monica. Dort verbrachten wir den Tag auf einem geliehenen Brett, in Unterwäsche, an einem Privatstrand eines verreisten Schauspielers. Zum Glück hatte uns niemand dabei bemerkt.

Am übernächsten Tag kamen wir zurück nach New Orleans. Dann passierte lange nichts. Irgendwann bekamen wir Nachricht, dass der Film abgedreht war. Die Premiere stand bald an.

„Wir müssen nach Los Angeles zurück. Die Filmpremiere.“

Er hielt mir den Brief unter die Nase.

„Ich habe keine Ahnung von so was. Was machen wir da?"

„Nur anwesend sein, Champagner trinken, plaudern und uns den Film ansehen. Keine große Sache.“

„Oh nein. Ich mag so was nicht. Und ich habe keine Ahnung was ich dazu anziehen soll.“

„Dann kaufen wir dir eben was. Ich brauche einen Anzug. Oh Shit. Und eine Krawatte.“

Ich musste lachen als er so verzweifelt aussah. Er hasst den Businesslook. Also machten wir uns auf den Weg in die Stadt. Wir besorgten für mich ein rotes langes Abendkleid, das die Schultern frei ließ und am Dekolletee mit Federn und kleinen Steinchen ausgeschmückt war. Dazu noch eine Stola und rote

hochhackige Sandaletten. Ich trage eigentlich selten hohe
Schuhe, aber ich denke bei bestimmten Anlässen sind sie einfach
nötig.
„Lass dich mal ansehen."
Ich trat ihm aus der Kabine entgegen und sah ihn an.
„Wow, ich ... Gott, Jo ... Gekauft. Und jetzt schnell nach Hause."
Lächelnd ging ich in die Kabine zurück. Anscheinend gefiel ihm
was er gesehen hatte. Zuhause angekommen, nahm er mir sofort
den riesigen Karton mit dem Kleid aus der Hand. Die Tasche mit
dem Anzug flog achtlos in die Flurecke. Sofort zog er mich ins
Schlafzimmer.
„Tut mir leid, Jo. Es ist nur, du eben in diesem Kleid. Ich glaube
wir sollten öfter zu Premieren gehen."
„Was..."
Er verschloss meinen Mund mit einem Kuss, der mir die Füße
wegzog. Es kam mir vor als hätten wir uns gerade neu verliebt.
Er schob mich rückwärts vor sich her, bis ich am Bett anstieß. Er
atmete hektisch. Schnell befreiten wir uns von unseren
Klamotten. Alles ging so schnell. Er schubste mich auf das Bett
und küsste mich vom Mund an abwärts, immer tiefer. Seine
Hände an meinen Hüften, meine Hände in seinen Haaren. Da war
er wieder. Der Mann den ich über alles liebte.
„Tu was du willst mit mir."
Ich kratzte ihm über den Rücken. Seine Lippen waren wieder auf
meinen. Er rieb sich an mir. Meine Nägel zogen rote Spuren über
seinen Rücken. Irgendwie schien er darauf zu stehen.
„Ich mag das. Weiter Jo, Fuck."
Wir wurden immer wilder und leidenschaftlicher. Wenn ich
daran denke zerbricht mein Herz noch mehr.

Damon bitte komm heim. Ich werde wahnsinnig ohne dich.

An diesem Tag schafften wir es nicht mehr aus dem Bett zu
kommen. Immer wieder fielen wir über uns her.

Dann kam der große Tag. Wir flogen nach Los Angeles. Die Band war einige Tage vorher schon bei uns eingetroffen. Die Frauen waren auch dabei. Das freute mich. Ich hatte sie schon ewig nicht mehr gesehen. Wir fuhren in einer Limousine vor. Ein roter Teppich lag aus. Noch nie war ich über einen solchen geschritten und ich fühlte mich unwohl. Damon drückte zärtlich meine Hand.

„Du schaffst das schon.Vertrau mir. Und du siehst einfach umwerfend aus. Sie werden dich lieben."

„Okay, ich versuche es."

Ein Page öffnete die Wagentür. Ein Pulk an Menschen drängte sich um den Eingang zum Saal. Vor uns waren schon die anderen Bandmitglieder mit ihren Frauen ausgestiegen. Sogar Sky war dabei. Brandon und Sky in edler Abendgarderobe. Zu süß. Damon und ich waren die Letzten. Die Menschen umsäumten den Weg. Kameras blitzten. Mikrofone wurden uns vor die Nase gehalten. Manche hielten uns irgendwelche Gegenstände hin, worauf Damon seinen Namen schreiben sollte. Er hielt meine Hand, während wir durch die Gasse von Menschen schritten und ließ sie nur kurz los um die Autogramme zu schreiben. Mir war nicht wohl bei der Sache und ich lächelte nur. Die übrigen Bandmitglieder waren schon im Gebäude und die ganze Aufmerksamkeit galt nun uns beiden. Es dauerte ewig bis wir den Eingang erreichten.

„Man ist das anstrengend. Hätte ich nie gedacht. Aber ich weiß wie sie sich fühlen."

„Halb so schlimm. Ich bin ja bei dir."

Er drückte meine Hand. Nach einigen lobenden Worten der Veranstalter begann der Film. Alles war perfekt. Die Szenen waren so mitfühlend und Damons Sound rundete die Sache ab. Es war ein trauriger Film. Die Musik war völlig anders als das was die Mandoras sonst machten. Vor allem weil er Klavier und Geigenklänge mit eingebaut hatte. Nick und er hatten ganze Arbeit geleistet und ich war so unglaublich stolz auf ihn. Für eine

Rockband war der neue Sound nicht gerade typisch. Damon bekam dutzende Auszeichnungen für seine Musik. Und wir jagten weiter um den Globus um sie zu präsentieren. Der Film wurde ein Erfolg und mein Mann verdiente gut. Das Album Darkness, mit meinem Bild als Cover, brach alle Rekorde. Klar war das gut, aber auch irgendwie nicht.

47

Damon

Jetzt:

Ich habe das Gespräch mit Jo gerade beendet. Ich weiß es ist so
weit. Diese Woche, einschließlich heute Abend, muss ich noch
fünf Konzerte hier in Australien durchstehen. Es ist schon spät
und ich sollte mich bald auf den Weg machen. Zur Probe. Ich
habe mir die Nacht um die Ohren gehauen. Nicht geschlafen,
dafür aber gesoffen. Keine gute Idee. Ich bin fertig, könnte
heulen oder einfach Sachen an die Wand werfen. Die Jungs sind
sicher schon da. Ich weiß nicht wie ich da raus komme.

Damals:

Jo bat mich mit ihr nach Texas zu kommen. Keine Frage –
natürlich kam ich mit. Schließlich hatte ich es ihr ja versprochen.
Außerdem war ich neugierig auf ihre Familie. Es war ein
komisches Gefühl ohne meine Belegschaft zu Besuch bei ganz
normalen Menschen zu sein. Dieses Gefühl kannte ich ja schon
gar nicht mehr. Ich fühlte mich zunächst etwas unwohl. Ich
wusste ja nicht was Jos Eltern von mir dachten oder erwarteten.
Ich kann mir schon denken, dass es für sie auch nicht alltäglich
war. Und der Ruf eines Rocksängers ist nicht immer der Beste.

Sicher dachten sie, ich nähme Drogen oder hüpfte von Bett zu
Bett. Aber sie behandelten mich so wie jeden anderen Gast. Das
imponierte mir. Das Starleben verstellt die Menschen, die es
führen. Ich hoffe, dass ich immer noch ich selbst bin. Jo hat es
mir immer wieder gesagt. Und ich glaube ihr.

Als diese Woche vorüber war flogen wir nach New York. Wir
verbrachten ein Paar Tage in meiner alten Wohnung. Es war
ungewohnt wieder da zu sein. Alte Erinnerungen kamen in mir
hoch. Die schöne Zeit, als Jo da war, war viel zu schnell
vergangen. Und ich hätte meinen rechten Arm dafür gegeben
wieder hier zu sein. Das sagte ich Jo aber nicht. Sie liebte unser
Haus und ich wusste, dass es das Beste für uns war, in New
Orleans zu bleiben. Ich konnte ja herkommen wenn ich es wollte.
All zu lange konnte ich aber nicht in meinem Penthouse bleiben.
Ich bekam einen wichtigen Anruf. Ich sollte einen Soundtrack
schreiben. Hatte ich noch nie gemacht und ich war neugierig.
Tausend Ideen schossen durch meinen Kopf. Ich rief Nick an.
Was er in die Hand nimmt gelingt. Immer. Und ich gebe meinen
Senf auch noch dazu und die Mischung passt. Die Sache war
unterzeichnet. Der Dreh konnte beginnen. Dann kam der Anruf,
dass der Film im Kasten war. Die Menschen verlangten nach dem
Soundtrack. Den sollten sie bekommen, und zwar live.
„Jo, ich muss mit dir reden...“
„Ich weiß...“

Und es hieß wieder Koffer packen. Wir mussten die Songs in
aller Welt vorstellen. Ich weiß, dass ich viel von Jo verlangt habe,
damals. Wir mussten aber zuerst zur Filmpremiere. Neue
Klamotten mussten her. Ein atemberaubendes Kleid für Jo und
ein Pinguinoverall für mich. Ich hasse Anzüge. Bin doch kein
verdammter Anwalt oder so. Jo stand dadurch noch mehr in der
Öffentlichkeit als eh schon zuvor. Vor dem Eingang des Saals wo
der Film aufgeführt werden sollte, standen Mensch an Mensch
und jagten Jo Angst ein. Ich wollte nicht, dass sie so leidet. Sie

umklammerte meine Hand als sei sie am Ertrinken. Ich versuchte cool zu bleiben und gab geduldig Autogramme. So war und ist mein Leben nun mal. Ich kann und will es nicht anders. Jo wusste ja immer wer und wie ich bin. Und das Ende des Liedes ist inzwischen ja bekannt. Sie machte ihre Sache gut, obwohl so was gar nicht ihr Ding war. Nach der Premiere waren wir ganz kurz wieder zurück im Haus und dann ging es los. Keine Ahnung wie lange wir weg waren. Irgendwann kamen wir zurück nach New Orleans und wir hofften auf Ruhe.

48

Jo

Damals:

Wir waren zurück in New Orleans. Und wir versuchten wieder zu uns zu finden. Vor unserem Haus war es ruhig. Niemand wusste, dass wir zurück waren. Ich stellte meinen Koffer ab und wartete auf Damon. Ich saß einfach nur da und starrte die Tür an. Endlich kam er herein. Ich sah ihn an und ich wollte, dass er mich in den Arm nimmt. Zu lange hatte ich mich danach gesehnt.
„Was schaust du mich so an?"
Er sah umwerfend aus. Seine grüne Soldatenhose sah super an ihm aus. Sein schwarzes Shirt saß eng um den Muskel bepackten Oberkörper und die Lederjacke hielt er lässig über die Schulter hinter sich. Das Haar hing ihm wild in die Augen und mein Herz begann zu rasen. Ich hatte ihn lange nicht so ausgeglichen gesehen. Ich begehrte ihn wie nie zuvor. Er schloss die Tür und kam auf mich zu.
„Hey, was hast du vor?"
Ich stand von meinem Stuhl auf und ging ihm entgegen. Wir sahen uns an und ich spürte eine unbändige Sehnsucht nach ihm. Auch wenn wir rund um die Uhr zusammen waren, hatte ich ihn nie allein. Und jetzt sah er mich so an wie am ersten Tag als ich am Zaun stand und ihm den Schal gab. Damon kam näher zu mir und hob meinen Kopf so dass ich ihm direkt in die Augen sehen konnte. Dann küsste er mich. Meine Beine wurden weich wie

Pudding. Diese Leidenschaft hatte ich vermisst. Er hob mich hoch und trug mich direkt in unser Bett. Ich drohte zu explodieren wenn jetzt nichts passierte. Damon schoss seine Jacke in die Zimmerecke. Meine Arme umschlossen seinen Nacken. Endlich. Nur Damon und ich. Ich wünschte mir wieder dass es immer so gewesen wäre. In den nächsten Wochen war es tatsächlich so. Ich konnte ihn überreden das Personal zu beurlauben. Ich wollte ihn endlich allein für mich haben. Keine Termine, Telefonate oder Treffen mit den anderen. Ich wusste es würde ihm gut tun. Auch die anderen Bandmitglieder waren dankbar für die Pause. Jacob war froh seinen Vater zu sehen und Susan wollte ihren Mann zu Hause haben. Wir genossen unsere freie Zeit.

„Wäre es nicht schön jeden Tag hier aufzuwachen, gemeinsam zu frühstücken und ganz normale Dinge zu tun?"

Ich sah Damon an und hoffte, dass er mir sagte, dass er das auch wollte.

„Das wäre toll, aber das ist nicht mein Leben. Da draußen ist meine Welt und die ist so groß und schön."

Versonnen stand er am Fenster und sah hinaus auf sein gigantisches Grundstück. Ich wusste dass mein Traum mit seinem nichts gemein hatte. Aber ich wollte bei ihm bleiben. Er drehte sich zu mir um und lächelte mich an.

„Du weißt wie sehr ich dich liebe. Und ich wünsche mir dass das nie aufhört. Aber bitte verlange nicht von mir ein braver Hausmann zu sein. Das kann ich nicht. Meine Welt ist da draußen und du bist ein Teil davon. Ohne dich stürzt sie ein."

Ich ging auf ihn zu und legte meinen Kopf an seine Schulter. Natürlich wusste ich, dass er recht hatte. Und irgendwie war das Leben, das wir führten, ja auch toll. Es wären genügend Frauen auf der Welt, die sofort mit mir tauschen wollen würden. Aber die sollten ihn mir nicht wegnehmen.

49

Damon

Damals:

„Morgen Rockstar."
„Hey. Wie geht es dir?"
Jo lag so dicht an mich gequetscht, als hätte sie Angst ich würde
sofort verschwinden, wenn sie mich los ließe.
„Es geht mir gut. Wir sind zu Hause. Wie lange werden wir hier
sein?"
„Ein paar Wochen, denke ich. Ich muss nochmal nach New York
zurück. Wir werden uns mit den Jungs von Dark Punk treffen.
Ich höre mir ihr Programm einmal an. Dann sehen wir weiter."
„Wann?"
„Nächste Woche. Ich bin nicht lange weg. Oder kommst du mit?"
„Nein. Dabei kann ich dir eh nicht helfen."

Schon kuschelte Jo sich schon wieder an mich und seufzte
zufrieden. Nach dem Frühstück zog ich mich in mein Büro
zurück. Jede Menge Papierkram wartete auf mich. Auch ein Brief
aus L.A.war dabei. Die Oscarverleihung stand an und ich war
nominiert in der Kategorie bester Soundtrack. Das Ganze fand
schon in zwei Wochen statt. Wie sollte ich das Jo erklären? Wo
wir gerade erst wieder hier waren. Und ich hatte ihr doch etwas
versprochen. Sie würde nicht begeistert sein. Aber ich musste da
natürlich hin. Zunächst sagte ich ihr nichts davon. Ich wollte ihr

die gute Laune und ihre Pläne für unsere vermeintliche Freizeit nicht ruinieren. Das war nicht fair, ich weiß.

„Damon? Wo steckst du? Damon?"

„Bin gleich da."

Als ich runter kam, fand ich Jo im Stall mit Matt.

„Was macht ihr beiden denn hier?"

„Ich dachte es wäre doch schön Matt und Diane in Urlaub zu schicken. Ich kann mich doch jetzt selbst um alles kümmern. Wir werden doch eine Weile hier sein. Die beiden haben es sich echt verdient. Und Sam und Daryl auch. Was denkst du, Damon?"

Puuuuh.

„Oh, klar. Gute Idee."

Mir war klar was Jo wollte. Nur wir beide. Ich hatte echt ein schlechtes Gewissen. Ich musste mich sammeln. Wie sollte ich Jo sagen, dass ich diesmal mein Wort nicht halten würde? Ich schlich mich in mein Büro und ließ die beiden allein. Im Büro angekommen, setzte ich mich zunächst einmal an meinen Schreibtisch zurück. Ich brauchte jetzt einen Schluck Bourbon. Scheiße. Als ich eine Weile so vor mich hin gestarrt hatte klopfte es an der Tür:

„Damon? Bist du da drin? Alles okay? Kann ich kurz rein kommen?"

Jo. Die Stunde der Wahrheit.

„Klar, komm rein."

„Was machst du hier? Ich dachte es ist alles geregelt."

„Ja, das ist wahr. Aber... Ich... Mist..."

„Was ist los?"

„Es... ach nichts."

„Ich kenne dich. Sag´ mir was los ist."

„Nein, schon gut."

„Nichts ist gut. Da ist was. Du machst mir Angst. Ist was passiert?"

„Nein... ich meine, ja. Vielleicht. Jo, ich... Bitte sei nicht sauer.

Ich... Diese Briefe hier..."

„Briefe?"

„Ich muss nochmal weg. Bald. Nur kurz."

„Was? Das ist nicht dein Ernst. Du hast mir was versprochen..."

Jo war den Tränen nahe. Mein Herz zog sich zusammen. Aber es ging nicht anders. Ich würde zu der Verleihung fahren. Ich musste. Ich sagte ihr worum es ging.

„Muss ich mit?"

„Das wäre schön. Schließlich bist du die Frau an meiner Seite. Wir gehören zusammen. Es ist nichts Großes. Danach bleiben wir hier, versprochen."

„Du weißt was das für mich bedeutet. Ich hasse den Scheiß. Kann nicht John oder Nick oder ach keine Ahnung, dahin?"

„Na ja, ich bin der Kopf dieser Band."

Ich weiß wie eingebildet das klingt. Aber es war ja eine Tatsache.

„Es würde mir echt viel bedeuten. Bitte, Jo."

„Aber dann gehören wir uns. Bitte. Versprich es mir."

„Klar. Komm her."

Sie kam auf mich zu und setzte sich auf meinen Schoß.

„Wann?"

„Was?"

„Wann? Wie viel Zeit bleibt uns?"

„Etwa zwei Wochen. In diesen zwei Wochen kannst du mit mir machen was du willst."

Sie stand von meinem Schoß auf, nahm mich an die Hand und führte mich direkt in unser Schlafzimmer.

„Jo? Was?"

„Sch... Ich mache was ich will mit dir."

„Ahaaaa?" „Mach es dir bequem. Bin gleich zurück."

Sie schubste mich auf unser Bett.

„Was? Wo willst du hin? Jo? Was hast du vor?"

„Siehst du dann."

Und schon war sie weg. Irgendwie war ich total heiß. Es dauerte ewig bis Jo zurück kam. Meine Hose war jetzt definitiv zu eng. Ich streifte sie schnell ab und wartete. Jo schälte sich quälend langsam aus ihren Sachen. Dann spürte ich ihre Küsse auf meiner Brust. Ihre Zunge berührte mich so zärtlich und ich wollte noch nicht kommen. Sie wurde forscher und dann setzte sie sich auf mich. Mein Herz raste und schon bald war es geschehen. Diese Momente waren so selten geworden. Ich konnte Jo ja verstehen, dass sie sich diese Nähe öfter gewünscht hatte. Ich sollte lieber nicht so oft darüber nachdenken. Es schmerzt zu wissen, dass wir uns noch immer lieben und einander brauchen. Es zerreißt mich immer mehr. Und Jo? Verdammt! Was habe ich nur getan?

Die zwei Wochen bis zur Abreise verbrachten wir ziemlich ruhig. Dann war es soweit, Wir brachen zur Verleihung auf. Anthony brachte uns nach New York. Dort verbrachten wir einen Tag in meiner alten Wohnung. Dann flog die ganze Band nach Los Angeles. Für Jo war es der pure Stress. Sie wollte nicht soviel Rummel um ihre Person. Schon die letzten Monate waren für sie eine Qual gewesen. Überall hatte man ihr aufgelauert.

„Du schaffst das. Das hast du immer getan. Ich passe auf dich auf."
„Ich weiß. Aber ich mag den Scheiß einfach nicht."
Sie lächelte mich unsicher an. Dann machten wir uns für den großen Abend fertig. Jo sah umwerfend aus in dem neuen Abendkleid, das ich ihr gekauft hatte. Sie trug meine Kette mit dem D dran. Jeder sollte sehen, dass sie zu mir gehört. Ihr Haar war wundervoll hoch gesteckt worden. Und diese geilen Schuhe...

„Du siehst einfach... verdammt heiß aus. Am liebsten würde ich den Mist sausen lassen und mit dir …"
„Benimm dich. So bekommst du nie einen Oscar."
„Oh doch, geilster Sänger der Welt, jedenfalls im Moment. Ich bin so was von scha..."

LSie hielt mir den Mund zu und lächelte nur. Ich liebe diese Spielchen. Sie macht mich verrückt. Wir stiegen aus dem Wagen aus, der uns zum Veranstaltungsort gebracht hatte. John und Jonathan saßen im Wagen vor uns. Susan und Jakob waren auch mitgekommen. Davor fuhr Nick mit Karen, hinter Andy und Heather, Brandon und Sky. Wir kamen wie immer als Letzte dran. Irgendwie hatte das sich so eingebürgert. Die Nacht war zum Tag geworden. Menschen drängelten sich an den Absperrseilen entlang. Überall ragten uns Mikrophone entgegen. Die ganze Scheiße wurde in aller Welt im Fernsehen übertragen. Ich spürte Jos feuchte Hand in meiner, doch ich ließ sie nicht los. Es dauerte ewig, bis wir den Eingang erreichten. Irgendwie fühlte ich mich wohl, obwohl es echt anstrengend war. Leider habe ich die begehrte Trophäe nicht bekommen. Trotzdem war es ein einmaliges Erlebnis. Nach der Verleihung fand eine Party statt. Auch hier umzingelte man uns förmlich. Jo blieb immer dicht bei mir. Es ging ihr nicht gut. Das spürte ich.

„Damon, bitte lass uns von hier verschwinden. Ich...“
„Schon gut, Schatz. Ich hätte da eh eine viel bessere Idee wenn ich dich so ansehe...“
Wir schafften es unbemerkt zu verschwinden. Ich spürte von Minute zu Minute wie Jo sich entspannte. Wir kamen in unserem Hotelzimmer an. John und die anderen waren noch bei der Party.

„Ich bin stolz auf dich, Damon. Auch wenn du nicht gewonnen hast. Aber jetzt bin ich froh endlich aus diesen Schuhen rauszukommen.“
Jo bückte sich um die Riemchen der Schuhe zu öffnen.
„Danke, Jo. Nächstes Mal klappt es bestimmt.“
„Nächstes Mal? Oh Bitte.“
„Jo?“
„Hm?“
„Kannst du diese Schuhe anbehalten? NUR die Schuhe?“
„Was?“

„Ich habe mich schon den ganzen Abend darauf gefreut. Sieh dir nur diese Beule in meiner Hose an. Da muss ich was gegen unternehmen. Komm her, ich will dich."

„Oh, schau mich nicht so an..."

Sie schlief in meinen Armen ein, glücklich, lächelnd, mit nichts als ihren Schuhen an. Einfach süß.

Am nächsten Tag ging es zurück nach New Orleans. Das Wochenende danach musste ich nach New York wegen des Termins mit Brandons Band. Jo wollte nicht mit. Statt dessen lud sie ihre Freundin Ann zu uns ein. Begeistert war ich nicht ohne sie zu fliegen, aber ich verstand, dass sie etwas Ruhe wollte und dass sie ihre Freunde und die Familie ja praktisch nie sah. Echt egoistisch von mir.

Dann verließ ich unser Haus und flog nach New York. Schon am nächsten Morgen machte ich mich auf den Weg zum Tonstudio in der 54. John kam auch dort hin. Schließlich hatte er ja auch Brandon entdeckt, der selbstverständlich auch anwesend war. Ich spürte, dass ihm seine alte Band noch immer sehr viel bedeutete. John setzte sich neben mich und wir warteten. Seine Meinung war mir wichtig. Dann kam Brandon zu uns. Gegen Mittag kamen die Jungs von Dark Punk an.

„Dann lasst mal hören."

„Wir geben alles. Keith, hau rein", sagte Brandon. Die Jungs hatten echt coole Riffs drauf. Ich war total begeistert.

„Ich denke da geht was. Ich melde mich. Die nächste Tour kommt bestimmt und Ihr werdet dabei sein. Ich freue mich."

Ich hob meinen Daumen anerkennend hoch und die Jungs sahen mich glücklich an. Dann verließen wir alle das Studio um in Johns Bude noch ein paar Bierchen zu kippen. Es war schön wieder hier zu sein. Jetzt erst spürte ich wie sehr ich New York vermisst hatte. Zwei Tage später war ich schon wieder in New Orleans.

Dark Punk

Die Zeit darauf war sehr ruhig. Wir genossen unser Leben und ich entschied eine Pause zu machen. Die Band war froh zu ihren Familien zurückzukönnen. Während dessen verlebten Jo und ich eine schöne Zeit. Alles was wir wollten waren wir. Dinge gemeinsam zu tun, die wo anders normal waren. Etwa drei Wochen blieben wir zu Hause. Dann spuckte mein Hirn wieder etwas Verrücktes aus. Mir fiel ein, dass wir zwar ständig unterwegs waren, aber außer den Stadien und den Hotels dieser Welt noch nicht so viel gesehen hatten. Ich wollte einmal richtig Urlaub machen. In meinem Kopf reifte ein Plan. Bei einem gemeinsamen Frühstück fragte ich Jo wie sie sich den schönsten Platz der Erde vorstellte.

„Wie kommst du darauf? Warum fragst du?"
„Sag schon."

Sie schwärmte mir von Palmen und weißem Sand vor. Mit türkisblauem Wasser und Sonne satt den ganzen Tag.

„Dann packe deinen Koffer und morgen zeige ich dir das Paradies."
Mehr sagte ich ihr nicht.

Jetzt:

Es klopft an der Tür. Ich reagiere nicht. Meine Gedanken sind ganz woanders. Meine heile Welt steht schräg und ich will mich nur noch irgendwo verkriechen.

„Damon? Bist du da drin? Ich bin´s, John. Muss mit dir reden. In zwei Stunden haben wir ein Konzert. Du warst nicht bei den Proben.“

Es klopft schon wieder. Ich bin in meinen Gedanken gefangen. Ich drohe abzustürzen.

„Kumpel, mach auf.“
Ich denke an die Zeit als wir unseren ersten richtigen Urlaub hatten, ohne Bühne. Drei Wochen waren wir frei.
„Ist ja schon gut. Ich komme ja schon.“
Ich lasse John in mein Zimmer.
„Mensch, Damon. Reiß dich zusammen. Ich verstehe dich ja. Du siehst echt scheiße aus.“
„Danke, bist ein echter Freund. Genau das wollte ich hören.“
„Seit zwei Jahren sind wir unterwegs. Warum hängst du ausgerechnet jetzt so daneben?“
„Ich habe keine Ahnung.“
Ich halte John die Fotos hin und knalle mich wieder auf das Bett.
„Sie fehlt mir. Keine Ahnung. Es ist einfach so.“
„Du wirst dich jetzt umziehen, deine Show abliefern und deine Gedanken an sie ganz weit nach hinten schieben. Wenn diese Woche vorüber ist haben wir drei Wochen Ruhe. Ich sage den Jungs, du müsstest dringend zu deiner Familie. Und du wirst dann verdammt noch mal in den Flieger steigen und deine Frau besuchen, und dein Kind. Haben wir uns verstanden? Das ist mein Ernst.“

John sieht mich sauer und auch mitleidig an. Ich weiß er will mir nur helfen.

„Hallo? Damon? Bist du noch da? Ich rede mit dir."

Johns Hand wedelt vor meinen Augen herum.

„Nicht wirklich. Ich kann doch nicht einfach hier verschwinden."

„Wir lassen uns da was einfallen. Du brauchst sie und sie brauchen dich. Ich will nicht, dass du wieder absackst."

„Werde ich nicht. Ich hau die letzten Konzerte noch durch und dann besuche ich sie."

„Hm. Okay. Hast du ein Bier?"

„Klar."

„Dann lass uns einen gießen, und dann gehen wir mit freiem Geist ins Stadion. Die Jungs sind schon da. Die Proben liefen gut. Du schaffst das. Sonst trete ich dich in deinen verdammten Arsch."

Nach vier oder fünf Bier geht John. Ich schnappe meine Bühnenklamotten, sehe noch einmal kurz auf unser Hochzeitsfoto und verlasse das Zimmer. Ich will jetzt an nichts denken.

50

Jo

Damals:

Damon hatte für uns einen Urlaub gebucht. In der Karibik. Es gefiel uns dort so gut, dass er später sogar ein Haus dort gekauft hat. Das Haus haben wir noch immer, aber nie ist jemand dort, seit wir uns getrennt haben.
Die Tage auf der Insel waren schnell vergangen. Zu schnell. Wir mussten zurück. Ich rechnete schon fest damit, dass demnächst etwas passieren würde. Zunächst war alles okay. Doch dann spürte ich, dass Damon sich immer weiter von mir entfernte. Oft war er stundenlang im Studio oder er fuhr mit seiner geliebten Fire herum. Irgendwie war er nur noch mürrisch. An einem Tag fanden Matt und ich ihn sogar im Pferdestall. Ich versuchte alles um an ihn heranzukommen. Aber Fehlanzeige. Unser Leben hatte sich so verändert. Nie hätte ich gedacht, dass Damon und ich uns einmal so voneinander entzweien würden. Und das aus einem total bescheuerten Grund, wie ich fand. Ich ließ ihm Zeit. Viel Zeit. Dann passierte es.
Etwa acht Wochen nachdem wir wieder in unserem Haus waren. Agenten aus Las Vegas riefen bei uns an. Mein Magen krampfte sich zusammen. Ich bekam Angst. Mandoras Hell Fire sollten im Mirage spielen. Ich hörte Damon sagen:
„Klar. Wir können nächste Woche da sein."
„Wo willst du sein?"
Er hob eine Hand, lauschte in den Hörer und sah mich an.

„Alles klar.Vielen Dank."
Dann legte er auf. Ich sah ihn nur fragend an und mein Magen
faltete gerade alles in Origami. Damons Augen funkelten und ihr
Blau war so kräftig wie lange nicht mehr. Das alte Feuer
entflammte wieder. Und ich ahnte was er mir sagen würde.
„Jo, wir fliegen nach Vegas."
„Wie bitte? Las Vegas? Damon..."
„Wir haben für zwei Monate ein Engagement im Mirage. Das
wird toll, glaub mir."
„Bist du dir sicher, dass du das willst? Ich meine, es ist kein
Stadion."
„Doch, bestimmt. Wir sind jeden Tag am gleichen Ort. Es ist
nicht so anstrengend. Die Bühne steht auch schon fertig dort.
Meine brauche ich also auch nicht mitnehmen."
„Aber du willst doch immer dein eigenes Bild."
„Das ist was anderes. Wir bekommen eine Etage im Hotel. Nur
die Band und wir. Die Piloten können auch Urlaub machen, wenn
sie uns hingebracht haben."
„Damon, tu das nicht. Es ist nicht das was du suchst."
„Ich... möchte das tun."
Damon war kaum zu bremsen. Das war seine Welt. Er war
zurück. Es ging weiter. Ich bekam das Gefühl, er hatte nur
gewartet bis etwas passiert. Es hatte keinen Sinn zu versuchen es
ihm auszureden. Nervös tigerte er in seinem Büro auf und ab.

„Ich muss hier raus. Ich kann das nicht mehr."
„Damon..."
„Ich muss John anrufen."
„Ich denke nicht, dass John anderer Meinung ist als ich. Aber
bitte, mach dein Ding."
Wir diskutierten ewig herum. Es wurde sogar ein handfester
Streit daraus. Ich war sauer, heulte rum und ließ ihn einfach
stehen. Er rief mir nach, aber ich wollte ihn jetzt nicht sehen.
Ich schloss mich in meinem Zimmer ein. Damons Stimme hallte

hinter mir her. Dann klopfte er an meine Tür.Funkstille.
Was war nur aus uns geworden?
Sofort am nächsten Tag rief er Susan an. Sie wusste was mit
Jonathan los war. Und sie war nicht begeistert was da auf die
Band zu kam. Trotzdem holte sie ihren Mann ans Telefon.
Jonathan war am Anfang auch ziemlich skeptisch weil auch er,
genau wie ich, Damon kannte. Aber wie es immer war, so war es
auch diesmal. Jonathan wusste wo sich Nick aufhielt. Nick nahm
Kontakt zu Brandon auf. Nach und nach fand Damon die
Aufenthaltsorte der Band heraus. Mit John telefonierte er ewig.
Schließlich einigten die Männer sich darauf zu uns nach New
Orleans zu kommen und die Sache zu überdenken. Ich hatte mich
inzwischen wieder mit Damon versöhnt.
Einige Tage später traf die gesamte Gruppe bei uns ein. Damon
strahlte wie ein kleines Kind als er seine Truppe das Grundstück
betreten sah. Direkt nach ihrer Ankunft verschwanden sie alle in
unserem Tonstudio im Keller des Hauses. Dort befand sich ja
schließlich alles was es brauchte um Songs aufzunehmen. In Las
Vegas sollte alles perfekt laufen. Es würde eine große Summe
einbringen.

Eine Woche später flogen wir ab. Ich war noch nie zuvor dort
gewesen. Damon bis dahin auch erst zweimal. Hier war alles laut
und bunt. Es war heiß. Die Wüste rund um die Stadt. Eine
faszinierende Moderne. Das Hotel war riesig. Es gab alles was
man sich wünschte. Wie besprochen, checkten wir in der
obersten Hoteletage ein. Jedes Bandmitglied bekam sein eigenes
Zimmer. Sogar die Mitarbeiter bekamen die besten Zimmer,
obwohl ja nicht alle mit mussten. Unser Zimmer war das
luxuriöseste was ich bis dahin je gesehen hatte. Viel zu elegant
für meine Bedürfnisse. Und vor allem riesengroß. Na ja,
schließlich war es auch für die nächsten zwei Monate so etwas
wie unsere Wohnung. Damon zog mich zum Fenster des
Zimmers. In der Ferne sahen wir die Spitze des Luxorhotels
leuchten. Die schwarze Glasfassade des Gebäudes, das wie eine

Pyramide aussieht, glänzte im Sonnenlicht. Er nahm mich in den Arm und wir standen einfach nur da. Ein unbeschreibliches Gefühl. Ich kuschelte mich an ihn, hörte sein Herz klopfen als ich an seiner Brust lehnte. Es war sehr schön und meine Liebe zu ihm bekam noch mehr Bestand. Hier die pulsierende Stadt und im Hintergrund die Weiten der Wüste. Ich dachte wieder wie so oft dass ich alles nur träume. Damon war da und ich bei ihm. Was wollte ich mehr? Lange hatten wir am Fenster gestanden. Ich weiß nicht wann man uns auf dem Zimmer anrief. Damon sollte zur Akustikprobe in den Saal kommen. Die Tontechniker verlegten eifrig Kabel. Damon konnte für die Zeit, die wir dort waren, sein eigenes Bühnenbild leider nicht aufbauen. Im Laufe der Jahre war es immer größer und ausgefallener geworden. Damon strotzte nur so vor Ideen was das betraf. Gigantische Leinwände, Lichtanlagen und schrankgroße Boxen. Die ganz großen Teile wurden hauptsächlich für Open Air-Auftritte verwendet. Hier gab es bereits eine fertige Bühne. Sie war groß aber nicht mit den Stadien dieser Welt zu vergleichen. Das gefiel ihm nicht so ganz aber er fügte sich dem. Er war ein Perfektionist. Ich sah ihn rund um die Uhr arbeiten und hatte Angst dass er sich wieder überschätzte. Er aß kaum etwas, und litt an Schlafmangel. Als nach drei Tagen endlich alles verbaut war beruhigte er sich wieder. Jetzt war alles so wie er es wollte. Wir hatten etwas Zeit und erkundeten die Stadt, die Casinos und Bars.

Dann kam der erste Auftritt. Es war irgendwie anders als bisher. Wir befanden uns innen. Das war wieder neu für Damon. Er war Stadien gewöhnt und er versuchte Spaß an der Sache zu finden. Doch ich spürte, dass es nicht das war was er wollte. Jetzt saßen wir erst einmal acht Wochen fest. Mein Bauchgefühl hatte also recht behalten. Aber es war ja nun nicht mehr zu ändern.

Jeden zweiten Tag zog Damon seine Show durch. Die Show war immer ausverkauft und die Manager des Hotels überlegten ob der Vertrag um weitere zwei Monate verlängert werden sollte.

Damon war nicht davon überzeugt. Er fragte mich nach meiner Meinung. Ich kannte Ihn und ich wusste es würde ihn nicht glücklich machen zu bleiben. Normalerweise nahm Damon jede Anfrage an. Aber er lehnte diesmal ab. Und das freute mich. Wir brauchten nicht mehr jeden Auftritt so wie früher. Schon lange war Damon in der Situation sich das Beste heraussuchen zu können. Ich war froh dass wir nicht blieben. Die Veranstalter versuchten alles, aber Damon blieb hart, nicht zuletzt auch meinetwegen. Ich muss sagen, er legte viel Wert auf meine Meinung. Auch heute noch fragt er mich um Rat, wenn er sich in einer Sache nicht sicher ist. Aber ich konnte ihn leider nie überzeugen ganz aufzuhören. Seit fast 30 Jahren jagt er um die Welt. Mittlerweile gibt es 25 Alben und die Verkaufszahlen bleiben stabil. Sogar die nächste Generation fängt an sich für die Musik zu begeistern. Sicher ist es nicht mehr so wie zu meiner Zeit, aber Damon ist im Kopf.

Und er sorgt dafür dass es so bleibt.

51

Damon

Jetzt:

„In einer halben Stunde werden die Tore geöffnet. Alles okay bei Dir? Du schaffst das schon."
Ich versuche gelassen zu bleiben, aber John kennt mich. Ich bin froh, dass er mein Freund ist. Wir sind jetzt auf dem Weg zum Stadion in Melbourne. Eigentlich fühle ich mich tot und möchte nur noch schlafen. Ich bin schon ewig auf den Beinen. Und der ganze Alkohol macht die Sache auch nicht besser.

„Hey, auch wenn du heute zum wegwerfen aussiehst, glaube ich an dich."
John stubst mich in die Seite und grinst.
„Arsch", sage ich und grinse auch, weil ich weiß, wer es sagt und wie es gemeint ist. Er auch. Er zeigt mir den Finger und starrt aus dem Fenster des Wagens. Wir halten auf der Rückseite des Gebäudes an und registrieren, dass der Rest der Band schon da ist. Ich erreiche meine Garderobe und versuche mich zu sammeln. Noch immer höre ich Jos Stimme. Und ihr Weinen. Ihre Traurigkeit, die ich verursacht habe. Doch dem kann ich mich jetzt nicht stellen.

Es klopft.

„Damon? Bereit?"

John ist da um mich zur Bühne zu begleiten. Ich MUSS bereit sein. Und ich WERDE meine Leistung heute bringen. Ich stehe hinter der Bühne und höre die Menschen toben. Sie alle kommen weil sie uns lieben. Keiner von ihnen weiß wie es in mir aussieht. Mein Herz schlägt schneller. Jetzt ist es fast wieder im richtigen Takt. Ich muss meinen Scheiß jetzt zur Seite schieben. Das Publikum schreit nach uns. Ich spüre Johns Griff an meiner Schulter:

„Du kriegst das hin. Wir brauchen dich. Und zwar mit einem klaren Kopf. Okay?"

„Mach dir keine Sorgen. Es geht mir gut."

„Das sah aber vorhin noch ganz anders aus. Du hast ziemlich viel getrunken. Konzentrier dich. Denk an etwas Schönes..."

Was mir gerade echt schwer fällt.

„...an all die Leute da draußen. Mensch sie haben eine Menge Kohle bezahlt um hier zu sein. Gib ihnen was sie verlangen. So wie immer. Es hat sich nichts geändert."

„Doch. Alles hat sich geändert. Ich bin nicht mehr derselbe."

„Doch. Du kommst nur langsam zur Besinnung, dass es auf dieser Welt nicht nur Musik und Bühnen gibt. Aber jetzt, genau in diesem verdammten Moment, sollte es nur diese beschissene Bühne für dich geben. Verstehst du das, Damon?"

„Ich werde das hinbekommen. Ich verspreche es."

„Gut. Dann raus hier."

John schiebt sich an mir vorbei, weil er jetzt an der Reihe ist die Bühne zu betreten. Nick und Andy folgen ihm. Jonathan ist schon da. Die Leute schreien vor Begeisterung. Sie alle wollen mich/uns sehen. Ich werde stark sein. Brandon ist dran. Kurz hält er neben mir an:

„Wenn du es nicht mehr schaffst gib mir ein Zeichen. Ich übernehme für dich. Ich bin auf deiner Seite. Weil ich dich verstehe. Hey, ICH bin die Verzweiflung, schon vergessen?"

Brandon zwinkert mir zu und geht auf seinem Platz links neben dem Mikrofon, das für mich bereit steht. Nick ist schon auf der anderen Seite und beginnt seinen Part. Er fällt in Jonathans Drums ein. Johns Keyboard sagt mir dass es jetzt soweit ist. Ich schiebe meine Dämonen weg und renne an meinen Platz. Ich reiße beide Arme hoch und schalte mein wahres ICH aus. Showtime.

Damals:

Nach unserem Urlaub auf der Insel, ich nenne den Namen nicht, aus erdenklichen Gründen, kamen wir zurück nach New Orleans. Wir waren total ausgeglichen. Jo war glücklich. Und das war das Wichtigste. Etwa acht Wochen passierte nicht viel. Die Jungs waren ihrerseits im Urlaub. Ich weiß nicht mehr wer wo war. Aber sie fehlten mir. Ich musste etwas tun. Ich bin kein Hausmann, der den Rasen mäht oder einen Grillabend mit der Nachbarschaft veranstaltet. Mir war elend langweilig.

„Was ist los mit dir Damon? Du bist so still."
„Nichts. Alles okay", log ich Jo an. Nichts war okay. Ich musste raus. Dieses Land, diese Einöde, die scheiß Nachbarn in ihren Bilderbuchgärten. Es kotzte mich an. Und Jo spürte das.
„Wenn du nicht reden willst, dann lass es einfach. Ich will dir nur helfen, Damon."
„Lass mich einfach."
Ich ließ Jo einfach stehen und schon taten mir meine Worte leid. Sie konnte ja nichts dafür. Ich fühlte mich so leer. Ich rannte in die Garage, schnappte mir die Fire und raste davon. Ich brauchte das. Das ganze heile Weltgetue ging mir einfach auf den Zeiger.

Ich wollte mit John oder Nick abhängen. Ich hatte alles und doch hatte ich nichts. In New York wäre ich zu Eathan gegangen, einen saufen, oder zwei, vier... neun. Was weiß denn ich? Scheiße. Ich war zwar nicht allein, aber einsam. Jo trifft keine Schuld. Sie ist nicht wie ich. Ich brauste durch die Gegend. Ohne Ziel, raste wie eine wilde Sau und es war ein Wunder, dass ich mich dabei nicht um einen Baum gewickelt habe. Das Wetter war warm, optimal um Ausflüge zu machen. Picknick. Spießerscheiße. Nichts für einen Typen wie mich. Alle waren so scheiß glücklich. Ich hasste sie alle. Ich hasste mich dafür, dass ich so empfand. Ich hielt die Maschine an. Feld. Nichts außer Natur. Scheiß Natur. Elende Ruhe. Wütend trat ich gegen den Baum. Das war nicht mein Leben.

„FUCK FUCK FUCK", brüllte ich hinaus und trat wieder zu, bis mir der Fuß schmerzte. Ich humpelte zu meiner Maschine und raste weiter, weiter und weiter. Dann stand ich plötzlich wieder vor meiner Kirche. Ich ging hinein. Keiner da. Umso besser. Ich hockte mich auf den Boden vor den Altar und heulte wie ein Irrer. Ich weiß es ja auch nicht. Mein Leben zog in Gedanken an mir vorbei. Meine Familie, Schwester, Eltern, meine Freunde und die Band. Eine Zukunft oder war es keine? Jo und ich? Nur ich? Keine Ahnung. Ich wusste nicht was ich wollte. Doch schon, aber nicht so. Ich war nicht komplett.

Ich war ewig in der Kirche, um in Selbstmitleid zu zerfließen. Er da oben passte auf uns auf. Das musste so sein. Ich würde eines Tages Jo und mich zerstören. Ich glaube damals hatte ich schon so eine Ahnung. Hätte ich auf meinen Bauch gehört und Jo wäre noch da. Arschloch, Idiot, Egoist. Ja, das bin ich.

Die Sonne ging langsam unter. Ich musste heim. Heim? Wo war das überhaupt? New York. Da wo meine Wurzeln sind. Das ist eine kranke Tatsache, aber ich habe es ja so gewollt. Mir ist ja klar, dass es so besser war. Aber trotzdem. Ich begab mich auf den Heimweg. Vorbei an der Idylle. Dem Frieden entgegen. Nicht mein Frieden. Aber Jos. Und für sie hätte ich alles getan.

Fast.

Ich erreichte unser Tor. Niemand lag auf der Lauer. Zum Glück. Das hätte mir auch noch gefehlt. Inzwischen war es schon dunkel geworden. Im Haus brannte Licht. In Jos Zimmer. Alles war friedlich. Ich sah zum oberen Stockwerk hoch und dachte an alle schönen Tage mit Jo. Sie war alles was ich hatte. Meine Welt. Mein Halt. Mein ein und alles. Ich öffnete das Tor und schob mein Motorrad hinein. Ich fuhr nicht. Ich wollte mich wie ein Dieb ins Haus schleichen. Ich wollte alles und doch wollte ich meine Ruhe. Ich wollte zu Jo und irgendwie auch nicht. Ich wollte nicht reden. Keine Fragen beantworten. Sie sollte sich nicht sorgen, mich nicht trösten. Aber ich brauchte sie. Ich bin verrückt, dachte ich. Ich brachte mein Motorrad zurück in die Garage. Matt war schon längst zu Hause. Diane sowieso. Ich war allein. Allein mit mir und meinen scheiß Gedanken. Im Stall hörte ich die Tiere. Ja, ich würde mich ihnen anvertrauen. Sie würden mir zuhören, ohne mir Vorwürfe zu machen oder mir Ratschläge zu geben. Ich machte kein Licht. Jo würde es merken. Danger hob den Kopf als ich die Tür öffnete.

„Na, alter Junge."

Das Tier sah mich an. Aufmerksam, ruhig. Ich hockte mich zu ihm in die Box. Den Rücken an die Wand gelehnt. Danger beschnupperte mich schnaubend. Ich habe keine Ahnung was damals mit mir los war. Jedenfalls bin ich tatsächlich im Stall auf dem Boden eingeschlafen.

„Mr.Mandora?"

„Was? Hä? Wo...Was zum Teufel...?"

„Damon?"

Scheiße. Matt und Jo standen in der Box und sahen auf mich herab.

„Was machst du hier? Ich habe die ganze Nacht nicht geschlafen. Wo bist du gewesen?"

„Fuck. Ich.... Es tut mir leid. Ich weiß nicht... Ich wollte nur... Shit."

„Rede mit mir Damon."

„Nein. Es geht mir gut. Ich brauchte etwas Zeit für mich. Ich..."

„Mr. Mandora? Kann ich was tun?"

„Damon. Einfach Damon. Nein, Matt. Alles gut. Ich ."

Verstört verließ ich den Stall. Jo eilte hinter mir her.

„Damon, warte doch. Es geht dir nicht gut. Sag´ doch was. Bitte rede mit mir."

Ich rannte weiter. Weg vor mir selbst. Was wollte ich denn? Ich weiß es nicht. Keine Ahnung. Im Haus hielt ich mir zunächst einmal die Bourbonflasche an den Hals. Ich musste meine Gedanken und mich in den Griff bekommen. So hatte ich mir das alles nicht vorgestellt. Dann sah ich Jo im Türrahmen lehnen.

„Du machst mir Angst. Was stimmt nicht mit dir? Warum trinkst du? Ich will dir helfen. Ist es wegen mir? Habe ich was falsch gemacht?"

„Nein Jo, ganz sicher nicht. Ich möchte nicht darüber reden. Mach dir keine Sorgen. Morgen wird es mir besser gehen. Ich habe nur einen schlechten Tag."

„Dann lass ich dich wohl besser allein. Ich bin für dich da. Das weißt du, oder?"

Ich antwortete nicht. Jo verließ das Zimmer und ich war total neben der Spur.

Die Tage darauf war ich fast nur unten im Tonstudio. Ich komponierte irgendwas. Chaos im Kopf. Ich hasste die Welt noch immer. Die Jungs erreichte ich nicht. Seit dem Treffen in New York hatte ich nichts mehr von ihnen gesehen oder gehört. Gab es die Band überhaupt noch? Mir war als wäre mein Leben in den letzten Zügen. Es war still, zu still. Die Bühnen dieser Welt bedeuteten mir alles. Und ich wollte endlich wieder mit meinem Leben anfangen. Ich hatte große Pläne. Sehr Große. Zu Große. In meinem Keller versuchte ich irgendwas zu Papier zu bringen. Etwas Neues. Mandoras Handschrift. Unverwechselbar für immer. Nichts wollte mir gelingen. Mein Papierkorb quoll über.

Ohne Nick bekam ich nichts mehr auf die Kette. Wo steckte dieser scheiß Typ überhaupt? Ich brauchte ihn und die Jungs. Vor allem John. Aber der war auch ständig weg. Tolle Freunde waren das. Mist. Wir waren noch nicht tot.

Dann bekamen wir einen Anruf. Von einer Agentur aus Las Vegas. Sofort war ich wieder lebendig.

„Mandora. Wer ist dran? John?"
„Ähm, nein. Mr.Mandora? Mein Name ist Phil Wheeler. Ich bin der Eventmanager des Mirage Las Vegas. Ich möchte ihnen ein Angebot unterbreiten. Es handelt sich um folgendes..."
„Wir sollen was? Oh Mann. Sicher. Ich kümmere mich darum..."

Ich nahm das Angebot an. Las Vegas. Scheiße, wie cool war das denn bitte? Mein Herz raste und meine Gedanken überschlugen sich. Ich musste unbedingt mit den Jungs sprechen. Leider hatte ich keine Ahnung wo die sich alle rum trieben. Unruhig tigerte ich in meinem Büro auf und ab. Jo kam dazu und sah mich an. Sie hatte etwas von dem Gespräch gehört. Ich würde wieder anfangen zu leben und war zu egoistisch, zu merken, was Jo davon hielt.
„Du wirst weitermachen, richtig?"
„Ich..."
„Wer war das, Damon?"
„Etwas Geniales. Neues. Scheiße, bin ich aufgeregt. Wo stecken die Jungs bloß? Ich möchte..."
„Was hast du vor?"
„Das wird fantastisch, glaub mir."
Ich erzählte ihr um was es ging und sie sah mich skeptisch an. Sie kannte mich besser als ich selbst und sie spürte, dass ich mich damit nie identifizieren würde. Sie sagte, es mache mich nicht glücklich. Und dass sie keine Lust hatte zwei Monate in der Wüste zu hocken.
„Damon, überleg dir das gut. Es ist nicht das was du willst. Und außerdem finde ich, du solltest das nicht allein entscheiden. Rede

mit den anderen. Schließlich gehören sie dazu. Du kannst nicht immer alles bestimmen."

„Ja. Ich weiß. Aber ich möchte etwas tun. Diese Ruhe hier und alles. John fehlt mir. Ich habe nichts mehr. Nur dich. Jo, ich lebe nicht mehr. Ich muss..."

Verzweifelt hob ich die Hände und Jo sah mich nur an. Ich wollte ihr nicht weh tun. Ihr nicht das Gefühl geben, dass es mir nicht reichte, NUR SIE, und sonst nichts zu haben. Sie war nicht zu wenig. Sie war alles. Und doch war mein Leben durcheinander geraten. Ich sah wie sich Jos Augen mit Tränen füllten.

„So siehst du das also? Es bin ja NUR ICH. Sicher, das ist zu wenig. Tut mir leid, dass ich nur ein Mensch bin der dich liebt. Das bist doch nicht du Damon. Ach, vergiss es."

Sie drehte sich um und rannte aus meinem Büro.

„Oh Gott, so war das doch nicht gemeint. Jo! Jo! Bitte. Lauf nicht weg. Jo!"

Ich raste hinter ihr her.

„Jolene! Du weißt, dass es nicht so ist. Du bist alles was ich brauche. Ich bin Musiker. Es ist mein Leben", schrie ich.

Wütend saß ich vor ihrer Zimmertür auf dem Boden. Es war doch alles nur ein Scheiß Missverständnis. Keine Ahnung wie lange ich vor ihrer Tür gesessen habe. Eine Stunde? Zwei?, Fünf? Eine halbe Ewigkeit. Ich hatte keine Kraft mehr zu rufen und zu reden. Irgendwann öffnete sie ihre Tür.

„Was machst du hier?"

„Ich … es war nicht so gemeint, wie es bei dir ankam. Ich..."

„Schon gut."

Ich war völlig fertig und ließ meinen Kopf in ihren Schoß fallen. Ihre Liebe und ihre Nähe brachten mich zur Ruhe. Wir haben ewig vor ihrer Tür auf dem Boden gesessen und über unsere Sorgen und Ängste gesprochen.

„Ruf morgen John an. Oder Susan. Sie weiß sicher wo Jonathan steckt. Und der weiß wo die anderen sind. Rede mit ihnen. Das wäre fair. Wenn sie dir folgen, werde ich das auch tun. Es sind ja

nur acht Wochen. Damon? Hörst du mich? Damon?"
Sie strich mir zärtlich über den Kopf und ich klammerte mich an ihr fest als würde ich ertrinken. Sie ist die liebevollste und verständnisvollste Frau, die ich kenne.
„Ja. Ich denke das ist eine gute Idee. Ich weiß nicht was da nicht stimmt..."
Doch das wusste ich sehr wohl. Ich war süchtig nach Erfolg. Die Welt wartete auf mich.
„Damon?"
„Hm?"
„Bitte lass uns nicht mehr streiten."
„Ich will auch nicht streiten. Dazu liebe ich dich viel zu sehr. Wir bekommen das hin. So wie immer."
Ich rang mir ein Lächeln ab und sie küsste meine Stirn.
„Dann lass uns etwas Schönes tun."
„So?"
„Nein, nicht das. Irgendwas, das uns ablenkt."
„Was möchtest du denn tun?"
„Spiel mir was auf deinem Flügel vor. Ich weiß, dass es dich beruhigt und ich liebe es wenn du darauf spielst."
„In Ordnung", hauchte ich und zog sie zu mir heran. Ihre wunderschönen Augen verzauberten mich schon wieder.
„Küss mich."
„Gern."
Ich richtete mich auf und nahm ihr Gesicht in meine Hände.
„Du bedeutest mir alles."
Dann küsste ich sie so Liebevoll ich nur konnte.
„Lass mich nie allein. Niemals. Hörst du."
„Ich werde dich nie mehr gehen lassen."
Wir liebten uns im Flur auf dem Boden vor ihrer Tür auf dem dicken Teppich. Alles würde gut werden. Die Sache mit dem Flügel wurde dann aufgeschoben. Logisch oder?

Am nächsten Tag rief ich Susan an. Und Jo hatte recht. Sie wusste wo die anderen waren und rief sie alle für mich an. Schon bald meldete sich John. Er war mal wieder in Europa unterwegs gewesen. Spanien. Keine Ahnung was er da trieb. Egal, er war wieder da. Nick meldete sich aus Washington. Er hatte da ein eigenes Ding angeleiert. Brandon war in Detroit bei seiner Band. Sie bereiteten sich vor wenn sie mit uns auf Tour gehen würden im nächsten Jahr. Andy besuchte Autorennen und Jonathan war bei Susan. John meinte es wäre mal was Neues und war bereit das Ding in Las Vegas zu versuchen. Die anderen folgten. Yes! Jo äußerte zwar noch immer ihre Zweifel, weil sie mich kannte. Trotzdem kam sie mit. Und ich merkte bald, das sie recht gehabt hatte. Als wir alle in Vegas ankamen war es noch schön. Ich war begeistert von dieser Stadt. So ungewöhnlich. Laut. Bunt. Spannend. Die ersten Auftritte waren noch neu. Doch dann verlor ich die Lust daran, obwohl wir dort sehr erfolgreich waren. Jeden Tag volles Haus. Trotzdem. Es ging mir gegen den Strich innen zu spielen. Ohne mein eigenes Bühnenbild. Nein, das war nicht mein Ding. Hätte ich nur auf Jo gehört. Aber vielleicht war es auch meine Rettung in letzter Minute. So wie ich damals drauf war bevor besagter Anruf kam. Obwohl wir in den folgenden Wochen unseres Engagements immer vollen Saal hatten, wollte ich weg von dort. Locker hätte ich den Vertrag bis wer weiß wann verlängern können. Nein das wollte ich nicht. Ich wollte raus in die Welt. Es gab noch soviel zu sehen.

52

Jo

Damals:

Schon bald reifte ein neues Projekt in seinem Kopf. Er wollte den asiatischen Markt erobern. Oder gleich eine Welttournee. Alle fünf Kontinente. Dafür wollte er 18 Monate einplanen. Als er mir davon erzählte war ich geschockt. Diese Strapazen wären nicht gut für uns. Ich erinnerte mich an die Sache in Prag und wollte das alles einfach nicht mehr. Und deshalb entschied ich nicht mitzukommen.

„Ich kann nicht. Es tut mir leid, aber das ist mir alles zu viel."
Ich verkniff mir die Tränen als ich sein enttäuschtes Gesicht sah.
„Das kannst du doch nicht machen. Du gehörst dazu. Ich kann mir nicht mehr vorstellen, dich nicht zu sehen, wenn ich von der Bühne komme. Du gibst mir die Kraft, die ich brauche",
versuchte er es noch einmal. Er klang beinahe weinerlich. So kannte ich ihn gar nicht. Ich versuchte ihm klarzumachen, dass ich es nicht mehr ertrug. Ich wünschte mir er würde daheim bleiben, bei mir.
„Nein ich bin am Ende. Ich habe keine Lust und keine Kraft mehr. Diese Weiber und ihre Anmache geht mir auf den Zeiger. Ich habe das Gefühl, dass sie mich hassen. Sie bedrängen dich und verfluchen mich. Ich kann keinen Fuß mehr hinaus setzen,

ohne dass mich einer erwischt. Ich will das alles nicht mehr. Es macht mich fertig. Und ich will nicht zusehen wie du dich und uns zerstörst. Ich werde nicht mitkommen."
„Ich will nicht mit dir streiten."
„Ich streite nicht. Es ist nur, dass du nicht siehst was mit uns passiert. Wo ist der Mann in den ich mich verliebt habe? Die Welt und unser Leben ist keine Bühne. Und ich bin kein Groupie. Ich bin deine Freundin. Lass es doch einfach... Ich... Ich halte das nicht mehr aus. Diese Weiber, die sabbern wenn du nur den Raum betrittst. Ihre bescheuerten BH´s, die sie auf die Bühne werfen. Diese Anmachen in den Scheiß Hotels von liebeskranken Zimmermädchen oder Kellnerinnen. Verdammt, Damon. Du gehörst zu mir. Sehen sie denn nicht, was sie mir antun? Ich hasse das."
Tränen strömten meine Wangen hinab.

„So ist es doch nicht. Und das weißt du auch."
Er kam drohend auf mich zu. Unheimlich. Nein, das war nicht der Mann, den ich liebte. Ich starrte ihn aufgebracht an:
„Mensch, versteh´ doch. Ich möchte leben. Mit dir. Hier. Zusammen. Nicht in einem Käfig voller Geld."

Ich schrie ihn fast an. Er brüllte zurück:

„Was soll der Scheiß? Es ist doch nicht die erste Tour..."
„Eben. Es hört nicht auf. Was willst du denn noch? USA, EUROPA, SÜDAMERIKA und KANADA. Du hast alles erreicht. Verdammt, was willst du?"
„Eine verdammte Weltkarriere. Zum Teufel nochmal. Wir haben doch beide etwas davon", brüllte er zurück. Er war rot vor Wut. Noch nie hatte er mich vorher so angeschrien. Wo war mein Damon hin?
„Ich will..."
„Ach, scheiß drauf... ich will auch einmal etwas. DICH. Aber das ist dir ja egal."
Ich stapfte davon und spürte Damons Blick in meinem Rücken.

„Jo, warte. Ich verstehe dich ja, aber ich will dich dabei haben."
„Nein. Ich bleibe hier."
Ich würde fast sagen, dass es unser zweit schlimmster Streit war.
Ich fühlte mich so elend. Verraten, verzweifelt. Ich denke es war
so was wie der Anfang vom Ende. Damon rannte hinter mir her.
„Jo, Mann scheiße. Jo..."

Am nächsten Tag sah er mich nur verstohlen an, sagte aber
nichts. Ich auch nicht. Nur einmal wollte ich ihn zum
Nachdenken bringen. Vielleicht hatte ich es ja geschafft,
vielleicht auch nicht. Den Rest des Tages sahen wir uns
jedenfalls nicht mehr. Damon schnappte sich sein Motorrad und
fuhr einfach davon. Das tat er meistens, wenn er einen
Wutausbruch verarbeiten oder verhindern wollte. Ich hörte das
Tor zur Seite schieben und den lauten Groll der Harley als er
davon raste. Irgendwann, mitten in der Nacht, spürte ich seinen
Körper hinter meinem in unserem Bett.
„Jo, es tut mir leid."
Er küsste mich zärtlich in den Nacken. Seine Nähe löste wie
immer klein Kurzschlüsse in meinem Nervenzentrum aus.
„Wo warst du?"
„Bin rum gefahren. Wollte den Kopf frei kriegen. Sei nicht mehr
sauer auf mich."
„Ich kann dir nicht lange böse sein. Nie."
„Darum liebe ich dich."
„Ich weiß. Damon?"
„Was?"
„Kannst du mich heute einfach nur festhalten?"
„Sch... Ich lass dich nie mehr los."

Uns blieb nicht mehr viel Zeit. Alle Telefonate waren geführt und
die Tour geplant. Quer durch Amerika, vier Konzerte in
Südafrika, elf in Europa, zehn in Asien und sechs in Australien.
Sogar in Russland wollte er auftreten. Es war beängstigend.
Manchmal beschlichen mich Zweife,l ob es nicht doch besser

wäre ihm zu folgen. Ich ließ es. Und ihn aufzugeben kam gar nicht infrage. Der Tag kam schnell.

„Wo sind meine Koffer?"

„Auf dem Dachboden. Und du willst das wirklich durchziehen?"

„Ja. Es wird nicht leicht. Aber wir telefonieren. Jeden Tag. Oder überleg´ es dir doch noch einmal."

„Nein. Ich werde meine Meinung nicht ändern. Ich schätze, ich muss dir einfach nur noch mehr vertrauen."

„Ich hoffe das hast du nicht ernst gemeint. Hallo?"

„Tut mir leid. Ich will nicht, dass du gehst."

„Ich werde dir treu sein. Immer. Es gibt nur dich, okay?"

„Ja."

Panisch klammerte ich mich an ihn. Er durfte nicht weggehen. Wir waren noch nie so lange getrennt. Es war echt brutal für mich, doch ich musste standhaft bleiben. Er sollte endlich nachdenken, was sein Leben für uns bedeutete. Ich wollte ihn wach rütteln. Leider hat das damals nicht geklappt. Noch immer nicht. Es wird niemals klappen. Ich muss damit leben.

Unser Flugzeug wurde beladen. Jede Menge Technik und Klamotten. Es war die längste Zeit der Trennung für uns. Ich vertraute ihm bedingungslos, weil ich ihn kannte. Ich wusste wie er tickt. Aber ich hatte Angst um ihn. Am nächsten Morgen brachte ich ihn zum Flughafen. Daryl und Sam würden bei mir bleiben. Damon wollte dass seine besten Männer auf mich aufpassten. Und bei den beiden war ich sicher. Inzwischen hatte ich Freunde in New Orleans gefunden. Für sie waren wir Nachbarn. Ich würde die Zeit ohne ihn schon irgendwie überstehen.Wir klammerten uns aneinander. Ich wollte nicht, dass er geht. James, der Pilot, kam zu uns um Damon abzuholen. Alle anderen waren schon an Bord.

„Geh nicht."

Ich klang verzweifelt und dachte an Susan und den kleinen Jakob. Die beiden machten das ständig durch.

„Jo, bitte. Mach es uns doch nicht so schwer."

Er drückte mich an seine Brust und strich mir über das Haar.

John kam noch einmal zu uns

„Ich werde auf ihn aufpassen. Das verspreche ich dir, Jo."

„Danke John. Aber ich war noch nie so lange ohne ihn, seit wir zusammen sind."

„Ich weiß. Und ich weiß auch, dass er noch nie jemanden so geliebt hat wie dich."

Widerwillig ließ ich ihn los. John schob ihn vor sich her und dann verschwanden beide Männer durch die Glastür und ich blieb allein zurück. Schon bald konnte ich von der Tribüne aus das Flugzeug auf dem Rollfeld erkennen. Durch seine auffällige Farbe fiel es natürlich sofort auf. Meine Augen produzierten Wasser. Ein Jahr, oder mehr. Eine Ewigkeit. Damon war weg, ohne mich. Ich fühlte mich elend. Lange stand ich da und dachte an alles was wir bisher gemeinsam gemacht hatten. Seit jenem Abend in New York waren wir nie getrennt. Nicht einmal als er im Krankenhaus gelegen hatte war ich von seiner Seite gewichen. Und jetzt stand ich hier – allein.

Abends rief er mich aus Atlanta an. Ich war froh seine Stimme zu hören und zu wissen dass es ihm gut ging. In Atlanta gab er zwei Konzerte. Solange er in Amerika unterwegs war rief er mich täglich an. Er sagte mir ständig dass ich ihm fehlte und er sich wünschte dass ich bei ihm wäre. Und ich wünschte mir das auch.

Die nächsten Wochen waren hart für mich. Ich beschloss einige Tage bei meinen Eltern zu verbringen. Ich wollte nicht allein in New Orleans in diesem Riesenhaus sein. So blieb ich eine Weile bei meiner Familie. Ich unternahm ganz normale Dinge mit Ann. So wie früher. Wir saßen in unserem alten Lieblingscafe´, das wir immer nach der Schule besucht hatten, als wir noch Kinder waren. Es war befreiend Normalität zu erleben. Ann hörte mir zu als ich ihr mein Herz ausschüttete.

„Das kommt wieder in Ordnung."

Sie ergriff meine Hand über den Tisch hinweg.

„Jede Beziehung hat Höhen und Tiefen. Meine auch. Du musst ihm einfach vertrauen. Es ist so eine Art Feuertaufe für euch. Ich habe es doch gesehen wie sehr ihr euch liebt."

„Das ist es ja nicht. Er macht sich kaputt. Das alles macht ihn kaputt. Nicht nur ihn. Auch mich, die anderen aus der Band mit ihren Familien. Er war schon einmal sehr krank deswegen. Und ich kenne ihn. Wenn er zurückkommt, fällt ihm sicher wieder etwas ein."

„Das weißt du doch nicht. Er weiß sicher wie weit er gehen kann."

„Das dachte ich auch und dann brach er zusammen. Mitten auf der Bühne im tiefsten Prag. Und jetzt ist er noch weiter weg. Ann, ich kann das nicht."

„Dann reise ihm doch hinterher."

„Nein. Ich will dass er aufwacht. Ich kann nicht immer nachgeben. Das habe ich schon viel zu oft getan."

„Dann ruf ihn an. Sag ihm was du fühlst."

„Das weiß er, aber es kommt nicht richtig bei ihm an."

„Ihr beide schafft das schon. Da bin ich mir sicher."

„Danke, Ann. Aber jetzt lass uns einfach ein paar Tage Urlaub machen. Ohne Männerprobleme."

„Klingt gut..."

Ich blieb einige Tage bei meinen Eltern. Dann flog ich zurück in unser Haus. Ich half Diane und Matt bei ihren Aufgaben. Die Tiere und der Garten wurden mein neuer Lebensinhalt. Der Trennungsschmerz wurde etwas erträglicher, solange ich mich irgendwie ablenkte. Mein Mann hatte sich wie versprochen regelmäßig gemeldet. Dann sagte er mir dass er weiter zog, nach Kapstadt. Die Zeitverschiebung machte das Telefonieren nun etwas komplizierter. Aber wir versuchten trotzdem so oft wie möglich miteinander zu sprechen. Er beschrieb mir die Orte an denen er gerade war. Was sie alle so taten. Geschichten und Erlebnisse, die mich faszinierten. Er sagte er mir er würde mir aus jeder Stadt ein Andenken mitbringen und dass er sich total auf unser Wiedersehen freute. Er hatte da so seine Vorstellungen wie das ablaufen sollte:

„Ich werde heimkommen. Du wirst wunderschön aussehen. Ich werde dich sofort in unser Zimmer bringen und dir zeigen was mir gefehlt hat. Ich werde meine Lippen über deinen gesamten Körper gleiten lassen. Du wirst mein sein. Und ich dein. Die ganze verdammte Nacht und den Tag darauf und den danach..."
„Darauf freue ich mich. Aber sag´ es mir nicht jetzt. Es macht die Sache nicht besser. Ich bin so allein. Bitte komm bald wieder."
„Hey, es ist doch nur noch ein Jahr. Das schaffen wir. Früher hattest du auch Geduld."
„Da wusste ich ja auch noch nicht wie es sich anfühlt in deinen Armen zu liegen, dich zu spüren, dein Herz schlagen zu hören wenn ich an deiner Brust einschlafe."
„Oh Jo. Es wäre so schön wenn du genau jetzt an meiner Brust ruhen würdest. Mein Herz schlägt total schnell gerade. Nur deinetwegen."
„Ja?"
„Hm. Es springt mir fast aus der Brust. Fuck Jo..."
„Geht mir auch so. Ich liebe deine Stimme, wenn du mir sagst was du für mich empfindest."
Ich hörte ein klopfendes Geräusch im Hintergrund.
„Fuck."
„Alles okay?"
„Jo, wir müssen leider Schluss machen. John holt mich ab. Obwohl meine Hose gerade zu eng ist und ich gerne etwas dagegen tun würde. Ich muss los. Akustikprobe und so ein Scheiß."
„Bis morgen, Damon. Ruf mich bitte wieder an. Ich liebe dich. Und ach, bei mir unten sieht es da nicht besser aus."
„Jo. Fuck Fuck Fuck."

Dann war es still in der Leitung.

An manchen Tagen hörte ich aber auch nichts von ihm. Es machte mich fertig nicht zu wissen wo er war. Manchmal schaute ich mir auch eine Konzertübertragung live im Fernsehen an um ihn zu sehen. Auch wenn er erst einige Wochen weg war sah ich dass er sich verändert hatte. Er kam mir so blass und dünn vor. Die Shows machte er aber gut. Ich denke auch nicht dass dem Publikum die Veränderung aufgefallen war. Niemand kannte ihn so gut wie ich und John. Ich starrte auf den Bildschirm und mein Magen rumorte vor sich hin. Ich spürte einfach dass mit Damon irgendetwas nicht so war wie es sein sollte. Irgendwann erreichte mich ein Anruf aus Rom. Es war sehr früh morgens, so gegen fünf könnte es gewesen sein. John rief mich an.

„Hallo, Jo. Ich frage mich was mit Damon los ist. Er benimmt sich so komisch. Schon seit Tagen gräbt er sich in seinem Zimmer ein. Er sieht apathisch aus. Und er ist so dünn. Ich mach mir echt Sorgen. Du hättest doch mitkommen sollen...“
„Ich wusste es doch. Ich habe mir euer Konzert aus Neapel im Fernsehen angesehen. Es geht ihm nicht gut. Das spüre ich. John. Was ist da los?“
„Ich weiß es nicht. Ich kann ja nicht ständig an ihm kleben. Er isst nie. Ich will nicht Prag zwei erleben.“
„Ich auch nicht, John. Was sagt denn George dazu?“
„Ich habe noch nicht mit ihm darüber gesprochen, weil ich nicht sicher bin. Deshalb rufe ich an. Ich denke er nimmt irgendeinen Scheiß oder so.“
„Bitte sag´ mir dass das nicht wahr ist.“
„Ich bin mir nicht sicher, aber ich melde mich sofort, wenn ich etwas weiß. Mach dir keine Sorgen.“
„Du bist gut, John. Jetzt erst recht. Bitte kümmere dich um Ihn.“
„Das werde ich. Bis dann.“
„Bis dann.“
Das Gespräch mit John brachte mich zum weinen. Ich hoffte so sehr dass er mit seinem Verdacht daneben lag. Damon und Drogen? Niemals.

Die Tage danach hörte ich nichts. Nicht von Damon und auch nicht von John. Dann rief Nick mich aus Wien an und berichtete Ähnliches wie John vorher. Nick bestätigte Johns Aussage und hatte ebenfalls den Verdacht Damon nähme irgendwas ein. Er liefe herum wie ein Geist und antwortete einsilbig. Die Konzerte brachte er gut hinter sich, aber danach sah man ihn selten. Ich machte mir Sorgen. Sie waren schon so lange da draußen. Und ich konnte ihm nicht helfen. Damon rief mich immer seltener an.

Mittlerweile waren sie in Tokio, wie ich von John erfahren hatte. Die Tour war schon über die Hälfte geschafft. Ich war allein in unserem Haus. Buster tröstete mich über die lange Trennung hinweg, weil Ann oder Juli leider nicht zu mir kommen konnten. Schließlich lebten meine Freundinnen ein ganz normales, bürgerliches Leben, von dem ich träumte. Es war verrückt wenn man bedachte, dass so manch anderer mein Leben für perfekt hielt. Ich zählte die Monate, Wochen, Tage. Es war eine Qual für mich, nicht zu wissen wo er war, was er tat. Dann rief mich John noch einmal an. Damon ging es nicht gut. Genauer gesagt, es ging ihm immer schlechter. Er wurde jähzornig und launig. Er stritt sich mit seinen Bandkollegen und John sagte mir, dass Alkohol bei Damon seit kurzem an der Tagesordnung wäre. Ich wusste nicht was da vor sich ging. Der Mann, den ich liebte, war dabei sich zu zerstören.

„Jo, ich muss mit dir reden."
„John, alles okay?"
„Nein. Mit Damon stimmt was nicht. Es ist schlimmer geworden. Er trinkt nicht nur, er säuft sich die Birne zu. Ich weiß nicht mehr weiter. Neulich habe ich so komische kleine Wunden an seinen Armen gesehen. Es sah aus wie ... Wie ... als wären es Einstiche oder so."
„Er spritzt sich Heroin? John..."
„Keine Ahnung. Vielleicht habe ich mich auch verguckt. Ich finde es heraus."

Mein Herz pumpte wie verrückt und mir wurde schlecht. Erschöpft sank ich auf das Bett zurück.

„Er ist nicht bei der Sache", berichtete John weiter.

„Die Konzerte laufen gut, aber wenn der Vorhang fällt ist er quasi nicht mehr ansprechbar. Er haut sofort in sein Zimmer ab und dann ist er nicht mehr zu erreichen. Er öffnet nicht und Anrufe nimmt er auch selten entgegen. Ich mache mir Sorgen um ihn. Es wäre echt besser wenn du hier wärst. Ich weiß nicht..."

„Oh mein Gott..."

Wir redeten noch eine Weile und ich wusste ich muss zu ihm. Ich entschied mich ihn in Tokio zu treffen. In einigen Stunden würde ich wissen was da los war. Ich buchte einen Flug, hatte aber keine Ahnung wo ich nach Damon suchen sollte. Sam und Daryl waren bei mir. Sie kannten sich aus. Und sie hatten den Tourneeplan dabei. Wir irrten durch den Dschungel der Stadt. Irgendwann fanden wir das Tokyo Dome. Wir zeigten unsere Ausweise und gingen hinein. Die Bühne wurde gerade aufgebaut. Reges Treiben wie immer. Von den Jungs keine Spur. Ich war erschöpft aber ich musste Damon finden. Sam telefonierte mit den Kollegen vom Sicherheitsdienst und erfuhr in welchem Hotel Damon war. Das Cerulean Tower Tokyu Hotel. Es befand sich mitten in der Stadt. Ich erfuhr die Zimmernummer und begab mich sofort dort hin. Ich klopfte an Damons Tür. Keine Antwort. Ich bat ein vorbeikommendes Zimmermädchen mir die Tür zu öffnen. Damon lag auf dem Sofa. Das Telefon noch in der Hand, er andere Arm baumelte vom Sofa herab. Seine Hemdärmel waren hoch geschoben und ich sah was John gemeint hatte. An seiner Armbeuge befanden sich tatsächlich einige Einstichlöcher. Im Zimmer lag alles wild durcheinander. Leere Whiskeyflaschen lagen herum. Neben dem Sofa lag eine Art Gürtel oder Band mit einer Schnalle dran. Auf dem Tisch irgendeine Spritze. Ich rannte zu ihm und meine Augen begannen zu brennen. Das Schlimmste war eingetreten. Niemals hätte ich gedacht, dass Damon so etwas tun würde. Heroin? Mein Puls raste wie ein Schnellzug. Er sah schrecklich aus. Seit Tagen nicht rasiert. Sein Haar schmuddelig. Die Klamotten rochen nach Rauch, Schweiß und Alkohol. Das war nicht Damon. Ich war schockiert.

„Damon, wach auf. Hey, hörst du mich? Sag was..."
Er bewegte sich nicht. Das bedeutete nichts Gutes. Ich hoffte nur, dass es eine Ausnahme war ihn so zu sehen. Das war nicht er. Ich war echt entsetzt. So hatte ich ihn noch nie erlebt. Und jetzt lag er hier, voll gepumpt mit Drogen. Das konnte einfach nicht sein. Mir kamen die Tränen als ich ihn so sah. Und ich machte mir wieder Vorwürfe, und sagte mir, es wäre nicht so weit gekommen, wenn ich mit ihm gegangen wäre. Ich blieb bei ihm und hoffte er würde Abends wieder fit sein. Mir war klar, dass es Probleme geben würde, wenn er nicht auftrat. Die Band hatte noch einiges vor sich. Ich saß ewig neben ihm, sah ihn an und wollte dass er wieder so war wie früher. So frei und lustig. Damon war fast 29. Ich wollte ihn noch lange bei mir haben.

„Wie konntest du nur. Wach auf."
Immer wieder strich ich über seine verklebte Stirn. Vergeblich. Dann schlug er die Augen auf und sah mich verwirrt an. Er roch nach Alkohol.
„Jo.?"
Seine Augen sahen so leer aus. Total verklärt.
„Was hast du getan?"
Ich nahm seine Hand, die sich irgendwie kalt anfühlte.
„Mein Gott. Du bist hier. Wie kann das denn sein? Wo ist John? Ich habe Kopfschmerzen. Du hast mir gefehlt."
Er versuchte sich aufzurichten.
„Leg dich wieder hin. Es wird dir bald besser gehen."
„Komm, leg dich zu mir", flüsterte er und schloss seine Augen.
Ich legte mich zu ihm und kuschelte mich an ihn. Ich sah mir seinen zerstochenen Arm an und mir wurde übel.
„Was hast du getan? Bitte sage mir nicht dass du dir Heroin gespritzt hast."

„Ich...“

Er verstummte wieder und seine Augen schlossen sich erneut. Ich drückte mich fest an ihn. Es war schön wieder bei ihm zu sein. Trotzdem spürte ich, dass hier etwas nicht so war wie es sollte. Er war irgendwie abwesend. Zu bis unters Dach. Ich hatte ihn lange nicht gesehen. Natürlich hatte ich ihn vermisst. Aber ich hatte es mir etwas anders vorgestellt, wenn ich ihn endlich wieder sehen würde. Er war schon wieder eingeschlafen. Seine Hand hielt meine fest und ich sah ihn an. Zärtlich küsste ich ihn auf die Nase und strich ihm sein verschwitztes Haar aus dem Gesicht. Er hatte dringend eine Dusche nötig. Es klopfte an der Tür. Es war John. Vorsichtig befreite ich mich aus Damons Armen und ließ seinen besten Freund ins Zimmer.

„Was ist los? Wir warten schon ewig um die Songs noch einmal durchzugehen. Daryl hat mich hergebracht.“

John sah besorgt aus und stellte sich neben das Sofa. Entsetzt starrte er Damons Arm an.

„Ich hatte recht. Er spritzt sich diese Scheiße. Ich... Jo... Es...“

John strich sich durch seine Rockermähne, während er nervös durch das Zimmer wandere.

„Es ist doch nicht deine Schuld, John.“

„Ich hätte ihn besser im Auge behalten müssen. Ich habe es dir versprochen.“

„Damon ist fast 30. Ich denke, er sollte langsam allein auf sich aufpassen können.“

„Darum geht es nicht, Jo. Hallo. Ich meine, sieh ihn dir doch an. Heroin. Was kommt da noch? Fuck.“

Ich hatte John noch nie so fertig erlebt. Die Männer kannten sich schon ewig und hatten sich viel aufgebaut. Aber sie waren nicht mehr die Jungs von Nebenan. Ihr Leben fand jetzt auf der Überholspur statt. Ich ging auf John zu und hielt ihn an seinem Arm fest. Er sah mich an.

„John. Danke, dass du mich angerufen hast. Ich bin mit der nächsten Maschine hergekommen. Was ist nur los mit ihm? Ist

das schon öfter vorgekommen? Er ist doch nicht so."
„Sieh dir seinen verdammten Arm an, Jo."
Er klang so fertig, so verzweifelt. Und er tat mir so leid.
„Ich finde ihr solltet euch mal eine Pause gönnen. Ihr macht euch
kaputt. Denk mal was Nick alles durchgemacht hat."
„Das hier ist was anderes. Das schaffen wir nicht allein. Und
er..."
Er nickte in Damons Richtung
„... schon gar nicht. Mit einem Dauerkater wäre ich ja noch
klargekommen, aber das hier..."
Er zeigte auf die Spritze auf dem Tisch
„...ist mir eine Nummer zu groß. Aber es nützt uns nichts zu
diskutieren. Jo, du bist die einzige Person, die ihn wieder hin
bekommt. Wir stecken mitten in einer verdammten Welttournee."
John hockte sich vor Damon hin.
„Keine Ahnung was er da für eine Scheiße ausheckt", hörte ich
ihn mehr zu sich selbst murmeln. John tatschte Damons Wange:
„Hey Kumpel. Was machst du bloß für eine Scheiße. Wach auf,
verdammt. Das kann doch nicht dein Ernst sein. Du wolltest diese
Tour, also liefere verdammt nochmal deine Show ab. Es hat
keinen Zweck, Jo. Verdammte Scheiße."
John stand auf und hob resigniert die Arme.
„Ich kriege das hin. Gib mir etwas Zeit."
„Das hoffe ich für ihn und uns."
John tigerte unruhig im Zimmer auf und ab, während er sich
erneut die Haare raufte. Dann gingen wir aufeinander zu und
nahmen uns in den Arm. Minuten lang stand ich da, dicht an
Johns starke Brust gedrückt. Er hielt mich und ich ihn. Wir beide
waren die Einzigen, die Zugang zu Damon bekommen würden.
„Zusammen holen wir ihn da raus. Verlass dich drauf", flüsterte
John und ließ mich los. Ich hatte keine Ahnung wie es weiter-
gehen sollte. An meinem Traum, mit Damon den Rest meines
Lebens zu verbringen, hatte sich nichts geändert. Ich hatte alles
für ihn aufgegeben. Und es tat mir keine Sekunde leid. Bis heute

bereue ich keine Minute. Mein Leben ist toll und ich habe es genossen mit Damon die Welt zu bereisen.

John setzte sich dann irgendwann in den Sessel am anderen Ende des Raumes und starrte ins Leere. Noch nie hatte ich Damons Freund so fertig und ratlos gesehen. Es hing viel davon ab, ob Damon wieder zu sich kam. Mir war klar, dass er sich zu viel zugemutet hatte. Er brauchte mich jetzt.

Das Telefon klingelte. Andy war dran und hörte sich ziemlich sauer an. Ich konnte ihn hören, obwohl John mit ihm sprach.

„John? Was zum Teufel treibt der denn da? Ich meine, er ist unser Sänger. Das kann doch alles nicht wahr sein", brüllte Andy in den Hörer. Damon bekam davon natürlich nichts mit.

„Ich versuche ihn wach zu bekommen. Halte die Veranstalter noch hin. Wir werden pünktlich sein."

„Das will ich hoffen. Erst will er noch am liebsten auf dem Mond und wer weiß wo spielen und dann schießt er sich ab. Echt jetzt."

„Andy, ist ja okay. Jo ist hier. Sie wird ihm schon den Kopf waschen."

„Na Gott sei Dank. Ohne Jo ist mit ihm echt nichts mehr anzufangen. Bis später."

Andy und John beendeten das Gespräch. Ich legte meine Hand auf Damons Stirn. Sie fühlte sich warm an. Es ging ihm nicht gut. Ich wollte ihm so gerne helfen. Aber ich hatte keine Ahnung wie ich das anstellen sollte.

„Damon, bitte wach auf. Was hast du nur getan? Sie warten auf dich. Bitte wach auf."

Wieder und wieder rief ich ihn. Die Uhr rannte voran. In vier Stunden musste er auf der Bühne stehen. John wurde langsam nervös. Ich legte mich wieder neben Damon und küsste ihn auf die Stirn. Er stöhnte leise und schlug endlich die Augen auf.

„Jo. Es geht mir schlecht. Ich weiß nicht was passiert ist. Es tut mir leid."

Etwas apathisch sah er mich an.

„Komm, versuch aufzustehen. Wir haben nur gute drei Stunden. Bitte enttäusche deine Fans nicht. Wenn das hier vorbei ist werden wir einen Weg finden."

Langsam rappelte Damon sich auf. John stieß erleichtert Atem aus. Ich schob Damon unter die Dusche und hoffte, dass alles gut gehen würde. Irgendwie schafften wir es, dass Damon pünktlich und halbwegs brauchbar auf der Bühne stand. Souverän und ohne Zwischenfälle schafften er und die Jungs die zwei Stunden hinter sich zu bringen. Die Show war wie immer ein voller Erfolg und niemand bemerkte wie es wirklich um Mandoras Hell Fire stand. Im Hotel angekommen brach Damon zusammen. Er begann zu zittern und ich hatte keine Ahnung was da vor sich ging. In der Nacht ging es ihm immer schlechter. Er verkrampfte sich furchtbar und stieß unmenschliche Laute aus.

„Jo, hilf mir. Es wird Zeit. Diese Schmerzen."

„Damon, was ist los?"

„In meinem Nachttisch. Sieh in meinen Nachttisch."

„Was?"

„Nur ein letztes Mal. Nur noch einen Schuss. Dann hör ich auf mit dem Scheiß. Ich verspreche es. Bitte."

„Nein, Damon."

„Ich brauche nur noch einen. Nur einen... Aaaaargh."

Sein Gesicht war blass und er war schweißnass.

„Nein."

Ich griff in den Nachttisch und holte das Zeug heraus.

„Gib es mir, Jo. Mach schon."

„Niemals. Ich werde nicht dabei zusehen wie es das Letzte ist was du in diesem Leben tust. Du bringst dich um, Damon."

„Jo."

Er schrie, krümmte sich und schlug um sich. Es tat mir in der Seele weh ihn so zu sehen. Ich warf das Zeug in die Toilette und rief seine Bandkollegen zu uns ins Zimmer. Alle kamen sofort und berieten sich wie es weitergehen sollte. Für mich war es eine der schlimmsten Nächte meines Lebens. Ich hatte Angst um ihn.

Und ich wusste noch nicht was mit Damon los war. Warum er das überhaupt getan hatte. Wir riefen einen Notarzt und es dauerte nicht lange und Damon kam in Tokio in ein Krankenhaus. Ich war fertig und fragte mich zum x-ten Mal was passiert war. Warum war ich nicht mitgekommen? Er brauchte mich und ich hatte ihn allein gelassen. Ich blieb bei ihm und bat darum bei ihm im Zimmer übernachten zu dürfen. Das war nicht mehr der Mann in den ich mich verliebt hatte. Und trotzdem würde ich zu ihm halten. Er sah so blass aus. So zerbrechlich. Ich weinte und kam mir ziemlich hilflos vor. Damon lag nur da - teilnahmslos. Immer wieder begann er heftig zu zittern. Er gab unmenschliche Laute von sich und ab und zu bäumte er sich grundlos auf, von Krämpfen geschüttelt. Ich fühlte mit ihm. Und ich konnte nichts für ihn tun. Das Leben im Hochglanzmagazin hatte auch seine Schattenseiten. Mehr und mehr wurde mir bewusst, was dieses Leben aus uns machte.

Jetzt:

Meine Tochter kommt gerade zur Tür herein und schaut mir über die Schultern.

„Hi, Mom. Und? hast du Dad endlich angerufen? Kommt er bald wieder?"

„Ja ich habe mit ihm geredet. Und ich weiß es geht ihm nicht gut. Ich spüre das. Nein, Schatz. Er kommt nicht."

Ich lächele sie traurig an und denke mir wie unbeschwert sie leben darf. Jack ist bei ihr und nimmt sie zärtlich in den Arm. In meiner Brust schmerzt es, aber ich bin froh, dass es den beiden gut geht. Ich hoffe sie werden ein schönes Leben in Harmonie haben. Ich bin etwas müde und überlege, es mir in meiner Bibliothek gemütlich zu machen. Was verpasse ich schon? Die Kinder sind schon wieder zur Tür raus und ich bin allein. Also liege ich auf meinem Lesesofa und grübele nach. Über Damon und mich. Da stimmt was nicht. Ich weiß es. Ich drifte ab:

„Hey, was machst du da?"

„Ich möchte ausreiten. Kommst du mit?"

„Was? Ich? Oh, nein, lieber nicht. Ich habe Respekt vor Pferden. Bin noch nie geritten."

Damon steht im Eingang des Stalls an den Türrahmen gelehnt und schaut mich an. Er lächelt. Ich striegele Danger weiter und spüre seinen Blick auf mir.

„Ach bitte Damon, es ist ganz einfach", bettele ich weiter. Ich sehe ihn an und erkenne einen Hauch von Panik in seinen Augen. Mich wundert, dass er überhaupt im Stall ist. Das macht er sonst nie.

„Na was ist? Bitte versuch es einmal. Mir zu Liebe. Ich hole Heaven. Sie ist ruhiger als Danger."

„Na gut. Für dich. Was muss ich tun?"

Ich sehe wie er zögerlich auf Dangers Kopf zusteuert und zärtlich seine Nüstern streichelt. Das Tier hält still und genießt seine erste Streicheleinheit von Damon. Ich drücke ihm das Halfter in die Hand und sage ihm, dass er kurz festhalten soll, während ich Heaven aus ihrer Box hole.
„Okay. Ich vertraue dir – und ihr", sagt er und lächelt mich unsicher an, während er zwischendurch die Box von Heaven anstarrt. Gemeinsam satteln wir die Tiere. Ich zeige ihm wie er aufsteigen muss. Er ist so süß – mein Rockstar, der eben doch nicht alles kann. Heaven bleibt geduldig stehen als Damon krampfhaft versucht auf ihren Rücken zu klettern. Als er endlich oben ist sehe ich wieder Panik. Ich nehme Heaven an den Zügeln und führe sie hinaus. Danger halte ich mit der anderen Hand. Damon krallt sich in Heavens Mähne.
„Glaubst du, du kannst kurz allein stehen bleiben, während ich aufsteige?," frage ich ihn.
„Klar."
Damon lächelt mich unsicher an und zeigt mir seine perfekten weißen Zähne. Dann bin ich auf Dangers Rücken, gleich neben Damon. Zaghaft drückt er seine Jeans bedeckten Waden an Heavens Bauch und macht mir nach was ich ihm zeige. Die Pferde setzen sich in Bewegung. Wir sind jetzt auf der Wiese hinter unserem Haus.
„Und wie geht es dir da oben?"
„Ich weiß nicht so recht. Es schaukelt."
„Du schaffst das, Cowboy."
Wir reiten gemütlich über die Wiese und ich stelle fest, dass Damon sich schon ganz gut schlägt. Dann schnalze ich mit der Zunge und die Tiere beginnen zu traben. Zu plötzlich für Damon. Er plumpst in die Wiese und schaut mich und die Tiere verdutzt an. Dann lacht er herzhaft und ich kann nicht anders als vom Sattel zu steigen und mich neben ihn auf die Wiese zu setzen. Zum Glück hat er sich nichts getan.
„Für das nächste Rodeo muss ich wohl noch üben", sagt er

immer noch lachend.

„Alles klar bei dir?"

„Ja, mein Hintern ist sicher blau, aber es geht mir gut."

*Er sieht mich an mit seinen Strahleaugen. Ich liebe ihn. Sein
Haar hängt ihm wild um den Kopf und er sieht unverschämt sexy
aus. Die Pferde grasen und ignorieren uns völlig. Und plötzlich
platzt es aus mir raus:*

*„Hey, Cowboy – dann nimm mich. Ich lauf dir bestimmt nicht
weg. Oder ich könnte auch auf dir reiten."*

„Was? Hier?"

„Ja, jetzt sofort."

„Nichts lieber als das."

Er nimmt mir meine Reitkappe ab und die Gerte aus der Hand.

„Damon..."

*Er verschließt meinen Mund mit einem aufregenden drängenden
Kuss.*

*„Ich weiß," haucht er. Ich will ihn. Hier, jetzt, sofort. Er nennt
mich manchmal Diamant, weil ich sein Leben erhelle wie einer.
Er sagt, ich sei so rein wie einer. Und mein Herz glänzt wie
einer, sagt er. Seine Hände legen sich um meinen Nacken. Seine
Lippen erobern mich, meinen Körper, nachdem er mich von
meinen Reitklamotten befreit hat. Auf unserer Wiese. Damon saß
in Fetzenjeans und Shirt auf dem Pferd. Gut für mich. So kann
ich ihn schneller aus seinen Klamotten pellen.*

„Damon", flehe ich.

*„Sch...", sagt er nur. Seine Lippen erkunden meinen Bauchnabel,
danach wieder meine Nippel. Ich explodiere, als er seine Finger
in mich schiebt. Ich vergesse, dass wir auf unserer Wiese sind. Es
ist mir auch egal. Ich suche seinen kleinen Freund und drücke zu.
Hart wie Stahl und riesengroß liegt er in meiner Hand.*

*„Bring in nach Hause", bettelt Damon. Und ich gehorche. Sanft
massiere ich ihn. Dann drehe ich Damon auf den Rücken und
küsse ihn überall. Als ich bei seinem Ohr ankomme flüstere ich
„Nimm mich."*

Schnell dreht er sich nach oben und ich liege da und verzehre mich nach ihm. Lustvolle Laute klingen über die Wiese. Dann rammt er in mich hinein. Ich bin ihm total verfallen. Er soll es mir jetzt geben bis ich ohnmächtig werde. Dieser Mann ist der Wahnsinn. Er bringt mich in den Himmel, so gewaltig. Wir liegen geschafft auf der Wiese und kuscheln. Ich liege mit meinem Ohr auf seiner Brust und lausche seinem Herzen, das nur für mich schlägt.

Ich taste mit meiner Hand die Seite neben mir ab. Doch Damon ist nicht da. Gerade war er aber noch da. Wir haben uns geliebt. Ich rieche sein Aftershave und seinen Schweiß nach dem Sex. Er muss da sein. Aber ich greife ins Leere und falle fast vom Sofa, als ich mich zu ihm umdrehen will. Keine Ahnung. Ich muss hier irgendwie eingeschlafen sein. In meiner Bibliothek. Aber Damon war da, in meinem Traum. Ich will bei ihm sein.

53

Damon

Jetzt:

Die letzten Töne verklingen. Ich bedanke mich bei den Fans.
Meine Band stellt sich neben mir auf. Wir alle nehmen uns an
den Händen und verbeugen uns. Alles perfekt. Mein wahres Ich
schlummert tief in mir drinnen. Ich bin nur noch ein einziges
Wrack, aber die Menschen hier lieben mich trotzdem. Ich löse
mich aus unserer Reihe, nehme das Mikrofon und rassele alles
herunter, was es über meine Brüder zu sagen gibt. So wie immer.
Dann verlassen wir die Bühne. Das Stadion leert sich. John ist
sofort bei mir und reicht mir ein Handtuch.
„Mann, bin ich fertig. Bin froh, dass es vorbei ist."
„Hast dich gut geschlagen, und das meine ich ernst."
John haut mir freundschaftlich auf den Rücken.
„Hab´ ich doch gesagt."
Wir haben das Konzert hinter uns gebracht. Ich habe es wirklich
hinbekommen. Ich hätte Schauspieler werden sollen. John ist bei
mir und baut mich auf. Na ja, er versucht es. Meine Kräfte sind
am Ende und meine Sehnsucht nach Jo wächst jede Minute. Mein
Ich, mein Kaputtes, kommt sofort wieder an die Oberfläche. Ich
hänge meinen Gedanken nach, während John und ich in meiner
Garderobe Bier trinken. Ganz weit weg höre ich Johns Stimme.
Er spricht über die vergangenen Zwei Stunden.
„...und Andy war genial. Weißt du, wenn du bedenkst wie

angepisst er noch vorher war. Ich finde wir sollten... Damon? Hallo? Ich rede mit dir."

„Was?"

Ich fühle mich so beschissen wie eine Hühnerleiter aussieht. Ich bin echt in Versuchung Dagger anzurufen. Er hat mir vor langer Zeit schon einmal diese Wunderpillen besorgt. Davon bleibst du ewig wach. Aber ich erinnere mich wie es war. Und da will ich nicht mehr hin. Damals. Und überhaupt, wie soll das gehen? Dagger hockt in Dublin in seiner schmierigen Spellunke und dealt vor sich hin. Ich hocke am Arsch der Welt und bin am Ende. Selbst wenn ich es wollte, könnte er mir jetzt auch nicht helfen. Helfen haha. John schiebt seinen Stuhl meinem gegenüber, die Arme auf den Knien abgestützt und sieht mich an. Dann nimmt er mir die Bierflasche aus der Hand.

„Damon, was ist nur los? Ich kann es nicht verstehen. DU hast dir die Scheiße doch selbst eingebrockt. Und ich sage es dir gerne noch einmal: DU WIRST SIE FÜR IMMER VERLIEREN, WENN DU NICHTS TUST. Und du bist auch verloren. Zumindest stehst du nah am Abgrund. Schon wieder. Das spüre ich. Verdammt, Damon. Damals hat es auch so angefangen. Nur wir alle waren zu blöd es zu sehen. Doch jetzt habe ich dich im Auge, glaub mir. Tu endlich was, hör auf dein Herz. Ist das bei dir angekommen?"

„John ... ich ... Scheiße. Fuck Fuck Fuck."

Mein Leben rast in meinen Gedanken noch einmal an mir vorbei. All die Jahre. Muss ich das wirklich? Ja und nein. Mein bester Freund und ich sehen uns an. Ich versuche seine Worte zu verstehen. John passt auf mich auf. Er ist wie mein großer Bruder, den ich nicht habe. Ich bin abgerutscht. Sehr tief. Und ohne meine Frau und meine Freunde wäre ich sicher schon tot.

Damals:

Es war kurz nachdem wir aus Las Vegas zurück kamen. Ich weiß
es nicht mehr genau. Ich hatte die Idee nach Asien zu gehen.
Zuerst. Und dann packte es mich richtig. Ich plante diese
Welttournee. Sie sollte 18 Monate dauern. Ich war echt
euphorisch. Und dann passierte etwas womit ich nie gerechnet
habe. Jo sagte mir sie käme nicht mit. Ich konnte es nicht glauben
und versuchte alles, sie umzustimmen. Aber sie blieb hart. Wie
gesagt war ich echt egoistisch. Ich dachte nicht darüber nach was
sie auf sich genommen hätte, wenn sie mich begleitete. Sie wollte
Ruhe. Und mich. Aber das sah ich nicht. Wir waren nah an einem
Streit. Nein verdammt, es WAR ein Streit. Nicht gerade ohne.
Und ich wollte nicht mit ihr streiten. Trotzdem schrien wir uns
an. Das war noch nie vorgekommen. Und als ich keine
Argumente mehr hatte, verließ Jo das Zimmer. Sie ließ mich
einfach stehen. Ich hatte Angst, dass ich völlig ausflippe und
schnappte mir deshalb mein Motorrad. Ich wollte nur noch weg.
Ich weiß nicht mehr wo ich war. Ziellos fuhr ich umher. Es hatte
sich soviel in meinem Leben verändert, seit ich Jo kannte. Früher
hat mich nichts gekümmert. Ich war immer viel unterwegs,
schmetterte Tag für Tag unsere Hits hinaus und alles war super.
Durch Jo habe ich erfahren, dass das Leben soviel mehr zu bieten
hatte als nur singen und reisen. Trotzdem komme ich bis heute
nicht gegen diesen Wahnsinn an.
Ich war den ganzen Tag weg. Raste über die Straßen von New
Orleans. Es war mir sogar egal ob ich den Fans direkt in die
Arme gefahren wäre. Erst mitten in der Nacht kam ich zurück.
Mein Herz klopfte wie wild. Ich wollte mit Jo wieder ins Reine
kommen. Doch sie schlief schon längst als ich das Haus betrat.
Buster lag draußen auf der Terrasse und hob nur träge den Kopf,
als ich an ihm vorbei ging. Ich glaube sogar er war etwas

verstimmt damals. Ich öffnete die Tür zu unserem Schlafzimmer. Jo sah so süß aus. Wie sie so da lag, ihr schwarzes glänzendes Haar auf dem weißen Kissen ausgebreitet, die langen Wimpern auf dem Unterlid ruhend. Oh Mann. Und ich würde diesen Anblick ewig nicht mehr genießen können. Ich stieg zu ihr ins Bett. Ich musste die Sache gerade biegen. Ich küsste ihren Nacken, streichelte ihren Kopf und spielte mit ihrem Haar herum. Hätten wir nicht vorher so derbe gestritten, hätte diese Nacht wundervoll werden können. Das fand jedenfalls mein kleiner Freund. Ich flüsterte ihr liebevolle Dinge ins Ohr. Ich wollte nicht mehr streiten. Nicht wenn ich sie so lange nicht sehen würde. Ich wollte mit ruhigem Gewissen in mein Abenteuer aufbrechen und musste wissen, dass es ihr gutgeht. Sam und Daryl beauftragte ich bei ihr zu bleiben. Beim ihnen war sie sicher. Meine anderen Jungs würden mit mir kommen. Eng an Jo gekuschelt verbrachte ich die Nacht. Ihre Nähe beruhigte mich immer.

Dann war es so weit. Ich musste packen. John und ich telefonierten ständig. Seit Dick aus dem Rennen war, hatte ich soviel um die Ohren, dass der Tag 45 Stunden haben müsste, um dass ich alles geschafft hätte. Deshalb ging John mir in organisatorischen Dingen zur Hand. Nick und Andy schrieben mit an unseren Songs. Wir mussten einfach zusammen arbeiten. Boss hin oder her. Ohne die Jungs war ich nichts. Und das war mir durchaus klar. John und die anderen rückten mir den Kopf zurecht. Ich bin ihnen dankbar dafür aber es wäre besser gewesen wenn Jo dabei gewesen wäre. Sie hätte mich vor der Dummheit bewahrt die ich begangen habe. Nein, ich habe sie nicht betrogen. Viel schlimmer. Unsere Tour begann in den USA. Wir telefonierten täglich und der Gedanke, dass sie allein war, war unerträglich für mich. So wie jetzt. Ich glaube, mir war nicht wirklich bewusst wie lang ein Jahr war. Ein Jahr ohne sie. Bevor ich Jo kannte war mir das nie aufgefallen. Ich machte meinen Job und gut. Aber dann war alles anders. Sie fehlte mir so. Also rief ich sie an.

„Hey. Ich bin´s. Damon."

„Damon. Gott sei Dank. Hoffe alles okay bei Euch?"

„Ja. Ich habe ein riesengroßes Bett hier in meinem Zimmer. Der Platz neben mir ist frei und das finde ich doof. Ich wünschte du wärst hier."

„Ja. Du fehlst mir auch. Das Haus ist so leer ohne dich und Buster sucht dich überall."

„Oh, dachte der ist sauer auf mich."

„Ist er auch bestimmt."

Sie lachte.

„Was machst du gerade?"

„Ich backe einen Kuchen. Du weißt doch, dass Diane morgen Geburtstag hat. Und ich finde sie sollte auch einmal etwas von mir bekommen."

„Shit, habe ich wohl verpennt. Gib ihr einen Scheck über 500 Dollar von mir, okay. Ach ja, und besorge einen Blumenstrauß."

„Mach ich. Und was machst du?"

„Von dir träumen. Ich stelle mir vor wie du gerade da stehst und am Teig naschst und sinnlich deine Lippen..."

„Oh."

„Was denn?"

„Echt jetzt."

„Jo, ach komm. Lass uns über, na ja reden. Ich habe gerade einen unheimlichen... oh Mann. Du machst mich fertig."

„Damon. Was zur Hölle treibst du da?"

„Ich stelle mir vor, dass du es wärst, die mich gerade berührt. Ich liege hier in meinem Bett. Allein. Meine Hose ist mir gerade definitiv zu eng. Deshalb streife ich sie jetzt ab. Ich sehe dich vor mir. Ich rieche deinen Duft. Ich kann dich fast fühlen. Jo..."

„Ähm, tut mir leid. Ich ..."

„Setz dich, oder leg dich hin, auf unser Bett."

„Okay Und dann?"

„Bitte, Jo."

„Gut, ich bin auf dem Bett."

„Sag mir was du gerade machst."
„Damon, das ist..."
„Trau dich, nur wir beide."
„Ja."
„Also, was willst du tun? Stell dir vor ich wäre bei dir. Wo wäre meine Hand in genau diesem Moment?"
„Damon..."
„Schließe die Augen, das macht es leichter. Glaub mir."
„Ich...okay."
„Was hast du an?"
„Eine Jeans."
„Und darunter?"
„Ich ...Meine rote Unterwäsche, die mit den schwarzen Blumen."
„Oh Jo. Ich glaube du hast verstanden was ich jetzt von dir will. Erzähl mir mehr. Mach weiter. Mach die Hose auf."
„Was? Klar."
Es raschelte am Ende der Leitung und mein Kopfkino machte Überstunden.
„Damon?"
„Ja."
„Ich habe die Hose geöffnet und abgestreift."
„Jetzt das Oberteil."
„Moment. Hab ich."
„Gut. Oh Mann ich bin hart wie eine Betonmauer."
„Ja, ich glaube ich kann es sehen. Meine Augen sind zu. Ich konzentriere mich auf meine Hände, die eigentlich deine sein sollten."
„Gut so, mach weiter. Ich kann es spüren. Deine Hände sind so zärtlich."
„Streichel mich Damon."
„Ja meine Hand ist an deinem Busen, Küsse bedecken deinen Körper. Meine Hand wandert tiefer hinab."
„Ja, ich kann es fühlen. Ich verzehre mich nach dir."
„Meine Hand ist jetzt ganz unten und fühlt deine Erregung. Du

391

bist ganz nass. Oh Gott, Jo...“

„Ich umfasse deinen … “

„Jaaa.“

Ich sah sie förmlich vor mir. „Deine Hand massiert meine empfindliche Stelle. Es tut so gut. Damooooon.“

„Mach schneller, Jo.“

„Jaaaa.“

Es war der Wahnsinn. Wir kamen zusammen, obwohl uns hunderte Meilen trennten. Aber es machte die Sache nicht besser. Sie war nicht bei mir.

Solange wir in den USA unterwegs waren telefonierten wir täglich. Manchmal auch mehrmals. Wie gesagt, die Tage waren zu kurz. Die Sehnsucht nach ihr übermächtig. Ich war müde. Doch das konnte ich mir nicht leisten. Schlafen könnte ich noch genug wenn ich einmal gehen musste. Also begann ich mich mit Aufputschmitteln über Wasser zu halten. Der gleiche Scheiß wie in Prag. Keine Ahnung warum das so war. Aber ich überstand die Tage relativ gut. Bis tief in die Nacht habe ich an neuen Konzepten gebastelt. Mein Telefon stand nicht still. Die Band war gefragt wie nie. John half mir wo er konnte. Die anderen übernahmen ebenfalls bestimmte Aufgaben. Für Brandon war es das Größte. Jonathan litt ähnlich wie ich. Wegen seinem Sohn. Das konnte ich verstehen. Doch als wir die Band gründeten, hatte ja keiner wissen können was sie uns abverlangte. Wir waren eine Firma und schon längst keine Kneipenband mehr. Nach den Terminen zu Hause ging es nach Südafrika. Ich versuchte so oft ich konnte mit Jo zu sprechen. Wir waren jetzt schon drei Monate weg. Die Zeitverschiebung machte die Sache schwieriger. Ich erzählte ihr wo wir waren und wie gut es lief. Sie fehlte mir noch immer. Von Jo erfuhr ich was sich in der Heimat so zugetragen hatte. Und dass sie für eine oder zwei Wochen zu ihren Eltern wollte. Demnächst. Ich wäre so gerne noch einmal mit ihr dort hin gefahren. Und nun saß ich zunächst einmal in Südafrika fest. Toll.

Ich verabreichte mir noch mehr Tabletten. Die Tage vergingen und ich wollte nicht mehr schlafen. Die Uhr rannte. Das Telefon war mein bester Freund ist dieser Zeit. Sogar Dick meldete sich einmal bei mir. Nur so aus reiner Neugierde, meinte er damals. Ist klar. Ohne uns lief es bei ihm nicht so rund wie er es gerne wollte und fragte noch einmal bei uns an. Ich hätte ihn schon brauchen können, aber das sagte ich ihm nicht. Ich war es inzwischen gewohnt alles allein zu regeln und ich kam klar. Meine Drogensucht begann sich langsam aufzubauen. Schon morgens vor dem Frühstück nahm ich eine Pille. Nichts Besonderes. Aber der Anfang vom Ende. Eine Zeit lang gelang es mir mich täglich noch bei Jo zu melden, dann seltener. Irgendwann machte ich den Fehler und rief sie gar nicht mehr an. Oh Mann was war ich für ein Esel. Ich bin dabei, den gleichen Fehler schon wieder zu machen. 2 Jahre. Mein Kind ist inzwischen 15 – unglaublich.

Die Termine drängten sich und ich hatte Mühe alles zu schaffen. Da traf ich Dagger. Als ich eines Abends so allein in einer Kneipe in Dublin rum saß. Ich gehe selten aus, aber damals musste ich einfach raus aus dem Zimmer. Wir waren schon so lange unterwegs. Ich hatte Jo ewig nicht angerufen. Und ich hatte ein schlechtes Gewissen deswegen.
Und dann nahm das Unglück seinen Lauf.

„Hey Kumpel. Was sitzt du so allein hier herum? Ich kann dir was geben das deine Laune hebt. Ey Mann, siehst echt scheiße aus."
„Ist schon okay. Bin nur müde", versuchte ich ihn abzuwimmeln. Dagger ließ nicht locker. Er bohrte in meiner Seele herum und ich verstehe bis heute nicht warum ich ihm Dinge anvertraute, die ihn eigentlich nichts angingen.
„Hier. Nimm. Es wird dir besser gehen. Vertrau mir."
Dagger schob mir eine blassgelbe Pille zu.
„Wenn du mehr brauchst, lass es mich wissen. Hier ist meine

Nummer. Oder du findest mich hier. Bis dann, Kumpel."
Dann verschwand er. Lange überlegte ich was ich tun sollte. Aber es ging mir so dreckig. Also nahm ich die Pille mit. Und irgendwann nahm ich sie. Ich spürte keine Müdigkeit. Ich fühlte mich frei, so kraftvoll. Nicht zu vergleichen mit meinen kleinen Pillchen, die ich sonst nahm. Und dann geriet alles außer Kontrolle. Am Anfang lief alles bestens. Es war okay, dem Tag ein wenig auf die Sprünge zu helfen. Das ich kaum noch etwas aß, oder so gut wie nicht mehr schlief, fiel mir nicht auf. Super. Die Pille machte alles irgendwie besser. Ich brauchte mehr und immer mehr. Dann rief ich Dagger an.Und er deckte mich ein mit dem Zeug. Natürlich wollte er Geld. Auch weil er wusste ich hatte genug davon. Ich brauchte immer mehr, war schließlich voll drauf. Da konsumierte ich alles was ich fand. Bis ich bei einer der schlimmsten Drogen überhaupt angekommen war. Heroin. Ich kam auf einer Toilette in irgendeinem Flughafenhotel dazu. Da saß ein Typ herum. Total entspannt. Ruhig und selig. Er blies Rauch aus seinen Nasenlöchern und sah mich an. Ich war so durcheinander. Unruhig und ich wollte ruhiger werden. Da bot er mir etwas an, das mich in eine andere Welt bringen sollte.
„Hey, du solltest deinem Scheiß entfliehen. Willst du eine Reise machen?"
„Was?"
„Ich bin gerne an einem anderen Ort. Das hier..."
Er zeigte auf sein leeres Spritzbesteck.
„ … macht alles leicht und so bunt. Ich gebe dir was ab. Wenn es dir gefällt kann ich dir mehr besorgen. Siehst aus als könntest du es dir leisten. Wenn ich mir so diese Uhr anschaue. Die kostet ja mehr als mein Auto. Also was ist?"
Er hielt mir die Spritze hin.
„Lieber nicht."
„Hey, es ist ein gutes Gefühl. Du bist frei..."

Ich wollte fliehen aus meinem Sorgenland und griff zu. Der Typ half mir den Arm abzubinden.

„Es ist ganz leicht. Halt still und mach eine Faust."
Der Typ strich über meinen Arm und suchte eine Stelle für den
Einstich.
„Entspann dich. Gleich geht es dir besser."
Und dann stach er mir in den Arm. Einen Augenblick später
breitete ein wohliges Gefühl sich in mir aus. Ich wurde leicht. So
leicht. Dann driftete ich ab. Und er hatte recht. Alles war so
schön. Friede und Ruhe. Das war der Tag an dem mein Hölle sich
auftat. Ich brauchte mehr und mehr und mehr. Es war mir
bewusst, dass es mir schadet und ich begann es vor den anderen
zu verstecken. Ich erfand immer irgendwas, nur um nicht Rede
und Antwort stehen zu müssen, wenn die Jungs sich nach
meinem Befinden erkundigten. Die Einstiche versteckte ich unter
langen Ärmeln. Ich behielt trotzdem irgendwie den Überblick.
Anscheinend war mein schauspielerisches Talent doch etwas
lückenhaft. Irgendwann nahm John mich zur Seite. Wir waren in
meinem Hotelzimmer.
„Kumpel ich muss mit dir reden. Mit dir stimmt doch was nicht.
Du siehst aus wie ein Geist und bist blass wie ein Bettlaken. Was
soll der Scheiß? Nimmst du irgendwas?"
„Blödsinn. Ist nur etwas viel in letzter Zeit. Das gibt sich
wieder."
„Lüg´ mich nicht an. Verstanden? Ich habe deiner Freundin
versprochen auf dich zu achten. Und das werde ich auch
verdammt nochmal tun."
„Ich kann allein auf mich aufpassen."
Mein Freund kam auf mich zu.
„Ist das so, ja?"
Er sah sauer aus. John schubste mich wütend zur Seite. Ich
taumelte rückwärts in Richtung Wand.
„John, was soll das? Bist du jetzt total durchgeknallt?"
„Nein, Damon. DU bist durchgeknallt. Sieh dich doch mal an."
Er nahm mich an die Hand und zerrte mich ins Bad des Zimmers.
Ich stolperte hinter ihm her.

„Hier. Sieh in diesen verdammten Spiegel."
Mit einem Ruck riss er den Spiegel von der Wand und hielt ihn
mir vor das Gesicht.
„Sieh hinein. Was siehst du? Dich? Nein, Damon. So sieht
jemand aus der abhängig ist. Oder gibt es sonst eine Erklärung
dafür?"
Ich starrte mein Spiegelbild an.
„Reg dich ab, Mann."
„Einen Scheiß werde ich."
„Bist du jetzt fertig?"
„Oh nein, mein Freund. Noch lange nicht."
Er drückte mich am Kragen meines Hemdes gepackt gegen die
Badezimmertür und blickte mir in meine zugedröhnten Augen.
Ich wollte ihn von mir schieben, aber John war stärker.
„Du hörst mir jetzt zu, Damon."
„Hau ab, Mann."
Ich sammelte all meine Kräfte zusammen und verpasste ihm
einen Kinnhaken. Er strauchelte etwas, sah mich aber immer
noch an.
„Das ist doch jetzt nicht dein Ernst."
John fing sich sofort wieder und riss an meinen Armen. Er
schubste mich vor sich her zurück ins Zimmer.
„Was soll das werden?"
John fackelte nicht lange und schlug mir ins Gesicht. Meine
Lippe sprang auf und begann zu bluten. Ich sprang auf ihn zu und
warf ihn um. Wir landeten vor meinem Bett auf dem Boden und
rollten umher.
„Du willst dich prügeln, Damon? Kannst du haben."
Und schon sauste Johns Faust auf meinen Magen. Ich krümmte
mich vor Schmerz. Schon in der Schule hatten alle Angst vor
John. Ich trat nach ihm. Der nächste Schlag verfehlte Johns
Auge. Ich war viel zu voll um mich zu wehren.
„Was willst du von mir? Verdammt."
„Dich zur Vernunft bringen man. Steh doch dazu. Du bist ein

verdammter Junkie geworden. Zeig mir deinen Arm."
„Nein, wozu?"
„Du willst es nicht anders."
Mein Freund drückte mich auf den Boden und setzte sich auf
mich. Dann schob er meinen Hemdärmel nach oben.
„Was zum Teufel ist das? Du setzt dir Schüsse?"
„Nein."
„Nein. Gut. Dir ist nicht zu helfen. John ließ von mir ab und
stand auf.
„Red keinen Scheiß."
Ich rappelte mich auf. Mein Magen tat mir weh und meine Lippe
blutete noch immer. John tigerte unruhig auf und ab. Ich hatte bis
dahin meinen besten Freund noch nie so sauer erlebt. Und vor
allem hatte er mich noch nie angeschrien oder gar geschubst.
Und geprügelt hatten wir uns noch nie.
„Wenn ich rausfinde, dass du irgendeinen Scheiß in dich rein
pfeifst, ich schwöre dir, Typ … "
„Ach, leck mich doch, John."
Ich rieb meine blutende Lippen und sah ihn böse an.
„Klar. Du bist der Größte, nicht wahr? Was wäre, wenn die Jungs
und ich einfach verschwinden? Hm? Großer Häuptling. Was
wäre dann?"
„John..."
„Ich bin noch nicht fertig. Wir sind wie Brüder. Und Brüder
vertrauen einander. Ich habe aber das Gefühl, dass du dein
eigenes Ding drehst. Das an deinem Arm ist sicher keine
Ansammlung von Mückenstichen."
„Jetzt hör schon auf. Es geht mir gut. Echt."
„Sicher. Du machst das schon. Zerstör dich doch. DICH, aber
nicht mich und die Jungs. Da mache ich nicht mit. Ich werde den
anderen nichts sagen, bis ich weiß was läuft. Du hast da
jemanden, den du liebst und der dich liebt. Aber das ist dir ja
egal. Weißt du was? Mach was du willst. Wenn du wieder normal
bist, lass es mich wissen. Fuck. Ich verschwinde. Arschloch."

„Wichser."

John drehte sich um und ging. Meine Zimmertür wäre fast aus den Angeln gefallen von dem lauten Knall. Ich war allein, hatte meinen besten Freund vertrieben. Was die Sache nicht besser machte. Ich rappelte mich vom Boden auf und köpfte eine Flasche russischen Wodka. Ich fühlte mich elend. Zwischen uns herrschte einige Tage echte Eiszeit. Doch tief in mir drinnen wusste ich, dass John recht hatte. Ich schlief fast nie. Also musste ich was tun. Ich nahm Beruhigungsmittel, Schlafmittel, wer weiß was. Um den Schein zu wahren. Meine Schüsse setzte ich mir immer abends und morgens. Ich bestellte mir Essen, wenn die anderen dabei waren. Und manchmal aß ich auch etwas davon. Sie stellten keine Fragen. John hatte sicher dicht gehalten, was meinen Scheiß betraf. Nur Nick sah mich so komisch an. Wir machten unser Ding, irgendwie. John beobachtete mich. Aber wir redeten nicht mehr miteinander. Das war so ziemlich das Schlimmste neben der Trennung von Jo. Sie wusste von alle dem nichts. Ich war nur noch ein Schatten meiner selbst.

Über Monate lief das so. Ich rasselte mein Programm herunter. Jo anzurufen vergaß ich total. Dann flogen wir nach Asien. Jeden Tag dasselbe. Ich brachte die Stadien zum kochen. Es war der Wahnsinn. Die Fans merkten nichts und feierten uns überall wo wir auftauchten. Manchmal fanden sich Frauen in unserer Zimmeretage wieder. Meine Leibwächter hatten echt keine Langeweile. Vor meiner Zimmertür stapelten sich Dinge von den Menschen, überwiegend Frauen, Adressen, Fotos, Telefonnummern und eindeutige Angebote in hübschen Briefen mitgeteilt. Ich habe es Jo nie erzählt. Vielleicht tue ich das irgendwann noch. Wir spielten unsere Zugaben. Danach feierten wir. Obwohl ich eigentlich nicht der Typ für so was bin. Es floss Alkohol. Ich begann mich zu zerstören, ohne dass ich es merkte. Ich lief herum wie ein Geist. Irgendwann muss John, oder Jonathan Jo angerufen haben. Ich glaube es war John. Jedenfalls war ich am Ende als ich Jo neben meinem Sofa stehen sah. Ich war dort versackt. Betrunken, voll gepumpt. Keine Ahnung. Und am Abend hatte ich wieder ein Konzert. Und es war vorerst mein Letztes. Den Auftritt bekam ich noch hin. Danach brach ich zusammen. Es waren solche Schmerzen. Ich betete, was ich oft tue. Meine Bibel nehme überall mit. Es ist zwar ungewöhnlich für einen Typen wie mich, aber es hilft mir. Damals nicht. Ich dachte ich gehe vor die Hunde. Der Notarzt kam. George, mein Leibarzt, war auch da. Er fand die bunten Pillen in meinem Bad in einer kleinen Dose. Wütend warf er die Pillen in die Toilette des Zimmers. Zunächst war ich ziemlich sauer darüber, doch dann verstand ich warum er es tat. Ich weiß, dass er sich die Schuld gab. Weil er es nicht gemerkt hatte. Ich sah in Jos Augen und mir wurde klar was ich ihr und auch mir angetan hatte. Ich wollte da raus. Aber ich konnte nicht. Sucht ist übermächtig. Die übrigen Konzerte in Asien wurden abgesagt und ich kam drei Wochen in eine Klinik. Danach war ich halbwegs transportfähig. Jo blieb an meiner Seite. Sie gab mir Kraft und ich traf eine Entscheidung.

54

Jo

Damals:

Einige Wochen später entschied Damon sich, in einen Entzug zu gehen. Wir suchten eine Klinik in Kanada. Weit ab von der Zivilisation in den Bergen. Damon bekam ein wunderschönes Zimmer mit Blick auf die Wälder und Seen Kanadas. Ich weiß nicht mehr wie der Ort hieß, aber ich sehe alles noch genau vor mir wie heute. Wir betraten den Raum und ich versuchte ihn zu unterstützen.
„Du wirst dass schaffen. Das weiß ich. Sei stark. Wir brauchen dich. ICH brauche dich."
„Ich bin froh, dass es dich gibt."
Er lächelte mich schwach an. Sein Gesicht war immer noch ganz blass. Dann ließ ich ihn allein.

Jetzt:

„Mom, du weinst ja schon wieder. Geht es dir gut? Und was ist
mit Dad? Verdammt, warum kommt er nicht heim? Ich will nicht,
dass es euch schlecht geht."
„Schon gut. Ich bin wohl eingeschlafen. Ich habe von ihm
geträumt. Es war so real."
Meine Tränen sind noch nicht alle.
„Ich denke gerade an damals. Da ging es Dad auch nicht gut. Ich
mache mir Sorgen. Ich spüre es. Da stimmt was nicht. Ich habe
Angst, dass er wieder zu Drogen greift. So wie vor langer Zeit.
Ach, Lana. Ich will nicht, dass er wieder Mist baut. Er hörte sich
so komisch an als ich mit ihm sprach."
Alanah sitzt neben mir und streichelt meine Hand. Jack ist gerade
heim gegangen. Alanah meinte, dass sie heute bei mir bleibt. Ich
bin ihr sehr dankbar. Denn heute möchte ich nicht allein sein.
Alanah weiß was damals passierte. Sie macht sich Sorgen um
mich und um ihren Dad.

Damals:

In den ersten zwei Wochen durfte ich nicht zu ihm. Er musste es allein durchstehen. Das war mit die schlimmste Zeit in meinem bisherigen Leben. Bis dahin. Es war wichtig alles geheim zu halten und wir täuschten eine Familiensache vor. Bis heute kennt niemand die Wahrheit und ich hoffe, dass es nicht ausgeschlachtet wird nach all den Jahren. Damon ist zurück im Leben. Das Ganze liegt fast 23 Jahre zurück. In den 80ern und 90ern gehörte es irgendwie dazu, aber ich wollte nie, dass man Damon in einem Satz mit all den Drogentypen der Musikszene aufzählte. Er war nicht so und das wusste ich immer. Ja, Alanah kennt die Wahrheit, aber sie hat nie mit jemandem darüber gesprochen. Nicht einmal mit Jack. Ich habe sie immer vor all dem beschützt. Und Alanah hatte eine schöne Kindheit. Ich denke ich kann sie in die Welt hinaus lassen. Sie kommt klar.

George Stanfort ging mit in die Klinik. Nur ihm vertraut Damon. Die beiden kennen sich schon immer. Alte Freunde aus der Schule. Und ich wusste, wenn jemand Damon helfen konnte, dann war es George. Ich entschied in der Nähe der Klinik eine kleine Pension zu beziehen. Ich wollte Damon zur Seite stehen. Er brauchte mich und ich wollte da sein. Er tat mir so unendlich leid. Wie gesagt, in den ersten Tagen durfte ich nicht zu ihm. Und auch sonst niemand. Es fühlte sich an als hätte ich ihn Jahre nicht sehen dürfen. Ohne ihn fühlte ich mich unvollständig. Und wieder wünschte ich mir dass wir andere Menschen wären. Einfach, nicht berühmt, normal eben. Tag für Tag zur Arbeit gehen. Normale Menschen mit Träumen und Wünschen, kleine Freuden. Wir hatten Geld und brauchten nur zu kaufen wo nach uns war. Sicher denken sie das ist doch das Beste was ein Mensch haben kann. Aber glauben sie mir, so ist es nicht. All das

Geld hätte mir fast meinen Freund genommen. Er litt fürchterlich. Und das Geld war nur dazu da die Klinikrechnungen zu bezahlen. Glücklich machte es mich nicht. Mein Traum bekam langsam Risse. Aber meine Liebe zu Damon starb nie. Nach ein paar Tagen konnte ich zu ihm. Er war noch immer blass und er war schwach. Trotzdem setzte er sich sofort auf als ich das Zimmer betrat. Er freute sich ehrlich mich zu sehen.
„Hallo Damon. Wie geht es dir?"
Mein Herz machte einen Hopser als ich ihn endlich sehen durfte.
„Schon viel besser. Schön dich zu sehen. Du hast mir gefehlt. Ich kann dir nicht erklären warum ich das getan habe. Es ist einfach so passiert..."
Damon versuchte mir zu sagen was er fühlte. Ein wenig konnte ich ihn sogar verstehen. Und ich entschied, was auch immer nach der Klinik kommen würde, ich wäre dabei. Ich wollte ihn nicht mehr allein lassen. Wir gehörten zusammen. Auch wenn ich Probleme mit all dem Rummel hatte. Ich würde es durchstehen. Für diesen Mann wäre ich bis ans Ende der Welt gelaufen, wenn er nur wieder gesund würde und alles wieder so wäre wie am Anfang. Ich wollte Damon zurück. Und dann sah ich seine verbundene Hand, die noch immer blutete.
„Was hast du getan? Warum ist deine Hand verbunden?"
„Ach, scheiße. Es waren die Geister der Nacht. Ich habe gegen die Wand geschlagen. Immer und immer wieder. Aber sie gingen nicht weg. Ich hatte Angst. Und der Schmerz. Ich weiß nicht was..."
„Oh, Damon."
Ich nahm seine verletzte Hand in meine und streichelte sie zärtlich. Er sah mich an und seine blauen Augen bekamen langsam ihren Glanz zurück. Wir mussten nur Geduld haben.

Der gesamte Aufenthalt belief sich auf ca. drei Monate. Dann durfte ich ihn mit nach New Orleans nehmen. George kam fast täglich vorbei um nach Damon zu sehen. Jonathan und die anderen besuchten uns und versuchten so normal wie möglich mit Damon umzugehen. Er war ihr Boss und Freund. Ohne ihn war die Band nur die Hälfte wert. Nach einigen Tagen wurde schon wieder gescherzt. Er war wieder zu Kräften gekommen. Ab und zu machte sich der Entzug bemerkbar. Dann war er gereizt. Und er begann an sich zu zweifeln.

„Jo, ich kann das nicht. Ich schaffe das nicht. Ich bin am Ende. Ich bin ein totales Wrack. Kannst du mir bitte was besorgen?"

Was ich natürlich nicht tat. Ich ertrug seine Launen so gut ich konnte. Immer wieder versuchte ich ihn aufzubauen. George tat alles was ihm möglich war. Eine harte Prüfung für uns alle. Damon war auf einem guten Weg. Wenn er in den nächsten Monaten clean blieb würde er wieder gesund werden. Wir alle wollten ihm dabei helfen. Die Gruppe rückte immer mehr zusammen. Ich glaube, dass das eine der härtsten Prüfungen war, die eine Freundschaft jemals haben kann. Nur wenn man in solchen Situationen zusammen hält zeigen sich wahre Freunde. Und auf die Jungs war Verlass. Schon die Krise mit Nick war damals schwierig, aber jetzt wurde uns allen etwas abverlangt.

Etwa ein halbes Jahr nach dem Klinikaufenthalt begann Damon wieder Songs zu schreiben. Stunden lang verschanzte er sich in seinem Tonstudio. In dieser Zeit bekam er die Ersatzdroge Methadon. Diese wurde immer niedriger dosiert, bis er eines Tages ganz ohne sie auskommen könnte. Damon versuchte zurück in sein Leben zu finden. Er rief Brandon an und bat ihn, ihm die Adresse von seiner ehemaligen Band zu geben. Er wollte sich damit auseinander setzen, den Jungs helfen, ihren Traum zu leben. Das Gespräch in New York lag ja schon wieder ewig zurück.

„Die Jungs sind echt gut. Sie werden unsere Vorgruppe im nächsten Jahr. Es ist beschlossene Sache. Hab ich dir das noch nicht gesagt?"

„Nein, hast du nicht. Ich meine, ich dachte nicht, dass es dir tatsächlich ernst ist damit."

„Die Jungs sind cool. Wir bringen sie ganz groß raus. Da bin ich mir ziemlich sicher."

„Klar. Ich rufe Keith gleich an. Danke, Damon. Ist ja ein Ding. Die Jungs sind in Detroit. Habe gehört, sie haben da was am laufen. Ich melde mich."

„Ja, ich muss was tun. Ich kacke ab hier."

„So kennen wir dich. Mach´s gut, Boss."

„Du auch, Brandon, und grüß mir die anderen."

Er war jetzt 30 und wir waren schon lange zusammen. Aber das Feuer der Bühne war noch immer in ihm. In den Medien waren wir mittlerweile nicht mehr so präsent. Neue Gruppen schossen wie Pilze aus dem Boden und die Musik veränderte sich. Überall kamen Technosongs oder alberne Pophits wie Wellen auf uns zu. Rock lag im Sterben. Aber Damon dachte nicht daran sein Leben zu begraben. Er wollte wieder dabei ein. Den Drogen ein für allemal entsagen. Und er begann sich noch einmal neu zu erfinden. Die Sache mit Brandons Jungs nahm langsam Gestalt an. Wir lernten sie kennen als Damon sie zu uns einlud. Es waren nette Kerle. Jung, frisch und punkig.

Ich kümmerte mich um die Pferde und Damon tüftelte an einem Soloalbum herum. Gefühlvolle Texte. Wundervolle Balladen. Manchmal stellte ich mich einfach an die Kellertür und hörte ihm zu. Seine Stimme ist einfach einzigartig. Ich lauschte nur und genoss meine wohligen Schauer, die seine Stimme immer wieder bei mir erzeugte. Nicht nur musikalisch veränderte er sich. Es war als ich von einem Ausritt zurück kam. Nachdem ich Danger zurück in seine Box gebracht hatte ging ich wie immer sofort nach unten. Damon war nicht da. Sam und Daryl auch nicht. Ich hatte keine Ahnung was an diesem Tag anstand. Damon ging es wieder besser. Er war fast wieder der Alte. Ich entschied, es mir in der Wanne gemütlich zu machen. Keine Ahnung wie spät es war als es an der Tür zum Bad klopfte.

„Jo? Bist du da? Kann ich rein kommen?"

„Sicher."

Damon betrat das Bad und ich traute meinen Augen nicht. Seine Mähne war ab.

„Wow, was ist das?"

„Gefällt es dir nicht? Ich denke, ich werde langsam zu alt für so was."

Seine Mähne war einer flotten Kurzhaarfrisur gewichen. Und er sah unglaublich sexy aus. Unter seinen frechen Fransen konnte ich die Augen sehen, die ich so sehr liebte.

„Das ist zwar nicht der Mann, der heute morgen noch hier gewohnt hat, aber ich will ihn trotzdem in meiner Wanne."

Er setzte sich auf den Wannenrand und gab mir einen Kuss. Ich konnte nicht anders als ihn mit samt seiner Klamotten zu mir in die Wanne zu ziehen.

„Jo, du bist unglaublich. Habe ich dir heute schon gesagt, dass ich dich liebe?"

„Nein. Aber ich glaub´ ich weiß es."

Wir befreiten ihn von seinen Sachen und liebten uns in der Wanne, dass das Wasser drohte überzuschwappen.

Bald darauf kamen die anderen um sich Damons Songs anzuhören und staunten nicht schlecht, als sie ihn mit dem kurzen Haar sahen. Und es dauerte auch nicht lange bis die ersten Fotos vom neuen Damon in den Zeitschriften auftauchten. Das Soloalbum war fast fertig. Auch Nick hatte inzwischen zwei Soloalben veröffentlicht. Er hatte großen Erfolg damit. Die Songs kamen bei allen gut an. Damons und auch Nicks. Völlig anders als Mandoras Hell Fire als Gruppe. Aber Damon wollte zurück zur alten Zeit, dem Erfolg und der Präsenz in der Öffentlichkeit. Es gab Streit zwischen den Bandmitgliedern. Der lange Ausfall von Damon hatte die Band etwas entzweit. Jeder machte eigene kleine Projekte, oder sie blieben bei ihren Familien. Ich dachte damals, dass alles zerbrechen würde. Auf eine perfide Art hätte ich es mir vielleicht sogar gewünscht. Dann hätte ich Damon für mich gehabt, mit einer Zukunft in einem ruhigen Leben. Aber so kam es nicht. Damon begann viele verschiedene Songs zu produzieren und er schrieb auch noch für andere Sänger und Bands. Dann kam es wie es kommen musste und er bekam ein Filmangebot für eine kleine Nebenrolle, sich selbst zu spielen. Etwas völlig Neues kam auf ihn zu.

„Was denkst du? Soll ich es mal mit der Schauspielerei versuchen?"

Er grinste mich an wie damals als wir uns in seiner Garderobe vor seinen Bodyguards versteckt hatten. Das war schon so lange her. Ich musste lachen als ich an diesen Abend dachte.

Jetzt:

Ich sehe hinaus in meinen Garten. Die Sonne streichelt über mein Gesicht und ich merke, je mehr ich über uns erzähle fehlt er mir. Ein Tag ist wie der andere. Öde und langweilig. Ich könnte hin wo ich will. Aber ich habe keine Freude mehr daran. Meine Tiere brauchen mich. Und mein Kind sowieso. Eines Tages werde ich damit klarkommen.

Damals:

Lange unterhielten wir uns über die neue Herausforderung. Und schließlich willigte er ein. Die Rolle belief sich nur auf eine halbe Stunde, die er in dem Film zu sehen war. Für einige Zeit stellte ihn das zufrieden. Es war wieder etwas anderes als er bisher gemacht hatte. Mein Mann lebte wieder. Der Film war im

Kasten. Die Dreharbeiten dauerten nur etwa 4 Wochen. Damon schien einfach alles zu gelingen. Er meisterte alles als hätte er nie etwas anderes getan. Er hatte Erfolg und ich mehr Zeit mit ihm. Ich sah mir den Film später im Kino an und stellte fest, dass Damon eine gute Figur gemacht hatte. Trotzdem hoffte ich, dass es eine einmalige Sache war.

55

Damon

Jetzt:

Meine Tour ist vorbei. Ich komme heim. Ich öffne die Tür. Jo ist
da. Sie hat auf mich gewartet, so lange. Sie ist in der Küche.
Buster auch.
„Hey, Superstar", lächelt sie und kommt auf mich zu.
„Ich habe dich vermisst."
„Hey, Diamond, hast mir gefehlt."
Ich gehe ihr entgegen. Mein Herz rast, meine Hose platzt fast an
einer bestimmten Stelle. Sie ist so schön, sexy, atemberaubend in
ihrem hübschen Sommerkleid, welches ihre zierliche schlanke
Figur betont. Sie hat die geilste Figur, die ein Mann sich nur
wünschen kann. Sie hat ihr Haar locker hoch gesteckt. Über
ihrem Kleid trägt sie eine kleine süße Küchenschürze. Die
zierlichen Zehen knallrot lackiert, die Füße in Flip Flops, keine
Heels. Brauch ich eh nicht im sie scharf zu finden. An den
Händen trägt sie Handschuhe, weil sie was mit Hackfleisch
machen will. Ein kleiner Krümel davon klebt auf ihrer Nase. Ich
stehe jetzt vor ihr, hebe ihr Kinn und schau ihr in die Augen.
„Jetzt ist es gut, perfekt und wunderschön", sage ich als ich den
Krümel einfach weg schubse und direkt in Busters Maul
befördere.
„Ich liebe dich, Diamond."
Ich drücke ihr meine Zunge in den Hals und Jo lässt die

Handschuhe auf die Arbeitsplatte fallen. Sie krallt sich in mein Genick. Ich brenne. Ich will sie. Unbedingt. Während Buster die Schüssel mit dem Hackfleisch anfleht vom Tisch zu fallen, hebe ich meine Jo auf die Arbeitsplatte und schiebe ihr Kleid zur Seite. Meine Lippen verschlingen sie oben. Und mein Schwanz will sie, unten. Ich versenke meine Finger in ihre Nässe. Meine Ohren nehmen süße Laute war. Sie verlangt nach mir. Sie wimmert leise und ich zische wie eine Schlange als ich spüre wie mein Teil zuckt. Ich schiebe ihr das Kleid über den Kopf, löse ihre Haarspange und befreie ihre Mähne. Das schwarze Haar umrahmt ihre Brust und reicht bis zum Bauchnabel. Mein Schwanz pumpt alles nach oben was er hat. Diese Jeans ist verflucht eng und ich bin erleichtert als Jo sich an meinem Hosenknopf zu schaffen macht. Ich werde nervös und meine Geduld rieselt in kleinen Scherben auf den Boden wenn ich nicht bald in ihr sein darf. Ich war so lange weg, ohne sie. Meine Jeans verlässt meine Hüfte und die Boxer folgt ihr sofort. Mein Ständer ragt bis zum Himmel und schaut sich neugierig nach seiner warmen feuchten Behausung um. Die Arbeitsplatte ist so hoch. Aber wenn ich Jo bis ganz vorne an die Kante schiebe, kann ich endlich in sie. Buster verlässt jaulend die Küche als Jo schreit. Rhythmisch pralle ich gegen sie. Wir schwitzen wie die Schweine, aber es ist mir egal. Ich knalle weiter drauf los bis wir den Himmel erreichen. Wir sind da, verschwitzt, verklebt, kaputt, aber glücklich, auf dem Küchentresen in unserem Haus.

Tief hinten drin in meinem vernebelten Kopf höre ich Stimmen. Klapperndes Geschirr auf einem Servierwagen? Staubsauger? Was soll das? Da klopft doch jemand an irgendeine beschissene Tür. Ich bin im Himmel - mit Jo. Und hier gibt es doch gar keine Türen. Ich rieche Kaffee. Was zum Teufel ist hier los? Ich sehe Jos Gesicht, welches jetzt durchsichtig wird und dann ganz verschwindet. Ich wache auf. Keine Ahnung warum ich voll bekleidet mit vollgewichster Hose auf meinem Sofa liege. Es muss an diesem wunderbaren Traum liegen. Ich muss feststellen, dass der Traum sehr real war. Ich habe meinen Schwanz nicht unter Kontrolle, wenn ich schlafe und von ihr träume. Das alles ist ein Witz. Unser Konzert gestern ist super gelaufen. Aber meine Laune ist noch immer scheiße. John ist jetzt wieder bei mir. Irgendwie war er nur kurz weg. Seine Standpauke dringt langsam zu mir durch. Er hat ja recht. Ich muss die Sache in den Griff bekommen. Sonst reiße ich alle mit in den Abgrund. Ich habe ihm nicht gesagt was vorhin passiert ist. Es ist besser. Er würde mich nur damit aufziehen. Ja, ich denke noch immer, dass ich unterbrechen sollte. Die anderen werden es verstehen. Und John fällt sicher was ein. Das ist immer so gewesen. Schon damals, als Dick noch in meinem Privatleben herum schnüffelte, konnte ich mich auf John verlassen. Es wird mich wieder viel Geld kosten, aber das stört mich nicht. Vielleicht bin ich ja doch nicht so stark wie ich glaube. Es wird eine dringende Familienangelegenheit sein. Für die Fans ist das nicht schön, aber ich werde alles nachholen. Ich denke sie werden es verstehen. Meine Familie ist mir wichtig. Auch wenn es nicht so aussieht. Nur noch diese Woche. Das schaffe ich schon. Ich werde mich zusammenreißen, die Finger von dem Zeug lassen. Es darf nicht wieder passieren. Damals habe ich es geschafft. Ich will stark sein. Jo und Alanah brauchen mich. Aber zurück zum Thema.

Damals:

Ich erkannte was wirklich mit mir los war. Ich war drogenabhängig. Ich, der sich nie an so was aufgehalten hatte. Aber es ging so schnell. Ist einfach so passiert. Man glaubt nicht wie schnell man im Sumpf drin sitzt. Und ich war dem Tod so nah. Ich sprach mit George und entschied mich einen Entzug zu machen. Die Selbsterkenntnis war der erste Schritt.

„Ich werde mich darum kümmern. Es liegt an dir, wie ernst du das Ganze nimmst. Es wird dich umbringen. Sieh dir deine Werte an. Damon, ich kann es noch immer nicht glauben, dass gerade DU so einen Mist gebaut hast und noch schlimmer ist, dass keiner etwas gemerkt hat."

„George, ich kann es dir nicht erklären. Es ist einfach so passiert. Ich war nicht mehr Herr über mich selbst. Mein Leben läuft nur noch ab wie ein Uhrwerk. Ich lebe nicht mehr. Ich funktioniere nur noch. Aber ich denke, dass ich es jetzt verstanden habe. Dank dir. Und John. Und Jo."

„Das hoffe ich. Und jetzt sieh zu, dass du mit deinem neuen Leben beginnst. Du kannst auf uns zählen."

Als George gegangen war hatte ich Zeit über all den Mist nachzudenken. Ich wusste, er und die anderen würden mir helfen. Und ich brauchte Hilfe. Definitiv. Allein hätte es keinen Sinn gehabt. Zu verlockend waren die Pillen, die Power, die ich dadurch erreichte. Ich wollte alles auf einmal. Ich ging ins Bad und sah in den Spiegel. Dieses Gesicht war nicht mehr meines. Dicke Ringe unter den Augen, die Haut so fahl. Mein Haar ohne Glanz und die Augen so trüb. Ich war so dünn, fertig. Selbst meine Klamotten hingen viel zu groß an mir herab. Ich musste etwas ändern. Ich musste und ich wollte. Für mich und vor allem für Jo.

„Du schaffst das Junge", sagte ich zu dem Typen im Spiegel. Jo telefonierte um den halben Globus um mich vernünftig unterzubringen. Mit Georges Kontakten fanden wir eine Klinik in Kanada. Weit weg von Menschen und Zivilisation. Es war sehr schön dort. Ich betrat die Anmeldung und musste erfahren, dass ich in den nächsten Wochen ganz allein sein würde. Da musste ich jetzt durch.

„Ich bleibe in der Nähe. Ich verlasse dich nicht. Nie. Sei stark und komm zu mir zurück. So wie du bist. So wie ich dich liebe. Damon, bitte pass auf dich auf."

Jo traten Tränen in die Augen und ich fühlte mich mies. Warum hatte ich das überhaupt getan?Ich ließ ihre Hand los und begab mich in mein Zimmer, das für die nächsten Monate mein Zuhause sein sollte. Eine schwere Zeit stand mir bevor. Ich litt wie ein Tier. Mein Körper rebellierte gegen alles und jeden. Wenn ich die Hölle beschreiben soll – das war sie. Mein Magen bog sich in alle Richtungen. Rastlos lief ich im Zimmer umher. Dann saß ich wieder stundenlang teilnahmslos mit dem Rücken zur Wand auf dem Boden und starrte die andere Wand gegenüber an. Manchmal fixierte ich einen Punkt irgendwo in diesem verdammten Zimmer. Minuten, Stunden, keine Ahnung. Ich war hohl. Ausgelutscht. Ich gab animalisch klingende Töne von mir. Diese Schmerzen. Sie zerrissen mich. Ich schlug meine Faust gegen die Wand bis sie blutete. Tag für Tag. Nacht für Nacht. Ich war so aggressiv, obwohl ich das eigentlich nicht bin. Da waren Gestalten in meinem Zimmer, die nicht da waren. Ich wollte nichts essen und warf meinen Teller an die Wand. Ich erschrak vor mir selbst. Und ich hatte nichts da um mich zu betäuben. Keiner durfte zu mir. Auch Jo nicht. Das war das Schlimmste. Ich hatte sie doch eh schon ewig nicht gesehen. Es klopfte an der Tür. Und ich dachte ich hätte es geschafft. Ich wäre wieder da. Ich machte mir etwas vor.

„Mr.Mandora, ich bin Dr.Yen Su. Ich werde Ihnen helfen. Sie werden mir alles erzählen. Ich erwarte sie in zehn Minuten in meinem Sprechzimmer."

„Was?"

Eine hübsche Asiatin stand in meinem Zimmer. Ich hatte eigentlich Jo erwartet. Sie würde mich sicher hier raus holen.

„Wo ist meine Freundin? Was zum Teufel wollen sie hier? Ich muss hier weg."

„Dazu ist es noch zu früh. Mr.Mandora, sie können sich nur selbst helfen. Wenn sie offen sind, wird es funktionieren. Sie wären nicht der Erste. Bis später. Ich hole sie dann ab."

Die Frau schloss die Tür hinter sich ab und ich saß in der Falle. Wie ein gefährliches Tier. Mein Gott, was sollte das alles nur?

War ich denn total bescheuert? Ich riss den Schrank auf, suchte nach etwas zum Einwerfen. Nichts. Gar nichts. Noch nicht einmal eine Kippe hatte ich, oder einen Whiskey. Schöne Scheiße. Ich wurde sauer, riss die Matratze von meinem Bett. Warf Klamotten durch die Gegend und schrie die Wand an. Vor meinem Fenster waren Gitter und dahinter die Freiheit. Dann kam Dr.Su zurück um mich abzuholen. In ihrem Zimmer bemühte ich mich echt nicht völlig auszurasten. Ich wusste, alles würde schlimmer werden, wenn ich nicht mitmachte. Ein Drogenentzug ist so eine Hölle. Keiner sollte sie durchmachen müssen. Leute, ich sage euch eines, lasst die verdammten Finger davon. Wir sprachen über mein Leben, über meine innersten Dinge. Es war nicht okay, aber anscheinend nötig. Jeden Tag holte sie mich ab. Und ich wollte, dass es endlich aufhörte. Die Nächte waren lang. Ich konnte nicht schlafen und hatte auch nichts um es zu ändern. Mein Körper hatte sich schon daran gewöhnt eine kleine Hilfe zu bekommen. Kein Wunder, wenn man über Monate so eine Scheiße nimmt. Ich starrte die Decke an und sah mein Leben den Bach herunter laufen.Tag für Tag der gleiche Scheiß. Das Ganze dauerte etwa Zwei Wochen. Keine Ahnung. Ich will es am liebsten ganz aus meinem Kopf löschen. Dann durfte Jo zu mir. Sie sah blass aus und ich spürte, dass sie mit mir litt. Ich wollte das alles nicht. Nie wollte ich Jo verletzen. Aber ich hatte es getan. Selbstsüchtig, überheblich. Keine Ahnung. Dabei bin ich nicht so. Ich sagte ihr, dass ich sie liebe. Sie tut mir einfach gut. Ich blieb drei Monate in der Klinik. Meine Fortschritte waren zwar klein, aber es gab welche. Dann durfte ich zurück zu ihr. Nach New Orleans. George kam täglich vorbei. Er behielt mich im Auge. John passte auf mich auf, zog sogar bei uns ein. Für kurze Zeit. Zum Glück war unser Streit und die Schlägerei nicht mehr von Bedeutung. Wir brauchten einander wie die Luft zum atmen. Irgendwann stand er vor meinem Zimmer in einem Hotel und nahm mich einfach so in den Arm. Ich stellte keine Fragen und drückte meinen Freund an mich. Auch John sagte nichts. Wir flennten wie beschissene Weiber. Alles war gut. Ich verdanke ihm mein Leben. Nie fragte ich nach seinem Befinden. Was bin ich für ein Arsch. Ich versuchte in mein Leben zurückzufinden und besuchte fast täglich unsere kleine Kirche, wo ich Gott bat, mir den richtigen Weg zu zeigen. Ich wollte wieder ich sein. Anfangs sah es gut aus. Doch dann verspürte ich erneut den Drang. Ich wurde schnell wütend und hatte ständig miese Laune. Meistens wenn ich Stress oder Langeweile hatte. Meine Freunde hatten viel Geduld und Liebe für mich. Manchmal schrie ich sie trotzdem grundlos an. Ich knallte ihnen Sachen an den Kopf, die ich gar nicht sagen wollte. Ich habe es nie so gemeint, aber es ist einfach passiert. Doch meine Freunde blieben. Sie hielten zu mir. Und dafür werde ich ihnen ewig danken. Und Gott, dass er mich wieder auf den richtigen Weg gebracht hat. Er hatte mich erhört. Es war hart, aber ich kam langsam aus der Versenkung zurück. Ich brauchte etwa ein halbes Jahr um klarzukommen. Ich wollte es schaffen – und das habe ich. Seit über 20 Jahren habe ich nichts mehr angefasst. Ich rauche noch. Viel zu viel. Aber es ist ein Laster, das ich mit vielen teile. Ab und zu genehmige ich mir einen Bourbon. Ansonsten bin ich clean.

Ich versuchte mich zu beschäftigen. Draußen war es ruhig um uns. Überall klang Techno und Funk durch die Hallen. Irgendwelche abgedrehten Festivals überall auf der Welt machten uns das Leben schwer. Wir sind Rockmusiker und keine Tanzbären. Ich beschloss etwas zu ändern. Wie wusste ich aber nicht. Ich begann Balladen zu schreiben und überlegte ob ich ein Soloalbum machen sollte. Die Jungs hatten sich sowieso schon zweite Standbeine geschaffen. Also warum nicht? Ich verschanzte mich im Keller des Hauses und probierte allerhand aus. Jo hatte die Pferde und ich meine Musik, die mich am Leben erhielt. Ich komponierte die gefühlvollsten Lieder, die ein Spiegel meiner Seele waren. Ich packte alles in die Texte, was mich bewegte. Bald hatte ich zwölf Songs fertig. Aber ich wollte mich auch sonst verändern. Mit der Vergangenheit abschließen und einen neuen Damon auf die Menschheit los lassen. Neuanfang. Also entschied ich mich meine Mähne der Schere zu opfern. Die Zeit war jetzt reif. Sam und Daryl brachten mich in die Stadt. Zu einem ganz normalen Friseur. Und der machte einen neuen Menschen aus mir. Ich hatte ein wenig Panik vor Jos Reaktion, weil ich wusste wie sehr sie auf mein langes Haar stand. Als ich heim kam stand Danger in seiner Box. Also war Jo da. Irgendwie war ich nervös. Jo war im Bad. Ich hörte das Radio. Sie hörte das Lied das uns zusammengebracht hatte. Meinen ersten Song. *True Love.* Für einen Augenblick lauschte ich meiner eigenen Stimme. Dann hielt ich es nicht mehr aus und klopfte an die Tür. Es knisterte in der Luft. Ich wollte sie unbedingt. Sofort. Meine Klamotten wurden nass wie sie waren in die Ecke gepfeffert. Jo setzte sich auf meinen Schoß und ritt mich, dass mir die Sinne schwanden. Die Wanne schwappte fast über. Sie kann einen um den Verstand bringen. Ein paar Tage später kamen die Jungs vorbei, um sich meine Songs anzuhören. Ich fragte, wann wir gemeinsam weiter machen würden und bekam zunächst einmal eine Abfuhr. Wir zerstritten uns.

„Nein, Damon. Ohne uns", sagte Andy. Du brauchst Zeit. Und wir pausieren. Ich glaube eh nicht, dass es uns noch lange geben wird. Du hast uns zerstört, verdammter Junkie."

„Andy, was redest du da? Ich habe es im Griff man. Die Band ist mein Leben."

„Ja, deines. Und wir sind die lustige Begleitung um den großen Damon. Ich habe die Schnauze voll von deinen Eskapaden. Die Welt wird sich auch noch drehen, wenn die Menschen nicht mehr zu unseren Konzerten kommen. Wir haben alles erreicht. Ich habe andere Dinge, die ich gerne mache. Ich bin raus."

„Du bist was? Bist du bescheuert?"

„Vielleicht."

„Ja, er hat recht. Mach du dein Ding, wir machen unseres", hörte ich Nick sagen. Alles drehte sich in mir. Mein Magen knotete sich zu einem riesigen Klumpen zusammen. Meine Band drohte zu zerbrechen.

„Was zur Hölle ist bloß mit Euch los? Ich dachte wir sind Freunde, bereit für das ganz Große.

„Jetzt nicht mehr."

Andy verließ fluchtartig mein Haus.

„Ich melde mich, Damon. Es wird sicher eine Lösung geben", sagte John. Ich konnte nicht verstehen, dass sie ihr eigenes Ding am Laufen hatten. Ohne meine Freunde war ich nichts. Für kurze Zeit sah es tatsächlich so aus als sei das Ende von Mandoras Hell Fire gekommen. Das wollte und konnte ich nicht ertragen. Ich hoffte nur wir würden wieder zueinander finden. Ich begann damit wahllos Songs zu schreiben. Nur so für mich. Eine Weile befriedigte es mich. Aber es war nicht das was ich wirklich wollte. Irgendwie ergab es sich, dass ich meine Songs an andere Künstler weiter gab. Ich fing an andere Sänger und Bands zu produzieren. Niemand wusste wer sie geschrieben hatte. Das machte mich stolz und traurig zu gleich. Ich verdiente gut, aber ich wollte wieder raus. Ich erinnerte mich wieder an die Leere, die ich empfunden hatte, bevor wir nach Las Vegas aufgebrochen waren. Ich wollte nicht wieder in die Hölle zurück. Da war ich schon. Nein, ich hatte den Mist hinter mir gelassen. Meine Freunde brauchten Zeit und ich auch. Also versuchte ich mein neues langweiliges Leben zu akzeptieren. Jo half mir dabei, wieder zu mir zurückzufinden. Ich bekam die Sache ganz gut hin. Doch der Streit mit meinen Freunden saß mir tief in den Knochen. Ich hatte sie zerstört. Die Menschen, die ich liebte und die mich ebenfalls liebten. Einschließlich Jo. Das schlimmste war, dass nicht einmal John sich meldete. Ich hatte meinen besten Freund vertrieben. Schon wieder. Und so dümpelte ich durch die Zeit. Einsam, kaputt und ohne jegliche Perspektiven. Eine Zeit später bekam ich einen Anruf. Ich sollte eine kleine Rolle in einem Film übernehmen. Mein Leben sollte wieder einen Sinn haben. Also unterschrieb ich den Vertrag.

Andy Lee

56

Jo

Damals:

Danach häuften sich Anfragen junge Talente zu fördern. Ihm wurden Tapes zugespielt, die er beurteilen sollte. Es waren gute Künstler dabei. Manche von ihnen haben es weit gebracht und sind teilweise noch heute in den Köpfen der Leute. Seine Arbeit verlief dabei eher im Hintergrund. Die Newcomer am Musikhimmel rissen sich darum von Damon produziert zu werden. Sein Name war im Kopf. Etwa ein halbes Jahr lief es so. Doch ihm fehlte etwas. Seine Band, seine Bestimmung, seine Familie. Nick war allein auf Tour. Zur Zeit reiste er durch Europa. Jonathan war bei seiner Familie. John hatte eine neue Liebe, ein Model namens Nicole Quinn aus England. Endlich hatte auch er seine Traumfrau gefunden. Schon viel zu lange war er allein gewesen. Mit ihr verbrachte er die Bandlose Zeit, während Damons Genesung. Andy ging es gut und er hatte sein Leben im Griff. Derzeit versuchte er sich in Autorennen. Die Formel drei war sein neuer Lebensinhalt und er war gut. Die Band gab es zwar noch, aber sie gingen getrennte Wege. Fast zwei Jahre hatten sie nichts mehr zusammen gemacht. Kein Album, kein Treffen. Nicht mal einen Auftritt. Seltene Telefonate. In der Presse waren wir eine Zeit lang nicht zu finden.

Das gefiel mir gut. Mir fehlte es keineswegs. Wir genossen etwas Freiheit, Privatsphäre, Ruhe. Aber ich merkte, dass es nicht das war was Damon brauchte. Er wollte sein Leben zurück. Oft sah ich ihn einfach teilnahmslos in seinem Büro sitzen. Er starrte die Wand an und kippte Unmengen von Kaffee in sich hinein. Ich hatte Angst, dass alles wieder von vorne anfangen würde, nur aus anderen Gründen. Es ging ihm wieder einigermaßen gut und er war fast wieder der Alte. Das Drogenproblem gehörte der Vergangenheit an. Er hatte seinen dunklen Schatten bezwungen. Und das sollte bitte auch so bleiben. Es war schwer und schmerzhaft. Für uns beide. Schlimm war auch, dass der Kontakt zu den anderen so lange unterbrochen worden war. Der Streit mit Andy saß ihm tief in den Knochen. Seine Bandkollegen waren wie Brüder für ihn und sie fehlten ihm. Vor allem John. Ich spürte wie es ihn auffraß, seinen besten Freund nicht zu sehen oder auch nur mit ihm zu reden. Nicht hinaus zu können.

„Gib ihm Zeit, Damon. Er ist dein Freund. Er wird sich melden. Ich denke seine Kraft ist einfach aufgebraucht. Und außerdem ist er verliebt. Gönn ihm eine Pause, denn er lebt nicht nur für dich."
„Ich weiß. Aber ich brauche ihn. Ich muss mal mit jemandem reden. Ist so ein Männerding, weißt du?"
„Sicher."
Ich musste etwas tun um Damon auf andere Gedanken zu bringen. Dann kam mir die beste Idee, die ich nur haben konnte. Kurzfristig konnte ich ihn überzeugen noch einmal in unser Haus auf der Karibikinsel zu fahren. Ich hoffte er würde etwas ruhiger werden. Wir begannen zu packen. Bald würden wir alle Sorgen hinter uns lassen.

57

Damon

Damals:

Ich bekam Tapes von irgendwelchen Newcomern in die Hände.
Manche waren echt gut. Einige gibt es heute noch. Es war eine
Beschäftigung. Aber es füllte mich nicht aus. Meine Band war im
Ruhemodus. Manchmal fragte ich mich ob es sie überhaupt noch
gab. Seit elf Jahren waren wir fast täglich zusammen. Es konnte
noch nicht alles vorbei sein. Etwa ein halbes Jahr komponierte
ich dies und das für fremde Menschen. Ich erfuhr, dass Andy
Autorennen fuhr und damit ziemlich erfolgreich war. John und
seine neue Flamme Nicole entspannten sich in Johns Berghütte in
der Schweiz. Nick tourte allein durch die Gegend und Jonathan
war bei seiner Familie. Brandon verbrachte seine freie Zeit auf
dem Golfplatz und ich saß in meinem Keller und schmollte. Jo
war da. Aber sie konnte mir auch nicht geben was ich wollte.
Dennoch schlug sie vor noch einmal Urlaub zu machen. In
unserem Haus in der Karibik dass schon ewig nur so herum
stand.
Am Tag darauf befanden wir uns schon in unserem kleinen
Inselhaus. Es ging mir gut. Hand in Hand schlenderten wir am
Strand entlang. Die Vögel kurvten über unseren Köpfen und die
Wellen peitschten hoch. Ich erinnerte mich als wir hier in der
Nähe einfach unter freiem Himmel übernachtet hatten. Das war
vor meinem Absturz. Ich war ein gefallener Mann. Auch wenn

ich wieder gesund war, war etwas in mir nicht mehr wie davor. Ich glaube, dass ich mich teilweise irreparabel zerstört habe. In Gedanken versunken setzte ich mich auf den Felsen vor unser Haus, dessen Treppe zum Strand führte. Ich drehte Jo zu mir um und stellte sie zwischen meine Beine.
„Damon, was bedrückt dich? Rede mit mir."
Jo sah mich mitfühlend an. Ich zog sie näher zu mir und legte meinen Kopf an ihren Bauch. Sie strich mir über mein Haar. Ohne sie hätte ich das nie geschafft. Wahrscheinlich läge ich schon längst irgendwo auf einem Friedhof. Dann setzte sie sich auf meinen Schoß und fing an mich zu küssen. Jos Augen funkelten mich an. Ich kann ihr nicht widerstehen wenn sie das tut. Konnte ich noch nie.

Die Tage in unserem Haus waren sehr schön. Jo hat es von Anfang an gewusst. Unser Urlaub dauerte etwa zwei oder drei Wochen. Dann hatte ich die Lust verloren, einfach nichts zu tun. Es brannte mir langsam unter den Nägeln. Ich hatte die Jungs gefühlte zehn Jahre nicht gesehen. Wir flogen zurück nach New Orleans. Es musste bald etwas passieren. Und vor allem musste ich wissen wo wir standen. Hatten wir überhaupt noch eine Zukunft? Ich musste es einfach wissen. Was sollte ich denn tun wenn es meine Band nicht mehr gab? Ein braver Hausmann werden? Eher wäre ich gestorben. Das wäre mein Untergang gewesen. Gewissermaßen gehe ich jetzt trotzdem unter. Ich bin nicht stark genug. Ich bin wohl doch alt, und kaputt bin ich auch. Schwach und einsam, von Sehnsucht zerfressen.

Ich rief John an. Er war irgendwo in der Schweiz. Dort besitzt er eine Berghütte. Er war dort mit Nicole, seiner neuen Freundin. Er kam wunderbar ohne die Band und den großen Damon Mandora zurecht. Und das zerfraß mich noch mehr. Deshalb musste ich unbedingt mit ihm reden.

58

Jo

Damals:

Die Freunde sprachen fast zwei Stunden miteinander. John wusste wo die anderen sich aufhielten.

„Hey John. Tut mir leid, dass ich dich störe. Ich weiß wir haben einige Unstimmigkeiten, aber ihr fehlt mir."

„Damon. Was geht?"

„Was treibst du so?"

„Oh ich genieße die Ruhe und die Berge der Schweiz. Ich male, schmuse mit Nikki und bin zufrieden. Und bei dir?"

„Es ist blöd. Ganz einfach. Wir waren einige Tage fort. Aber ich habe einfach die Schnauze voll. Ich muss hier raus. Diese Ruhe ist nichts für mich. Wo sind die Jungs? Geht es ihnen gut? Ist Andy noch sauer? Es tut mir leid wie es gelaufen ist. Bitte sag mir, dass wir noch da sind. Gibt es die Band noch?"

„Logo. Wir machen nur eine Pause. Tut uns allen doch gut. Die letzte Zeit war nicht gerade einfach. Und so ungern ich dir das sage, du bist da nicht ganz unschuldig. Musstest du solch einen Mist verzapfen?"

„John... Ich... ich weiß es ja auch nicht. Aber es liegt hinter mir. Ich bin clean. Lass uns nochmal reden. Wir alle. Ich muss das klären. Ihr seid meine Freunde."

„Das bleibt auch so. Gönn dir und uns eine Auszeit. Es wird sich klären. Ich weiß wo die anderen sind. Ich werde sie anrufen."

„Bitte gib uns nicht auf. Ich brauche euch."
„Ich werde mich darum kümmern."
„Okay, ich zähl auf dich. Mach´s gut John."
„Du auch. Bis dann."
Damon legte auf und sah so fertig aus. Irgendwie tat er mir leid.
Nichts konnte ihn aufheitern.
„Wie geht es John?"
„Die kommen klar. Sie brauchen mich nicht mehr. Die Fires
gehen unter. Und ich bin schuld daran. Bitte Lass mich einen
Moment allein. Ich muss nachdenken."
Damit ließ Damon mich einfach stehen. Er hatte sich verändert.
ES hatte ihn verändert. Das war nicht mehr der Mann den ich so
sehr liebte. Den ganzen restlichen Tag sah ich ihn nicht mehr. Es
war besser ihn in Ruhe zu lassen. Auch an den folgenden Tagen
kapselte er sich völlig ab. Entweder saß er in seinem Tonstudio
oder in der Kirche. Manchmal hörte ich nachts leises Schluchzen.
Wenn ich ihm zu nahe kam wand er sich ab. Das ging eine ganze
Weile so. Ich war ratlos Warum konnten wir nicht einfach ein
normales Leben führen? Ich habe es nie verstanden. Damon zog
sich immer mehr zurück. Ich wollte nicht, dass er wieder Mist
baut. Das hat er auch nicht getan. Trotzdem machte ich mir
Sorgen. Dann rief John uns an und teilte uns mit, dass die Band
zu einem Gespräch bereit war. Es dauerte ein paar Wochen bis
alle wieder zusammen in unserem Studio saßen. Es gab erneut
Unstimmigkeiten.
„Bin ich froh euch zu sehen. Was ist bloß aus uns geworden? Ihr
seid meine Familie. Und ich möchte gerne wieder neu anfangen.
Ein Neustart. Die Fires sind nicht tot."
„Damon, da ist so viel passiert. Wir haben unsere eigenen
Sachen. Die Band ist nicht mehr das was sie einmal war. Du hast
uns zerstört. Lass gut sein," meinte Andy.
„Meine Solotour läuft prima. Ich habe noch viel vor. Es geht
immer weiter, Damon, auch ohne Mandoras Hell Fire. Unsere
Zeit ist vorbei. Sieh dich doch mal um. Was erwartest du denn?",

schrie Nick.

„Das kannst du doch nicht ernst meinen. Nick, mein Gott was soll das? Ich bin raus aus der Nummer. Ich bin gesund. Bin bereit. Ich will hinaus. Bedeutet euch all das was war denn gar nichts mehr?"

„Doch, aber die Welt hat noch genügend anders zu bieten. Es geht mir gut."

„Ihr wollt aussteigen? Die Fires einfach löschen? Es ist mein Lebenswerk. UNSER Lebenswerk."

Damon lief nervös hin und her, strich sich durch die Haare und ich sah wie er zitterte. Das Ende der Band wäre auch das Ende für Damon. Ich dachte damals alles wäre vorbei. Die Drogensucht hätte alles zerstört. Wie sollte es nun weitergehen? Der Einzige, der sich nicht negativ äußerte, war Brandon. Er folgte mir sogar nach oben in die Küche.

„Dicke Luft, was?"

„Ja. Ich dachte John bekommt das hin. Oder Nick. Aber ich denke das war es dann wohl, oder?"

„Ach Jo. Wenn einer das regeln kann, dann John. Und du natürlich. Egal was kommt, wir bleiben doch Freunde, oder?" Brandon trat näher an mich heran und drückte mich an seine Brust. Meine Tränen suchten sich ihren Weg und durchnässten sein Shirt. Dieser quirlige Kerl war wie ein Fels für mich.

„Natürlich sind wir das. Ich bin froh dass es dich gibt. Danke, Brandon."

„Kein Problem. Ich bin für dich da wann immer du jemanden zum Reden brauchst."

Dann gingen wir zurück zu den anderen. Eisernes Schweigen herrschte im Tonstudio.

„So kommen wir nicht weiter. Ich verschwinde. Mein Sohn wartet auf mich. Morgen früh fliege ich zurück nach New York. Ich denke es ist alles gesagt."

Jonathan verließ als erster das Studio.

„Ich verschwinde auch. Das bringt doch alles nichts. Hab noch zu

tun. Muss übermorgen ein Rennen fahren. Bis dann Jungs."
Andy knallte die Tür zu und war weg.
„Nick, bleib du doch wenigstens da. John, Brandon, es darf nicht
so enden. Bitte denkt noch einmal darüber nach."
„Ich denke darüber nach. Versprochen. Ich melde mich."
Nick war auch weg. John und Brandon blieben noch. Das
Gespräch verlief ruhig und ich schöpfte ein wenig Hoffnung.
„Wir hauen jetzt auch ab. Es wird sicher gut ausgehen."
John drückte seinen Freund noch einmal fest an sich. Minuten
lang blieben sie so stehen. Es zerriss mir das Herz. Brandon
wartete schon im Wagen. Die beiden würden ebenfalls morgen
zurück nach Hause fliegen. Brandon und seine alte Band waren
auch gerade ziemlich erfolgreich. Nicht zuletzt wegen Damons
Starthilfe. Wir standen am Tor und sahen dem Wagen nach. Was
jetzt kommen sollte wusste niemand. Ich hoffte einfach nur das
Beste. Damon sah traurig und verzweifelt aus. Andy hatte
Termine zum Autorennen. Susan wollte Jonathan dabei haben
wenn sein Sohn heran wuchs. Das konnte ich verstehen.
Mandoras Hell Fire stand wohl vor dem endgültigen Aus. So war
es nun mal und ich hatte Angst Damon wieder abstürzen zu
sehen. Jetzt wo er gerade wieder gesund war. Er brauchte mich
mehr als jemals zuvor. Ich wollte ihm Kraft geben. Er vertraute
mir und ich ihm. Egal was kommen würde. Ich würde zu ihm
halten. Einige Tage später holte das Telefon uns in aller
Herrgottsfrühe aus den Träumen. Nick war dran. Und er hatte
gute Neuigkeiten. Er glaubte ein Comeback sei nicht falsch. Und
er sei dabei wenn es eins geben würde.
„Damon. Ich habe nachgedacht. Und ich glaube du hast recht.
Wir sollten nicht einfach alles vergessen was war. Wir sind
Musiker. Es ist unser Leben..."
Er versprach, John und die anderen zu überzeugen, es noch
einmal zu versuchen.
„Das klingt gut," hörte ich Damon sagen. Und er lächelte wieder.
Endlich. Ich freute mich zwar für ihn, aber die alte Angst

beschlich mich wieder. Würde alles wieder von vorne anfangen? Hätte ich die Kraft dazu? Ich musste durchhalten. Ich hatte es mir und Damon versprochen.

Wieder ein paar Wochen später hatten sich alle geeinigt sich noch einmal zu treffen. Obwohl Andy noch immer angepisst war. Nick hatte ewig mit ihm diskutieren müssen bis er endlich einlenkte. Susan rief mich an und schüttete mir ihr Herz aus. Im Hintergrund hörte ich den kleinen plappern und nach seinem Vater fragen. Es zerriss mir das Herz. Wenn diese Ehe zerbrechen würde, wäre es Damons Schuld. Und das passte mir gar nicht. Die Band hockte ewig im Keller herum. Damon hatte bereits Ideen und konfrontierte die Jungs sofort damit. Der Knoten löste sich langsam und bald hörte ich fröhliches Gelächter und Bierflaschen ploppen. Das war ein gutes Zeichen. Es war noch nicht zu Ende.

Sofort nachdem die Jungs wieder abgereist waren begann Damon damit neue Songs zu schreiben. Zurück zum Ursprung. Rockig, heavy. Der Schmusesound war erst einmal wieder Geschichte. Aber Risiko gehörte nun mal dazu. Damon verbrachte Stunden an seinem Mischpult. Nick hatte auch ein paar gute Texte geschrieben. Er wuchs über sich hinaus. Damon war begeistert. Das alte Feuer begann wieder zu brennen. Doch dann passierte etwas, das wieder alles in Frage stellte. Andy hatte einen schlimmen Unfall bei einem seiner Rennen in Saudi- Arabien. Sein Wagen war frontal gegen einen Reifenstapel gerast und auf dem Dach gelandet. Er hatte drei weitere Fahrzeuge getroffen. Der Wagen war in Flammen aufgegangen. Andys Verletzungen waren schlimm und er lag fast drei Monate im Krankenhaus. Das alles machte uns fertig. Ohne Andy wollten die anderen nicht weitermachen. Die Nachricht traf uns wie ein Hammerschlag. Damon sackte in sich zusammen. Das Comeback rückte in weite Ferne und ich hatte Mühe ihn zu beruhigen. Auch wenn er seine Hölle überstanden hatte, war die Bühne seine Droge, die er brauchte und die ihn beherrschte. Wir flogen nach Saudi Arabien wo Andy seit dem Unglück immer noch war. Schrauben hielten sein Bein zusammen. Er sah übel aus. Verbrennungen bedeckten seinen Arm. Es zerriss mir das Herz ihn so zu sehen. Und Damon fühlte sich schuldig. Wenn er nicht abgestürzt wäre, hätte die Band weitergemacht und Andy wäre nie in einen Rennwagen gestiegen. Nur schwer ließ er sich von diesem Gedanken abbringen. Einige Zeit später sagte uns der Arzt, dass wir Andy nach Hause mitnehmen durften. Seine Freundin, Heather Burns, wich nicht von seiner Seite. Wir alle hofften, dass Andy wieder in Ordnung kommen würde und nie mehr in eine Rennauto stieg.

Damon und ich fuhren zurück in unser Haus. Ich sah ihn an. Er war gebrochen. Am Ende. Die Schuld an allem was passiert war ruhte auf Damons Rücken, dachte er.
„Damon, gib dir nicht die Schuld daran. Es war seine Entscheidung in diesen Wagen zu steigen. Du hättest es nicht ändern können."

„Ich weiß - aber trotzdem."

59

Damon

Damals:

John und ich telefonierten ewig. Schön zu wissen, dass es ihm
gut ging. Nicole ist eine tolle Frau. Sie passte sehr gut zu ihm,
aber John wollte ihr den Kinderwunsch und eine Bilderbuchehe
nicht erfüllen. Er ist wie ich, ruhelos und Vollblutmusiker.
Vor einer ganzen Weile haben sie sich endgültig getrennt. Ist
vielleicht zwei drei Jahre her. Keine Ahnung. Sie hatten es noch
eine Zeit lang versucht, aber ohne Erfolg. Seit dem lebt er allein
in New York. Trotzdem haben wir alle noch Kontakt zu Nicole.
John ist seit dem leidenschaftlicher Maler. Ein echter Künstler.
Gemalt hatte er ja schon immer, aber jetzt vergrub er sich
geradezu darin. Zeitweise hatte er sogar Ausstellungen in
Manhattan. Er hat sogar zu schreiben angefangen. Ist schon ein
ulkiger Typ, mein bester Freund. Wir sprachen über dies und das
und John wusste wo meine Jungs waren. Alle waren in eigener
Sache unterwegs. Außer mir und Brandon (er lebte noch immer
in Detroit) sind alle in New York zu Hause. Ich erfuhr, dass Andy
in Sachen Autorennen in Saudi–Arabien war. Nick tourte noch
immer mit seinem Soloprogramm durch die Welt. Und Jonathan
blühte in seiner Vaterrolle richtig auf. Susan und Jakob waren
begeistert. Und Jonathan eigentlich auch. Er ist der Ruhige von
uns und ich glaube er war froh, einmal nicht im Rampenlicht zu
stehen. Jonathan ist eher schüchtern. Man hört selten etwas von

ihm. Er mag den ganzen Rummel um seine Person überhaupt nicht. Trotzdem war für ihn und für uns unsere Band und vor allem unsere Freundschaft sehr wichtig. Wir alle sind sowieso sehr verschieden. Nick und ich sind die wahnsinnigen Workaholics. Andy liebt Aktion und ist unser Sportass. Jonathan der stille Genießer und als Einziger war er damals schon Vater. Brandon, der Jüngste von uns, der wilde verrückte Handwerker mit dem düstersten Erscheinungsbild, das ein Rocker mit Watteherz nur haben kann. Und mein bester Freund John, unser aller Kindermädchen. Brandon fand man nach wie vor auf dem Golfplatz oder er reiste mit den Dark Punks durch die Staaten. Lief ganz gut bei denen. Ich hoffte nur, dass er trotzdem ein Mitglied der Fires bleiben würde. John versprach mir, die anderen anzurufen. Es dauerte ewig bis sie alle bei mir saßen. Ich wollte ein Comeback. Noch immer. Und es gab Streit, schon wieder. Ich war fertig mit den Nerven. Meine Band und mein Leben zerfielen in Tausend Stücke. Wir brüllten uns an. Ich kam nicht zu ihnen durch mit meiner Vision von einem Comeback. Sie wollten einfach nicht mehr und das traf mich hart. Unser Treffen endete im Streit und ich fiel immer tiefer. Unsere Zeit als Band schien abgelaufen zu sein. Mein Untergang, mein Todesurteil. Und Jo bekam alles ab. Ich wollte niemanden sehen, nicht reden, nichts mehr fühlen. Sie waren einfach gegangen. Fertig und aus. Dann hörte ich ewig nichts mehr von meinen Freunden und Kollegen. Ich fiel fast in meine Einzelteile zusammen. Das konnte alles nicht sein. Und es war meine verdammte Schuld.

Irgendwann klingelte sehr früh das Telefon. Nick rief mich an. Damit hatte ich nicht mehr gerechnet nach unserem letzten Treffen.

„John hat mich angerufen und mir gesagt was du vorhast. Er hat mir echt ins Gewissen geredet. Ich denke wir sollten es noch einmal versuchen."

„Wow, warum jetzt doch? Dachte du bist auf Andys Seite?"

„Ja, aber wir sind noch immer eine Band. So weit ich weiß haben wir keine Auflösung der Gruppe bekannt gegeben. Also, willst du nun, oder nicht?"

„Die Frage stellt sich doch gar nicht. Klar, am liebsten schon gestern."

„Okay, dann sehe ich zu was ich tun kann."

Na hoffen wir das Beste."

Er glaubte an uns, dass wir es noch einmal schaffen könnten.es freute mich zu hören, dass wenigstens er uns noch nicht ganz aufgegeben hatte. Irgendwie schaffte er es die Jungs noch einmal an einen Tisch zu bringen. Der Höhepunkt unserer Karriere war längst vergessen. Doch Nick konnte sie überzeugen es noch einmal zu versuchen. Es dauerte eine Weile bis wir die ersten Stunden gemeinsam in meinem Keller verbrachten. Mit Nick zusammen schuf ich die besten Songs die wir je hatten. Unser Comeback stand quasi schon in den Laufschuhen. Andy musste noch einmal nach Saudi Arabien zurück bevor es endlich los gehen sollte.

„Es sind noch zwei Rennen. Da bin ich gemeldet. Das kann ich nicht mehr absagen. Sind eh die Letzten dieser Saison. Am Freitag muss ich los."

„Dann ist es eben so. Ich bin ja froh, dass du noch dabei bist, Andy. Es tut mir leid was ich getan habe. Ich hoffe wir finden alle wieder zueinander."

„Schon gut. Mir tut es auch leid. Wir alle machen Fehler. Aber wir sollten unsere Freundschaft nicht den Fehlern opfern. Ich bin dabei. Unser Feuer wird nicht ausgehen."

Andy und ich umarmten uns fest und das bedeutete mir sehr viel. Unsere Truppe würde wieder zusammen wachsen. Jo war erleichtert, dass der Streit zwischen Andy, der Band und mir aus der Welt war. Ich weiß nicht wo ich wäre, wenn wir uns damals tatsächlich getrennt hätten.

Dann flog Andy nach Saudi Arabien.

Und das war der Anfang vom Ende. Mitten in der Nacht holte uns das Telefon aus dem Bett.

„Wer ist denn das um diese Zeit?"

„Ich weiß es nicht. Lass klingeln. Ich will nur einfach pennen, oder vielleicht..."

„Damon!"

Es klingelte noch immer. Genervt angelte ich das Telefon vom Nachttisch während ich Jo noch im Arm hielt.

„Mandora. Leute es ist 3 Uhr morgens."

„Hey, Damon. Tut mir echt leid, dass ich euch störe, aber es geht um Andy. Ich weiß nicht wen ich sonst anrufen soll. Du und die anderen... Ich meine … Er … "

Heather war dran, konnte aber nicht reden weil Heulkrämpfe sie erschütterten.

„Was ist mit ihm. Heather, sag doch was. Bitte beruhige dich."

Ich war augenblicklich hellwach. Jo sah mich ganz verstört an.

„Das Auto ... er ist ... Es war ein Unfall, er war zu schnell. Und da waren die Reifen ..."

Wieder stockte sie in ihrer Erzählung.

„Heather, was ist passiert?"

„Sein Auto ist in Flammen aufgegangen. Andy hat üble Verbrennungen und … ach, keine Ahnung. Ich bin noch in der Klinik. Ich kann nichts genaues sagen."

„Ach du Scheiße. Beruhige dich. Wir kommen so schnell es geht. Ich rufe Anthony an. James hat noch Urlaub."

„Okay. Danke Damon. Sorry nochmal wegen der Störung."

„Ist schon okay. Bis dann."

Ich war fassungslos. Jo sah mich fragend an. Mein Herz schlug mir bis zum Hals. Das konnte nicht sein. Wir hatten uns doch gerade erst wieder versöhnt. Und jetzt das? Wir wussten nicht ob Andy überleben würde. Und ich doofer Idiot hatte Schuld. Alles wegen meiner verfickten Drogenkarriere. Welcher Teufel hatte mich dazu getrieben? Warum? Warum? Ohne mich wäre Andy nie auf die Idee gekommen in einen Rennwagen zu steigen.

„Das kann nicht sein. Wegen mir leidet er wie ein Hund."
Ich tigerte im Zimmer auf und ab. Ballte meine Fäuste. Mein
Freund litt, hatte Schmerzen. War vielleicht bald nicht mehr am
Leben. Ich elender Junkie hatte ihn dazu getrieben. Jo versuchte
mir klar zu machen, dass ich nichts dafür konnte. Aber ich hatte
ein echtes Problem damit. Immer wieder dachte ich an ihn. Was
er fühlen musste. Wut stieg in mir auf. Wut über mich selber. Ich
stürmte aus dem Zimmer, in den Keller, direkt ins Fitnessstudio
neben dem Tonstudio. Ich musste etwas schlagen, zerstören.
Meiner Wut einen Weg ebnen. Ich knallte mein Hemd in die
Ecke, schlüpfte in die Boxhandschuhe und drosch unermüdlich
auf meinen guten alten Sandsack. Das tat ich immer wenn es mir
schlecht ging. Mein Ventil um Dampf abzulassen.

„Damon, wo willst du hin? Was machst du?", hörte ich Jo hinter
mir her rufen. Meine Frau wusste, dass es besser war jetzt nicht
in meine Nähe zu kommen. Ich war unberechenbar wenn ich
sauer war. Alles war scheiße. Und unser Comeback konnten wir
ja sowieso vergessen. Ich weiß wie das klingt – egoistisch. Und
ich meinte es ja auch nicht so. Trotzdem. Wo waren wir ohne
Andy? Ich schlug und schlug bis ich nicht mehr konnte. Keine
Ahnung wie lange. Meine Lunge brannte und meine Knochen
taten mir weh. Doch ich fühlte mich besser. Jo ließ mich
gewähren. Langsam fing ich mich wieder und überlegte wie es
weitergehen könnte. Ich entschied an den Unglücksort zu fliegen.
Ich musste es tun. Das war ich Andy schuldig. Jo begleitete mich.
Ich wollte wissen wie es um einen meiner besten Freunde stand.
Schließlich war er ja damals auch für mich da gewesen. Er
brauchte uns. Uns alle. Und wir würden bei ihm sein.
„Er wird wieder gesund. Er ist stark."
„Ja, das stimmt. Andy war schon immer unser Kämpfer. Und
Heather ist ja bei ihm."
Hand in Hand schlenderten Jo und ich zum Wagen, wo Matt
schon auf uns wartete. Matt brachte uns zum Flughafen. Anthony
holte uns da ab. Buster kam auch mit und die anderen wollten in

New York zusteigen. Der Flug dauerte ewig. Ich war nervös, fragte mich was mich wohl erwartete. Den ganzen Flug über war ich das reinste Nervenbündel. Dann erreichten wir endlich den heißen Wüstenstaat. Die Hitze und die Zeitverschiebung brachten mich um. Wir irrten durch die Gegend bis uns jemand sagen konnte wo die Rennstrecke und das Krankenhaus war. Wir mussten noch ein ganzes Stück mit einem Taxi fahren. Anthony versuchte in der Zeit ein Hotel für uns alle auf unbestimmte Zeit zu finden. Wir hatten ja keine Ahnung wie lange wir hier bleiben würden. Ich konnte nicht einfach zurück, in dem Wissen, dass mein Freund hier vielleicht nicht mehr lebend rauskommen würde. Ich würde so lange wie nötig hier bleiben. Scheiß drauf. Scheiß auf alles. Ich musste büßen. Und das würde ich tun.

Dann betraten wir sein Zimmer. Heather saß an seinem Bett und hielt seine Hand.
„Da seid ihr ja. Er ist vor ein paar Minuten eingeschlafen."
Ihre Augen waren ganz rot und verheult. Es war ein schreckliches Bild wie er da so lag. Sein ganzer Arm war verbrannt. Sein Bein hing an einem Gestell und Verbände waren um den Kopf gewickelt. Es war furchtbar. Und gerade hatten wir wieder zueinander gefunden. Jo legte ihren Arm um mich. Sie hatte Mühe ihre Tränen zurück zu halten.
„Er wird wieder, ganz bestimmt."
Ich umklammerte ihre Hand und meine Lippen begannen zu zittern. Das hatte ich doch nicht gewollt. Es kam einfach nicht bei mir an. Ich fühlte mich schuldig. Wir setzten uns an den kleinen Tisch, der in Andys Zimmer stand und warteten. Nach und nach trudelten die anderen ein. Sie waren genau so geschockt wie ich.
„Was hat er denn bloß angestellt? Wie kann man sich überhaupt in solch ein Höllengefährt quetschen und ... ach keine Ahnung", fragte sich Jonathan.
„Ich sage es ihm immer wieder. Er liebt einfach die Gefahr", schluchzte Heather.
„Andy, alter Junge. Was soll der Scheiß?", sagte Nick.

An diesem Tag waren wir lange an Andys Seite, aber er wachte nicht auf. Wir alle waren täglich bei ihm. In den ersten Tagen regte sich nichts. Er lag da wie tot. Die Maschinen gaben komische Geräusche von sich, sonst war es still im Zimmer. Wir versuchten etwas aus den Ärzten herauszubekommen. Aber man sagte uns nichts, da wir ja nicht seine Familie waren. Obwohl wir das doch eigentlich sind und schon immer waren.

Nach einer Woche oder so schlug er endlich die Augen auf. Heather konnte sich kaum beruhigen.

„Das wurde aber auch Zeit. Du verpennst ja unser Comeback."

So ein Scheiß konnte ja nur wieder von mir kommen. Andy versuchte zu lächeln. Aber man sah, dass es ihn sehr schmerzte. Er versuchte uns zu erklären wie das alles passiert war. Er hatte einfach die Kontrolle verloren. Sein Vordermann hatte so viel Staub aufgewirbelt, dass Andy die Fahrbahn nicht mehr hatte sehen können. Uns so war er in den Reifenstapel gerast. Die Verletzungen waren sehr kompliziert. Es würde eine Weile dauern und es würden auf jeden Fall Narben zurück bleiben. Ob er jemals wieder sein Instrument spielen konnte war nicht gewiss. Schwere Zeiten standen uns bevor. Doch das war mir egal. Wir hatten so lange gewartet, da würde es auf ein paar Monate auch nicht mehr ankommen. Und überhaupt war das jetzt alles unwichtig. Andy sollte wieder gesund werden. Mehr wollte ich nicht. Die Zeit verging und jeder Tag wurde besser als der davor. Es ging voran. Nach ein paar Wochen begann Andy schon wieder zu scherzen. Die Verbände kamen ab. Es sah furchtbar aus. Zum Glück konnten die Ärzte ihm den Arm erhalten. Er würde eine Weile brauchen wieder ganz auf die Beine zu kommen. Über drei Monate lag er in Riad in einer Privatklinik. Die Band und ich waren fast die ganze Zeit über da. Andy begann seinen verbrannten Arm zu trainieren. Die Narben sahen echt übel aus. Er würde sein Leben lang an diesen Unfall erinnert werden. Und die Leute würden es sehen.

„Sieh dir diese Scheiße an. So kann ich doch nicht rumlaufen. Ich sehe ja aus wie ein Monster."

Andy sah auf seinen Arm und mir fielen keine tröstenden Worte ein. Nur wieder so eine kranke Idee. Schneller als ich eigentlich überlegt hatte, schoss es wieder aus mir heraus.

„Lass es doch einfach übertätowieren. Sieht bei Brandon doch auch geil aus."

„Das ist es. Sofort, wenn ich New York bin, werde ich es machen. Damon du bist der Geilste. Wäre mir nie eingefallen."

„Dann sieh zu, dass du hier rauskommst."

Andy wollte weg von dort. Wir überredeten den Arzt, ihn mit nach Hause zu nehmen. Schon zwei Tage später ging es los. Wir alle waren froh diese elende Hitze verlassen zu können. Ich liebe ja die Sonne, aber fast 50 Grad müssen es nun wirklich nicht sein. In einem Rollstuhl sitzend durften wir Andy mit nach Hause nehmen. Nur langsam erholte er sich. In seinem Haus wäre er so ziemlich allein gewesen. Deshalb war es besser ihn noch in einer Klinik unterzubringen. Nur Heather war da. Sonst niemand. Andys Familie ist zwar heute auch in New York, aber damals hatten sie kein besonders gutes Verhältnis zueinander. Andy ist gebürtiger Ire. Sein Vater war noch immer in Irland. Seine Mutter hatte Andy allein großgezogen. Seine Eltern hatten schon ewig Streit und deshalb war seine Mutter mit ihm abgehauen als er 14 war. Sein Vater begann zu trinken und seine Mutter hatte alles abbekommen. Heute hat sich das zum Glück wieder eingerenkt. Alle leben zusammen nun doch in New York. Also war es damals an uns seine Familie zu sein. Wir alle waren für ihn da. Wir brauchten ihn und er uns. Wir hatten Geduld. Unser Comeback würde einfach später stattfinden.

60

Jo

Damals:

Er sah mir in die Augen. Der Glanz war verschwunden. Die
Sache mit Andy machte ihn einfach fertig. Sein Freund war
schwer verletzt. Seine Heilung ging langsam voran. Damon stand
nachdenklich am Fenster. Dann kam er auf mich zu und ich
konnte nichts tun als ihn in den Arm zu nehmen.
„Alles wird wieder in Ordnung kommen."
„Ja, sicher."
Wir gingen in unseren Garten und sahen auf unser Grundstück.
Alles hätte so einfach sein können. Aber das war es nicht. Es war
mein Glück, mein Traum, nicht Damons. Und jetzt konnte er sein
Comeback erst einmal begraben.
Die Sonne ging langsam unter und Damon legte seinen Arm um
meine Schultern.
„Jo, ohne dich wäre mein Leben vorbei. Du gibst mir Kraft und
hältst mich am Leben. Ich bin froh dich getroffen zu haben. Ich
hätte nie gedacht, dass es so kommt. Ein Fan und ich... Es wird
Zeit, dass wir es amtlich machen."
„Was meinst du damit?"
Ich drehte ihn zu mir um. Seine Augen begannen wieder zu
funkeln. Ein Funkeln das ich so an ihm liebte. Damon ließ mich
los und ging in unser Schlafzimmer. Kurze Zeit später kam er mit

einem kleinen Päckchen zurück. Wie in einem alten Hollywoodklassiker kniete er vor mir hin und sah mich hoffnungsvoll an. Er stellte mir die schönste Frage, die ein Mann einer Frau stellen konnte.

„Jo, willst du mich heiraten?"

Ich kann nicht sagen welche Gefühle ich hatte. Es war überwältigend. Und für mich das Erfüllen eines Traumes auf den ich Jahre hin gearbeitet hatte.

„Ja, natürlich, was denn sonst?"

Er stand vom Boden auf und öffnete das Kästchen. Ein atemberaubender Ring war darin. Kleine Steinchen zierten den Kopf des Rings. Innen befanden sich unsere Initialen, das Datum unseres ersten Dates und kleine Herzen. Überglücklich sprang ich in seine Arme. Ich küsste ihn so leidenschaftlich wie lange nicht mehr. Es war schon dunkel als wir zurück in unser Haus gingen. Eng umschlungen. Mein Herz klopfte wie verrückt. Verliebt wie am ersten Tag. Für einen Moment konnten wir unsere Probleme verdrängen. Der Mann neben mir faszinierte mich immer wieder aufs Neue.

Jetzt:

Wieder schaue ich auf alte Fotos, die an meiner Wand hängen. Damon in allen Lebenslagen. Als er unsere Tochter zum ersten Mal im Arm hielt, seinen ersten Grammy bekommen hatte. Goldene Platten hängen daneben. Alanah im Kindergarten, Bilder von der Band vor ihrem Flugzeug. Jack und Alanah an Weihnachten usw. Wenn ich so darüber nachdenke wird mir mein Herz schwer. Ich hoffe dass er eines Tages zurück kommt. Dass er endlich genug hat.

Damals:

Hand in Hand schlenderten wir durch unser Haus. Plötzlich blieb Damon stehen. Er drückte zärtlich meine Hand und drehte mich zu sich um.

„Du bist alles für mich. Nichts hat mir jemals so viel bedeutet. Aber bitte nimm mir meine Musik nicht weg. Ich liebe dich, Jo. Bitte begleite mich so lange ich kann. So lange ich lebe. Ich will nicht ohne dich sein."

„Wir gehören zusammen. Du hast mich gefragt, ob ich deine Frau werden will. Ich bleibe an deiner Seite. Nun wirst du mich nicht mehr los. Selber Schuld", versuchte ich zu scherzen. Doch Damon war nicht nach Scherzen. Er nahm mein Gesicht in seine Hände und küsste mich, dass es mir den Boden unter den Füßen wegzog.

„Ich geh mit dir wohin du willst, aber pass auf dich auf. Du bist der wichtigste Mensch in meinem Leben. Ich will dass du glücklich bist", flüsterte ich. Damon sah mich an. Es prickelte in der Luft. Dann hob er mich plötzlich hoch und legte mich kopfüber über seine Schultern.

„Hey, was machst du da? Was soll das?"
Ich schlug ihm auf den Rücken.

„Wart´s ab," sagte er nur. Einige Minuten später standen wir vor unserer Tür zum Schlafzimmer. Damon schmiss mich aufs Bett. Ich wusste was kam. Mein Mann ist zum Anbeißen süß. Er kam auf mich zu und legte sich neben mich. Seitlich auf seinen Arm gestützt sah er mich an. Mein Herz zersprang mir fast. Wie lange hatte ich mich nach solchen Augenblicken verzehrt. Ich bewegte mich nicht. Ich war gespannt was kam. Damon konnte mit mir tun was er wollte. Hauptsache er war da. Seine Hand war an meinem Gesicht. Nach all dem Elend, das um uns herum passiert war, brauchten wir uns um so mehr.

„Komm her zu mir," hauchte er. Ich rückte näher an ihn heran. Seine Lippen fanden meine. Ich stand in Flammen. Er hatte mir so gefehlt. Wir sahen uns täglich, aber lange waren wir uns nicht mehr so nah gewesen. Die letzten Wochen waren die reinsten Strapazen. Seit dem Drogenentzug war alles irgendwie anders. Und Andys Unfall setzte dem Ganzen noch die Krone auf. Nichts war mehr normal. Einen Teil von Damon würde es nie mehr geben. Er hatte es zerstört. Sich zerstört. Trotzdem. Ich konnte mich nicht mehr zurückhalten. Meine Hand griff an seinen Nacken. Er sollte noch näher bei mir sein. Ich schlang mein Bein um seine Hüften. Damon hatte noch immer eine Super Figur und er verstand es sie knusprig zu verpacken. Ich wollte ihn und er mich. Trotzdem wollte ich nicht so eilig sein, sondern jede Sekunde mit ihm genießen. Ich streifte sein Shirt über seinen Kopf, während er versuchte meinen Hosenknopf zu öffnen. Mein Atem ging schneller. Ich hatte keine Ahnung was mir gefehlt hatte bis jetzt. Damon zog alle Register und ich dachte er explodiert jeden Moment. Er drehte sich über mich. Seine Lippen waren überall. Sein Atem rannte voran. Damons Jeans störte mich noch immer. Ich versuchte sie loszuwerden. Endlich lag er über mir, nur in seiner Unterwäsche. Er schwitzte und atmete schneller. Ich krallte mich in seinen Rücken. Die Boxershorts störte mich. Weg damit. Meine Beine hielten ihn gefangen. Er war mein. Und ich war sein. Ich würde endlich seine Frau werden. Der Gedanke daran war einfach unbeschreiblich. Ich verführte ihn nach allen Regeln der Kunst. Bis er endlich zu stach. Ich bäumte mich auf und wollte ihn tiefer spüren. Bis dahin waren wir noch halbwegs beisammen. Aber jetzt kamen Seiten an uns zum Vorschein die wir beide nicht für möglich gehalten hatten. Es wurde wild und heftig. Damon verstand es mich hinzuhalten. Er quälte mich und ich wollte es so. Ich kratzte ihm über den Rücken. Er stieß zu - immer wilder. Ich kann nicht sagen was da mit uns passierte. Es war berauschend. Damon schaffte es fünf mal mich kurz vorher zu bremsen. Eine Qual die unter die Haut ging. Irgendwann bettelte ich ihn regelrecht an, mir zu geben was ich wollte. Ich konnte es nicht mehr aushalten. Wir erklommen gleichzeitig den Gipfel der Lust. Erschöpft aber glücklich sank er auf mich nieder. Eng umschlungen schliefen wir ein. Das war das was ich wollte. Und mir war klar, dass es nicht für immer so bleiben würde. Ich setzte alle Hoffnung auf unsere Hochzeit.Trotzdem wusste ich immer, die Zeiten würden sich wieder ändern. Damons Flügel würden wieder wachsen, sobald Andy gesund war. Es musste so kommen. Sonst wäre mein Mann nur ein halber Mensch gewesen. Ich wollte nicht darüber nachdenken. Der Moment war zu schön. Die Nacht war warm und wir im Himmel. Wir schliefen lange und wurden wach als Diane den Staubsauger durch das Haus schob.

„Guten Morgen Fan. Ich könnte schon wieder. Was hast du nur mit mir gemacht, hm?", murmelte er. Ich setzte mich auf und betrachtete ihn. Sein Rücken war von roten Streifen, die meine Fingernägel hinterlassen hatten, übersät. Ich bekam ein schlechtes Gewissen deswegen. Schließlich war ich ja kein Sexmonster.
„Damon, dein Rücken. Es tut mir leid...“
„Brennt ein wenig, aber ich finde es heiß, wenn du so wild bist. Noch einmal, bitte.“
Seine heißen Küsse hörten nicht auf. Ich war Wachs in seinen Armen.
„Ich glaube wir sollten uns lieber benehmen. Diane ist da.“
„Egal, lass es uns trotzdem tun. Ich steh´drauf“, flüsterte er mir ins Ohr und mir wurde noch wärmer.
Dann klopfte es an der Tür.
„Mr.Mandora? Telefon für sie. Soll ich durchstellen?“, hörten wir Diane fragen. Genervt sah er mich an.
„Ja ist schon okay. Ich nehme das Gespräch an. Mühsam angelte er das Telefon vom Nachttisch.

Dr.Stanfort war dran und teilte uns mit, dass Andy zum Ende der Woche entlassen wurde. Das war eine gute Nachricht und Damons Gesichtsausdruck erhellte sich.
„Das ist ja mal eine gute Nachricht. Wir sind wieder da. Bald."
Er grinste mich an und dann starteten wir doch noch unsere nächste Runde. Alles würde wieder gut werden.
Die Woche verging schnell und wir holten Andy nach Hause. Heather war überglücklich ihn endlich wieder bei sich zu haben. Wir besuchten ihn in seinem Haus. Es liegt ziemlich nah am Wasser. Dem Hudson River. Andys rotes Haus sieht typisch aus für diese Gegend. Das alte Hotel war inzwischen fertig umgebaut und sah echt chic aus. Er lebt noch immer dort. Eine steinerne Treppe führte zu seinem Hauseingang. Eine dicke schwarze Tür mit Metallbeschlägen und dem typischen Löwenkopf aus Metall verbarg sein Reich. Jeder der Männer lebte anders. Ein wenig verdreht. Verrückt wie die Männer selbst. Andys Haus war bis dahin das Einzige, was ich von innen gesehen habe. Und Johns Fabrik natürlich. Andy brauchte noch viel Ruhe und sein Bein kam langsam wieder in Ordnung. Mit Krücken konnte er bald wieder laufen. Die Verbrennungen an seinem Arm sahen auch schon etwas besser aus. Es ging voran. Alle Bandmitglieder freuten sich ihren Kumpel wieder in ihrer Runde zu haben. Andy entschied nie mehr Rennen zu fahren. Dafür waren wir ihm dankbar. Irgendwann hatte er sich so gut erholt, dass er und die anderen sich bei uns einfanden. Die geschriebenen Songs für das geplante Comeback wurden aufgenommen. Dann versuchte Damon alles so schnell es ging unter Dach und Fach zu bekommen. Bis alles so war wie er es wollte vergingen wieder ein paar Wochen.

61

Damon

Damals:

Die Sache mit Andy machte mir echt zu schaffen. Ich konnte nicht verstehen was da passiert war. Und ich war überzeugt, dass es meine verdammte Schuld war. Ich musste mich jemandem anvertrauen. John. Er würde mich verstehen. Also nervte ich meinen besten Freund erneut. Wir sprachen lange und John brachte mich wieder auf den Boden zurück. Manchmal bin ich wie ein beschissenes Baby. Ich heule rum und bin bockig. Jo war immer da um mich vor sämtlicher Scheiße zu bewahren. Sie musste auf mich aufpassen. Es musste weiter gehen. Unsere Hits für das Comeback wurden zunächst einmal auf Eis gelegt. Die Jungs und ich entschieden, Andy die Zeit zu geben die er brauchen würde. Seine Verletzungen waren nicht ohne. In dieser Zeit ging jeder seinen eigenen Weg. Nick war noch immer sehr gefragt mit seinem Alleingang. Also schob er noch eine kleine Tour von drei Monaten hinterher. Natürlich blieben wir in ständigem Kontakt. Schließlich wollten wir ja alle auf dem Laufenden sein was Andy betraf. Heather war rund um die Uhr für ihn da. Sie ist sein Lebensinhalt so wie es Jo für mich ist. Brandon war in dieser Zeit wieder häufiger mit den Dark Punks unterwegs. Zwischendurch rief er mich an und berichtete mir wie es lief. Sie hatte schon einige Erfolge verbuchen können. Ich wusste die Tour mit der Band als Vorgruppe konnte nur gut werden und ich freute mich wenn der Tag endlich kommen würde. Von mir aus schon gestern. Na ja, irgendwann. Susan hatte sich auch bei uns gemeldet. Jonathan war bei ihr. Der kleine Jakob war froh, dass sein Dad da war um mit ihm Fußball zu spielen oder mit ihm in den Zoo zu gehen. Ich wusste ja, dass die Jungs alle etwas Ruhe brauchten. Vielleicht hatte das alles einen Sinn. Es musste so was passieren, damit ich mal eins auf die überhebliche Nase bekam. So war es nun mal. Aber es gab Wichtigeres. Ich wollte Jo unbedingt klar machen wie ich zu ihr stand. Ich denke sie wusste es sowieso, aber ich wollte es offiziell machen. Nach dem Gespräch mit John war mir klar, dass ich niemals klar käme, nicht allein. Nicht ohne Jo. Ich wollte nicht, dass sie mich verlässt. Wir waren schon ewig zusammen. Sie hat mich und meine Eskapaden ausgehalten. Ohne sie würde ich untergehen. Ich wollte ihr beweisen was sie für mich ist. Ich wollte sie um ihre Hand bitten. Also bat ich Matt, mich in die Stadt zu begleiten. Ich brauchte einen Ring. Den Schönsten, den es je gegeben hat. Ich stand bei Matt am Eingang zur Werkstatt und sagte ihm was ich vorhatte.

„Mr.Mandora, das ist eine zauberhafte Idee. Und längst schon überfällig. Es..."

„Damon, einfach Damon. Okay."

„Ich muss mich erst daran gewöhnen, Chef."

„Oh Matt, wie lange arbeitest du schon für uns? Ich bin Damon, kein Boss oder Chef oder so ein Scheiß. Bleib locker, okay."

„Klar. Was ich sagen wollte ist, na ja, Jo ist eine so wunderbare Frau. Ihr beide seid so sehr verbunden wie ich es noch nie erlebt habe. Ich hoffe für euch, dass es ewig so bleibt."

„Ja das will ich auch. Ich habe schon soviel kaputt gemacht. Sie wird den Himmel bekommen. Sie hat mich gerettet und dafür danke ich ihr ewig."

„Ja das hat sie. Es stand schlimm um dich. Wir hatten echt Angst, dass du dich und deine Band kaputt machen würdest. Lass uns in die Stadt fahren. Wir finden das was Jo verdient."

Freundschaftlich klopfte ich ihm auf den Rücken. Dann fuhren wir mit seinem Wagen in die Stadt. Matt und ich schlichen durch die Straßen und fanden einen hübschen Ring bei einem kleinen Juwelier etwas außerhalb des Zentrums. Den wollte ich für sie kaufen. So besonders wie meine Frau ist. Sie trägt ihn noch immer. Ich meinen auch.

Jetzt:

Ich sehe auf den Ring an meiner Hand und werde schon wieder sentimental. Ich habe noch eine Flasche Bourbon im Schrank. Sie tröstet mich sicher. Wo bin ich? Was soll das eigentlich? Bis jetzt lief alles gut. John hat mich im Auge. Ich weiß das. Bis jetzt habe ich alles noch relativ gut im Griff, glaube ich jedenfalls. Damals haben sie mir meinen Scheiß verziehen und das Comeback gestartet. Ich glaube nicht, dass meine Jungs einen erneuten Absturz meinerseits tolerieren würden. Ich sollte die verdammte Pulle da lassen wo sie ist. Ich knalle mich auf mein Bett und starre die Decke an. Sie kommt immer näher und engt mich ein. Ich muss hier raus. Ich bin verrückt, keine Ahnung. Ich schließe meine Augen und versuche an nichts zu denken. Doch ich denke wohl. An meinen Antrag an Jo.

Damals:

An einem schönen Sommerabend kniete ich mich vor sie hin und machte ihr diesen Antrag. Sie sollte wissen, dass sie die Einzige ist. Und sie wird es immer bleiben. Klar nahm sie an. Keine Ahnung was wäre wenn sie es nicht getan hätte. Ich hätte nicht gewusst ob ich überhaupt noch leben wollte. Sie fiel mir um den Hals und meine Welt war wieder in Ordnung. Ein kleines bisschen jedenfalls. Sie sah den Ring und ihr Lächeln haute mich aus den Socken. Ich hatte das einzig richtige getan. Ich bereue nichts, keine einzige Sekunde. Nur meine Macken verzeihe ich mir nicht. Ich hätte mich umbringen können. Und noch immer bin ich zu schwach um den Teufeln dieser Welt zu widerstehen.

Als wir im Haus waren bat ich sie mich nicht zu verlassen. Das versprach sie. Trotzdem habe ich sie verjagt. Mein Leben war nicht ihres. Und an jenem Abend sah sie so wunderschön aus. Ich konnte nicht anders als sie mir einfach über die Schulter zu werfen und in unser Bett zu tragen, sie dran zu kriegen, dass ihr die Sinne schwanden. Wir benahmen uns wie die Tiere, aber das gefiel mir. Erst am frühen Morgen schliefen wir ein. Bis Diane uns weckte. Sie hatte ein Telefonat für mich. Gute Nachrichten. Andy kam heim. Es würde ein guter Tag werden.

Jetzt:

Jemand hämmert an meine Tür. Ich will nicht da sein, nicht
reden, nichts fühlen. Ich will hier jammern und überhaupt bin ich
so was von am Arsch.
„Damon, verdammte Scheiße. Ich weiß dass du da bist."
Verdammt.
„Ist offen."
John ist wieder da. Er hat uns Bier geholt. Bier und Zigaretten.
Männerabend. Meine Rettung. Ich kann für einen Augenblick
meine trüben Gedanken verbannen.
„Alles okay?"
„Nicht wirklich. Ich fühle mich mies."
„Bier?"
„Danke"
Wir sinnieren über unser Leben. Wie es ist und wie es hätte sein
können. Ist das gut oder nicht? Mein unvollständiges, perfektes
Leben. Ein Hohn, eine Lüge und so leer. John sieht mich
eindringlich an:
„Ich habe mit den Jungs und George gesprochen. Sie finden auch
du solltest mal ein paar Runden aussetzen. Sie wollen dich nicht
wieder in der Hölle sehen. James fliegt dich hin. Wann immer du
willst. Wir warten auf dich. Egal wie lange es dauert."
„Und was kommt danach? Wenn ich zurück bin? Bin ich dann
noch fertiger als jetzt? Sie wird mir sicher noch mehr fehlen."
„Wir lassen das nicht zu. Wozu sind Freunde denn da?"
„Ich weiß nicht, John. Es gibt Verträge."
„Das kriegen wir hin. Ich merke seit Tagen, dass du nicht hier
sein willst. Ich kann es verstehen. Immerhin sind zwei Jahre
vergangen."
„Ich denke darüber nach."
Wir klicken unsere Flaschen gegeneinander und saufen.

62

Jo

Damals:

Irgendwann kam er zu mir und sagte ich solle was Nettes
einpacken weil wir verreisen würden. Er sagte nicht was, wohin,
wie lange, nichts. Andy ging es schon wieder einigermaßen und
ich befürchtete schon das Schlimmste. Ich nörgelte etwas herum,
weil ich auf Touren und Ähnlichem keine Lust hatte. Ich wollte
nicht mit und Damon musste schon seinen ganzen Charme
spielen lassen um mich zu überzeugen:
„Es ist eine Überraschung. Mehr verrate ich nicht. Also ohne dich
funktioniert das Ganze nicht."
„Ach Damon, echt jetzt?"
„Jaaaa, bitteeee..."
Er hatte es geschafft, mit seinem Hundeblick, wie immer. Und
ich vertraute ihm. James holte uns ab und alle, die irgendwie mit
uns zu tun hatten, saßen schon im Flieger als wir ankamen. Sogar
Andy war dabei. Heather auch, und die Frauen der anderen. Es
ging ihm wieder relativ gut. Susan hatte Jakob mitgebracht und
Brandon Sky.
„Wo wollen wir hin?"
„Es ist eine Überraschung. Hab´ ich doch gesagt."
Damon lächelte mich an und ich konnte ihm nichts entlocken was
da vor sich ging. Die anderen schwiegen ebenfalls.
Einige Stunden später landeten wir auf einem Flughafen den ich

irgendwann schon einmal gesehen hatte. In Las Vegas. Ich hoffte echt nur, dass er nicht wieder so einen blöden Auftritt an Land gezogen hatte. Ich wollte nicht hier feststecken für längere Zeit. Nur um mit ihm Urlaub zu machen. Aber nicht um zu arbeiten. Ich würde wieder nichts von meinem Mann haben. Das wollte ich nicht. Aber es kam ganz anders. Am Morgen des dritten Tages verfrachtete Damon mich in eine Limousine und fuhr mit mir in die Stadt. Zum Shoppen, so sagte er. Nichts Besonderes, denken sie. Doch das war es. Wir fuhren geradewegs in ein Brautgeschäft, wo er mich einfach absetzte.

„Hol dir was Schönes. Wir heiraten morgen."

Mehr sagte er nicht. Ich stieg mit offenem Mund aus dem Wagen und er fuhr davon, ohne ein weiteres Wort.

Morgen würde ich Mrs.Jolene Mandora sein.

Schüchtern und aufgeregt betrat ich das Geschäft. Die Auswahl war überwältigend. Von normal bis völlig ausgeflippt. Nicht nur in weiß, nein sogar rote oder blaue Brautkleider gab es. Ich hatte keine Ahnung was ich nehmen sollte. Ich wollte Damon unbedingt gefallen. Er sollte seinen Entschluss nicht bereuen. Die Verkäuferin hatte viel Geduld mit mir und nach gefühlten drei Tagen hatte ich mein Kleid gefunden. Oben schmal und ohne Träger. Um die Hüften eng anliegend und zum Boden hin knöchellang, schlank mit einer üppigen Schleppe dran. Glitzersteine zierten die Korsage. Ich erinnerte mich an die Filme, in denen die bekannten Hollywood-Diven so ein Kleid getragen hatten. Ich suchte noch Schuhe und ein leichtes Schultertuch aus. Meine Haare wollte ich hoch stecken und Perlen einarbeiten lassen. Ich hoffte nur, dass es Damon gefallen würde. Und ich war gespannt wie er aussehen würde. Das Kleid war sündhaft teuer, aber ich wusste, Damon wäre es egal.

Gegen Abend kam ich im Hotel an. Das Kleid hatte ich im Laden zurücklegen lassen, damit er es nicht vorher sehen konnte. Am nächsten Tag wurde es ernst. Um 12 Uhr hatte er die Trauung veranlasst. Ich war schon um 7 Uhr auf den Beinen. Damon trommelte seine Band zusammen. Mir tat nur leid, dass meine Freunde und meine Familie nicht dabei sein würden. Damon versprach mir in Texas eine zweite Feier abzuhalten. Leider hat er dieses Versprechen bis jetzt nicht eingelöst. Das macht mir aber jetzt nichts mehr aus. Es würde auch nichts ändern.

Die Uhr rannte voran. Um 12 Uhr versammelten sich alle vor der kleinen weißen Kapelle. Standesgemäß hatte Damon eine Limousine für mich bestellt. Ich war so aufgeregt und wieder dachte ich über die Anfänge unserer Beziehung nach. Noch immer konnte ich es irgendwie nicht glauben. Ich wartete an der Seite des Eingangs auf ihn. Alle waren da, außer meinen Eltern. Das machte mich traurig. Ann und Juli fehlten mir auch unsagbar. Auch Damons Eltern fehlten. Aber in Texas wären alle dabei. Na ja, das war wohl Wunschdenken.

Dann bog ein schwarzer Wagen, den ich all zu gut kannte, um die Ecke. Keine Ahnung wie der Wagen hier hergekommen war. Und es war mir auch egal. Wichtig war nur, dass Damon selbst am Steuer saß. Seine Gitarre auf dem Beifahrersitz bei geöffnetem Dach. Meine Beine drohten ihren Dienst zu versagen. Ich hatte ihn seit gestern nicht mehr gesehen. Und ich war so gespannt auf ihn. Die Tür ging auf und er trat hinaus. Ich hatte mit allem gerechnet, aber nicht mit Damon in Lederjacke. Schwarze Jeans, natürlich zerfetzt an den Knien und knapp unter seinen Pobacken, weißes halb offenes Hemd, welches er lässig über der Hose trug, seine Kette mit dem Kreuz blitzte darunter hervor. Er verblüffte mich immer wieder. Er wusste wie gerne ich ihn ihn dieser Jacke sah. Er sah unglaublich scharf darin aus. Sein Haar wild im Gesicht hängen und seine Boots auf die ich so stand. In Las Vegas kann man tun was man will. Er kam auf mich zu und blieb abrupt vor mir stehen. Seine Augen strahlten mich an.

„Wow,"

Er zog scharf Luft ein und ich spürte leichte Erregung in ihm. „Das ist einfach... Wahnsinn. Du... siehst umwerfend aus, Jo." „Du auch, Damon. Davon habe immer geträumt - eines Tages mit dir hier zu stehen."

Ich sah ihn an und am liebsten wäre ich sofort mit ihm in die Kissen verschwunden. Pünktlich um 12 begann die verrückte Zeremonie in der Kapelle. Mit Elvis und all dem Kram, den man so kennt. Trotzdem war es für mich einzigartig. Auch wenn hier die Hochzeiten im Minutentakt abgehalten wurden. Wir hauchten uns das lang ersehnte Ja entgegen und küssten uns minutenlang. Touristen blieben stehen und fingen an sich zu erinnern wer da gerade geheiratet hat. Die Band kramte ihre Instrumente raus und gaben die bekanntesten Stücke zum Besten. Damon ließ widerwillig meine Hand los und sang seine Lieder. Ich hatte das Gefühl, dass er es nur für mich tat. Die Menschenmenge um uns wurde größer. Fast wie in alten Zeiten, dachte ich. Er sah mir in die Augen als er mein Lieblingslied *True Love* sang. Das Lied mit dem alles angefangen hatte. Hier und da nahm ich ein Blitzlicht wahr. Obwohl wir kein großes Aufsehen um unsere Hochzeit gemacht hatten, hatte ich das Gefühl, dass am nächsten Tag die ganze Welt Bescheid wusste. Ich stellte fest, man hatte die Fires noch nicht vergessen. Die Menschen sangen jede Zeile mit und ich war unglaublich stolz jetzt offiziell die Frau an Damons Seite zu sein, sogar vor dem Gesetz. Ein spontanes Gratiskonzert für alle, mitten in Vegas auf der Straße. Einfach unglaublich. Ich sah wie Damon in alte Zeiten verfiel. Er ging auf in seiner Sache. Es machte ihn glücklich. Danach zogen wir uns nicht etwa in eine Feierhalle zurück wie es jeder tut - nein wir stürmten ein Casino nach dem anderen. Damon verspielte viel Geld, aber es störte ihn nicht. Eine Hochzeit, die gar nicht den Regeln entsprach. Verrückt, aber herzlich. Um 7 Uhr morgens am nächsten Tag fielen wir müde in die Kissen unseres Bettes in der Honeymoonsweet des Mirage. Ich strahlte Damon an. Er hatte mich zum glücklichsten Menschen dieses Planeten gemacht. Unsere Hochzeitsnacht fiel eher kurz aus, weil wir einfach zu müde waren. Er liebkoste mich überall und dann genossen wir einfach zusammen da zu liegen und zu wissen es würde für ewig sein. Ich schlief in seinen Armen ein und wünschte mir wir könnten für immer so liegen bleiben.

Wir verweilten noch einige Tage in Vegas. Andy war früher abgereist als die anderen, weil es noch zu anstrengend für ihn war. Aber wir waren froh, dass er überhaupt kommen konnte.

Als glückliches Ehepaar kamen wir zurück nach New Orleans. Kaum zu Hause angekommen, lauerte schon die Presse vor unserem Haus. Mir war klar warum. Und wir hätten damit rechnen müssen. Irgendwie war es durchgesickert. Er wollte ja sein altes Leben zurück. Dann musste er auch mit der Presse leben.

63

Damon

Damals:

Ich musste unsere Hochzeit planen. Es sollte keine typische Hochzeit sein. Normal macht jeder. Ich hatte keine Ahnung was Jo von mir erwarten würde. Es sollte unvergesslich sein. Ist es ja auch geworden. Ich würde diese Frau immer wieder heiraten. Vielleicht mache ich das ja noch. Schließlich habe ich es ihr vor langer Zeit versprochen und normalerweise halte ich meine Versprechen immer. Sie ist das Beste was mir je in meinem Leben passierte. Ich musste dringend mit John reden. Die Jungs waren alle wieder in New York, Brandon in Detroit. Jeder ging seinen Sachen nach. Seit Andys Unfall war schon eine Weile vergangen. Schätze so etwa ein halbes Jahr lag dieser dunkle Tag jetzt schon zurück. Wir wollten aber schon bald das neue Album besprechen. Es konnte nicht mehr lange dauern. Zum Heiraten hatte ich also noch etwas Zeit. Ich brauchte einen Plan für einen unvergesslichen Tag und rief deshalb John an. Er wusste immer was zu tun war wenn ich mal wieder auf dem Schlauch stand. Es klingelte ewig bis John endlich an die Strippe kam.
„Hey. Was gibt's?"
„Hey John. Ich brauche deinen Rat."
„Meinen Rat? Was hast du nun wieder angestellt?"
„Nichts. Ich möchte Jo heiraten. Das ist alles."

„Wow, wie das ? Was ist passiert? Wirst du endlich erwachsen?"
„Blödmann. Weil ich sie liebe und weil sie zu mir gehört. Ich
habe sie schon gefragt. Sie hat ja gesagt."
„Na das wurde aber auch Zeit. Ihr beide gehört einfach
zusammen. Ich wusste es schon immer. Sie ist eine tolle Frau.
Halte sie fest."
„Ja das ist sie. Aber sag mir was könnte ich tun damit dieser Tag
ein Besonderer wird? Ich habe so gar keine Ahnung vom
Heiraten. Ich möchte sie nicht enttäuschen. Jede Frau will doch
ihre Hochzeit zum schönsten Tag ihres Lebens machen. Aber wie
sieht so ein Tag in einem Frauenkopf aus?"
„Keine Ahnung, Junge. Sie ist deine Braut. Du kennst sie doch
besser als ich. Mach was Verrücktes. Das passt zu dir und ich
weiß, dass sie deine bekloppten Einfälle liebt."
„Bist mir eine echte Hilfe. Weißt du das?"
„Jepp."
„John?"
„Ja."
„Ich habe eine Idee. Aber dazu brauche ich euch Jungs."
„Okaaaaay?"
„Helft ihr mir?"
„Logo, was immer du von uns willst, wir sind dabei. Hoffe ich
doch. Aber ich werde mich mit den anderen treffen und sie
fragen.Worum geht es denn?"
„Also ich dachte mir folgendes..."
„Geht klar. Kannst dich auf mich verlassen."
„Super. Bist der Beste."
„Ich weiß. Mach's gut. Melde mich. Bye."
„Bis dann, John."
Mit einem Grinsen im Gesicht legte ich auf. Jo sah mich fragend
an. Sie war gerade ins Zimmer gekommen und hatte von dem
Gespräch mit John zum Glück nichts gehört.
„Warum lächelst du so geheimnisvoll?"
„Es geht mir gut, das ist alles."

Ich sagte nichts. Ich hatte eine genaue Vorstellung von unserer Traumhochzeit. Ich rief Freunde in Las Vegas an. Die kannte ich noch von früher, als wir dort unser Engagement hatten. Mein Freund Bob konnte mir noch einen Termin in der kleinen Kapelle besorgen. Da wo sich die Paare die Klinke in die Hand geben. Ja, macht auch jeder, weiß ich. Aber mein Rahmenprogramm mit Sicherheit nicht. Es würde der geilste Tag in meinem Leben werden. Oder einer der geilsten auf jeden Fall. John hatte die anderen schon eingeweiht. Zwei Tage später landete unser Flugzeug mit sämtlicher Belegschaft und den Partnern der Bandmitglieder in New Orleans. Sie holten uns ab. Ich hatte Jo nur gesagt, dass wir verreisen würden. Wohin, wie lange und alles sagte ich ihr nicht. Sie hatte keine gute Laune. Und schon gar keine Lust auf Tourstress. Mittlerweile hasste sie den ganzen Mist schon fast.

„Ach Damon. Muss das wirklich sein? Muss ich da mit? Ich kann dir doch da eh nicht helfen und ich habe keine Lust, mich mit wütenden Fans auseinander zu setzen. Das Comeback ist doch noch gar nicht im Gange. Andy geht es noch nicht gut genug dafür. Ich bleibe hier."

Mist. Damit hatte ich natürlich nicht gerechnet. Eine Hochzeit ohne Braut? Ach du scheiße.

„Wir werden nicht arbeiten. Vertrau mir einfach und komm mit. Ich verspreche dir etwas Wunderbares. Etwas Unvergessliches. Und es hat nichts mit Musik, na ja, fast nichts, zu tun. Bitte, Jo."

„Ach, Damon..."

Jetzt musste ich meinen Dackelblick und den Schmollmund einsetzen. Das half immer.

„Lass diesen Blick, Damon."

Jo lachte und ich musste mit ihr lachen. Ich liebe ihre Augen wenn sie beim Lachen ganz klein werden.

„Warum? Hilft es, dich doch noch zu überreden?"

„Jaaaaa. Okay Okay. Hast mich ja überzeugt, Teufel."

„Yes."

Ich hob meine Faust und machte eine Siegerpose, dass Jo noch mehr lachen musste.

Also waren wir in Las Vegas angekommen. Jo sah mich an und wenn ihr Blick hätte töten können wäre ich an diesem Tag gestorben.

„Was machen wir hier? Damon, bitte sag mir nicht, dass wir wieder ewig hier festhängen. Das hatten wir doch schon."

„Vertrau mir einfach, okay?"

„Wenn du das sagst."

Meine ganze Truppe und wir bezogen das Mirage. Es hatte sich einiges verändert hier seit wir zum letzten Mal da gewesen waren. Aber das war mir egal.

Die ersten Tage lümmelten wir einfach nur herum, sahen uns die Stadt an und heimlich spionierte ich jede Ecke aus, die für meinen Plan irgendwie nützlich war. Alles sollte perfekt werden. So langsam musste ich tätig werden. Ich sagte Jo ich wolle in die Stadt, zum Shoppen. So ein Frauending, das jede Frau liebt. Als ich sie dann einfach vor dem Brautladen absetzte und ihr verdutztes Gesicht sah, konnte ich mir ein Lachen nicht verkneifen. Ich malte mir aus wie sie an unserem großen Tag aussehen würde. Und wie ich ihr entgegen treten sollte. Klar war nur, dass es nicht in einem dämlichen schwarzen Anzug sein würde, in dem ich sicher aussehen würde wie ein Pinguin. Nein, auf keinen Fall. Ich hasse Anzüge. Und Krawatten sowieso. Ich würde meine Frau verblüffen. Also entschied ich mich ihr so entgegen zu treten wie sie mich am liebsten sah. In zerrissenen Jeans und Lederjacke mit zerzaustem Haar und meinen Boots. Meine Gitarre würde ich mit in die Kirche nehmen. John weihte die Band ein und sagte ihnen dass sie ihre Instrumente mitbringen sollten. Es würde ein Gratiskonzert mitten auf der Straße mit wildfremden Menschen geben. Die Jungs waren begeistert.

Der Tag kam näher und ich hatte Jo gefühlte zwei Tage nicht mehr gesehen, nicht wirklich. Ich ließ sie mit einer Limousine abholen, während ich wie ein kleines Kind zappelnd umher lief.

Man war ich nervös. Sam wollte mich sicherheitshalber begleiten. Aber ich wollte unbedingt mein Auto selber lenken.

„Bist du sicher, dass du klarkommst, Boss?"

„Die werden mich schon nicht umbringen. Folge mir einfach mit dem Jeep."

„Geht klar."

Ich bog mit meinem Wagen um die Ecke und da stand sie. Ich traute meinen Augen nicht. Dieses wunderschöne Wesen war noch schöner geworden. Dieses Kleid sah einfach fantastisch an ihr aus. Ich stieg aus dem Wagen aus und ging langsam auf sie zu. Ich spürte wie sehr sie sich nach mir sehnte. Und meine Gefühle für sie waren so stark, dass es schon weh tat. Sie sah echt bezaubernd aus. Und heute sollte ihr schönster Tag werden. Dafür wollte ich alles tun. Um 12 Uhr mittags betraten wir die kleine Kapelle. Elvis war da. Logisch. All der Kram. Total überdreht, aber einfach geil. Die Trauung war schnell abgehalten, weil schon die nächsten Paare bereit standen. Dennoch war es einer der emotionalsten Momente in meinem Leben. Als Jo die wichtigste Frage meines Lebens an sie mit Ja beantwortete war ich sehr nah am Wasser gebaut. Es war so als gäbe es nur uns. Ich glaube am Anfang hatte niemand wirklich mitbekommen wer da gerade geheiratet hatte. Und es war mir irgendwie auch recht. Wir waren schon lange am Höhepunkt unserer Karriere vorbei geschrammt. Unser Comeback lag noch immer auf dem Trockenen. Auch das störte mich nicht. Andy sollte zuerst wieder ganz gesund werden. Dann würden wir weiter sehen.

Wir verließen die Kapelle. Jo sah so glücklich aus. Fast all unsere Freunde waren da. Ich muss sagen, dass sie hauptsächlich aus meinen Reihen stammten. Die Familien von Jo und mir fehlten leider. Das war hart für Jo. Und ich Trottel hatte nicht einmal darüber nachgedacht. Und dabei sollte alles perfekt werden. Manchmal handele ich einfach bevor ich denke. So bin ich. Ein Esel. Auf ewig. Trotzdem war es der geilste Tag aller Zeiten. Denn jetzt kam der Moment. Ich ließ Jos Hand los und

trat auf die Straße. Mitten in den Verkehr. Andy und die anderen folgten mir. Wir bauten unsere Instrumente auf und legten los. Die Passanten blieben stehen. Es dämmerte ihnen was da ab ging. Ich hatte Spaß an der Sache. Zuerst rockten wir unsere härtsten Nummern, als letztes unser Lied. Jos und meines. Dieses Lied hat uns zusammen gebracht. Ich sah Jo tief in ihre wundervollen Augen und sang nur für sie. Ich sah wie sie mit den Tränen kämpfte. Einfach süß. Auch bei mir begann sich ein seltsamer Klos im Hals zu formen. Doch ich hielt durch und sang das Lied zu Ende. Ich verbeugte mich vor all den Menschen, gab einem Passanten das Mikrophon und schnappte mir meine Frau. Wir küssten uns heiß und innig. Die Band machte Lärm und die Menschen flippten förmlich aus. Wir legten den Verkehr lahm. Die Menschenmenge um uns herum wuchs stetig an.
„Das sind Mandoras Hell Fire. Damon. Sein Haar ist ab. Ich habe ihn nicht erkannt", hörte ich eine Frau zu ihrem Partner sagen. „Du hast recht. Das ist er... "

Andy schaffte es uns Bässe um die Ohren zu hauen, dass uns Hören und Sehen verging. Seine Verbrennungen am Arm waren noch immer zu sehen. Und sein Bein zog er noch nach. Aber er war wieder da. Und das war das schönste Geschenk das wir bekommen konnten. Etwa zwei Stunden legten wir den Verkehr lahm, bis die Polizei uns den Spaß verdarb. Wir verlagerten unsere Party. Nicht etwa in einem schleimigen Spießerrestaurant – nein wir stürmten die Casinos der Stadt. Eines nach dem anderen. Wir spielten Black Jack und brachten die Automaten zum Klingeln. Ich zockte am Roulette und verlor ein kleines Vermögen. Es störte mich nicht. Jo war es mir wert. Ich weiß nicht mehr wann wir in unserem Bett lagen. Jedenfalls ging die Sonne schon wieder auf. Andy flog am nächsten Tag zurück. Er hatte noch einen Arzttermin und wie er mir sagte noch einen anderen Termin. Worum es ging hatte er mir nicht verraten. Egal- ich sollte es schon irgendwann erfahren. Unsere Feier hatte ihm ziemlich zugesetzt, aber ich war froh, dass er da war.

Unser Tag war vorbei. Und sie war endlich meine Frau. Erschöpft lagen wir auf der Matratze und sahen uns in die Augen. Wir waren total im Eimer, aber glücklich. Dadurch fiel unsere Hochzeitsnacht flach. Aber das machte nichts. Wir hatten noch eine Million Nächte vor uns. Wir blieben noch zwei Tage in Vegas bevor wir zurück nach New Orleans flogen.

64

Jo

Damals:

Erschöpft, aber glücklich, trafen wir in New Orleans ein.
„Mrs.Mandora, bitte halten sie sich an mir fest."
„Was?"
Schon hob Damon mich hoch und trug mich über die Schwelle
unseres Hauses. Ich war seine Frau. Wie ich ja schon sagte, war
die Presse schon da. Sam und Daryl hatten es irgendwie geschafft
uns unbeschadet auf unser Grundstück zu schieben.Trotzdem
schafften es einige hartnäckige Typen Fotos von uns zu machen.
Genau in diesem glücklichen Moment als Damon mich ins Haus
trug. Schon am nächsten Tag brachte Diane die neuesten
Klatschblätter ins Haus. Bilder von uns, Alte und Neue und aus
Las Vegas. Man schrieb wir hätten geheiratet damit man sich
wieder an die Band erinnert. Angeblich bekämen wir Nachwuchs
und hätten deshalb geheiratet, wusste ein anderes Blatt zu
berichten. Es war ein Alptraum. Warum glaubte niemand, dass
man heiratet weil man sich liebt? Ich konnte das nicht verstehen.
Wir versuchten die Sache auf sich beruhen zu lassen und so bald
es ging die erste Single rauszubringen. Andy war noch immer in
Behandlung wegen seines Arms. Er musste ihn wieder richtig in
Form bringen. Er wollte unbedingt wieder die Seiten an seinem
Bass zupfen. Und zwar dauerhaft. Es war ein langwieriger
Prozess, aber Andy gab sich nie auf. Hin und wieder telefonierten

wir mit ihm. Er machte Fortschritte. Es war nur noch eine Frage der Zeit bis er wieder voll dabei sein würde. Die verbrannten Stellen an seinem Arm hatte er inzwischen einfach über tätowieren lassen. Das war der besagte Termin, von dem er uns nicht gesagt hatte, was es war. Damit hatte ich nie gerechnet. Dass er Damons Vorschlag ernst genommen hatte und sich tatsächlich unter eine Tätowiermaschine gelegt hat. Der Künstler hatte ganze Arbeit geleistet. Man sah kaum noch die Narben. Im Gegenteil, es sah super aus. Und es passte zu ihm und verführte meinen Mann zu einer neuen kranken Idee:

Eines Tages kehrte Damon erst spät abends heim. Ich fand es ungewöhnlich wie er sich bewegte. Er trug einen Wollpulli mit langem Arm. So kannte ich ihn nicht. Er sah mich nur an und verzog das Gesicht. Etwas schmerzte ihn.
„Was ist denn mit dir los", witzelte ich.
„Jo, es tut weh, aber es musste sein. Für Andy. Du wirst es mögen. Das weiß ich", zischte er schmerzverzerrt.
„Was hast du angestellt? Lass sehen."
„Okay. Hilf mir mal mit dem Pulli."
Ich half ihm aus seinem Pulli und staunte nicht schlecht als ich sah was da auf seinem Rücken prangte. Der Rücken war mit Folie abgeklebt. Darunter blutete es noch leicht. Aber ich sah, dass sich ein riesiges Bild darunter befand. Damon verzog leicht das Gesicht als wir den Pulli vollständig ausgezogen hatten. Ich trat hinter ihn und hielt erst einmal die Luft an. Ein gewaltiger Drache mit ausgebreiteten Flügeln, Flammen speiend, war zu sehen. Die Flügel ragten bis über seine hinteren Oberarme und das Feuer speiende Maul des Tieres sah zum Himmel so dass die Flammen bis auf Damons Nacken und teilweise am seitlichen Hals zu sehen waren. Die Krallen und der Drachenschwanz verschwanden in Damons Hosenbund.
„Wow, ich meine... Damon, das ist ja … Wow. Das tat doch sicher irre weh!"
„Ja, aber es ist genau das was ich wollte. Ich wollte fühlen was

Andy gefühlt hat. Schließlich ist es meine Schuld und der verrückte Kerl hat meinen Vorschlag ja auch angenommen. Jetzt sind wir wieder Brüder. Und zusammen werden wir wieder stark sein. So wie das Ding..."

Er zeigte mir seinen lädierten Rücken.

„... hier auf meinem Rücken."

„Ach, Damon. Davon hängt es doch nicht ab, oder?"

„Ich will es so. Scheiße brennt das. Ich werde die halbe Nacht nicht schlafen können."

„Na komm. Gib mal diese Salbe her, ich reibe dich ein. Du schaffst das schon. Ich finde das Bild übrigens sehr heiß."

„War mir klar. Und jetzt kannst du mich kratzen und niemand sieht es mehr wenn du wieder im Bett..."

„Damon..."

Etwa vier Wochen später war Andy wieder bei uns. Mein Mann war froh ihn endlich wieder gesund und munter zu sehen. Andy kam zusammen mit den anderen bei uns an.

„Zeig mir mal deinen Arm."

„Kennst du doch schon."

„Den neuen Arm."

Andy hielt Damon seinen bunten Arm entgegen.

„Sieht cool aus. Fast wie bei mir", meinte Brandon.

„Und ich zeige euch was. John weiß Bescheid. War seine Idee."

John grinste nur. Damon zog sein Hemd aus und das Bild sah jetzt verdammt gut aus. Nick zog scharf Luft ein.

„Heilige Scheiße. Schätze da muss ich mir auch was einfallen lassen. Ich sehe so nackt aus gegen euch."

Alle lachten und machten sich sofort auf den Weg in den Keller unseres Hauses. In unserem Tonstudio liefen die Vorbereitungen auf Hochtouren. Wir suchten eine rockige Nummer aus, so wie man es von den Fires gewohnt war. Ich saß mit der Gruppe unten zusammen. Ich fand es toll dass sie mich nach meiner Meinung fragten was die Auswahl der Songs betraf, die auf das neue Album sollten. Mittlerweile hatten Nick, Damon und Andy so einige Hit verdächtige Lieder geschrieben. Da fiel die Auswahl echt schwer. Das Album sollte den Titel *back to future* tragen. Genauso wollte Damon den Neustart bewerten. Zurück in die Zukunft. Ich fand dass das irgendwie passte. Insgesamt waren die Songs laut und böse. So wie zu Anfang der Bandgeschichte. Wir entschieden zehn Lieder auf dieses Album zu packen und die restlichen schon für das Danach zu planen. Es gab genug Material für mindestens drei Alben. Auch die Songs, die Damon während seiner Genesung zu Papier gebracht hatte, fanden Zuspruch bei den Bandkollegen. Alles würde wieder in Ordnung kommen. Ich bekäme endlich Damon zurück. Glücklich und ausgeglichen. Als die Songs aufgenommen waren ging es in die nächste Runde. Die Vermarktung. Klar war das nicht so einfach. Ich muss leider zugeben, dass uns unsere Hochzeit dabei sehr behilflich gewesen war. Wir waren den Menschen jetzt wieder näher. Sie hatten uns nicht vergessen.Trotzdem war Damon wieder derjenige, der alles regeln musste. Er flog nach New York. Ich begleitete ihn nicht. Er hätte eh keine Zeit für uns gehabt. Shania arrangierte ein Treffen in ihrem Sender, wo er live zu hören war. Er stand den Fragen der Menschen am Telefon Rede und Antwort. Ich hörte mir alles im Radio an. Ich hasste es immer mehr, in der Öffentlichkeit zu stehen, schon allein wegen dem Mist, der überall über uns erzählt worden war. Und ich hasste es noch mehr nicht bei meinem Ehemann zu sein. Er war jetzt mein Mann. Und den wollte ich für mich allein haben. Etwa zwei Stunden verbrachte er im Senderaum seiner Schwester. Die Single wurde gespielt. Das Lied klang echt gut. Die Band hatte nichts an Qualität verloren. Fast drei Jahre nach Damons Absturz ging es wieder aufwärts. Wir hofften natürlich, dass die Single sich festigen würde. So war es vielleicht doch auf eine abstruse Art gut für uns, dass unsere Hochzeit so aufgebauscht worden war. Die Menschen erinnerten sich wieder an die Band. Nach einigen Tagen New York kam Damon heim zu mir. Trotzdem war er ein wandelnder Terminkalender. Sein

Telefon stand nicht mehr still und ich wünschte mir auf eine perfide Art, die Band hätte dem Ganzen doch nicht zugestimmt. Dann war alles geregelt. Es wurde etwas stiller.

Wir verbrachten einige Wochen in unserem Haus. Die nächsten Termine waren noch weit entfernt. Damons Rücken war nun ganz verheilt. Die Farben nicht mehr so satt und die kleinen Narben weg. Jetzt war die ganze Schönheit des Bildes zu erkennen. Ein echter Künstler muss es gemacht haben.
Ich wünschte sie könnten es sehen.

Nach etwa zwei Monaten veröffentlichte die Band die nächste Auskopplung aus dem bereits fertigen Album. Und dann ging es wieder los. Damon lief ständig mit dem Telefon am Ohr durch die Gegend. Ich ahnte was das hieß. Mein Verdacht schien sich zu bestätigen. Er wollte wieder hinaus. Und ich wollte das nicht. Und ich konnte ihm nicht sagen was ich auf dem Herzen trug. Oder besser gesagt, darunter. Ich war mir ziemlich sicher, es war ein Baby. Alles sprach dafür. Aber ich schwieg und drückte die Tränen weg als er mir sagte:
„Es sind doch nur drei Monate. Nicht weit. Nur hier in den USA. Jo, ich muss da raus. Es macht mich wahnsinnig hier herum zu sitzen. Bitte versteh mich und komm mit."
„Ich kann nicht. Es wird mir alles zu viel. Ich weiß ich habe es versprochen aber du weißt was das für mich bedeutet. Ich will nicht, dass du gehst."
Und das sagte ich nicht einfach so. Ich musste ihm dringend etwas sagen. Seit Tagen ging es mir nicht gut. Ständig war mir schlecht. Ich wollte aber nicht, dass er sich Sorgen machte. Zu lange hatte er gewartet. Und nun wollte er sein Comeback. Mit allem Drum und Dran. Da war kein Platz für mein Gejammer.Und so verschwieg ich ihm meine Schwangerschaft und ließ ihn gehen.

Fortsetzung folgt.....

Danksagung

So ihr Lieben. Das war Teil 1 meiner Rockstargeschichte. Ich hoffe ich konnte euch ein wenig für Damon und seine Band Mandoras Hell Fire begeistern und genau so hoffe ich natürlich, dass ihr die Jungs und Jolene so sehr ins Herz geschlossen habt wie ich. In der nächsten Folge erfahrt ihr dann welches Geheimnis Jo mit sich herum getragen hat und warum sie die schlimmste Entscheidung in ihrem Leben treffen muss. An dieser Stelle bedanke ich mich dass ihr meine Geschichte ausgesucht und hoffentlich gerne gelesen habt.

Danke auch an Lea von Lab Buchdesign für dieses wunderschöne Buchkleid. Und danke auch an alle anderen, die mein Werk probegelesen haben und mich ermutigt haben, den Weg in die Veröffentlichung zu gehen. Wir lesen uns. Bis bald.

Eure Elke

Über die Autorin

E. M Linsky ist 55 Jahre alt und lebt im Kreis Aachen. Sie hat bereits früh mit dem Schreiben begonnen. Zunächst schrieb sie Kurzgeschichten, später Romane. Sie liebt es neue Welten zu erschaffen und ihre Buchfiguren in unglaubliche Abenteuer zu schicken. Ihr Debut COME INTO MY WORLD erschien im Jahre 2020 unter ihrem bürgerlichen Namen Elke Wollinski. Unter diesem Namen sind bisher 11 Bücher erschienen.

Wenn die Autorin nicht gerade in ihren Buchwelten unterwegs ist, so liebt sie es zu lesen oder Rock Konzerte zu besuchen.

Vorschau auf Teil 2

Rock or Love

When you left

Jolene bleibt daheim, als Damon und seine Band zur großen Welttournee aufbrechen. Dafür hat sie einen Grund, den sie Damon nicht sagen möchte. Sie erwartet ein Kind, und versucht die Zeit ohne ihren Liebsten irgendwie zu überstehen. Dann passiert ein schlimmer Unfall, bei dem Jolene schwer verletzt wird und das Baby verliert. Als Damon von all dem erfährt, kommt er zurück zu ihr und bricht die Tour ab. Für ihn und seine Band bedeutet dieses ein erneuter Einbruch. Über zwei Jahre pflegt Damon Jolene und geht dabei zugrunde, denn die Bühne und das Rockstarleben bedeuten ihm alles. Als Jolene erneut ein Baby erwartet, scheint alles wieder in Ordnung zu sein. Damon liebt seine kleine Familie und würde alles dafür tun, dass es ihr gutgeht. Alles, außer in New Orleans sesshaft zu werden und endlich ein braver Vater und Ehemann zu sein.
Damit setzt er alles aufs Spiel und Jolene muss die schwerste Entscheidung in ihrem Leben treffen.

Weitere Bücher der Autorin:

Als Elke Wollinski veröffentlicht

Wish you were here
(erstmals erschienen unter dem Titel: come into my world 2020)

Soulcatchers
(erstmals erschienen unter dem Titel Fire hearts 2021)

Son of Neptun

Damn Love

Bloodking

The Reversal

Free 1 und 2

Wenn Träume lügen 1 und 2

HELL FIRE